국어 동사 구문구조의 통시적 연구

황 국 정

Publishing Company

국어 동사 구문구조의 통시적 연구

본 연구는 15세기 국어 동사 구문구조의 통사·의미적 특성을 밝히고 그것의 통시적 변화를 고찰하는 데 목적이 있다. 여기서 동사는 '서술동사'를 말하는 것으로 형용사를 포함한다. 지금까지의 동사 구문 연구는 현대국어를 연구 대상으로 한 공시적 연구가 대부분이며, 통시적 연구 또한 일부 동사를 대상으로 한 것이기 때문에 국어 동사 전체에 대한 통시적 연구가 본격적으로 이루어지지 못했다. 더욱이 동사 구문의 변화 유형 및 원인을 체계적으로 밝힌 연구가 부족했다. 그러므로 본고는 15세기 국어의 고유어 동사 전체(약 900여 개)를 연구 대상으로 하여 이들 구문의 통시적 변화를 체계적으로 살펴보려고 한다.

먼저 2장에서는 15세기 국어 동사 구문구조의 특성을 논의하고 그것의 통시적 변화에 대해 개괄적으로 살폈다. 15세기 국어 동사 구문구조의 가장 큰 특징은 동사 전반에 걸쳐 있는 범주간 넘나듦 현상으로, 이것은 현대국어에 비해 나타나는 환경이 다양하고 수적으로도 빈번하다. 구문구조의 또 다른 측면인 문형적 특성을 살펴보면, 자동사는 대상의 'NP에', 대상의 'NP로' 논항이 실현되는 대상 행위 자동사와 다양한 피동 자동사가 실현된 것이 특징이다. 타동사는 심리 형용사가 타동 구문을 구성하는 심리 타동사와 전환 타동사 구문에 나타나는 대상의 'NP로' 논항의 실현이 주목된다. 형용사는 현대국어에 비해 단조로운 문형 구조를 나타낸다.

동사 구문구조의 변화 중 가장 큰 특징은 현대국어로 올수록 범주간 넘나듦 현상이 줄어든다는 것이다. 이러한 구문 변화에는 피동사의 발달, 사동사의 실현, 'V-어 ᄒ다' 합성법의 발달 등과 같은 조어법의 변화, 그리고 조사의 기능 변화가 주된 원인으로 작용했다. 또한 논항이 형성되거나 소멸하기도 하는데, 명사형어미 '-기'의 발달, 인용조사 '-고'의 형성 등 조사·어미의 변화가 영향을 미쳤다. 이들은 모두 변화하는 양상이 체계적이고 규칙적이라는 점에서 구조적 변화라고 할 수 있다. 이와는 달리 구문 변화가 동사 개별적으로 일어나기도 한다. 이는 동사의 의미가 변하면서 논항구조에 변화가 생기는 경우로, 이러한 변화는 규칙적인 변화 유형을 찾아내기가 힘들다는 점에서 구조적 변화와 구분된다.

3-5장에서는 900여 개의 동사 가운데 구문 변화를 보이는 약 400여 개의 동사를 대상으로 자동사, 타동사, 형용사 구문의 변화를 고찰했다.

3장에서는 자동사 구문의 변화를 다루었다. 자동사 구문의 특징적인 변화는 네 가지로 요약된다. 첫째 피동사가 발달되어 자동 구문을 형성하면서 자동사로 실현되던 어휘들이 기능을 잃게 된다. 둘째 대상의 조사 '-에', 그리고 대상의 조사 '-로'가 근대국어 후기 문헌으로 갈수록 기능이 약해지면서 이들이 통합한 명사구를 논항으로 선택하는 자동사 구문도 실현되지 않게 된다. 셋째 'NP를' 논항이 형성되면서 자동사가 타동성을 획득하게 된다. 특히 'NP를' 논항이 형성됨으로써 자동사가 능격동사의 용법을 가지게 되는 경우도 있다. 넷째 자동사 구문에서 논항 소멸로 인해 생기는 가장 큰 특징적인 변화는 이동 자동사 구문의 변화이다. '행위주' 주어와 '방향, 기점, 지향점, 경로'의 논항들이 사라지면서 이동 자동사 구문의 실현이 불가능해지게 된다.

4장에서는 타동사 구문의 변화에 대해 논의했다. 타동사 구문의 특징적인 변화는 네 가지로 요약된다. 첫째 사동사가 실현됨으로써 타동사로 실현되던 어휘가 타동성을 잃게 된다. 둘째 심리 타동사가 'V-어 ᄒ다' 합성법의 발달로 타동적 용법을 잃게 된다. 셋째 대상의 'NP

로'와 결과의 'NP를'을 취했던 'NP이 NP로 NP를 V'의 전환 타동사 구문에서 대상의 'NP로'의 기능이 약해지면서 대상의 논항은 'NP를'로, 결과 논항은 'NP로'로 실현된다. '밧고다, 삼다' 등이 이에 속한다. 넷째 인용 조사 '-고'가 발달하면서 'S'가 논항으로서의 자격을 분명히 가지게 된다.

　5장에서는 형용사 구문의 변화를 살폈다. 형용사 구문의 특징적인 변화는 네 가지로 요약된다. 첫째, 형용사의 범주가 소멸하는 경우는 자동사나 타동사의 경우와 비교해 볼 때 매우 드물다. 둘째, 명사형어미 '-기'가 발달하면서 'S-기에' 구성이 가능해지고 이것이 논항으로 실현된 몇몇 구문은 평가 형용사 구문을 형성하게 된다. 셋째, 형용사 구문에서 논항이 소멸하는 경우는 '기준'의 'NP에' 논항이 사라지는 경우가 있기는 하나, 자동사나 타동사의 경우와 비교해 볼 때 상대적으로 매우 적다. 넷째, 형용사 구문에서 논항이 형성되는 경우는 논항이 생기면서 구문의 유형이 변한다. '경험주'의 'NP이' 논항이 형성되면서 성상 형용사로 분류되던 형용사가 심리 형용사 구문을 형성하게 된다.

　마지막으로 6장 결론에서는 구문 변화의 원인에 대한 보다 치밀한 논증과 변화의 원리에 대한 정확한 이론 정립, 그리고 본고에서 다루지 못한 한자어 동사 구문의 연구 등을 과제로 남겼다.

2009년 3월
황 국 정

국어 동사 구문구조의 통시적 연구

제1장

서론

국어 동사 구문구조의 통시적 연구

국어 동사 구문구조의 통시적 연구

제1장 서론

1.1. 연구 목적과 범위

본 연구는 15세기 국어 동사 구문구조의 통사·의미적 특성을 밝히고 그것의 통시적 변화를 고찰하는 데 목적이 있다.[1] 지금까지의 동사 구문 연구는 현대국어를 대상으로 한 공시적 연구가 대부분이며, 통시적 연구 또한 일부 동사를 대상으로 한 것이기 때문에 국어 동사 전체에 대한 통시적 연구가 본격적으로 이루어지지 못했다. 더욱이 동사 구문의 변화 유형 및 원인에 대한 체계적인 연구가 미진했다. 그러므로 본고는 15세기 국어의 고유어 동사 전체를 연구 대상으로 하여 이들의 통시적 변화를 체계적으로 살펴보려고 한다.

구문구조 연구는 구문의 기본 문형을 살피는 것과 그것의 핵심이 되는 동사의 범주적 특성을 고찰하는 것이다. 문형을 설정하는 방법은 구문을 바라보는 관점에 따라 달라지는데, 본고는 기본적으로 문장이 동사를 중심으로 이루어진다는 입장을 취한다.[2] 그리고 동사의

---

1) 여기서 ‘동사’는 ‘서술동사’를 가리키는 것으로 ‘형용사’를 포함한다.
2) 구문 형성에서 동사가 중심이 된다는 것은 이른 시기 문법 연구에서부터 주목되어 왔다. 고대 인도의 파니니 문법에서는 동사 하나만으로 문장이 이루어지는 梵語의 특성을 파악하여 동사가 문장의 중심을 이룬다고 했으며(김민수 1983), 주시경(1910)에서도 문장의 성립 조건으로 서술어를 지목하고 서술어에

어휘적 특징에 따라 문장의 구성성분들이 선택되고 이로 인해 문형이 결정된다는 생성문법의 관점에서, 논항과 그에 부여되는 의미역을 바탕으로 문형을 살펴보려고 한다.[3] 동사의 범주적 특성이란 그것이 구문에서 가지는 문법범주를 가리키는 것으로, 이를 살피는 것은 동사가 자동사로 쓰였는지, 타동사로 사용되었는지, 혹은 형용사로 실현되었는지를 고찰하는 것이다.[4] 특히 15세기 국어는 현대국어보다 동사의 범주간 넘나듦 현상이 자유로웠기 때문에 이러한 범주적 특성이 곧 15세기 국어 동사 구문구조의 특성이 된다. 그러므로 본 연구에서 중점적으로 고찰하게 될 동사 구문구조의 변화는 두 가지로 요약된다. 동사 문형의 변화, 즉 논항구조의 변화를 고찰하는 것이 첫 번째이고, 동사의 범주간 넘나듦 현상에 대한 통시적 연구가 두 번째이다.

동사 구문의 변화는 문법 체계의 변화와 궤를 같이 한다. 이는 음운이나 형태의 통시적 변화에 있어 이들의 변화가 개별적으로 일어나는 것이 아니라 음운 체계, 단어 형성법의 틀 안에서 역사적인 변천 과정을 겪는 것과 같은 측면에서 이해될 수 있는 것이다. 따라서 본고는 15세기 국어 동사 구문의 변화를 살핌에 있어 우선 개별 동사

근거한 문장 생성을 시사했다. Tenière(1959)의 동사 중심적 문법 모델을 비롯하여 격문법과 의존문법, 그리고 형식의미론, 어휘기능문법, 기능문법, 변형문법 등 현대 언어 이론에서도 세부적인 차이가 있기는 하지만 기본적으로는 이와 같은 입장에 있다. 현대 문법 이론에 대한 자세한 내용은 신수송(1991), 이점출(1991), 남용우(1987), 이익환(1984), 양동휘(1991), 이병찬(1990) 등을 참고하기 바란다.

3) 논항구조는 생성 문법 초기부터 최근의 최소 이론에 이르기까지 통사론의 주된 관심이다. 동사의 논항구조는 문장의 표현 형식을 결정 짓는 중요한 정보로서 통사론의 요체가 되기 때문이다. 즉 동사가 어떤 논항을 가지느냐에 따라 구문의 유형이 결정되는 만큼 동사의 용법 변화를 다룸에 있어 논항의 실현 양상을 살피는 것은 중요한 의미를 가진다.

4) 여기서 범주는 문법범주(grammatical category) 중에서도 동사, 형용사 따위의 품사 분류에 가까운 개념이다. '범주' 및 '문법범주'의 개념에 대한 자세한 논의는 김민수(1971)을 참고하기 바란다.

하나하나의 용법 변화를 살피겠지만, 궁극적으로는 자동사, 타동사, 형용사 구문의 변화가 어떤 문법 체계의 변화 속에서 일어나는지를 밝혀내는 데 주력할 것이다.

동사 구문의 변화는 동사의 의미 변화와도 맞물려 있다. 동사의 세분화된 의미는 통사 구조의 차이를 이루게 된다(Gi Von 1984). 즉 동사가 다의성을 띠면서 각각의 의미에 따라 구문의 구조도 달리 실현될 수 있으며, 의미가 축소되면서 구문에 변화가 생기기도 한다. 본 연구에서는 이러한 동사의 의미 변화에 따라 일어나는 구문구조의 변화에 대해서도 고찰할 것이다.

요컨대, 본 연구는 문법 체계의 변화와 관련된 동사 구문의 변화를 다룬다는 점에서 문법사적인 의의가 있을 뿐만 아니라, 동사의 의미 변화로 인한 구문 변화를 연구한다는 점에서 어휘의미사적으로도 의의를 가진다. 아울러 기존의 동사 구문의 연구에서 가졌던 문제점, 즉 일부 동사 구문만을 연구 대상으로 했거나, 15세기 국어와 현대국어를 바로 대응시켜 동사의 변화를 논의한 점 등을 극복하고 15세기 국어의 동사 전체를 대상으로 하여 15세기 국어부터 근대국어를 거쳐 현대국어에 이르기까지의 변화 양상을 살피고, 이를 바탕으로 동사 구문구조의 변화 유형 및 원인을 고찰했다는 점에서 연구의 의의를 가진다.

1.2. 선행 연구 검토 및 문제 제기

지금까지의 국어 동사 구문구조에 대한 연구는 크게 두 가지 측면으로 이루어져 왔다. 하나는 공시적 측면에서 구문구조를 연구한 것이고, 또 다른 하나는 구문구조를 통시적으로 연구한 것이다. 본고에서는 이 두 가지 연구에 대한 논의를 모두 살펴봄으로써 기존 연구의 문제점 및 본 연구가 나아가야 할 방향을 제시해 보고자 한다.

　1.2.1. 동사 구문에 대한 공시적 연구는 연구 대상이 되는 동사의 실현 시기에 따라 현대국어 동사에 대한 연구와 현대국어 이전 시기의 동사에 대한 연구로 구분된다. 현대국어의 동사 구문에 대한 연구는 국어 동사 분류의 기준 및 체계에 대한 연구, 문형을 설정하고 그 특성을 고찰한 연구, 그리고 몇몇 특징적인 통사적 현상을 나타내는 구문에 대한 연구로 살펴볼 수 있다.

　동사를 분류하고 유형화하는 것은 동사 구문구조를 체계적으로 기술하기 위해서 선행되어야 하는 일인 만큼 이에 대한 연구 또한 꾸준히 이어지고 있다. 그러나 지금으로서는 국어 전체 동사를 분류하는 뚜렷한 기준이 제시되지 못하고 있는 실정이다. 이것은 국어 동사가 가진 형태·통사·의미적 특성 때문이다. 국어에는 동사와 형용사의 경계가 불분명한 부류의 것들이 있기 때문에 동사와 형용사로 분류하는 전통적인 관점이 문제시된다. 또한 자동사와 타동사 사이에서도 그 경계가 뚜렷하지 않은 것들이 있어 이러한 구분에 대해 회의적인 생각을 가진 견해들이 있다.[5] 그리하여 동사를 통사·의미적 실현 양상을 중심으로 유형화하는 논의가 나오게 되며, 생성 문법에 기대어 논항구조를 기준으로 분류하려는 논의, 그리고 격틀에 의해 유형화하려는 연구들이 등장하게 된다.[6][7]

---

5) 홍재성(1989), 정희정(1996) 등이 있다.
6) 홍재성(1986), 박만수(1989), 양정석(1997), 홍재성 외(1996), 유현경·이선희
　(1996), 한송화(2000) 등이 이에 속한다.
7) 이밖에도 구문론적 특성을 기준으로 삼아 동사를 분류한 서정수(1968)과, 의미론

동사 구문의 문형 연구로 대표적인 논의로는 최현배(1937), 고영근(1969), 김진우(1969), 김민수(1971), 성광수(1971), 정교환(1974), 조항근(1974), 강은국(1993), 고동혁(1994) 등이 있다. 이들은 동사가 요구하는 필수 성분을 중심으로 국어의 문형을 설정했다. 세부적인 논의에 있어서는 차이를 보이나 대체로 동사문, 형용사문, 체언문으로 삼분하고, 동사문은 다시 자동사문과 타동사문으로 양분하는 것이 가장 적은 수의 기본 문형을 잡는 학자들에 의해 이루어진 분류이다. 이보다 더 세분화한 것이 강은국(1993)인데, 자동사와 타동사의 용법을 함께 가지는 양면 동사를 설정하고 이에 해당하는 것으로 9개의 문형을 설정하고 있는 것이 특징이다.[8]

특징정인 현상을 나타내는 통사 부류에 대한 연구에 있어서는 특히 하나의 어형이 자동사와 타동사의 특성을 동시에 보이는 것들을 어떻게 처리할 것이냐를 놓고 활발한 논의가 이루어졌다. 박승빈(1935), 최현배(1937)의 초기 전통 문법가들로부터 고영근(1986), 홍재성(1987, 1989), 최동주(1989), 연재훈(1989), 우형식(1991), 양정석(1992), 강은국(1993), 권도경(1993), 서정수(1996), 김문오(1997), 고광주(2000)에 이르기까지 이들은 자타 양용동사, 양면동사, 능격동사,

---

적 특성을 기준으로 삼아 분류한 김영희(1974), 정문수(1984), 이필영(1989) 등이 있다. 김영희(1974)는 '지속성, 행위성, 상태성'에 의해 동사를 분류했으며 정문수(1984)는 대체로 Vendler(1957)의 논의를 근간으로 하고 있다. Vendler(1957)에서는 '사건'과 '상태'라는 존재론적 범주의 개념을 구분하고 동사는 '사건'을 표현하는 것으로 보고 '완성동사, 성취동사, 동작동사'의 부류로 구분했다. 이에 반해 상태동사는 사건을 표현하지 않고 상태 내지는 사실을 표현한다고 보았다. 정문수(1984)에서는 이러한 Vendler(1957)의 틀에 따라 동사의 상적 특성을 상태, 순간, 결과, 완성으로 나누고 이러한 특성에 따라 상태풀이씨, 순간풀이씨, 완성풀이씨, 비완성풀이씨로 동사를 범주화했다. 이필영(1989)는 '순간성, 과정성, 상태성'의 의미 자질에 따라 동사를 분류했다.

8) 강은국(1993)에서는 자동사 10문형, 타동사 9문형, 형용사 8문형, 체언술어 5문형을 설정했다.

중립동사, 중간동사, 비대격동사 등의 개념을 통해 국어 동사의 통사적 특성을 살폈다.

현대국어 이전 시기의 동사 구문 연구는 현대국어의 구문 연구에 비해 수적으로 적다. 대부분 15세기 국어를 대상으로 한 연구라서 연구 대상이 특정 시기로 편중되어 있다. 특히 동사 구문을 직접적으로 다룬 연구는 드물다. 특정한 통사 현상을 보이는 부정법, 경어법, 명사화, 의문법, 접속문, 피동문, 사동문, 인용문, 비교 구문 등을 연구하면서 각각의 구문 속에서 실현되는 동사의 구문론적 특성이 논의되어 왔기 때문이다.[9]

동사를 중심으로 한 구문 연구는 대체로 각각의 동사가 취하는 명사구의 통사·의미적 특성을 밝히는 데 초점을 맞추고 있다. 대표적인 논의로 이현희(1994), 한재영(1996), 이영경(2003) 등을 들 수 있다. 이현희(1994)는 15세기 국어 구문 가운데 비교적 많이 나타나는 평가구문, 심리구문, 사유구문 등에 대해 논의했다. 한재영(1996)에서는 16세기 국어의 동사를 주어 중심 구문, 목적어 중심 구문, 여격어 중심 구문으로 구분하여 각각의 구문에 속하는 대표적인 몇 개의 동사구문에 대해 고찰했다. 이영경(2003)은 15·16세기 국어 형용사 구문 전반에 대한 연구라는 점에서 의의를 가진다.

한편 15세기 국어의 자동사·타동사와 형용사가 현대국어만큼 구별이 뚜렷하지 않다는 사실에 주목한 논의가 있다. 허웅(1975), 고영근(1997), 장윤희(2002), 이영경(2003) 등이 있다. 허웅(1975)는 형용사가 그대로 동사로 쓰이는 경우가 많으며 활용에 있어서도 유사한 실현 양상을 보인다는 점을 지적했다. 이후 고영근(1986)은 자동사와 타동사의 용법을 두루 가진 능격 동사에 대해, 이영경(2003)은 동사

---

9) 이들 문법의 연구사에 대한 자세한 논의는 홍종선(1992)에서 이루어졌다.

와 형용사 사이의 이러한 양상에 대해 형용사의 동사적 용법으로 해석했다. 특히 형용사가 동사적으로 실현되는 것에 대해 형태, 통사론적 기준을 들어 논의하였다.

1.2.2. 동사 구문의 변화에 대한 통시적 연구는 주로 형태론적 측면에서 이루어졌으며 문장 차원에서 본격적으로 연구된 것은 매우 적은 편이다. 구문에 대한 통시적 연구는 두 가지 측면으로 살펴볼 수 있다. 특정한 통사적 특성을 보이는 부류의 문법 현상을 설명하는 내용 가운데 구문의 변화를 다룬 연구가 첫 번째이고 개별 동사의 통사·의미적 기능을 통시적으로 고찰한 연구가 두 번째이다.

전자에 해당하는 것이 피·사동문에 관한 연구이다. 피동법에 대한 통시적 연구로는 배희임(1988), 우인혜(1997), 사동법에 대한 통시적 연구로는 류성기(1998) 등이 대표적이다. 이밖에도 김수태(1993)의 인용 구문의 변천에 대한 연구 등이 있다. 개별 동사 구문에 관한 통시적 연구로는 일부 동사를 대상으로 하여 동사의 통사·의미적 실현의 변화를 다룬 몇 편의 논문이 있다. 이현희(1999)는 '둏다', 이안구(2002)는 '잇다', '없다', 이양혜(2002)는 '먹다'를 대상으로 하여 각각의 구문의 통사·의미적 특성을 통시적으로 살폈다.

구문에 대한 통시적 연구는 공시적 연구에 비해 수적으로도 매우 적으며 논의 또한 활발하게 이루어지지 못하고 있음을 알 수 있다. 통시통사론이 제대로 연구되지 못한 이유에 대해 김방한(1991)에서는 다음 몇 가지 점을 들어 비판하고 있다. 첫째, 통시통사론의 연구 대상이 불확실하다는 점, 둘째, 구문 변화에서는 귀납적 일반화가 불가능하다는 점, 그리고 셋째, 모든 언어의 문법에 어떤 보편적인 체계가 존재한다고 믿어 왔기 때문에 세부적인 구문 변화에 대한 인식을 하지 못한 점 등을 들고 통시통사론은 음변화나 형태, 어휘 변화와 다른 어떤 새로운 연구 방법이 필요함을 지적한 바 있다.10)

이런 문제들 때문에 구문 변화에 대한 연구는 음운사나 형태사에 비해 훨씬 적고 변화를 설명해 주는 이론도 매우 소박하다. 동사 구문의 변화를 논의함에 있어 구문 변화가 일어나는 원리를 설명해 줄 수 있는 이론이 뒷받침되어야 한다. 만약 구문 변화 연구에 이론이 뒷받침 되지 않는다면 그 연구는 단순한 자료 수집 이상을 넘어서지 못하기 때문이다. 그럼에도 불구하고 현재까지 구문 변화를 명확히 설명해 주는 이론이 나오지 못한 것은 무엇보다도 자료의 다양성으로 인해 보편적 원리에 접근하기가 힘들었기 때문인 것으로 보인다. 이는 국어뿐만 아니라, 서구 언어학에서도 마찬가지이다.

서구 언어학에서는 구문 변화에 대한 보편적 원리를 시도한 논의가 서구 소장문법학파들의 연구에서 나타나기 시작한다. 그리고 이들의 전통을 이어, 몇몇 구문 변화의 이론들이 나오게 되는데 변화의 원인을 언어 내적 요인에서 찾으려고 하는 논의와 언어 외적 이론으로 설명하고자 하는 논의로 구분된다.11) 이러한 구문 변화 이론들이

---

10) 박영배(1991)에서도 이 문제에 대해서 다음과 같이 언급하고 있다. 첫째, 음운 분야 등은 연구 대상 설정 목록이 용이하나 문장 통사의 경우는 연구 대상 설정이 어렵다는 점과 비문법적인 문장에 대한 지식의 결여 및 문헌 자체의 성격(즉 방언 문체, 외국어의 영향, 의도적인 문장과 비문 등)에서 기인하는 문제점, 둘째, 통사론에서 대응형태라든가 통시적인 규칙의 개념은 아무런 의미를 지니지 못하였다는 점, 셋째, 역사 통사론 연구는 역사적인 자연 부류를 구성하는 것이 무엇인가 하는 개념에서 출발하지 못했다는 점, 넷째, 통사론에서 자연스러운 변화를 구성하는 것이 무엇인가에 대한 분명한 개념이 확립되어 있지 않기 때문에 재구 방법의 적용이 어렵다는 점을 지적한 바 있다.

11) 구문 변화의 원인을 언어 내부에서 찾으려고 한 대표적인 논의가 변형생성문법 이론이다. 1960년대의 생성문법에서는 그들의 변형이론으로 구문 변화를 설명하려고 했다. Traugott(1972:81)에서는 생성문법의 견지에서 언어 내적인 문법 규칙의 변화로 구문 변화가 유발된다고 보고, 구문 변화는 변형과 그것을 통제하는 규칙에서 찾아야 한다고 했다. 이와는 달리 Lightfoot(1979)의 투명성 원리

국어 동사 구문의 변화를 얼마나 적절하게 설명해 줄 수 있을지에 대해서는 많은 검토와 연구가 있어야 할 것이다. 본고에서는 국어 동사 구문의 변화의 원인을 고찰하는 과정에서 이들 이론들이 어떻게 적용될 수 있을지에 대해서도 검토해 볼 것이다.

한편 구문의 변화는 동사의 의미 변화와 밀접한 관련을 가진다. 그런데 기존의 의미 변화에 대한 논의는 주로 체언류에 집중되어 있으며, 현재 '어휘사'라는 이름으로 출판된 단행본은 유창돈(1971), 리득춘(1987), 이기문(1991), 전재호(1992) 등이 있는데, 여기에서도 변화가 뚜렷한 일부 어휘만을 대상으로 고찰하고 있다. 또한 어휘의 의미 변화를 고찰함에 있어 한정된 자료만을 대상으로 한 점 등이 문제점으로 지적된다. 따라서 동사의 의미 변화를 구문구조의 변화와 연관시켜 논의한 연구는 거의 이루어지지 않았다. 따라서 동사의 의미 변화를 살피고 이에 따라 구문의 변화를 고찰하는 연구가 필요하다.

이상으로 동사의 구문구조와 관련된 기존의 논의를 검토하고 문제점들을 살펴보았다. 연구사를 통해 알 수 있듯이, 국어 동사 전반에 대한 구문의 통시적 연구가 이루어지지 않았으며 동사 구문의 변화 유형 및 원인에 대한 체계적인 논의가 없는 것이 가장 큰 문제점으로 지적된다. 본고는 이러한 문제점들을 극복하기 위해 15세기 국어 전체 동사를 대상으로 각각의 변화 유형을 살피고, 이를 바탕으로 국어 동사 구문의 변화에 대한 전반적인 모습을 고찰하려고 한다.

(Transparency Principle)와 BeVer and Langendoen(1979)의 지각적 책략 이론(Perceptual Strategy)은 모두 구문 변화의 원인을 문법 밖에서 찾으려고 한 대표적인 이론들이다. 이들에 대한 자세한 논의는 김방한(1988)을 참고하기 바란다.

1.3. 연구 방법 및 자료

1.3.1. 연구 방법

본 연구는 고유어 본동사만을 대상으로 구문구조의 통시적 변화를 고찰하고자 한다. 이를 위해 「이조어사전」(1964), 「보정고어사전」(1981), 「우리말 큰사전 4」(1992)를 바탕으로 15세기 국어 문헌에서 동사로 실현된 모든 고유어 어휘를 추출했다. 이 가운데 동사 구문의 변화를 논의하기에 부적절하다고 판단되는 경우의 어휘는 연구 대상에서 제외시켰다. 본 연구에서 제외된 동사들을 보이면 아래 (1)과 같다.

> (1) ㄱ. 어형이 15세기 국어에서만 실현되는 경우[12)
> ㄴ. 어형이 중기국어와 근대국어에서 모두 실현되나 나타나는 용례가 한두 예에 불과한 경우[13)
> ㄷ. 어형이 한 문헌의 이본에서 동일한 문장에서만 여러 번 나타나는 경우[14)
> ㄹ. 어형이 문헌에 나타난다고 하더라도 구문구조를 명확히 보여 주지 않는 용례로만 실현되는 경우[15)
> ㅁ. 불완전 동사[16)
> ㅂ. 대동사(혹은 기능동사) 'ᄒ다', 대용언 '그러ᄒ다, 이러ᄒ다, 엇디ᄒ다', 계사 '이다'

---

12) 'ᄀᆲ다, ᄶ다, 낟다, 덜다, 멎다, 메다, 물다, 배다, 빟다, 뜨다, 뜬다, 섥다, 뽛다, 엋다, 욿다, 일다, 입다, 잊다, 즑다, 추다, 피다, 헐다' 등이 이에 속한다.
13) '닿다(緝)' 등이 있다.
14) '가ᄀ ᄒ다' 등이 있다.
15) 예를 들어 조사가 생략된 명사구로만 나타나거나(자동사 '먹다(食)'), 보문이나 관계절에서 실현된 예로만 나타나는 경우 등이 이에 속한다.
16) '달다(素, 討)' 등. 여기서 '달-'은 '素, 討'의 의미를 가지는 '달다'로, '열기 따위가 달아오르다'의 의미를 가지는 '달다'는 본 논의에 포함된다.

ㅅ. 16세기 국어 이후에 새로 생겨난 어휘[17]

　(1)의 경우를 제외하면 대략 900여 개의 동사가 추출된다. 본 연구는 이들 900여 개의 동사를 대상으로 논의를 진행하고자 한다.[18] 900여 개의 동사 중에는 동사의 어형이 현대국어까지 이어지는 것도 있으나 현대국어까지 이어지지 않고 어휘 개별적으로 형태가 사라지는 경우도 있다. 예를 들면 '젔다'는 20세기 문헌부터는 문헌에서 확인할 수 없다. 이런 경우 그 형태가 나타나는 시기까지만 변화의 양상을 살필 것이다.

　한편 이들 동사들을 대상으로 논의하기에 앞서 동사의 어간을 확정하는 기준을 제시하면 (2)와 같다.

(2)　ㄱ. 15세기 국어의 '닉다, 닙다, 닑다' 등은 근대국어 이후에 두음법칙을 거치면서 '익다, 입다, 읽다' 등으로 어형이 변하는데 이처럼 음운 변화를 겪은 것으로 판단되는 형태는 변하기 전의 어형과 변한 이후의 어형을 동일한 형태로 간주하고 변하기 전의 어형으로 논의를 진행시켰다. 이에 속하는 예들로는 'ㆍ'의 음가 변화를 겪은 '츠다/차다', 'ㅅ' 받침으로의 7종성법에 의한 '눋다/눗다', 원순모음화에 의한 '븟다/붓다' 등이 있다. 그러나 의미적으로 관련이 있더라도 15세기 국어의 음운 현상으로 설명할 수 없는 어형들은 각각 다른 형태로 다루었다. 예를 들어 '딜다/딯다', '엳다/엿다', '프다/픠다, 흗다/흩다' 등이다.

　　ㄴ. 동일 시기에 공시적인 음운 현상을 겪은 것으로 판단되는 형태는

---

17) '가ᄀᆨ다, 가불오다' 등이 있다.
18) 900여 개의 동사 중에는 단일어 뿐만 아니라 복합어도 포함된다. 그러므로 통사적 구성을 이루는 것 중에서 복합어로 실현되는 것은 연구 대상에 포함시켰다. 예를 들면 '것거디다, 그처디다, 깃거ᄒᆞ다, 두려ᄒᆞ다' 등이 있다. 본 연구의 대상이 되는 동사 목록은 【부록1】을 참고하기 바란다.

변하기 전의 어형과 변한 이후의 어형을 동일한 형태로 간주하고 다루었으며 변하기 전의 어형을 기본 형태로 간주하고 논의를 진행시켰다. 이에 속하는 예로는 '좇다/쫓다, 혀다/혀다' 등이 있다. 다만 양성모음과 음성 모음의 교체 중 모음의 교체로 인해 의미적 변별력을 가지는 경우와 그렇지 못한 경우가 있는데 이는 구분해서 다루었다. 예를 들어 '희다/히다'는 의미적 변별력을 가지지 못하는 경우이므로 한 어휘로 다루었고, '쟉다'와 '젹다'는 공시적으로 변별적인 의미를 가지고 있다고 보아 다른 어휘로 다루었다.

ㄷ. 공시적으로 형태가 유사한 두 개의 어형이 통사·의미적인 차이 없이 실현되는 경우가 있다. 예를 들어 '날호다'와 '날회다', '됴ᄒ다' 와[19] '둏다'가 그렇다. 이 경우 어느 한 쪽을 어간으로 잡기가 힘들므로 '날호다/날회다', '됴ᄒ다/둏다'와 같이 두 개를 모두 어간으로 표시하여 논의를 진행하였다.

1.3.2. 연구 자료

본 연구가 개별 동사들의 통사·의미적 변천에 대한 연구인 만큼 현대국어 이전에 실현된 동사들의 통사·의미적 양상을 정밀화하기 위해서는 해당 동사의 용례들을 최대한 많이 살펴보는 것이 필요하다. 이를 위해 필자는 현재 고어 자료 가운데 전산 입력이 되어 있는 대부분의 자료를 일차적인 분석 대상으로 삼았다.[20] 그리고 해당 동사의 용례를 검색할 수 있는 검색 프로그램으로 옛 한글 및 구결 자료 검색기인 Uniconc 프로그램을 이용했다.[21] 본고에서 연구 대상으

---

19) 모미 곳 ᄉ듸로 디나갈시 저저도 됴ᄒ고 <杜詩21:22b>

20) 이 밖에도 어휘의 용례나 용법을 고찰하는 과정에서 「李朝語辞典」(1964), 「보정고어사전」(1981), 「17세기 국어 사전」, 「우리말 큰사전 4-옛말과 이두」(1992) 등을 참고로 했다.

21) 이 프로그램은 서울대 박진호 선생님이 만든 프로그램으로 일반 검색 및 자소 검색까지 가능한 옛 한글 및 구결 자료 검색기이다. 박진호 선생님께 감사의 뜻을 표한다.

로 삼은 문헌을 각 시기별로 보이면 다음과 같다.22) 각 문헌 뒤에는 간행된 시기와 본고에서 사용될 약호를 함께 제시하기로 한다.

<table>
<tr><td>15세기 국어 자료23)</td></tr>
</table>

龍飛御天歌(1447)(龍歌), 釋譜詳節(1447)(釋詳), 月印千江之曲(1447)(月曲), 訓民正音諺解(1447년경)(訓諺), 月印釋譜(1459)(月釋), 楞嚴經諺解(1461)(楞嚴), 法華經諺解(1463)(法華), 金剛經諺解(1464)(金剛), 般若心經諺解(1464)(般若), 禪宗永嘉集諺解(1464)(永嘉), 阿彌陀經諺解(1464)(阿彌), 圓覺經諺解(1465)(圓覺), 救急方諺解(1466)(救急方), 牧牛子修心訣(1467)(牧牛), 蒙山法語諺解(1467)(蒙山), 內訓(1475)(內訓), 杜詩諺解初刊本(1481)(杜詩), 三綱行實圖(1481)(三綱), 金剛經三家解(1482)(金三), 南明集諺解(1482)(南明), 佛頂心經(1485)(佛頂), 靈驗略抄(1485)(靈驗), 觀音經諺解(1485)(觀音經), 救急簡易方(1489)(救簡), 眞言勸供·三壇施食文(1496)(施食勸供), 六祖法寶壇經諺解(1496)(六祖), 神仙太乙紫金丹(1497)(紫金丹)

<table>
<tr><td>16세기 국어 자료24)</td></tr>
</table>

續三綱行實圖(1514)(續三), 飜譯老乞大(1517 이전)(飜老), 飜譯朴通事(1517 이전)(飜朴), 飜譯小學(1518)(飜小), 二倫行實圖(1518)(二倫), 正俗諺解(1518)(正俗), 朱子增損呂氏鄕約(1518)(呂氏), 法集別行錄(1522)(法集), 簡易辟瘟方(1525)(簡辟), 訓蒙字會(1527)(訓蒙), 牛馬羊猪染疫病治療方(1541)(牛馬), 父母恩重經諺解(1553)(恩重), 救荒撮要(1554)(救荒), 聖觀自在求修六字禪定(1560)(六字), 淸州北一面 順天金氏墓 出土 簡札(1565-1575)(順天), 蒙山和尙六道普說(1567)(蒙六), 禪家龜鑑(1569)(禪家), 七大萬法(1569)(七大), 新增類合

---

22) 초간본과 중간본의 경우 각각 시기를 달리하는 문헌임에는 틀림없지만, 본 연구가 음운이나 형태의 변화를 다루는 것이 아니라 구문 변화를 다루는 것인 만큼 초간본과 중간본을 비교하여 구문론적으로 거의 동일한 양상을 보이는 경우 중간본은 자료로 다루지 않았다. 다만 노걸대, 박통사 등의 역학서 문헌들은 초간본과 중간본을 각각 간행된 시기의 언어 현상을 반영한 자료로 다루었다. 이들 역학서들의 중간, 개수본들이 간행 시기의 언어 현상을 반영한다는 것은 정광(1994, 2000) 등에서 논의되었다.

(1576)(類合), 誠初心學人文·發心修行章·野雲自警序(1577)(初發), 重刊警民編(1579)(警民重), 續三綱行實圖(1581)(續三重), 小學諺解(1588)(小學), 周易諺解(1588)(周易), 大學諺解(1590)(大學), 論語諺解(1590)(論語), 孟子諺解(1590)(孟子), 中庸諺解(1590)(中庸), 孝經諺解(1590)(孝經), 百聯抄解(16세기 후반)(百聯)

17세기 국어 자료[25]

諺解痘瘡集要(1608)(痘瘡), 諺解胎産集要(1608)(胎産), 練兵指南(1612)(練兵), 東醫寶鑑(1613)(東醫), 詩經諺解(1613)(詩經), 東國新續三綱行實圖三綱烈女圖(1617)(東新三烈), 東國新續三綱行實圖三綱忠臣圖(1617)(東新三忠), 東國新續三綱行實圖三綱孝子圖(1617)(東新三孝), 東國新續三綱行實圖續三綱烈女圖(1617)(東新續烈), 東國新續三綱行實圖續三綱忠臣圖(1617)(東新續忠), 東國新續三綱行實圖續三綱孝子圖(1617)(東新續孝), 東國新續三綱行實圖烈女圖(1617)(東新烈), 東國新續三綱行實圖 忠臣圖(1617)(東新忠), 東國新續三綱行實圖孝子圖(1617)(東國孝), 家禮諺解(1632)(家禮), 火砲式諺解(1635)(火砲), 新傳煮取焰硝方諺解(1635)(煮硝), 병자일기(163-)(병자), 산성일기(163-)(산성), 辟瘟新方(1653)(辟瘟), 語錄解初刊本(1657)(語錄初), 警民編諺解(1658)(警民重), 女訓諺解(1658)(女訓), 救荒撮要(1660)(救撮), 語錄解改刊本(1669)(語錄改), 老乞大諺解(1670)(老乞), 捷解新語初刊本(1676)(捷解初), 朴通事諺解(1677)(朴諺), 新刊救荒撮要(1686)(新救荒), 譯語類解(1690)(譯語), 新傳煮硝方諺解(1698)(煮硝), 계녀서(16--)(계녀), 癸丑日記(16--)(癸丑), 痘瘡經驗方(16--)(痘經), 馬經抄集諺解(16--)(馬經), 서궁일기(16--)(서궁), 書傳諺解(16--)(書傳), 현풍곽씨언간(16--)(곽씨), 諺解臘藥症治方(16--)(臘藥)

18세기 국어 자료

三譯總解(1703)(三譯), 伍倫全備諺解(1721)(伍倫), 女四書諺解(1736)(女四), 御製內訓諺解(1737)(御內), 御製常訓諺解(1745)(常訓), 自省編諺解(1746)(自省編), 改修捷解新語(1748)(改捷), 同文類解(1748)(同文), 論語栗谷諺解1-4(1749)(論栗), 大學栗谷諺解(1749)(大栗), 孟子栗谷諺解(1749)(孟栗), 中庸栗谷諺解(1749)(中栗), 地藏經諺解(1752)(地藏), 御製訓書諺解(1756)(御訓), 闡義昭鑑諺解(1756)(闡義), 戒酒綸音(1757)(戒綸), 種德新編諺解(1758)(種德), 普賢行願品(1760)(普賢), 御製警世問答諺解(1761)(警問), 御製警民音(1762)(警民音), 御製經世問答續錄諺解(1763)(警問續), 御製祖訓諺解(1764)(祖訓), 古今歌曲(1764년경)(古曲), 朴通事新釋諺解(1765)(朴新), 御製百行願(1765)(百行), 十九史略諺解(1772)(史略), 譯語類解補1-2(1775)(譯語類), 念佛普勸文-海印寺(1776)(念海), 曉諭綸音(1776)(曉諭音), 明義錄

諺解(1777)(明義), 小兒論(1777)(小兒), 八歲兒(1777)(八歲), 續明義錄諺解(1778)(續明), 倭語類解(1781)(倭類), 御製濟州大靜旌義等邑父老民人書(1781)(濟民書), 諭京畿大小民人等綸音(1782)(京大小民綸音), 諭京畿民人綸音(1783)(京畿民綸音), 諭湖南民人等綸(1783)(湖南民綸音), 諭湖西大小民人等綸音(1783)(湖西大小民綸音), 御製諭濟州民人綸音(1785)(濟民綸), 兵學指南(1787)(兵學), 御製咸鏡道南北關大小民人等綸音(1788)(咸鏡民綸音), 蒙語老乞大(1790)(蒙老), 蒙語類解(1790)(蒙類), 蒙語類解補(1790)(蒙類補), 武藝圖譜通志諺解(1790)(武藝), 隣語大方(1790)(隣語), 捷解蒙語(1790)(捷蒙), 御製諭楊州抱川父老民人等書(1792)(楊州民書), 增修無寃錄諺解(1792)(無寃錄), 諭諸道道臣綸音(1794)(道臣綸音), 諭湖南六邑民人等綸音(1794)(湖南邑民綸音), 御製養老務農頒行小學五倫行實饗儀式鄕約條例綸音(1795)(五倫綸音), 重刊老乞大諺解(1795)(老乞重), 敬信錄諺釋(1796)(敬信), 奠說因果曲(1796)(因果曲), 五倫行實圖(1797)(五倫), 濟衆新編(1799)(濟衆), 家禮釋義(17--)(家義), 先朝行狀(17--)(先狀), 응진경(17--)(응진)

19세기 국어 자료

太上感應篇圖說諺解(1852)(感應), 남원고사(1864)(남원), 쥬년첨례광익(1865)(쥬년), 醫宗損益(1868)(醫宗), 閨閤叢書(1869)(閨閤), 歌曲源流(1876)(歌曲), 三聖訓經(1880)(三聖), 御製諭大小臣僚及中外民人等斥邪綸音(1881)(斥邪), 셩교졀요(1882)(셩교), 明聖經諺解(1883)(明聖), 易言諺解(1883)(易言), 關聖帝君五倫經諺解(1884)(五倫經), 蠶桑輯要(1886)(蠶桑), 예수셩교젼서-마태복음(1887)(마태), 예수셩교젼서-야고보서(1887)(야고보), 예수셩교젼서-베드로젼서(1887)(베드로), 예수셩교젼서-로마서(1887)(로마), 예수셩교젼서-요한일서(1887)(요한), 예수셩교젼서-마가복음(1887)(마가), 예수셩교젼서-요한복음(1887)(요한), 예수셩교젼서-디모데젼서(1887)(디모데), 예수셩교젼서-사도행젼(1887)(사도), 女士須知(1889)(女須), 사민필지(1889)(사민), 셩경직해(1892)(셩경), 텬로력뎡1-2(1894)(텬로), 訓兒眞言(1894)(訓兒), 國民小學讀本(1895)(國讀), 치명일기(1895)(치명), 新訂尋常小學(1896)(新尋), 대죠션독립협회회보(1896)(대죠션), 國文正理(1897)(國文), 쥬교요지(1897)(쥬교), 매일신문1-5(1898)(매일), 시편촬요(1898)(시편), 협셩회회보(1898)(협셩), 독립신문(1896-1899)(독립), 新約全書-마가복음(1900)(막), 新約全書-요한복음(1900)(요), 여소학(18--)(여소), 淸語老乞大(18--)(淸老), 太平廣記諺解(18--)(太平), 閑中錄(18--)(閑中)

20세기 초기 국어 자료
신학월보(1901-1909)(신학), 대한매일신보(1901-1910)(대한), 경향보감(1906-1910)(경향)
현대국어 자료[26]
차자표기 자료 : 향가,[27] 이두,[28] 구결[29]

---

23) 해당 자료들의 서지적 사항이나 포괄적인 검토는 안병희(1973, 1979, 1992)를 참고했다.

24) 해당 자료들의 서지적인 내용에 대해서는 안병희(1979), 정광(2000)에 기대었다.

25) 근대국어 문헌들의 목록 및 서지적 사항에 대해서는 홍윤표(1994)를 참고로 했다.

26) 현대국어 동사의 용례나 용법에 대해서는 「국어대사전」(1991), 「표준국어대사전」(2001), 「조선말 사전」(1992), 「현대 한국어 동사 구문 사전」(1997)을 참고로 했다.

27) 「三國遺事」와 「均如傳」에 실려 있는 향가 25수.

28) 전산 입력된 이두문 전체 자료를 이용했으나 이두 자료 전체를 일일이 들지는 않겠다. 다만 본문에서 들고 있는 몇몇 이두 용례의 출처가 되는 자료만을 보이도록 하겠다. 禪林寺鐘銘(804), 柳璥功臣錄券(=尙書都官貼 1262), 李和開國功臣錄券(1392), 權明利許與文記(1443) 등. 이들의 서지적 사항에 대해서는 許興植(1988) 등을 참고했다.

29) 전산 입력된 고려시대 구결문 전체 자료를 이용했다. 본문에서 주로 이용한 고려시대 석독 구결 자료는 釋敎分記 (10세기 중)(석교분기), 華嚴經疏 권35(11세기 말-12세기 초)(화소), 華嚴經 권14(12세기 중-말)(화엄), 金光明經 권3(13세기 초)(금광), 舊譯仁王經 권 상(13세기 중)(구인), 瑜伽師地論 권20(13세기 말)(유가)이다. 이들 석독 구결 자료들의 간행 시기나 구결 기입의 연대 등에 관한 연구로는 남권희(1994, 1995, 1996), 남풍현(1985, 1993, 1996), 남풍현·심재기(1976), 백두현(1997) 등이 있다. 본고에서 제시한 석독 구결 자료의 간행 연대는 남풍현(1996)의 추정을 따른 것이다. 본문의 음독구결의 용례로 제시된 예의 출처가 되는 음독 구결 자료는 祇林寺本 楞嚴經 卷 2-4(1401년 이후)이다. 능엄경의 서지적 사항에 대해서는 남풍현(1990), 한상화(1994) 등을 참고로 했다.

제2장

15세기 국어 동사 구문구조의 특성과 구문의 변화

국어 동사 구문구조의 통시적 연구

국어 동사 구문구조의 통시적 연구

제2장
15세기 국어 동사 구문구조의 특성과 구문의 변화

　이 장에서는 개별 동사 부류에 관한 본격적인 구문 변화를 고찰하기 전에 15세기 국어 동사 구문구조의 특성을 살피고 이것의 통시적 변화에 대해 개괄적으로 논의하려고 한다.

　동사의 구문구조를 살피는 것은 동사의 범주적 특성 및 문형을 고찰하는 것이다. 동사의 범주적 특성에 대해서는 주로 15세기 국어 동사 전반에 걸쳐 나타나는 범주간의 넘나듦 현상에 대해 검토하게 될 것이다. 문형이란 문장의 구조적 유형이란 말의 약어로서 수많은 개개의 문장을 구조적 형식의 공통성에 따라 공식화한 틀을 가리킨다(강은국 1993). 기본 문형을 결정하는 중요한 변수로 작용하는 것은 동사가 요구하는 논항과 그것에 부여되는 의미역의 유형이다. 생성문법에서는 이를 논항구조의 개념으로 사용하고 있으며 격틀로 표시되기도 한다. 본고는 논항과 의미역을 기준으로 동사의 문형을 설정하고 이것을 격틀로서 나타낼 것이다.

　15세기 국어 동사 구문의 통시적 변화는 크게 범주 변화와 논항구조의 변화로 살펴볼 수 있다. 범주 변화에서 가장 두드러진 것은 범주의 소멸이다. 이는 15세기 국어 동사 가운데 순수하게 하나의 범주로서 사용되지 않고 겸용의 양상을 보이는 부류들에서 나타나는 현상이다. 두 가지 이상의 범주를 가지고 실현되던 것들이 그 중 하나의 범주를 잃게 되는 변화를 겪게 된다. 구문의 구조를 변화시키는 또 다른 변수로 논항이 형성되거나 소멸하는 경우가 있다. 또한 전혀 새로운 논항구조가 생겨나는 것도 포함된다.

국어 동사 구문구조의 변화는 구조적 변화와 개별적 변화로 구분된다. 구조적 변화는 구문의 변화가 규칙적이고 체계적으로 일어나는 것으로 문법 체계의 변화로 인해 일어나는 구문 변화이다. 개별적 변화는 동사의 개별적 의미가 변함에 따라 구문에 변화가 생기는 것으로, 공통적인 변화 모습을 보이는 부류도 있으나 대개 비규칙적인 변화라고 할 수 있다.

2.1. 동사의 범주간 넘나듦 현상

15세기 국어 동사 구문과 관련하여 가장 특징적인 현상은 동사 전반에 걸쳐 나타나는 범주간 넘나듦 현상이다. 15세기 국어의 동사는 현대국어에 비해 동사뿐만이 아니라 다른 문법 범주로 실현되는 경우가 많았고, 동일한 범주로 실현된 동사도 자동사와 타동사의 용법을 함께 가지고 실현되었다. 이러한 부류의 동사는 네 가지의 유형으로 살펴볼 수 있다. 자동사와 타동사의 용법을 모두 가지는 경우(①), 자동사와 형용사의 용법을 가지는 경우(②), 형용사와 타동사의 용법을 가지는 경우(③), 자동사, 타동사, 형용사의 용법을 모두 가지는 경우이다(④).[1] 각각의 유형을 용례를 통해 살펴보도록 하겠다.

---

1) ①~④의 현상에 대한 다양한 해석이 존재한다. 전통 문법이나 한재영(1984)

먼저 예문 (1)-(3)은 자동사와 타동사의 용법을 모두 가지고 있는 동사들을 제시한 것이다.[2)]

(1) ㄱ. 돌콰 나모왜 뫼ᄀᆞ티 <u>사하도</u> 구틔여 便安티 몯ᄒᆞ리로다 (木石如山 不敢安)<杜詩 25:20a>

　　ㄴ. 돌홀 <u>사하</u> 믈어딘 두들글 막고 (帖石防隤岸) <杜詩 10:15b>

(2) ㄱ. 太子ㅣ 너기샤ᄃᆡ 여윈 모ᄆᆞ로 菩提樹에 <u>가면</u> <釋詳 3:39b>

　　ㄴ. 내 외로왼 무더믈 <u>가</u> 울오져 ᄉᆞ랑칸마ᄅᆞᆫ 南녀긔셔 도라갈 舟楫이 벙으레라 <杜詩 24:17b>

(2') ㄱ. 사ᄅᆞ미 이 두 菩薩ㅅ 일후믈 <u>알면</u> 一切世間앳 天人이 禮數ᄒᆞ야 <釋詳 21:48b>

　　ㄴ. 舍利弗이 法說에 ᄒᆞ마 <u>아라</u> 부텨 ᄃᆞ욀 둘 제 알씨 踊躍ᄒᆞ야 니러 몯 듣던 이를 慶賀ᄒᆞ니라 <月釋 12:2b>

등에서는 'Ø 파생'으로 다루는 등 전성(전용)의 일종으로 다루었으며, 허웅 (1975)에서는 이들이 활용의 방법에 차이가 없기 때문에 한 형태의 용법상의 차이로 보아야 한다며 다의(多義, polysemy)적 용법을 가진 낱말로 해석했다. 최근의 견해는 어느 한쪽에서 다른 쪽으로의 전성 혹은 전용으로 보기보다는 한 형태가 두 가지 용법을 모두 가지고 실현되었다고 보는 것이 일반적이다(고 영근 1986, 이현희 1994, 장윤희 2002, 이영경 2003). 이들을 전성으로 볼 경우 ①과 ②를 포함하여 ③, ④의 경우까지 포괄하는 전성을 국어에 적용시킬 수 있을지 의심스럽다는 점, ①의 경우 능격동사로 보아 각각의 용법을 대등하게 기술하면서 ②~④는 전성으로 보는 것은 합리적이지 않다는 점 등이 문제점 으로 지적되었다. 본고에서도 이들을 전성으로 처리했을 때 생기는 문제점을 고려하여 하나의 동사가 두 가지 이상의 용법을 겸하여 실현된 것으로 보고자 한다.

2) 이러한 동사 부류에 대해 능격동사, 중간동사, 중립동사, 자타동 공용동사, 자타 양용 동사 등의 명칭이 있다. 이 가운데 자타 양용 동사는 자동사와 타동사의 주어가 동일한 경우까지를 포함하는 용어이고, 능격동사나 중간동사, 중립동사 등은 타동사의 목적어가 자동사의 주어가 되는 경우만을 한정하는 경우이다. 본고에서는 타동사의 목적어가 자동사의 주어가 되는 경우는 물론이고 자동사 와 타동사의 주어가 동일한 경우까지를 포함하여 '자·타 겸용 동사'라는 용어 를 사용하고자 한다. '양용' 대신 '겸용'이라고 한 것은 범주간의 넘나듦 현상은 자·타뿐만 아니라 자·타·형의 경우에서도 나타나기 때문에 이들 모두에게 적용하기 위해서이다.

(2″) ㄱ. 수둙의 버섯 피롤 대롱애 <u>너허</u> 곳굼긔 부러 드리라 <救簡 1:44
　　　b>

　　　ㄴ. 外道ㅣ 씌여 フ무니 눌카본 갈호로 衣葉中에 <u>녀허</u> <月釋 25:23a>

(2‴) ㄱ. 네 디나건 녜 넷 時節에 盟誓 發願혼 이롤 <u>혜논다</u> 모르논다 <釋
　　　詳 6:8a>

　　　ㄴ. 흐다가 내 이 輪廻 免홀 거시 잇느니라 <u>혜면</u> 곧 이 我執 免티 몯
　　　호미니 <圓覺上 1-2:156a>

(3) ㄱ. 붐 티느니와 琵琶 노느니왜 서르 <u>맛나</u> 둘히 흔 지븨 몯도다 <金三
　　　4:5a>

　　　ㄴ. 사르미 怨讐를 <u>맛나</u> 흔터 사디 아니 툿호고 <圓覺上 2-1:46b>

(1)-(3)은 다시 구문의 성격에 따라 네 가지 유형으로 구분된다.

첫째, 자동사의 주어와 타동사의 목적어가 통사·의미적으로 일정한 대응관계를 가지는 경우로 능격 동사라고 불리는 부류의 구문이다.[3] 예 (1)의 '쌓다'가 이에 해당된다. (1ㄱ)은 '돌과 나무가 산처럼 쌓여도 편안하지 못할 것이다'의 의미로 '쌓다'가 'NP이 V'의 자동 구문을 형성한 것이고, (1ㄴ)은 '돌을 쌓아 무너진 언덕을 막고'의 의미로 '쌓다'가 'NP이 NP를 V'의 타동 구문을 형성한 것이다. 동일한 명사구 '돌'이 (1ㄱ)에서는 주격 조사와 결합한 형태로, (ㄴ)에서는 목적격 조사와 결합한 '돌흘'의 형태로 실현되어 자·타동 구문을 형성하고 있다.

둘째, 자동사의 주어와 타동사의 주어가 통사·의미적 대응관계를 가지면서 자동 구문과 타동 구문을 형성하는 경우이다. 이들은 다시 동사 유형에 따라 세분화된다. 대표적인 예를 들면 (2)의 '가다' 구문과 (2′)의 '알다' 구문, (2″)의 '넣다' 구문, 그리고 (2‴)의 '혜다' 구문이

---

3) 고영근(1986)에서는 중세국어에 같은 동사가 자동사와 타동사로 두루 쓰이는 일이 흔하다는 사실에 기대어 중세 국어의 문장 구성이 강한 능격성을 가지고 있다고 보았다.

다. 이들은 자동 구문으로 실현되든 타동 구문으로 실현되든 주어로 실현되는 'NP이'는 모두 행위의 주체가 되는 명사구가 실현된다. 그런데 (2)의 '가다' 구문은 이동의 지향점, 혹은 기점이 되는 명사구가 (2ㄱ)에서는 'NP에' 명사구로 실현되어 'NP이 NP에 V'의 자동 구문을 형성하고 (2ㄴ)에서는 'NP를'로 실현되어 'NP이 NP를 V'의 타동 구문을 구성하였다. 또 (2')의 '알다'는 인식의 대상 명사구가 (2'ㄱ)에서는 'NP를' 명사구로 실현되어 'NP이 NP를 V'의 타동 구문을 형성하고 (2'ㄴ)에서는 'NP에' 명사구로 실현되어 'NP이 NP에 V'의 자동 구문을 구성하였다. (2")의 '넣다'는 행위의 주체가 되는 주어 외에 대상 명사구, 대상 명사구가 위치하는 장소 명사구를 모두 요구하는 세 자리 서술어이다. (2'ㄱ)은 대상 명사구가 'NP를', 장소 명사구가 'NP에'로 실현되어 'NP이 NP를 V'의 타동 구문을 형성하였다. 그리고 (2"ㄴ)은 대상 명사구가 'NP로', 장소 명사구가 'NP에'로 'NP이 NP로 NP에'의 자동 구문을 형성하였다. (2''')의 '혜다'는 인식의 대상이 어떤 형식으로 실현되느냐에 따라 구문이 다르게 실현된다. (2'''ㄱ)에서는 대상 명사구가 'NP를'로 실현되어 'NP이 NP를 V'의 타동 구문을 형성하고 (2'''ㄴ)에서는 종결어미가 실현된 문장 'S'로 실현되어 'NP이 S V'의 자동 구문을 형성하였다.

두 번째 유형에 속하는 자·타동 겸용 동사 가운데 (2) '가다'의 자동 구문과 (2''')의 '혜다'의 자동 구문을 제외한 '알다'의 'NP이 NP에 V' 구문과 '넣다'의 'NP이 NP로 NP에' 구문은 15세기 국어 동사 구문에 나타나는 특성으로 이들 구문의 특성 및 구문 변화에 대해서는 3장 자동사 구문의 변화에서 구체적으로 다룰 것이다.

셋째, 행위의 주체가 되는 명사구가 주어로 실현되는 것은 두 번째 유형과 같으나 자동 구문의 주어와 타동 구문의 주어가 통사·의미적으로 완전히 일치하는 것은 아닌 경우이다. 예 (3)의 '맞나다'가 이에 속한다. (3ㄱ)은 '맞나다'가 'NP$_{pl}$이 서르 V'의 자동 구문을 형성한 것이고,[4] (3ㄴ)은 'NP이 NP를 V'의 타동 구문을 형성한 것이다. (3ㄴ)에서 주어로 실현된 명사구와 목적어로 실현된 명사구가 접속 조사로 통합된 것이 (3ㄱ)의 복수주어로 나타난 것이다.

예문 (4)-(6)은 자동사와 형용사의 용법을 두루 가졌던 동사들이다.[5]

(4) ㄱ. 그 兩足 聖尊이 못 노파 딱 업스니 <法華 2:44b>
    ㄴ. 九層臺예 올옴 곧ᄒᆞ야 발 볼오미 漸漸 노프면 보는 고디 漸漸 머니라 <圓覺上 1-1:113b>
(5) ㄱ. 窮子ㅣ 쁘디 늧갑고 사오나올ᄉᆡ 보고 놀라 저포ᄆᆞᆯ 免티 몯ᄒᆞ니 보고 <金三 3:25a>
    ㄴ. 노폰 지죄 나날 사오나와 가놋다 (高才日陵替) <杜詩 24:26a>
(6) ㄱ. 藹藹ᄒᆞᆫ 곳부리 어즈럽고 飛飛ᄒᆞᄂᆞᆫ 버리와 나븨왜 하도다 <杜詩 25:18b>
    ㄴ. 우희 사라도 驕慢티 말며 아래 ᄃᆞ외야도 어즈럽디 말며 <內訓 1:41b>

예 (4)는 '높다'가 실현된 예로, (4ㄱ)은 '높다'가 형용사로 실현된 구문이며 (4ㄴ)은 '높다'가 자동 구문을 형성한 예이다. (4ㄴ)은 '…발 밟음이 점점 높아지면 보는 곳이 점점 멀어진다'의 의미로 동사를 수식하는 양태 부사 '漸漸'이 '높다'를 수식하고 있어 '높다'가 동사로 사용

---

4) 'NPpl'은 복수명사를 가리킨다.
5) 이와 관련하여 이영경(2003)에서는 중세국어 형용사의 활용 양상과 수식어 및 보조 용언 구성을 근거로 중세국어 형용사의 동사적 용법에 대해 논증하고자 했다. 한편 도원영(2002)에서는 현대국어를 대상으로 형용사가 아닌 범주에서 형용사적 용법을 보이는 것들이 일부 나타나는 것에 대해 주목하고 이들을 '형용성 동사'라는 부류로 묶어서 설명하고자 했다.

된 것임을 말해 준다. 예 (5)는 '사오납다'가 실현된 예로 (5ㄱ)은 '사오납다'가 형용사로 실현된 것이고 (5ㄴ)은 동사로 실현된 예이다. (5ㄴ)은 '높은 재주가 날로 쇠퇴해 가는구나'의 의미로 어떤 동작이나 상태 변화가 계속되거나 진행됨을 의미하는 보조 동사 '가다'가 '사오납다'에 연결되어 실현되었다. 또한 '나날'이라는 양태부사가 '사오납다'를 수식하고 있어 '사오납다'가 동사로서 사용된 것을 분명하게 말해 준다. 예 (6)은 '어즈럽다'가 실현된 경우로 (6ㄱ)은 '어즈럽다'의 형용사 구문이며 (6ㄴ)은 동사 구문이다. (6ㄴ)은 '어즈럽다'에 '-디 말다' 구성이 연결된 것이다. '말다'는 부정 명령형을 구성하는 보조 동사로, 동사만을 본용언으로 취하므로 '어즈럽다'가 '어지럽게 행동하다'의 의미를 가진 동사로 보아야 한다. 그러므로 (6ㄴ)은 '위에 살아도 교만하게 굴지 말며 아래(가) 되어도 어지럽게 행동하지 말며'의 의미로 해석된다.

예문 (7)은 형용사와 타동사의 용법을 모두 가진 경우이다.[6] 예 (7)의 '모딜다'가 이에 속한다.

(7) ㄱ. 調達이 性이 <u>모딜씬</u> <月曲 46a>
　　ㄴ. 우 업슨 士ㅣ시고 物化ᄒᆞ샤몰 <u>모디디</u> 아니ᄒᆞ시며 ᄯᆞ로 나샤 굽디
　　　 아니ᄒᆞ실씬 <法華 1:93b>

(7ㄱ)은 '조달(調達)이 성품이 모질어서'의 의미로 '모딜다'가 형용사로 실현된 경우이고 (7ㄴ)은 '물화(物化)하심을 모질게 하지 않으시며'

---

6) 형용사가 타동사로 실현된 용례는 고려시대 석독구결에서도 찾아볼 수 있다. '不可思議ㄷ 刹乙 嚴淨ᄼᅌ <華嚴 15:03-07>, 四 得ノㄱ 所乙 如ハᆺㄱ 道乙 修習ᄼᅌ <瑜伽 20:03-08>'에서 형용사 '嚴淨ᄼᅌ'와 '如ハ'는 각각 '不可思議ㄷ 刹乙', '得ノㄱ 所乙'이라는 목적어를 논항으로 취하고 있기 때문이다. 이에 대해서는 이건식(1996)에서 논의된 바 있다.

의 의미로 '모딜다'가 타동사로 실현된 경우이다. 이 외에도 '셟다, 슬 ᄒ다, 고ᄅ다, 기웃ᄒ다' 등이 형·타 겸용 동사로 실현되었다.

예문 (8)은 자동사, 타동사의 용법을 가진 동시에 형용사의 용법까지 가진 경우이다. 예 (8)의 '더으다'가 이에 해당된다.

(8) ㄱ. 봀비츤 漸漸 해 <u>더으놋다</u> (春色漸多添) <杜詩 7:11b>
   ㄴ. 禮룰 徐孺子이게 <u>더으시ᄂ니</u> (禮加徐孺子) <杜詩 14:14b>
   ㄷ. 이 福德이 알픳 福德에 <u>더으니라</u> (此福德이 勝前福德ᄒ니라) <金剛 62b>

(8ㄱ)은 '봄빛은 점점 많이 더하여지는구나'의 의미로 '더으다'가 'NP이 V'의 자동사 구문을 형성하였다. '더으다'가 '漸漸'이라는 양태 부사의 수식을 받고 있어 그것의 동사적 용법을 확인할 수 있다. (8 ㄴ)은 '徐孺子보다 나(두보)에게 예를 더하신다(더 갖추신다)'의 의미 로 '더으다'가 'NP이 NP를 NP에 V'의 타동 구문을 형성하였다. (8ㄷ) 은 '이 복덕이 앞에 있는 복덕보다 낫다'의 의미로 '더으다'가 형용사 로 실현되었다. (8ㄱ)의 '더으다'는 비교기준이 되는 명사가 문면에 나 타나지는 않았으나 양태부사 '漸漸'의 쓰임 자체가 정도의 변화를 의 미하는 동사이며, 정도의 변화란 앞 단계와 뒷 단계의 상태를 비교함 으로써 판단할 수 있는 것이므로 비교 기준이 명시적으로 실현되지는 않았더라도 (8ㄱ)의 자동사적 용법에서도 의미적으로는 비교 기준을 전제로 한 비교 행위가 내재되어 있다고 볼 수 있다(김정아 1998). (8 ㄴ)에서는 '徐孺子이게'가 비교기준이 되어 비교 타동사 구문을 형성 하였으며 (8ㄷ)은 '알픳 福德에'가 비교 기준이 되어 비교 형용사 구문 을 구성하였다. 그러므로 (8ㄱ)-(8ㄷ)의 '더으다'는 비교의 의미를 실 현시키는 한 동사의 용법으로 파악될 수 있다.

이상의 논의를 종합해 보면, 15세기 국어의 동사는 현대국어의 그
것과 비교해 볼 때 범주간의 넘나듦 현상이 다양한 환경에서 비교적
폭넓게 존재했음을 알 수 있다. 이러한 사실을 뚜렷이 보여 주는 것
이 위의 예문 (1ㄱ), (2'ㄴ), (2"ㄴ), (4ㄴ), (5ㄴ), (6ㄴ), (7ㄴ), (8)의 예
들이다. 이들은 현대국어에서는 실현되지 않는 것들로, 15세기 국어
동사 구문구조의 특성을 뚜렷이 보여 준다.

2.2. 동사의 논항과 기본 문형

이 장에서는 15세기 국어의 동사를 격틀(case frame)에 따라 분류
하고 이를 바탕으로 동사의 문형을 살펴보려고 한다. 동사의 문형은
논항과 의미역의 유형에 의해 결정된다.[7] 국어의 경우 일정한 의미역
을 할당받은 논항은 '명사구(NP)+격조사'의 구성을 통해 실현된다.[8]

---

7) 논항(argument)이란 동사가 하위범주화하는 문법범주로서 동사로부터 의미역
   (thematic role)을 부여 받는 명사구를 말한다. 논항은 명사항(N)을 비롯하여
   명사구(NP)뿐만 아니라 CP, IP, AP 등도 포함될 수 있다. 우형식(1998)에서는
   '논항, 명사항, 명사구, 구성성분'을 구분해서 쓰고 있다. '구성성분'은 문장의
   '구성요소'를 강조한 것이고, '논항'은 의미적 특징을, '명사항'은 동사와의 통합
   관계를, 그리고 '명사구'는 어휘적인 측면을 고려한다는 점에서 구별된다고 했
   다. 그러나 이들은 모두 구문 형성에서 동사에 이끌리는 요소를 지칭한다는 점
   에서는 동일하다. 이에 본 논의를 진행하는 데는 이들을 엄밀하게 구분할 필요
   가 없으므로 '논항'이라는 용어로 대표해서 사용하겠다. 또한 본고는 동사의 어
   휘 의미 구조(Lexical Conceptual Structure)에 참여하는 논항을 모두 격틀에
   반영할 것이다.
8) 국어에서 논항 명사구에 실현되는 조사로 성광수(1977)에서는 '에게, 에(게)
   (서)(부터), 로, 에(게)로(까지), 와, 하고, 한테, 이, 을'이, 김승곤(1980)은 '에, 에
   서, 한테, 로부터, 에게, 로써, 로서, 까지'가 제시되어 있고, 김민수(1971)에서는
   '이, 의, 을, 로, 에, 와, 야, 이(술격)'가, 김일웅(1984)는 '이, 에게, 와, 을, 에, 에
   서, 로'가 제시되어 있다. 이 가운데 '까지, 부터, 야, 의, 이(술격)'는 문장의 서
   술어와 관련을 맺지 않는 것이므로 일차적으로 제외된다. 그리고 격 구조의 차
   원에서 '로서, 로써, 에로, 에게로'는 '로'에 통합되며, '한테'는 '에게'에 통합되

이런 격조사를 중심으로 하여 논항구조를 표시한 것이 격틀(case frame)이다.[9] 여기서 격틀은 형태적인 격 형태의 나열이 아니라 격조사와 함께 명사구에 부여된 의미역(Θ-role)까지 고려된 것을 말한다. 즉 'NP이 V'의 동일한 격 형태라 하더라도 'NP이'의 의미역이 '대상'인 경우와 '행위주'인 경우의 격틀은 다르게 파악되는 것이다. 동사의 격틀에 반영되는 격조사로는 주격 조사, 대격 조사, 부사격 조사, 보격 조사가 있다. 부사격 조사에는 '처격 조사, (도)구격 조사, 공동격 조사'가 포함된다. 그러므로 15세기 국어 동사의 논항으로는 'NP이' 논항, 'NP를' 논항, 'NP에' 논항, 'NP로' 논항, 'NP와' 논항으로 살펴볼 수 있다.[10]

동사의 격틀을 결정하기 위해서는 격틀에 참여하는 논항을 결정하는 일이 이루어져야 한다. 논항을 어떻게 규정할 것이냐에 대해서는 학자들마다 조금씩 견해를 달리한다. 그러나 문장을 구성하는 필수성분을 논항으로 설정하는 것은 공통된 의견이다.[11] 여기서 필수 성분

고, '하고'는 '와'에 통합되며, '에서, 에게서'는 각각 '에'와 '에게'에 후치사 '서'가 통합된 것이므로 순수한 격조사는 '이, 을, 에, 로, 와'로 조정된다.

9) 격틀의 개념에 대한 자세한 논의는 우형식(1996), 유현경(1998), 한송화(2000) 등을 참고하기 바란다.

10) 격조사 '-이', '-를', '-에', '-로', '-와'는 15세기 국어에서 다양한 이형태들이 실현된다. 본고는 이들 이형태들의 대표형으로 각각 '이', '를', '에', '로', '와'를 잡았다. 여기서 '에'는 '에, 애, 예'와 특이처격의 '익, 의'를 비롯하여 '의게, 익/의 그에(게), 띄, ㅅ그에(긔/게)'를 모두 포함한 것이다.

11) 필수 성분이라고 하는 것은 곧 문장을 구성할 때 필수적으로 요구되는 성분으로 '주성분'의 의미와 맞닿아 있다. 즉 문장의 주성분 가운데 명사구로 실현되는 주어, 목적어, 보어를 가리킨다. 이렇게 볼 때 국어의 논항은 주어 명사구, 목적어 명사구, 보어 명사구로 각각 실현되는 것이라고 말할 수 있다. 그런데 '논항(NP+격조사)'을 '주어 명사구(Subject NP)' 등으로 나타내지 않는 것은 '주어 명사구'와 같은 용어로는 논항으로 실현되는 명사구의 문법적 기능을 모두 보여줄 수 없기 때문이다. 예를 들어 주어로 실현되는 모든 명사구가 문장 내에서 동일한 문법적 자격을 가지는 것은 아니라서 똑같이 주어의 기능을 하는 명사구라고 하더라도 어떤 경우에는 동사에 대해 '대상'의 관계를, 또

이라 함은 이것이 문장에서 생략되면 문법적인 문장 구성을 이루지 못하는 것을 의미한다. 논항을 설정함에 있어 생략가능성이 중요한 통사적 기준으로 제시되는 것도 이와 같은 이유 때문이다.

그런데 현대국어 이전 시기의 문헌을 대상으로 동사의 논항을 가려내는 것은 쉬운 일이 아니다. 무엇보다도 논항의 생략 여부를 판단할 수 있는 직관을 발휘할 수 없기 때문이다. 즉 문장에서 어떤 성분이 실현되지 않은 것이 실제로 불가능한 것이기 때문에 나타나지 않은 것인지, 아니면 실현이 가능한데 문맥상 생략된 것인지, 또는 한정된 문헌으로 실현 용례를 찾아볼 수 없는 것인지를 판단하기 어렵기 때문이다. 문헌을 통한 국어 연구를 할 때 이런 한계에 항상 부딪히게 되지만, 구문 변화 연구에 있어 이런 문제점은 더욱 심각하다. 어떤 음운이나 형태가 문헌에서 나타나지 않는 것은 실제 언어 변화의 시기를 고려한다고 하더라도 어느 정도 언어 변화를 추정해 볼 수 있으나, 구문의 변화는 다른 언어 단위에 비해 그 변화 속도나 양상이 오랜 시간에 걸쳐 진행되는 것인 만큼 구문 변화를 논의하기가 매우 힘들기 때문이다. 이렇게 되면 현대국어 이전 시기의 동사 구문에서 논항을 판별하여 구문의 특성을 기술하기는 논리적으로 불가능한 것인지도 모른다.

그러나 여기서 생각해야 할 것이 직관이 모든 문제를 해결하는 것은 아니라는 점이다. 왜냐하면 직관이 발휘되는 현대국어에서도 그것

다른 경우에는 '행위주'의 관계를 가질 수 있는데 이들을 모두 '주어 명사구'로 파악하면 문장 내 주어 명사구의 세분화된 기능을 기술할 수 없다. 이처럼 의미역의 설정 근거는 문장에서 서술어에 대해 가지는 명사구의 역할을 주어, 목적어, 보어 등의 통사적 기능만으로는 문장 성분의 기능을 기술하는 데 한계가 있기 때문에 이를 극복하기 위해 의미역이 설정되고 의미역을 가지는 명사구를 논항으로 규정하여 명사구의 지위를 기술하고자 하는 것이다. Fillmore(1968)의 격문법 이론도 이러한 문제 인식에서 비롯된 것이다.

이 항상 문법을 기술하는 명확한 기준이 되는 것은 아니기 때문이다.
우선 직관만으로 정문인지 비문인지를 판단하기 힘든 경우가 있다.
연구자들에 따라 동일한 문장이 정문으로 이해되기도 하고, 비문으로
판단되기도 한다. 또한 정문인 문장에서조차 직관만으로 해결되지 않
는 문제도 있다. 예를 들어 '학교에 가다'라는 문장에서 '학교에'가 필
수논항인지 수의논항인지를 판단하는 것은 직관만으로는 힘들다. 이
러한 직관의 맹점을 고려해 볼 때 문형을 파악함에 있어 직관이 중요
한 변수로 작용한다고 단정할 수는 없다. 그러므로 오히려 문헌자료
에 나타나는 용례를 중심으로 논항구조를 면밀히 고찰하는 것이 정확
한 구문 연구가 될 수가 있다.

문헌 자료를 대상으로 논항 연구를 함에 있어서 고려해야 할 또 다
른 문제는 문헌자료의 종류에 따라 논항의 실현 양상이 다르게 나타
날 수 있다는 점이다. 문헌은 여러 기준에 의해 유형화될 수 있는데
특히 동사의 논항 실현과 관련해서는 구어 자료와 문어 자료가 서로
다른 모습을 보일 수 있다. 구어 자료의 경우 문어 자료보다 명사구
의 생략이 쉽게 일어난다. 예를 들어 구어 자료인 역학서류는 주어나
목적어의 생략이 쉽게 일어난다. 반대로 성경류는 번역문의 성격으로
인해 다른 문헌 자료들에 비해 의고적인 모습을 많이 보여 준다. 예
를 들면 15세기 국어에서 실현되었던 구문이 16-18세기까지 나타나지
않다가 19세기 성경 자료에서 보이는 경우가 있다. 이처럼 문헌 자료
의 성격으로 인해 구문의 변화된 모습을 단정짓기 어려운 경우에 대
해서는 별도로 주를 달아서 구분하겠다.

이제 15세기 국어 동사 구문의 유형을 결정하는 논항에 대해 살피
고 이에 따라 동사의 기본 문형에 대해 살펴보기로 하겠다.12)

---

12) 이처럼 15세기 국어의 동사 전반을 통사론적 기준에 따라 분류하는 것이 문제

2.2.1. 자동사의 논항과 기본 문형

15세기 국어 자동사의 기본 문형은 현대국어의 그것과 큰 틀에서는 차이가 없지만 세부적인 면에서는 차이를 보인다. 자동사 구문의 유형은 주어의 의미역 및 자동사가 요구하는 보어의[13] 유형과 관련이 있다. 자동사 구문에서 주어 및 보어로 실현되는 논항으로는 'NP이', 'NP에', 'NP로', 'NP와' 등이 있다.[14] 이제 자동사의 문형을 결정하는 논항을 살피고 이를 바탕으로 자동사 구문의 유형을 제시해 보기로 하겠다.

15세기 국어 자동사 구문에서 주어로 실현되는 'NP이'의 의미역은 '행위주', '대상', '피동주', '경험주' 등이 있다. 이 가운데 주어의 의미역이 행위주인 자동사를 행위성 자동사라고 한다. 행위성 자동사는 보어로 실현되는 논항의 의미역의 유형에 따라 단순 행위 자동사, 처소 행위 자동사, 대상 행위 자동사, 발화 행위 자동사, 상호 행위 자동사, 이동 행위 자동사로 구분된다.

예문 (9)는 단순 행위 자동사가 실현된 구문이다. 단순 행위 자동사

가 없는 것은 아니다. 한정된 문헌 자료를 통해 모든 동사의 통사적 특징을 규정해야 하므로 실제 언어적 사실을 왜곡할 가능성도 있다. 그러나 동사의 의미는 구문구조를 통해 분명히 드러나는 것이고, 구문구조 역시 의미에 따라 결정되는 것이다. 따라서 15세기 국어 동사의 의미를 파악할 때 구문구조가 고려되는 것이다. 그러므로 의미를 기준으로 구문을 분류한다는 것 또한 논리적인 모순을 담고 있다. 동사의 문형이 파악되지 않았는데 동사의 의미를 정확하게 알 수는 없기 때문이다. 그러므로 동사가 보여 주는 구문구조를 중심으로 문형을 설정하는 것이 당시의 언어 사실을 가장 객관적으로 보여 주는 것이라고 생각한다.

13) 본고에서 사용하는 '보어'는 주어와 목적어를 제외하고 동사가 요구하는 문장의 필수 성분을 가리키는 것으로 '되다, 아니다' 앞의 '보어'와 다른 개념이다.

14) 이 밖에도 'NP에셔', 'NP로써', 'NP이라와', 'NP두고' 등이 보어로 실현되나, 본고는 격조사와 결합한 명사구를 논항의 범위로 규정했기 때문에 이들의 실현 양상에 대해서는 논의하지 않기로 한다.

는 주어의 의미역이 행위주이며 행위주 이외의 논항은 나타나지 않는 자동사를 말하는 것으로, 행위성 자동사 구문 가운데 가장 기본적인 문형이다.15)

(9) 簪纓혼 사르미 모드니 멀허멧 모리 <u>우르고</u> (盍簪喧櫪馬) <杜詩 11:37b>

예문 (9)는 단순 행위 자동사 '우르다'가 실현된 예이다. 예 (9)는 '잠영한 사람이 모이니 마구간에 있는 말이 포효하고'의 의미를 가진다. 주어 '모리'가 '우르다'의 행위주가 된다.

예문 (10)은 처소 행위 자동사가 실현된 구문이다. 처소 행위 자동사는 행위성 자동사 중 행위주와 장소 논항이 요구되는 동사들이다.

(10) 世尊하 藥王菩薩이 엇뎨 娑婆世界예 <u>노니시며</u> <月釋 18:23a>

예문 (10)은 처소 행위 자동사 '노닐다'가 실현된 예이다. '세존이시여, 약왕보살이 어찌 사바세계에서 노니시며'의 의미로 '행위주'는 '藥王菩薩이'로 실현되었고 '娑婆世界예'라는 '장소' 논항이 실현되었다.

예문 (11)은 대상 행위 자동사의 실현 용례이다. 대상 행위 자동사는 행위주와 행위주의 '대상'이 되는 논항을 요구하는 동사이다. 대상이 되는 명사구는 'NP에' 논항으로 실현되기도 하고, 'NP로' 논항으로 실현되기도 한다. 여기서의 '대상' 논항은 타동구문에서 목적어로 실현되는 대상의 'NP를' 논항과 통사·의미적 관계를 가지는 것이다. 대상 행위 자동사들이 모두 자·타 겸용 동사이다. 이들이 자동 구문을

---

15) 단순 행위 자동사의 명칭에서 '단순'이라는 것은 행위주 외에 논항을 가지지 않는다는 점에서 가장 단순하고 기본적인 문형이라는 점에서 붙인 명칭이다. 이 부류의 자동사의 행위가 단순하다는 의미를 뜻하는 것은 아님을 밝혀 둔다.

구성했을 때의 'NP에'와 'NP로' 논항이 타동 구문에서는 'NP를' 논항으로 실현되기 때문이다. 이처럼 'NP에'와 'NP로'가 '대상' 논항으로 실현되어 자동 구문을 구성할 수 있었던 것은 15세기 국어에서 조사 '-에'와 '-로'가 가진 '대상'의 기능 때문에 나타난 결과이다. 이러한 사실은 대상 행위 자동사가 실현된 예 (11)을 통해 살펴볼 수 있다. 대상 행위 자동사는 자동사의 의미에 따라 태도 자동사, 전환 자동사, 위치 자동사, 수혜 자동사, 결합 자동사로 세분화된다.

(11) ㄱ. 尊者ㅣ 무로디 므슴 期約애 <u>그르ᄒᆞᄂᆞ뇨</u> <月釋 4:35a-b>

ㄱ'. 내 머리 우희 오롤 ᄲᅮᆫ뎡 法師애 <u>어즈리디</u> 말며 (寧上我頭上이언뎡 莫惱於法師ᄒᆞ며) <法華 7:118a>

ㄴ. 獅子ㅣ 袈裟 니븐 사ᄅᆞᄆᆞᆯ 보면 아니 믈쎠 山行ᄒᆞ리 袈裟롤 닙ᄂᆞ니라 太子ㅣ 袞服ᄋᆞ로 <u>밧고아</u> 니브시고 니ᄅᆞ샤디 이제ᅀᅡ 出家ᄒᆞᆫ 사ᄅᆞ미 ᄃᆞ외와라 <釋詳 3:31b-32a>

ㄷ. 外道ㅣ ᄢᅵ여 ᄀᆞᄆᆞ니 놀카ᄫᆞᆫ 갈ᄒᆞ로 衣裓中에 <u>녀허</u> 王孫ᄃᆞ려 ᄒᆞᄢᅴ 가 <月釋 25:23a>

ㄹ. 二祖阿難尊者ㅣ 正法으로 商那和修의 <u>맛디고</u> 寂滅에 드니라 <釋詳 24:7a>

ㅁ. ᄯᅩ 經疏애 거즛 거스로 眞에 <u>섯거</u> 뎌지 城 밧 아니니 ᄌᆞᄆᆞ 하니 <金三序 13b>

예 (11ㄱ)과 (11ㄱ')는 태도 자동사가 실현된 것이다. 예문 (11ㄱ)은 '그르ᄒᆞ다'가 실현된 예로 '존자가 묻되 "(내가) 무슨 기약을 잘못하고 있는가?"'의 의미를 가진다. '그르ᄒᆞ다'의 대상 논항이 'NP에'로 실현되었다. 예문 (11ㄱ')는 '어즈리다'가 실현된 예로 '내 머리 위에 오를망정 법사를 어지르지 말며'의 의미를 가진다. '어즈리다'의 대상 논항은 '法師에'이다. 예 (11ㄴ)은 전환 자동사 '밧고다'가 실현된 예이다. (11

ㄴ)은 '사자가 가사 입은 사람을 보면 물지 않으므로 산행하는 사람은 가사를 입는다. 태자가 곤룡포를 갈아 입으시고 이르시되 "이제야 출가한 사람이 되었다"의 의미이다. 이 문장에서 주목되는 부분은 '太子 ㅣ 袞服ㅇ로 밧고아 니브시고'인데 이는 '곤룡포를 바꾸어 가사옷으로 갈아 입는다'는 의미이다. 여기서 '밧고다'의 대상 논항은 '袞服ㅇ로'이다. 현대국어에서는 'NP를'로 실현되었을 것이 'NP로'로 실현된 것이다. 예 (11ㄷ)은 위치 자동사가 실현된 것이다. (11ㄷ)은 '넣다'가 실현된 예로 '외도가 숨어서 가만히 날카로운 칼을 옷 속에 넣어 왕께 함께 가'의 의미를 가진다. 여기서 '넣다'의 '대상' 명사구는 '눌카본 갈ㅎ 로'이다. (11ㄹ)은 수혜 자동사 '맛디다'가 실현된 예로 '二祖阿難尊者가 정법(正法)을 상나화수께 맡기고 적멸(寂滅)에 드니라'의 의미를 가진다. '맛디다'의 '대상' 논항은 '正法으로'가 된다. (11ㅁ)은 결합 자동사 '섰다'가 실현된 예로 '또 거짓을 진실에 섞어서…'의 의미이다. '거즛 거스로'가 '섰다'의 '대상' 논항으로 실현되었다.

이상에서 살펴본 바와 같이 예 (11)에서 실현된 'NP에'와 'NP로'는 모두 동사의 '대상' 논항으로 파악되는 것이다. 이 중에서 특히 '대상'의 'NP로'는 본 연구에서 새롭게 설정한 논항으로 기존의 논의에서 '도구, 변성, 방향' 등으로 파악했던 'NP로'와는 구분되는 것이다.16) 본

---

16) 지금까지 중기국어에서 실현된 '-로'는 '도구, 자료, 자격, 원인, 변성, 방향' 등의 기능을 가지는 것으로 '-로'와 통합한 명사구는 후행하는 서술어를 한정하는 부사어로 실현되는 것으로 논의되어 왔다. 여기서 '도구, 자료, 자격, 원인, 변성, 방향' 등에 대해 각각 격을 할당하여 도구격, 자격격, 원인격, 변위격, 향격 조사로 파악되기도 하고, '방향'을 나타내는 '-로'를 향격이라고 하고 나머지의 것들을 묶어 조격 조사로 보기도 하며(남풍현 1972, 이숭녕 1981, 이기문 1998 등), 이 둘을 묶어 도구격 혹은 구격 조사로 설정하기도 하고(홍윤표 1969, 안병희·이광호 1990, 고영근 1987, 이태영 1997) 방편격이라고 부르기도 하며(허웅 1975) 이들의 통사 기능에 초점을 두어 부사격으로 묶어 다루기도 한다. 그리고 이러한 기능을 가진 '-로'의 양상은 한글 창제 이전 차자 표기 자료 문헌에서도 대체로 그대로 적용되는 것으로 논의되어 왔다(남풍현

고에서 대상의 기능을 부여한 'NP로'는 기존의 논의에서는 대체로 도구의 기능으로 파악되어 온 것들이다. 그러나 '대상'의 'NP로' 논항의 실현은 '도구'의 'NP로'와 통사·의미적 실현에 있어 차이를 보인다.

첫째, 도구의 '-로'는 '-를'로 교체될 수 없지만, 대상의 '-로'는 '-를'로 교체될 수 있다.

(12) ㄱ. 몰 우흿 대버믈 흔 <u>소느로</u> <u>티시며</u> 싸호는 한쇼롤 두 소내 자부시며
　　　　<龍歌 87>
　　ㄴ. *몰 우흿 대버믈 흔 <u>소늘</u> <u>티시며</u> 싸호는 한쇼롤 두 소내 자부시며
(13) ㄱ. 獄卒이 긴 <u>모드로</u> 모매 <u>박고</u> 비술홀 지지더라 <月釋 23:87a>
　　ㄴ. 兄님 눈에 <u>모둘</u> <u>바ᄀ니</u> <月釋 22:10a>

예문 (12ㄱ)은 '말 위에 있는 대범을 한 손으로 치시며…'의 의미이다. '티다'의 대상 논항은 '몰 우흿 대버믈'이며 '흔 소느로'가 도구 논항으로 실현되었다. 여기서 '흔 소느로'는 '흔 소늘'로 실현되지 못한다. 이에 반해 대상의 'NP로' 논항이 실현된 예 (13)에서는 대상의 'NP로'가 'NP를'로 교체될 수 있다. 예 (13ㄱ)은 '옥졸이 긴 못을 몸에 박고…'의 의미이며 (13ㄴ)은 '형님 눈에 못을 박으니'의 의미로, 모두 '박다'가 실현된 구문이다. 그런데 (13ㄱ)에서 '박다'의 대상 논항으로 실현된 '긴 모드로'가 (13ㄴ)에서는 '모둘'로 실현되었다. 이러한 사실은 (13ㄱ)에서 실현된 대상의 'NP로'가 분명 대상의 'NP를'과 통사·의미적 관련을 가지고 있음을 분명히 말해 준다.17)

1994, 정철주 1988, 박성종 1996, 박진호 1998, 이건식 1996, 서종학 1995, 배대온 1985. 등). 이두문에서 사용된 구격조사들은 대체로 '시발, 원인, 도구, 방법, 자격, 방향'등의 의미 기능을 갖는 것으로 파악되고 있으므로(서종학 1995, 김유범 1999), 구격과 향격의 테두리 안에서 '-로'의 기능을 파악하고 있음을 알 수 있다. 다만, 차자 표기 자료에서의 '-로'는 원인의 의미를 나타내는 데에 많이 쓰였으며(이승재 1998) 고려시대 석독구결 문헌에서는 향격의 '-ᇧ(로)'가 실현되지 않는 특징이 있다(이건식 1996).

둘째, 도구의 '-로'가 통합된 명사구는 문장에서 실현되지 않아도 문법적인 문장이 되나, 대상의 '-로'가 통합된 명사구는 문장에서 실현되지 않으면 비문법적인 문장이 된다.

(14) ㄱ. 象올 다 <u>七寶로</u> <u>꾸미시고</u> <月釋 10:27b>

ㄴ. 佛子둘히…塔올 싁싁기 <u>꾸미니</u> <釋詳 13:24b>

(15) ㄱ. 獄卒이 긴 <u>모드로</u> 모매 <u>박고</u> 비술홀 지지더라 <月釋 23:87a>

ㄴ. *獄卒이 모매 <u>박고</u> 비술홀 지지더라

(14ㄱ)은 '코끼리를 다 칠보로 꾸미시고'의 의미로, '象올'이 '꾸미다'의 대상 논항이며, '七寶로'가 '도구' 논항으로 실현되었다. (14ㄴ)은

---

17) 우리는 여기서 '-로'에 부여한 대상의 기능이 '-를'이 나타내는 '대상'의 것과는 어떻게 다르며, 또 둘 사이의 관계는 어떠한지에 대해 질문을 던지게 된다. 필자는 이에 대해 '-로'과 '-를'의 발달 과정을 통해 해결의 실마리를 찾아보고자 한다. 남풍현(2000)에 따르면 신라 시대 이두에 나타나는 조사는 속격의 '之(ㅅ)'와 처격의 '中(긔)', 그리고 조격의 '以(로)'라고 한다. 그리고 '以(로)'는 '원인, 시발, 사역, 재료' 등 다양한 기능으로 실현되었다. 이러한 '-로'의 쓰임과는 달리, 대격의 '-를'의 경우 중기국어의 '-를'에 직접적으로 대응되는 형태가 본격적으로 나타나는 것은 「균여전」 소재 향가와 고려시대 이두에서부터이다. 대격의 '-를' 형태가 처음으로 나타나는 문헌은 현재까지 가장 이른 고려시대의 이두문으로 추정되는 「慈寂禪師凌雲塔碑陰銘(帖文)(939)」으로 여기서 '十四州郡縣契乙 用'의 '乙'이다(이승재 1992, 남풍현 1994). 남풍현(2000)에서는 「永泰二年銘 石造毘廬遮郡佛造像記(766)」에서 '自 毘廬遮那是等覺(비로자나불)'의 '等'이 '둘'로 훈독되는데 이것은 의존명사 '드'와 대격조사 'ㄹ'로 분석될 수 있다고 보아 대격조사가 간접적으로 나타난 것으로 해석했으나 이것이 중기국어의 '-를'에 적집적으로 대응되는 어형은 아니며, 나타나는 용례도 극히 드물다. 「삼국유사」 소재 향가에서도 '-肹'로 실현되는 것이 대부분이어서 '-를'이 '-로'에 비해 뒤늦게 발달한 것일 가능성이 크다. 차자 표기 자료에서 그 형태가 발견되지 않는다고 해서 이를 바탕으로 그것의 문법적 실현이 없었다고 단정지을 수는 없다. 그럼에도 불구하고 신라시대 이두문에서는 '-를'로 실현되는 문법 형태가 없었던 것과는 달리, '以'의 표기는 이른 시기부터 용례를 확인할 수 있을 뿐만 아니라 실현 양상도 다양했다는 사실은 당시 '-를'이 가졌던 의미 기능이 다른 격조사에 의해서 실현 가능했음을 긴집직으로 말해 주는 깃으로 해석할 가능성이 크다. 그러므로 당시 이미 활발하게 쓰였던 '-로(以)'에 의해 이러한 '-를'의 대상역의 기능이 어느 정도 실현된 것은 아닌가 하는 추정을 해 본다.

‘불자들이…탑을 장엄하게 꾸미니’의 의미로 ‘꾸미다’는 주어 외에 ‘대상’의 ‘塔올’만을 논항으로 취하였다. 즉 (14ㄱ)의 ‘NP로’ 논항은 도구 논항으로, 그것이 문장에서 실현되지 않아도(14ㄴ), 구문을 구성하는 데 있어 문제가 없는 것이다. 이와는 달리 (15)에서 실현된 ‘NP로’ 논항은 구문에서 실현되지 않으면 비문이 된다. (15ㄱ)은 ‘옥졸이 긴 못을 몸에 박고…’의 의미로, ‘긴 모두로’가 ‘대상’ 논항으로 실현되었다. 그런데 이것이 문장에서 생략된 (15ㄴ)의 경우는 비문이 되었다.

이상에서 15세기 국어의 일부 자동 구문에서 대상 논항이 ‘NP로’로 실현된다는 사실을 알 수 있었다. 또한 15세기 국어의 대상의 ‘NP로’는 도구의 ‘NP로’와 통사·의미적으로 차이를 보인다는 사실을 확인할 수 있었다. 본고는 이러한 대상의 ‘NP로’를 논항으로 취하는 구문을 대상 행위 자동사 구문으로 분류하였다.[18]

예문 (16)은 발화 행위 자동사가 실현된 구문이다. 발화 행위 자동사는 발화 행위를 하는 행위주와 발화의 대상이 되는 수혜자 논항이 요구되는 동사이다.

> (16) 國王大臣과 公事홀 사루미 내 弟子와 袈裟 니븐 사루미게 <u>구지저</u>
> 辱ᄒ며 티며 얽미며 브리며 (國王大臣 及斷事者 於我弟子 及著袈裟
> 罵辱打縛 或驅使) <月釋 25:34a>

예 (16)은 ‘구짇다’가 실현된 예문으로 ‘국왕대신과 공사할 사람이 내 제자와 가사 입은 사람에게 꾸짖어 욕하며 치며 얽매며 부리며’의 의미이다. 여기서 발화를 하는 행위주는 ‘國王大臣과 公事홀 사루미’

---

18) 이러한 ‘대상’의 ‘NP로’ 논항은 15세기 국어 이전의 차자 표기 자료를 통해서도 용법을 확인할 수 있다. 향찰, 이두, 구결에 나타난 대상의 ‘NP로’의 실현에 대해서는 3장에서 조사 ‘-로’의 기능 변화와 구문 변화를 다루면서 자세히 고찰할 것이다.

가 되며 발화의 대상이 되는 수혜자 논항은 '사ᄅ미게'로 실현되었다.

예문 (17)은 상호 행위 자동사가 실현된 구문이다. 상호 행위 자동사는 '행위주' 외에 행위를 함께 하는 '공동'의 논항이 실현되는 동사이다. '싸호다'가 대표적인 용례로 예 (17)이 이를 보여준다.

(17) 네 엇데 佛子와 <u>싸호ᄂ다</u> <月釋 4:22a>

예 (17)은 '네가 어찌 불자와 싸우는가?'의 의미로 (17)에서 '행위주'는 '네'이며 '공동'의 논항으로 '佛子'가 실현되었다.

예문 (18)은 행위성 자동사의 마지막 유형으로 이동 행위 자동사가 실현된 경우이다. 이동 행위 자동사는 행위주와 행위주의 이동을 나타내는 지향점, 기점, 경로의 논항이 요구되는 동사이다. 본고는 행위주와 지향점 논항을 요구하는 자동사를 지향 이동 자동사, 행위주와 기점 논항을 취하는 자동사를 기점 이동 자동사, 그리고 행위주와 경로 논항을 취하는 자동사를 경로 이동 자동사로 파악하고자 한다. 예 (18ㄱ)-(18ㄷ)은 지향 이동 자동사가, 예 (18ㄹ)-(18ㅁ)은 기점 이동 자동사가, 그리고 예 (18ㅂ)-(18ㅇ)이 있다.

(18) ㄱ. 願ᄒᆞᆫ든 내 어미…惡道애 <u>돋디</u> 아니케 ᄒᆞ쇼셔 <月釋 21:57a>

    ㄱ'. 軍이 미처 오거늘…뫼ᄒᆞ로 <u>돋거늘</u> <內訓 3:48a>

    ㄴ. 劉氏의 싀어미 길헤 <u>나아</u> 病ᄒᆞ야늘 볼힛 피 내야 藥애 섯거 머기니 <三綱孝 31>

    ㄷ. 곧 巴峽올 조차셔 巫峽올 들워 믄득 襄陽ᄋᆞ로 <u>ᄂᆞ려</u> 洛陽올 向ᄒᆞ리라 <杜詩 3:24b>

    ㄹ. 百千 婇女ㅣ 샹녜 조차 노로ᄃᆡ 그 겨틔 <u>ᄠᅥ나디</u> 아니ᄒᆞ리라 <觀音經 4b>

    ㅁ. 東門ᄋᆞ로 <u>나샤</u> 北門ᄋᆞ로 드르샤 <釋詳 23:25a>

ㅂ. 흔 童子ㅣ 방하애 <u>디나가며</u> <六祖上 38a:1-2>

ㅂ′. 使者ㅣ 三湘으로 <u>디나가도다</u> (使者歷三湘) <杜詩 23:28b>

ㅅ. 뎌 녁 ㄱ애 <u>걷나가샤</u> <釋詳 13:4b>

ㅇ. 비출 기우려 믌결로 드러가ᄂᆞ니 횟돈 ᄃᆡ로 <u>디나며</u> 믌ㄱ술 ㄱ리텨가 險阻호ᄆᆞᆯ 업시ᄒᆞ놋다 (欹帆側柁入波濤 撤漩捎濆無險阻) <杜詩 25:47a>

지향 이동 자동사 구문은 다시 지향점 논항이 'NP에/로'로 나타나는 예 (18ㄱ), 'NP에'로만 나타나는 예 (18ㄴ), 그리고 'NP로'로만 나타나는 예 (18ㄷ)으로 구분된다. 기점 이동 자동사의 경우에도 기점 논항이 'NP에'로 실현되는 예 (18ㄹ)의 경우와, 'NP로'로 실현되는 예 (18ㅁ)의 경우가 있다. 경로 이동 자동사 또한 경로 논항이 'NP에/로' 논항을 모두 취하는 예 (18ㅂ)의 경우와 경로 논항이 'NP에'로만 실현되는 예 (18ㅅ), 그리고 'NP로'의 경로 논항만 실현되는 예 (18ㅇ)으로 나뉜다.

지금까지 살펴본 행위성 자동사의 유형을 표로 보이면 다음과 같다.

【표1】 15세기 국어 자동사의 기본 문형 : 행위성 자동사

동사유형		격 틀
단순행위 자동사		NP_1이 V (NP_1=행위주)
처소행위 자동사		NP_1이 NP_2에 V (NP_1=행위주, NP_2=장소)
대상행위 자동사	태도	NP_1이 NP_2에 V (NP_1=행위주, NP_2=대상)
	전환	NP_1이 NP_2로 V (NP_1=행위주, NP_2=대상)
	위치	NP_1이 NP_2로 NP_3에 V (NP_1=행위주, NP_2=대상, NP_3=장소)

	수혜	NP₁이 NP₂로 NP₃에 V (NP₁=행위주, NP₂=대상, NP₃=수혜자)
	결합	NP₁이 NP₂로 서르 V (NP₁=행위주, NP₂=대상)
발화행위 자동사		NP₁이 NP₂에 V (NP₁=행위주, NP₂=수혜자)
상호행위 자동사		NP₁이(서르) V⟺NP₁이 NP₂와 V (NP₁=행위주, NP₂=공동)
		NP₁이 NP₂와 V⟺NP₁이 NP₂와 서르 V (NP₁=행위주, NP₂=공동)
		NP₁이 NP₂와 V⟺NP₁이 NP₂와 서르 V (NP₁=행위주, NP₂=공동)
이동행위 자동사	지향이동	NP₁이 NP₂에 V⟺NP₁이 NP₂로 V (NP₁=행위주, NP₂=지향점)
		NP₁이 NP₂에 V(⟺NP₁이 NP₂로 V) (NP₁=행위주, NP₂=지향점)
		NP₁이 NP₂로 V(⟺NP₁이 NP₂에 V) (NP₁=행위주, NP₂=지향점)
	기점이동	NP₁이 NP₂에 V (NP₁=행위주, NP₂=기점)
		NP₁이 NP₂로 V (NP₁=행위주, NP₂=기점)
	경로이동	NP₁이 NP₂에 V⟺NP₁이 NP₂로 V (NP₁=행위주, NP₂=경로)
		NP₁이 NP₂에 V(⟺NP₁이 NP₂로 V) (NP₁=행위주, NP₂=경로)
		NP₁이 NP₂로 V(⟺NP₁이 NP₂에 V) (NP₁=행위주, NP₂=경로)

행위성 자동사 부류를 제외하면 15세기 국어의 자동사는 주어에 대상, 피동주, 경험주 등의 의미역을 할당한다. 이러한 부류의 자동사를 행위성 자동사와 구분하기 위해 비행위성 자동사로 부르고자 한다. 비행위성 자동사는 '피동주' 주어 논항을 선택하는 피동 자동사,

'경험주' 주어 논항을 취하는 심리 자동사, 사유 자동사, 인지 자동사, 지각 자동사, 그리고 '대상' 주어를 논항으로 가지는 변성 자동사, 존재 자동사, 대상 자동사, 원인 자동사, 기준 자동사, 분열 자동사, 대칭 자동사, 그리고 대상 이동 자동사가 있다. 각각의 구문 유형을 예를 들어 살펴보겠다.

예문 (19)는 피동 자동사가 실현된 구문이다. 피동 자동사는 '피동주'만을 논항으로 요구하는 단순 피동 자동사를 비롯하여 피동주 외에 원인, 장소, 행위, 결과 논항을 가지는 동사가 모두 피동 자동사에 포함된다.

(19) ㄱ. 風土이 質朴호몰 드로니 쏘 다시 田疇ㅣ 여러 <u>가랏도다</u> <杜詩 1
　　　　 9:28b>
　　　 ㄴ. 더운 것과 더운 므레 <u>호야디여</u> 허러 알프거든 (熱物湯破成瘡疼痛)
　　　　 <救急方下 10b>

(19ㄱ)의 예는 피동주 '田疇ㅣ'만이 논항으로 실현된 단순 피동 자동사 '갈다'가 실현되었다. (19ㄴ)은 원인 피동 자동사 '호야디다'가 실현된 구문으로 '피동주'는 문면에서 생략되었으며 '원인' 논항으로 '더운 것과 더운 므레'가 실현되었다.

예문 (20)-(23)은 주어가 경험주 논항으로 실현되는 구문이다. 이들은 각각 동사의 의미에 따라 심리 자동사, 사유 자동사, 인지 자동사, 지각 자동사로 세분화된다.

예 (20)은 심리 자동사가 실현된 예들이다. 심리 자동사는 경험주만을 논항으로 요구하는 단순 심리 자동사와 원인 논항이 실현되는 원인 심리 자동사와 대상 논항이 실현되는 대상 심리 자동사가 있다.

(20) ㄱ. 그제 目連이 龍王이 <u>두려ᄒᆞᄂᆞᆫ</u> 둘 보고 (是時目連以見龍王心懷恐懼)
          <月釋 25:108a>
      ㄴ. 서늘ᄒᆞᆫ ᄇᆞᄅᆞ미 南岳을 뮈우ᄂᆞ니 이 소니 榮寵애 <u>놀라ᄂᆞᆫ</u> 둧ᄒᆞ도다
          (凉飆振南岳 之子寵若驚) <杜詩 25:34b>
      ㄷ. 衆의 小法 즐겨 大智예 <u>젇ᄂᆞᆫ</u> 둘 알씨 (知衆의 樂小法ᄒᆞ야 而畏於大
          智ᄒᆞᆯ씨) <法華 4:23a>

(20ㄱ)은 단순 심리 자동사 '두려ᄒᆞ다'가 실현된 예이다. '龍王이'라
는 경험주 주어만이 논항으로 실현되었다. (20ㄴ)은 원인 심리 자동사
'놀라다'가 실현된 예이다. '소니'가 경험주 논항이며, '榮寵애'가 원인
논항으로 실현되었다. (20ㄷ)은 대상 심리 자동사 '젇다'가 실현된 예
이다. 여기서 '大智예'는 '젇다'의 대상 논항으로 실현되었다.

예문 (21)은 사유 자동사가 실현된 예이다. 사유 자동사는 경험주
만을 논항으로 가지는 단순 사유 자동사와, 사유의 대상이 논항으로
실현되는 대상 사유 자동사, 그리고 사유의 대상 논항과 함께, 대상에
대한 사유의 결과 논항이 실현되는 결과 사유 자동사가 있다.

(21) ㄱ. 迦葉이 <u>혜여</u> 닐오디 여슷 突吉羅罪를 犯ᄒᆞ니 僧中에 다 懺悔ᄒᆞ라
          <月釋 25:5a>
      ㄴ. 그제 모ᄃᆞᆫ 四衆이 法에 <u>혜아려</u> 着거늘 <法華 6:92a>
      ㄷ. 能티 몯호ᄆᆞ로 能ᄒᆞ라 <u>너길씨</u> 이런ᄃᆞ로 일후미 大慢이라 <楞嚴 10:
          52a>

예 (21ㄱ)은 단순 사유 자동사 '혜다'가 실현된 예이다. '迦葉이'라는
경험주 주어만이 논항으로 실현되었다. 예 (21ㄴ)은 대상 사유 자동사
'혜아리다'가 실현된 예이다. '四衆이'가 경험주 논항이며 '法에'가 대상
논항이 된다. 예 (21ㄷ)은 결과 사유 자동사 '너기다'가 실현된 예이다.

대상 논항은 '能티 몯호ᄆ로'가 되며, 결과 논항은 '能호라'이다.

예 (22)는 인지 자동사가 실현된 구문이다. 인지 자동사는 경험주와 인지의 대상이 되는 명사구가 논항으로 실현된다.

(22) 舍利弗이 法說에 ᄒ마 <u>아라</u> 부텨 ᄃᆞ욀 들 제 알씨 踊躍ᄒᆞ야 니러 몯 듣던 이롤 慶賀ᄒᆞ니라 <月釋 12:2b>

예 (22)는 '알다'가 실현된 예이다. '사리불이 법설에 대해 이미 알아 부처 되는 것을 스스로 알기 때문에…'의 의미로, '알다'의 '대상' 논항은 '說法에'의 'NP에' 논항으로 실현되었다.

예 (23)은 지각 자동사가 실현된 구문이다.

(23) 아돌돌히 아비 죽다 듣고 <月釋 17:21a>

예문 (23)은 지각 자동사 '듣다'가 실현된 예를 든 것이다. '아들들이 아버지께서 죽었다(는 말을) 듣고'의 의미를 가진다. '아돌돌히'가 경험주 논항이며 '아비 죽다'가 듣는 내용으로서, '듣다'의 논항으로 실현되었다. 'NP이 S V'의 자동 구문을 구성하였다.

다음으로 주어가 '대상' 논항을 취하는 비행위성 자동사 구문을 살펴보기로 하겠다. 이들은 다시 보어의 의미역 유형에 따라 '변성 자동사, 존재 자동사, 대상 자동사, 기준 자동사, 분열 자동사, 대칭 자동사, 대상 이동 자동사'로 분류된다. 아래에 예를 들기로 한다.

(24) ㄱ. 山이 草木이 軍馬ㅣ <u>ᄃᆞ뵈니이다</u> <龍歌 98>
    ㄴ. 허므리 無明에 <u>잇ᄂᆞ니</u> <永嘉上 87a>
    ㄷ. 枝流ᄂᆞᆫ 므리 <u>가리여</u> 나 正流 아닌 거시라 <圓覺上 1-1:23a>
    ㄹ. 賢은 聖에 <u>버그샤미오</u> (賢則亞聖이오) <圓覺上 1-2:75b>
    ㅁ. 空과 봄괘 <u>ᄂᆞᆫ호디</u> 몯ᄒᆞ야 <楞嚴 4:84a>

    ㅂ. 法이 다 實相과 서르 <u>어긔디</u> 아니ㅎ실씨 일후미 實相印이라 <法華
       1:207a>
    ㅅ. 츤 히 西山애 <u>느리리라</u> <南明上 22b>

예문 (24ㄱ)은 변성 자동사가 실현된 구문이다. 변성 자동사는 '대
상'과 '결과' 논항을 요구하는 구문이다.

예문 (24ㄴ)은 존재 자동사가 실현된 구문이다. 존재 자동사는 '대
상'과 '장소'의 논항이 실현되는 소재 자동사와, '대상'과 '자격'의 논항
이 실현되는 자격 자동사, 그리고 주어에 '소유주' 논항이 실현되는
소유 자동사로 세분된다.

예문 (24ㄷ)은 대상 자동사가 실현된 구문이다. 대상 자동사는 '대
상' 주어만이 논항으로 실현되는 단순 변화 대상 자동사를 비롯하여
'대상' 외에 '장소' 논항이 실현되는 장소 대상 자동사, '도구' 논항이
실현되는 도구 대상 자동사, '결과' 논항이 실현되는 결과 대상 자동
사가 있다.

예문 (24ㄹ)은 기준 자동사가 실현된 구문이다. 기준 자동사는 '대
상'과 '기준' 논항이 요구되는 자동사이다. 이는 다시 기준 논항이 대
상 주어의 정도성을 나타내는 정도 기준 자동사와 기준 대상 명사가
논항으로 실현되는 대상 기준 자동사로 구분된다. 이 가운데 (24ㄹ)은
대상 기준 자동사가 실현된 예문으로 대상 명사는 '賢'이고, '기준' 논
항은 '聖에'가 실현되었다.

예문 (24ㅁ)은 분열 자동사가 실현된 구문이다. 분열 자동사는 '대
상'의 주어 논항이 복수주어로 실현된다. (24ㅁ)은 분열 자동사 '논호
다'가 실현된 예로 '空과 봄괘'이가 '대상'의 복수주어로 실현되었다.

예문 (24ㅂ)은 대칭 자동사가 실현된 구문이다. 대칭 자동사는 분
열 자동사와 마찬가지로 '대상' 주어가 '복수주어'로 실현되는 구문으

로 분열 자동사와 차이점은 그것이 부사 '서르'와 공기할 수 있느냐의 여부에 있다. 즉 분열 자동사는 '서르'가 실현되지 않는 반면, 대칭 자동사는 '서르'가 실현되어 구문을 구성한다. 그리고 대칭 자동사는 'NP$_{pl}$이 서르 V' 구문이 'NP이 NP와 V' 구문으로 변환될 수 없는 단순 대칭 자동사와, 변환될 수 있는 비교 대칭 자동사로 구분된다.

예문 (24ㅅ)은 대상 이동 자동사가 실현된 구문이다. 대상 이동 자동사는 '대상'과 대상의 이동을 나타내는 '방향' 혹은 '기점' 논항이 요구되는 자동사이다. (24ㅅ)은 '방향'의 'NP에'가 실현된 구문으로 '츤희'가 '대상' 주어이며, '西山애'가 '방향'의 논항으로 실현되었다.

비행위성 자동사의 문형을 표로 제시하면 아래와 같다.

【표2】 15세기 국어 자동사의 기본 문형 : 비행위성 자동사

동사유형		격 틀
피동자동사	단순피동	NP$_1$이 V (NP$_1$=피동주)
	원인피동	NP$_1$이 NP$_2$에 V (NP$_1$=피동주, NP$_2$=원인)
	장소피동	NP$_1$이 NP$_2$에 V (NP$_1$=피동주, NP$_2$=장소)
	행위피동	NP$_1$이 NP$_2$에 V (NP$_1$=피동주, NP$_2$=행위주)
심리자동사	단순심리	NP$_1$이 V (확장: NP$_1$이 S V) (NP$_1$=경험주)
	원인심리	NP$_1$이 NP$_2$에 V (NP$_1$=경험주, NP$_2$=원인)
	대상심리	NP$_1$이 NP$_2$에 V (NP$_1$=경험주, NP$_2$=대상)
사유자동사	단순사유	NP$_1$이 V (NP$_1$=경험주)
	대상사유	NP$_1$이 NP$_2$에 V (NP$_1$=경험주, NP$_2$=대상)

	결과사유	NP$_1$이 NP$_2$에/로 AdV/S V (NP$_1$=경험주, NP$_2$=대상)
인지자동사		NP$_1$이 NP$_2$에 V (NP$_1$=경험주, NP$_2$=대상)
지각자동사		NP$_1$이 S V (NP$_1$=경험주)
변성자동사		NP$_1$이 NP$_2$이/로 V (NP$_1$=대상, NP$_2$=결과) (확장: NP이 NP에 NP이 V)
존재자동사	소유	NP$_1$이 NP$_2$이 V (NP$_1$=소유주, NP$_2$=대상)
	소재	NP$_1$이 NP$_2$에 V (NP$_1$=대상, NP$_2$=장소)
	자격	NP$_1$이 NP$_2$로 V (NP$_1$=대상, NP$_2$=자격)
대상자동사	단순변화 대상	NP$_1$이 V (NP$_1$=대상)
	장소대상	NP$_1$이 V (NP$_1$=장소)
		NP$_1$에 V (NP$_1$=장소)
		NP$_1$이 NP$_2$이 V (NP$_1$=장소, NP$_2$=대상)
		NP$_1$이 NP$_2$에 V (NP$_1$=대상, NP$_2$=장소)
	도구대상	NP$_1$이 NP$_2$로 V (NP$_1$=대상, NP$_2$=도구)
	결과대상	NP$_1$이 NP$_2$로 V (NP$_1$=대상, NP$_2$=결과)
기준자동사	정도 기준	NP$_1$이 NP$_2$이 V (NP$_1$=대상, NP$_2$=기준)
	대상 기준	NP$_1$이 NP$_2$에 V (NP$_1$=대상, NP$_2$=기준)
분열 자동사		NP$_{1pl}$이 V ⇔ NP$_1$이 서르 V (NP$_1$=대상)
대칭자동사	단순대칭	NP$_1$이 서르 V⇔NP$_1$이 NP$_2$와 V (NP$_1$=대상)

	비교대칭	NP₁이 서르 V ⇔NP₁이 NP₂와 V (NP₁=대상, NP₂=공동)
대상이동자 동사	방향이동	NP₁이 NP₂에 V⇔NP₁이 NP₂로 V (NP₁=대상, NP₂=방향)
		NP₁이 NP₂에 V(⇎NP₁이 NP₂로 V) (NP₁=대상, NP₂=방향)
		NP₁이 NP₂로 V(⇎NP₁이 NP₂에 V) (NP₁=대상, NP₂=방향)
	기점이동	NP₁이 NP₂에 V (NP₁=대상, NP₂=기점)
		NP₁이 NP₂로 V (NP₁=대상, NP₂=기점)

2.2.2. 타동사의 논항과 기본 문형

15세기 국어 타동사의 기본 문형의 틀은 현대국어와 크게 다르지 않다. 15세기 국어의 타동사의 기본 문형 역시 논항의 의미역 유형에 따라 문형이 결정된다. 타동사 구문의 주어는 대체로 행위주 의미역 을 가지나 그렇지 않은 경우의 문형도 있다. 주어에 '행위주' 논항을 요구하는 타동 구문은 목적어 및 보어에 어떤 의미역이 실현되느냐에 따라 문형이 결정된다. '행위주'를 주어 논항으로 취하는 타동 구문에 대해 살펴보기로 하겠다. '행위주'를 주어 논항으로 취하는 타동 구문 은 타동사가 취하는 논항구조에 따라 단일 목적 타동사를 비롯하여, 동족 목적 타동사, 이동 타동사, 위치 타동사, 피해 타동사, 전환 타동 사, 결과 타동사, 도구 타동사, 수혜 타동사, 비교 타동사, 교호 타동 사, 그리고 명명 타동사로 세분화된다.

예 (25)는 단일 목적 타동사가 실현된 예이다. 이는 타동사 중 가장 기본적인 타동 구문으로 'NP이 NP를 V' 구문을 형성하는데, 행위주의 주어 논항 외에 목적어를 논항으로 요구한다.

> (25) 네 가 妻子롤 <u>마자</u> 오거늘 노폰 ᄀ술히 도로 도라오리라 ᄉ랑ᄒ다 (汝
>   去迎妻子 高秋念却廻) <杜詩 8:40a>

예문 (25)에서 목적어로 실현되는 'NP를'은 일반 명사가 실현된 예
이다. 단일 목적 타동 구문에서 실현되는 목적어는 일반 명사뿐만 아
니라 동명사형, 보문 구성이 모두 가능하였다.

예 (26)은 동족 목적 타동사 구문의 용례이다. 동족 목적 타동사는
행위주와 대상 논항이 실현되는 것은 예 (25)와 같으나 대상 논항으
로 실현되는 명사가 동사에서 파생된 동족 목적 명사로 실현된다는
점이 다르다.[19]

> (26) 나지 자다가 쉽디 몯혼 ᄭᅮ믈 <u>ᄭᅮ오니</u> <釋詳 23:27a>

예문 (26)은 'ᄭᅮ다'가 실현된 것이다. 대상 논항의 'ᄭᅮ믈'은 'ᄭᅮ다'에서
파생된 명사로서 타동 구문을 구성하였다. 이 밖에 '츠다, 웃다, 자다,
걷다' 등이 이에 속한다. 동족 목적 타동사는 동사에서 파생된 명사만
을 '대상' 논항으로 취할 수 있기 때문에 이를 따로 분류한 것이다.

예 (27)은 이동 타동사가 실현된 구문이다. 이동 타동사는 행위주
와 장소, 기점, 지향점, 경로 등을 논항으로 요구하는 구문이다.

> (27) ㄱ. 저희 무레 幻術 잘ᄒᄂ 사ᄅᆞ몰 골와 夷摩旦羅ㅣ라 홇 귓거싀 양지
>   ᄃᆞ외니 ᄒᆞ 머리예 네 ᄂᆞ치오 여듧 누니오 여듧 불히러니 조촌 귓것

---

[19] 이러한 부류의 동사들을 사동사로 보고 자동사의 타동적 용법으로 해석하는
입장도 있다(한송화. 2000 등). 그러나 이 글에서는 'NP를' 논항을 취하는 동
사류에 대해서는 타동사로 보려고 한다.

二萬 ᄃ리고 몬져 ᄆᅌᆞᆶ홀 다 <u>도라</u> 城門이 다ᄃ라 오나ᄂᆞᆯ <釋詳 24:2
1b>

ㄴ. 아바ᄂᆞᆷ긔 말 ᄉᆞᆲ바 네 願을 請ᄒᆞ샤 지블 <u>나아</u> 가려 터시니 太子ㅅ
손 자ᄇᆞ샤 두 늤믈 디샤 門올 자펴 막ᄌᆞᄅᆞ시니 <月曲 16b>

ㄷ. 져믄 아ᄒᆡ 믌 출홀 <u>ᄎᆞ자가니</u> ᄒᆞ올로 듣디 몯ᄒᆞ리로다 (稚子尋源獨
不聞) <杜詩 25:16a>

ㄹ. 그 제 貧窮흔 아ᄃᆞ리 ᄆᅌᆞᆶ 둘해 노녀 <u>國邑을</u> <u>디나</u> 아비 잇ᄂᆞᆫ 城에
다ᄃᆞᄅᆞ니 <月釋 13:9a>

예문 (27ㄱ)은 장소 이동 타동사가 실현된 구문이다. '돌다'가 실현
된 예로 '저희 무리 중에서 환술 잘하는 사람을 골라…쫓아오는 귀신
이만을 데리고 마을을 다 돌아 성문에 다다라 오거늘'의 의미를 가진
다. 여기서 'ᄆᅌᆞᆶ홀'이 장소 논항으로 실현되었다. 예문 (27ㄴ)은 기점
이동 타동사가 실현된 예이다. '나다'가 실현된 예로 '…집을 나와 가
려고 하시니 (아버님께서) 태자의 손을 잡으시고 두 눈물을 떨어뜨리
고 문을 잡아 막으시니'의 의미이다. 여기서 '지블'이 기점 논항으로
실현되었다. 예문 (27ㄷ)은 지향점 이동 타동사가 실현된 예를 든 것
이다. '어린 아이가 물의 근원을 찾아가니…'의 의미로, 'ᄎᆞ자가다'의
지향점 논항으로 '믌 출홀'이 실현되었다. 예문 (27ㄹ)은 경로 이동 타
동사가 실현된 것으로, '디나다'가 실현된 예이다. '그 때 가난한 아들
이 마을에서 노닐고 고을을 지나 아비가 있는 성에 다다르니'의 의미
를 가지는 것으로, '國邑을'이 경로 논항으로 실현되었다.

예문 (28)은 위치 타동사가 실현된 예이다. 위치 타동사는 행위주
의 'NP이', 대상의 'NP를'과 함께 장소의 'NP에' 논항을 더 요구하는 구
문이다.

(28) 金棺애 비츨 フ리오시며 玉毫애 비츨 <u>거두어시눌</u> (金棺애 揜耀ᄒ시며
     玉毫애 收彩어시눌) <永嘉序 6a>

예문 (28)은 위치 타동사 '거두다'가 실현된 예이다. '玉毫애'가 장소
논항이고, '비츨'이 대상 논항으로 실현되어 'NP이 NP를 NP에 V'의
구문을 형성하였다. 위치 타동사로 실현되는 것들 가운데는 자·타
겸용 동사의 용법을 가지는 것들이 많다. 'NP이 NP를 NP에 V'의 타
동 구문에 대해 'NP이 NP로 NP에 V'의 자동 구문이 통사·의미적 대
응관계를 가지고 실현되었다.

예문 (29)는 피해 타동사가 실현된 구문이다. 피해 타동사는 타동
사가 '피해자'의 'NP를' 논항을 요구하는 구문이다.

(29) 나옷 그듸룰 <u>소기논</u> 디면 흔 누니 乃終내 몯 됴코 <月釋 22:58b>

예문 (29)는 '소기다'가 실현된 예이다. 여기서 '그듸룰'이 피해자 논
항으로 실현되었다.

예문 (30)은 전환 타동사가 실현된 예이다. 전환 타동사는 행위주
와 대상, 그리고 결과 논항을 요구하는 구문이다.

(30) 사룸 주기디 아니호ᄆ로 根本올 <u>사마</u> 업더디ᄂᆞ닐 니르와ᄃ며 <內訓
     2:87b>

예문 (30)은 '삼다'가 실현된 예로, '사람을 죽이지 않는 것을 근본
으로 삼아'의 의미를 가진다. '사룸 주기디 아니호ᄆ로'가 '삼다'의 '대
상' 논항이 되며 '根本올'이 '결과' 논항으로 실현되었다. 여기서 특징
적인 사실은 '삼다'의 대상 논항이 'NP로' 논항으로 실현되었으며 결과

논항이 'NP를'로 실현되었다는 점이다. 현대국어에서는 대상이 'NP를', 결과가 'NP로' 논항으로 실현되었을 것이 15세기 국어에서는 논항의 실현이 반대로 나타나고 있다. 예 (30)에서 실현된 대상의 'NP로'는 당시 '-로'가 가졌던 '대상'의 기능에서 비롯된 것이다. 대상의 'NP로'는 자동사와 타동사 구문에서 두루 실현되어 구문을 형성하였음을 살펴볼 수 있다.[20]

예문 (31)은 결과 타동사가 실현된 용례이다. 결과 타동사는 행위주와 대상, 결과 논항을 요구하는 구문이다.

(31) 大千沙界를 온 조가개 <u>뿌리도다</u> <金三 2:72b>

예 (31)에서 '大千沙界를'이 대상 논항이며, '온 조가개'가 '결과' 논항으로 실현되었다. 결과 논항이 'NP에'로 실현되며, 경우에 따라 결과의 'NP에'가 'NP로' 논항으로도 나타난다는 것이 전환 타동사와 구분되는 점이다.

예문 (32)는 도구 타동사가 실현된 구문이다. 도구 타동사는 '행위주'와 '대상' 논항 외에 '도구' 논항을 필요로 하는 구문이다.

(32) ㄱ. 밀 혼 무저글 더운 수레 <u>노겨</u> 머그면 즉재 됴ᄒ리라 <救簡 6:77b>
ㄴ. 韝온 가ᄎ로 物을 <u>믓글</u> 씨오 <楞嚴 10:70b>

예문 (32ㄱ)은 '노기다'가 실현된 예이다. 여기서 '밀 혼 무저글'이 '노기다'의 대상 논항이며, '더운 수레'가 도구 논항으로 실현되었다.

---

20) 대상의 'NP로' 논항에 대해서는 대상 행위 자동사의 'NP이 NP로 NP에 V'의 구문을 논의하면서 다루었다. 그러므로 여기서는 'NP로'가 가진 '대상'의 기능에 대한 구체적인 논의는 하지 않도록 하겠다.

예 (32ㄴ)은 '믞다'가 실현된 예로, '가츠로'가 도구 논항이 되며, '物을'
이 대상 논항이 된다. 이처럼 도구 논항은 'NP에' 논항으로 실현되는
경우와 'NP로' 논항으로 실현되는 경우가 있다.

예문 (33)은 수혜 타동사가 실현된 구문이다. 수혜 타동사는 '행위
주'와 '대상', 그리고 '수혜자' 논항이 실현되는 구문이다.[21]

(33) ㄱ. 長者ㅣ 아둘둘흘 各各 혼 가짓 큰 술위를 <u>주니</u> <月釋 12:29b>
     ㄱ'. 長者ㅣ 보비옛 큰 술위로 아둘둘흘 골오 <u>주니</u> 虛妄타 ᄒ려 몯ᄒ려
         <月釋 12:33a>
     ㄴ. 천황련 달힌 므를 어미롤 <u>머기라</u> <救簡 7:18b>
     ㄷ. 朝廷이 偏히 ᄠ들 네게 브ᅀ 接近혼 일훔난 潘屏을 주시도다 (朝廷
         偏注意. 接近與名藩) <杜詩 23:13a>
     ㄹ. 舍利弗아 내 녜 너를 佛道롤 ᄠ데 願ᄒ라 <u>ᄀᄅ쳐늘</u> <法華 2:31a>

수혜 타동사는 '대상'과 '수혜자' 논항의 실현 양상에 따라 네 가지
유형으로 구분된다. (33ㄱ)은 대상이 'NP를', 수혜자가 'NP를' 논항으
로 실현된 구문으로, 대상의 'NP를'이 'NP로' 논항으로도 실현 가능한
경우이다. (33ㄱ')가 대상의 'NP로' 논항이 실현된 예이다. 예 (33ㄴ)은
대상과 수혜자 논항이 모두 'NP를'로만 실현되는 구문이다. 예 (33ㄷ)
은 대상의 'NP를'과 수혜자의 'NP에' 논항이 실현되는 구문이다. 예
(33ㄹ)은 수혜자가 'NP를' 논항으로 대상 논항이 'S'로 실현되는 구문
이다.

예문 (34)는 비교 타동사 구문의 실현 예이다. 비교 타동사는 '행위주',

---

21) 이러한 구문에 대해 수여 동사 구문이라는 명칭을 사용하기도 한다. 그러나
   본고에서 수여 동사 대신 수혜 타동이란 용어를 취한 것은 수여 행위가 직접
   적으로 이루어지는 '주다' 외에도 '맛디다, 알외다' 등이 '주다'와 유사한 구문
   구조를 가지는데, 이들을 같은 문형 속에서 파악하기 위해서이다.

'대상' 논항 외에 비교의 '기준'이 되는 논항을 더 요구하는 구문이다.

> (34) ㄱ. 계즈 빠골 湏彌山애 견주며 반둿브를 히드래 <u>견주며</u> <月釋 4:28b
>   -29a>
>   ㄴ. 나민 뜨들 알폴 <u>견주라</u> <楞嚴 3:7b>
>   ㄷ. 우희 혼 사름민로 혼 나라홀 <u>견주시고</u> <楞嚴 2:94a>

예문 (34)는 '견주다'가 실현된 예이다. (34ㄱ)의 '계즈 빠골', (34ㄴ)의 '나민 뜨들', (34ㄷ)의 '혼 나라홀'은 모두 '견주다'의 대상 논항이다. 비교의 기준이 되는 논항은 'NP에', 'NP를', 'NP로' 등으로 실현되었다. (34ㄱ)의 '湏彌山애', (34ㄴ)의 '알폴', 그리고 (34ㄷ)의 '혼 사름민로'가 각각 '견주다'의 기준 논항으로 실현되었다. 이는 15세기 국어에서 조사 '-에/로/를'이 가졌던 비교의 기능에서 비롯된 것이다.

예문 (35)는 교호 타동사가 실현된 예이다. 교호 타동사는 '행위주'와 '대상', 그리고 공동의 'NP와' 논항이 요구되는 구문이다.

> (35) 胎衣 나디 아니커든 고류디 밀홀 풋과 <u>섯거</u> 글혀 딛게 흐야 그 汁을 마시면 즉자히 나느니 (胞衣不出小麥合小豆煮令濃飮其汁入出) <救急方下 92b>

예문 (35)에서 '밀홀'이 대상 논항으로 실현된 것이며, '풋과'가 공동 논항으로 실현된 것이다. 교호 타동사는 'NP이 NP와 NP를 V'의 구문이 'NP이 NP를 NP와 V'의 구문으로도 실현되는 경우와 'NP이 NP와 NP를 V'의 논항구조만 가지는 경우가 있다. 예 (35)는 전자의 경우에 해당한다.

예 (36)은 명명 타동사가 실현된 예이다.[22] 명명 타동사는 행위주 외에 대상과 결과를 논항으로 요구하는 구문이다.

(36) 强臣이 皇化롤 降伏 아니커든 곧 도ᄌ기라 <u>브르다가</u> (强臣不賓皇化則
　　 呼爲賊) <圓覺下 3-1:52b-53a>

대상 논항은 'NP를'로 실현되며 결과 논항은 '명제(S)' 혹은 'NP로'로
실현된다. 예 (36)은 결과 논항이 'S'로 실현된 것이다.

다음으로 비행위주를 주어로 취하는 타동사 부류에 대해 살펴보기
로 하겠다. 비행위주 주어에서 실현되는 의미역으로는 사역주, 경험
주, 피동주 등이 있다. 이에 따라 타동 구문은 '사역주'를 주어 논항으
로 취하는 사역 타동사, '경험주'를 주어 논항으로 가지는 심리 타동
사, 지각 타동사, 인식 타동사, 사유 타동사, 그리고 '피동주'의 주어
논항이 실현되는 피동 타동사로 나뉜다.

예 (37)은 사역 타동사가 실현된 구문이다. 사역 타동사는 '사역주'
와 '피사역주' 논항이 실현되는 구문이다.[23]

(37) 부톄 剃師를 <u>시기샤</u> <月釋 7:8b>
(38) ㄱ. 勝熱婆羅門올 王宮에 <u>브리샤</u> 錫杖올 후느더시니 <月釋 8:77b>
　　 ㄴ. 아바님 그리샤 梵志優陁耶롤 술ᄫᅡ라 <u>브리시니</u> <月曲 41a>

예문 (37)은 '시기다' 구문으로 사역주 '부톄'와 피사역주 '剃師를'이
논항으로 실현되었다. 예 (38)은 '브리다'가 실현된 예이다. 예 (38ㄱ)
은 '사역주'의 '王이'와 '대상'의 '左右梵志롤', 그리고 장소의 '王宮에'
논항이 실현된 용례이다. 부림의 내용이 되는 명사구가 'S'로 실현되

---

22) '명명타동사'라는 명칭은 강은국(1993)에서도 살펴볼 수 있다.
23) 일반적으로 '사동사'로 불려지는 구문으로 이를 타동사의 유형 가운데 하나로
　　 파악하려는 본고의 취지에서 붙여진 이름이다.

기도 한다. 예 (38ㄴ)의 '梵志優陁耶롤 술ᄫᅡ라'가 이에 해당한다.

예 (39)는 경험주를 주어 논항으로 가지는 구문들이다. 여기에는 심리 타동사, 지각 타동사, 인식 타동사, 그리고 사유 타동사가 있다.

(39) ㄱ. 그 ᄢᅴ 窮子ㅣ 비록 이 맛나몰 <u>깃그나</u> <月釋 13:25b>
   ㄴ. 내 아래브터 부텻긔 이런 마롤 몯 <u>듣ᄌᆞᄫᅥ며</u> <釋詳 13:42b>
   ㄷ. 사ᄅᆞ미 이 두 菩薩ㅅ 일후믈 <u>알면</u> 一切世間앳 天人이 禮數ᄒᆞ야
      <釋詳 21:48b>
   ㄹ. 觀世音菩薩이 四衆과 天龍人 非人 等을 어엿비 <u>너기샤</u> <釋詳 21:1
      8a>

예문 (39ㄱ)은 심리 타동사가 실현된 용례이다. 타동사 '깄다'가 실현된 예로, '窮子ㅣ'가 경험주 논항이며, '맛나몰'이 '깄다'의 대상 논항으로 실현되었다. 이러한 심리 타동사의 실현은 15세기 국어 타동 구문의 특징 중 하나이다. 현대국어에서는 심리 형용사에 '-어 ᄒᆞ다'가 통합한 '기뻐하다, 슬퍼하다' 등의 구성으로 심리 타동 구문이 실현되는 데 반해, 15세기 국어에서는 '-어 ᄒᆞ다'의 통합 없이도 심리 타동 구문을 형성했던 것이다.

예문 (39ㄴ)은 지각 타동사가 실현되었다. 타동사 '듣다'가 실현된 예로, '내'가 '경험주' 논항으로 실현되었으며, '마롤'이 지각의 대상이 된다.

예문 (39ㄷ)은 인식 타동사가 실현된 예이다. 인식 타동사 '알다'가 실현된 것으로, '사ᄅᆞ미'가 '경험주' 논항이며, '일후믈'이 인식의 대상 논항으로 실현되었다.

예문 (39ㄹ)은 사유 타동사가 실현된 경우이다. 사유 타동사는 사유의 주체가 되는 경험주와 사유 대상만이 실현되는 경우와 여기에

사유의 결과 논항까지 실현되는 구문이 있다. 예 (39ㄹ)의 '너기다'는 후자의 경우에 해당하는데, 사유의 결과 논항은 부사어로 실현되기도 하고 명제 논항 'S'로 실현되기도 하여 'NP이(경험주) NP를(대상) Ad V/S V'의 구문을 구성한다.

예문 (40)은 피동 타동사가 실현된 예이다. 피동 타동사는 '피동주'와 '대상'을 각각 주어와 목적어 논항으로 취하는 구문이다.

(40) ᄆ리 사ᄅᆞᆯ <u>마자</u> 馬구에 드러 오나ᄂᆞᆯ <龍歌 109>

(40)은 '맞다²'가 실현된 예로, '말이 화살을 맞아 마구간에 들어오니'의 의미이다. 'ᄆ리'가 피동주 논항이며, '사ᄅᆞᆯ'이 대상 논항으로 실현되었다.

이상에서 15세기 국어 타동사의 문형을 도표로 정리하면 다음과 같다.

【표3】 15세기 국어 타동사의 기본 문형

동사유형		격 틀
단일목적타동사		NP$_1$이 NP$_2$를 V (NP$_1$=행위주, NP$_2$=대상)
동족목적타동사		NP$_1$이 NP$_2$를 V (NP$_1$=행위주, NP$_2$=대상)
이동타동사	장소이동	NP$_1$이 NP$_2$를 V (NP$_1$=행위주, NP$_2$=장소)
	지향점이동	NP$_1$이 NP$_2$를 V (NP$_1$=행위주, NP$_2$=지향점)
	기점이동	NP$_1$이 NP$_2$를 V (NP$_1$=행위주, NP$_2$=기점)
	경로이동	NP$_1$이 NP$_2$를 V (NP$_1$=행위주, NP$_2$=경로)

위치타동사		NP$_1$이 NP$_2$를 NP$_3$에 V⇔NP$_1$이 NP$_2$를 NP$_3$로 V (NP$_1$=행위주, NP$_2$=대상, NP$_3$=장소)
		NP$_1$이 NP$_2$를 NP$_3$에 V (NP$_1$=행위주, NP$_2$=대상, NP$_3$=장소)
		NP$_1$이 NP$_2$를 NP$_3$로 V (NP$_1$=행위주, NP$_2$=대상, NP$_3$=방향)
		NP$_1$이 NP$_2$로 NP$_3$를 V (NP$_1$=행위주, NP$_2$=대상, NP$_3$=장소)
사역 타동사	단순 사역	NP$_1$이 NP$_2$를 V (NP$_1$=사역주, NP$_2$=피사역주)
	대상 사역	NP$_1$이 NP$_2$를 NP$_3$에/S V (NP$_1$=사역주, NP$_2$=피사역주)
심리 타동사		NP$_1$이 NP$_2$를 V (NP$_1$=경험주, NP$_2$=대상)
지각 타동사		NP$_1$이 NP$_2$를 V (NP$_1$=경험주, NP$_2$=대상)
인식타동사		NP$_1$이 NP$_2$를 V (NP$_1$=경험주, NP$_2$=대상)
사유타동사		NP$_1$이 NP$_2$를 AdV/S V (NP$_1$=경험주, NP$_2$=대상)
		NP$_1$이 NP$_2$를 V⇔ NP$_1$이 NP$_2$를 S V (NP$_1$=경험주, NP$_2$=대상)
피해타동사		NP$_1$이 NP$_2$를 V (NP$_1$=행위주, NP$_2$=피해자)
피동타동사		NP$_1$이 NP$_2$를 V (NP$_1$=피동주, NP$_2$=대상)
전환타동사		NP$_1$이 NP$_2$로 NP$_3$를 V (NP$_1$=행위주, NP$_2$=대상, NP$_3$=결과)
결과타동사	행위결과	NP$_1$이 NP$_2$를 NP$_3$에/로 V (NP$_1$=행위주, NP$_2$=대상, NP$_3$=결과)
		NP$_1$이 NP$_2$를 NP$_3$에 V (NP$_1$=행위주, NP$_2$=대상, NP$_3$=결과)
	변화결과	NP$_1$이 NP$_2$를 V (NP$_1$=대상, NP$_2$=결과)
도구타동사		NP$_1$이 NP$_2$로 NP$_3$를 V (NP$_1$=행위주, NP$_2$=도구, NP$_3$=대상)

	NP₁이 NP₂를 NP₃에 V (NP₁=행위주, NP₂=대상, NP₃=도구)
수혜타동사	NP₁이 NP₂를 NP₃를/에 V⟺NP₁이 NP₂로 NP₃를 V (NP₁=행위주, NP₂=대상, NP₃=수혜자)
	NP₁이 NP₂를 NP₃를 V (NP₁=행위주, NP₂=대상, NP₃=수혜자)
	NP₁이 NP₂를 NP₃에 V (NP₁=행위주, NP₂=대상, NP₃=수혜자)
	NP₁이 NP₂를 S V⟺NP₁이 NP₂를 NP₃에 V (NP₁=행위주, NP₂=대상)
비교타동사	NP₁이 NP₂를 NP₃를/에/로 V (NP₁=행위주, NP₂=대상, NP₃=기준)
	NP₁이 NP₂를 NP₃에/로/와 V (NP₁=행위주, NP₂=대상, NP₃=기준)
	NP₁이 NP₂를 NP₃에/로 V (NP₁=행위주, NP₂=대상, NP₃=기준)
	NP₁이 NP₂를 NP₃에 V (NP₁=행위주, NP₂=대상, NP₃=기준)
교호타동사	NP₁이 NP₂와 NP₃를 V(⟺NP₁이 NP₂를 NP₃와 V) (NP₁=행위주, NP₂=공동, NP₃=대상)
	NP₁이 NP₂와 NP₃를 V(⟺NP₁이 NP₂를 NP₃와 V) (NP₁=행위주, NP₂=공동, NP₃=대상)
명명타동사	NP₁이 NP₂를 S V(⟺NP₁이 NP₂를 NP₃로 V) (NP₁=행위주, NP₂=대상)

2.2.3. 형용사의 기본 문형

15세기 국어 형용사의 문형은 성상 형용사, 비교 형용사, 평가 형용사, 존재 형용사, 심리 형용사의 구문으로 파악된다.[24] 이는 현대국어 형용사의 기본 문형 틀과 크게 차이나지 않는 모습이다. 형용사의 경우에도 앞서 자동사, 타동사 문형에서와 마찬가지로 구문에서 실현되는 논항의 의미역 유형에 따라 형용사의 유형이 다시 구분될 수 있다.[25] 15세기 국어 형용사는 주어의 의미역이 '대상'인 경우와 '경험주'인 경우로 나뉜다.

아래 예문 (41ㄱ)-(41ㄹ)은 모두 '대상' 주어를 논항으로 가지는 구문이다. 이들은 형용사의 의미에 따라 성상, 비교, 평가, 존재 형용사로 구분된다.

(41) ㄱ. 나히 <u>크며</u> 져곰 겨시며 (年紀ㅣ 有大小ᄒᆞ시며) <法華 5:137b>
　　 ㄴ. 알핏 靜을 取ᄒᆞ모 涅槃애 <u>곧ᄒᆞ니라</u> (前取靜은 同於涅槃ᄒᆞ니라)
　　　 <圓覺下 2-1:41a>

---

24) 중기 국어 형용사 전반을 대상으로 기본 문형을 설정한 논의로 이영경(2003)이 있다. 이영경(2003)은 형용사가 요구하는 논항에 따른 기본 문형을 살피고 이를 토대로 형용사를 심리, 성상, 비교, 평가, 존재 형용사로 분류하였다. 이는 남기심·고영근(1985/1993)의 분류와 거의 일치하는 것으로 본 논의에서도 이 체계에서 크게 벗어나지 않는다. 그러므로 본고는 형용사의 기본 문형을 논의함에 있어 자동사나 타동사의 기본 문형에서 살펴본 것처럼 각각의 개별 문형에 대해 일일이 예를 들어 구체적으로 설명하는 방식을 취하지는 않겠다.
25) 형용사 구문에서는 주격 중출 구성을 이루는 경우가 있다. 이 중에서 형용사의 기본 구조가 주격을 두 개 요구하는 부류로 심리 형용사, 비교 형용사가 이에 속한다. 이와는 달리 주격 중출 구성이 형용사의 기본 구조라고 볼 수는 없으나 변환관계에 의해 도출되는 경우가 있다. 성상 형용사와 존재 형용사가 이에 속한다. 이 글에서는 형용사의 기본 문형을 살펴보는 것이므로 성상 형용사와 존재 형용사 구문에서 실현되는 주격 중출 구성은 기본적인 문형에 포함시키지 않겠다.

   ㄷ. 이 覺이 天然ᄒᆞ야 木石에 <u>머니</u> (此覺이 天然ᄒᆞ야 木石에 <u>遠矣니</u>)
     <永嘉上 72b>
   ㄹ. 天下애 病이 <u>업서</u> 사ᄅᆞ미 나히 그지 업시 오라더니 <月釋 1:46a>

예문 (41ㄱ)은 성상 형용사가 실현된 구문이다. 성상 형용사는 ‘대상’ 주어만을 논항으로 취하는 단순 성상 형용사와, ‘대상’과 ‘장소’ 논항이 요구되는 처소 성상 형용사가 있다. 예 (41ㄱ)은 ‘나히’라는 ‘대상’ 주어만이 논항으로 실현된 단순 성상 형용사의 용례이다.

예문 (41ㄴ)은 비교 형용사가 실현된 구문이다. 비교 형용사는 ‘대상’ 주어와 ‘기준’ 논항이 요구되는 형용사이다. 이는 비교의 내용에 따라 동등 비교 형용사, 차등 비교 형용사로 나뉜다. (41ㄴ)은 동등 비교 형용사의 용례이다.26)

예문 (41ㄷ)은 평가 형용사가 실현된 구문이다. 평가 형용사는 ‘대상’과 ‘기준’ 논항이 요구되는 형용사이다. 비교 형용사는 평가 형용사와 같은 논항구조를 가지지만 형용사의 의미에 의해 구분되는 것이다. (41ㄷ)은 비교 형용사 ‘멀다’가 실현된 예이다. ‘대상’ 주어는 ‘覺이’며 ‘기준’ 논항으로 ‘木石에’가 실현되었다.

예문 (41ㄹ)은 존재 형용사가 실현된 구문이다. 존재 형용사는 존재하는 ‘대상’과 ‘장소’ 논항이 실현되는 소재 형용사가 기본적인 문형이다. 이 외에 존재 형용사의 의미에 의해 ‘대상’과 ‘자격’ 논항이 실현되는 자격 형용사가 실현되었다. (41ㄹ)은 소재 형용사의 실현 예이다.

  (42)는 ‘경험주’를 주어 논항으로 가지는 구문이다.

---

26) 15세기 국어에서 ‘낫다, ᄂᆞᆫᄒᆞ다, 늘다, 더으다’ 등 차등 비교 형용사로 분류되는 형용사 구문의 보어는 ‘NP에셔/이라와/두고/두곤’으로 나타나는 경우가 많다. 그러나 본고에서 ‘–에셔/이라와/두고/두곤’의 조사가 결합한 명사구에 대해서는 다루지 않았기 때문에 차등 비교 형용사 구문의 논항구조를 제시함에 있어 이들을 보어로 취하는 구문은 제외되었음을 밝힌다.

(42) 풍룟가시 다 五欲이 <u>즐겁디</u> 아니ᄒ고 <釋詳 3:22b>

예문 (42)는 심리 형용사가 실현된 구문이다. 심리 형용사는 주어에 경험주의 의미역을 할당하는 부류로 기존의 논의에서 '주관 형용사'로 분류되어 온 것이다. 예 (42)는 심리 형용사 '즐겁다'가 실현된 예이다.

지금까지 살펴본 형용사의 문형을 아래의 표로 요약하여 제시할 수 있다.

【표4】 15세기 국어 형용사의 기본 문형

동사유형		격 틀
성상형용사	단순 성상	NP$_1$이 V (NP$_1$=대상)
	처소 성상	NP$_1$이 NP$_2$에 V (NP$_1$=대상, NP$_2$=장소)
비교형용사	동등 비교	NP$_1$이 서르 V⇔NP$_1$이 NP$_2$이/에/로 V⇔NP$_1$이 NP$_2$와 V (NP$_1$=대상, NP$_2$=기준)
	차등 비교	NP$_1$이 NP$_2$에 V (NP$_1$=대상, NP$_2$=기준)
평가형용사		NP$_1$이 NP$_2$에 V (NP$_1$=대상, NP$_2$=기준)
		NP$_1$이 NP$_2$이 V (NP$_1$=대상, NP$_2$=기준)
		NP$_1$이 서르 V⇔NP$_1$이 NP$_2$이/에 V⇔NP$_1$이 NP$_2$와 V (NP$_1$=대상, NP$_2$=기준)
존재형용사	소재	NP$_1$이 NP$_2$에 V (NP$_1$=대상, NP$_2$=장소)
	자격	NP$_1$이 NP$_2$로 V (NP$_1$=대상, NP$_2$=자격)

심리형용사	NP$_1$이 NP$_2$이 V (NP$_1$=경험주, NP$_2$=대상)
	NP$_1$이 S V (NP$_1$=경험주)

2.3. 동사 구문의 변화 유형

동사 구문의 변화를 고찰함에 있어 본 연구에서 중점적으로 다루고자 하는 것은 두 가지이다. 첫째는 범주 실현에 변화를 보이는 동사들로 어떤 것들이 있는지를 살피는 것이고, 둘째는 동사의 논항구조에 어떤 변화가 있는지를 살피는 것이다.

동사의 범주가 변한다는 것은 원래 가지고 있던 범주가 사라지는 경우, 범주가 사라지면서 다른 범주로 바뀌는 경우가 포함된다. 원래 가지고 있는 범주 외에 다른 범주의 속성을 가지게 되는 경우는 포함되지 않는다. 그 예로 자동사가 타동성을 획득하여 자·타 겸용 동사의 용법을 가지게 되는 경우나 타동사가 자동성을 획득하여 자·타 겸용 동사의 용법을 가지게 되는 경우를 들 수 있다. 이에 대해서 본고는 동사의 범주 변화로 다루지 않는다. 본고에서 설정한 동사 범주는 자동사, 타동사, 형용사로서, 범주간의 넘나듦 현상을 보이는 자·타 겸용 동사, 자·형 겸용 동사 등에 대해서 각각 별개의 범주를 설정하지는 않는다. 이는 범주간의 넘나듦 현상을 보이는 것이 어디까지나 자동사, 타동사, 형용사들 가운데 일부가 가지는 용법의 하나이며, 중기국어 동사 구문의 특성으로 파악되는 것이기 때문이다.[27]

---

27) 수적으로 보아도 겸용 동사의 용법을 가지는 동사류보다는 가지지 않는 동사류가 더 많다.

이제 이런 점에 유의해서 국어의 동사 구문이 통시적으로 어떻게 변했는지를 살펴보겠다. 다양한 동사 구문의 변화 중 특징적인 구문 변화를 중심으로 논의하고자 한다.

2.3.1. 자동사 구문의 변화 유형

이 장에서는 자동사 구문에 나타나는 구문 변화 양상에 대해 살펴보려고 한다. 앞서 자동사를 논항구조에 의해 유형화하여 구문구조를 기술한 바 있다. 유형화된 각각의 자동사 구문 문형 가운데 어떤 것들이 통시적으로 변화를 겪었으며, 변화를 입었다면 어떤 모습으로 변했는지를 개괄적으로 살피게 될 것이다. 그러므로 변화를 겪은 문형뿐만 아니라, 변화를 겪지 않은 문형에 대해서도 간략하게나마 논의하겠다. 그리고 이 중에서 변화를 겪은 문형들은 3장 자동사 구문의 변화에서 구체적으로 다루게 될 것이다. 그러므로 여기서는 변화의 양상을 보여 주는 실례를 별도로 제시하지는 않을 것이며, 특징적인 사실만을 언급하겠다.

2.3.1.1. 행위성 자동사 구문의 변화

행위성 자동사 구문 가운데 가장 뚜렷한 구문 변화를 보이는 것은 대상 행위 자동사 구문과 이동 행위 자동사 구문이다. 그 외 행위성 자동사의 부류들은 논항이 형성되거나 소멸하는 변화를 나타낸다.

단순 행위 자동사 구문에서 가장 큰 변화는 'NP이'만을 논항으로 취하는 단순 행위 자동사 중 일부가 근대국어에 들어와 'NP에', 'NP로'의 '지향점', '기점' 등의 논항을 취하면서 이동 자동사 구문을 형성하게 되는 것이다. '드라나다, 드라오다' 등이 이에 속한다.

처소 행위 자동사 구문은 행위주와 장소를 논항으로 취하는 'NP이 NP에 V' 구문을 구성하였다. 여기서 행위가 일어나는 '장소' 논항이 후대로 가면서 'NP를' 논항으로도 실현되는 부류의 자동사가 있다. 이러한 변화는 구문에서 논항이 형성되는 것 이상의 의미를 가진다. 자동사 구문이 타동성을 획득하게 되는 것이기 때문이다. '걷니다, 둗니다'가 대표적인 예이다.

대상 행위 자동사는 가장 두드러진 범주 변화를 보인다. 이는 'NP이 NP로 V', 'NP이 NP로 NP에 V'의 대상 행위 자동 구문에서 '대상'으로 실현되는 'NP로'의 기능이 근대국어에 들어와 약해지면서 더 이상 자동 구문을 구성하지 못하게 되는 것이다. '덮다, 막다, 박다' 등이 이에 속한다.

발화 행위 자동사는 'NP이 NP에 V'의 구문을 형성하다가 'NP이 NP에 S V'의 확장된 구문을 형성하게 된다. 이에 속하는 예로는 '구짇다'가 있다.

상호 행위 자동사는 15세기 국어에서 'NP_{pl}이 서르 V'의 구문을 형성하였는데 동사에 따라 'NP이 NP와 V' 구문으로 교체가 가능한 경우도 있고 그렇지 못한 경우도 있다. 이 가운데 'NP이 NP와 V'의 구문으로 실현되지 못했던 상호 행위 자동사는 근대국어에 들어와 '공동'의 'NP와' 논항을 취하게 되면서 'NP이 NP와 V'의 구문을 형성하게 된다. 대표적인 예로 '스랑ᄒ다'를 들 수 있다.

이동 행위 자동사 구문의 특징적인 구문 변화는 15세기 국어에서 이동 행위 자동사로 분류되는 동사 가운데 일부가 근대국어로 오면서 이동 자동사의 통사적 속성을 잃게 된다는 것이다. 이는 이들이 취하는 논항 실현의 변화를 통해 알 수 있다. 일반적으로 이동 자동사 구문에서 이동의 '지향점' 혹은 '기점'이 'NP에', 'NP로' 혹은 'NP를' 논항으로 실현되는데, 몇몇 이동 행위 자동사 구문에서 이러한 논항이 근대국어 후기로 갈수록 실현되지 않는다. '나다, 들다, 옮다' 등이 이에 속한다. 이들은 15세기 국어에서 이동 행위 자동사 구문을 형성하였는데 근대국어로 오면서 이동동사의 통사적 속성을 잃게 된다. 대신 이들 이동동사의 성격은 '나다, 들다, 옮다' 등을 어기로 하는 합성 동사 '나오다, 들어오다, 옮겨오다'의 형태로 실현된다. 이동 행위 자동사 가운데 일부 순수 자동사는 근대국어에 들어와 'NP를' 논항을 취하게 되면서 타동성을 획득하게 된다.

행위성 자동사 구문의 변화는 다음 네 가지로 요약된다.

첫째, 자동사의 용법이 사라진 경우(범주 변화 : 자동사 소멸)
둘째, 구문에 논항이 형성된 경우(격틀 변화 : 확장)[28]
셋째, 구문에서 실현되던 논항이 소멸된 경우(격틀 변화 : 축소)
넷째, 새로운 논항구조가 생겨난 경우(격틀 변화 : 추가)

행위성 자동사 구문의 변화를 도표로 정리하면 다음과 같다.

---

28) 격틀이 확장되는 경우에는 자동사가 타동사의 용법을 가지게 됨으로써 논항구조가 확대되는 경우뿐만이 아니라 같은 자동사, 타동사 구문 내에서도 실현되지 않았던 논항이 형성되는 경우를 모두 포함한다. 이는 격틀이 축소되는 경우에도 동일하게 적용된다.

【표5】 자동사 구문의 변화 : 행위성 자동사

동사유형	격틀	범주29)	범주변화	확장	축소	추가
단순행위자동사	NP$_1$이 V	순수		NP$_1$이 NP$_2$를 V (NP$_1$=행위주, NP$_2$=장소)		NP$_1$이 V (NP$_1$=대상)
				NP$_1$이 NP$_2$를 V (NP$_1$=행위주, NP$_2$=지향점)		
				NP$_1$이 NP$_2$를 V (NP$_1$=행위주, NP$_2$=기점)		
				NP$_1$이 NP$_2$를 V (NP$_1$=행위주, NP$_2$=대상)		NP$_1$이 NP$_2$에서 V (NP$_1$=행위주, NP$_2$=기점)
				NP$_1$이 NP$_2$를/에 V (NP$_1$=행위주, NP$_2$=기준)		
				NP$_1$이 NP$_2$에/로 V (NP$_1$=행위주, NP$_2$=지향점)		
		자타		없음		
처소행위자동사	NP$_1$이 NP$_2$에 V	순수				NP$_1$이 NP$_2$를 V (NP$_1$=행위주, NP$_2$=장소)
						NP$_1$이 NP$_2$를 V (NP$_1$=행위주, NP$_2$=대상)
						NP이 NP$_2$로 V (NP$_1$=행위주, NP$_2$=지향점)
		자타	소멸		NP$_1$이 V	NP$_1$이 NP$_2$로 V (NP$_1$=행위주, NP$_2$=장소)
대상행위자동	태도	NP$_1$이 NP$_2$에 V	자타	소멸			NP$_1$이 NP$_2$와 V (NP$_1$=행위주, NP$_2$=공동)
			자타형	소멸		

사	전환	NP_1이 NP_2로 V	자타	소멸			
	위치	NP_1이 NP_2로 NP_3에 V	자타	소멸			
	수혜	NP_1이 NP_2로 NP_3에 V	자타	소멸			
	결합	NP_1이 NP_2로 서르 V	자타	소멸			
발화행위자동사		NP_1이 NP_2에 V	자타		NP_1이 NP_2에 S-고 V (NP_1=행위주, NP_2=수혜자)		
상호행위자동사		NP_1이(서르) V⇔NP_1이 NP_2와 V	자타		NP_1이 NP_2와 V (NP_1=행위주, NP_2=공동)		
		NP_1이 NP_2와 V⇔NP_1이 NP_2와 서르 V	순수 / 자타	없음			
		NP_1이 NP_2와 V⇔NP_1이 NP_2와 서르 V	자타			NP_1이 NP_2와 V	
이동행위자동사	지향이동	NP_1이 NP_2에 V⇔NP_1이 NP_2로 V	순수			NP_1이 V	NP_1이 NP_2를 V (NP_1=행위주, NP_2=기점)
							NP_1이 NP_2를 V (NP_1=행위주, NP_2=경로)
							NP_1이 NP_2를 V (NP_1=행위주, NP_2=지향점)
							NP_1이 NP_2를 V (NP_1=행위주, NP_2=대상)

<table>
<tr>
<td rowspan="11"></td>
<td rowspan="8"></td>
<td rowspan="8"></td>
<td>자
타</td>
<td>소
멸</td>
<td></td>
<td></td>
<td>NP₁이 NP₂로 V
(NP₁=행위주, NP₂
=자격)</td>
</tr>
<tr>
<td rowspan="5">순
수</td>
<td></td>
<td></td>
<td></td>
<td>NP₁이 NP₂를 V
(NP₁=행위주, NP₂
=지향점)</td>
</tr>
<tr>
<td></td>
<td></td>
<td></td>
<td>NP₁이 NP₂를 V
(NP₁=행위주, NP₂
=대상)</td>
</tr>
<tr>
<td></td>
<td></td>
<td rowspan="3">NP₁이 V</td>
<td>NP₁이 NP₂에 V
(NP₁=행위주, NP₂
=대상)</td>
</tr>
<tr>
<td></td>
<td></td>
<td>NP₁이 NP₂로 V
(NP₁=행위주, NP₂
=지향점)</td>
</tr>
<tr>
<td></td>
<td></td>
<td>NP₁이 NP₂로 V
(NP₁=대상, NP₂=
방향)</td>
</tr>
<tr>
<td>자
타</td>
<td>소
멸</td>
<td rowspan="2">NP₁이 V</td>
<td></td>
<td>NP₁이 NP₂로 V
(NP₁=행위주, NP₂
=지향점)</td>
</tr>
<tr>
<td></td>
<td></td>
<td>NP₁이 NP₂로 V
(NP₁=행위주, NP₂
=자격)</td>
</tr>
<tr>
<td></td>
<td>자
타
형</td>
<td>소
멸</td>
<td></td>
<td></td>
<td></td>
</tr>
<tr>
<td>NP₁이 NP₂
로 V(≠NP₁
이 NP₂에
V)</td>
<td>자
타</td>
<td></td>
<td></td>
<td></td>
<td>NP₁이 NP₂에 V
(NP₁=행위주, NP₂
=지향점)</td>
</tr>
<tr>
<td>기
점
이
동</td>
<td>NP₁이 NP₂
에 V</td>
<td>순
수</td>
<td>소
멸</td>
<td></td>
<td></td>
<td>NP₁이 NP₂에 V
(NP₁=행위주, NP₂
=지향점)

NP₁이 NP₂로 V
(NP₁=행위주, NP₂
=지향점)

NP₁이 NP₂를 V
(NP₁=행위주, NP₂</td>
</tr>
</table>

제2장 15세기 국어 동사 구문구조의 특성과 구문의 변화 83

		V					=기점)
							NP₁이 NP₂에서 V (NP₁=행위주, NP₂ =기점)
			자타			NP₁이 V	
			자타형	소멸			
		NP₁이 NP₂로 V	자타	소멸			
	경로이동	NP₁이 NP₂에 V⇔NP₁이 NP₂로 V	자타	없음			
		NP₁이 NP₂에 V(⇎NP₁이 NP₂로 V)	자타	소멸			NP₁이 NP₂로 V (NP₁=행위주, NP₂ =경로)
		NP₁이 NP₂로 V(⇎NP₁이 NP₂에 V)	자타	없음			
			자타형	소멸			

---

29) 여기서 범주는 동사의 범주적 특성을 나타낸 것이다. 예를 들어 자동사의 경우 순수하게 자동사로만 실현되었는지, 아니면 겸용동사의 용법을 가지고 실현되었는지를 구분해서 표시한 것이다. 이러한 정보는 구문 변화에 중요한 변수로 작용하기 때문에 구문 변화에서 함께 다루었다. '순수'는 순수하게 자동사의 용법만 가진 경우를 나타낸다. '자타'는 '자타 겸용 동사의 용법을 가진 자동사'를, '자형'은 '자형 겸용 동사로 쓰이는 자동사', '자타형'은 '자타형 동사의 용법을 모두 가진 자동사'를 뜻하는 것으로, 각각의 자동사를 밑줄로 표시했다.

2.3.1.2. 비행위성 자동사 구문의 변화

동사 구문 가운데 가장 심한 범주 변화를 보이는 것이 비행위성 자동사이다. 그 중에서도 가장 뚜렷한 범주 변화를 보이는 것이 피동 자동사이다. 이 외에 심리, 사유, 인지, 지각 등의 자동사들도 범주 변화를 보인다. 비행위성 자동사 구문에 나타나는 특징적인 변화에 대해 설명하도록 하겠다.

피동 자동사의 가장 두드러진 구문 변화는 자동사의 용법이 소멸되는 현상이다. 피동 자동사 가운데 자·타 겸용 동사의 용법을 가지는 것은 대부분 근대국어에 들어와 자동 구문을 형성하지 못하게 된다. 그 예로 '갈다, 겨다, 닫다' 등이 있다.

행위 피동 자동사는 15세기 국어에서 'NP이 NP에 V'의 구문을 형성하였는데 근대국어에 들어와 '피해자'의 'NP를' 논항이 실현됨으로써 구문이 확장된다. 현대국어의 목적어 있는 피동 구문의 실현이 이때부터 가능해지게 된다.

원인 피동 자동사는 'NP이 NP에 V'의 구문을 형성하였는데 일부 원인 피동 자동사는 동사의 의미가 축소되면서 구문에서 '원인'의 'NP에' 논항이 실현되지 않는 변화를 겪게 된다. 결과적으로 'NP이 V'의 축소된 구문으로 실현된다. '뻐디다'와 'ᄒ야디다'가 이에 속한다.

심리, 사유, 인지 자동사 구문은 'NP이 NP에 V'의 구문을 형성하였다. 여기서 'NP에'는 '대상'의 의미역이 실현된 것이다. 이는 중기국어 당시 조사 '-에'가 가졌던 '대상'의 기능에서 비롯된 것으로 해석할 수 있다. 그러나 조사 '-에'의 '대상'의 기능이 약해지면서 자동사 구문에서 'NP에' 논항의 실현도 사라지게 된다. '붓그리다(愧), 혜아리다[2], 알다' 등이 이에 속한다.

변성, 존재 자동사는 뚜렷한 구문의 변화를 겪지 않는다.

대상 자동사 구문은 논항의 형성 및 축소, 그리고 자동사의 기능이 없어지는 변화 등 다양한 구문 변화가 일어난다. 우선 '대상' 주어만을 논항으로 취하는 'NP이 V'의 단순 대상 자동사 구문은 논항이 형성되면서 구문이 확장되는 것이다. 원인, 결과, 도구, 방향 등의 논항이 형성되었다. 장소 대상 자동사는 새로운 논항구조가 생기는 변화가 있다. 도구 대상 자동사와 결과 대상 자동사는 모두 자동사의 용법이 사라지게 되는 범주 변화를 겪게 된다.

기준 자동사는 대체로 자동사의 범주가 소멸하는 구문 변화를 겪는다. 일부 기준 자동사 가운데에는 동사의 의미가 변하면서 기준 대상의 논항을 요구하지 않는 경우도 있다. 이들은 결과적으로 'NP이 V'의 축소된 구문으로 실현된다. '벅다, 더흐다' 등이 있다.

분열 자동사는 'NP$_{pl}$이 V'의 구문을 형성하였는데 후대로 가면서 자동 구문의 실현이 불가능해지게 된다. '는호다'가 대표적인 예이다.

대칭 자동사는 'NP$_{pl}$이 서르 V'의 구문을 형성하였는데 대체로 자동사의 용법이 사라지게 되는 구문 변화를 겪는다. 일부 대칭 자동사 구문은 'NP이 NP와 V'의 구문 실현이 가능해지는 변화를 입기도 한다. 대표적인 예로 '닿다'가 있다.

이동 자동사 구문은 새로운 논항구조가 많이 생겨난다. '느리다, 오다' 등이 이에 속한다.

비행위성 자동사 구문의 변화는 다음 네 가지로 요약된다.

첫째, 자동사의 용법이 사라진 경우(범주 변화 : 자동사 소멸)

둘째, 구문에 논항이 형성된 경우(격틀 변화 : 확장)

셋째, 구문에서 실현되던 논항이 소멸된 경우(격틀 변화 : 축소)

넷째, 새로운 논항구조가 생겨난 경우(격틀 변화 : 추가)

이상의 비행위성 자동사 구문의 변화를 도표로 정리하면 아래와 같다.

【표6】 자동사 구문의 변화 : 비행위성 자동사

동사 유형	격틀	범주	범주 변화	구문변화		
				격틀 변화		
				확장	축소	추가
피동자동사	단순피동	NP₁이 V	순수		NP₁이 NP₂에 V (NP₁=피동주, NP₂=원인)		
			자타	소멸			
	원인피동	NP₁이 NP₂에 V	순수	소멸		NP₁이 V	NP₁이 NP₂로 V (NP₁=피동주, NP₂=도구) NP₁이 NP₂로 V (NP₁=피동주, NP₂=원인)
			자형	소멸			
			자타	소멸			NP₁이 NP₂에 V (NP₁=피동주, NP₂=행위주)
			자타형			NP₁이 V	
	장소피동	NP₁이 NP₂에 V	순수				NP₁이 NP₂로 V (NP₁=피동주, NP₂=방향) NP₁이 NP₂로 V (NP₁=피동주, NP₂=결과)

			자타	소멸			
	행위피동	NP₁이 NP₂에 NV	순수		NP₁이 NP₂를 NP₃에 V (NP₁=피동주, NP₂=피해자, NP₃=행위주)		NP₁이 NP₂에 V (NP₁=피동주, NP₂=기준)
			자타				NP₁이 NP₂로 V (NP₁=피동주, NP₂=자격)
심리자동사	단순심리	NP₁이 NV	순수				NP₁이 NP₂를 V (NP₁=경험주, NP₂=대상)
	원인심리	NP₁이 NP₂에 V	자타	없음			
	대상심리	NP₁이 NP₂에 V	순수				NP₁이 NP₂를 V (NP₁=경험주, NP₂=대상)
			자타	소멸			
사유자동사	단순사유	NP₁이 NV	자타	소멸			
	대상사유	NP₁이 NP₂에 NV	자타	소멸			
	결과사유	NP₁이 NP₂에/로 Ad V/S V	자타	소멸			
인지자동사		NP₁이 NP₂에 V	자타	소멸			
지각자동사		NP₁이 S V	자타		NP₁이 S-고 V		
변성자동사		NP₁이 NP₂이/	순수	없음			

<table>
<tr>
<td></td>
<td></td>
<td>로 V</td>
<td></td>
<td colspan="4"></td>
</tr>
<tr>
<td rowspan="4">존재자동사</td>
<td>소유</td>
<td>NP_1이 NP_2이 V</td>
<td>자형</td>
<td colspan="4">없음</td>
</tr>
<tr>
<td rowspan="2">소재</td>
<td rowspan="2">NP_1이 NP_2에 V</td>
<td>순수</td>
<td colspan="4">없음</td>
</tr>
<tr>
<td>자형</td>
<td>소멸</td>
<td></td>
<td></td>
<td></td>
</tr>
<tr>
<td>자격</td>
<td>NP_1이 NP_2로 V</td>
<td>순수</td>
<td colspan="4">없음</td>
</tr>
<tr>
<td rowspan="14">대상자동사</td>
<td rowspan="11">단순변화대상</td>
<td rowspan="11">NP_1이 V</td>
<td rowspan="9">순수</td>
<td rowspan="9">소멸</td>
<td>NP_1이 NP_2로 V
(NP_1=대상, NP_2=방향)</td>
<td rowspan="8">NP_1이 NP_2로 V
(NP_1=대상, NP_2=도구)</td>
</tr>
<tr>
<td>NP_1이 NP_2로 V
(NP_1=대상, NP_2=원인)</td>
</tr>
<tr>
<td>NP_1이 NP_2로 V
(NP_1=대상, NP_2=결과)</td>
</tr>
<tr>
<td>NP_1이 NP_2에 V
(NP_1=대상, NP_2=원인)</td>
</tr>
<tr>
<td>NP_1이 NP_2에 V
(NP_1=대상, NP_2=장소)</td>
</tr>
<tr>
<td>NP_1이 NP_2에 V
(NP_1=대상, NP_2=기준)</td>
</tr>
<tr>
<td>NP_1이 NP_2에 V
(NP_1=대상, NP_2=대상)</td>
</tr>
<tr>
<td>NP_1이 NP_2에/로 V
(NP_1=대상, NP_2=방향)</td>
</tr>
<tr>
<td>NP_1이 NP_2를 V
(NP_1=대상, NP_2=대상)</td>
<td>NP_1에 V
(NP_1=장소)</td>
</tr>
<tr>
<td>자타</td>
<td>소멸</td>
<td>NP_1이 NP_2로 V
(NP_1=대상, NP_2=방향)</td>
<td></td>
</tr>
<tr>
<td>자타형</td>
<td>소멸</td>
<td></td>
<td></td>
</tr>
<tr>
<td rowspan="3">장소대상</td>
<td>NP_1이 V</td>
<td>순수</td>
<td colspan="4">없음</td>
</tr>
<tr>
<td>NP_1에 V</td>
<td>순수</td>
<td colspan="4">없음</td>
</tr>
<tr>
<td>NP_1이 N</td>
<td>자</td>
<td colspan="4">없음</td>
</tr>
</table>

기준자동사	분류	구문	자타	소멸		NP_1이 V	변화형
기준자동사		P_2이 V	타				
		NP_1이 NP_2에 V	순수			NP_1이 V	NP_1이 NP_2로 V (NP_1=대상, NP_2=결과)
							NP_1이 NP_2로 V (NP_1=대상, NP_2=원인)
							NP_1이 NP_2로 V (NP_1=대상, NP_2=자격)
							NP_1이 NP_2로 V (NP_1=대상, NP_2=방향)
							NP_1이 NP_2에/를/로 V (NP_1=행위주, NP_2=지향점)
			자형	소멸			
			자타	소멸			NP_1이 NP_2로(방향) V (NP_1=대상, NP_2=방향)
	도구대상	NP_1이 NP_2로 V	자타	소멸			
	결과대상	NP_1이 NP_2로 V	순수	소멸			
	정도기준	NP_1이 NP_2이 V	자타형	없음			
	대상기준	NP_1이 NP_2에 V	순수	소멸		NP_1이 V	NP_1이 NP_2로 V (NP_1=대상, NP_2=결과)
			자형	소멸			
			자타	소멸		NP_1이 V	

			자타형	소멸			
분열자동사		NP_{1pl}이 V ⇔ NP_1이 서르 V	자타	소멸			
대칭자동사	단순대칭	NP_1이 서르 V ⇐ NP_1이 NP_2와 V	순수				
			자타	소멸	NP_1이 NP_2와 V (NP_1=대상, NP_2=공동)		
			자타형				
	비교대칭	NP_1이 서르 V ⇐ NP_1이 NP_2와 V	순수	소멸			
			자타	소멸			
대상이동자동사	방향이동	NP_1이 NP_2에 V ⇐ NP_1이 NP_2로 V	자타			NP_1이 NP_2에 V	
		NP_1이 NP_2에 V (⇔ NP_1이 NP_2로 V)	순수				NP_1이 NP_2를 V (NP_1=대상, NP_2=경로)
							NP_1이 NP_2로 V (NP_1=대상, NP_2=결과)
							NP_1이 NP_2로 V (NP_1=대상, NP_2=방향)
							NP_1이 NP_2로 V (NP_1=대상, NP_2=도구)
							NP_1이 NP_2에 V (NP_1=대상, NP_2=수혜자)
			자형	없유			
			자	소			NP_1이 NP_2로 V

			타	멸			(NP$_1$=대상, NP$_2$=방향)
							NP$_1$이 NP$_2$에 V (NP$_1$=대상, NP$_2$=기준)
		NP$_1$이 NP$_2$로 V (⇔NP$_1$이 NP$_2$에 V)	순수				NP$_1$이 NP$_2$를 V (NP$_1$=행위주, NP$_2$=대상)
							NP$_1$이 NP$_2$에 V (NP$_1$=대상, NP$_2$=방향)
			자타	소멸			
	기점이동	NP$_1$이 NP$_2$에 V	순수	소멸			NP$_1$이 NP$_2$에서 V (NP$_1$=대상, NP$_2$=기점)
			자타	소멸		NP$_1$이 V	NP$_1$이 NP$_2$에서 V (NP$_1$=대상, NP$_2$=기점)
		NP$_1$이 NP$_2$로 V	자타	소멸			

2.3.2. 타동사 구문의 변화 유형

타동사 구문의 범주 변화는 논항구조의 변화와 밀접한 관련을 가진다. 타동 구문에서 'NP를' 논항이 소멸하면서 타동성도 함께 상실되기 때문이다. 타동사의 범주가 사라지는 것들은 대개 겸용 동사의 용법을 가지는 부류들이다. 이러한 변화로 인해 15세기 국어에서 활발했던 범주간 넘나듦 현상이 드물게 나타나게 된다. 타동사 구문에 나타나는 구문구조의 변화를 요약하면 다음과 같다.

단일 목적 타동사 구문에 가장 많이 나타나는 변화는 논항이 형성되면서 구문이 확장되는 것이다. 새로 생겨나는 논항의 대부분은 'NP에', 'NP로'의 논항이다. 이들이 단일 목적 타동 구문에서 실현되어 'NP이 NP를 NP에 V', 'NP이 NP를 NP로 V'의 구문을 형성하게 된다. 이 중 '수혜자'의 'NP에' 논항이 형성되는 경우는 주로 현대국어에서 수여 동사 구문으로 실현되는 것들이다. 이들은 중기국어 문헌에서는 수혜자의 'NP에' 논항이 문면에서 실현되지 않다가 근대국어 혹은 현대국어에 들어와서야 수혜자의 'NP에'가 문면에 실현되는 예가 보인다. '받다[1], 얻다, 트다[2]' 등이 이에 속한다. '결과'의 'NP로'가 형성되는 경우로는 'ㄱ라닙다, 밍돌다, 짓다'가 있으며, '자격'의 'NP로'가 형성되는 경우는 '맞다[3], 얻다' 등이 있다.

동족 목적 타동사는 뚜렷한 구문의 변화 없이 현대국어까지 이어진다.

이동 타동사는 타동사의 범주가 없어지는 경우와 새로운 논항구조가 생기는 경우 모두 나타난다. 타동 구문의 실현이 불가능해지는 경우는 자·타 겸용 동사로 실현되었던 타동사들이다. 이에 속하는 예는 '옮다, 나다, 들다[2], 낫다' 등이 있다.

위치 타동사는 'NP이 NP를 NP에 V'의 구문으로 실현되던 것으로 대부분 새로운 논항구조가 생겨나는 구문 변화를 겪는다. 이 때 생겨나는 새로운 구문은 '방향'의 'NP로' 혹은 '자격'의 'NP로' 논항을 취하여 'NP이 NP를 NP로 V'의 구문을 구성한다. 방향의 'NP로'가 형성되는 것으로는 '기우리다, 흐르다, 옮기다' 등이 있으며 자격의 'NP로'가 형성되는 예로는 '잡다, 묻다[2], 안치다' 등이 있다. 일부 위치 타동사는 구문에서 실현되는 논항이 소멸하는 경우도 있다. 'NP이 NP를 NP에 V'의 구문으로 실현되던 것이 동사의 의미가 축소되면서 'NP이 NP를 V'의 구문으로 실현되는 것이 그 예이다. '에우다, 거두다, 플다' 등이 이에 해당한다.

사역 타동사는 새로운 논항구조가 생겨나거나 구문에서 논항이 형성되거나 소멸하는 구문 변화를 겪는다. 새로운 논항구조가 생기는 것은 피사역주의 논항이 'NP에'로 실현되는 경우로 '시기다'가 이에 속한다. 이외에도 '시기다'는 15세기 국어에서 'NP이 NP를 V'의 구조를 가지고 실현되었는데 근대국어에 들어오면서 '대상'의 'NP를', 혹은 'S-고'의 논항이 실현되어 'NP이 NP를 NP를 V', 'NP이 NP를 S-고 V'의 확장된 구문을 형성하기도 한다. 그리고 구문에서 논항이 소멸하는 경우는 'NP이 NP를 NP에/S V'의 구문을 형성하다가 'NP이 NP를 V'의 구문으로 실현되는 경우이다. 이에 속하는 예가 '브리다'이다.

심리 타동사 구문에 나타나는 가장 큰 변화는 타동사의 범주가 사라지는 것이다. 특히 형·타 겸용 동사의 용법을 가진 것들이 이러한 변화를 겪는데, 이러한 변화로 인해 형용사와 타동사의 범주간 넘나듦 현상이 드물어지게 된다. '섭다, 슬ㅎ다' 등이 이에 속한다.

지각 타동사, 인식 타동사 구문의 변화 가운데 특징적인 것으로는 일부 타동사가 근대국어에 들어와 '결과'의 'NP로' 논항이 형성되면서 현대국어의 인지 구문을 형성하게 된다는 사실이다. '듣다, 알다'가 대표적인 예이다. 또한 일부의 지각 타동사는 타동 구문의 실현이 불가능해지는 변화를 겪기도 한다. 이들은 대체로 자·타 겸용 동사의 용법을 가진 타동사들이다. '놀라다'가 이에 속한다.

사유 타동사는 대부분 구문 변화를 겪지 않는다. 다만 'NP이 NP를 S V'의 구문을 이루는 사유 타동사 가운데 동사의 의미가 축소되면서 'NP이 NP를 V'의 축소된 구문으로 실현되는 구문 변화를 입는 경우가 있다. '亽랑ㅎ다'가 이에 속한다.

피해 타동사는 피해자의 논항이 'NP를'로만 실현되다가 'NP에' 논항으로도 실현되는 구문 변화를 겪는다. '소기다'가 대표적인 예이다.

피동 타동사는 '피동주'의 'NP이'와 '피해자'의 'NP를'만을 논항으로 취하다가 구문에서 '행위주'의 'NP에' 논항이 형성된다. '붇들이다, 자피다' 등이 이에 속한다.

전환 타동사는 대상의 'NP로'와 결과의 'NP를' 논항을 취하던 'NP이 NP로 NP를 V'의 구문이 대상의 'NP를'과 결과의 'NP로' 논항이 실현된 'NP이 NP를 NP로 V'의 구문으로 바뀌게 된다. '밧고다, 삼다' 등이 이에 속한다.

결과 타동사는 논항이 소멸하는 구문 변화를 겪는다. 'NP이 NP를 NP에 V'의 구문에서 '결과'의 'NP에' 논항이 없어지게 되는 것이다. 이에 속하는 타동사로는 '쓰리다, 싸흘다, 밍굴다'를 들 수 있다.

도구 타동사는 대부분 새로운 논항구조를 가지게 되는 변화를 겪는다. 'NP이 NP로(도구) NP를(대상) V'의 구문이 '장소'의 'NP에', 방향의 'NP로' 논항을 가지게 된다. '비취다, 딕다'이 이에 속한다. 이밖에도 '결과'의 'NP에' 논항이 실현되는 'NP이 NP를(대상) NP에(결과) V'의 구문이 실현되기도 한다. '흥졍ㅎ다'가 이에 속한다.

수혜 타동사는 대부분 구문에서 새로운 논항구조가 '수혜자'의 'NP를' 논항이 'NP에' 논항으로도 실현되는 경우이다. '주다'가 이에 속한다. 이밖에도 '수혜자'의 'NP를'이 구문에서 실현되지 않게 되면서 'NP이 NP를 V'의 축소된 구문으로 실현되는 경우도 있다. '일우다, 펴다, 플다'가 이에 속한다. 그리고 소수의 타동사의 범주가 소멸되는 경우가 있는데 '주다, 맛디다, 알외다'가 이에 속한다.

비교 타동사는 구문에서 비교의 기준이 되는 'NP에/로/를'의 기능이 약해지면서 이들을 논항으로 취할 수 없게 된다. '가줄비다' 등이 이에 해당한다.

교호 타동사는 특별한 구문 변화 없이 현대국어까지 이어진다.

명명 타동사는 문장 전체(S)가 동사의 논항으로 실현되다가 인용조사 '-고'가 발달하면서 'NP이 NP를 S-고 V'의 구문으로 실현되게 된다.

15세기 국어 타동사 구문의 변화는 다음 네 가지로 요약된다.

첫째, 타동사의 용법이 사라진 경우(범주 변화 : 타동사 소멸)

둘째, 구문에 논항이 형성된 경우(격틀 변화 : 확장)

셋째, 구문에서 실현되던 논항이 소멸된 경우(격틀 변화 : 축소)

넷째, 새로운 논항구조가 생겨난 경우(격틀 변화 : 추가)

이상의 네 가지 구문 변화 유형에 따른 타동사 구문의 변화 양상을 도표로 정리하면 아래와 같다.

【표7】 타동사 구문의 변화

<table>
<tr>
<th rowspan="3">동사
유형</th>
<th rowspan="3">격틀</th>
<th rowspan="3">범주
30)</th>
<th colspan="4">구문변화</th>
</tr>
<tr>
<th rowspan="2">범주
변화</th>
<th colspan="3">격틀변화</th>
</tr>
<tr>
<th>확장</th>
<th>축소</th>
<th>추가</th>
</tr>
<tr>
<td rowspan="6">단일목적타동사</td>
<td rowspan="6">NP₁이 NP₂를 V</td>
<td rowspan="6">순수</td>
<td rowspan="6">소멸</td>
<td>NP₁이 NP₂를 NP₃를 V
(NP₁=행위주, NP₂=대상, NP₃=결과)</td>
<td rowspan="6"></td>
<td rowspan="2">NP₁이 V
(NP₁=대상)</td>
</tr>
<tr>
<td>NP₁이 NP₂를 NP와 V
(NP₁=행위주, NP₂=대상, NP₃=공동)</td>
</tr>
<tr>
<td>NP₁이 NP₂를 NP에 V
(NP₁=행위주, NP₂=대상, NP₃=기준)</td>
<td rowspan="2">NP₁이 NP₂에 V
(NP₁=행위주, NP₂=대상)</td>
</tr>
<tr>
<td>NP₁이 NP₂를 NP에 V
(NP₁=행위주, NP₂=대상, NP₃=장소)</td>
</tr>
<tr>
<td>NP₁이 NP₂를 NP에 V
(NP₁=행위주, NP₂=대상, NP₃=수혜자)</td>
<td rowspan="2">NP₁이 NP₂에 V
(NP₁=행위주, NP₂=장소)</td>
</tr>
<tr>
<td>NP₁이 NP₂를 NP에 V
(NP₁=행위주, NP₂=대상, NP₃=</td>
</tr>
</table>

			방향)		
			NP₁이 NP₂를 NP에 V (NP₁=행위주, NP₂=대상, NP₃= 피사역주)		
			NP₁이 NP₂를 NP로 V (NP₁=행위주, NP₂=대상, NP₃= 도구)		
			NP₁이 NP₂를 NP로 V (NP₁=행위주, NP₂=대상, NP₃= 결과)		NP₁이 NP₂에 S-고 V (NP₁=행위 주, NP₂=수혜 자)
			NP₁이 NP₂를 NP로 V (NP₁=행위주, NP₂=대상, NP₃= 방향)		
			NP₁이 NP₂를 NP로 V (NP₁=행위주, NP₂=대상, NP₃= 자격)		
			NP₁이 NP₂를 NP에/로 V (NP₁=행위주, NP₂=대상, NP₃= 방향)		
			NP₁이 NP₂를 S-고 V (NP₁=행위주, NP₂=대상)		
자 타	소 멸		NP₁이 NP₂를 NP에 V (NP₁=행위주, NP₂=대상, NP₃= 장소)		
			NP₁이 NP₂를 NP에 V (NP₁=행위주, NP₂=대상, NP₃= 결과)		NP₁이 NP₂에 V (NP₁=행위 주, NP₂=지향 점)
			NP₁이 NP₂를 NP로 V (NP₁=행위주, NP₂=대상, NP₃= 방향)		
			NP₁이 NP₂를 NP로 V (NP₁=행위주, NP₂=대상, NP₃= 결과)		
			NP₁이 NP₂를 NP와 V (NP₁=행위주, NP₂=대상, NP₃= 공동)		
			NP₁이 NP₂를 NP로 V (NP₁=행위주, NP₂=대상, NP₃= 자격)		NP₁이 NP₂에 V (NP₁=행위

					NP₁이 NP₂를 NP로 V (NP₁=행위주, NP₂=대상, NP₃=도구)	
					NP₁이 NP₂를 NP에/로 V (NP₁=행위주, NP₂=대상, NP₃=방향)	주, NP₂=대상)
					NP₁이 NP₂를 S-고 V (NP₁=행위주, NP₂=대상)	
		형타	소멸			
		자타형	소멸			
동족목적타동사		NP₁이 NP₂를 V	순수	없음		
			자타	없음		
이동타동사	장소이동	NP₁이 NP₂를 V	순수	없음		
			자타	없음		
	지향점이동	NP₁이 NP₂를 V	순수			NP₁이 NP₂에/로 V (NP₁=행위주, NP₂=지향점)
			자타	소멸		NP₁이 NP₂로 V (NP₁=대상, NP₂=방향)
	기점이동	NP₁이 NP₂를 V	자타	소멸		
	경로이동	NP₁이 NP₂를 V	순수			NP₁이 NP₂로 V (NP₁=행위주, NP₂=경

						로)
						NP_1이 NP_2로 V (NP_1=대상, NP_2=방향)
		자타	없음			
		자타형	없음			
위치타동사	NP_1이 NP_2를 NP_3에 V⇔NP_1이 NP_2를 NP_3로 V	순수			NP_1이 NP_2를 V	
		자타				
	NP_1이 NP_2를 NP_3에 V	순수			NP_1이 NP_2를 V	NP_1이 NP_2를 NP로 V (NP_1=행위주, NP_2=대상, NP_3=방향)
						NP_1이 NP_2를 NP로 V (NP_1=행위주, NP_2=대상, NP_3=자격)
						NP_1이 NP_2에 NP를 V (NP_1=행위주, NP_2=지향점, NP_3=대상)
						NP_1이 NP_2와 NP_3를 V (NP_1=행위주, NP_2=공동, NP_3=대상)

		자타		NP₁이 NP₂를 V	NP₁이 NP₂를 NP₃로 V (NP₁=행위주, NP₂=대상, NP₃=방향)
					NP₁이 NP₂를 NP₃에/로 V (NP₁=행위주, NP₂=대상, NP₃=자격)
					NP₁이 NP₂를 NP₃에 V (NP₁=행위주, NP₂=대상, NP₃=수혜자)
					NP₁이 NP₂를 NP₃와 V (NP₁=행위주, NP₂=대상, NP₃=공동)
	NP₁이 NP₂를 NP₃로 V	순수	없음		
	NP₁이 NP₂로 NP₃를 V	순수	없음		
		자타	없음		
사역타동사	단순사역 / NP₁이 NP₂를 V	순수	NP₁이 NP₂를 NP₃를 V (NP₁=사역주, NP₂=피사역주, NP₃=대상)		NP₁이 NP₂에 NP₃를 V (NP₁=사역주, NP₂=피사역주, NP₃=대상)
			NP₁이 NP₂를(피사역주) S-고 V (NP₁=사역주, NP₂=피사역주)		NP₁이 NP₂에 S-고 V (NP₁=사역주, NP₂=피사

							역주)
							NP_1이 NP_2로 NP_3를 V (NP_1=사역주, NP_2=피사역주, NP_3=대상)
	대상사역	NP_1이 NP_2를 NP_3에/S V	순수			NP_1이 NP_2를 V	NP_1이 NP_2를 NP_3에 V (NP_1=사역주, NP_2=대상, NP_3=장소)
심리타동사		NP_1이 NP_2를 V	순수		NP_1이 NP_2를 NP_3로 V (NP_1=경험주, NP_2=대상, NP_3=결과)		
			자타	소멸			
			형타	소멸			
지각타동사		NP_1이 NP_2를 V	자타				NP_1이 NP_2를 NP_3로 V (NP_1=경험주, NP_2=대상, NP_3=결과)
인식타동사		NP_1이 NP_2를 V	순수		없음		
			자타				NP_1이 NP_2를 NP_3로 V (NP_1=경험주, NP_2=대상, NP_3=결과)
사유타동사		NP_1이 NP_2를 Ad V/S V	순수		NP_1이 NP_2를 S-고 V (NP_1=경험주, NP_2=대상)		
		NP_1이 NP_2를 V⇔ NP_1이 NP_2	순수			NP_1이 NP_2를 V	

동사		구문구조	구분				
		를 S V	자타	없음			
피해타동사		NP₁이 NP₂를 V	순수				NP₁이 NP₂를 NP₃에 V (NP₁=행위주, NP₂=대상, NP₃=피해자)
			자타	없음			
피동타동사		NP₁이 NP₂를 V	순수	없음			
			자타		NP₁이 NP₂를 NP₃에 V (NP₁=피동주, NP₂=대상, NP₃=행위주)		
					NP₁이 NP₂를 NP₃로 V (NP₁=피동주, NP₂=대상, NP₃=결과)		
전환타동사		NP₁이 NP₂로 NP₃를 V	순수	소멸			
			자타	소멸			
결과타동사	행위결과	NP₁이 NP₂를 NP₃에/로 V	순수			NP₁이 NP₂를 NP₃에 V	
		NP₁이 NP₂를 NP₃에 V	순수			NP₁이 NP₂를 V	
			자타				NP₁이 NP₂를 NP₃로 V (NP₁=행위주, NP₂=대상, NP₃=결과)
	변화결과	NP₁이 NP₂를 V	자타	소멸			
도		NP₁이	순				NP₁이 NP₂를

구타동사						
구타동사	NP₂로 NP₃를 V	수				NP₃에 V (NP₁=행위주, NP₂=대상, NP₃=장소)
						NP₁이 NP₂를 NP₃에/로 V (NP₁=행위주, NP₂=대상, NP₃=결과)
						NP₁이 NP₂를 NP₃와 V (NP₁=행위주, NP₂=대상, NP₃=공동)
		자타				NP₁이 NP₂를 NP₃에 V (NP₁=행위주, NP₂=대상, NP₃=방향)
						NP₁이 NP₂로 NP₃를 V (NP₁=행위주, NP₂=방향, NP₃=대상)
						NP₁이 NP₂를 NP₃로 V (NP₁=행위주, NP₂=대상, NP₃=자격)
	NP₁이 NP₂를 NP₃에 V	순수				NP₁이 NP₂를 NP₃로 V (NP₁=행위주, NP₂=대상, NP₃=도구)

동사 유형	구문구조					
수혜타동사		자타		없음		
	NP_1이 NP_2를 NP_3를/에 V⇔NP_1이 NP_2로 NP_3를 V	순수			NP_1이 NP_2를 NP_3를/에 V	
		자타			NP_1이 NP_2를 NP_3를/에 V	
	NP_1이 NP_2를 NP_3를 V	순수				NP_1이 NP_2를 NP_3에 V (NP_1=행위주, NP_2=대상, NP_3=수혜자)
	NP_1이 NP_2를 NP_3에 V	순수		NP_1이 NP_2를 NP_3에 NP_4로 V (NP_1=행위주, NP_2=대상, NP_3=수혜자, NP_4=도구)	NP_1이 NP_2를 V	NP_1이 NP_2에 S-고 V (NP_1=행위주, NP_2=수혜자)
		자타			NP_1이 NP_2를 V	
	NP_1이 NP_2를 S V⇔NP_1이 NP_2를 NP_3에 V	순수				NP_1이 NP_2에 S-고 V (NP_1=행위주, NP_2=수혜자)
비교타동사	NP_1이 NP_2를 NP_3를/에/로 V	자타				NP_1이 NP_2를 NP_3와 V (NP_1=행위주, NP_2=대상, NP_3=기준)
	NP_1이 NP_2를 NP_3에/로/와 V	순수			NP_1이 NP_2를 V	
	NP_1이 NP_2를 NP_3에/로 V	자타				NP_1이 NP_2를 NP_3와 V (NP_1=행위

						주, NP$_2$=대상, NP$_3$=기준)
	NP$_1$이 NP$_2$를 NP$_3$에 V	순수			NP$_1$이 NP$_2$를 V	
		자타형	소멸			
교호타동사	NP$_1$이 NP$_2$와 NP$_3$를 V (⇔NP$_1$이 NP$_2$를 NP$_3$와 V)	자타				NP$_1$이 NP$_2$를 NP$_3$와 V (NP$_1$=행위주, NP$_2$=대상, NP$_3$=공동)
	NP$_1$이 NP$_2$와 NP$_3$를 V(⇔NP$_1$이 NP$_2$를 NP$_3$와 V)	자타		없음		
명명타동사	NP$_1$이 NP$_2$를 S V(⇔ NP$_1$이 NP$_2$를 NP$_3$로 V)	순수		NP$_1$이 NP$_2$를 S-고 V (NP$_1$=행위주, NP$_2$=대상)		
		자타		NP$_1$이 NP$_2$를 S-고 V (NP$_1$=행위주, NP$_2$=대상)		

2.3.3. 형용사 구문의 변화 유형

　형용사 구문은 자동사, 타동사 구문의 변화에 비해 범주 변화를 입는 경우가 매우 드물다. 형용사 구문의 변화는 대부분 논항구조에 변화가 생기는 것인데, 이 또한 자동사, 타동사 구문에 나타나는 논항구

---

30) '순수'는 순수하게 타동사의 용법만 가진 경우를 나타낸다. '자타'는 '자타 겸용 동사의 용법을 가진 타동사'를, '형타'는 '형타 겸용 동사로 쓰이는 타동사', '자타형'은 '자타형 동사의 용법을 모두 가진 타동사'를 뜻하는 것으로, 각각의 타동사를 밑줄로 표시했다.

조의 변화에 비해 단순한 모습을 보인다. 형용사 구문의 변화는 네 가지로 요약된다.

단순 형용사 중 일부는 '기준'의 'NP에' 논항이 형성되면서 평가 형용사의 용법을 가지게 되는 구문 변화를 갖기도 한다. '낟ᄇ다, 밧ᄇ다, 앗갑다, 이르다, 어렵다' 등이 이에 속한다. 성상 형용사가 구문에서 '경험주' 의미역을 취하게 됨으로써 심리 형용사의 용법을 가지게 되기도 한다. '답답ᄒ다'가 대표적인 예이다. 처소 성상 형용사는 'NP$_1$이 NP$_2$에 V'의 구문이 'NP$_2$이 NP$_1$로 V'의 구문과 대체될 수 있게 된다. 'ᄀᆞᄃᆨᄒ다'가 이에 속한다.

비교 형용사는 비교의 기준 명사구들에 결합하는 조사 '-이/에/로'의 비교의 기능이 약해지면서 이들이 통합한 논항의 실현이 불가능해지는 구문 변화를 겪게 된다. 'ᄀᆮᄒ다, 다르다, ᄀᆞ죽ᄒ다' 등이 이에 속한다.

평가 형용사는 일부의 평가 형용사가 '기준'의 'NP에' 논항을 잃게 됨으로써 평가 형용사의 용법을 상실하게 되는 구문의 변화를 입는 경우가 있다. 그 예로 '그르다[2]' 등이 있다.

존재 형용사와 심리 형용사는 별다른 구문의 변화를 입지 않는다.

15세기 국어 형용사 구문의 변화는 다음 네 가지로 정리할 수 있다.

첫째, 형용사의 용법이 사라진 경우(범주 변화 : 형용사 소멸)
둘째, 구문에 논항이 형성된 경우(격틀 변화 : 확장)
셋째, 구문에서 실현되던 논항이 소멸된 경우(격틀 변화 : 축소)
넷째, 새로운 논항구조가 생겨난 경우(격틀 변화 : 추가)

15세기 국어 형용사 구문의 변화를 표로 정리하면 아래와 같다.

【표8】 형용사 구문의 변화

동사유형	격틀	범주31)	구문변화			
			범주변화	격틀변화		
				확장	축소	추가
성상형용사	단순성상	NP₁이 V	순수			NP₁이 NP₂에 V (NP₁=대상, NP₂=기준)
			자형			NP₁이 NP₂에 V (NP₁=대상, NP₂=기준)
			형타	NP₁이 NP₂이 V (NP₁=경험주, NP₂=대상)		
			자타형	없음		
	처소성상	NP₁이 NP₂에 V	순수	소멸		
			자형			NP이₁ NP₂로 V (NP₁=장소, NP₂=원인)
비교형용사	동등비교	NP₁이 서르 V⇔NP₁이 NP₂이/에/로(기준) V ⇔NP₁이 NP₂와 V	자형		NP₁이 V	
	차등비교	NP₁이 NP₂에 V	자타형	없음		
평가형용사		NP₁이 NP₂에 V	순수		NP₁이 V	
			자형		NP₁이 V	NP₁이 NP₂와 V (NP₁=대상, NP₂=기준)
						NP₁이 NP₂와 V

							(NP_1=경험주, NP_2=대상)
			자타형	소멸			
		NP_1이 NP_2이 V	순수	없음			
		NP_1이 서르 V⇔NP_1이 NP_2이/에 (기준) V⇔ NP_1이 NP_2와 V	순수			NP_1이 V	
			자형			NP_1이 V	
존재형용사	소재	NP_1이 NP_2에 V	자형	없음			
존재형용사	자격	NP_1이 NP_2로 V	자형	없음			
심리형용사		NP_1이 NP_2이 V	순수	없음			
심리형용사			형타	없음			
심리형용사		NP_1이 S V	순수	없음			

---

31) '순수'는 순수하게 형용사의 용법만 가진 경우를 나타낸다. '자형'은 '자형 겸용 동사의 용법을 가진 형용사'를, '형타'는 '형타 겸용 동사로 쓰이는 형용사', 마지막으로 '자타형'은 '자타형 동사의 용법을 모두 가진 형용사'를 뜻하는 것으로, 각각의 형용사는 밑줄로 나타냈다.

2.4. 동사 구문의 변화 원인

이 장에서는 2.3에서 고찰한 국어 동사 구문의 변화 유형을 바탕으로 구문 변화의 원인을 살펴보고자 한다. 이에 대해서는 Traugott(1972), Lightfoot(1979), Be Ver and Langendoen(1979)의 논의에 따라 언어 내적 측면과 외적 측면의 입장에서 살펴볼 수 있다.

2.4.1. 언어 내적 원인

국어 동사 구문구조의 통시적 변화는 대체로 문법 내적 요인에 의해 일어난다. 문법 내적 요인에 의한 것은 문법 체계에 변화가 일어남에 따라 구문구조에 변화가 생기는 경우와 동사의 의미가 변함에 따라 구문구조에 변화가 생기는 경우로 구분된다. 전자는 변화하는 양상이 구조적이고 체계적인 변화라서 규칙적인 변화 양상을 나타내는데 반해 후자는 동사 개별적인 의미 변화로 인해 생기는 것이므로 규칙적인 모습을 찾아내기가 힘들다. 더러 같은 변화를 보이는 부류의 것들도 있기는 하나 의미의 변화라는 것이 개별적인 양상을 띠는 것이 많아서 변화의 모습을 체계화하기는 어렵다.

2.4.1.1. 문법 변화와 구문 변화(규칙적 변화)

문법 체계의 변화는 말 그대로 체계적인 변화이기 때문에 규칙적으로 적용되는 것이 일반적이다. 그러므로 이러한 규칙적 변화로 인해 생기는 동사 구문의 변화 역시 규칙적인 변화의 모습을 보이는 것이 당연하다. 문법 체계의 변화로 일어나는 구문 변화로는 피·사동사의 발달로 인해 동사의 범주가 사라지는 경우, 문법화로 인해 몇몇 동사 구문이 형태론적 구성으로 실현되는 경우, 명사형어미 '-기'의 발달로 인해 논항이 형성되면서 구문이 확장되는 경우, 그리고 새로운 조사가 출현하거나 조사의 기능이 변하면서 동사의 논항구조에 일정한 변화가 생기는 경우 등이다. 이들의 변화는 모두 구조적, 체계적으로 일어나기 때문에 이로 인해 생기는 구문구조의 변화 역시 규칙적이다.

가. 피·사동사의 발달과 구문 변화

15세기 국어의 일부 자동사들은 그 통사·의미적 특성이 피동사와 유사한 것들이 있다. 이들은 대부분 능격동사의 자동 구문을 형성하는데 이들이 자동사의 기능을 상실하게 되는 것은 피동사의 발달이 영향을 끼친 것으로 보인다. 이러한 변화를 겪는 자동사는 자·타 겸용 동사로 실현되던 일부 자동사와 자·형 겸용 동사 중 일부의 자동사들이다. 이들의 자동사적 용법은 피동사로 대체되어 실현된다. 하나의 형태가 자·타동사, 자·형 동사의 기능을 모두 가지고 실현되다가 피동사와 기능 분담을 하게 된 것이다. 피동사로 실현될 수 있는 문법적 장치는 피동접사가 결합하거나 '-어 디다'가 통합되는 것이다.32) 자·타 겸용 동사로 실현되던 자동사 구문은 대체로 피동접사가 결합한 어형의 실현으로 자동사적 기능이 대체되고 자·형 겸용 동사로 실현된 자동사 구문은 '-어 디다' 구성에 의해 자동사 구문이 대체되는 경향이 있다.

---

32) 15세기 국어에서 자·타동사의 용법을 가지고 실현되었던 어휘가 피동접사 혹은 우설적 피동형 '-어 디다'에 기대어 피동사로 실현되는 것에 대해서는 고영근(1986)에서 이미 지적된 바 있다.

타동사의 경우, 공시적으로 혹은 통시적으로 해당 타동사와 통사·의미적으로 관련 있는 사동사들이 실현됨으로써 일부 타동사들이 그 기능을 잃게 되는 구문 변화를 겪게 된다. 여기서도 사동사에 의해 타동 구문이 실현되는 어휘들은 이들의 통사·의미적 실현이 사동사와 차이가 없어 사동구문의 테두리에 넣어도 무방한 것들이다. 이에 속하는 타동사들은 모두 사동접사가 통합된 어형으로 그들의 타동사적 기능이 대체된다.

나. 'V-어 ᄒ다' 합성법의 발달과 구문 변화

15세기 국어의 심리 형용사 중에 타동 구문을 구성하는 부류가 있다. 현대국어에서는 심리형용사에 'V-어하다' 구성이 통합되어야만 타동 구문으로 실현되는 데 반해, 중기 국어에서는 그러한 구성이 실현되지 않아도 타동사로 실현되어 심리 구문을 형성할 수 있다는 점이 현대국어와 다른 점이다. 이들 형·타 겸용 동사의 용법은 근대국어에 들어오면서 줄어들게 되는데, 여기에는 근대국어 동사 합성법의 구조적인 변화가 영향을 끼쳤다. 근대국어에 들어오면 동사합성은 동사 어간과 어간이 바로 결합하는 합성법보다는 선행 동사 어간이 '-어/아'를 취하여 후행 동사와 결합하는 방식이 생산적으로 이루어졌다.33) 특히 'ᄒ다' 동사와의 결합 빈도가 높아 'V-어 ᄒ다' 구성이 생산적으로 실현되었다.34) 이들 'V-어 ᄒ다' 구성이 심리 형용사에 결합하여 타동 구문을 형성하게 되고, 이로 인해 심리 형용사의 타동적 용법은 사라지게 된 것이다.

---

33) 이기문(1998)을 비롯한 여러 논의에서도 이러한 합성 방식은 근대국어 조어법의 특징으로 거론되는 것이다.
34) 이에 대해서는 박병채(1996) 등에서 논의되었다.

다. 조사의 변화와 구문 변화

조사의 변화라는 말 속에는 세 가지의 뜻이 내포되어 있다. 첫째, 기존에 실현되는 조사 형태가 소멸한 경우이다. 둘째, 새로운 조사의 형태가 출현한 경우이다. 셋째, 기존에 실현되었던 조사의 기능이 달라진 경우이다. 이 중에서 격조사의 형태가 통시적으로 소멸한 경우는 없으므로 첫 번째 경우는 제외된다. 본고에서 살펴보고자 하는 조사의 변화로는 두 번째와 세 번째의 유형이다. 즉 기존에 실현되지 않았던 조사가 실현됨으로써 동사 구문구조에 변화가 생기는 경우와 조사의 기능이 달라지면서 동사 구문에 체계적인 변화가 일어나는 경우이다. 이 두 가지의 변화에 따라 동사의 논항구조에 변화가 생긴다.

조사의 기능이 변함에 따라 동사 구문에 변화가 생기는 경우로는 '비교'의 기능을 가진 조사 '-이/에/로' 등과 '대상'의 기능을 가진 '-에/로'가 있다.[35] 새로운 조사가 출현함으로써 동사 구문구조에 변화가

---

35) 대상의 '-에/로'나 비교의 '-이/에/로'는 그것이 통합한 명사구와 동사와의 문법적 관계를 나타내는 격조사이다. 그러므로 이들의 기능이 변한 것은 이들을 논항으로 요구하는 동사의 의미가 변한 것과도 관련되는 일이다. 그런데 본고에서 이들을 동사의 의미 변화 속에서 다루지 않은 것은 이러한 변화가 동사 개별적인 의미 변화에 의해 일어나는 것이 아니라 이들을 논항으로 취하는 동사 전체에 체계적으로 일어나기 때문이다. 즉 대상의 'NP에/로' 논항과 비교의 'NP이/에/로' 논항은 후대로 갈수록 기능이 사라지면서 지금은 'NP에/로'가 '대상' 논항으로 실현되거나 'NP이/에/로'가 '비교' 논항으로 실현되지 않는다. 이는 대상, 혹은 비교의 기능을 가지고 있던 조사 '-에/로'의 기능이 체계적으로 변화를 입었기 때문이다. 이에 반해 지향점의 'NP에/로'가 사라지는 것은 동사 개별적으로 의미가 변하면서 일어나는 것이기 때문에 현대국어에서 지향점의 'NP에/로' 논항 자체가 없어진 것은 아니다. 그러므로 본고는 대상의 'NP에/로' 논항과 비교의 'NP이/에/로' 논항이 사라지는 것을 지향점의 'NP에/로' 논항 등이 사라지는 변화와 구분하기 위해 이들을 조사의 기능 변화 속에서 다루었다.

생긴 경우도 있다. 15세기 국어에서는 실현되지 않았던 조사가 근대 국어에서 생겨나면서 이것이 통합한 명사구가 동사 구문의 논항으로 실현되는 경우이다. 이에 속하는 것으로는 인용 조사 '-고'가 있다.

　먼저 첫 번째 유형에 속하는 조사의 변화에 대해 살펴보겠다. 15세기 국어의 격조사 '-이', '-에/의게'는 비교 구문을 실현시키는 동사의 지배를 받으면 의미적으로 비교 혹은 기준의 기능을 가진다.[36] 그리하여 이들이 통합한 명사구는 비교 구문에서 비교의 '기준' 논항으로 실현되었다. 그런데 이러한 비교의 기능을 가졌던 조사들은 근대국어 후기 문헌으로 갈수록 그 기능이 약해진다. 이에 따라 이들 조사가 통합된 명사구들을 논항으로 취했던 동사들의 논항구조에도 변화가 있게 된다. 즉 비교의 조사가 통합한 논항들이 구문에서 사라지게 되는 것이다. 이러한 변화는 자동사, 타동사, 형용사 구문 전체에 적용되는 동사 구문의 변화로 다루어질 것이다.

　15세기 국어의 격조사 '-로'가 실현된 구문을 살펴보면 '도구격' 혹은 '향격'으로는 파악할 수 없는 경우가 있다. 즉 문맥상 '-를'이 실현되어야 할 자리에 실현되어 '대상'의 기능을 가지고 실현된 경우가 있는 것이다. 본고는 이 때의 '-로'를 기존의 논의에서 파악했던 도구격으로 보지 않고 여기에 '대상'의 의미역을 부여하고자 한다. 이러한 '대상'의 'NP로'의 실현은 근대국어 후기 문헌으로 갈수록 기능이 약해지게 되는데 이러한 '-로'의 기능 변화에 의해 동사 구문에 변화가 일어난다. 이 때의 '-로'가 결합한 'NP로' 논항은 주로 자·타 겸용 동사의 용법을 가진 부류의 자동 구문에서 살펴볼 수 있는데, 'NP로' 논항이 구문에서 실현되지 않게 됨에 따라 이들의 자동사적 용법도 사라지게 된다.

---

36) 안병희·이광호(1990) 등

15세기 국어의 격조사 '-에'가 실현된 구문을 살펴보면 처격의 기능 외에도 '대상'의 기능을 가지고 실현되는 경우가 있다. 예를 들면 '알다, 헤아리다' 등의 구문에서 인식의 '대상' 논항이 'NP에' 논항으로 실현된다. 이러한 'NP에' 논항을 가지는 동사들은 주로 자·타 겸용 동사의 용법을 가진 부류로, 이들 구문에서는 '대상' 논항이 'NP를'로도 실현되고 'NP에'로도 실현되는 것이다. '대상'의 기능을 가진 '-에'의 기능은 현대국어에서도 몇몇 동사 구문에서 그 용법을 찾을 수는 있으나 15세기 국어에 비하면 매우 적은 용례에서 나타난다. 이러한 '-에'의 기능은 근대국어 후기로 갈수록 기능이 약해진다. 이처럼 조사 '-에'의 '대상'의 기능이 약해짐에 따라 이를 논항으로 취했던 동사 구문에서도 변화가 생기게 되는 것이다.

두 번째 유형에 속하는 조사의 변화에 대해 살펴보기로 하겠다. 근대국어 후기에 들어오면 인용 조사 '-고'가 형성된다. '-고'가 나타나기 전에는 동사가 문장을 논항으로 취할 경우 종결어미가 통합된 'S'가 대상 명사구로 실현되는 것이 일반적이었다. 이 때 구문의 의미를 살펴보면 'S'는 후행하는 동사와 통사·의미적 관련을 가지므로 논항으로 볼 수 있다. 그러나 조사가 통합되지 않아서 그것을 논항으로 규정하기가 힘들다.37) 그런데 인용 조사 '-고'가 형성된 이후로는 동사가 'S'를 대상 명사구로 취할 경우, 'S'에 '-고'가 통합하여 후행 동사의 논항으로 구문을 형성하게 된다. 인용 조사가 통합한 'S'는 논항으로서의 자격을 분명히 가진다. 그러므로 인용 조사 '-고'의 형성은 'S'의 논항으로서의 지위를 분명히 만들어 준 것이라고 말할 수 있다.

---

37) 조사 없이 'S'가 동사와 통사·의미적 관련을 가졌다고 하더라도 조사가 생략된 경우를 제외하면 조사가 통합하지 않은 명사구를 동사의 논항으로 규정하기는 힘들다. 국어에서는 조사가 통합하지 않은 명사가 논항으로 실현되는 경우는 없기 때문이다.

라. '-기' 명사형어미의 발달과 구문 변화

현대국어의 형용사 중에는 'S-기에' 구성을 가짐으로써 구문을 형성하는 경우가 있다. 그런데 이 때의 'S-기에' 논항은 15세기 국어 형용사 구문에서는 실현되지 않는다. 'S-기에'는 'S'에 명사형어미 '-기'가 통합하고 여기에 다시 조사 '-에'가 통합한 것인데 15세기 국어에서는 명사형어미 '-기'가 실현되지 않았기 때문이다. 그러므로 'S-기에' 논항이 형성되는 것은 명사형어미 '-기'가 발달하면서 일어나는 변화이다. 중기국어에서는 명사형어미의 기능이 대부분 '-옴'에 의해서 실현되었지만 근대국어로 들어오게 되면 명사형어미 '-기'가 생산적으로 실현되는 문법의 변화가 일어나게 된다. 이러한 문법의 변화로 인해 몇몇 형용사 구문의 논항 실현에 변화가 생긴다. 즉 'NP이 V'의 구문으로만 실현되던 형용사들이 구문에서 'NP에', 'S-기에' 혹은 'S-기가'의 논항을 취하게 됨으로써 논항구조가 확장되는 변화를 가지게 된다. 아울러 이것이 논항으로 실현된 몇몇 구문은 평가 형용사 구문을 형성하기도 한다.

2.4.1.2. 의미 변화와 구문 변화(개별적 변화)

동사 구문의 변화에 영향을 주는 것 중에 중요한 변수로 작용하는 것이 동사의 의미 변화이다.[38] 여기서 말하는 의미 변화는 통시적 관

---

[38] 본고의 관심은 동사의 의미가 왜 변했는지를 밝히는 데 있는 것이 아니라, 동사 구문에 의미 변화가 어떤 영향을 주고 있는지를 살펴보는 데 있다. 그러므로 동사의 의미 변화의 원인에 대해서는 논의하지 않겠다. 또한 동사의 의미

점에서의 의미 변화를 가리키는 것이다. 동사 구문의 변화를 일으키는 원인 중의 하나가 동사의 의미 변화라고 한다면, 구문의 변화를 논의하기에 앞서 의미 변화 유형에는 어떤 것들이 있는지를 살펴보아야 한다. 어휘의 의미 변화 유형에 따라 동사 구문의 변화 유형이 결정되기 때문이다.

어휘의 의미 변화의 유형에 대해서는 이희승(1955), Ullmann(1962) 등의 논의에 기대어 논의되어 왔다. 이들은 의미 변화의 유형으로 의미의 擴大(擴張, enlargement of meaning), 縮小(contraction of meaning), 轉變(轉移, mutation of meaning)으로 구분하여 살폈다. 이희승(1955:232-234)의 논의에 따르면, 의미의 확대는 '어떤 한 가지 사물에 대하여 사용하던 말이 그 의미의 범위를 확장하여 널리 사용되는 경우'를 이른다. 의미의 축소는 '본래는 형체나 성질이 유사한 동일한 종류의 사물에 대하여 일반적으로 사용되던 말이 점차 그 의미의 범위를 좁혀서 그 동일한 종류의 것 중 어느 특수한 사물에 한정하여 쓰이게 되는 경우'를 말한다. 의미의 전변은 '어떤 사물의 명칭을 그것과 성질 혹은 형상이 비슷한 다른 사물에 전용하는 방법'을 일컫는다. 이상에서 동사의 의미 변화 유형은 크게 의미의 확장, 의미의 축소, 의미의 전변으로 살펴볼 수 있다.

가. 의미 확장과 구문 변화

의미의 확장에 대해서는 앞서 이희승(1955)에 기대어 '어떤 한 가지 사물에 대하여 사용하던 말이 그 의미의 범위를 확장하여 널리 사용

가 변했다고 하더라도 구문 변화를 일으키지 않는 경우도 있다. 이 글에서는 구문 변화와 관련된 의미의 변화에 대해서만 한정하여 논의를 진행할 것이다.

되는 경우'로 정의하였다. 여기서 '한가지 사물'을 정의 속에 포함시킨 것은 체언류를 염두한 것으로 파악된다.[39] 그러므로 동사의 의미 확장에 대해 다시 개념을 규정할 필요가 있다. 체언류의 경우 의미 확장의 대상이 되는 것은 위에서 언급한 '한 가지 사물' 즉 특정 대상에 대한 범위가 일반적인 대상으로 확대되었다는 의미이다. 따라서 '한 가지 사물' 대신에 '특정 동사의 행위나 동작'으로 보면, 동사의 의미 확장은 '하나의 동사가 일정한 동작, 행위, 상태의 변화, 그리고 상태 등에 대해 써오던 말이 범위를 확장하여 널리 사용되는 경우'로 재정의할 수 있다. 여기서 의미 확장은 다의의 개념으로 파악되는 것이다.[40]

---

39) 실제로 이희승(1955)의 어의 변화 논의에서 주된 연구 대상으로 삼고 있는 어휘가 대부분 체언류이다. 그러므로 그의 논의에서 설정된 의미의 확대, 축소, 전변 등의 의미 변화의 유형들이 동사 어휘의 의미 변화에도 동일하게 적용될 수 있을지에 대해서는 좀더 깊은 논의를 해야할 것이다. 현재 필자로서는 이에 대한 뚜렷한 해답은 갖고 있지 못하다. 다만 동사의 경우에도 의미의 쓰임이 시대에 따라 넓게 쓰이거나 축소되어 쓰이는 경우가 있기 때문에 체언류의 의미 변화의 유형을 그대로 적용시켜 논의하기로 한다.

40) 대부분의 동사는 하나의 의미만 가지고 실현되는 것은 아니다. 하나의 단어는 의미적으로 전이되면서 다의성을 가지게 되고 이로 인해 동사 하나에 여러 다의적인 쓰임이 나타나게 된다. 이러한 다의어의 용법은 공시적으로 실현되기도 하고, 통시적인 의미 변화에 의해 생기기도 한다. 이러한 다의어의 실현은 동사의 통사 실현에 직접적으로 관련된다. 그리하여 동일한 형태의 하나의 동사라고 하더라도 다의적 용법에 따라 다른 통사 구조를 가지고 실현될 수 있다. 여기서 다의어 처리를 어떻게 할지 결정해야 한다. 여기서 다의어로 처리되느냐 동음어로 처리되느냐에 따라 한 동사의 용법 변화로 다룰 것인지, 다른 동사의 변화로 다룰 것인지가 결정되기 때문에 동사 구문의 변화를 연구할 때 다의어와 동음어의 구분은 매우 중요한 의미를 가진다. 한 동사의 다의적 쓰임의 실현은 일반적으로 아래 네 가지의 경우로 나타난다. <1> 동일한 형태가 문법 범주와 논항구조가 같으면서 의미적 유연성을 가지는 경우, <2> 동일한 형태가 문법 범주가 같고 논항구조가 다르면서 의미적 유연성을 가지는 경우(예 : 형용사 '돓다'의 경우 'NP이 돓다'의 '돓다'와 'NP이 NP에 돓다'의 '돓다'), <3> 동일한 형태가 문법 범주는 다르지만 논항구조가 같으면서 의미적 유연성을 가지는 경우(예 : 자동사 '헐다'와 형용사 '헐다'), <4> 동일한 형태가 문법 범주, 논항구조 모두 다르면서 의미적 유연성을 가지는 경우

다의어가 형성되면 동사 구문에는 새로운 논항이 형성되어 구문구조에 변화가 생긴다. 다의성은 기본적으로 논항구조의 수로, 어휘 개념 구조(Lexical Conceptual Structure)의 수다. 만약 이 LCS의 수가 증가하면 의미가 확장한 것이고, LCS의 수가 줄어들면 의미가 축소한 것이다. 변화의 유형은 세 가지로 나누어 볼 수 있다. 논항이 형성됨에 따라 동사의 자릿수가 변하는 경우(①) 동사의 자릿수에 변화가 없으면서 기존에 실현되지 않았던 의미역이 생기는 경우(②) 동사의 자릿수에 변화가 없으면서 동일한 의미역이 다른 논항으로 실현되는 경우(③)이다.

(43) 새로운 논항이 형성되면서 동사의 자릿수가 변하는 경우(①)
(44) 논항이 형성되었으나 동사의 자릿수에는 변화가 없는 경우
　　ㄱ. 새로운 의미역이 생겨 논항구조가 증가하는 경우(②)
　　ㄴ. 동일한 의미역이 다른 논항으로 실현되어 논항구조가 증가는 경우(③)

(예 : 자동사 '둏다'가 'NP이 둏다'로 실현되는 경우와 형용사 '둏다'가 'NP이 NP에 둏다'로 실현되는 경우). 본 연구의 주된 목적이 국어 동사가 해당 시기별로 가지는 통사적 특성을 정밀하게 기술하고 이들의 용법이 역사적으로 어떻게 변해 왔는지를 고찰하는 것인 만큼 논의의 편의상 동일한 형태로 실현되는 동사가 의미적 유사성을 가지고 실현될 경우에는 논항구조가 다르다고 하더라도 가급적 다의어로 다루려고 한다. 이는 용언의 의미적 유연성을 최대한 고려하여 구문 차이를 보인다고 하더라도 의미적인 면이 동일할 경우에는 이들을 하나로 묶어 처리하는 입장을 취한다는 것이다. 왜냐하면 한송화(2000:46-7)에서도 지적했듯이 이러한 처리가 일반 언어 사용자의 직관에도 부합하며, 동일한 형태의 동사가 어떠한 방식으로 통사적 전이를 보이는지를 살필 수 있을 뿐만 아니라, 이러한 통사적 전이를 유형화시킬 수 있기 때문이다. 더욱이 동사 구문의 변화를 연구하는 본고의 연구 취지를 생각해 볼 때, 의미적 연관성을 최대한 고려하여 이들을 한 동사의 다의적 용법으로 처리하는 것이 논의 전개상 적합하다고 판단된다. 그러므로 위의 <1>~<4>를 모두 다의어로 처리하겠다.

①과 ②의 경우는 없던 의미역이 새로 생긴다는 것으로 동사가 새로운 의미를 가지게 되는 것이므로 의미 확장의 범위 안에서 다루는 데 문제가 없을 것이다. 문제는 ③의 경우이다. ③은 공시적으로는 격 교체 현상의 일종으로 다루는 것들로 이를 해석하는 방법은 두 가지가 있다. 두 가지 견해에 대한 입장의 차이를 예를 들어 설명해 보면, 지향점의 'NP에' 논항만을 요구하던 동사가 통시적인 변화에 의해 지향점의 'NP로' 혹은 'NP를' 논항을 구문에서 가지게 되는 통시적 변화가 있다고 생각해 보자. 이에 대해 'NP이 NP에(지향점) V'의 구문과 새로 생겨난 'NP이 NP로(지향점) V'의 구문에 의미적 차이가 없다고 보는 입장이 있을 수 있고, 논항구조가 달라졌기 때문에 의미도 다르다고 보는 입장이 있을 수 있다.

결론부터 말하면 본고는 논항구조가 달라지면 구문의 의미도 달라진 것으로 보고자 한다. 이에 대한 이유를 'NP이(행위주) NP에(지향점) V' 구문에서 지향점의 'NP로' 논항이 형성된 경우의 예를 들어 설명하도록 하겠다. 이동 행위 자동사 구문의 지향점 논항은 'NP에' 혹은 'NP로'로 나타난다. 그렇기 때문에 지향점 논항에 결합되는 조사 '-에'와 '-로'는 교체가 가능하다. 이렇게 본다면 '지향점'의 'NP에'만을 논항으로 취하다가 후대에 'NP로'를 취하게 되는 것은 구문의 변화로 다루기는 어렵다고 할 수 있다.

그러나 문제는 '지향점'의 'NP에'와 'NP로'가 통사·의미적으로 동일하지 않다는 몇 가지 증거가 있다. 무엇보다도 둘 사이의 교체가 항상 가능한 것은 아니라는 점을 들 수 있다.41) 이는 두 명사구가 '지향

---

41) 이동 자동사 구문에서 실현되는 지향점의 'NP에'와 'NP로'의 교체 및 의미 차이에 대해서는 한송화(2000)에서 자세히 다루고 있다. 이 논의에 의하면 'NP에'는 지향점 외에 '착점', '목적'의 의미를 함께 가지고 있는 반면, 'NP로'는 지향점 외에 '방향'의 의미를 가지고 실현된다고 보았다. 그래서 '언젠가 인천

점'의 의미역을 실현시킨다고 하더라도 통사적인 실현 양상이 다르다는 것을 말해 주는 것이다. 즉, 논항구조가 다르다는 의미는 단순히 의미역의 차이에 그치는 것이 아니라, 결합 조사의 차이까지도 반영한 개념이라 할 수 있다. 다의어의 관점에서 보면, 하나의 동사가 하나의 어휘 개념 구조 안에 실현될 수 있는 배타적 환경을 포함하고 있다는 의미가 된다.42) 이는 표면형들의 의미 차이를 반영한 형태로 표현되고, 어휘 개념 구조에 반영된 '-에'와 '-로'의 차이가 실제 표면형으로 실현된 것으로 파악해 볼 수 있다.43) 그러므로 위의 예에서 지향점의 논항이 'NP에'로만 실현되던 동사가 후대에 지향점의 'NP로' 논항을 취할 수 있게 되는 경우 본고는 이를 동사의 의미 영역이 확대된 것으로 본다. 즉, 동사의 의미 확장으로 인해 실현 가능한 논항구조가 늘어나게 된 것이다. 따라서 이는 구문 변화의 일종으로 분류될 수 있다. 그러므로 본고에서 규정하는 동사의 의미 확장은 의미론적인 측면에서 동사의 의미가 더 생기는 것을 포함하여 통사적인 실현 양상의 증가를 모두 포괄하는 개념이다.44)

앞바다에/*로 갔을 때, 눈오는 풍경이 멋졌잖아요?'의 예와 '그는 작년에 대학에/*으로 갔다'의 예에서 각각의 경우 '착점'과 '목적'의 의미가 강하게 나타나는 경우 'NP에'는 가능한 반면 'NP로'의 실현은 불가능하다고 했다. 그러므로 두 예문에서 'NP에'와 'NP로'는 교체가 되지 않는다. 이밖에도 조사 '-에', '-로', '-를'이 교체되는 양상을 통해 이들의 통사·의미적 차이를 논의한 것으로는 '김종휘(1993), 남기심·김지은(1992), 남기심(1993), 안명철(1982), 양정석(1997), 유현경·이선희(1996), 이남순(1983, 1987), 임홍빈(1974), 정희정(1988)' 등이 있다.

42) 이는 Jackendoff(1999)에서 제시된 다중 논항구조를 가진 동사의 어휘 개념 구조와 동일한 것이다. 여기서는 동사 'climb'에 대한 어휘 개념 구조를 제시하고, 축약 규약에 의해 각각의 통사적 문맥의 실현을 제시하고 있다.

43) 이는 통사적 성격이 강한 의미역의 개념에 비해 의미적 성격이 강한 것으로, 동일한 의미역을 가진다고 하더라도 하나의 어휘 개념 구조 안에서의 세부적인 차이로 의해 서로 다른 논항구조를 실현한 것으로 볼 수 있다.

44) 한편 동사가 다의어를 형성하면서 비유적인 의미를 가지게 되는 경우가 있다. 예를 들어 15세기 국어의 '수기다'는 'NP이 NP를 V'의 논항구조를 가지다가

나. 의미 축소와 구문 변화

의미의 축소는 '본래는 형체나 성질이 유사한 동일한 종류의 사물에 대하여 일반적으로 사용되던 말이 점차 그 의미의 범위를 좁혀서 그 동일한 종류의 것 중 어느 특수한 사물에 한정하여 쓰이게 되는 경우'이다. 여기서 '한 가지 사물' 대신에 '특정 동사의 행위나 동작'을 사용해 동사의 의미 축소를 정의해 보면, 의미의 축소는 '하나의 동사가 일정한 동작, 행위, 상태의 변화, 그리고 상태 등에 대해 써 오던 말이 일부 제한된 행위나 상태 등에 대해 한정적으로 사용되는 경우'가 된다.

동사의 의미가 축소되면 동사 구문에 실현되었던 논항이 소멸한다. 그리고 논항이 소멸하면 동사의 구문구조에 변화가 생기는데, 이 때 변화의 유형은 세 가지 경우가 있다. 논항이 소멸함에 따라 동사의 자릿수가 변하여 기존의 다른 의미에 편입되는 경우(①), 동사의 자릿수에 변화가 없으면서 논항의 의미역이 소멸한 경우(②)이다.

(45) 논항이 소멸하면서 동사의 자릿수가 변하여 다른 논항구조로 편입되는
     경우(①)
(46) 논항이 소멸하나 동사의 자릿수에는 변화가 없는 경우
     ㄱ. 소멸한 논항의 의미역이 더 이상 실현되지 않아 실현 가능한 논항
        구조가 줄어든 경우)(②)

근대국어에서 방향의 'NP에' 논항을 취하면서 'NP이 NP를 NP에 V'의 구문을 형성한다. 여기서의 '수기다'는 '앞으로나 한쪽으로 기울어지다'의 의미 외에 '기운 따위가 줄어지다'의 비유적인 의미를 가지게 된다. '수기다'의 비유적인 의미는 'NP에' 논항의 실현으로 가능해진 것이나 일차적으로 비유적인 표현의 의미를 나타내기 위해 'NP에' 논항이 형성된 것이 아니므로 일차적인 의미 변화로 다룰 수가 없다. 그러므로 본고에서 논의하는 의미 변화 속에 비유적인 의미로 파생되는 경우는 제외된다.

①과 ②의 경우는 이미 실현되었던 의미역이 사라져서 하나의 논항구조가 줄어든 것이므로 동사의 의미 영역이 줄어들었다고 할 수 있다. 따라서 이 경우를 의미 축소로 다루기로 한다.

문제는 ③을 어떻게 해석나느냐에 있다. 이를 해석하는 입장은 앞서 의미 확장을 다루면서 살펴본 경우가 동일하게 적용된다. 예를 들어 설명하자면 지향점의 'NP에/로' 논항을 모두 취했던 이동 자동사 구문이 지향점의 'NP에' 논항은 사라지고 지향점의 'NP로' 논항만을 취하게 되었다고 생각해 보자. 이 경우 'NP이 NP에/로 V'의 구문을 형성했던 동사가 'NP이 NP로 V'의 구문으로만 실현된다면 이는 두 가지 논항구조를 취할 수 있던 동사가 한 가지의 논항구조만을 취하게 되는 것이 된다. 이는 곧 동사가 두 가지의 의미를 가지고 있다가 한 가지의 의미만을 가지게 된 것이 되므로 동사의 의미가 축소된 것이다. 그러므로 본고는 이 경우 역시 동사의 의미 축소로 인한 동사 구문의 변화로 다루겠다.

다. 의미 전변과 구문 변화

이희승(1955)에 의해 의미의 전변은 '어떤 사물의 명칭을 그것과 성질 혹은 형상이 비슷한 다른 사물에 전용하는 방법'으로 파악된다. 여기서 '한가지 사물' 대신에 '특정 동사의 행위나 동작'을 사용해 동사의 의미 전변을 재정의해 보면, '하나의 동사가 일정한 동작, 행위, 상태의 변화, 그리고 상태 등에 대해 써 오던 말이 전혀 다른 영역의 동작이나 상태에 대해 사용되는 경우'가 된다. 여기서 의미 전변으로 실현되는 것은 동음어의 개념으로 파악되는 것이다.

동음어가 형성되면 동사 구문에는 새로운 논항구조가 형성된다. 동사의 의미가 확장되거나 축소되는 것이 동사의 기본적인 의미를 전제로 한 개념이라면 동음어는 전혀 다른 의미 영역의 동사가 실현되는 것이므로 전혀 다른 논항구조를 형성하게 되는 것이다. 어휘 개념 구조의 관점에서 볼 때 이러한 동음어는 전혀 별개의 구조로 표현되며, 이들 구조간의 관련성이 없다고 할 수 있다. 이는 다의어가 하나의 어휘 개념 구조 안에서 배타적 실현을 갖는 것과는 명백히 구별된다고 할 수 있다. 이러한 변화를 보이는 것은 주로 자동사 구문에서 나타나는데, 주어 논항 'NP이'의 의미역이 달라지면서 변화가 생기는 경우가 해당된다.

2.4.2. 언어 외적 원인 : 유추

일부 형용사가 15세기 국어 이후 동사적 용법을 가지게 되는 경우가 있다. 이들의 동사적 용법은 현대국어까지 이어지지 못하며 일정 시기 나타나다가 곧 사라진다. 이에 속하는 형용사로 '가난ᄒ다' 등이 있다.

(47) 집을 경영ᄒᄂ 女ᄂ 오직 儉ᄒ며 오직 勤홀ᄶ니 奢ᄒ면 집이 <u>가난ᄒᄂ니라</u> <女四 2:28b>

예문 (47)은 '집을 경영하는 여자는 오직 검소해야 하며 부지런해야 하니 사치하면 집이 가난해진다'는 의미로, '가난ᄒ다'가 문맥상 동사적 해석을 가진다. 이를 유추로 해석하고자 하는 이유는 다음과 같다.

첫째, 15세기 국어 전체 형용사 구문의 변화를 살펴보면, 형용사가 동사적 용법을 가지는 것은 대체로 공시적인 현상이며, 통시적인 변화로 일어나는 경우는 매우 드문 현상이다.[45] '가난ᄒᆞ다'는 15세기 국어에서 형용사로만 실현되던 것이 후대에 동사로 사용된 것이다. 둘째, '가난ᄒᆞ다'의 동사적 용법은 현대국어까지 이어지지 못하며 일정 기간 동사로 사용되다가 사라지게 된다. 이런 점들을 고려하면 '가난ᄒᆞ다'의 동사적 쓰임에 대해 문법적 원인을 찾기가 힘들다. 그러므로 이들이 동사 구문을 형성하는 것은 언어 외적인 요인에 의해 일어났을 가능성이 크다. '가난ᄒᆞ다'가 동사로 사용되는 것은 다른 형용사의 부류에서 동사적 쓰임이 활발하게 실현되었기 때문에 이에 이끌려 구문 변화가 일어난 것이다. 그리고 그 과정에서 유추가 작용한 것이다.[46]

이상에서 동사 구문구조에 변화를 일으키는 원인으로 언어 내적 원인과 언어 외적 원인에 대해 살펴보고 각각의 경우 구체적인 내용을 고찰하였다. 이상의 논의를 도표로 정리하면 다음과 같다.

---

45) 형용사가 동사로 변하는 또 다른 예로 한자어 '미혹ᄒᆞ다'를 들 수 있다. 그런데 이 경우 '미혹ᄒᆞ다'는 동사로 범주 변화를 겪은 후 동사의 용법이 현대국어까지 이어진다. 본문에서의 '가난ᄒᆞ다'는 동사로 완전히 변한 것이 아니라 일정 시기 동안만 동사의 용법을 보이는 경우이므로 '미혹ᄒᆞ다'의 경우와 같이 다루기는 힘들다.
46) 유추에 의한 구문 변화에 대해서는 Jeffers, R. J. and I. Lehiste(1979)에서 자세히 다루었다.

【표9】 동사 구문구조의 변화 원인[47]

언어 내적 원인		언어 외적 원인
문법 변화와 구문 변화 (규칙적 변화)	의미 변화와 구문 변화 (개별적 변화)	유추
피·사동사의 발달과 구문 변화	의미 확장과 구문 변화	
'V-어 ㅎ다' 합성법의 발달과 구문 변화	의미 축소와 구문 변화	
문법화와 구문 변화	의미 전변과 구문 변화	
조사의 변화와 구문 변화		
'-기' 명사형어미의 발달과 구문 변화		

　이상으로 15세기 국어 동사 구문구조의 특성 및 구문 변화에 대해 살펴보았다. 구문 변화를 범주의 변화와 격틀의 변화로 보면, 900여 개의 동사 가운데 대략 400여 개의 동사가 구문의 변화를 겪는 것으로 나타났다.[48] 이제 이들 400여 개의 동사를 대상으로 하여 동사 구문의 통시적 변화를 구체적으로 살펴보려고 한다.[49] 본고는 2.4에서 규칙적이고 구조적인 변화 모습을 보이는 부류와 개별적인 변화 모습을 보이는 부류들을 구분하였다. 그리고 이들을 각각 '문법 변화와 구문 변화', '의미 변화와 구문 변화'로 다루었다. 앞으로 논의할 3-5장의 내용 전개에 있어서도 이 두 가지 유형에 따라 변화의 양상을 고찰하게 될 것이다.

---

47) 피·사동사의 발달 및 일부 조사의 기능 변화로 자동적 용법이 사라지거나 새로운 조사나 어미가 생기면서 그것이 통합된 명사구가 논항으로서의 자격을 가지게 되는 것도 넓은 의미에서 보면 동사의 의미 변화 속에서 다루어질 수도 있다. 그러나 이들을 의미 변화 속에서 다루지 않은 것은 이것이 동사의 개별적인 의미 변화로 일어났다고 보기에는 규칙적이고 체계적인 변화 양상을 보이기 때문에 개별적인 의미 변화와 구분하기 위해서이다.

48) 구문 변화 동사 목록은 【부록2】 를 참고하기 바란다.

49) 15세기 국어에서 실현된 동사의 어형이 현대국어까지 이어지지 않더라도 구문의 변화를 겪는 경우는 본 연구의 대상이 되나, 구문의 변화를 입지 않고 어형이 소멸된 경우에 대해서는 더 이상 논의하지 않기로 한다.

제3장

자동사 구문의 변화

국어 동사 구문구조의 통시적 연구

국어 동사 구문구조의 통시적 연구

제3장
자동사 구문의 변화

2장의 논의를 통해 15세기 국어 자동사 구문의 변화에는 자동사의 용법이 사라지는 경우, 구문에서 논항이 형성되거나 소멸하는 경우, 그리고 새로운 논항구조가 생기는 경우가 있다는 사실을 살펴보았다.[1] 그리고 이러한 자동사 구문의 변화에는 피동사의 발달, 조사의 변화, 자동사의 의미 변화가 주된 원인으로 작용하는 것에 대해서도 살펴보았다.

자동사의 기능을 잃는 부류의 자동사들은 15세기 국어에서 자·타 겸용 동사의 용법을 가졌거나 자·형 겸용 동사로 실현되었던 부류이다. 특히 능격 동사들의 자동 구문이 사라짐에 따라 국어의 능격성 구문이 약해진다. 이러한 변화에는 피동사의 발달이라는 문법의 변화가 영향을 미쳤다. 자·타 겸용 동사의 자동 구문이나 자·형 겸용 동사의 자동 구문이 대체로 피동 구문과 통사·의미적으로 관련을 가지고 있었던 것이 큰 원인으로 작용한 것으로 보인다.

자동사 구문의 변화에 영향을 미치는 또 다른 문법 변화로는 조사

---

[1] 15세기 국어의 자동사는 순수하게 자동사로만 실현된 경우뿐만 아니라, 자동사이면서 형용사의 용법을 함께 가진 부류의 것, 자동사와 타동사의 용법을 모두 보이는 경우, 그리고 자동사, 타동사, 형용사의 용법을 모두 가진 부류의 자동사들이 실현됨을 살펴보았다. 이들 자동사를 모두 자동사의 범위 안에 포함시켜 다루겠다.

의 변화이다. 15세기 국어에서 자·타 겸용 동사의 용법을 보이는 또 다른 부류의 자동사들은 조사의 기능이 변하면서 자동 구문을 상실하게 되는 경우가 있다. 이에 해당하는 조사는 세 가지 유형이 있다.

첫째, 비교의 조사 '-이/에/로'이다. 이들은 15세기 국어의 비교 구문에서 비교의 기능을 가지고 실현되었는데 이러한 기능이 후대로 가면서 약해짐에 따라 이들과 통합된 명사구를 논항으로 취하는 자동사들의 구문에도 변화가 생기는 것이다.

둘째, 대상의 조사 '-에'이다. 15세기 국어의 격조사 '-에'는 처격의 기능 외에도 '대상'의 기능을 가지고 실현되는 경우가 있다. 이러한 'NP에' 논항을 가지는 동사들은 주로 자·타 겸용 동사의 용법을 가지는 부류로, 이들 구문에서는 '대상' 논항이 'NP를'로도 실현되고 'NP에'로도 실현되는 것이다. '대상'의 기능을 가진 '-에'의 기능은 근대국어 후기로 갈수록 기능이 약해진다. 이처럼 조사 '-에'의 '대상'의 기능이 약해짐에 따라 이를 논항으로 취했던 동사 구문에서도 변화가 생기게 되는 것이다.

셋째, 대상의 조사 '-로'이다. 15세기 국어의 격조사 '-로'는 문맥상 '-를'이 실현되어야 할 자리에 실현되어 '대상'의 기능을 가지고 실현된 경우가 있다. 이러한 '대상'의 'NP로'의 실현은 근대국어 후기 문헌으로 갈수록 기능이 약해지게 되는데 이러한 '-로'의 기능 변화에 의해 자동사 구문에 변화가 일어난다. 이 때의 '-로'가 결합한 'NP로' 논항은 주로 자·타 겸용 동사의 용법을 가진 부류의 자동 구문에서 볼 수 있는데, 'NP로' 논항이 구문에서 실현되지 않게 됨에 따라 이들의 자동사적 용법도 사라지게 된다.

자동사 구문에서 형성되는 논항의 종류로는 'NP이, NP에, NP로,

NP를, NP와'가 있다. 이 가운데 'NP를' 논항이 형성되는 경우는 그것이 자동 구문에서 형성됨으로써 자동사가 타동성을 획득하게 된다는 점에서 다른 논항들의 형성보다 의미가 크다. 특히 'NP를' 논항이 형성됨으로써 자동사가 능격동사의 용법을 가지게 되는 경우도 있다.

자동사 구문에서 소멸하는 논항의 종류로는 'NP이, NP에, NP로, NP와'가 있는데 이 중 'NP와' 논항이 소멸하는 자동사의 예는 소수이며, 논항이 소멸하는 변화를 겪는 자동사들의 대부분은 'NP이', 'NP에'와 'NP로' 논항이 소멸하는 유형에 속한다. 특히 'NP이'가 '행위주'이며, 'NP에'와 'NP로'가 '방향, 기점, 지향점, 경로'의 논항들일 경우, 이들 논항이 사라지면서 이들이 형성했던 이동 자동사 구문의 실현이 불가능해지게 된다.

이제 이러한 구문의 변화 양상을 실례를 통해 구체적으로 살펴보려고 한다.[2]

3.1. 문법 변화와 구문 변화

여기서는 자동사 구문이 문법 체계의 변화 속에서 변화를 겪는 경

---

[2] 본 연구의 목적이 15세기 국어의 동사 구문의 구문 변화가 근대국어를 거쳐 현대국어까지 어떻게 일어나는지에 대해 살펴보는 것인 만큼 세기별 동사 구문의 실현을 일일이 들어 논의를 진행해야 하겠지만 지면 관계상 용례를 제한적으로 보여줄 수밖에 없다. 따라서 본고는 구문의 변화가 16세기 혹은 근대국어에서 일어나는 경우를 우선적으로 하여 용례를 들겠다. 현대국어에 들어와 생기는 구문 변화의 경우 특별한 설명을 위해 필요한 경우를 제외하고는 본문에서 제시하지 않겠다. 또한 본문에서 든 용례는 중기국어나 근대국어에서 실현되는 대표적인 예를 보인 것이다.

우를 다루고자 한다. 문법 변화에는 피동사의 발달, 조사의 변화 등이 있다. 피동사의 발달에 의해 자동사 구문이 소멸되는 변화를 겪게 되는 것, 그리고 중기국어에서 비교의 기능을 가졌던 조사와 대상의 기능을 가졌던 조사의 기능이 약해지면서 자동사 구문의 논항 실현에 변화가 생기는 경우가 포함된다.

3.1.1. 피동사의 발달과 구문 변화

15세기 국어에서 자동 구문을 형성하였던 동사들 중에는 16세기 혹은 근대국어에 들어 자동사의 용법을 상실하는 부류가 있다. 이러한 변화를 겪는 자동사들은 15세기 국어에서 자·타 겸용 동사의 용법을 가졌거나 자·형 겸용 동사의 용법을 가졌던 것들이 대부분이다. 이들은 공시적으로, 혹은 통시적으로 실현된 피동사들의 어형으로 그들의 자동사적 용법을 대체하는데, 이는 하나의 형태가 자·타, 혹은 자·형 겸용의 기능을 가지다가 피동사와 기능 분담을 하게 된 것이다. 피동사로 실현될 수 있는 문법적 장치는 피동접사가 결합하거나 '-어 디다'가 통합되는 것이다. 이러한 자동 구문의 변화에 대해서는 이미 고영근(1986)에서 논의된 바 있다. 고영근(1986)에서는 15세기 국어의 능격 동사가 실현되었던 자동 구문이 후대에 사라지게 된다는 점, 그리고 이러한 변화에는 피동사의 발달이 영향을 미쳤다는 점, 피동사의 발달로 능격 동사의 용법이 줄어들게 되고 이로 인해 국어의 능격 구문이 후대로 갈수록 약해진다는 점을 논의했다.

자동 구문의 소멸과 관련하여 해결되지 않은 문제는 이러한 변화를 겪는 자동사들의 통사적 지위, 자동사가 소멸하는 데 피동사가 영향을 준 원인, 자동사가 소멸하는 시기, 자동사의 기능을 대체하게 된 피동사의 실현 시기에 관한 것이다. 이에 관해 명확하게 규정한 논의는 거의 없으며, 이것이 곧 본고에서 중점적으로 다루게 될 내용이다. 이러한 문제를 해결하기 위해 본 연구에서는 자동적 용법을 상실하는 부류의 자동사들이 15세기 국어에서 어떤 동사로 유형화되는 것들인지를 밝히고자 한다. 그리고 이들 자동사의 소멸 시기를 자동사와 관련되는 피동사의 출현 시기와 함께 고려하여 고찰할 것이다.

 우선 자·타 겸용 동사의 용법을 가진 자동사 중에서 자동사의 용법을 잃게 되는 경우를 살펴보기로 하겠다. 이러한 부류의 자동사들은 자동 구문의 실현 시기, 자동사와 통사·의미적으로 대응되는 피동사의 실현 시기, 그리고 피동 구문이 이루어지는 방법에 따라 구분된다. 이들을 고려하여 자동사가 소멸하는 예들을 보이면 아래와 같다. 예 (1)-(2)는 자동 구문이 중기국어까지 실현되고 피동 접사에 의한 피동사의 실현이 중기국어에서 나타나는 경우인데, 피동 접사가 통합한 피동사가 실현되었다. 예문 (3)은 피동사의 실현 양상은 (1)-(2)와 같으나 자동 구문이 근대국어까지 이어지는 경우이다. (4)는 자동 구문이 중기국어까지 실현되고 피동사의 실현이 중기국어에서 나타나는 경우로 '-어 디다' 피동 구성이 실현되는 경우이다. 예 (5)는 피동사의 실현 양상은 예 (4)와 같으나 자동사가 근대국어까지 실현되는 경우이다. 예 (6)-(7)은 자동사가 중기국어까지 실현되나 피동 접사에 의한 피동사의 실현이 근대국어에서 형성되는 경우이다. 예 (8)은 피동사의 실현 양상은 (6)-(7)과 같으나 자동사가 근대국어까지 실현되는 경우이다.

 (1) ㄱ. 몸과 무숨괘 本來 서르 <u>ᄀ디</u> 몯호몰 아디 몯ᄒ야 내 本來ㅅ 무ᄉᄆᆯ
　　　일호니 <楞嚴 1:92b-93a>

ㄴ. 金甲이 서르 <u>굴이ᄂᆞ니</u> 靑衿 니브니ᄂᆞᆫ 흔굴ᄋᆞ티 憔悴ᄒᆞ니라 <杜詩
  6:21a>

(2) ㄱ. ᄯᅡ해 살이 ᄲᅥ여늘 醴泉이 소사나아 衆生ᄋᆞᆯ 救ᄒᆞ더시니 뫼해 살이
  <u>박거늘</u> 天上塔애 ᄀᆞ초아 永世ᄅᆞᆯ 流傳ᄒᆞᅀᆞᄫᆞ니 <月曲 15b>

ㄴ. 밠바닸 그미 ᄯᅡ해 반ᄃᆞ기 <u>바키시며</u> <月釋 2:57a>

(3) ㄱ. 이러면 病둘히 ᄒᆞ마 <u>덜며</u> <月釋 14:59b>

ㄱ'. 慈悲와 智惠왜 自然히 더 불ᄀᆞ며 罪業이 自然히 그처 <u>덜며</u> 功行이
  自然히 나ᅀᅡ가리니 <法集 11a>

ㄱ''. 官人의 伴當의손ᄃᆡ 몰 먹일 딥과 콩 갑슬 흐터 주라 그리ᄒᆞ면 氣力
  이 <u>덜리라</u> <朴諺上 58a>

ㄴ. ᄂᆞ외야 生死業을 짓디 아니ᄒᆞ면 罪이 불휘 永히 <u>덜인</u> 젼ᄎᆞ로 <金三
  3:56a>

(4) ㄱ. 이 燈ᄋᆞᆯ 부러 ᄢᅵ디 燈이 <u>ᄢᅵ디</u> 아니ᄒᆞᄂᆞ다 <金三 5:3a>

ㄴ. 金瓶엣 므를 붓ᄉᆞᄫᆞ니 브리 <u>ᄢᅥ디거늘</u> <釋詳 23:47a>

(5) ㄱ. ᄲᅨ ᄇᆞᅀᅡ디며 ᄲᅨ <u>것그며</u> <救急方下 32a>

ㄱ'. 그 아이 니어 스스로 ᄣᅥ러뎌 발이 <u>것고</u> 늣치 히야뎌 피 흘으거늘
  <小學 6:61a>

ㄱ''. ᄇᆞ람이 부러도 나모 ᄭᅩᆺ치 <u>것지</u> 아니ᄒᆞ고 <八歲 11b>

ㄴ. ᄇᆞᄅᆞ미 니러 집도 ᄒᆞ야ᄇᆞ리며 나모도 <u>것거디며</u> <釋詳 23:22a>

(6) ㄱ. 卵이 <u>밧고아</u> 胎 ᄃᆞ외며 <楞嚴 4:29a>

ㄴ. 집 사ᄅᆞᆷ이 서르 가비야이 녀겨 恩이 <u>밧고이며</u> 情이 薄ᄒᆞ리라 <御內
  1:24b>

(7) 버텅에 서리딘 버드른 ᄇᆞᄅᆞ매 <u>부치놋다</u> <杜詩 9:21b>

(8) ㄱ. 모미 <u>두의틀오</u> 네 활기 몯 쓰며 답답고 어즐ᄒᆞ야 <救簡 1:14a>

ㄱ'. 도ᄃᆞ리 디고 <u>뒤트ᄂᆞ니ᄂᆞᆫ</u> 경풍증이 아니니 <痘瘡上 63b>

ㄴ. 좀 못 자 번열ᄒᆞ며 ᄇᆞ롬으로 <u>뒤틀리며</u> <臘藥 4b>

예 (1ㄱ)은 자동사 '굴다¹'이 실현된 구문으로 '몸과 마음이 본래 서
로 갈리지 몯함을 알지 못하여 내가 몬래의 마음을 잃으니'의 의미를

가진다. (1ㄱ)은 'NP_pl이 서르 V'의 논항구조를 가지는데, 'NP이'는 피동주 '몸과 ᄆᆞᅀᆞᆷ괘'로 'ᄀᆞᆯ다¹'이 단순 피동 구문을 형성하고 있다. 'ᄀᆞᆯ다¹'은 공시적으로 피동사 'ᄀᆞᆯ이다'와 함께 실현되었다. (1ㄴ)이 'ᄀᆞᆯ이다'가 실현된 예로 'ᄀᆞᆯ다¹'과 마찬가지로 'NP_pl이 서르 V'의 구조를 가지며 단순 피동 자동 구문을 구성하였다. (1ㄱ)의 'ᄀᆞᆯ다¹' 구문이 실현된 용례는 15세기 국어 문헌에서만 용례가 보이며 이후에는 'ᄀᆞᆯ이다'의 어형으로 자동 구문이 실현된다.

예 (2)는 자동사 '박다'가 실현된 예로 (ㄱ)은 '…산에 살이 박히거늘…'의 의미를 가진다. 피동주 '살이'와 장소의 '뫼해'가 논항으로 실현되어 '박다'가 장소 피동 자동사 구문을 구성하였다. 이러한 '박다'의 문형은 피동사 '바키다'에서도 그대로 실현된다. 예 (2ㄴ)이 이를 보여 주는데 '밠바닸 그미'가 '피동주'이며 '짜해'가 장소 논항으로 '박다'와 '바키다'의 통사·의미적 유사성을 나타낸다. '박다'의 자동 구문은 15세기 국어에서만 용례가 확인되는데 이후에는 피동사 '바키다'에 의해 자동적 용법이 이어진다.

예 (3)은 자동사 '덜다'가 실현된 예로 (ㄱ)은 '이러면 병들이 이미 덜어질 것이며', (ㄱ')는 '자비와 지혜가 자연히 더 밝으며 죄업이 자연히 그쳐 덜어질 것이며…', (ㄱ")는 '…그리하면 기력이 덜어질 것이다'의 의미를 가진다. 'NP이 V'의 구문을 구성하며 'NP이'는 모두 '덜다'의 '피동주' 논항들이 실현되었다. '덜다' 또한 단순 피동 자동 구문을 구성하였음을 알 수 있다. '덜다'의 단순 피동 자동 구문은 근대국어 문헌에서도 용례가 보인다. (3ㄴ)은 '덜다'에 피동 접사가 결합한 피동사 '덜리다'가 실현된 용례로 '덜다'와 마찬가지로 단순 피동 자동 구문을 형성하였다.

예 (4)는 자동사 '끄다'가 실현된 예로 (ㄱ)은 '이 등을 붙어서 ᄭᅳ되등이 꺼지지 아니한다'의 의미를 가진다. 여기서 '끄다'는 'NP이 V'의 구문을 구성하며 'NP이'인 '燈이'는 '끄다'의 '피동주' 논항으로, 여기서 '끄다'는 단순 피동 자동사임을 알 수 있다. (4ㄴ)은 '금병에 있는 물을 부으니 불이 꺼지거늘'의 의미로 '꺼디다'가 실현되었다. (4ㄴ)의 용례를 통해 '꺼디다' 또한 단순 피동 자동 구문으로 실현되었음을 확인할 수 있다. '끄다'의 자동 구문 (4ㄱ)은 15세기 국어에서만 용례가 확인되며 이후로는 '꺼디다'가 실현된 (4ㄴ)의 구문으로 자동 구문이 실현된다.

예 (5)는 자동사 '겪다'가 실현된 예로 (ㄱ)은 '…뼈가 꺾이며'의 의미를 가진다. 여기서 '겪다'는 'NP이 V'의 구조를 가지며 'NP이'는 '뼈'로 단순 피동 자동 구문을 형성하였다. '겪다'의 자동 구문은 근대국어 문헌에서도 용례가 보인다. 예 (5ㄱ)들이 이러한 사실을 보여 준다. (5ㄴ)은 '겪다'의 피동사 '것거디다'가 실현된 예로 '겪다'와 마찬가지로 15세기 국어에서 단순 피동 자동사로 실현되었음을 알 수 있다.

예 (6)은 자동사 '밧고다'가 실현된 예이다. (6ㄱ)은 '알이 바뀌어 태가 되며'의 의미를 가지는 것으로 여기서 '밧고다'는 피동주 '卵이'를 논항으로 취하는 단순 피동 자동사로 실현되었다. 그리고 '밧고다'의 이런 용법은 15세기 국어에서만 용례가 확인된다. (6ㄴ)은 '밧고다'의 피동사 '밧고이다'가 실현된 예인데 근대국어에 들어서야 용례가 확인된다.

예 (7)은 자동사 '부치다'가 실현된 예이다. (7)은 '…버드나무는 바람에 나부끼는구나'의 의미로 '버드른'은 '피동주', '보람애'는 '원인' 논항으로 '부치다'가 원인 피동 자동 구문을 형성하였다. '부치다'의 자동 구문은 15세기 국어에서만 용례가 확인되는데 피동사 '부치이다'는 근대국어에서 실현된다.

예문 (8)은 자동사 ‘두의틀다’가 실현된 예이다. (8ㄱ)은 ‘몸이 뒤틀리고…’의 의미로 ‘모미’는 ‘피동주’ 논항으로 ‘두의틀다’는 단순 피동 자동 구문을 구성하였음을 알 수 있다. 그리고 ‘두의틀다’의 자동 구문은 근대국어 문헌에서도 용례가 보인다. (8ㄴ)은 ‘두의틀다’의 피동사 ‘뒤틀리다’가 실현된 예로 원인 피동 자동 구문으로 실현되었음을 알 수 있다.

이상으로 15세기 국어의 자동사 중에서 후대에 자동적 기능을 상실하는 부류에 대해 살펴보았다. 변화를 겪는 동사의 유형은 15세기 국어에서 피동 자동사로 분류되는 것들임을 알 수 있었다. 피동 자동사 중에서도 행위 피동 자동사는 범주의 변화 없이 현대국어까지 이어지는 반면, 단순 피동, 원인 피동, 장소 피동 자동사들은 다수가 자동사의 용법을 잃었다. 이러한 사실은 자동 구문의 소멸에 왜 피동사가 영향을 끼쳤는지를 분명히 설명해 준다. 피동사가 실현된 구문은 피동 자동사 구문과 통사·의미적으로 가장 유사한 구문을 형성한다고 볼 수 있으므로 자동 구문이 없어지면서 피동사가 그 기능을 대신하게 된 것이다.3)

피동사의 발달과 자동 구문의 소멸의 선후 관계를 생각해 보면 자동사가 먼저 기능을 상실한 것으로 보인다. 피동사의 발달이 먼저라

---

3) 이러한 사실과 관련하여 우리는 한글 창제 이전 차자 표기 자료에서 피동법에 의한 피동사의 실현을 찾아보기 힘들다는 사실에 주목하게 된다. 이러한 현상에 대해 두 가지 해석이 있을 수 있다. 원래는 피동법에 의한 피동 구문의 실현이 있었는데 차자표기라는 제한된 표기법에 의해 표기되지 않은 것으로 보는 방법과 피동법에 의한 피동 구문이 실현되지 않았던 당시의 언어 현상을 그대로 반영한 것이라고 보는 방법이다. 국어 자동 구문의 변화 양상을 살펴본 바에 따르면 후자의 가능성이 더 크다고 본다. 15세기 국어만 하더라도 자동 구문에 의해 피동적 표현이 가능했으므로 이전 시기에는 이러한 양상이 더 많이 나타났을 것이다. 결국 차자 표기 당시 국어의 피동 구문은 자동 구문에 의해서도 실현될 수 있기 때문에 굳이 피동법에 의한 피동 구문이 필요하지 않았던 것이다.

면 피동사가 생기기 전에 자동사의 용법은 사라지지 않아야 하는데 실제로 '밧고다'와 '부치다'는 피동사 '밧고이다, 부치이다'가 생기기 전에 자동사의 용법이 사라지기 때문이다. 그러므로 자동사가 먼저 기능을 상실한 것이라고 보는 것이 타당하다. 이 경우 자동 구문이 사라지지 않았음에도 자동구문과 통사·의미적으로 관련된 피동사가 실현될 수 있다. 피동사의 실현이 항상 자동사의 소멸을 전제로 하는 것은 아니기 때문이다. 또한 자동사가 소멸되고 그 자리를 메꾸기 위해 피동사가 실현되는 것은 후대에 일어날 수 있는 일이다.

  이상에서 자동사의 소멸 양상을 피동사의 실현 시기와 함께 표로 정리하면 아래와 같다.

【표10】 자·타 겸용 동사의 자동 구문이 소멸하는 자동사(Ⅰ)[4]

피동사의 실현시기	자동사의 실현시기		중기국어	근대국어
피동접사에 기댄 피동문	자동사의 실현시기	중기	가도다(가티다), 갈다(갈이다), 거두다(거티다), 걸다[1](걸이다), 곳다(고치다), 굴다[1](굴이다), 닫다(다티다), 덮다(덮이다), 둪다(둪이다), 들다[2](들이다), 마초다(마초이다), 막다(막히다), 묽다(뭇기다), 묻다[2](무티다), 밀다(밀이다), 박다(박히다), 븟다[2](븡이다), 뻬다(뻬이다), 삐다[1](삐이다), 쌓다(싸히다), 슬다(슬이다), 싸혀다(쎼혀다), 앓다(알히다), 얽다(얼기다), 잃다(일히다), 즈무다(좀기다), 프다(픠다)	딕다[1](딕히다), 밧고다(밧고이다), 부치다(부치이다), 싣다(실이다), 어울다(어울니다)[5]
		근대	궂다(그치다), 눈호다(눈호이다), 덜다(덜이다), 셧다(섯기다)	두위틀다(뒤틀리다), 모도다(모도이다)
'-어 디다'에 기댄 피동문		중기	삐다(뻐디다)	
		근대	겼다(것거디다), 벗다(버서디다), 슬다(스러디다), 펴다(펴디다), 흩다(흐터디다)	

---

4) 괄호 안에 피동사를 보였다.
5) '어울다'는 다른 동사들과 달리 순수자동사 구문을 형성하다가 근대국어에서 피동사가 실현됨으로써 자동사의 용법을 잃게 되는 경우이다.

〈표10〉에 의하면 피동사에 의해 자동 구문을 상실하게 되는 자동사들의 용법은 대체로 중기국어까지 실현되다가 사라지며 몇몇 일부의 자동사만이 근대국어까지 실현되었음을 알 수 있다. 그러므로 대체로 근대국어를 전후로 하여 자·타 겸용 동사의 자동 구문의 소멸이 이루어졌다고 말할 수 있겠다.

다음으로 살펴볼 자동사 구문의 변화는 자·형 겸용 동사의 자동 구문이 소멸하는 경우이다. 우리는 앞서 한 형태가 동사적 용법과 형용사적 용법을 모두 가지고 실현되는 현상이 15세기 국어 동사 구문에 나타나는 특성임을 살펴보았다. 이러한 동사의 범주간 넘나듦 현상은 후대로 가면서 점점 사라지게 되는데, 여기서 다룰 자동 구문의 소멸이 바로 이런 변화 속에서 이해될 수 있는 구문 변화라고 할 수 있다. 즉 자·형 겸용 동사의 자동 구문의 실현이 불가능해지면서 동사와 형용사의 범주간 넘나듦 현상 또한 줄어들게 되는 것이다. 그러므로 자·형 겸용 동사의 자동 구문이 소멸하는 것은 변화를 겪는 어휘들의 자동사의 기능이 없어진다는 것 이상의 통사적 의미를 지닌다고 할 수 있다. 이러한 변화로 인해 동사와 형용사의 범주간 넘나듦이라는 통사적 특성이 약해졌기 때문이다.

이러한 변화를 겪은 자동 구문은 '-어 디다' 구성의 피동 구문으로 실현되어 현대국어까지 이어지게 된다. 예를 들면 15세기 국어의 동사 '붉다'는 '붉어지다'로, 동사 '편안ᄒ다'는 '편안해지다'로 그들의 자동 구문이 실현되는 것이다. 우리는 이러한 변화의 모습을 아래의 예를 통해 살펴보려고 한다. 변화를 겪는 자동사들은 자동 구문이 소멸하는 시기에 따라 구분된다. (9)-(12)는 중기국어에서만 자동적 용법을 가진 경우로 예 (9)는 '높다', (10)은 '사오납다', (11)은 '비브르다', (12)는 '프르다'가 각각 자동사로 실현된 예이다. (13)-(15)는 자동 구문이 근대국어까지 실현된 경우로 예문 (13)은 '편안ᄒᆞ다', (14)는 '늦다', (15)는 '멀다'가 각각 실현되었다.

(9) ㄱ. 九層臺예 올옴 ᄀᆞᆮᄒᆞ야 발 봄오미 漸漸 노프면 보ᄂᆞᆫ 고디 漸漸 머니라 <圓覺上 1-1:113b>

　　ㄴ. 희 졈졈 놉고 안개 거드니 孔明이 밧비 비롤 두루혀 보니 <三譯 4:18b>

(9′) 스사로 노픈 체 ᄒᆞᄂᆞᆫ 쟈ᄂᆞᆫ 나자 지고 나즌 체 ᄒᆞᄂᆞᆫ 쟈ᄂᆞᆫ 놉파지ᄂᆞ니라 <마태 23:12>

(10) 노픈 지죄 나날 사오나와 가놋다 (高才日陵替) <杜詩 24:26a>

(11) 모다 飮啖홀 제 빈브르디 말며 모다 밥 머글 제 손 쑤씨 말며 <內訓 1:3a>

(12) ㄱ. 미햇 門ㅅ 부체예 내 아롮 바티 미츠니 내 菜圃이 나날 프르놋다 <杜詩 12:19a>

　　ㄴ. 보미 오매 프리 절로 프르ᄂᆞ도다 <禪家 5a>

(13) ㄱ. 과ᄀᆞ론 기춤에 ᄒᆞᆫ 복을 머그면 즉재 편안ᄒᆞᄂᆞ니 <救簡 2:14a>

　　ㄴ. 아돌이 親ᄒᆞᆫ 후에 義ㅣ 나고 義ㅣ 난 후에 禮ㅣ 일고 禮ㅣ 인 후에 萬物이 편안ᄒᆞᄂᆞ니 <小學 2:49a>

　　ㄷ. 큰 아히ᄂᆞᆫ 다섯 푼식 머기라 머거 줌든 후에 더러운 거슬 누면 즉시 편안ᄒᆞᄂᆞ니라 <痘瘡下 31b>

　　ㄹ. 즁싱이 내 뜻을 몰라 싱ᄉᆞ의 니르러 다 편안티 몯ᄒᆞᄂᆞ니 <地藏中 25a>

(14) ㄱ. 歲ㅣ 느저 가니 여희엿ᄂᆞᆫ 시르미 더으ᄂᆞ다 (歲云暮矣增離憂) <杜詩 25:42a>

　　ㄴ. 셔방니미 와도 민셔방 ᄀᆞ티 ᄃᆞ녀 갈가 내 반길 부니니 느저 오면 홀가 ᄒᆞ노라 <順天 147:7>

　　ㄷ. 날은 느저 가고 하 민망ᄒᆞ야 힐난ᄒᆞ다가 못ᄒᆞ야 <서궁 26b>

　　ㄹ. ᄢᅢᄂᆞᆫ 느저 가오매 넘녀가 젹지 아니ᄒᆞ외 <隣語 4:27b>

(14′) 大抵 人蔘을 晩時ᄒ여 下送ᄒᆞᆸ기의…回還이 또ᄒᆞᆫ 느저지오매 今年
　　　부터ᄂᆞᆫ 일즉 下送ᄒᆞᆸ게 뜯을 먹습고 <隣語 7:2b>

(15) ㄱ. 九層臺예 올옴 ᄀᆞᆮᄒ야 발 불오미 漸漸 노ᄑᆞ면 보ᄂᆞᆫ 고디 漸漸 머니
　　　라 <圓覺上 1-1:113b>

　　ㄴ. 子ㅣ ᄀᆞᆯᄋᆞ샤ᄃᆡ 性이 서ᄅᆞ 갓가오나 習으로 서ᄅᆞ 머ᄂᆞ니라 <論語
　　　4:30b>

　　ㄷ. 혜미 이시면 도ᄂᆞᆫ 더옥 멀고 업ᄋᆞᆫ 더 기푸리라 <初發-野雲 77a>

　　ㄹ. 그 졍시 과연 ᄀᆞ이업다 길히 졈졈 멀고 ᄀᆞ린 거시 몯 뵈게 되니
　　　<병자 172>

(15′) ᄒᆞ로 작ᄒᆞᆫ 일을 힝ᄒᆞ매 복이 비록 니르지 아니ᄒᆞ나 화ᄂᆞᆫ 스스로 멀어
　　　지고 ᄒᆞ로 사오나온 일을 힝ᄒᆞ매 홰 비록 니르지 아니ᄒᆞ나 복은 스스
　　　로 멀어지ᄂᆞ니라 <敬信 26a-26b>

　예문 (9)는 ‘…발 밟음이 점점 높아지면 보는 곳이 점점 멀어진다’
의 의미로 동사를 수식하는 양태 부사 ‘漸漸’이 ‘높다’를 수식하고 있
다. (10)은 ‘높은 재주가 날로 쇠퇴해가는구나’의 의미로 어떤 동작이
나 상태 변화가 계속되거나 진행됨을 의미하는 보조 동사 ‘가다’가 ‘사
오납다’에 연결되어 실현되었다. 또한 ‘나날’이라는 양태부사가 ‘사오
납다’를 수식하고 있어 ‘사오납다’가 동사로서 사용된 것을 분명하게
말해 준다. 예 (11)은 ‘비브르다’에 ‘-디 말다’ 구성이 연결된 것으로
‘말다’는 부정 명령형을 구성하는 보조 동사로, 동사만을 본 용언으로
취하므로 ‘비브르다’가 ‘배부르게 먹다’의 의미를 가진 동사로 보아야
한다. 그러므로 (11)은 ‘모두 마실 때 배부르게 먹지 말며…’의 의미로
해석된다. 예문 (12)는 양태 부사 ‘나날, 절로’가 각각 ‘프르다’를 수식
하고 있어 (12ㄱ)은 ‘…나의 나물밭이 날로 푸르러지는구나’, (12ㄴ)은
‘봄이 오매 풀이 절로 푸르러지는구나’의 의미로 해석해야 한다. (12
ㄱ)은 15세기, (12ㄴ)은 16세기 국어 문헌에서 ‘프르다’의 동사적 용법

을 확인할 수 있는 예이다.

예문 (13)은 '편안ᄒ다'가 동사로 사용된 예이다. (13ㄱ)은 15세기 국어의 용례로 '급작스런 기침에 한 복(복용)을 먹으면 즉시 편안해지니'의 의미이다. 양태부사 '즉재'가 '편안ᄒ다'를 수식하고 있어 '편안ᄒ다'가 동사로 쓰였음을 알 수 있다. (13ㄴ)은 16세기 국어의 용례로 '…義가 생겨난 후에 禮가 일어나고 禮가 일어난 후에 만물이 편안해지니'의 의미이다. 이 문장에서 문장과 문장을 연결하는 어미는 '-ㄴ 후에'로 이는 '선행하는 동작, 상태 변화가 일어난 뒤 (그로 인해) 후행하여 어떤 결과가 일어난다'는 의미를 나타내므로 '편안ᄒ다'가 '상태'를 서술하는 것이 아니라 '상태 변화'를 서술하여 변화의 진행을 나타내는 것으로 보아야 한다. 더욱이 '편안ᄒ-'에 '-ᄂ-'가 통합되어 있어 그것이 동사로 쓰였음을 더욱 분명히 말해 준다.6) (13ㄷ)은 17세기 국어의 용례로 '…먹고 잠든 후에 더러운 것을 누면 즉시 편안해진다'의 의미이다. 양태 부사 '즉시'가 '편안ᄒ다'를 수식하고 있어 그것의 동사적 용법을 확인해 준다. (13ㄹ)은 18세기 국어의 용례로 '중생이 내 뜻을 몰라 생사(生死)에 이르러 다 편안해지지 못하니'의 의미로 '편안티'에 후행하는 보조용언 '몯ᄒᄂ니'에 '-ᄂ-'가 통합되어 '몯ᄒᄂ니'가 보조 동사로 쓰였음을 알 수 있고, 따라서 그것에 선행하는 '편

---

6) 여기서 분명히 해야 할 것은 '-ᄂ-'의 실현 자체가 동사적 성격을 말해주는 것은 아니라는 사실이다. 어떤 경우에는 '-ᄂ-'가 통합하여 해당 동사가 동사적 용법을 가짐을 분명히 해 주기도 한다. 그러나 '-ᄂ-'의 통합 여부와 무관하게 동사로 실현되는 경우도 있으며 동일한 동사에 '-ᄂ-'가 통합하든 하지 않든 유사한 의미를 나타내는 경우도 있다. 이러한 사실을 논의한 것으로 이안구(2002)와 이영경(2003) 등이 있다. 이안구(2002)는 '잇다'에 '-ᄂ-'가 결합한 활용형과 그렇지 않은 활용형이 동일 문헌에서 의미 차이 없이 함께 쓰이고 있음을 지적했고, 이영경(2003)은 '-ᄂ-'가 결합하지 않고 형용사 자체만으로 동사적 용법을 가진다는 사실을 논의했다. 그리므로 '-ᄂ-'의 결합 여부만으로 동사와 형용사를 판정하기는 어려우며 부사의 실현, 어말어미의 실현 양상과 함께 문맥적 의미를 함께 따져 보아야 할 것이다.

안ᄒ다' 또한 본동사로 파악된다.

예문 (14)는 '-어 가다'의 보조 용언이 형용사 '늦다'에 결합한 구성이다. (14')는 '느저지다'가 실현된 예로 18세기 문헌에서 용례가 나타나기 시작한다. (14ㄹ)은 '때는 늦어져 걱정이 적지 아니하여'의 의미로 여기서 '늦다'는 '-어 가다' 구성에 연결되어 동사로 실현되었다. 그런데 같은 문헌에서 실현된 (14')의 예를 보면 동사 '느저지다'가 실현되고 있음을 알 수 있다. 이는 '늦다'와 '늦어지다'의 동사적 용법이 혼재되어 쓰이고 있음을 말해 주는 것이다. 이후로는 '늦다'의 자동 구문이 사라지기 시작하는데 '느저지다'의 실현이 이러한 변화에 영향을 준 것으로 보인다.

예 (15)는 '멀-'이 자동사로 실현되었음을 보여 주는 용례이다. 예문 (15ㄱ)은 '…발 밟음이 점점 높아지면 보는 곳이 점점 멀어진다'의 의미로 동사를 수식하는 양태 부사 '漸漸'이 '멀다'를 수식하고 있어 '멀다'의 동사적 쓰임을 확인할 수 있다. (15ㄴ)은 '… 본성은 서로 가까우나 습관으로 서로 멀어진다', (15ㄷ)은 '셈이 있으면 도는 더욱 멀어지고 업은 더욱 깊어질 것이다'의 의미로 '멀다' 자체가 동사적으로 사용되었다. (15ㄹ)은 '…길이 점점 멀어지고 가려진 것이 못 보이게 되니'의 의미로 양태부사 '졈졈'이 실현되어 '멀다'의 동사적 용법을 확인해 준다. 이상의 (15ㄱ-ㄹ)에서 실현된 '멀다'는 현대국어에서는 모두 '멀어지다'의 의미를 가지는 것으로 파악된다. 이러한 '멀다'의 용법은 근대국어 초기 문헌까지 나타나며 이후로는 '멀어지다' 구문으로 동사 구문이 실현된다. 18세기 국어 문헌에 나타나는 (15')의 '멀어지-'의 출현이 영향을 준 것이다.

이상에서 중기국어의 형용사가 양태부사의 수식을 받거나, '말다, 가다'의 보조 동사와 함께 나타나는 현상에 대해 살펴보았다. 이들은 모두 동사 구문에서만 실현될 수 있는 것들로 이를 통해 (9)-(15)에서 실현된 용언이 모두 동사 구문을 형성하고 있음을 알 수 있다. 이들의 자동사적 용법은 현대국어에서는 찾아볼 수 없는 것으로 현대국어에서 이들이 자동 구문을 이루려면 '-어 지다' 구성이 각각의 용언에 통합하여야 한다. 즉 '편안해 지다', '늦어지다', '게을러지다'로서 동사 구문을 형성하는 것이다.

　이상으로 자·형 겸용 동사의 용법을 가진 부류의 자동 구문이 후대로 갈수록 자동적 기능을 상실하는 것에 대해 살펴보았다. 요컨대 자·형 겸용 동사들의 자동사적 용법이 사라진 데에는 '-어 디다' 구성에 의한 피동 구문의 발달이 많은 영향을 끼쳤음을 알 수 있었다. 이러한 변화를 겪는 자·형 겸용 동사들은 본문에서 거론된 것 외에도 다수 존재한다. 자동적 기능을 잃게 되는 자·형 겸용 동사들의 목록을 표로 나타내면 아래와 같다. 【표11】에서는 자·형 겸용 동사들의 자동적 용법이 나타나는 시기를 세기별로 구분해서 제시했다.

【표11】 자·형 겸용 동사의 자동 구문이 소멸하는 자동사

자동사의 실현시기	목　록
15세기	가비얍다, 가ᄉ멸다, 갓갑다, 거츨다, 괴외ᄒ다, 깊다, ᄀ눌다, 넙다, 더럽다, 두렵다, 머즉ᄒ다, 므겁다, 비브르다, 사오납다, 서늘ᄒ다, 서의여ᄒ다, 쉽다, 싁싁ᄒ다, 외다, 어듭다, 어즐ᄒ다, 여리다, 옷곳ᄒ다, 좀좀ᄒ다, 조ᄒ다, 퍼러ᄒ다, 프르다, 훤ᄒ다, 히다
16세기	ᄀ독ᄒ다, 뎌르다, 맛당ᄒ다, 쌘르다, 프르다
17세기	검다, 궂다, 덥다, 묽다, 붉다, 젹다, 츠다[4]
18세기	게으르다, 곧ᄒ다, 놉다, 늧다, 놋다, 다르다, 됴ᄒ다/둏다, 어즈럽다, 편안ᄒ다, 하다, 흐리다
20세기	없다

　〈표11〉을 통해 알 수 있는 사실은 18세기 국어 이후부터는 자·형

겸용 동사의 자동사적 용법이 거의 실현되지 않는다는 사실이다. 이는 18세기 국어 이후부터 형용사에 '-어 디다' 구성이 본격적으로 나타나기 때문이다. 그러므로 자·형 겸용 동사의 자동 구문이 소멸하는 시기를 볼 때 이들 자동 구문이 사라진 것은 우설적 피동 구성인 '-어 디다'의 실현이 큰 영향을 끼친 것으로 볼 가능성이 크다.

3.1.2. 조사의 변화와 구문 변화

조사가 변함에 따라 동사의 논항구조에 변화가 생기는 경우가 있다. 조사가 변하는 경우 두 가지 유형이 있다. 첫째, 조사가 문장 내에서 가진 기능이 사라지면서 그것이 통합하여 논항으로 실현된 명사구의 실현도 구문에서 실현되지 않게 되는 것이다. 이에 속하는 것으로는 '비교'의 기능을 가진 조사 '-이/에/로' 등과 '대상'의 기능을 가진 '-에/로'이다. 둘째, 15세기 국어에서는 실현되지 않았던 조사가 근대국어에서 생겨나면서 이것이 통합한 명사구가 동사 구문의 논항으로 실현되는 경우이다. 이에 속하는 것이 인용 조사 '-고'이다.

3.1.2.1. 대상의 조사 '-로'의 기능 변화와 구문 변화

본고는 15세기 국어의 자동사 구문의 유형을 살펴보면서 일부의 'NP로'가 '대상'의 'NP를'이 실현되어야 할 자리에 실현되어, 'NP이 NP로 NP에 V'의 자동 구문을 형성한다는 것을 살펴보았다. 이러한 '대상'의 'NP로' 논항은 15세기 국어 이전의 차자 표기 자료를 통해서도 용법을 확인할 수 있다.7) 차자표기에서 대상의 '-로'로 파악되는 예들을 살펴보면 다음과 같다. 예 (16)은 향가의 예로, '-로'는 음독자 '留'로 표기되었다. 예 (17)은 이두의 예이다. 이두에서 '-로'는 대부분 '以'로 표기되었다. 예 (18)은 구결의 예이다. 고려시대 석독구결에서 '-로'는 구결자 'ᄽ'로 나타나며 여말선초의 음독 구결에서는 'ᄽ/ᄽ' 외에 'ᄉ'로도 나타난다.

(16) 惡寸習落臥乎隱三業 淨戒叱主留卜以支.乃遣只 <懺悔業障歌 5-6>
(17) ㄱ. 田丁乙良 各田畓幷五十結 奴婢幷十口式以 賜給爲良於爲 敎是齊
      <尙書都官貼 57-58>
  ㄴ. 田壹佰伍拾結奴婢拾伍口式以賜給爲齊 <李和開國功臣錄券 136-8>
  ㄷ. 孫子春子段遺棄小兒以長養爲沙餘良 <許與文記 2>
(18) ㄱ. 云何世尊ㄟ 名我等輩ᄽ 遺失眞性ㅁ <기림사본 능엄경 권2, 5a:8>
  ㄴ. 엇뎨 世尊이 우리 等輩롤 眞實ㅅ 性을 일코 <楞嚴 2:11a>

예 (16)의 의미 해석을 위해 「譯歌」와 「華嚴原文」을 살펴보면, '今願懺除持淨戒', '恒住淨戒一切功德', '我惡以淸淨三業'이라고 하고 있다. 惡習에 떨어진 三業을 淨戒를 지니고 懺悔한다는 내용이다. 우리는 여기서 「譯歌」의 '持淨戒'의 구절을 통해 문제의 실마리를 찾아보고자 한다. 이 때의 '持'를 윗구절에서 실현된 '卜以'의 뜻풀이에 대응시킬 수 있다면, '卜以支.乃遣只'를 '디니-'가 실현된 동사구로 볼 수 있다. 또한 동사 '디니-'를 동사로 보게 되면 선행어인 '淨戒'는 '디니-'의

---

7) 본고에서 동사의 문형을 파악함에 있어 살펴본 논항과 의미역은 대부분 기존의 논의에서 거론되었던 것들이다. 그러나 대상의 'NP로'는 본 연구에서 새롭게 설정한 논항으로서, 향찰, 이두, 구결에 나타난 대상의 'NP로'의 실현은 본 연구에서 대상의 'NP로' 논항을 설정할 경우 통시적 근거로 제시될 수 있으므로 중요한 내용으로 다루어져야 한다. 그러므로 이 내용이 본 연구의 체계상 맞지 않는 점이 있음에도 불구하고 대상의 'NP로' 논항의 기능 변화를 다루는 이 부분에서 논의하려고 한다.

대상 명사구가 될 가능성이 크다. 앞 구절에 실현된 '三業'이 대상 명사구로 실현될 수도 있으나, 이렇게 되면 '三業을 淨戒로 디닌다'는 어색한 의미가 되므로, '디니다'의 대상 명사구는 '淨戒叱主'가 되는 것이다. 이렇게 되면, '淨戒叱主留'에서 실현된 '留'는 '대상'의 기능을 가지는 것으로 보아야 한다.

예문 (17ㄱ)은 수혜 동사 구문에서의 '-로(以)'의 실현이다. 여기서 '十口式以'는 '賜給爲良於爲'의 '대상' 논항이 된다. 그러므로 '十口式'에 통합된 '以'는 '대상'의 기능을 가진 것으로 볼 수 있다.8) 예문 (17ㄴ) 역시 수혜 동사의 대상 명사구가 '-로(以)'가 결합한 명사구로 실현된 것이다. 예문 (17ㄷ)은 '孫子인 春子의 경우에는 遺棄한 小兒를 長養한 데다가'의 의미로 타동사 '長養ᄒ다'에 선행하는 '小兒以'는 '長養爲'의 대상역으로 실현된 것이다.9)

예문 (18ㄱ)은 음독구결의 용례이며 (18ㄴ)은 음독구결에 대응되는 언해문의 용례이다. (18ㄱ)의 '名我等輩ᄲ'가 언해문 (18ㄴ)에서는 '우리 等輩롤'에 대응되고 있음을 알 수 있다. 이는 곧 언해자가 구결의 '名我等輩ᄲ'를 대상으로 파악했음을 말해주는 것인 동시에, '-로'가 대상의 의미를 가지고 실현되었음을 보여 주는 용례이다.10)

---

8) 이와 관련하여 이승재(1992:116)에서는 고려시대 이두문에서 실현된 '以'가 대격 기능의 표기에도 사용되었음을 논의한 바 있다. '以'의 기능으로 '대상'의 용법이 있음을 보여 준 것이다. 그런데 고려시대 이두문에서 대격 조사로 실현된 '乙'이 있으므로 '以'에 다시 대격의 기능을 부여하는 것은 격조사의 체계상 문제가 될 수 있다. 그러므로 '以'가 '대상'의 기능을 가지고 있는 것으로 파악하는 것이 적절하다.

9) 이 구절에서 실현된 '以'를 대격의 기능으로 파악한 것은 오창명(1995)에서 이루어졌다.

10) 이와 같은 사실은 능엄경의 다른 예에서도 찾아볼 수 있다. 復以富那ᄲ 呈疑ᄂ솔 窮辯山河大地諸有爲相ᄂᄒ 使法法ᄲ 決了ᄂᄒ 一無疑滯ᅀᄂᄂ 然後ᄒ <기림사본 능엄경 권4 1a:6>/다시 富那로 疑心을 바티게 ᄒ샤 山河大地 모든 有爲相올 ᄀ장 굴히샤 法法을 決ᄒ샤 <楞嚴 4:1b>, 眞妙覺明 ㅛ 亦復如是ᄂ

‘대상’의 ‘-로’는 15세기 국어로 이어지게 되며 일부 동사 구문에서는 근대국어까지 용법을 나타내다가 현대국어에 들어서면서 많이 약해진 것으로 파악된다. 현대국어의 ‘-로’의 통사·의미 기능을 파악한 논의들을 살펴보면, 현대국어의 ‘-로’ 논항의 실현에 중기국어나 근대국어에서 나타나는 것과 같은 대상의 ‘-로’ 실현은 찾을 수 없기 때문이다.

이제 본고는 이러한 대상의 ‘-로’의 기능이 약해짐에 따라 이를 논항으로 취하는 동사 구문에서 대상의 ‘NP로’ 논항의 실현이 어떻게 변해가는지를 실례를 통해 살펴보기로 하겠다. 중기국어에서 ‘대상’의 기능을 가지는 ‘NP로’ 논항은 그것이 실현되는 자동사의 문형에 따라 두 가지 유형으로 나뉜다.

첫째, ‘NP이 NP로 NP에 V’의 구문에서 실현되는 ‘NP로’이다. 이 때의 ‘NP로’는 도구가 아닌 대상의 기능으로 파악되는 것인데, 이러한 사실은 ‘NP이 NP로 NP에 V’의 구문과 통사·의미적으로 유사한 관계를 가지는 ‘NP이 NP를 NP에 V’의 구문과의 관계 속에서 분명히 드러난다. 이에 속하는 자동사로는 ‘감다[1]() 감다, 纏), 넣다() 넣다, 入), ᄂᆞ리오다() 내리우다, 下), 다히다[1]() 대다, 著), 더으다(益), 둪다(蓋), 맛디다() 맡기다, 任), 무티다[2]() 묻히다, 染), 박다() 박다, 印), 보내다()

汝以空ᇰ 明去入ㄱ 則有空現ᄂᆞᆺ 地水火風ᇰ 各各發明去入ㄱ 則各各現口 <기림사본 능엄경 권4 17b:1-2>/眞妙覺明이 ᄯᅩ 이 ᄀᆞᇀᄒᆞ니 네 空ᄋᆞ로 ᄇᆞᆯ기면 空 나토미 잇고 地水火風을 各各發明ᄒᆞ면 各各 낟고 <楞嚴 4:42a>, 無生滅者ᇰ 名爲自然ㄱ大 猶如世間 諸相ᄂᆞ 雜和ᄂᆞ <기림사본 능엄경 권4 29a:2>/生滅 업슨 거슬 自然이라 일훔ᄒᆞᆯ딘댄 世間앳 여러 相이 섯거 <楞嚴 4:69b>, 其可入者ᇰ 吾當發明ᄂᆞ 令汝ᇰ 增進去ᄂᆞᄼ 十方如來ㄱ 於十八界 一一修行ᄂᆞ金 <기림사본 능엄경 권4 42a:5 6>/ 그 어루 들 거슬 내 반ᄃᆞ기 發明ᄒᆞ야 널로 더 나ᅀᅡ가게 호리라 十方如來ㅣ 十八界예 一一修行ᄒᆞ샤 <楞嚴 4:101a>

보내다, 遣), 븟다²()붓다, 灌), ᄇᄅ다()바르다, 搽), 쌓다()쌓다, 積),
섯다()섞다, 雜), 쓰리다()뿌리다, 沃), 저지다(霑), 펴다()펴다, 展)'
등이 있다. 이들 구문에서 실현된 'NP로' 논항의 변화 양상에 대해 살
펴보기로 하겠다.

우선 각각의 동사들이 15세기 국어에서 실현된 예들을 들면 아래
와 같다. 예문 (19)는 '감다¹', (20)은 '넣다', (21)은 'ᄂ리오다', (22)는
'다히다¹', (23)은 '더으다', (24)는 '둪다', (25)는 '맛디다', (26)은 '무티
다²', (27)은 '박다', (28)은 '보내다', (29)는 '븟다²', (30)은 'ᄇᄅ다', (31)
은 '쌓다', (32)는 '섯다', (33)은 '쓰리다', (34)는 '저지다', 그리고 (35)는
'펴다'가 실현된 용례들이다. 각각의 경우 (ㄱ)은 'NP이 NP로 NP에 V'
의 논항구조를 취한 예이고, (ㄴ)은 (ㄱ)과 통사·의미적으로 유사한
문형인 'NP이 NP를 NP에 V' 구문이 실현된 예이다.

(19) ㄱ. 하ᄂᆳ 보비옛 오ᄉ로 모매 <u>감고</u> 여러 가짓 香油를 븟고 <釋詳 20:10a>
　　 ㄴ. 두 큰 龍王이 모몰 須彌山애 닐굽 볼 <u>가ᄆ니</u> 뫼히 뮈며 구루미 펴디
　　　　 고 <月釋 11:30a>
(20) ㄱ. 外道ㅣ 믜여 ᄀᄆ니 눌카ᄫᆫ 갈ᄒ로 衣葉中에 <u>녀허</u> 王손디 ᄒᆞᄢᅴ 가
　　　　 <月釋 25:23a>
　　 ㄴ. 수돍의 벼셋 피롤 대롱애 <u>녀허</u> 곳굼긔 부러 드리라 <救簡 1:44b>
(21) ㄱ. 溫水 冷水로 左右에 <u>ᄂ리와</u> 九이 모다 싯기ᅀᆞᄫᅵ니 <月曲 8a>
　　 ㄴ. 閻浮提예 비롤 <u>ᄂ리오면</u> 城邑과 聚落이 다 ᄣᅥ 흘로ᄃᆡ (下雨於閻浮
　　　　 提ᄒᆞ면 城邑聚落이 悉皆漂流호ᄃᆡ) <六祖上 80a:2-4>
(22) ㄱ. 사ᄅ미 ᄒᆞᆫ 촌 소ᄂ로 더운 소내 <u>다히면</u> (譬如有人이 以一冷手로
　　　　 觸於熱手ᄒᆞ면)<楞嚴 3:11b>
　　 ㄴ. 如來 소ᄂᆯ 내 모매 <u>다히샤</u> 나롤 便安케 ᄒᆞ쇼셔 <月釋 10:8b>
(23) ㄱ. 三毒ᄋ로 無明을 도오미 기르므로 브레 <u>더으듯</u>홀ᄊ 더 盛ᄒᆞᄂᆫ 고ᄃᆞ
　　　　 둘 가줄비시니라 <法華 2:117a>

　　ㄴ. 錦금 우희 고졸 더어 비치 더욱 빗나도다 <金三 2:16a>

(24) ㄱ. 寶帳ㅇ로 우희 둪고 <釋詳 20:7a>

　　ㄴ. 제 남진의 솝오술 우믈 우희 두프면 즉재 나리라 <救簡 7:21a>

(25) ㄱ. 二祖阿難 尊者ㅣ 正法으로 商那和修의 맛디고 寂滅에 드니라 <釋詳 24:7a>

　　ㄴ. 엇뎨 산 것 害흔 거슬 내게 맛뎌 니브라 ᄒᆞᄂᆞ다 (如何害生以付我著) <月釋 25:42a>

(26) ㄱ. 듣글로 모매 무티고 (塵土坌身) <法華 2:209b>

　　ㄴ. 계피 글힌 즙을 눌근 헌 거싀 무텨 병흔 디 브토터 <救簡 1:27a>

(27) ㄱ. 獄卒이 긴 모드로 모매 박고 비술홀 지지더라 <月釋 23:87a>

　　ㄴ. 뇌님 눈에 모돌 바ᄀᆞ니 <月釋 22:10a>

(28) ㄱ. 글 수ᄆᆞ로 ᄂᆞ믹게 보내ᄂᆞ닐 보고 ᄀᆞ장 외오 너겨 ᄒᆞ더라 <內訓 1:26b>

　　ㄴ. 시혹 道理롤 思量ᄒᆞ야 모몰 싯고 허므를 ᄂᆞ믜게 보내며 (或思量道理擬雪身歸過於前人) <圓覺下 3-1:55a>

(29) ㄱ. 諸天이 自然히 와 믈로 내 뎡바기예 븟고 흰 기블 머리예 믜리라 (諸天自然來 以水灌我頂 素繒繫首) <月釋 25:73a>

　　ㄴ. 醋롤 짜 우희 븟고 (醋傾地上) <救急方下 24a>

(30) ㄱ. 기르므로 모매 ᄇᆞᄅᆞ며 (以油로 塗身ᄒᆞ며) <法華 5:37b>

　　ㄴ. 병흔 사ᄅᆞ미 바래 춤기름을 ᄇᆞᄅᆞ고 브레 쐬면 주것더니도 살리라 <救簡 2:52a>

(31) ㄱ. ᄒᆞ다가 사ᄅᆞ미 純히 七寶로 三千大千世界예 사하 치와 뻐 布施ᄒᆞ야도 (假使有人純以七寶積滿三千大天世界以用布施) <圓覺序 62b>

　　ㄴ. 돌홀 사하 믈어딘 두들글 막고 (帖石防隤岸) <杜詩 10:15b>

(32) ㄱ. ᄯᅩ 經疏애 거즛 거스로 眞에 섯거 뎌지 城 밧 아니니 ᄌᆞ모 하니 <金三序 13b>

　　ㄴ. 샤향 흔 돈을 초애 섯거 이베 브스면 즉재 살리라 <救簡 1:47a>

(33) ㄱ. 춘 믈로 ᄂᆞ치 쓰려 오라거ᅀᅡ 씨샤 <月釋 22:50a-b>

　　ㄴ. 오좀을 ᄂᆞ치 쓰리면 즉재 말 ᄒᆞ리라 <救簡 1:44a>

(34) ㄱ. 놋 젓 그트로 브레 저져 藥올 무텨 목 안해 디그라 <救急方上 45b>

ㄴ. 무르니를 므레 <u>저져</u> 쓰라 <救簡 2:99a>

(35) ㄱ. 보비 그믈 帳<u>으로</u> 그 우희 <u>펴</u> 둡고 (以寶網幔으로 羅覆其上ᄒ고)
　　　　<法華 4:120a>

ㄴ. 옷과 마리를 路中에 <u>펴아시ᄂᆞᆯ</u> 普光佛이 ᄯᅩ 授記ᄒ시니 <月曲 3b>

(19ㄱ)은 '하늘의 보배로운 옷을 몸에 감고…'의 의미를 가진다. 여기서 '오ᄉᆞ로'가 '감다'의 '대상' 논항으로 실현되었다. (20ㄱ)은 '외도가 숨어서 가만히 날카로운 칼을 옷 속에 넣어 왕께 함께 가'의 의미를 가진다. 여기서 '넣다'의 '대상' 명사구는 '놀카ᄫᆞᆫ 갈ᄒᆞ로'이다. (21ㄱ)은 '온수 냉수를 좌우에 내려…'의 의미로 'ᄂᆞ리오다'의 '대상' 논항은 '溫水 冷水로'가 된다. (22ㄱ)은 '사람이 찬 손을 뜨거운 손에 대면'의 의미로 '춘 소ᄂᆞ로'는 '다히다'의 '대상' 논항이다. (23ㄱ)은 '…기름을 불에 더하듯 하므로…'의 의미로 '기르므로'는 '더으다'의 '대상' 논항으로 실현되었다. 예 (24ㄱ)은 '寶帳을 위에 덮고'의 의미로 '寶帳ᄋᆞ로'가 '덮다'의 '대상' 논항으로 실현되었다. (25ㄱ)은 '이조아난(二祖阿難) 존자(尊者)가 정법(正法)을 상나화수(商那和修)께 맡기고 적멸(寂滅)에 드니라'의 의미로 '맏디다'의 '대상' 논항은 '正法으로'가 된다. (26ㄱ)은 '티끌을 몸에 묻히고'의 의미로 '듣글로'는 '무티다'의 '대상' 논항이다. (27ㄱ)은 '옥졸이 긴 못을 몸에 박고 창자를 지지더라'로 '박다'의 '대상' 논항은 '긴 모ᄃᆞ로'가 된다. (28ㄱ)은 '글 쓴 것을 남에게 보내는 것(사람)을 보고 매우 그릇되게 여기더라'의 의미로 '글 수ᄆᆞ로'는 '보내다'의 '대상' 논항으로 실현되었다. (29ㄱ)은 '제천이…물을 내 정수리에 붓고…'의 의미로 '믈로'가 '붓다'의 '대상' 논항으로 실현되었다. (30ㄱ)은 '기름을 몸에 바르며'의 의미로 '기르므로'가 'ᄇᆞᄅᆞ다'의 '대상' 논항이 된다. (31ㄱ)은 '만약 사람이 칠보를 삼천대천세계에 쌓아서 채워 이로써 보시하여도'의 의미로 '七寶로'가 '쌓다'의 '대상' 논항이다.

(32ㄱ)은 '또 거짓을 진실에 섞어서…'의 의미로 '거줏 거스로'가 '섰다'의 '대상' 논항이다. (33ㄱ)은 '찬 물을 얼굴에 뿌려 오래 지나서야 깨시어'의 의미로 '춘 믈로'가 '쌔리다'의 '대상' 논항으로 실현되었다. (34ㄱ)은 '놋 젓가락 끝을 물에 적셔 약을 묻혀 목 안에 찍으라'의 의미로 '놋 젓 그트로'는 '저지다'의 '대상' 논항이다. (35ㄱ)은 '보배 그물 장막을 그 위에 펴서 덮고'의 의미로 '펴다'의 '대상' 논항은 '보비 그믈 장으로'가 된다.

이상으로 (19)-(35)의 (ㄱ)은 모두 'NP이 NP로 NP에 V'의 논항구조를 취한 예들이다. 여기서 각각의 동사들의 '대상' 논항이 'NP로' 명사구로 실현되고 있음을 알 수 있다. 이러한 사실은 (19)-(35)의 (ㄴ)의 예들을 통해서도 확인해 볼 수 있다. (19)-(35)에서 제시된 (ㄴ)은 (ㄱ)에서 실현된 동일한 동사가 'NP이 NP를 NP에 V'의 논항구조를 가지고 실현된 예들이다. 동일한 동사가 (ㄴ) 예에서는 '대상' 논항으로 'NP를' 명사구를 취하고 있음을 알 수 있다. 즉 동일한 동사 구문에서 '대상' 논항이 'NP를'로도 실현되고 'NP로'로도 실현되어 'NP이 NP를 NP에 V' 구문과 'NP이 NP로 NP에 V' 구문이 서로 대체될 수 있었음을 알 수 있다. 격교체는 교체되는 두 문장의 명제적 의미에 변화가 없음을 전제로 하는 개념이므로 'NP를'의 대상역은 'NP로'에도 기본적으로 실현된다고 보아야 한다. 그러므로 위의 구문에서 실현된 'NP로'는 모두 대상역으로 실현된 것이라고 할 수 있다.[11]

이들 구문에서 실현되었던 대상의 '-로'는 근대국어에 들어오면서

---

11) 'NP이 NP로 NP에 V'의 구조를 가지는 자동사 가운데 다음의 '쩨다'(>끼다, 扱)'의 용례는 피동 구문의 해석을 가져 본문의 'NP이 NP로 NP에 V'의 자동사들과 구별된다. '뎌 사르미 반드기 琉璃로 누네 씰씬 山河 보매 當ᄒᆞ야 琉璃를 보리여 몯ᄒᆞ리여 <楞嚴 1:57b>'는 '저 사람이 유리가 눈에 끼어 산과 강을 봄에 있어 유리를 보겠는가 못 보겠는가?'의 의미이다.

동사 개별적으로 변화를 입게 된다. '느리오다, 다히다1, 더으다, 둪다, 맛디다, 무티다², 박다, 보내다, ㅂ릭다, 쌓다, 쓰리다, 저지다' 등은 근대국어 문헌에서는 대상의 'NP로' 논항이 실현된 용례가 보이지 않는다. 이에 반해 '감다, 넣다, 붓다², 셕다, 펴다' 등은 근대국어에서도 대상의 '-로'를 취하여 구문을 구성한 예가 보인다.

예 (36)은 '감다', (37)은 '넣다', (38)은 '붓다²', (39)는 '셕다', (40)은 '펴다'가 각각 근대국어에서 실현된 용례들이다.

(36) ㄱ. ㄱ는 슈건으로 손가락의 <u>가마</u> ㄱ려온 고둘 진득진득 누로면 ㄱ려온 곳도 낫고 <痘經 53a>

　　ㄴ. 섈리 머리터럭을 손ㄱ락의 <u>가마</u> (急以亂髮纏指頭) <胎産 72b>

(37) ㄱ. 손으로 입에 <u>녀허</u> 욕욕ᄒ면 포의 즉시 나ᄂ니라 (仍探喉中令嘔胞衣 即下) <胎産 38a>

　　ㄴ. 손을 대댱 듕의 <u>녀허</u> ㄱ마니 더듬어 츠즈라 (手於大腸中ᄒ야 輕輕 搜尋ᄒ라) <馬經下 91a>

(38) ㄱ. 그 향 기름으로 내 몸에 <u>부어</u> 미리 내 쟝ᄉ룰 예비홈이니라 <막 14:8>

　　ㄴ. 큰 솟히 믈 두 말을 <u>브어</u> 집 가온대 노코 <辟瘟 15b>

(39) ㄱ. 거츳 거스로 참 거시 <u>섯거</u> 간악ᄒ 리룰 취ᄒ며 <敬信 5b>

　　ㄴ. 산 사룸의 쎠룰 피에 <u>섯거</u> 먹으면 가히 나으리라 <五倫孝 64a>

(40) ㄱ. 몰애로 외향 안해 <u>펴며</u> (沙土로 鋪於廏內ᄒ며) <馬經下 68b>

　　ㄴ. 대발을 그 우희 <u>펴라</u> <煮硝 9b>

(36ㄱ)은 '가는 수건을 손가락에 감아…'의 의미로 '감다'의 '대상' 논항이 'ㄱ는 슈건으로'가 된다. (37ㄱ)은 '손을 입에 넣어…'의 의미로 '넣다'의 '대상' 논항은 '손으로'이다. (38ㄱ)은 '그 향기름을 내 몸에 부어…'의 의미로 '향 기름으로'가 '붓다'의 '대상' 논항으로 실현되었다. (39ㄱ)은 '거짓된 것을 참된 것에 섞어 간악한 이익을 취하며'의 의미

로 '셨다'의 '대상' 논항으로 '거즛 거스로'가 실현되었다. 그리고 (40 ㄱ)은 '모래를 외향 안에 펴며'의 의미로 '몰애로'가 '펴다'의 '대상' 논항으로 실현되었다. (36)-(40)의 (ㄱ)은 15세기 국어에서 실현되었던 'NP이 NP로 NP에 V' 구문이 그대로 이어져 실현된 것이다. 그리고 이들 'NP이 NP로 NP에 V' 구문은 'NP이 NP를 NP에 V' 구문과 대체될 수 있었음을 (ㄴ)의 예들을 통해 확인할 수 있다. 이들은 모두 근대국어 후기 문헌으로 갈수록 용례가 줄어들면서 용법이 사라지게 된다.

둘째, 'NP이 NP로 (서르) V'의 구문에서 실현되는 'NP로' 논항이다. 이에 속하는 동사는 '더디다() 던지다, 擲)' 등이 있다. 예 (41)의 '더디다'는 15세기 국어에 실현된 예이다.

(41) ㄱ. 世間 아히 흙 무저그로 서르 <u>더디듯</u> ᄒ더이다 (如世間小兒以土團更
　　　 互相擲) <月釋 25:128a>
　　 ㄴ. 行者ㅣ…衣鉢을 돌 우희 <u>더디고</u> <南明上 50b>

(41ㄱ)은 '세간의 아이가 흙덩이를 서로 던지듯 했습니다'의 의미로 '흙 무저그로'가 '더디다'의 '대상' 논항으로 실현되었다. 이러한 '더디다' 구문은 (41ㄴ)에서는 'NP이 NP를 NP에 V'의 구문을 구성하였다. (41ㄴ)에서 '더디다'의 '대상' 논항은 '衣鉢을'이 된다. 이처럼 '더디다' 구문은 '대상' 논항으로 'NP로'와 'NP를'을 모두 취하였는데 (41ㄱ)의 구문은 15세기 국어에서만 용례가 확인된다.

이상으로 대상의 기능을 가졌던 '-로'가 통합한 명사구를 논항으로 취하는 자동사 구문의 변화에 대해 살펴보았다. 요컨대, 대상의 '-로'의 기능은 근대국어까지 이어지다가 현대국어에 들어서면서 많이 약해진 것으로 파악된다. 현대국어의 '-로'의 통사·의미 기능을 파악한 논의들을 살펴보면, 현대국어의 '-로' 논항의 실현에 중기국어나 근대국어에서 나타나는 것과 같은 대상의 '-로' 실현은 찾을 수 없기 때문이다.

3.1.2.2. 대상의 조사 '-에'의 기능 변화와 구문 변화

15세기 국어의 '-에'는 처격의 기능 외에도 '대상'의 기능을 가지고 실현되었다. 그리고 대상의 '-에'가 통합된 명사구는 'NP이 NP에 V'의 자동사 구문을 이루었다. 이 때의 'NP에'의 기능은 후기 문헌으로 갈수록 약해지는데, 이러한 조사 '-에'의 기능이 변함에 따라 'NP에'를 논항으로 취하는 자동사들도 더 이상 'NP이 NP에 V'의 자동 구문을 형성하지 못하게 된다. 이러한 변화를 겪는 자동사는 '그르ᄒᆞ다, 붓그리다, 시름ᄒᆞ다, 알다, 젛다, 즐기다' 등으로 이들은 주로 15세기 국어에서 '심리, 사유, 인지 자동사'로 분류되는 것들이다.

이제 이들 자동사 구문에서 실현되는 대상의 'NP에'가 변하는 모습에 대해 살펴보기로 하겠다. 아래 (42)는 '그르ᄒᆞ다() 그릇하다, 錯)', (43)은 '붓그리다(愧)', (44)는 '시름ᄒᆞ다() 시름하다, 愁)', (45)는 '슬피다() 살피다, 省)', (46)은 '이받다(侍)', (47)은 '알다() 알다, 知)', (48)은 '젛다(畏)', (49)는 '즐기다() 즐기다, 樂)'가 실현된 예이다.

(42) ㄱ. 佛法을 묻노라 ᄒᆞ야 글 보몰 <u>그르ᄒᆞ고</u> 모몰 보노라 <杜詩 9:25a>
　　 ㄴ. 尊者ㅣ 무로디 므슴 期約애 <u>그르ᄒᆞᄂᆞ뇨</u> <月釋 4:35a-b>
(43) ㄱ. 제 사오나ᄫᅩ몰 <u>붓그려</u> 어디로몰 위와들씨 慚이오 <釋詳 11:43a>
　　 ㄷ. 지손 罪예 제 <u>붓그리디</u> 아니ᄒᆞ려 홀씨 일후미 慚이오 <法華 6:17
　　 5b>

(44) ㄱ. 沙門이 이룰 <u>시름ᄒᆞ야</u> 出家ᄒᆞ야 <釋詳 24:29a>

    ㄷ. 여러 榮과 辱과애 엇뎨 <u>시름ᄒᆞ며</u> 깃그리오 <南明上 57b>

(45) ㄱ. ᄒᆞ나ᄒᆞᆫ 그 외요믈 <u>술펴</u> 一定ᄒᆞ샤미오 (一은 案定其非오) <圓覺上 1-2:134a>

    ㄴ. 靈利ᄒᆞᆫ 사ᄅᆞ미 몬져 公案애 <u>술펴</u> 正ᄒᆞᆫ 疑心이 잇거든 (靈利者ㅣ 先於公案애 撿點ᄒᆞ야 有正疑커든) <蒙山 6b>

(46) ㄱ. 孟氏ᄂᆞᆫ 됴ᄒᆞᆫ 兄弟니 어버실 <u>이바도더</u> 오직 져고맛 위안ᄒᆞ로 ᄒᆞ놋다 (孟氏好兄弟 養親唯小園) <杜詩 21:33a>

    ㄴ. 虛空ᄋᆞᆯ 바다 千里예 머리 녀 다ᄅᆞᆫ 나라해 <u>이받ᄃᆞᆺᄒᆞ니</u> (擎空ᄒᆞ야 千里예 遠行ᄒᆞ야 用餉他國ᄃᆞᆺ ᄒᆞ니) <楞嚴 2:120a>

(47) ㄱ. 사ᄅᆞ미 이 두 菩薩ㅅ 일후믈 <u>알면</u> 一切世間앳 天人이 禮數ᄒᆞ야 <釋詳 21:48b>

    ㄴ. 舍利弗이 法說에 ᄒᆞ마 <u>아라</u> 부텨 ᄃᆞ욀 둘 제 알ᄊᆞ 踊躍ᄒᆞ야 니러 몯 듣던 이룰 慶賀ᄒᆞ니라 <月釋 12:2b>

(48) ㄱ. 人間애 나 宿命念을 得ᄒᆞ야 惡趣의 受苦룰 <u>저허</u> 貪欲ᄋᆞᆯ 즐기디 아니ᄒᆞ고 <月釋 9:30a>

    ㄷ. 衆의 小法 즐겨 大智예 <u>전ᄂᆞᆫ</u> 둘 알ᄊᆞ (知衆의 樂小法ᄒᆞ야 而畏於大智ᄒᆞᆯᄊᆞ) <法華 4:23a>

(49) ㄱ. 太后ㅣ 本來 儉朴호믈 <u>즐기ᄂᆞ니라</u> ᄒᆞᄂᆞ다 <內訓 2:47a>

    ㄴ. 몬져 우리의 ᄆᆞᅀᆞ미 弊欲애 着ᄒᆞ야 小法에 <u>즐기ᄂᆞᆫ</u> 둘 아ᄅᆞ샤 (先知我等의 心著弊欲ᄒᆞ야 樂漁小法ᄒᆞᄂᆞᆫ 둘 ᄒᆞ샤) <法華 2:229b>

    ㄴ'.음악을 들옴애 <u>즐기디</u> 아니며 <孝經 25a>

　(42ㄴ)은 '무슨 기약을 잘못하였느냐', (43ㄴ)은 '지은 죄를 스스로 부끄러워하지 아니하려 하므로 이름이 慚이고', (44ㄴ)은 '여러가지 영화로움과 수치스러움을 어찌 시름하거나 기뻐하겠는가?', (45ㄴ)은 '영리한 사람이 먼저 공안(公案)을 살펴 의심되는 바가 있으면', (46ㄴ)은 '허공을 떠받쳐서 천리길을 멀리 다니며 다른 나라를 대접하듯 하니', (47ㄴ)은 '사리불이 법설을 이미 알아(깨달아) 부처 되실 때를 아

니…', (48ㄴ)은 '대중이 소법을 즐겨 대지를 두려워하는 것을 알므로', (49ㄴ)은 '먼저 우리의 마음이 욕심에 집착해서 소법을 즐기는 것을 아시므로', 그리고 (49ㄴ')는 '음악을 듣는 것을 즐기지 아니하며'의 의미를 가진다. 각각의 경우 '期約애, 罪예, 榮과 辱과애, 公案애, 다른 나라해, 法說에, 小法에, 음악을 들옴애'가 '대상'의 논항으로 실현되었다. 이 가운데 '슬피다'의 'NP이 NP에 V'의 구문은 19세기 국어까지 용례가 보이며, 이 외 나머지 자동사들의 'NP이 NP에 V'의 구문이 실현된 용례는 15세기 국어 문헌에서만 용례가 보인다.[12]

3.1.2.3. 비교의 조사 '-이/에/로'의 기능 변화와 구문 변화

15세기 국어의 격조사 '-이/에/로'는 일부 동사 구문에서 비교의 기능을 가지고 실현되었다. 이들이 가지고 있었던 비교의 기능은 근대국어 후기로 갈수록 사라진다. 이에 따라 이들 조사가 통합된 명사구들을 논항으로 취하는 동사들의 논항구조에도 변화가 있게 된다. 여기서는 이러한 비교의 기능을 가진 조사들의 구문 변화에 의해 논항 실현의 변화를 겪는 동사들의 구문 변화를 다루려고 한다. 이에 속하는 자동사는 15세기 국어에서 비교 구문을 형성했던 자동사로 '넘다,

12) 처격 조사의 이러한 용법은 한글창제 이전의 차자 표기 자료에서도 용례가 확인된다. '{於}已ラ十 淸淨乙 難氵 成辦ノ尸入乙 見ノ令十 當八 知ㅎ丨 <瑜伽 21:23-22:04>'는 고려시대 석독구결의 용례로 타동사 '知ㅎ丨'의 목적어로 '見ノ令十'가 실현되었다. '隨汝ラ 諦觀ソ3 汝身佛身乙 稱顚倒亽 <기림사본 능엄경 권2 6B:6>/너를 조차 子細히 보라 네 몸과 부텨 모매 顚倒타 닐오믄 <楞嚴 2:14b>'은 여말선초의 음독 구결의 용례로 구결문의 汝身佛身乙이 언해문에서 네 몸과 부텻 모매로 실현되어 '乙'과 '-에'가 대응되었다. '本來瑠璃筒一鍮合一重二兩亦中安邀爲白於 <淨兜寺五層石塔造成形止記 33>'는 고려시대 이두문 자료로 '本來 瑠璃筒에 하나 鍮合에 하나 거듭 二兩을 安邀하다'의 의미를 가지는 것으로 '二兩亦中'는 문맥상 '二兩을'로 해석되는 것으로 동사 '安邀하다'의 대상역으로 실현되었다.

다륻다, 더으다, 더ᄒ다, 벅다' 등이 있다. 각각의 경우 구문에서 실현된 논항의 변화하는 모습에 대해 용례를 통해 살펴보기로 하자.

'넘다()넘다, 超)'는 15세기 국어에서 'NP이 V', 'NP이 NP이 V', 'NP이 NP에 V', 'NP이 서르 V'의 구문을 형성하였다.

(50) ㄱ. 勤이 <u>너머</u> 흐터 亂ᄒ면 智火ㅣ 微弱ᄒᆞᆯᄊᆡ <圓覺上 2-2:115a>
　　ㄴ. 菩薩摩訶薩이 八恒河沙數ㅣ <u>넘더시니</u> (菩薩摩訶薩이 過八恒河沙數ㅣ러시니) <法華 5:80a>
　　ㄷ. 볼고몰 니ᄅ건댄 볼고미 日月에 <u>넘고</u> <金三 1:4a>
　　ㄹ. 믌겨리 서르 니ᅀᅥ 前際와 後際왜 서르 <u>넘디</u> 아니ᄐᆞᆺᄒ니 <楞嚴 2:117b>

위의 (50)에서 실현된 '넘다'는 모두 '일정한 수치에서 벗어나 지나다'라는 의미를 가지는 비교 구문을 형성하고 있다. 일반적으로 비교 구문을 생각해 보면 비교의 대상이 되는 명사구와 비교의 기준, 혹은 비교 내용이 되는 명사구가 각각 논항으로 실현된다. 위에서 (50ㄴ)의 '넘다' 구문은 비교 대상 명사구가 'NP이'로 실현되고 비교 기준 명사구가 'NP이' 논항으로 실현되었다. (50ㄴ)에서 비교 대상 명사는 '菩薩摩訶薩이'이고, 비교 기준이 되는 명사는 '八恒河沙數ㅣ'이다. 각각 사람 명사와 수치를 나타내는 명사가 실현되었다. (50ㄷ)에서 비교 대상 명사구가 'NP이'로 실현된 것은 (50ㄴ)과 동일하나 비교 기준 명사구가 'NP에' 논항으로 실현되었다. (50ㄷ)은 비교 기준 명사가 '日月'로 일반 명사가 실현되었다.

이러한 '넘다'의 비교 구문은 근대국어 문헌에서도 살펴볼 수 있다. 예 (51)이 이에 해당한다.

(51) 슴림 갑시 百원에 <u>넘지</u> 못ㅎ면 이런 더는 다 보증금을 내지 안ㄴ니라
     <경향 2:244>

예 (51)은 '삼림 값이 백원을 넘지 못하면 이런 곳은 다 보증금을 내지 않는다'의 의미이다. 여기서 '슴림 갑시'가 비교의 대상 논항이며, '백원에'가 비교의 기준이 되는 명사구이다. 예 (51)은 20세기 초기 문헌에 나타나는 용례로 이후 이러한 '넘다' 구문은 현대국어까지 이어지지 못하고 사라진다.

'다ᄅ다() 다르다, 異)'는 15세기 국어에서 'NP이 NP에 V', 'NP_{pl}이 V', 'NP와 NP이 V', 혹은 'NP이 NP와 V'의 논항구조를 형성하였다.

(52) ㄱ. 슬픈 ᄆᆞᅀᆞᆷ 뮈유미 엇뎨 오라며 갓가보매 <u>다ᄅ리오</u> <月釋序 14b>
     ㄴ. 이슘과 업슘쾌 <u>다ᄅ디</u> 아니홀써 <月釋 2:53a>
     ㄷ. 苦와 樂과 凡과 聖이 <u>다ᄅ니</u> <永嘉上 113a>
     ㄹ. 軍容이 녜와 <u>다ᄅ샤</u> <龍歌 51>

이 가운데 'NP_{pl}이 V', 'NP와 NP이 V', 혹은 'NP이 NP와 V'는 근대국어를 거쳐 현대국어에서도 실현되는 반면, 'NP이 NP에 V'는 중기국어에서만 용례가 확인된다.

'더으다(益)'는 15세기 국어에서 'NP이 V'의 문형을 비롯하여, 'NP이 NP에 V', 'NP이 서르 V' 등의 구문을 형성하였다. 이 가운데 'NP이 V'의 구문만이 현대국어까지 실현되며, 나머지 구문들은 모두 구문 변화를 입게 된다. 우선 'NP이 NP에 V' 구문의 구문 변화를 살펴보겠다.

(53) ㄱ. 이 福德이 알ᄑᆡᆺ 福德에 <u>더으니라</u> (此福德이 勝前福德ᄒ니라) <金剛

62b>
ㄴ. 그 사ᄅᆞ미 반ᄃᆞ기 涅槃애 ᄲᆞᆯ리 드러 一切在家俗人의게 <u>더으니라</u>
(其人必能速入涅槃勝於一切在家俗人) <月釋 25:35a>

이러한 'NP이 NP에 V'의 '더으다'는 근대국어에서는 실현되지 않는다. '더ᄒᆞ다() 더하다, 加)'는 15세기 국어에서 '더으다'와 마찬가지로 'NP이 NP에 V'의 비교 구문을 형성하였다.

(54) ㄱ. 后ㅣ …受苦ᄅᆞ이 ᄒᆞ샤미 나호니예 <u>더ᄒᆞ더시니</u> <內訓 2:39b>
ㄴ. 그 삼가며 조호미 ᄀᆞ장호믈 ᄉᆞ랑ᄒᆞ샤 이 骨肉 아ᅀᆞ미게 <u>더ᄒᆞ더시니</u>라 (愛其謹潔極 倍此骨肉親) <杜詩 24:23b>

'NP이 NP에 V'의 비교 구문은 근대국어 초기 문헌에서 드물게 나타나다가 더 이상 비교구문을 형성하지 못하게 된다.
'벅다(亞)'는 15세기 국어에서 'NP이 V', 'NP이 NP에 V'의 구문을 형성하였다.

(55) ㄱ. 功德이 <u>버그니는</u> 中品 三生애 나디 <月釋 8:3b>
ㄴ. 賢은 聖에 <u>버그샤미오</u> (賢則亞聖이오) <圓覺上 1-2:75b>
ㄷ. 玉 ᄀᆞᆮᄒᆞᆫ 밥 머구미 님금ᄭᅴ <u>버그니</u> 音樂올 펴면 遊子ㅣ 슬프리라
(玉食亞王者 樂張游子悲) <杜詩 22:43a>

이 가운데 'NP이 NP에 V'의 구문은 15세기 국어에서만 용례가 확인된다.

3.1.2.4. 인용 조사 '-고'의 발달과 구문 변화

15세기 국어에서 발화 행위 자동사로 분류되는 동사들은 근대국어 후기에 인용 조사 '-고'가 발달함에 따라 'NP이 NP에 S-고 V'의 구문을 구성하게 된다. 이러한 변화를 겪는 자동사는 '니르다() 이르다, 言), 묻다³() 묻다, 問), 엳줍다() 여쭙다, 奏)' 등이 있다. 이들은 모두 15세기 국어에서 발화 행위 구문을 구성했는데 이들의 논항구조는 조금씩 차이가 난다. '니르다'와 '묻다³'은 발화의 내용이 'S'로 완형 보문을 논항으로 취할 수 있었으나, '엳줍다'는 'S'를 논항으로 취한 용례가 나타나지 않는다. 아래의 예들이 이러한 사실을 보여 준다. 예 (56ㄱ)은 '니르다', (56ㄴ)은 '묻다³', (56ㄷ)은 '엳줍다'가 실현된 것이다.

(56) ㄱ. 倭王이 怒ᄒᆞ야 닐오ᄃᆡ 鷄林 臣下 ㅣ 라 니르면 모로매 五刑을 다 ᄒᆞ리라 ᄒᆞ고 <三綱忠 30>
　　 ㄴ. 西ㅅ 녁 지블 블러 술 잇ᄂᆞ녀 업스녀 무로니 (隔屋喚西家 借問有酒不) <杜詩 22:4b>
　　 ㄷ. 내 이제 如來ᄭᅴ 엳줍노니 <楞嚴 6:67a>

(56ㄱ)에서는 '鷄林 臣下 ㅣ 라', (56ㄴ)은 '술 잇ᄂᆞ녀 업스녀'의 'S'가 각각 '니르다'와 '묻다³'의 대상 논항으로 실현되었다. (56ㄷ)의 '엳줍다'는 'NP이 NP에 V'의 논항구조를 취하였다. 이 가운데 '묻다³'은 19세기 국어 문헌에서 'S'에 '-고'가 통합된 용례가 나타나기 시작한다.

(57) 갑시 얼마냐고 묻ᄂᆞᆫ 거슨 쳔ᄒᆞᆫ 일이요 <독립 1896.11.14.>

예 (57)은 '묻다'가 'NP이 S-고 V'의 논항구조를 취한 용례이다. 이와는 달리 '니르다, 엳줍다'의 구문이 'NP이 NP에게 S-고 V'의 구문으로 실현되는 것은 현대국어에 들어와서야 가능해진 것으로 보인다.

　이상에서 조사가 변함에 따라 자동 구문의 논항이 소멸하거나 형성되는 것을 도표로 정리하면 다음과 같다.

【표12】 조사의 변화로 논항구조가 변하는 자동사

논항의 변화 유형	해당 동사 목록	변화 시기	
대상의 'NP로'의 소멸	감다¹() 감다, 纏)		근대
	넣다() 넣다, 入)		근대
	느리다() 늘이다, 側)		중기
	느리오다() 내리우다, 下)		중기
	논호다() 나누다, 分)		근대
	다히다¹() 대다, 著)		중기
	더디다() 던지다, 擲)		중기
	더으다(益)		중기
	둪다(蓋)		중기
	드리다³() 드리다, 獻)		중기
	딕다²() 찍다, 點)		중기
	맛디다() 맡기다, 任)	소멸 시기	중기
	무티다²() 묻히다, 染)		중기
	박다() 박다, 印)		중기
	밧고다() 바꾸다, 易)		중기
	받다⁵() 받다, 獻)		중기
	보내다() 보내다, 遣)		중기
	붓다²() 붓다, 灌)		근대
	브르다() 바르다, 搽)		근대
	쌓다() 쌓다, 積)		근대
	섯다() 섞다, 雜)		근대
	꾸미다() 꾸미다, 粧)		중기
	쓰리다() 뿌리다, 沃)		중기
	저지다(霑)		중기

	펴다() 펴다, 展)		근대
대상의 'NP에'의 소멸	그르ㅎ다() 그릇하다, 錯)		중기
	붓그리다(愧)		중기
	시름ㅎ다() 시름하다, 愁)		중기
	술피다() 살피다, 省)		근대
	알다() 알다, 知)		중기
	이받다(侍)		중기
	젛다(畏)		중기
	즐기다() 즐기다, 樂)		중기
기준의 'NP이/에/로'의 소멸	넘다() 넘다, 超)		근대
	다른다() 다르다, 異)		중기
	더으다(益)		근대
	더ㅎ다() 더하다, 加)		근대
	벅다(亞)		중기
'S-고'의 형성	니르다() 이르다, 言)	형성 시기	현대
	묻다[3]() 묻다, 問)		근대
	엳줍다() 여쭙다, 奏)		현대

3.2. 의미 변화와 구문 변화

자동사 구문의 변화에 관여하는 의미 변화의 유형으로는 의미의
확대와 축소, 그리고 의미의 전변이 있다. 동사의 의미가 확대되면서
논항이 새로 생겨나기도 하고 의미가 축소되면서 논항이 없어지기도
한다. 그리고 동사가 전혀 다른 의미로 변하면서 전혀 다른 논항구조
를 가지는 구문을 구성하기도 한다. 논항구조의 변화를 겪는 대부분
의 동사는 대개 세 가지 변화 유형 중 한 가지 유형에 속하는 것이 대

부분이나 경우에 따라서는 논항이 형성되었다가 사라지기도 하고, 또 새로운 논항구조를 갖기도 한다.

3.2.1. 의미 확장과 구문 변화

여기서는 자동사가 다의어를 형성하면서 논항이 형성되는 경우를 다루고자 한다. 논항이 형성되는 데에는 두 가지 유형이 있다. 논항이 형성되면서 논항구조가 확장되어 자동사의 자릿수가 늘어나는 경우와, 새로운 논항이 생기기는 했으나 자동사의 자릿수에는 변화가 없는 경우이다. 예를 들어 'NP이 V'의 논항구조를 실현시키던 자동사가 'NP이 NP에 V'의 확장된 논항구조를 가지게 되는 것이 전자의 예이고, 'NP이(행위주) V'의 구문을 실현시켰던 자동사가 'NP이(대상) V'로의 실현도 가능해지는 경우가 후자의 예이다.

논항이 형성될 경우 대부분의 자동사 구문은 한 가지 유형의 논항이 형성되지만 경우에 따라서는 두 가지 이상의 논항이 생겨나기도 한다. 이 때 같은 의미역으로 실현되는 명사구가 다른 논항으로 형성되기도 하고 서로 다른 의미역을 가지는 논항이 여러 개로 실현되기도 한다. 본문에서는 두 가지 이상의 논항이나 의미역이 형성되는 경우를 따로 다루지 않고 해당되는 논항이 형성되는 부분에 포함시켜 논의할 것이다.

자동사 구문에서 형성되는 논항의 종류로는 'NP이', 'NP에', 'NP로', 'NP를', 'NP와'가 있다. 이 가운데 'NP를' 논항이 형성되는 경우는 그것이 자동 구문에서 형성됨으로써 자동사가 타동성을 획득하게 되는 의미를 가진다는 점에서 다른 논항들의 형성보다 의미가 크다. 특히 'NP를' 논항이 형성됨으로써 자동사가 능격동사의 용법을 가지게 되는 경우도 있다.

이제 논항의 종류별로 자동 구문에서 논항이 형성되는 모습 및 새로 생겨난 논항의 출현 시기 등을 살펴보기로 하겠다.

3.2.1.1. 'NP이' 논항의 형성

모든 동사 구문은 주어를 논항으로 가지기 때문에 주어로 실현되는 'NP이' 논항이 형성됨으로써 동사의 자릿수가 늘어나지는 않는다. 새로운 의미역을 가지는 논항이 생기는 경우만이 있다. 새로 생겨나는 'NP이' 논항으로는 '대상'의 'NP이'와 '행위주'의 'NP이'가 있다.

우선 '대상'의 'NP이'가 형성되는 경우로 'ᄃᆞ라나다, ᄃᆞ라오다, 올아오다' 등이 있다. 이들은 15세기 국어에서 주어에 '행위주' 논항이 실현된 용례만이 나타났는데 후대 문헌에서 대상의 'NP이' 논항의 실현이 가능해지게 된다. 'ᄃᆞ라나다'와 'ᄃᆞ라오다'는 현대국어에서, '올아오다'는 근대국어 문헌에서 모두 '대상'의 'NP이' 논항이 실현된 용례가 문헌에서 나타난다. 이 가운데 근대국어에서 '대상'의 'NP이' 논항이 형성되는 '올아오다'의 경우를 살펴보겠다.

'올아오다() 올라오다, 上)'는 15세기 국어에서 '행위주'의 'NP이' 논항을 주어로 취하는 'NP이 NP에 V'의 구문을 형성하였다.

(58) 使節이 하늘해 <u>올아오니</u> 河隴애 降伏ᄒᆞᆫ 王이 聖朝애 納款ᄒᆞ도다 (使節
　　　上青霄 河隴降王款聖朝) <杜詩 21:24a>

(58)에서 '使節이'가 '행위주'의 주어 논항으로 실현되었고 '하늘해'는 '올아오다'의 '지향점' 논항으로 실현되었다. 이러한 '올아오다'의 구

문은 근대국어를 거쳐 현대국어까지 실현된다.

'올아오다'는 근대국어 후기에 들어오면서 15세기 국어에서는 불가능했던 '대상' 논항이 실현되기 시작한다.

(59) 뷔롤 가지고 두 편 언덕의 <u>올나오는</u> 조기와 우렁이롤 쓰러 <感應 5:37 a>

예문 (59)에서 '조기와 우렁이'는 '올나오는'의 '대상'으로 실현되었다. 다음으로 'NP이'에 '행위주' 논항이 형성되는 경우도 있다. 15세기 국어에서는 '대상'의 'NP이' 논항이 실현된 용례만 나타나다가 이후 문헌에서 '행위주'의 'NP이' 논항이 실현된 경우로 '들락나락ᄒ다'가 있다. '들락나락ᄒ다'의 이러한 변화는 현대국어에 들어와서야 가능해진 것으로 보인다.

이상에서 의미역 유형별로 살펴본 'NP이' 논항의 형성을 표로 정리하면 다음과 같다.

【표13】 'NP이' 논항이 형성되는 자동사

'NP이'의 의미역	해당 동사 목록	형성 시기
대상	ᄃ라나다(>달아나다, 奔)	현대
	ᄃ라오다(>달려오다)	현대
	올아오다(>올라오다, 上)	근대
행위주	들락나락ᄒ다(>들락날락하다, 隱現)	현대

3.2.1.2. 'NP에/의게' 논항의 형성

'NP에' 논항이 형성되는 경우는 두 가지이다. 첫째, 15세기 국어의

'NP이 V' 자동 구문에서 'NP에' 논항이 형성됨으로써 'NP이 NP에 V'의 확장된 논항구조가 형성되는 경우이다. 둘째, 새로운 의미역의 'NP에' 논항이 생기기는 하나 'NP이 NP에 V'의 논항구조를 취했던 동사이므로 동사의 자릿수에는 변화가 없는 경우이다.

새로 생겨나는 'NP에'의 의미역으로는 '기준, 원인, 장소, 대상, 지향점, 수혜자, 행위주' 등이 있는데 '기준, 원인, 장소'의 'NP에' 논항은 대체로 'NP이 V'류 자동사 구문에서 형성되고, '대상, 수혜자, 행위주'의 'NP에' 논항은 'NP이 NP에 V'류 자동사 구문에서 형성되는 경우가 많다. 그리고 '지향점'의 'NP에' 논항은 개별 동사별로 두 가지 경우가 모두 나타난다. 각각의 경우 실례를 들어 논항이 형성되는 양상을 살펴보기로 하겠다.

가. '기준'의 'NP에' 논항이 형성되는 경우

'기준'의 'NP에' 논항이 형성되는 경우는 15세기 국어에서 '단순 변화 대상자동사'로 분류되는 것들 중 일부의 동사들로 '늦다, 앒셔다' 등이 있다. 이들은 모두 현대국어에서 어떤 상황에 대한 비교, 혹은 판단의 '기준'을 필요로 하는 것들로 '그는 약속 시간에 항상 늦는다, 우리나라의 기술 수준이 다른 나라에 크게 앞서는 형편이 아니다' 등과 같이 구문에서 '기준'의 'NP에' 논항을 요구한다.13)

그러나 15세기 국어에서 이들의 실현 양상을 살펴보면 판단 혹은 비교의 '기준'이 되는 논항 없이 대상에 대한 상태 변화, 혹은 상황만을 서술한다. 아래의 예는 15세기 국어의 '늦다'와 '앒셔다'가 실현된 용례를 보인 것이다. (60ㄱ)은 '늦다', (60ㄴ)은 '앒셔다'가 실현되었다.

---

13) '앞서다'의 경우 한송화(2000)에서는 비교 자동사로 분류된다.

(60) ㄱ. 歲ㅣ <u>느저</u> 가니 여희엿는 시르미 더으느다 (歲云暮矣增離憂) <杜詩
        25:42a>
    ㄴ. 墓애 가싫제 부톄 <u>앎셔시니</u> <月釋 10:3b>

(60ㄱ)은 '세월이 늦어지니 이별한 시름이 더해간다'는 의미로 이
때의 '늦다'는 시간이 느리게 가는 것을 나타낸다. 자동사 '늦다'의 이
러한 용법은 근대국어까지 이어지게 된다. '늦다'가 'NP에' 논항을 요
구하게 되는 것은 현대국어에 들어와서야 가능해진 용법으로 보인다.
현대국어의 자동사 '늦다'는 '정해진 때보다 지나다'라는 의미를 가지
는데 여기서 정해진 때가 '기준'의 'NP에' 논항으로 실현되는 것이다.
   (60ㄴ)은 '묘에 가실 때 부처께서 앞서시니'의 의미로 이 때의 '앎셔
다'는 앞에 서다는 것을 나타낸다. '앎셔다'가 'NP에' 논항을 취하는 것
역시 현대국어의 용법으로 보인다. 현대국어의 '앞서다'는 '동작 따위
가 남보다 먼저 이루어지다, 발전이나 진급, 중요성 따위의 정도가 남
보다 높은 수준에 있거나 빠르다'의 의미를 실현시키는데 여기서 '남
보다'에 해당되는 명사구가 'NP에'로 실현되는 것이다.

   나. '원인'의 'NP에' 논항이 형성되는 경우

   원인의 'NP에' 논항이 형성되는 것은 두 가지 유형이 있다. 단순 변
화 대상 자동사 구문에서 'NP에' 논항이 형성되는 경우가 첫 번째이고,
단순 피동 자동사 구문에서 'NP에'가 형성되는 경우가 두 번째이다.
   첫 번째 유형에 속하는 것이 '디들다'이다. '디들다() 찌들다, 皺)'는
15세기 국어에서 'NP이 V'의 구문을 형성하였다.

(61) 나히 八十이 디나 머리 셰오 ᄂᆞ치 <u>디드러</u> 아니 오라 ᄒᆞ마 주그리니
    <月釋 17:47b>

(61)은 '나이가 팔십이 지나 머리가 세고 얼굴이 찌들어 오래되지 않아 죽을 것이니'의 의미로 여기서 '디들다'는 어떤 외부적인 힘에 의해 찌들어지는 것이 아니라 세월이 지나고 나이가 드는 자연적인 현상으로 생기는 변화를 나타낸다. 그리고 이러한 '디들다'의 용법은 근대국어까지 이어진다. '디들다'가 구문에서 'NP에' 논항을 취하는 것은 현대국어의 용법으로 보인다. 현대국어의 '디들다'는 '작업복이 기름에 찌들어서', '가난에 찌들다'로 실현되는데 각각의 경우 '물건이 오래되어 때나 기름이 묻어 몹시 더럽게 되다', '세상의 여러 가지 어려운 일에 몹시 시달려 위축되다'의 의미를 가진다. 여기서 '때, 기름, 가난' 따위가 '원인'의 'NP에' 논항으로 실현되는 것이다. 즉 '디들다' 구문은 근대국어까지 동사의 의미가 '자연적인 대상의 변화'를 나타내다가 현대국어에 들어와 '외부의 어떤 인위적인 작용'에 의해 대상의 상태 변화가 일어나는 것까지 의미 영역이 확장되면서 구문에서 'NP에' 논항이 형성된다.

두 번째 유형에 속하는 자동사는 '속다, 트다[1]'이다. 이들은 15세기 국어에서 피동사로 분류되기는 하나 구문에서 피해의 '원인'이 되는 명사가 논항으로 실현되는 용례가 보이지 않다가 후대 문헌에 가서야 원인의 'NP에'가 나타난다. (62ㄱ)은 15세기 국어의 '속다(> 속다, 誑)' 구문의 용례이며 (62ㄴ)은 '트다[1](> 타다, 燒)' 구문의 용례이다.

(62) ㄱ. 겨지븨 양지 이러ᄒᆞᆫ 거시로다 粉과 燕脂와 瓔珞과 옷과 花鬘과 곳과 붏쇠로 ᄭᅮ몟거든 사오나ᄫᆞᆫ 사ᄅᆞ미 몰라 <u>소가</u> 貪ᄒᆞᆫ ᄆᆞ슨믈 내ᄂᆞ니 <釋詳 3:26a>

ㄴ. 뎡바기 우횟 火光이…쏘 더운 性이 업서 잢간도 토디 아니흐며 <楞
   嚴 9:108b>

(62ㄱ)에서 주어 'NP이'는 '사오나본 사르미'로 '속다'의 피동주로 실
현되었다. 문맥상 행위주는 '겨지븨게' 정도로 추정해 볼 수 있지만
문면에 나타나지는 않았다. (62ㄴ)은 '火光이'가 피동주로 실현되었다.
이들 구문은 근대국어에 들어오면 '원인'의 'NP에' 논항이 문면에서
실현되는 용례가 보인다.

(63) ㄱ. 군냥이 그 쳐의 계교에 속은 줄 알고 쳐롤 내티며 굴오디 <五倫宗
     45b>
    ㄴ. 지아비 불에 타 죽엇다 흐리 이시니 <種德下 69a>

예문 (63ㄱ)에서 '군냥이'는 '속다'의 '피동주'로 실현되었으며, '계교
에'가 '원인' 논항으로 실현되었다. 예문 (63ㄴ)은 '지아비'가 피동주로
실현되었으며 'NP에' 논항으로 '불에'가 실현되었다.

다. '장소'의 'NP에' 논항이 형성되는 경우

'장소'의 'NP에' 논항이 형성되는 것은 두 가지 유형이 있다. 첫째,
'대상'을 주어 논항으로 취하는 것으로 이에 속하는 자동사는 '긇다,
삶지다' 등이 있다. 이들은 근대국어에 들어와 장소의 'NP에' 논항을
취하게 되는데 이 때 공통적인 사실은 이들 구문에서 장소의 'NP이'
가 15세기 국어에서 논항으로 실현되고 있다는 점이다. 이 때의 'NP
이'가 근대국어에 들어와 'NP에' 논항으로 실현되는 것이다. 둘째, '행
위주'를 주어 논항으로 취하는 경우로 이에 속하는 자동사로 '졋바디

다' 등이 있다. 각각의 경우 실례를 들어 논항이 형성되는 모습을 살펴보도록 하겠다.

먼저 주어가 '대상'의 'NP이' 논항으로 실현되는 구문에서 장소의 'NP에' 논항이 형성되는 경우를 살펴보겠다.

예문 (64)는 15세기 국어에서 실현된 '긇다' 구문이다.

(64) ㄱ. 시혹 地獄이 이쇼더 鑊湯이 ㄱ장 글허 罪人이 모몰 술ᄆ며 <月釋
      21:80a>
   ㄴ. 天人 阿脩羅와 恒沙諸含識이 여듧 苦ㅣ 서르 글허 다왇ᄂ니 <永嘉
      下 146b>

(64)를 통해 중기국어의 '긇다'는 'NP이 V'의 논항구조를 취하고 있음을 알 수 있다. (64ㄱ)에서의 '긇다'는 주어로 '鑊湯이'가 실현되었다. (64ㄱ)은 '혹 지옥이 있되 가마솥이 매우 끓어 죄인의 몸을 삶으며'로 해석된다. (64ㄴ)은 '긇다'가 'NP₁이 NP₂이 V'의 주격 중출 구문을 형성한 경우이다. '天人 阿脩羅와 恒沙諸含識이'와 '여듧 苦ㅣ' 각각 'NP₁'와 'NP₂'로 실현되었다.

현대국어의 'NP에 NP이 V' 구문의 실현은 18세기 국어 문헌에 나타나기 시작한다. 이러한 사실은 예 (65)를 통해 알 수 있다.

(65) 도종이 들히셔 통곡ᄒ더니 물 속이 그르시 물 쓸툿 ᄒ거눌 <種德中
      8b>

(65)는 '그릇에 물이 끓듯 하거늘'의 의미로 '물'은 대상 주어로 실현된 것이며 '그르시'는 '긇다'의 장소 논항으로 실현되었다.

15세기 국어의 '삷지다(〉 살지다, 皺)'는 'NP이 V'의 자동 구문을 형성하였다.

(66) 大王아 네 ᄂᆞ치 비록 삷지나 <楞嚴 2:10a>

'삷지다' 구문은 근대국어에서 'NP에 V'의 논항구조를 취하게 된다.

(67) 面皺 늦체 살지다 <譯語補 22a>

(67)에서 알 수 있듯이 15세기 국어에서 'NP이'로 실현되었던 동일 명사구가 근대국어에서 'NP에'로 실현되고 있음을 살필 수 있다.

다음으로 '행위주' 논항이 주어로 실현되는 구문에서 장소의 'NP에' 논항이 형성되는 경우를 살펴보자. '졋바디다() 자빠지다, 沛)'는 15세 기 국어에서 'NP이 V'의 논항 구조를 가지고 실현되었다. 예 (68)이 이에 해당한다.

(68) 病ᄒᆞᆫ 사ᄅᆞ미 졋바디여 누워 (病人仰臥) <救急方上 61b>

이러한 '졋바디다' 구문은 근대국어를 거쳐 현대국어까지 실현된다. '졋바디다' 구문은 근대국어 후기 문헌에서 'NP이 NP에 V'의 확장된 논항구조를 취하게 된다. 아래의 예가 이에 해당한다.

(69) 오빅인이 다 따희 잣바져 죽은 모양이라 <쥬교 51a>

라. '대상'의 'NP에' 논항이 형성되는 경우

대상의 'NP에' 논항이 형성되는 경우는 자동사의 의미가 '물리적인 움직임이나 상태 변화'를 나타내다가 '추상적인 태도의 변화 혹은 행위주가 대상에 대해 취하는 행위의 변화'로 의미가 확장되는 경우이다. '긔다, 내듣다, 미치다, 주으리다' 등이 이에 속한다. 이 가운데 '긔다, 미치다, 주으리다'는 15세기 국어에서 'NP이 V'로 실현되다가 현대국어에서 'NP이 NP에 V'의 확장된 논항구조를 가지게 되며 '내듣다'는 15세기 국어에서 지향점의 'NP에'가 실현된 'NP이 NP에 V'의 논항구조를 취하다가 현대국어에 들어와 대상의 'NP에' 논항을 구문에서 취하게 된다.

    마. '지향점'의 'NP에' 논항이 형성되는 경우

    지향점의 'NP에' 논항이 형성되는 경우는 두 가지 유형이 있다. 첫째는 15세기 국어에서 'NP이 V'의 논항구조를 취하여 지향점의 논항을 가지지 않다가 후대에 가지게 되는 경우이다. 둘째는 15세기 국어에서 이미 지향점의 논항이 실현되기는 했으나 그것이 'NP에'가 아닌 'NP로'였다가 후대에 'NP에' 논항이 실현되는 경우이다.
    첫 번째 경우는 후대에 지향점의 'NP에' 논항과 'NP로' 논항이 함께 형성되는 것으로 '도라오다'가 이에 속한다. '도라오다() 달려오다)'는 15세기 국어에서 'NP이 V'의 구문을 형성하였다.

    (70) 큰 毒蛇ㅣ 픗내 맏고 <u>도라오다가</u> 남진과 죵꽤 길헤셔 자거늘 <月釋 10:24a>

    이러한 '도라오다' 구문은 근대국어 후기 문헌으로 가면서 확장된 논항구조의 실현 양상을 나타낸다. 'NP이 NP로 V', 'NP이 NP에 V'의 구문이 등장하기 시작한다. 각각의 구문에 대응되는 용례를 보이면 다음과 같다.

(71) ㄱ. 선비 도토와 연으로 <u>도라오더라</u> <史略 2:92a>
　　　ㄴ. 내 생각에는 압헤 <u>달녀오</u>는 거시 싸독의 아달 아히마하쓰의 달녀오
　　　　는 것 갓다 하니 <신학 4:35-36>

'NP이 NP로 V'는 18세기, 'NP이 NP에 V'는 20세기 초기 문헌부터
나타난다.

두 번째 유형에 속하는 것으로 '조차가다'가 있다. '조차가다( ) 쫓아
가다, 隨)'는 15세기 국어에서 'NP이 NP로 V'의 논항구조를 취하였다.

(72) 흐르는 믈로 <u>조차가매</u> 샌르며 날호몰 스치노라 (沿流想疾徐) <杜詩
　　　20:45a>

이러한 '조차가다' 구문은 근대국어에 들어와 'NP이 NP에 V'의 구
문을 형성하게 된다.

(73) ㄱ. 主婦ㅣ 뒤헤 <u>조차가고</u> 卑幼는 뒤헤 이셔 正寢의 니르러 <家禮 1
　　　　0:14a>
　　　ㄴ. 어진 류의게 <u>조차가면</u> 졈졈 어진 디 나아가고 <捷蒙 4:14b>

바. '수혜자'의 'NP에' 논항이 형성되는 경우

'수혜자'의 'NP에' 논항이 형성되는 자동사로는 '가다, 오다'가 대표
적인 예이다. 이들은 모두 15세기 국어에서 'NP이 NP에 V'의 구문을
형성하였다.

(74) ㄱ. 오직 能히 흔 念이 念 업소매 <u>가면</u> 毗盧 뎡바기 우희 노피 거러
　　　　　　둗니리라 <金三 2:38a>
　　　ㄴ. 소리 귓 ㄱ애 <u>오면</u> 다론 고대 소리 업수믈 가줄비시니 <楞嚴 3:22a>

예문 (74)에서 '대상'의 'NP이'가 주어 논항으로 실현되었으며 'NP에'는
'방향'의 논항으로 실현되었다. 이들 구문은 근대국어 후기 문헌에 들어
오면서 '수혜자'의 'NP에' 논항이 실현된 용례가 나타나기 시작한다.

(75) ㄱ. 두 지븨 열 권식 ㅎ니 도숴 스무 궈니 묻형님끠도 열 권 <u>가니</u> 대되
　　　　　　셜흔 권 가니 <順天 64:9>
　　　ㄴ. 이 구완올 위ㅎ여 너희게 <u>오논</u> 은총올 밀이 말혼 션지가 차자 구삭
　　　　　　ㅎ여스 <베드로 1:10>

(75)에서의 '가-'는 '물건이나 권리 따위가 누구에게 옮겨지다'라는
의미로 이 때의 'NP의게'는 '수혜자' 의미역이 실현된 것이다. (75ㄴ)은
'물건이나 권리 따위가 자기에게 옮겨지다'의 의미로 역시 이 때의
'NP의게'는 '수혜자' 의미역이 실현된 것이다.

　사. '행위주'의 'NP에' 논항이 형성되는 경우

자동사 구문에서 '행위주'의 'NP에' 논항이 형성되는 경우는 15세기
국어에서 피동 자동사로 분류되는 것 가운데, 단순 피동 자동사인 '속
다'와 원인 피동 자동사인 '븥들이다'이다. 이들은 현대국어에서 '피동
주'와 '행위주'를 모두 논항으로 요구하는 피동사로 분류된다.14) 그러
나 15세기 국어에서 '속다'는 '피동주'만이 논항으로, '븥들이다'는 '피

---

14) 한송화(2000)에서는 '피동주'와 '행위주' 논항을 모두 가지는 피동사들을 이해
　　피동 자동사로 분류하고 있다.

동주'와 '원인'이 논항으로 실현된 용례만이 보인다. 예 (76ㄱ)은 '속다'가 실현된 용례이고 (76ㄴ)은 '븥들이다'가 실현된 예이다.

(76) ㄱ. 겨지븨 양ᄌᆡ 이러ᄒᆞᆫ 거시로다 粉과 燕脂와 瓔珞과 옷과 花鬘과 곳과 붏쇠로 ᄭᅮ몟거든 사오나ᄫᆞᆫ 사ᄅᆞ미 몰라 <u>소가</u> 貪ᄒᆞᆫ ᄆᆞᅀᆞ몰 내ᄂᆞ니 <釋詳 3:26a>
   ㄴ. ᄒᆞ다가 善과 惡과이 <u>븥들이디</u> 아니ᄒᆞ야도 곧 일후미 無記ㅅ 性이니 (設令善惡不拘ㅣ라도 卽名無記之性이니) <圓覺下 3-1:103b>

(76ㄱ)에서 주어 'NP이'는 '사오나ᄫᆞᆫ 사ᄅᆞ미'로 '속다'의 피동주로 실현되었다. 문맥상 행위주는 '겨지븨게' 정도로 추정해 볼 수 있지만 문면에 나타나지는 않았다. (76ㄴ)에서 피동주는 생략되었으며 '善과 惡과이'라는 '원인' 논항이 실현되었다. 여기서 '븥들이다'는 추상적인 외부의 힘에 영향을 입어 얽매이게 된다는 의미이다.

이들 구문은 근대국어에 들어오면 행위주의 'NP에' 논항이 문면에서 실현되는 용례가 보인다. 예 (77)을 통해 이러한 사실을 알 수 있다.

(77) ㄱ. 아국이 미양 화친으로뻐 져의게 <u>속으니</u> <산성 28>
   ㄴ. 그 도적놈이 별슌검의게 <u>붓들녀</u> 지금 경무쳥에 갓쳣다더라 <독립 1896.6.30.>

(77ㄱ)은 '아국이'가 피동주이며 '져의게'가 '행위주' 논항으로 실현되었으며 (77ㄴ)은 '도적놈이'가 피동주이며 '별슌겸의게'가 '행위주' 논항으로 실현되었다. '븥들이다'의 경우 이러한 변화는 근대국어 이전에는 피동주가 되는 대상 명사구가 외부의 추상적인 작용에 의해 영향을 받다가 근대국어 후대에 들어오면서 영향을 주는 외부의 작용이 물리적인 작용에 의해 영향을 받는 것으로 의미 영역이 확대되면

서 일어난 결과로 해석된다.

　이상에서 의미역 유형별로 살펴본 'NP에' 논항의 형성을 표로 정리하면 다음과 같다.

【표14】 'NP에' 논항이 형성되는 자동사

'NP에'의 의미역	해당 동사 목록	형성 시기
기준	늦다() 늦다, 晩)	현대
	모즈라다() 모자라다, 不勾)	근대
	앎셔다() 앞서다)	현대
	처디다() 처지다, 滴)	현대
원인	디들다() 찌들다, 皺)	현대
	속다() 속다, 誑)	근대
	투다[1]() 타다, 燒)	근대
장소	가다[1]() 가다, 去)	현대
	긇다() 끓다, 沸)	근대
	들락나락ᄒ다() 들락날락하다, 隱現)	현대
	삻지다() 살지다, 皺)	근대
	졋바디다() 자빠지다, 沛)	근대
대상	긔다() 기다, 蚊)	현대
	내돋다() 내닫다, 走)	현대
	미치다() 미치다, 狂)	현대
	주으리다() 주리다, 餓)	현대
지향점	드라나다() 달아나다, 奔)	근대
	드라오다() 달려오다)	근대
	조차가다() 쫓아가다, 隨)	근대
	츠자오다() 찾아오다, 尋)	현대
수혜자	가다[1]() 가다, 去)	근대
	오다() 오다, 來)	근대
행위주	븓들이다() 붙들리다, 局)	근대
	속다() 속다, 誑)	근대

3.2.1.3. 'NP로' 논항의 형성

'NP로' 논항이 형성되는 경우는 세 가지이다. 첫째, 15세기 국어에서 'NP이 V' 자동 구문에 'NP로' 논항이 생기면서 'NP이 NP로 V'의 확장된 논항구조가 형성되는 경우이다. 둘째, 'NP이 NP로 V'의 논항구조를 취했던 동사 중 'NP로'에 새로운 의미역이 생겼으나 자동사의 자릿수에는 변화가 없는 경우이다. 셋째, 새로운 의미역의 'NP로' 논항이 생겼으나 15세기 국어에서 'NP이 NP에 V'의 논항구조를 가졌던 구문이므로 사실상 자동사의 자릿수에는 변화가 없는 경우이다.

새로 생겨나는 'NP로'의 의미역으로는 '방향, 지향점, 원인, 결과, 자격, 도구, 장소' 등이 있는데 '방향'의 'NP로' 논항은 대체로 'NP이 NP에 V'류 자동사 구문에서 형성되고, '결과, 장소'의 'NP로' 논항은 'NP이 V'류 자동사 구문에서 형성되는 경우가 많다. '자격'의 'NP로' 논항은 'NP이 NP로 V'류 자동사 구문에서 많이 나타난다. 그리고 '원인, 도구, 지향점'의 'NP로' 논항은 개별 동사별로 각기 다른 유형이 나타난다. 각각의 경우 실례를 들어 논항이 형성되는 양상을 살펴보기로 하겠다.

가. '방향'의 'NP로' 논항이 형성되는 경우

첫 번째로 살펴볼 수 있는 'NP로'는 '대상'으로 실현되는 주어 'NP이'의 물리적 이동이 있을 때 이동이 지향하는 장소가 논항으로 실현되는 경우로 '방향'의 'NP로'가 논항으로 형성되는 것이다. 이에 속하는 자동사로 '그울다, 빠디다, 티와티다, 퍼디다' 등이 있다. 이들은 대체로 15세기 국어에서 '방향'의 'NP에' 논항을 취하고 있다. 곧 15세기 국어에서 '방향'의 'NP에'는 실현이 가능했으나 '방향'의 'NP로' 논항의 실현은 근대국어 이후에 들어가서야 가능해진 것이다.

(78ㄱ)은 '그울다() 구르다, 轉', (78ㄴ)은 '빠디다() 빠지다, 溺', (78ㄷ)은 '티와티다() 치받치다, 喘', (78ㄹ)은 '퍼디다() 퍼지다, 播', 그리고 (78ㅁ)은 '숨다() 숨다, 隱'가 15세기 국어에서 'NP이 NP에 V'의 논항구조를 가지고 실현된 예들이다.

(78) ㄱ. 시혹 짜해 <u>그울며</u> (或展轉在地) <救急方上 32b>
  ㄴ. 이 약 먹고 뒷간애 가니 아기 뒷간애 <u>빠디니라</u> <救簡 7:36b>
  ㄷ. 얼읜 피 가스매 <u>티와텨</u> ᄂ치 프르고 (瘀血脹心面靑) <救急方下 28
    b>
  ㄹ. 힌 어르러지 모매 <u>퍼디여</u> (白피癜風偏身) <救簡 6:84b>
  ㅁ. 그저긔 妙音菩薩이 뎌 나라해 <u>수머</u> 八萬四千菩薩와 ᄒᆞ쁴 나오시니
    <釋詳 20:41a>

예문 (78ㄱ)은 '짜해', (78ㄴ)은 '뒷간애', (78ㄷ)은 '가스매', (78ㄹ)은 '모매', 그리고 (78ㅁ)은 '나라해'가 각각 '방향'의 'NP에' 논항으로 실현되었다. 이들은 모두 근대국어에 들어와 방향의 'NP로' 논항을 구문에서 취하게 된다. 아래의 예들이 이를 보여 준다. 예 (79ㄱ)은 '구을다', (79ㄴ)은 '빠디다', (79ㄷ)은 '티와티다', (79ㄹ)은 '퍼디다', 그리고 (79ㅁ)은 '숨다() 숨다, 隱'가 각각 근대국어에서 'NP로' 논항을 취한 예들이다.

(79) ㄱ. 동포가 찰하리 젼젼걸식ᄒᆞ다가 구학으로 <u>구을너기를</u> 반겨ᄒᆞ지 말
    지어다 <대한 1904>
  ㄴ. 만일에 비위 상ᄒᆞ면 긔운이 아래로 <u>빠디여</u> 고롬이 되디 몯 ᄒᆞ리라

<痘瘡上 31a>

ㄷ. 물이 나려 눌으는 힘이나 우희로 <u>치바치는</u> 힘이나 맛찬가진 고로
<대죠션 18>

ㄹ. 가온디 가지을 베여 발니면 나무가지 스방으로 <u>퍼져</u> 일산 모양으로
되어 입히 무성ᄒ난니라 <蠶桑 5b>

ㅁ. 좌편으로 건디려 ᄒ면 우편으로 <u>숨고</u> 우편으로 건디려 ᄒ면 좌편으
로 가매 <朴諺下 23b>

(79ㄱ)은 '구학으로', (79ㄴ)은 '아래로', (79ㄷ)은 '우희로', (79ㄹ)은 '스방으로', 그리고 (79ㅁ)은 '우편으로'가 각각 방향의 'NP로' 논항으로 실현된 것이다. 이 가운데 (79ㄷ)의 '티와티다' 구문은 근대국어로 들어와 'NP이 NP에 V'의 구문이 더 이상 실현되지 않게 된다.

나. '지향점'의 'NP로' 논항이 형성되는 경우

'지향점'의 'NP로' 논항이 형성되는 경우는 다음의 세 가지이다. 첫째, 15세기 국어에서 'NP이 V'의 논항구조를 가지던 동사가 후대에 '지향점' 논항을 가지게 되는 경우이다. 둘째, 15세기 국어에서 'NP이 NP에(기점) V'의 논항구조를 가지는 동사가 후대에 '지향점' 논항을 요구하게 되는 경우이다. 셋째, 15세기 국어에서 '지향점' 논항이 'NP에'로만 실현되다가 후대에 '지향점'의 'NP로'가 실현되는 경우이다.

첫 번째 유형에 속하는, 15세기 국어에서 지향점의 'NP에' 논항만 취하다가 후대에 'NP로' 논항까지 취할 수 있게 된 경우를 살펴보겠다. 이에 속하는 자동사로 '내돌다, 드라들다, 돈니다, 믈러오다, 올아오다' 등이 있다. 이들은 모두 15세기 국어에서 'NP이 NP에 V'의 논항구조를 가지고 실현되었다. 예문 (80ㄱ)은 '내돌다', (80ㄴ)은 '드라

들다', (80ㄷ)은 '둗니다', (80ㄹ)은 '믈러오다', (80ㅁ)은 '올아오다'가 실현된 용례들이다.

(80) ㄱ. 東녀긔셔 수므면 西ㅅ녀긔 <u>내돋고</u> <釋詳 6:33b>

　　ㄴ. 烈婦ㅣ…아기란 ᄀᅀᅢ 노코 江애 <u>ᄃᆞ라들어늘</u> <三綱烈 32>

　　ㄷ. 부톄 여러 나라해 두루 <u>둗니샤</u> 舍衛國에 오래 아니 왯더시니 <釋詳 6:44a>

　　ㄹ. 내…精舍애 <u>믈러오면</u> 오직 伽藍ᄋᆞᆯ 보고 <楞嚴 2:40a>

　　ㅁ. 使節이 하ᄂᆞᆯ해 <u>올아오니</u> 河隴애 降伏흔 王이 聖朝애 納款ᄒᆞ도다 (使節上靑霄 河隴降王款聖朝) <杜詩 21:24a>

(80ㄱ)에서는 '西ㅅ녀긔', (80ㄴ)은 '江애', (80ㄷ)은 '여러 나라해', (80ㄹ)은 '精舍애', (80ㅁ)은 '하ᄂᆞᆯ해'가 각각 '지향점'의 'NP에' 논항으로 실현되었다. 이들은 16세기 국어, 혹은 근대국어에 들어와 지향점의 'NP로' 논항을 취하게 된다. (81ㄱ)은 '내돋다'가, (81ㄴ)은 'ᄃᆞ라들다', (81ㄷ)은 '둗니다', (81ㄹ)은 '믈러오다', (81ㅁ)은 '올아오다'가 'NP이 NP로 V'의 논항구조를 가지고 실현된 용례들이다.

(81) ㄱ. 다만 항렬이 ᄀᆞ죽디 몯ᄒᆞ거나 앏흐로 <u>내ᄃᆞᄅᆞ며</u> <兵學 12a>

　　ㄴ. 거긔보 세 군이 흔 녁크로 <u>ᄃᆞ라드러</u> 즛디러 주기라 <練兵 28a>

　　ㄷ. 나못 ᄀᆞ놀히 길헤 빗겨시니 ᄆᆞ리 나못가지로 <u>둗니놋다</u> <百聯 4b>

　　ㄹ. 경즈 초동에 좀져로 <u>믈러오고</u> 신튝 듕츄에 뎌위롤 니으니 <警問 2b>

　　ㅁ. 째의 마춤 궁관으로 <u>올나와</u> 힝공ᄒᆞᄂᆞᆫ 지라 <明義卷首上 30a>

예문 (81ㄱ)은 근대국어 초기 문헌에서 실현된 '내돋다'의 용례로 후기 문헌으로 갈수록 지향점의 'NP에' 논항은 실현되지 않게 된다.

(81ㄴ)은 '돋니다'가 지향점의 'NP로' 논항을 취한 예로, 16세기 문헌에서 살펴볼 수 있다. 그러나 지향점의 'NP로' 논항이 생산적으로 실현되는 것은 근대국어에 들어와서야 가능해진다. 예 (81ㄹ)은 '경자년 초겨울에 잠저로 물러오고(나서) 신축년 중추에 더위를 이으니'의 의미로 여기서 '좀겨로'는 '믈러오다'의 '지향점' 논항이 된다.

두 번째 유형의 자동사로 '떠나다'가 있다. 이것은 15세기 국어에서 '기점'의 'NP에' 논항이 실현된 'NP이 NP에 V'의 구문을 형성하였다.

(82) 百千 婇女ㅣ 샹녜 조차 노로ᄃᆡ 그 겨틔 **떠나디** 아니ᄒᆞ리라 <觀音經 4b>

예 (82)는 '수많은 채녀가 항상 좇아서 노니 그 곁에서 떠나지 아니하리라'의 의미로 '그 겨틔'는 '기점' 논항이 실현된 것이다. 이 때의 'NP에'는 현대국어에서 'NP에서'로 실현된다. 이들은 근대국어에 들어오면 'NP이 NP로 V' 구문의 실현이 가능해진다. 예 (83)이 이러한 사실을 말해 준다.

(83) 민영환씨와 일ᄒᆡᆼ이 오늘 계물포로 **떠나ᄂᆞᆫ디** <독립 1897.3.23.>

예 (83)은 '민영환씨와 일행이 오늘 제물포로 떠나는데'의 의미로 '제물포로'가 '지향점' 논항으로 실현되었다.

세 번째 유형으로 15세기 국어에서 '지향점'의 논항을 요구하지 않다가 후대에 '지향점'의 'NP로' 논항이 생긴 경우를 살펴보겠다. 이에 속하는 예는 'ᄃᆞ라나다, ᄃᆞ라오다' 등이 있다. 예문 (84ㄱ)은 'ᄃᆞ라나다() 달아나다, 奔)', (84ㄴ)은 'ᄃᆞ라오다() 달려오다)'가 실현된 것으로 이들은 모두 15세기 국어에서 'NP이 V'의 논항구조를 가지고 실현되었다.

(84) ㄱ. 이 鬼神돌히 다 <u>도라나</u> 잢간도 침로ㅎ며 害티 몯ㅎ리라 <觀音
　　　 經 8b>
　　ㄴ. 큰 毒蛇ㅣ 픳 내 맏고 <u>도라오다가</u> 남진과 죵꽤 길헤셔 자거늘 <月
　　　 釋 10:24a>

(84ㄱ)의 '鬼神돌히', (84ㄴ)의 '큰 毒蛇ㅣ'가 '행위주'의 주어 논항으로 실현된 것이다. 이들은 근대국어에 들어오게 되면 'NP이 NP로 V'의 확장된 논항구조를 취하게 된다. (85ㄱ)은 '도라나다', (85ㄴ)은 '도라오다'가 실현된 예이다.

(85) ㄱ. 지휘 뉴부롤 죽이고 건쥐로 <u>도라나거놀</u> <산성 1b>
　　ㄴ. 선비 도토와 연으로 <u>도라오더라</u> <史略 2:92a>
　　ㄴ'. 내 생각에는 압헤 <u>달녀오는</u> 거시 싸독의 아달 아히마하쓰의 달녀
　　　 오는 것 갓다 하니 <신학 4:35-36>

'도라나다'는 지향점의 'NP로' 논항만 형성되는 반면 '도라오다'는 지향점의 'NP로' 논항이 실현되면서 지향점의 'NP에' 논항도 형성되었다. '도라오다'의 경우 'NP이 NP로 V'는 18세기, 'NP이 NP에 V'는 20세기 초기 문헌부터 나타난다.

다. '결과'의 'NP로' 논항이 형성되는 경우

'결과'의 'NP로' 논항이 형성되는 경우는 세 가지 유형이 있다. 첫째, 15세기 국어에서 '결과' 논항이 실현되지 않다가 후대에 '결과' 논항을 가지게 되는 경우로 15세기 국어에서 'NP이 V'의 구문을 형성하던 자동사이다. 이에 속하는 자동사로는 '가리다, 남다², 눈호이다, 무티

다[1], 즈라다' 등이 있다. 둘째, 15세기 국어에서 '결과' 논항이 'NP에'로만 실현되다가 후대에 'NP로' 논항으로도 실현되는 경우이다. '그치다[2], 도라가다[1]' 등이 이에 속한다.

첫 번째 유형에 대해 살펴보자. 예 (86ㄱ)은 '남다[2]() 남다, 餘)', (86ㄴ)은 '즈라다() 자라다, 長)'가 15세기 국어에서 실현된 예로 둘 다 'NP이 V'의 구문을 형성하였다.

(86) ㄱ. 흔갓 枚叟ㅣ <u>나마</u> 잇노니 당당이 일 지븨 오르던 이롤 思念ᄒ시ᄂ
　　　니라 (空餘枚叟在 應念早升堂) <杜詩 8:14a>
　　ㄴ. 忍辱太子ㅣ <u>즈라</u> 布施롤 즐기며 <月釋 21:214a>

이들은 모두 근대국어 후기 문헌에 들어와 결과의 'NP로' 논항을 취하게 되는데 아래의 예들이 이를 보여 준다.

(87) ㄱ. 죠회 갑슬 미호에 엽젼 너푼식 거두면 잉으로 <u>남ᄂ</u> 거시 반에 지낸
　　　즉 <독립 1897.2.27.>
　　ㄴ. 텬쥬ㅣ 나무로 <u>즈라시고</u> 쏫흐로 픠시고 시내로 흐르시고 <경향 1:3
　　　53>

(87ㄱ)은 '종이 값을 매호에 엽전 네푼씩 거두면 이익으로 남는 것이 반에 지나므로'의 의미로, '잉으로'는 '결과'의 논항으로 실현되었다. (87ㄴ)은 '천주가 나무로 자라시고 꽃으로 피시고 시내로 흐르시고'의 의미로, '나무로'는 '즈라다'의 '결과' 논항으로 실현된 것이다. '남다'는 근대국어 후기에, 그리고 '즈라다'는 20세기 초기에 각각 '결과' 논항의 실현 용례를 보여 준다. 이외 '가리다, 눈호이다, 무티다[1]' 등은 현대국어에 들어와서야 결과의 'NP로' 논항을 가지게 된다.

두 번째 유형에 대해 살펴보자. '그치다[2]() 그치다, 止), 도라가다[1]()

돌아가다, 復)'은 15세기 국어에서 '대상'의 'NP이' 논항과 '결과'의 'NP
에' 논항을 가지는 'NP이 NP에 V'의 구문을 형성하였다.

> (88) ㄱ. 비록 身心이 本來 空호물 다 아나 習이 니로매 도로 모로매 <u>그쳐</u>
>   滅ᄒ며 <圓覺下 3-1:112a>
>   ㄴ. 萬法이 다 뷔며 理事ㅣ 根源에 <u>도라가면</u> 一切 眞實ᄒᄂ니 <月釋
>   13:65b>

예 (88ㄱ)은 '비록 몸과 마음이 본래 빈 것을 다 아나 습이 일어남
에 도로 모름에 그쳐서 멸하며'의 의미로 '모로매'는 '결과' 논항으로
실현되었다. (88ㄴ)은 '만법이 다 비며 사물의 이치가 근원으로 돌아
가면 일체가 진실하니'의 의미로 '결과' 논항인 '根源에'가 실현되었다.
  '도라가다[1]'은 근대국어에 들어와 '결과'의 'NP로' 논항을 취하게 된
다.

> (89) 대체 의논컨대 저희 ᄆᆞ옴이 젼혀 득실을 근심ᄒ기로 빌믜ᄒᆞ야 ᄆᆞ춤내
>   신임년 역적으로 <u>도라가니</u> <明義卷首下어제윤음 17a>

예 (89)는 '…마침내 신임년에 역적으로 돌아가니'의 의미로 '역적으
로'가 '결과' 논항으로 실현되었다.

  라. '자격'의 'NP로' 논항이 형성되는 경우

'자격'의 'NP로' 논항이 형성되는 자동사는 '도라오다[2], 들다[1], 자피
다' 등으로 모두 근대국어에 들어가서야 '자격'의 'NP로' 논항을 구문
에서 취할 수 있게 된다. '도라오다'와 '들다[1]'은 15세기 국어에서 이동

자동사로 분류되는 것으로 '도라오다'와 '들다1'은 구문에서 '자격'이 아닌 다른 의미역의 'NP로'를 논항으로 취하고 있었으나 '자피다'는 'NP로' 논항을 가지지 못했다.

(90) ㄱ. 밦中에 즈릆길흐로 <u>도라오니</u> 녯 ᄆᆞ술히 오직 뷘 村이 ᄃᆞ외얫도다 <杜詩 5:33a>
ㄴ. 阿難이 즉재 쇳 굼그로 <u>드러</u> 大迦葉끠 懺悔ᄒᆞ고 (阿難卽從鑰孔中 入 懺悔大迦葉) <月釋 25:9a>
ㄷ. 그 도ᄌᆞ기 後에 닛위여 도족ᄒᆞ다가 王끠 <u>자피니</u> <月釋 10:25b>

'도라오다'는 '즈릆길흐로'라는 '경로'의 'NP로' 논항을, '들다1'은 '쇳 굼그로'라는 '지향점'의 'NP로' 논항을 취하였다. '자피다'는 피동 자동사로 실현되었는데 구문에서 '王끠'라는 '행위주'의 'NP에' 논항이 실현되었다. 이들은 모두 근대국어에 들어와 '자격'의 'NP로' 논항을 취하게 된다.

(91) ㄱ. ᄉᆞ신으로 위쥬예 보낼시 닐너 ᄀᆞᆯ〇샤ᄃᆡ ᄉᆞ신으로 <u>도라오면</u> 경을 왕보의 벼슬을 주리라 ᄒᆞ시니 <種德中 17a>
ㄴ. 샹궁 난이라 ᄒᆞ리 임진년의 시녀로 <u>드러</u> 의인 적 침실 드러 사더니 <癸丑下 11a>
ㄷ. 그 아비가 팔년 전에 도적으로 <u>잡히고</u> <독립 1896.4.28.>

예문 (91ㄱ)은 '사신으로 위유에 보내니 일러 말씀하시되 "사신으로 돌아오면 경에게 왕보의 벼슬을 주겠다" 하시니'의 의미이며, (91ㄴ)은 '상궁 난이라고 하는 자가 임진년에 시녀로 들어와…'의 의미이다. 그리고 (91ㄷ)은 '그 아비가 팔년 전에 도적으로 잡히고'의 의미로 실현되었다. 각각의 경우 'ᄉᆞ신으로, 시녀로, 도적으로'는 모두 '자격' 논항으로 실현된 것이다. 이 중에서 특히 (91ㄴ)의 '들다[1]'은 '어떤 조직체에 가입하여 구성원이 되다'의 의미를 가진다.

　마. '도구'의 'NP로' 논항이 형성되는 경우

　'도구'의 'NP로' 논항이 형성되는 자동사는 '가다[1]'과 '얽미이다'를 들 수 있다. '가다[1]'은 '한 곳에서 다른 곳으로 움직이다'라는 기본적인 의미에서 '동력원으로 하여 작동하다'라는 다의어가 생기면서 '동력원'이 되는 명사가 '도구'의 'NP로' 논항으로 실현된다. '얽미이다'는 근대국어까지만 하더라도 '정신적, 추상적 작용에 의해 구속받는다'는 의미로 쓰이다가 '물리적인 구속이나 억압에 의해 마음대로 행동할 수 없는 경우'의 의미를 갖게 되면서 '도구'의 'NP로' 논항이 형성된다. '물리적인 구속이나 억압'이 '도구'의 'NP로' 논항으로 실현된 것이다.
　'얽미이다() 얽매다, 拘)'는 15세기 국어에서 'NP이 NP에 V'의 논항구조를 취하였다. 예 (92)가 이러한 사실을 말해 준다.

(92) 解脫相은 諸法에 <u>얽미이디</u> 아니홀 씨오 <月釋 13:53b>

　이러한 '얽미이다' 구문은 근대국어를 거쳐 현대국어까지도 실현된다. 현대국어의 '얽매이다'는 이 외에도 'NP이 NP로 V'의 논항구조를 가지는데 이는 현대국어에 와서야 가능해진 용법으로 보인다.
　이밖에 '원인'의 'NP로' 논항이 형성되는 자동사는 '긇다, 믈들다, 츠다[1]' 등이 있으며, '장소'의 'NP로' 논항이 형성되는 예로 '들락나락ᄒ다() 들락날락하다, 隱現)'가 있다. 이들 구문에서 'NP로'의 논항이 생기는 것은 현대국어의 용법으로 보이므로 이들의 변천 양상에 대해서는 구체적으로 다루지 않겠다.

이상에서 의미역 유형별로 살펴본 'NP로' 논항의 형성을 표로 정리
하면 다음과 같다.

【표15】 'NP로' 논항이 형성되는 자동사

'NP로'의 의미역	해당 동사 목록	형성 시기
방향	가다[1]() 가다, 去)	현대
	그울다() 구르다, 轉)	현대
	내조치다() 내쫓기다, 逐)	현대
	ᄂ라오ᄅ다() 날아오르다, 飛)	현대
	무티다[1]() 묻히다, 埋)	현대
	숨다() 숨다, 隱)	근대
	ᄣ다다() 빠지다, 溺)	근대
	움즈기다() 움직이다, 動)	현대
	졋바디다() 자빠지다, 沛)	현대
	처디다() 처지다, 滴)	현대
	티와티다() 치받치다, 喘)	근대
	퍼디다() 퍼지다, 播)	근대
지향점	내ᄃ다() 내닫다, 走)	근대
	ᄂ라ᄃ니다() 날아다니다, 飛)	현대
	도라오다() 돌아오다, 還)	현대
	드나둘다() 드나들다, 出入)	현대
	ᄃ라나다() 달아나다, 奔)	근대
	ᄃ라들다() 달려들다, 趨)	근대
	ᄃ라오다() 달려오다)	근대
	ᄃ니다() 다니다, 行)	중기
	믈러나다() 물러나다, 退)	현대
	믈러앉다() 물러앉다)	현대
	믈러오다() 물러오다, 退)	근대
	써나다() 떠나다, 離)	근대

	뻐러디다() 떨어지다, 落)	현대
	올아오다() 올라오다, 上)	근대
원인	긇다() 끓다, 沸)	현대
	믈들다() 물들다, 染)	현대
	츠다^1() 차다, 滿)	현대
결과	가리다() 갈리다, 岐)	현대
	그치다^2() 그치다, 止)	현대
	남다^2() 남다, 餘)	근대
	는호이다() 나뉘다, 分)	근대
	도라가다^1() 돌아가다, 復)	근대
	무티다^1() 묻히다, 埋)	현대
	즈라다() 자라다, 長)	현대
자격	도라오다() 돌아오다, 還)	근대
	들다^1() 들다, 入)	근대
	실이다() 깔리다, 布)	현대
	자피다() 잡히다, 操)	근대
도구	가다^1() 가다, 去)	현대
	얽미에다() 얽매다, 拘)	현대
장소	들락나락ᄒ다() 들락날락하다, 隱現)	현대

3.2.1.4. 'NP를' 논항의 형성

다음으로 살펴볼 것은 동사가 다의어를 형성하게 됨으로써 'NP를'
논항을 가지게 되는 경우이다. 'NP를' 논항이 형성되는 것은 자동사로
실현되던 어휘가 타동성을 획득하게 되는 것을 의미한다.15) 새로 생
겨나는 'NP를'은 의미역의 유형에 따라 구분된다. '대상'의 'NP를'이 형

---

15) 여기서 '-를'의 기능을 어떻게 보느냐에 따라 '-를' 명사구의 실현이 동사의
   타동성의 실현으로 연결될 수 있기도 하고 없기도 하다. 본고는 논항으로 실
   현되는 명사구에 '-를'이 결합하는 경우를 모두 타동사로 보고자 한다.

성되는 경우를 비롯하여, '장소'의 'NP를', '기점'의 'NP를', '지향점'의 'NP를', '경로'의 'NP를' 등이 실현되는 경우이다. 각각에 경우 구체적인 변천 과정을 살펴보기로 하겠다.

가. '대상'의 'NP를' 논항이 형성되는 경우

'대상'의 'NP를' 논항이 형성되는 경우로 여섯 가지 유형이 있다. 첫째, 15세기 국어에서 '대상' 논항이 'NP에'로 실현되다가 후대에 '대상'의 'NP를' 논항도 취할 수 있게 되는 경우이다. '거리끼다'가 이에 속한다. 둘째, 15세기 국어에서 'NP이(대상) V' 구문을 형성하다가 후대에 대상의 'NP를' 논항을 가지게 되면서 'NP이(행위주) NP를(대상) V'의 확장된 논항구조를 가지게 되는 경우이다. '뷔틀다, 쑴기다'가 이에 속한다. 셋째, 15세기 국어에서 'NP이 NP로 V' 구문을 형성하다가 후대에 '대상'의 'NP를' 논항을 가지게 되는 경우이다. '볃다' 등이 이에 속한다. 두 번째와 세 번째의 유형은 대상의 'NP를' 논항을 취하게 됨으로써 이들 동사들이 능격 동사의 용법을 가지게 된다는 점에서 더욱 주목할 만한 구문 변화이다. 넷째, 15세기 국어에서 'NP이(경험주) V'의 구문을 형성하다가 후대에 대상의 'NP를' 논항을 취하게 되는 경우이다. '두려ᄒ다'가 이에 속한다. 다섯째, 15세기 국어에서 'NP이(행위주) V'의 구문을 형성하다가 후대에 대상의 'NP를' 논항을 취하게 되는 경우이다. '앓셔다'가 이에 속한다. 마지막으로 여섯째, 15세기 국어에서 'NP이 NP에 V'의 구문을 형성하다가 후대에 대상의 'NP를' 논항을 취하게 되는 경우이다. 'ᄂ리다, 살다, 셔다' 등이 이에 속한다.

첫 번째 유형인 '거리끼다(⟩ 거리끼다, 滯)'는 15세기 국어에서 'NP

이 NP에 V'의 구조를 가지고 실현되었다.

(93) 키 아닌 小節에 거리끼디 아니ᄒᆞᄂᆞ니 <南明下 74a>

이러한 '거리끼다'의 논항 실현은 근대국어에 들어와 변화를 입게 된다.

(94) ㄱ. 그 사ᄅᆞᆷ을 하며 져그믈 거리끼디 말고 <兵學 13a>
　　　ㄴ. 뎡ᄒᆞᆫ 모획이 업ᄉᆞ며 븬 터흘 거리끼고 고집 불통ᄒᆞ야 <易言跋 9a>

예문 (94ㄱ)-(94ㄴ)은 'NP에'가 아닌 'NP를'이 실현된 것으로 동명사형으로도, 일반 명사로도 실현이 가능했다.

두 번째 유형인 '뷔틀다() 비틀다, 扭'와 '쀼기다() 풍기다, 噴)'는 15세기 국어에서 'NP이 V'의 자동사 구문을 형성하였다.

(95) ㄱ. 손바리 곱고 뷔틀며 (手脚이 繚戾ᄒᆞ며) <法華 7:184b>
　　　ㄴ. 프른 믌겨리 쀼겨 尺度ㅣ ᄌᆞ라도다 (蒼波噴浸尺度足) <杜詩 16:56
　　　　b>

이들은 근대국어에서 'NP이 NP를 V'의 타동 구문을 형성하게 된다.

(96) ㄱ. ᄯᅩ 굴오디 힝역 됴ᄒᆞᆫ 후에 비시예 몸을 뷔틀고 눈을 되혀숩고 <痘
　　　瘡下 48a>
　　　ㄴ. 못에 ᄀᆞ득ᄒᆞᆫ 년곳치 향내 쀼기더라 <朴諺中 33a>

'쀼기다'의 예문에서 '향내'를 문맥상 '쀼기다'의 목적어로 볼 수 있다면, '쏨기다'가 타동사로서의 용법을 갖게 된 것을 말해 주는 용례로 해석할 수 있다. '뷔틀다'의 자동사 구문은 중기국어까지 실현되다가 근대국어부터 더 이상 자동 구문으로 실현되지 못한다. '쏨기다'의 자동사 구문은 근대국어를 거쳐 현대국어까지 실현된다.

세 번째 유형인 '벋다()벋다/뻗다, 引)'는 15세기 국어에서 'NP이 NP로 V'의 논항구조를 가지고 실현되었다.

(97) 과굴이 가슴 알프거든 동녁으로 <u>버든</u> 복셩홧 가지 흔 줌을 사ᄒᆞ라 <救簡 2:28b>

'벋다'가 타동사적 용법을 보이는 것은 16세기 문헌에서이다. 예 (98)이 이에 해당된다.

(98) ㄱ. 둔뇨믈 거만히 말며…안조믈 발 <u>버더</u> 키ᄀᆞ티 말며 자믈 굿브러 말며 <飜小 4:10b-11a>
　　　ㄴ. 내 주거도 ᄆᆞ자 여히니 누눌 곱고 바놀 <u>버더</u> 가로다 <順天 30:6>

예문 (98ㄱ)은 '다니는 것을 거만히 말며 서는 것을 한 발이 저는 듯이 말며 앉는 것을 발 벋어 키같이 말며 자는 것을 구브리지 말며'의 의미이다. (98ㄱ)에서 '벋다'의 선행 명사로 '발'이 실현되었다. 여기서 '벋다'는 '오므렸던 것을 펴다'의 의미를 가진다. '발'에 목적격 조사가 실현되지 않았기 때문에 '벋다'를 타동사로 단정하는 데 문제가 있지만 문맥의 의미를 고려하면 '벋다'의 대상 명사구로 실현되었다는 것은 알 수 있다.

예문 (98ㄴ)은 '내 죽어도 마저 혼인시키니 눈을 감고 발을 벋어 간다'의 의미이다. 여기서 '벋다'의 선행어가 '바놀'로 실현되었다. '바놀'

은 문맥 의미를 따져 보았을 때 '발을'이 실현된 것으로 보아야 가장 자연스럽다. 이 때 '바늘'에 대한 해석은 두 가지 측면에서 접근해 볼 수 있다. 우선, '바늘'의 'ㄴ'의 표기를 'ㄹ'의 오기로 보는 방법이 있을 수 있다. 그러나 이러한 방법은 소극적인 해석 방법에 불과할 뿐 이것이 오기가 아닐 경우의 해석이 필요하다. 즉 '바늘'의 표기를 그대로 언어적 실현으로 보고 이에 대한 언어적 설명을 하는 것이다. 이러한 해석이 가능하기 위해서는, 어말에 'ㄹ'을 가진 체언이 어두에 '-ㄹ'을 가진 문법 형태소와 결합했을 때 'ㄹ'이 'ㄴ'으로 바뀐 용례가 존재해야 할 것이다. 필자가 살펴본 바에 의하면, 동일 문헌에서 이런 종류의 예가 존재한다. '마늘'이 그러하다. 이는 두 차례의 용례가 나오는데 '말(斗)'에 '-롤'이 통합하여 '마늘'이 실현된 경우와 '말(言)'에 '-롤'이 통합하여 '마늘'로 실현된 용례가 존재한다. 그리고 이러한 현상은 '우리늘', '나늘', '너늘', '며느리늘', '팔즈늘', '늘그니늘'과 같이 체언이 어말에 'ㄹ'을 가지지 않는 경우에도 나타났다. 이들은 각각 '우리롤, 나롤, 너롤, 며느리롤, 팔즈롤, 늘그니롤'로 실현되어야 할 것임에도 모음과 모음 사이에서 'ㄹ'이 'ㄴ'으로 변한 것이다. 우리는 이러한 표기 양상을 통해 예문 (98ㄴ)에서 실현된 '바늘'을 '바롤'의 실현으로 보고자 한다. 이렇게 되면 16세기 국어에서 '벋다'는 '바롤'이라는 목적어를 논항으로 취하게 된다는 설명을 할 수 있게 된다.

'ᄂ리다(>내리다, 降)'는 15세기 국어에서 'NP이 NP에 V', 'NP이 NP로 V'의 논항구조를 취하였다.

(99) ㄱ. 王이 朝會 마자 늣거사 罷ᄒᆞ야시ᄂᆞᆯ 姬ㅣ 殿에 ᄂᆞ려 마자 술오샤ᄃᆡ 엇디 늣거사 罷ᄒᆞ시니잇고 <內訓 2:19b>
　　ㄴ. 王이 ᄯᅡ해 ᄂᆞ려 업데여 절ᄒᆞ고 供養ᄒᆞᅀᆞᆸ고 <釋詳 24:35b>

ㄷ. 곧 巴峽울 조차셔 巫峽울 들워 믄득 襄陽으로 ᄂ려 洛陽울 向호리라
 <杜詩 3:24b>

(99ㄱ)-(99ㄷ)에서 실현된 'NP이'는 'ᄂ리다'의 행위주가 된다. (99ㄱ)는 '기점'의 'NP에'가, (99ㄴ)은 '지향점'의 'NP에'가, (99ㄷ)은 '지향점'의 'NP로' 논항이 각각 실현되었다.

'ᄂ리다' 구문은 근대국어에서 중기국어에서는 실현되지 않았던 'NP를' 논항이 실현됨으로써 타동성을 갖게 된다.

(100) 텬쥬ㅣ 진노ᄒ샤 벌을 ᄂ리샤 덕병으로 ᄒ여곰 셩을 둘너치매 <성경 117b>

위의 예 (100)에서 'NP를'로 실현된 '벌을'은 'ᄂ리다'의 '대상' 논항이다. 이러한 변화로 인해 'ᄂ리다'는 능격동사로서의 통사적 속성을 갖게 된다.

네 번째 유형인 '두려ᄒ다(懼)'는 15세기 국어에서 'NP이 V', 'NP이 S V'의 구문을 형성하였다.

(101) ㄱ. 그제 目連이 龍王이 두려ᄒᄂ 둘 보고 (是時目連以見龍王心懷恐懼) <月釋 25:108a>
 ㄴ. 지벗 사ᄅ미 ᄃ라가 아나 놀라울가 두려ᄒ거놀 <內訓 3:30a-30b>

이러한 '두려ᄒ다' 구문은 16세기 국어 문헌부터 'NP를' 논항이 문면에 나타나는 용례가 보이기 시작한다.

(102) 季氏ㅣ 쟝촛 顓臾에 事를 두려ᄒ노쇠이다 <論語 4:16a-16b>

다섯 번째 유형인 '앒셔다() 앞서다)'는 15세기 국어에서 'NP이 V'의 논항구조를 가지고 실현되었다.

(103) 墓애 가싫 제 부톄 <u>앒셔시니</u> <月釋 10:3b>

이러한 '앒셔다' 구문은 근대국어를 거쳐 현대국어까지 이어진다. 근대국어 후기 문헌에서 '앒셔다'는 'NP이 NP를 V'의 구문을 형성한다.

(104) 나룰 <u>압셔</u> 온 쟈는 다 도적이며 강도니 <요 10:8>

(104)의 'NP이 NP를 V' 구문은 현대국어까지 이어진다.

여섯 번째 유형인 '살다() 살다, 生)'는 15세기 국어에서 'NP이 V', 'NP이 NP에 V', 그리고 'NP이 NP와 V'의 논항구조를 가지고 실현되었다.

(105) ㄱ. 사르미 <u>살며</u> 주그미 이실씨 모로매 늙느니라 호고 <釋詳 11:36b>
      ㄴ. 나는 굴헝 南녀긔 <u>살오</u> 그듸는 굴헝 北녀기로다 (我居巷南子巷北)
          <杜詩 25:40a>
      ㄷ. 뎨…大衆과 흔디 <u>사라</u> (彼ㅣ…與大衆共居ㅎ야) <圓覺上 2-2:16
          b>

(105ㄱ)은 '살다'가 'NP이 V'의 논항구조로 실현된 경우로 주어 논항 '사르미'가 실현되었다. (105ㄴ)은 'NP이 NP에 살다' 구문으로 '살다'의 처소 명사가 'NP에'로 실현되었다. (105ㄷ)은 '살다'가 'NP이 NP와 V'의 형식을 취한 경우이다.

'살다'의 타동사적 용법은 16세기 국어의 '시묘를 살다'의 구성으로 부터 시작된 것으로 보인다.16)

(106) ㄱ. 김슉손이는 신쳔 사롬이라 어버의 몽상애 다 시묘을 삼년식 <u>살고</u>
(金淑孫信川人父母喪皆廬墓三年) <續三重孝 35a>
ㄴ. 시묘롤 삼 년을 <u>사라</u> 흔 번도 지븨 가디 아니ㅎ고 <東國孝 3:45b>

(106ㄱ)과 (106ㄴ)은 각각 16, 17세기 국어 자료인 「삼강행실도」에서 실현된 용례들이다. 여기서의 '살다'는 '어떤 직분이나 신분의 생활을 하다'의 의미를 가지고 실현된 것이다.

나. '장소'의 'NP를' 논항이 형성되는 경우

장소의 'NP를' 논항이 형성되는 경우는 두 가지 유형이 있다. 첫 번째 '장소' 논항이 15세기 국어에서 'NP에'로 실현되다가 후대에 'NP를' 논항을 가지게 되는 경우로, 'NP를' 논항이 형성되었으나 동사의 자릿수에는 변화가 없는 경우이다. 이런 변화를 겪는 자동사로 '걷니다() 거닐다), ㄴ라둗니다() 날아다니다, 飛), 오르ㄴ리다() 오르내리다, 上下)' 등이 있다. 두 번째는 후대에 '장소' 논항이 형성되는 경우로 15세기 국어에서 'NP이 V'의 구문을 구성하던 자동사들이다. 이들은 '장

---

16) '살다' 구문에서 '-를' 통합형으로 시간 명사가 실현된 것은 15세기 국어에서 이미 나타난다. '病이 믄득 됴하 열두 히롤 살오 주그니라 <三綱孝 30>' 그러나 이 때의 '-를'은 논항이 될 수 없으므로 '살다'의 타동 구문을 논의하는 데 있어서는 적절한 용례가 되지 못한다. 또한 '살다'가 현대국어의 '삶을 살다'와 같은 구성을 취하게 된 것은 현대국어의 용법으로 보인다. 여기서 '삶'은 '살다'의 동족 목적어로 실현되는 것인데 '삶'이라는 어휘가 실현된 근대국어 문헌에서도 '삶을 얻다' 등의 한정된 표현으로만 나타나며 '살다'의 논항으로 실현되지는 않는다.

소'의 'NP를' 논항이 생기면서 논항구조가 확장된다. 이에 속하는 것
으로 '들락나락ᄒ다() 들락날락하다, 隱現), 오락가락ᄒ다() 오락가락
하다, 來往), 긔다() 기다, 蚑)' 등이 있다. 첫 번째와 두 번째 유형 모
두 장소의 'NP를' 논항이 형성되는 것은 대체로 현대국어에 들어와서
야 가능해진 것으로 보인다.

  다. '기점'의 'NP를' 논항이 형성되는 경우

  기점의 'NP를' 논항이 형성되는 경우는 크게 두 가지 유형이 있다.
15세기 국어에서 기점 논항이 'NP에' 혹은 'NP로'로 실현되던 것이 후
대에 'NP를' 기점 논항을 가지게 되는 경우가 첫 번째이고, 15세기 국
어에서 기점 논항을 가지지 못하다가 후대에 기점 논항이 형성되는
경우가 두 번째이다. 첫 번째에 속하는 자동사로 '나오다() 나오다),
ᄂ려오다() 내려오다, 下), 믈러나다() 물러나다, 退), 뼈나다() 떠나다,
離)' 등이 있다. 두 번째 유형에 속하는 자동사로 'ᄃ라나다() 달아나
다, 奔)'가 있다. 각각의 유형에 대해 '기점'의 'NP를' 논항이 형성되는
모습을 구체적으로 살펴보기로 하겠다.
  (107ㄱ)의 '나오다() 나오다)', (107ㄴ)의 'ᄂ려오다() 내려오다, 下)',
(107ㄷ)의 '믈러나다() 물러나다, 退)', (107ㄹ)의 '뼈나다() 떠나다, 離)'
는 15세기 국어에서 'NP이 NP에 V', 'NP이 NP로 V'의 논항구조를 가
지고 실현되었다.

(107) ㄱ. 王이 그 地獄門애 <u>나오려커늘</u> 모딘 노미 닐오디 王이 몯 나시리이
         다 <釋詳 24:18a>
     ㄴ. 프른 대롱과 銀甖이 하늘로셔 <u>ᄂ려오ᄂ다</u> (翠管銀甖下九霄) <杜
         詩 11:37a>

ㄷ. ᄒᆞ다가 즐겨 信티 아니홀 사ᄅᆞᆷ은 뎌 돗긔 믈러나몰 므던히 너굘디
  니 (若不肯信者ᄂᆞᆫ 從他退席이니) <六祖中 68b:5-6>

ㄹ. 百千 婇女ㅣ 샹녜 조차 노로디 그 겨틔 떠나디 아니ᄒᆞ리라 <觀音
  經 4b>

위의 예 (107ㄱ)은 '왕이 그 지옥문에서 나오고자 하거늘 모진 놈이
이르되 왕은 몯 나갈 것입니다'의 의미이다. 주어로 실현된 '王이'의
의미역은 '행위주'이고, '地獄門애'의 의미역은 '기점'이다. 예문 (107
ㄴ)은 '푸른 대롱과 은항아리가 하늘로부터 내려온다'는 의미로 '하ᄂᆞᆯ
로셔'가 '기점' 논항으로 실현되었다. 예 (107ㄷ)은 '만약 즐겨 믿지 않
을 사람은 저 자리로부터 물러남을 무던히 여길 것이니'의 의미로 '돗
긔'가 '기점'의 논항으로 실현되었다. 예문 (107ㄹ)은 '수많은 채녀가
항상 좇아(서) 노니 그 곁에서 떠나지 아니할 것이다'의 의미로 '겨틔'
가 '기점'의 논항으로 실현되었다. 이들은 16세기 혹은 근대국어에 들
어와 기점의 'NP를' 논항을 가진다. 아래 예들이 이러한 사실을 보여
준다.

(108) ㄱ. 적쟝이 군을 나와 셩을 파ᄒᆞ고 환이롤 잡아 죽이다 (進軍城陷執彝
  殺之) <五倫忠 27b>

ㄴ. 이 老炎의 三十里 程道롤 ᄂᆞ려오시다 <隣語 1:5a>

ㄷ. ᄯᅩ 간세비가 권병일 회롱ᄒᆞ여 현쳘ᄒᆞᆫ 이들이 ᄌᆞ쵸를 믈너나 <독립
  1898.3.17.>

ㄹ. ᄌᆞ식기 난 세 ᄒᆡ 후에ᅀᅡ 어버ᅀᅴ 품믈 떠나ᄂᆞ니 <正俗 1b>

예 (108ㄱ)은 '나오다'가 실현된 예로 '나오다'의 기점 논항이 'NP를'
로 실현되었다. (108ㄷ)은 '믈러나다'가 실현된 예이다. 예 (108ㄹ)은
'떠나다'가 실현된 예로 16세기 국어에서 'NP이 NP를 V'의 논항구조

를 취하게 된다.

라. '지향점'의 'NP를' 논항이 형성되는 경우

　지향점의 'NP를' 논항이 형성되는 자동사는 크게 두 가지 유형이 있다. 첫째, 15세기 국어에서 지향점 논항이 'NP에' 혹은 'NP로'로 실현되었던 것들이다. 이 중 'ᄂᆞ라오다() 날아오다, 飛), 드러가다() 들어가다, 入), 드러오다() 들어오다, 來), ᄃᆞ라가다() 달려가다, 赴), 오다() 오다, 來), 올아가다²() 올라가다, 上)' 등은 15세기 국어에서 지향점의 논항이 'NP에'와 'NP로' 둘 다 가능했던 부류의 자동사들이며, '내ᄃᆞ다() 내닫다, 走), ᄂᆞ라오ᄅᆞ다() 날아오르다, 飛), 올아오다() 올라오다, 上)' 등은 'NP에'의 지향점 논항만이 실현되었던 자동사들이다. 둘째, 후대에 지향점 논항이 형성되는 경우이다. 이에 속하는 자동사로 'ᄃᆞ라오다() 달려오다)' 등이 있다. 각각의 유형에 대해 실례를 들어 살펴보기로 하겠다.

　먼저 첫 번째 유형에 속하는 경우를 살펴보자. (109)는 '드러가다() 들어가다, 入)', (110)은 '오다() 오다, 來)', (111)은 '올아가다() 올라가다, 上)', (112)는 '올아오다() 올라오다, 上)'가 실현된 예들이다. (109)-(111)은 15세기 국어에서 지향점의 'NP에', 'NP로' 논항을 취했고 (112)는 지향점의 'NP에' 논항만을 취하였다.

(109) ㄱ. 그 ᄢᅴ 忍辱太子ㅣ 깃거 어마넚긔 드러가 술ᄫᅩᄃᆡ <釋詳 11:20a>
　　　ㄴ. 빈 ᄯᅴ워 가는 사ᄅᆞᄆᆞ 므스그라 煙霧로 드러가ᄂᆞ뇨 (借問泛舟人
　　　　　胡爲入烟霧) <杜詩 22:39b>
(110) ㄱ. 이제 내 草堂애 오니 (今我來草堂) <杜詩 6:37b>
　　　ㄴ. 모딘 ᄇᆡ야미 東으로 와 믈 우희 노놋다 (蝮蛇東來水上遊) <杜詩

　　　　25:29a>
(111) ㄱ. 眞宰ㅣ 하눌해 <u>올아가</u> 할오 당당이 울리로다 (眞宰上訴天應泣)
　　　　　　<杜詩 16:30a>
　　　ㄴ. 南녁 뫼ㅎ로 <u>올아가며</u> 白華篇을 입ᄂ니 (南登吟白華) <杜詩 8:20
　　　　　a>
(112) 使節이 하눌해 <u>올아오니</u> 河隴애 降伏흔 王이 聖朝애 納款ᄒ도다 (使
　　　節上青霄 河隴降王款聖朝) <杜詩 21:24a>

　이들 구문은 근대국어에 들어와 '지향점'의 'NP를' 논항을 취하게
된다.

(113) ㄱ. 셔울로 바ᄅ 향ᄒ여 강홰롤 <u>드러가</u> 딕희여 튱청 졀라도 길흘 통ᄒ
　　　　　니 <東新忠 1:38b>
　　　ㄴ. 어느 나라 사름이 죠션을 <u>오던지</u> 동등이 되게 ᄒ여 보는 거시 뎨일
　　　　　칙이요 <독립 1897.2.27.>
　　　ㄷ. 직습의 초당 지어 겨시더니 그 터흘 <u>올라가</u> 보려 ᄒ니 <병자 116>
　　　ㄹ. 셔양 의원이 고명 ᄒ다기로 셔울을 <u>올나와</u> 병원을 차져간즉 <매일
　　　　　1898.6.3.>

　예문 (113ㄱ)은 '드러가다'가 지향점의 'NP를' 논항을 취한 예로 근
대국어 초기부터 용례가 나타난다. '오다' 구문은 근대국어 후기 문헌
에서 '지향점'의 'NP를' 논항이 실현되는 용례가 나타나기 시작한다.
우리는 이러한 사실을 19세기 문헌의 용례인 예문 (113ㄴ)을 통해 살
펴볼 수 있다.[17] 예문 (113ㄴ)은 '오다'의 선행어로 '죠션을'이 실현되
었다. '죠션'이라는 공간 명사에 '-을'이 통합한 것이다. 엄밀히 말하면
이러한 '오다' 구문의 실현은 이동 동사 '가다'에 비해 훨씬 뒤늦은 타

---

17) '오다' 구문이 타동 구문으로 실현된 것은 '문안을 와셔 <서궁 4a>'에서 살펴
　　볼 수 있다.

동 구문의 실현이다. '가다'는 중기국어부터 'NP를' 장소 명사구의 실현이 가능했기 때문이다. 위의 (113ㄴ)과 같은 용례는 드물게 나타나는 것으로 보아 '오다'의 타동 구문은 현대국어에 와서야 생산적으로 실현된 것으로 보인다.[18] 예문 (113ㄷ)의 '올아가다'는 근대국어에 들

---

18) 15세기 국어의 '오다'가 구문 가운데 '오다'에 선행하는 명사구들이 'NP를'로 실현되어 '오다'의 타동 구문으로 보이는 용례들이 있다.
  ㄱ. 그제 修師摩王子ㅣ 阿育이룰 와 티더니 (時修師摩王子來伐阿育) <月釋 25:73b>
  ㄴ. 도즈기…나룰 와 시험ㅎ거든 나는 고요히 디크엿고 <練兵 23a>
  ㄷ. 孟子ㅣ 골ㅇ샤디 子ㅣ 쏘 나룰 와 見ㅎ느냐 <孟子 7:33b>
  위의 예에서 목적어로 실현된 명사들을 살펴보면 '阿育이룰', '나룰'로 모두 인간 명사가 실현되었다. '오다' 구문에서 'NP를'로 실현되는 명사구들은 동사의 이동의 착지점, 지향점이 되는 공간 명사들이 실현되는 것과는 달리 인간 명사들이 실현되었다는 점이 주목된다. 또한 이들의 문맥을 따져 보면 목적어로 실현된 '阿育이룰'과 '나룰'은 모두 '오다'의 여격어로 해석되는 것이어서 이들 'NP를'이 실현된 '오다' 구문에 대한 적절한 통사적 해석이 요구된다. 이들 '오다' 구문을 해석하는 방법으로 세 가지 정도가 있을 수 있겠다. 첫째, '阿育이룰'과, '나룰'을 모두 '오다'의 논항으로 처리하는 방법이다. 그리고 이 때 실현된 '-를'은 여격어의 기능을 담당하는 '-를'로 처리하는 것이다. 이러한 해석이 가능한 것은 15세기 국어 당시 여격어로 해석되는 명사가 '-를'이 통합한 명사구로 실현되는 경우가 있기 때문이다. '주다' 따위의 수여 동사 구문 '長者ㅣ 아들둘홀 各各 ᄒᆞᆫ 가짓 큰 술위를 주니 <月釋 12:29b>' 등에서 실현되는 두 번째 목적어 명사구 '술위를'이 그러하다. 그러나 이 해석의 문제점은 '주다' 류의 수여 동사 구문에서는 '우리 아비 道理 맛드러 ᄂᆞ외 布施홀 것 업서 우리룰 주니 <月釋 20:89a>'의 '우리룰 주니'에서처럼 '주다'의 논항으로 '우리룰'이 실현되어 '우리룰 주니'가 가능한 반면 위의 예문에서는 *阿育이룰 오다' 혹은, *나룰 오다' 따위의 실현이 불가능하다는 것이다. 이러한 사실은 '阿育이룰'과 '나룰'의 실현이 '오다' 때문이 아니라 각각 후행하는 동사 '티다, 시험ㅎ다, 見ㅎ다'에 의한 것임을 말해 주는 것이다. 두 번째로 생각해 볼 수 있는 분석 방법은 '阿育이룰'과, '나룰'을 후행하는 '티다, 시험ㅎ다, 見ㅎ다'의 논항으로 처리하는 방법이다. 문맥상 의미를 따졌을 때, '阿育이를 친다', '나를 시험한다', '나를 본다'는 의미인 동시에, 이들 목적어의 실현을 타동사 '티다, 시험ㅎ다, 見ㅎ다' 때문인 것으로 처리할 수 있는 장점이 있다. 그러나 이 분석 방법의 문제라고 한다면 '阿育이를 친다', '나를 시험한다', '나를 본다' 사이에 들어간 '오다'를 어떻게 처리하느냐이다. 그리고 목적어와 가까운 동사를 남겨 두고 멀리 떨어진 동사와 논항 관계를 가지는 것이 국어 문장에서 자연스러울 수 있는지 문제가 되는 것이다. 마지막으로 생각해 볼 수 있는 방법은 소위 연속 동사 구성(Serial Verb Construction) 구성으로 처리하는 방법

어와 'NP이 NP를 V'의 타동 구문을 형성하게 된다. 예 (113ㄹ)의 '올아오다'는 19세기 국어의 문헌에서 '지향점'의 'NP를'의 논항이 실현된 용례가 등장하기 시작한다.

마. '결과'의 'NP를' 논항이 형성되는 경우

이에 속하는 자동사는 '뜯ᄒ다( )뜻하다, 義)' 등이 있다. 15세기 국어의 '뜯ᄒ다'는 'NP이 NP로 V'의 구문을 형성하였다.

(114) 根은 能히 내요ᄆ로 뜯ᄒ니 이 여스시 다 識 내논 功이 이실ᄊᆡ <月釋 2:22a>

이러한 '뜯ᄒ다' 구문은 16세기 국어에서 'NP이 NP를 V'의 논항구조를 취하는 용례가 나타나기 시작한다.

(115) 伊尹의 뜯ᄒ던 바를 뜯ᄒ며 顔淵의 비호던 바를 비호면 <小學 5:84b>

'NP이 NP를 V'의 구문은 16세기 국어에서 드물게 나타나다가 근대

이다. 연속 동사 구성이란 동사가 연속된 구성이 하나의 동사처럼 기능하고 있는 경우를 지칭하는 것으로, V_1과 V_2가 연결어미 '-아'에 의해 결합되며 두 동사의 본용언적 성격이 모두 드러나면서 논항 부여는 V_2가 하는 통사적 특성을 가진다. 연속 동사 구성에 대한 이론적 논의는 강선영(1993), 김기혁(1994), 한정한(1997) 등에서 자세히 다루고 있다. 이러한 원리를 위 용례에 적용해 보면, V_1은 '오다'이고 V_2는 '티다'이다. 이들은 연결어미 '-아'에 의해 연결되어 '와 티다'의 실현을 나타낸다. 그리고 '修師摩 王子가 阿育이에게 와서 阿育이를 치다'의 의미로 '오다'와 '티다'의 본동사적 용법이 모두 살아 있다. 이어서 '阿育이롤'의 출현은 V_2인 '티다'에 의해 가능해짐으로써 문장이 실현되는 것이다. 이러한 설명 방법은 위의 첫째, 둘째 설명 방법이 가졌던 문제점들을 말끔히 해결해 준다는 점에서 가장 설득력 있다.

국어로 들어오면서 활발한 실현 양상을 보인다. 이로 인해 15세기 국
어에서 생산적으로 실현되었던 'NP이 NP로 V'의 구문은 더 이상 근
대국어에서는 실현되지 않게 된다.

　바. '피해자'의 'NP를' 논항이 형성되는 경우

　'피해자'의 'NP를' 논항이 형성되는 자동사로는 '흐리다() 흐리다,
濁)'가 있다. '흐리다'는 15세기 국어에서 'NP이 V'의 자동사 구문을
실현시켰다.

　(116) 기루믈 해 ᄒ면 우므렛 므리 <u>흐리리라</u> <杜詩 8:32b>

　예 (116)은 '물 긷기를 많이 하면 우물물이 흐려질 것이다'의 의미
로, '흐리다'가 자동사로 실현되었다. 이러한 '흐리다'의 용법은 15세기
국어에서만 용례가 확인된다.
　'흐리다' 구문에서 'NP를' 논항이 실현되는 것은 20세기 초기 문헌
에서이다. 아래의 예가 이에 해당한다.

　(117) 붓슬 들어 거림 거린 거슬 <u>흐리니</u> 그림장이 대경실색하야 급히 다라드
　　　　러 <신학 3:328>

　이처럼 자동사 구문에서 '피해자'의 'NP를' 논항이 실현되는 것은
대체로 현대국어적 용법으로 보인다.
　이상에서 의미역 유형별로 살펴본 'NP를' 논항의 형성을 표로 정리
하면 다음과 같다.

【표16】 'NP를' 논항이 형성되는 자동사

'NP를'의 의미역	목록	형성 시기
대상	ᄂ려오다(〉내려오다, 下)	현대
	ᄂ리다(〉내리다, 降)	근대
	ᄃ니다(〉다니다, 行)	현대
	벋다(〉벋다/뻗다, 引)	중기
	뷔틀다(〉비틀다, 扭)	근대
	셔다(〉서다, 立)	근대
	쏨기다(〉풍기다, 噴)	근대
	살다(〉살다, 生)	중기
	거리ᄢᅵ다(〉거리끼다, 滯)	근대
	두려ᄒᆞ다(懼)	중기
	앒셔다(〉앞서다)	근대
장소	걷니다(〉거닐다)	현대
	그울다(〉구르다, 轉)	현대
	긔다(〉기다, 蚑)	현대
	ᄂ라ᄃ니다(〉날아다니다, 飛)	현대
	ᄂᆯ다^2(〉날다, 飛)	현대
	들락나락ᄒᆞ다(〉들락날락하다, 隱現)	현대
	오락가락ᄒᆞ다(〉오락가락하다, 來往)	현대
	오ᄅᆞᄂ리다(〉오르내리다, 上下)	현대
기점	나가다^2(〉나가다, 出)	근대
	나오다(〉나오다)	근대
	ᄂ려오다(〉내려오다, 下)	근대
	ᄂ리다^2(〉내리다, 降)	근대
	ᄃ라나다(〉달아나다, 奔)	현대
	믈러나다(〉물러나다, 退)	근대
	ᄯᅥ나다(〉떠나다, 離)	중기
지향점	내ᄃᆞᆮ다(〉내닫다, 走)	현대

	ᄂ라오다() 날아오다, 飛)	현대
	ᄂ라오ᄅ다() 날아오르다, 飛)	현대
	드나둘다() 드나들다, 出入)	현대
	드러가다() 들어가다, 入)	근대
	드러오다() 들어오다, 來)	현대
	ᄃ라가다() 달려가다, 赴)	현대
	ᄃ라오다() 달려오다)	현대
	둗니다() 다니다, 行)	근대
	오다() 오다, 來)	근대
	올아가다²() 올라가다, 上)	근대
	올아오다() 올라오다, 上)	근대
결과	뜯ᄒ다() 뜻하다, 義	중기
피해자	믈이다() 물리다, 咬)	현대
	삘이다() 찔리다, 刺)	현대
	흐리다() 흐리다, 濁)	현대
경로	ᄂ라가다²() 날아가다, 飛)	현대

3.2.1.5. 'NP와' 논항의 형성

자동사 구문에서 'NP와' 논항이 형성되는 경우는 'NP와'가 '공동'으로 실현되는 경우이다. 이에 속하는 것으로 15세기 국어에서 '상호 행위 자동사'로 분류되던 것들 중 '맞나다, ᄉ랑ᄒ다'가 있다. 이들은 15세기 국어에서 'NP_{pl}이 (서르) V'의 구문을 형성하였는데 중기국어 당시 문헌에서는 이 구문이 'NP이 NP와 V'의 구문으로 변환되는 용례를 보여 주지 않는다. 이러한 변환은 근대국어에 들어오면서 가능해진다. 즉 'NP_{pl}이 서르 V'로만 실현되었던 것이 'NP이 NP와 V'의 논항구조로도 실현되는 용례가 문헌의 예에서 보이기 시작하는 것이다. 구체적인 변화의 모습을 실례를 통해 살펴보기로 하자.

예 (118)은 '맞나다() 만나다, 遇)', (119)는 'ᄉᆞ랑ᄒᆞ다() 사랑하다, 思)'
가 실현된 예이다.

(118) ㄱ. 親ᄒᆞᆫ 버디 맞나먼 이제 ᄯᅩ 부텨 맞나ᅀᆞ오몰 가줄비숩고 (親友 ㅣ
　　　 會遇ᄂᆞᆫ 譬今復値佛ᄒᆞ고) <法華 4:40a>
　　 ㄴ. 붑 티ᄂᆞ니와 琵琶 노ᄂᆞ니왜 서르 맞나 둘히 ᄒᆞᆫ 지븨 몯도다 <金三
　　　 4:5a>
(119) 두 사ᄅᆞ미 서르 ᄉᆞ랑ᄒᆞ야 둘히 ᄉᆞ랑ᄒᆞ야 念호미 기프면…서르 어긔여
　　 다ᄅᆞ디 아니ᄒᆞ리니 (二人이 相憶ᄒᆞ야 二憶念이 深ᄒᆞ면…不相乖異ᄒᆞ
　　 리니) <楞嚴 5:85b>

이들 중 '맞나다'는 근대국어 후기 문헌에서, 'ᄉᆞ랑ᄒᆞ다'는 20세기
초기 문헌에서 각각 'NP이 NP와 V' 구문의 실현이 나타나기 시작한
다.

(120) ㄱ. 죠션 사ᄅᆞᆷ들과 맛나 말을 ᄒᆞ여 보면 <독립 1896.9.5.>
　　 ㄴ. 이제 대구 옥에셔…가치여 잇슬 째 동교와 서로 ᄉᆞ랑홀 ᄲᅮᆫ 아니라
　　　 외교인이라도 극진히 위로ᄒᆞ고 <경향 2:263-4>

예문 (120ㄱ)은 '조선 사람들과 만나서 말을 해 보면'의 의미이며,
예문 (120ㄴ)은 '이제 대구 옥에서…갇혀 있을 때 동교(같은 종교를
가진 사람들)과 서로 사랑할 뿐만 아니라 외교인(다른 종교를 가진
사람들)이라도 극진히 위로하고'의 의미를 가지는 것으로 모두 'NP이
NP와 V'의 논항구조를 취하였다.

3.2.2. 의미 축소와 구문 변화

자동사 구문에서 논항이 소멸하는 경우로는 두 가지 유형이 있다. 첫번째는 논항이 소멸하면서 논항구조가 축소되어 자동사의 자릿수가 줄어드는 경우로 예를 들면 'NP이 NP에 V'의 논항구조를 가졌던 자동사가 'NP이 V'의 논항구조를 가지게 되는 것이다. 두 번째는 논항이 소멸하기는 했으나 자동사의 자릿수에는 변화가 없는 경우로 예를 들어 'NP에'에 '기점'과 '지향점'의 의미역을 모두 가지고 있던 'NP이 NP에 V'의 자동사가 기점의 'NP에' 논항이 없어지면서 지향점의 'NP에' 논항만 취하게 되는 경우이다.

논항이 소멸할 경우 대부분의 자동사 구문은 한 가지 유형의 논항이 소멸하지만 경우에 따라서는 두 가지 이상의 논항이 소멸하기도 한다. 이 때 같은 의미역의 서로 다른 논항들이 없어지기도 하고 서로 다른 의미역을 가진 여러 개의 논항들이 사라지기도 한다. 본문에서는 두 가지 이상의 논항이나 의미역이 소멸하는 경우를 따로 다루지 않고 해당되는 논항이 소멸하는 부분에 포함시켜 논의할 것이다.

자동사 구문에서 논항 소멸로 인해 생기는 가장 큰 특징적인 변화는 이동 자동사 구문의 변화이다. 자동사 구문에서 소멸하는 논항의 종류로는 'NP이, NP에, NP로, NP와'가 있는데 이 중 'NP와' 논항이 소멸하는 경우는 소수이며, 'NP이', 'NP에'와 'NP로' 논항이 소멸하는 경우가 대부분이다. 'NP이', 'NP에'와 'NP로' 논항이 구문에서 사라질 경우 이들의 의미역을 살펴보면 'NP이'는 '행위주'로 실현되었을 경우이며, 'NP에'와 'NP로'는 '방향, 기점, 지향점, 경로'로 실현되는 경우로, 이들은 모두 이동 자동사 구문을 구성하는 논항들임을 알 수 있다. 결국 이들이 구문에서 사라지게 되는 것은 이들이 형성했던 이동 자동사 구문의 실현이 불가능해짐을 말하는 것이 된다.

이제 논항의 종류별로 자동 구문에서 논항이 소멸하는 모습 및 논항의 소멸 시기 등을 실례를 들어 살펴보기로 하겠다.

3.2.2.1. 'NP이' 논항의 소멸

자동 구문에서 'NP이' 논항이 소멸되는 것은 '행위주'로 실현되던 주어 논항의 실현이 불가능해진 경우이다. 이러한 구문 변화는 하나의 논항이 구문에서 사라진다는 사실 이상의 의미를 가진다. 이러한 변화로 인해 동사 구문의 유형이 바뀌기 때문이다. 즉 이들이 구문에서 '행위주' 논항을 취했을 시기에는 행위성 자동사로 분류되었으나, '행위주'의 주어 논항의 실현이 불가능해짐으로써 비행위성 자동사로 분류되는 것이다. 이에 속하는 자동사로는 '나다', '옮다', '솟다' 등이 있다.[19] 이들이 '행위주' 주어를 가졌던 용법은 이들 동사를 어기로 한 합성어의 형태로 실현되는데, '나다'의 용법은 '나오다, 나가다'를 통해 현대국어까지 이어지게 되며, '옮다'의 용법은 '옮아가다', '옮아오다'로 이어지게 된다. 실례를 통해 '행위주' 논항이 소멸되는 양상을 살펴보기로 하겠다.

예문 (121)은 '나다', (122)는 '솟다²(〉솟다, 湧)', (123)은 '옮다(〉옮다, 轉)'가 15세기 국어에서 실현된 예로 이들은 'NP이 NP에 V' 혹은 'NP이 NP로 V'의 논항구조를 취하였다.

    (121) ㄱ. 劉氏의 싀어미 길헤 <u>나아</u> 病ᄒᆞ야늘 볼힛 피 내야 藥애 섯거 머

---

19) 실제로 현대국어의 '나다'나 '솟다'는 행위성 자동사로 분류되지 않는다. 한송화(2000)에서는 현대국어의 '나다'와 '솟다'를 비행위성 자동사의 하위 부류인 '생성대상자동사'로 분류했다.

　　　기니 <三綱孝 31>
　　ㄴ. 東門ㅇ로 <u>나샤</u> 北門ㅇ로 드르샤 <釋詳 23:25a>
(122) 그 뻬 比丘둘히 虛空애 올아 東녀긔 <u>소스면</u> 西ㅅ녀긔 숨고 <釋詳 1
　　　1:37b-38a>
(123) ㄱ. 如來…수프레 <u>올마</u> 가샤 結加趺坐 ᄒ얫더시니 <月釋 4:53a>
　　ㄴ. 文殊普賢이 왼녀그로 돌며 올흔 녀그로 <u>옮거늘</u> <金三 3:24a>

예문 (121ㄱ)은 '유씨의 시어머니가 길에 나와 병이 나니…'의 의미
이다. 주어 'NP이'는 '싀어미'로 동사 '나다'의 행위주가 되며 지향점의
'길헤' 논항이 실현되었다. (121ㄴ)은 주어가 문면에 나타나지는 않았
으나 동사 '나다'에 결합한 선어말어미 '-시-'의 실현을 통해 주어가 '행
위주'임을 예측해 볼 수 있다. (121ㄴ)은 '동문으로부터 나오시어 북문
으로 들어가시고'의 의미로 여기서 '東門ㅇ로'는 기점 논항으로 실현
되었다. 예 (122)는 '그 때 비구들이 허공으로 올라 동쪽에서 솟아오
르면 서쪽으로 숨고'의 의미이다. 주어로 실현된 '比丘둘히'는 '솟다'의
행위주가 되며 'NP에'로 실현된 '東녀긔'는 행위주의 기점 논항이 된
다. 예문 (123ㄱ)은 '여래께서 숲에 옮겨 가시어 결가부좌를 하고 계
셨는데'의 의미이며 (123ㄴ)은 '문수보살이 왼쪽으로 돌며 오른쪽으로
옮겨가거늘'의 의미이다. 예문 (123ㄱ)의 '如來', (123ㄴ)의 '文殊普賢'
이 각각 '옮다'의 행위주로 실현되었으며 (123ㄱ)의 '수프레'와 (123ㄴ)
의 '올흔 녀그로'가 '옮다'의 '지향점'으로 실현되었다. 이상 예문
(121)-(123)에서 실현된 '나다, 솟다, 옮다' 구문은 행위주를 주어 논항
으로 가지고 '행위주'의 '기점' 혹은 '지향점'을 나타내는 논항을 취하
고 있으므로 이동 자동사 구문으로 파악된다. 이들 중 '솟다'는 15세
기 문헌에서만 '행위주' 주어 구문이 실현된 용례가 보인다. '나다'와
'옮다'의 경우는 근대국어에서도 이동 자동사로서의 용례가 나타나다

가 후대에 사라지게 된다.

아래의 예는 '나다'와 '옮다'가 근대국어에서 '행위주'의 주어 논항을 취한 용례들이다.

(124) 니시ᄂᆞᆫ 지아비 죽거늘…방 받긔 <u>나디</u> 아니ᄒᆞ고 <東新烈 4:3b>
(125) 만일 나ㅣ…ᄯᅩᄒᆞᆫ 큰 길 ᄀᆞ혜 <u>올마</u> 그 젼 모양으로 ᄒᆞ니 포교들이 다
    알고 <경향 1:231>

예 (124)는 '이씨는 지아비가 죽거늘…방 밖으로 나오지 않고'의 의미이다. 여기서 행위주 주어는 '니시ᄂᆞᆫ'이 되며, '방 받긔'가 지향점 논항으로 실현되었다. 예 (125)는 '만일 내가…또한 큰 길 가로 옮겨 가…'의 의미이다. '나ㅣ'가 '행위주'로 실현되었다. 그리고 '큰 길 ᄀᆞ혜'가 지향점 논항으로 실현되었다. 그러므로 (124)의 '나다'와 (125)의 '옮다' 모두 이동 자동사 구문을 구성하고 있음을 살펴볼 수 있다. 그러나 '나다'의 이동 자동사 구문은 근대국어까지 나타나다가 현대국어에서는 더 이상 실현되지 않게 되며 '옮다'의 이동 자동사 구문은 문헌상 20세기 초기 문헌까지 용례가 확인되나 현대국어에서는 더 이상 실현되지 않는다.

이상에서 의미역 유형별로 살펴본 'NP이' 논항의 소멸을 표로 정리하면 다음과 같다.

【표17】 'NP이' 논항이 소멸하는 자동사

'NP이'의 의미역	목록	소멸 시기
행위주	나다(>나다, 出)	근대
	솟다^2(>솟다, 湧)	중기
	옮다(>옮다, 轉)	현대

3.2.2.2. 'NP에' 논항의 소멸

소멸된 'NP에'로는 '경로', '지향점', '기점', '장소', '방향', '원인' 등이 있다. '경로, 지향점, 기점'의 'NP에' 논항은 모두 이동 자동사 구문에서 실현되는 논항들로 이들이 구문에서 소멸된 것은 이동 자동사 구문을 형성하였던 동사의 통사적 속성이 변했음을 의미하는 것이다. 각각의 경우 변화 양상이 조금씩 다른데 구체적인 변화 양상에 대해서 살펴보기로 하겠다.

가. '경로'의 'NP에' 논항이 소멸하는 경우

'경로'의 'NP에' 논항이 소멸하는 자동사로는 '디나가다() 지나가다, 過)'가 있다. 이는 15세기 국어에서 'NP이 V', 'NP이 NP에 V', 'NP이 NP로 V'의 논항구조를 취하였다.

(126) ㄱ. 翰林學士ㅣ 디나가다가 들고 우더라 <三綱孝 28>

　　　ㄴ. 흔 童子ㅣ 방하애 디나가며 (有一童子ㅣ 於碓坊過ᄒ며) <六祖上 22a:1-2>

　　　ㄷ. 使者ㅣ 三湘으로 디나가도다 (使者歷三湘) <杜詩 23:28b>

위의 경우 'NP이'로 실현되는 명사구는 모두 '행위주' 논항으로 실현된 것이다. 그리고 'NP에', 'NP로'는 '디나가다'의 '경로'의 논항으로 실현된 것이다. 이 가운데 'NP로' 논항은 현대국어까지 이어져 실현되는 반면 '경로'의 'NP에'는 문헌에서 16세기 국어까지 용례가 보인다. 예문 (127)은 16세기 국어에서 '디나가다'가 '경로'의 'NP에'를 논항으로 취한 예이다.

(127) 샤향놀이 봄 뫼해 <u>디나가니</u> 프리 스스로 곳쌉도다 <百聯 16a>

나. '지향점'의 'NP에' 논항이 소멸하는 경우

구문에서 '지향점'의 논항이 소멸하는 것은 논항이 하나 없어지는 것 이상의 의미를 가진다. 지향점 논항이 실현되었을 경우 이들은 이동 자동사로 분류되나 그렇지 못할 경우 이들은 더 이상 이동 자동사로 분류될 수 없으며 행위 자동사로 실현되는 것이다. 이에 속하는 자동사로 '나다, 돋다, 옮다' 등이 있다. 실례를 통해 '지향점'의 'NP에' 논항이 소멸하는 모습을 살펴보겠다.

예 (128)은 '나다() 나다, 出)', (129)는 '돋다() 닫다, 走)', (130)은 '옮다() 옮다, 轉)', 그리고 (131)은 '디나오다() 지나오다, 過)'가 실현되었다. 아래 예가 이러한 사실을 보여 준다.

(128) 劉氏의 싀어미 길헤 <u>나아</u> 病ᄒ야늘 불휫 피 내야 藥애 섯거 머기니
　　　<三綱孝 31>
(129) 願ᄒᆫ든 내 어미…惡道애 <u>돋디</u> 아니케 ᄒ쇼셔 <月釋 21:57a>
(130) 如來…수프레 <u>올마</u> 가샤 結加趺坐 ᄒ얫더시니 <月釋 4:53a>

(131) 먼 수프레 더윗 氣運이 열우니 公子ㅣ 내게 <u>디나와</u> 노놋다 (遠林暑氣
　　　薄 公子過我遊) <杜詩 22:4a>

예 (128)-(131)에서 행위주는 각각 '싀어미', '내 어미', '如來', '公子
ㅣ'가 된다. 그리고 각각의 경우 지향점은 '길헤', '惡道애', '수프레', '내
게'로 실현되었다. (129)는 '원컨대 내 어머니가…악도에 닫지 않게 하
소서'의 의미로 '지향점'인 '惡道애'가 실현되었다. (130)은 '여래…숲에
옮겨 가시어 가부좌를 하고 계시더니'의 의미로 '수프레'가 '지향점'으
로 실현되었다. 이 가운데 (129)의 '돋다'와 (131)의 '디나오다'는 근대
국어에 들어오면 지향점의 'NP에' 논항이 실현된 용례가 문헌에서 보
이지 않는 반면, (128)의 '나다'와 (130)의 '옮다'는 근대국어까지 지향
점의 'NP에' 논항이 실현되었다. 아래의 예는 '나다'와 '옮다'가 각각
근대국어 이후에 지향점의 'NP에' 논항을 취한 용례들이다.

(132) 니시는 지아비 죽거늘…밧 받긔 <u>나디</u> 아니ᄒ고 <東新烈 4:3b>
(133) 만일 나ㅣ…ᄯᅩᄒᆫ 큰 길 ᄀᆞ헤 <u>올마</u> 그 젼 모양으로 ᄒ니 포교들이 다
　　　알고 <경향 1:231>

(132)-(133)의 경우 '니시는'과 '나ㅣ'가 '행위주' 논항이며, '밧 받긔'
와 '큰 길 ᄀᆞ헤'가 각각 '나다'와 '옮다'의 '지향점' 논항이다. 예 (132)는
17세기 국어의 용례로 '나다'의 이동 구문은 근대국어 초기까지 용례
가 나타난 것으로 보인다. 예 (133)은 20세기 초기 문헌의 용례로 '옮
다'의 이동 구문은 이 시기까지 용례가 나타난다. 그러나 이들은 모두
현대국어에서는 지향점의 'NP에' 논항을 취하지 못한다. 중기국어와
근대국어의 이동 자동사로 실현되었던 '나다'의 기능은 '나다'를 어기
로 하는 합성어 '나오다, 나가다'를 통해 현대국어까지 이어지게 되며

'옮다'의 이동 구문 역시 '옮아가다', '옮아오다'로 이어지게 된다.

다. '기점'의 'NP에' 논항이 소멸하는 경우

'기점'의 'NP에' 논항이 소멸하는 자동사로 '디나다[2], 므르다[3]' 등이 있다. 이들은 모두 근대국어에 들어와 구문에서 '기점' 논항을 요구하지 않는다. 실례를 통해 논항의 변화 모습을 살펴보겠다.

예 (134)는 '디나다[2]() 지나다, 過)'가, (135)는 '므르다[3]() 무르다, 退)'가 15세기 국어에서 실현된 예이다. 이들은 15세기 국어에서 'NP이 V', 'NP이 NP에 V', 'NP이 NP로 V'의 논항구조를 가지고 실현되었다.

(134) ㄱ. 每日 흔 度ㅣ 디나고 히눈 每日 하놀해 흔 度롤 몯 밋느니 <楞嚴 6:17a>

　　　 ㄴ. 無數千萬衆이 이 險道애 디나고져 ᄒ더니 (無數千萬衆이 欲過此 險道ᄒ더니) <法華 3:192b>

　　　 ㄷ. 비출 기우려 믌결로 드러가느니 횟돈 디로 디나며 믌フ술 フ리텨가 險阻ᄒ몰 업시ᄒ놋다 (欹帆側柂入波濤 撇漩捎漬無險阻) <杜詩 25:47a>

(135) ㄱ. 亡者ㅣ 惡道롤 여희며 魔鬼神둘히 다 믈러 흐터 가리이다 <月釋 21:126b>

　　　 ㄴ. 阿彌陁佛國에 나고져 홇 사ᄅ몬 다 阿耨多羅三藐三菩提예 므르디 아니ᄒ야 뎌 나라해 불쎠 나거나 <月釋 7:76a>

　　　 ㄷ. 뒤흐로 므르며 뒤흐로 므르라 <金三 2:65a>

예 (134ㄴ)의 '險道애'와 (135ㄴ)의 '阿耨多羅三藐三菩提예'가 '기점' 논항으로 실현된 것이다. 'NP이 V'와 'NP이 NP로 V'의 구문은 근대국어를 거쳐 현대국어까지 실현되는 반면, 'NP이 NP에 V'의 구문은 15세기 국어에서만 용례가 나타나다가 사라지게 된다. 이는 이들 동사의 의미 축소로 인한 결과로 보인다.

　라. '방향'의 'NP에' 논항이 소멸하는 경우

'방향'의 'NP에' 논항이 소멸하는 경우는 같은 '방향'의 'NP로' 논항이 소멸하는 것에 비해 상대적으로 훨씬 적게 일어난다. '방향'의 'NP로' 논항이 소멸하는 경우를 다루면서도 언급하겠지만 '방향'의 'NP에' 논항의 소멸은 매우 드문 현상이다. 우리는 이러한 현상을 '펴디다()〉 펴지다, 漫)'를 통해 살펴보도록 하겠다.

'펴디다'는 15세기 국어에서 'NP이 V', 'NP이 NP에 V'의 논항구조를 취하였다.

> (136) ㄱ. 이 時節에 東녃 울헷 菊花ㅣ <u>펴뎌</u> 누를 爲ㅎ야 됴핫ᄂ고 (是節東籬 菊 紛披爲誰秀) <杜詩 11:26b>
>　　　ㄴ. 이제 敎法이 東土애 <u>펴디릴씨</u> <月釋 2:52b>

한편 중기국어에서 실현되었던 'NP이 V'의 '펴디다'는 근대국어를 거쳐 현대국어까지 실현되는 반면, 'NP이 NP에 V'의 '펴디다'는 20세기 초기 문헌까지 실현되다가 현대국어에서는 구문이 실현되지 않는다. 여기에 20세기 초기 문헌에서 실현된 'NP이 NP에 펴디다' 구문의 예를 제시하였다.

> (137) 령적으로 인ㅎ야 싱긴 결과가 보텬하에 <u>펴지고</u> <경향 3:170>

마. '원인'의 'NP에' 논항이 소멸하는 경우

구문에서 '원인'의 'NP에' 논항이 사라지게 된 것은 동사의 의미 변화와 밀접한 관련을 가진다. 예를 들어 '헐다, ᄒᆞ야디다'는 15세기 국어에서 동사의 의미가 '외부적 힘이나 물리적 작용에 의해 영향을 받는 것'으로 쓰이다가 후대에 '자연적 힘에 의해 스스로 대상 자체에 변화가 생기는 것'으로 의미 영역이 축소된다. 이로 인해 원인의 'NP에' 논항이 사라지게 된다.

예 (138)은 '헐다() 헐다, 弊'가 실현된 예이며 (139)는 'ᄒᆞ야디다() 해어지다, 傷'가 실현된 예이다. 이들은 15세기 국어에서 'NP이 V', 'NP이 NP에 V'의 논항구조를 취하였다.

(138) ㄱ. ᄒᆞ마 金이 ᄃᆞ외면 ᄂᆞ외야 鑛 ᄃᆞ외디 아니ᄒᆞ야 無窮ᄒᆞᆫ 時節을 디나도 金性은 <u>허디</u> 아니ᄒᆞᄂᆞ니 (旣已成金ᄒᆞ면 不重爲鑛ᄒᆞ야 經無窮時ᄒᆞ야도 金性은 不壞ᄒᆞᄂᆞ니) <圓覺上 2-3:33a-33b>

ㄴ. 二月이 ᄒᆞ마 <u>헐오</u> 三月이 오ᄂᆞ니 (二月已破三月來) <杜詩 10:7b>

ㄷ. 시혹 술히…갈해 <u>헐며</u> 도치예 버혼 둘헷 瘡을 고툐ᄃᆡ (或肌肉…刀傷斧斫等瘡右取) <救急方上 82a>

(139) ㄱ. ᄇᆞᄅᆞ미 거스리 부니 짓과 터리왜 <u>ᄒᆞ야디놋다</u> (風逆羽毛傷) <杜詩 7:15b>

ㄴ. 더운 것과 더운 므레 <u>ᄒᆞ야디여</u> 허러 알ᄑᆞ거든 (熱物湯破成瘡疼痛) <救急方下 10b>

(138ㄱ)은 '이미 금이 되면 다시 쇠가 되지 않아서 수많은 세월이 지나도 금의 성질은 헐어지지 아니하니' 정도의 의미를 갖는다. 예 (138ㄱ)은 '헐다'가 '-디 아니ᄒᆞ다'의 부정 구성을 취하고 있다. (138ㄱ)에서 '허디 아니ᄒᆞᄂᆞ니'에 '-ᄂᆞ-'가 통합되어 있는 것을 통해 '헐다'가

동사로 실현된 것임을 확인할 수 있다. (138ㄴ)에서 '헐다'는 'NP이'로 '二月이'라는 시간 명사를 취하였다. 이는 15세기 국어에서만 용례가 확인되는 용법이다. (138ㄷ)의 '헐다'는 '상처를 입다'의 의미를 가지는 것으로 '갈해'라는 'NP에' 명사구가 실현되었다. 이 때의 'NP에'는 '헐다'의 원인이 되는 명사구가 실현된 것이다. 예 (139ㄱ)은 '바람이 거슬러 부니 깃과 털이 해지는구나'의 의미로 'ᄒᆞ야디다'가 'NP이 V'의 논항구조를 취한 예이다. 예 (139ㄴ)은 '뜨거운 것과 뜨거운 물에 해어져 헐어서 아프거든'의 의미로 'ᄒᆞ야디다'의 '원인' 논항이 'NP에'로 실현되었다.

'헐다'가 쓰인 구문에서 '원인'의 'NP에' 논항은 15세기 국어 이후 용례가 보이지 않으며 'ᄒᆞ야디다'는 근대국어 초기 문헌까지 용례가 보인다. 예 (140)은 17세기 국어에서 'ᄒᆞ야디다'가 'NP에' 논항을 취한 용례이다.

(140) 범 역철 도든 거술 글거 손톱의 <u>희야디거나</u> 혹 절로 허러셔 피도 흐르
　　　 며 <痘經 28a>

'ᄒᆞ야디다'의 이러한 용법은 근대국어 후기 문헌부터 용례가 보이지 않는다.

이상에서 의미역 유형별로 살펴본 'NP에' 논항의 소멸을 표로 정리하면 다음과 같다.

【표18】 'NP에' 논항이 소멸하는 자동사

'NP에'의 의미역	해당 동사	소멸 시기
경로	디나가다[2](〉 지나가다, 過)	중기
지향점	나다(〉 나다, 出)	근대

	디나오다() 지나오다, 過)	중기
	돋다() 닫다, 走)	중기
	옮다() 옮다, 轉)	현대
기점	디나다²() 지나다, 過)	중기
	므르다³() 무르다, 退)	중기
방향	펴다() 펴지다, 漫)	현대
원인	어리다() 어리다, 愚)	중기
	헐다() 헐다, 弊)	중기
	ᄒ야디다() 해어지다, 傷)	근대
	뻐디다() 꺼지다, 淪)	중기

3.2.2.3. 'NP로' 논항의 소멸

자동사 구문에서 'NP로' 논항이 소멸되는 경우는 'NP로'가 '방향, 기점, 지향점, 경로'의 의미역으로 실현되었을 경우이다. 모두 이동 자동사 구문에서 요구되는 논항들로 이들이 구문에서 실현되지 않게 됨으로써 이동 동사들의 구문에 변화가 생기게 된다.

가. '방향'의 'NP로' 논항이 소멸하는 경우

구문에서 '방향'의 'NP로' 논항이 소멸하는 자동사들로는 '및다, 얼의다' 등이 있다. 15세기 국어에서 이들은 대상의 주어 'NP이'와 'NP에', 'NP로'의 방향 논항을 취하였다. 흥미로운 사실은 방향의 'NP로' 논항이 사라지는 시기에 방향의 'NP에' 논항은 계속해서 실현된다는 점이다. 이처럼 '방향'의 'NP에' 논항과 'NP로' 논항의 변화 양상이 다른 이유는 이들이 통사·의미적 차이를 가지고 있기 때문이다. 'NP에'와 'NP로'의 통사·의미 차이에 대해서는 앞서 논의한 바가 있다. 'NP

에'는 '착점'의 의미가 강한 반면, 'NP로'는 '방향'의 의미가 강하다는 사실이다. '및다, 얼의다'의 경우 이들이 'NP로'를 논항으로 취했던 15세기 국어에서는 동사의 '방향'의 의미가 실현되었다고 할 수 있다. 그러나 후대에 'NP로'의 논항이 나타나지 않고 'NP에'의 실현만이 가능해진 경우에는 동사의 '방향'의 의미는 상실되고 '착점'의 의미만이 남아서 실현된 것이다. 이러한 일련의 사실을 아래의 예들을 통해 살펴볼 수 있다.

예 (141)은 '및다', (142)는 '얼의다'가 15세기 국어에서 실현된 예들이다.

(141) ㄱ. 곧 말ᄉᆞ미 政事애 <u>미츠샤</u> 돕ᄉᆞ오미 하시고 <內訓 2:43b>
　　　ㄴ. 나ᄆᆞᆫ 믌겨리 겨트로 <u>미츠샤</u> <楞嚴 6:44b>
(142) ㄱ. 神光이 안해 <u>얼의여</u> 한 婬心을 化ᄒᆞ야 智慧火ᄅᆞᆯ 일오니 (神光이 內凝ᄒᆞ야 化多婬心ᄒᆞ야 成智慧火호니) <楞嚴 5:65b>
　　　ㄴ. 智水ㅣ 안ᄒᆞ로 <u>얼의면</u> 곧 ᄇᆞᄅᆞᆷ과 드틀왜 자아 샹녜 괴외ᄒᆞᄂᆞ니 <金三 3:34a>

예 (141)-(142)의 주어 '말ᄉᆞ미, 믌겨리, 神光이, 智水ㅣ'는 모두 '및다'의 대상 논항이다. (141ㄱ), (142ㄱ)의 'NP에' 논항인 '政事애, 안해'는 방향 논항으로 실현되었다. 그리고 방향 논항이 'NP로'로 실현된 것이 (141ㄴ), (142ㄴ)이다. 이들은 근대국어에 들어와 구문의 변화를 겪는다. 'NP이 NP에 V'의 구문은 근대국어까지 이어져 실현되는 반면, 'NP이 NP로 V'의 구문은 중기국어 문헌 이후로는 찾아볼 수 없다.

　나. '기점'의 'NP로' 논항이 소멸하는 경우

자동사 구문에서 '기점'의 'NP로' 논항이 소멸하는 경우는 두 가지 유형이 있다.

첫째, '행위주'를 주어 논항으로 취하는 구문에서 '기점'의 'NP로'가 실현되지 않게 되는 경우이다. 이 경우 기점의 'NP로' 논항이 사라지면서 기점의 'NP로브터' 논항이 실현되는데 이 또한 현대국어까지 이어지지 못하고 용법이 없어지게 된다. 이에 속하는 것이 '나다() 나다, 出)'이다.

(143) ㄱ. 내 이제 ᄀ장 져근 얼구를 밍ᄀ라 싸호리라 ᄒ고 즉재 얼구를 적게 밍ᄀ라 龍의 이브로 드러 고ᄒ로 나며 (即化形使小便入龍口中 從鼻中出) <月釋 25:107b>
ㄴ. 쥬쟝이 몸을 니르혀 아문으로브터 나셔 진 셧는 ᄯᅡ히 가 각별이 향ᄒ야 갈 ᄃᆡᄅᆞᆯ 뎡ᄒ려 ᄒᆞ미니라 <兵學 4a>

(143ㄱ)은 '내가 이제 가장 작은 얼굴을 만들어 싸울 것이다 하고 즉시 얼굴을 작게 만들어 용의 입으로 들어가 코로 나오고'의 의미로 '고ᄒ로'가 '기점'으로 실현되었다. '기점'의 'NP로' 논항이 실현된 '나다' 구문은 15세기 국어 이후의 문헌에서는 용례가 보이지 않는다. (143ㄴ)은 '나다'가 근대국어에서 실현된 용례이다. (143ㄴ)은 '주장이 몸을 일으켜 아문(衙門)으로부터 나와서 진이 서 있는 땅에 가서 각별히 향해 갈 곳을 정하려 한다'의 의미로 여기서 '아문으로브터'가 '기점'의 의미역을 가진다. 그러나 이 또한 현대국어까지 이어지지 못하고 없어진다. '행위주'와 '기점' 논항을 가진 '나다'의 이러한 용법은 '나다'를 어기로 하는 합성어 '나오다, 나가다'를 통해 실현된다.

둘째, '대상' 주어가 실현된 구문에서 실현되는 '기점'의 'NP로' 논항이 없어지는 경우이다. 이에 속하는 자동사는 공시적으로 기점의 'NP

로’ 논항과 함께 ‘NP로브터’, 그리고 기점의 ‘NP에’ 논항이 함께 실현되는 모습을 보인다. 동사에 따라 이들과 함께 ‘NP에셔’가 실현되는 경우도 있다. 그러다가 ‘NP로’는 사라지고 ‘NP로브터’와 ‘NP에’, ‘NP에셔’가 일정 기간 실현되다가 이 중에서 ‘NP에셔’만이 남아 현대국어의 ‘NP에서’로 이어져 기점 논항을 실현시키는 경우도 있고, ‘NP에’가 근대국어까지 이어지다가 어형이 사라지면서 용법도 함께 사라지는 경우가 있다. 결국 구문에서 ‘기점’의 논항이 없어지는 것은 아니라 ‘기점’ 논항이 실현되는 명사구의 형태가 달라질 뿐이다. 이러한 변화를 겪는 자동사로는 ‘나다(〉나다, 出), 비릇다(始)’가 있다.

예 (144)는 ‘나다(〉나다, 出)’가, 예 (145)는 ‘비릇다(始)’가 실현된 예이다.

(144) ㄱ. 머즌 이리 이브로 <u>나느니</u> 이비 블라와 더으니 <釋詳 11:42b>
　　　ㄴ. 모딘 말 듣고 ᄆᆞᅀᆞ미 뮈디 아니ᄒᆞ면 功德과 智慧왜 일로브터 <u>나고</u>
　　　　　<南明上 41a>
　　　ㄷ. 驕慢ᄒᆞ며 放縱호미 奢侈예 <u>나며</u> 危亡이 忽微예 니러날가 샹녜 전노이다 <內訓 2:96b-97a>
　　　ㄹ. 思惑은 五根五塵에셔 <u>나니라</u> <法華 1:189a>
(145) ㄱ. 華光佛로 <u>비르서</u> 毗舍佛 니르리 一千 부톄 莊嚴劫에 나시니 <月釋 15:1a-1b>
　　　ㄴ. 大悲門을 열면 다옴 업슨 法門이 일로브터 <u>비릇ᄂᆞ니</u> <金三 5:26a>
　　　ㄷ. 모돈 거시 다 妄覺애 <u>비르서</u> 五行애 感홀씨 <楞嚴 4:19a>

예 (144)와 (145)에 실현된 예문의 주어는 모두 ‘대상’의 논항이 실현되었다. (144)의 ‘머즌 이리, 功德과 智慧왜, 驕慢ᄒᆞ며 放縱호미, 思惑은’, (145)의 ‘모돈 거시, 법문이’가 그렇다. 그리고 (144ㄱ)의 ‘이브로’와 (145ㄱ)의 ‘華光佛로’는 ‘기점’의 ‘NP로’ 논항이 실현된 것이고,

(144ㄴ)의 '奢侈예'와 (145ㄴ)의 '妄覺애'는 기점의 'NP에' 논항이, (144ㄷ)과 (145ㄷ)의 '일로브터'는 기점의 'NP로브터'가, (144ㄹ)은 '五根五塵에셔'가 실현되었다. '나다' 구문에서는 (144ㄹ)의 '五根五塵에셔'로 실현된 'NP에셔'가 'NP에서'로 현대국어까지 이어지며 '비릇다'는 (145ㄴ)의 'NP에' 기점 논항이 근대국어까지 실현되다가 '비릇다'의 어형이 사라지면서 용법 또한 나타나지 않게 된다.

다. '지향점'의 'NP로' 논항이 소멸하는 경우

'지향점'의 'NP로' 논항이 소멸하는 자동사들은 지향점의 'NP로' 논항이 실현되지 않으면서 지향점의 'NP에' 논항도 실현되지 않게 되거나, 혹은 'NP에'의 지향점 논항이 이미 구문에서 실현되지 않게 된 후 지향점의 'NP로' 논항도 실현되지 않게 된다. 두 경우 모두 지향점의 'NP로' 논항이 소멸하게 됨으로써 이동 구문을 형성했던 자동사들은 더 이상 이동 동사로서의 용법을 가지지 못하게 된다. 이에 속하는 자동사로는 '돋다() 닫다, 走), 옮다() 옮다, 轉)' 등이 있다.

예 (146)은 '돋다() 닫다, 走)', (147)은 '옮다() 옮다, 轉)'가 15세기 국어에서 실현된 예문이다.

(146) 軍이 미처 오거늘…뫼ᄒᆞ로 <u>돋거놀</u> <內訓 3:48a>
(147) 文殊普賢이 왼녀그로 돌며 올ᄒᆞᆫ녀그로 <u>옮거늘</u> <金三 3:24a>

예 (146)은 '군이 미쳐서(及) 오거늘…산으로 빨리 뛰어가거늘'의 의미로 '뫼ᄒᆞ로'가 지향점 논항으로 실현되었다. 예 (147)은 '문수보살이 왼쪽으로 돌며 오른쪽으로 옮겨가거늘'의 의미로 '올ᄒᆞᆫ 녀그로'가 지향점의 논항으로 실현되었다. 행위주와 지향점을 논항으로 취했던 15세기 국어의 '돋다'와 '옮다'는 모두 이동 행위 자동사로 분류된다.

이들이 구문에서 지향점의 'NP로' 논항을 취하는 것은 근대국어에서도 살펴볼 수 있다. 예 (148)은 '돋다'가 근대국어에서, (149)는 '옮다'가 20세기 초기에서 실현된 예이다.

(148) 앏 셔기롤 드토아 뎌 밋 굼글 쎄고 동으로 <u>돗고</u> 셔로 드라 <朴諺中 43b>
(149) 나는 다른 地方으로 <u>올무랴</u> ᄒ노라 ᄒ니 <新尋 11b>

예문 (148)에서는 '동으로', (149)에서는 '地方으로'가 '지향점' 논항으로 실현되었다. 이들 예를 통해 '돋다'는 근대국어 후기까지, '옮다'는 20세기 초기까지 이동 구문을 형성했음을 알 수 있다. 이후 이러한 용법이 사라지게 되면서 이들은 현대국어에서는 더 이상 이동 구문을 형성하지 못하게 된다.

라. '경로'의 'NP로' 논항이 소멸하는 경우

'경로'의 'NP로' 논항이 소멸된 경우는 '디나다^2() 지나다, 過)'가 있다. '디나다'는 현대국어의 '지나다'에 이어지는 어형이다. 이는 15세기 국어에서 'NP이 V', 'NP이 NP에 V', 'NP이 NP로 V'의 논항구조를 가지고 실현되었다.

(150) ㄱ. 每日 ᄒ 度ㅣ <u>디나고</u> 히ᄂ는 每日 하ᄂ해 ᄒ 度롤 몯 밋ᄂ니 <楞嚴 6:17a>
    ㄴ. 無數千萬衆이 이 險道애 <u>디나고져</u> ᄒ더니 (無數千萬衆이 欲過此

險道ᄒ더니) <法華 3:192b>

ㄷ. 비츨 기우려 믌결로 드러가ᄂᆞ니 횟돈 ᄃᆡ로 <u>디나며</u> 믌ᄀᆞ술 ᄀᆞ리텨
　가 險阻호물 업시ᄒ놋다 (欹帆側柁入波濤 撇漩捎濆無險阻) <杜
　詩 25:47a>

이 가운데 'NP이 V' 구문은 근대국어를 거쳐 현대국어까지 실현된
다. 이와는 달리 'NP이 NP로 V' 구문은 근대국어에 들어오면 통사 실
현에 변화를 입게 된다. 'NP로' 논항은 18세기 국어까지 실현된 것으
로 보인다.

이상에서 의미역 유형별로 살펴본 'NP로' 논항의 소멸을 표로 정리
하면 다음과 같다.

【표19】 'NP로' 논항이 소멸하는 자동사

'NP로'의 의미역	해당 동사	소멸 시기
방향	및다(及)	중기
	얼의다(凝)	중기
기점	나다() 나다, 出)	중기
	비릇다(始)	중기
지향점	돋다() 닫다, 走)	근대
	옮다() 옮다, 轉)	근대
경로	디나다[2]() 지나다, 過)	근대

3.2.2.4. 'NP와' 논항의 소멸

자동사 구문에서 'NP와' 논항이 소멸되는 경우는 '대상'의 'NP와' 논
항이 실현되지 않게 되는 경우이다. 이러한 변화는 소수의 자동사 구

문에서 나타나는 현상으로 '블들다() 붙들다, 扶)'가 이에 속한다. '블들다'는 15세기 국어에서 'NP이 NP와 서르 V'의 구문을 형성하였다. 예 (151)이 이에 해당한다.

(151) 쏘 ᄒᆞᆫ 누늘 ᄆᆞᄌ ᄣᅢ혀 그 使者ᄅᆞᆯ 맛디고 자내 妃子와 서르 블드러 城 밧긔 거러나니 <釋詳 24:51b>

'NP이 NP와 서르 블들다'의 구문은 15세기 국어에서만 용례가 나타나며 근대국어에서는 실현되지 않는다.

3.2.3. 의미 전변과 구문 변화

의미 전변이란 하나의 동사가 일정한 동작, 행위, 상태의 변화, 그리고 상태 등에 대해 쓰이다가 전혀 다른 영역의 동작이나 상태에 대해 사용되는 것을 말한다. 이러한 의미의 변화로 인해 동사는 전혀 다른 논항구조를 취하게 된다. 그러므로 의미 전변으로 인해 구문 변화를 겪게 되면 변하기 전의 동사와 변한 뒤의 동사는 동음어의 관계로 파악된다.

자동사의 의미 전변에 의해 나타나는 구문 변화는 '행위주' 논항과 '대상'의 논항이 서로 뒤바뀌어 나타나는 것이다. 이는 변화 양상에 따라 세분화된다. '행위주'의 주어 논항을 요구하던 동사가 '행위주' 주어를 논항으로 취하지 않게 되고 대신 그 자리에 '대상' 논항을 취하는 경우가 첫 번째이고, 그 반대의 경우가 두 번째이다. 세 번째는 '행위주'의 'NP에' 논항이 '대상'의 'NP에' 논항으로 변하는 경우이다. 세 가지 경우의 구문 변화는 모두 현대국어에 들어와서야 나타난 현상으로 보인다. 각각의 경우에 대해 구체적으로 살펴보겠다.

첫 번째 '행위주'의 주어 논항이 '대상'의 주어 논항으로 바뀌는 경우이다. '값돌다'가 이에 속한다. 15세기 국어에서 '값돌다'는 'NP이 NP에 V', 'NP이 NP로 V'의 구문을 구성하였다.

(152) ㄱ. 八十四億百千 那由他龍王돌히 부텨씌 세 번 <u>값도숩고</u> <月釋 10:
          66a>
     ㄴ. 善友太子ㅣ …올흔 녀그로 닐굽 볼 <u>값돌오</u> <月釋 22:42a>

'값돌다' 구문의 변천 양상을 살펴보면 주어로 실현되는 'NP이'에 '행위주' 논항의 실현이 불가능해지며 대신 '대상'의 논항 실현만이 가능해진다.

두 번째는 대상의 주어 논항이 행위주의 주어 논항으로 실현되는 경우이다. 'ᄀᆞᄅᅠ디ᄅᅠ다() 가로지르다, 駕)'와 '다디ᄅᅠ다() 대지르다, 撞)'가 이에 속한다. 'ᄀᆞᄅᅠ디ᄅᅠ다'는 15세기 국어에서 'NP이 NP에 V'의 논항구조를 가지고 자동사 구문을 형성하였다.

(153) 南녀글 ᄇ라니 프른 소리 뎌른 묏고리 <u>ᄀᆞᄅᅠ딜엣ᄂᆞ니</u> (南望靑松架短
          壑) <杜詩 10:28b>

이러한 'ᄀᆞᄅᅠ디ᄅᅠ다'의 자동사적 용법은 중기국어까지 실현된 것으로 보인다. 여기에는 공시적으로 유사한 통사·의미적 대응관계에 있었던 유의어 'ᄀᆞᄅᅠ다'가 실현되었던 것과 무관하지 않은 것으로 보인다.

'다디ᄅᅠ다'는 15세기 국어에서 'NP이 NP에 V'의 구문을 형성하였다.

(154) 血蝎散온 産後에 아니환훈 피 ᄆᆞ슴매 <u>다딜어</u> 가스미 차 (血蝎散産後

敗血衝心胸滿) <救急方下 89b>

(154)에서 주어 'NP이'인 '피'는 '대상'의 논항으로 실현되었다. 이러한 '다디ᄅ다' 구문은 근대국어에 들어오게 되면, 'NP이 NP에 V' 뿐만 아니라 드물지만 'NP이 NP로 V'의 구문을 형성하게 된다.

(155) ㄱ. 닝슈 머기믈 너무 급히 ᄒ야 부화 굼긔 <u>다딜러</u> 폐긔 엉긔며 (冷水飮之太急ᄒ야 搶於肺脘ᄒ야 肺氣凝結ᄒ야) <馬經下 49b>
　　　ㄴ. 아래 잇는 거시 우흐로 <u>다딜너</u> 샹홈이라 <無冤錄 3:80b>

이러한 '다디ᄅ다' 구문은 현대국어에 들어오게 되면서 'NP이'에 '행위주' 논항의 실현만이 가능해지는 변화를 입게 된다.

마지막 유형으로 행위주의 'NP에' 논항이 대상의 'NP에' 논항으로 실현되는 경우이다. '질들다() 길들다, 馴)'가 있다. '질들다'는 15세기 국어에서 'NP이 NP에 V'의 논항구조를 취하였다.

(156) 녜 사ᄅ몰 븓던 젼ᄎ로 사ᄅ미게 <u>질드ᄂ니</u> 곧 괴 가히 ᄃ긔 ᄃ 類라 <楞嚴 8:122b>

이러한 '질들다' 구문은 근대국어 이후 실현되지 않게 된다. 현대국어의 '길들다' 구문은 'NP이 NP에 V'의 논항구조를 취하는데 이는 현대국어에 들어와서야 가능해진 용법으로 보인다.

이상에서 의미역 유형별로 살펴본 의미 전변에 의한 논항 실현의 변화를 표로 정리하면 다음과 같다.

【표20】의미 전변으로 논항구조가 변하는 자동사

논항의 변화 유형	해당 동사	변화 시기
'행위주'의 'NP이'⇒'대상'의 'NP이'	값돌다() 감돌다, 繞)	현대
'대상'의 'NP이'⇒'행위주'의 'NP이'	ᄀᄅ디ᄅ다() 가로지르다, 駕)	현대
	다디ᄅ다() 대지르다, 撞)	현대
'행위주'의 'NP에'⇒'대상'의 'NP에'	질들다() 길들다, 馴)	현대

3.3. 기타

자동사 구문의 변화를 살펴보면, 변화의 모습이 한 가지 모습으로 만 나타나는 것이 아니라 복합적으로 나타나는 경우가 있다. 논항이 형성되었다가 사라지는 경우가 이에 해당한다. 또한 구문 변화의 원 인을 정확하게 밝히기 어려운 경우가 있는데 뚜렷한 문법 내적 이유 없이 자동사의 기능이 사라지는 경우이다. 여기서는 이들 부류의 자 동사들에 대해 살펴보려고 한다.

먼저 논항이 형성되어 일정 시기 동안 실현되다가 이것이 현대국어 까지는 이어지지 못하고 사라지는 경우에 대해 살펴보겠다. 이러한 변 화를 보이는 논항으로는 지향점의 'NP에/로', 방향의 'NP로' 등이 있다.

첫째, 지향점의 'NP에/로'가 형성되었다가 나타나지 않게 되는 경우 이다. '믈러가다() 물러가다, 退)'가 이에 속한다. '믈러가다'는 15세기 국어에서 'NP이 NP에 V'의 논항구조를 가지고 실현되었다.

(157) 五千이 둣긔 믈러가미 增慢의 물 나ᄉ몰 爲ᄒ시며 (五千退席이 爲進
　　　增慢之儔ㅣ시며) <法華序 14a>

'NP이'는 '행위주', 'NP에'는 '기점'의 논항으로 실현되었다. 이러한

‘믈러가다’는 근대국어에 들어와 지향점의 ‘NP에/로’ 논항이 실현된 ‘NP이 NP에 V’, ‘NP이 NP로 V’의 구문을 형성한다.

(158) ㄱ. 曹操ㅣ 니로되 녯 님금의게 <u>믈러가셔</u> 의롤 온젼케 ᄒ쟈 <三譯 2:2a>
　　　ㄴ. 오직 앏흐로만 갈 쥴 알고 뒤흐로 <u>믈너갈니</u> 만무ᄒ면 <易言 3:59 a>

(158ㄱ)의 ‘님금의게’와 (158ㄴ)의 ‘뒤흐로’는 모두 ‘지향점’ 논항으로 실현된 것이다. 이러한 ‘지향점’ 논항의 실현은 문헌상 19세기 국어까지 용례가 나타난다. 이러한 ‘믈러가다’의 구문은 현대국어에서는 실현되지 않는다.

둘째, 방향의 ‘NP로’가 형성되었다가 사라지는 경우이다. ‘펴디다’가 이에 속한다. 펴디다(>펴지다, 漫)는 15세기 국어에서 ‘NP이 V’, ‘NP이 NP에 V’의 논항구조를 취하였다.

(159) ㄱ. 이 時節에 東녓 울헷 菊花ㅣ <u>펴뎌</u> 누를 爲ᄒ야 됴핫ᄂ고 (是節東籬菊 紛披爲誰秀) <杜詩 11:26b>
　　　ㄴ. 이제 敎法이 東土애 <u>펴디릴씨</u> <月釋 2:52b>

‘펴디다’는 16세기 문헌에서 ‘NP이 NP로 V’의 구문을 형성한다.

(160) 우리 권쇽ᄃ리…텬하 ᄉ방오로 <u>펴디여</u> 든니며 <장수 53b-54a>

예 (160)의 ‘NP이 NP로 V’ 구문은 16세기 국어에서 잠깐 나타나다가 근대국어 이후로는 실현되지 않는다.

셋째, 지향점의 'NP에' 논항이 형성되었다가 사라지는 경우이다. '드라나다(〉달아나다, 奔)'가 이에 해당한다. '드라나다'는 15세기 국어에서 'NP이 V'의 구문을 구성하였다.

(161) 이 鬼神돌히 다 <u>드라나</u> 갌간도 침로ᄒᆞ며 害티 몯ᄒᆞ리라 <觀音經 8b>

'드라나다'는 18세기 문헌에서는 '지향점'의 'NP에' 논항이 실현된 용례를 살펴볼 수 있다.

(162) 太子ㅣ 曲沃에 <u>드라나</u> 목 미야 드라 죽으니라 <御內序 4b>

예 (162)는 '태자께서 곡옥으로 달아나 목 매달아 죽는다'의 의미를 가진다. 주어인 '太子ㅣ'가 '행위주' 논항이며, '曲沃에'가 '지향점' 논항으로 실현되었다. '드라나다' 구문에서 '지향점'의 'NP에' 논항이 실현되는 것은 현대국어까지 이어지지 못하고 사라진다.

이상에서 논항이 생겼다가 사라지는 경우를 도표로 정리해서 나타내면 아래와 같다.

【표21】 논항이 형성되었다가 사라지는 자동사

논항의 유형	해당 동사 목록	논항의 실현 시기
'지향점'의 'NP에/로'	믈러가다(〉물러가다, 退)	근대
'방향'의 'NP로'	펴디다(〉펴지다, 漫)	중기
지향점의 'NP에'	드라나다(〉달아나다, 奔)	근대

한편 자동사의 범주가 소멸하는 부류 가운데 그 변화 원인을 알기 어려운 경우가 있다. 이들 자동 구문은 중기국어에서만 용례를 보이는 경우도 있고, 또는 근대국어까지 그 용례를 보이는 것도 있다. 이

에 해당하는 자동사는 자·타 겸용 동사로 실현되던 것들이 대부분이다. 즉 자·타 겸용 동사의 용법을 가지던 것이 더 이상 자동사의 용법을 가지지 못하게 됨에 따라 타동사로만 나타나게 된다. 현재로서는 이들이 자동사의 범주를 상실하게 된 이유를 명확히 알기 어렵다.[20] 이에 속하는 자동사들을 도표로 정리하면 아래와 같다.

---

20) 이 중에서 '기우리다, 드리다², 옮기다'는 그것의 자동 구문이 소멸함에 있어 공시적으로 통사·의미적으로 유사한 어휘들이 실현됨에 따라 자동사의 용법이 사라진 것으로 해석할 가능성이 있다. 예를 들어 '기우리다'는 그것과 유사한 구문을 실현시켰던 '기울다'가 있었고, '드리다²'는 '들다', '옮기다'는 '옮다'가 실현되었다. 이들이 각각 통사·의미적으로 유사한 구문을 실현시켰음을 아래의 예를 통해 확인해 볼 수 있다.
   (1) ㄱ. 明과 昧왜 서르 <u>기우리면</u> 不覺애 ᄆᆞᅀᆞ미 動ᄒᆞᆯ씨(明昧ㅣ 相傾ᄒᆞ면 則不覺心動ᄒᆞᆯ시) <楞嚴 4:18a>
       ㄴ. 이런ᄃᆞ로 形과 奪이 서르 <u>기울며</u> <永嘉下 58a>
   (2) ㄱ. 밧긧 말ᄉᆞ미 門 안해 <u>드리디</u> 말오 안햇 말ᄉᆞ미 門 밧긔 내디 마롤디니라 <內訓 1:4b>
       ㄴ. 사ᄅᆞ미 이 門 안해 <u>들어든</u> 다시 몯나긔 ᄒᆞ야지이다 <釋詳 24:14a>
   (3) ㄱ. ᄆᆞ숨을 모ᄅᆞ면 法華ㅣ <u>옮기고</u> (心迷ᄒᆞ면 法華ㅣ 轉이오) <六祖中 65b-2>
       ㄴ. ᄀᆞᄅᆞ미 뮈니 됫비치 돌해 <u>옮고</u> (江動月移石) <杜詩 25:19b>
   예문 (1ㄱ)의 '기우리다'와 (1ㄴ)의 '기울다'는 둘다 'NP이 서르 V'의 논항구조를 취하고 있으며 의미적으로도 유사한 실현 양상을 보인다. 예문 (2ㄱ)의 '드리다²'와 (2ㄴ)의 '들다' 또한 'NP이 NP에 V'의 논항구조를 취하면서 유사한 의미를 가진다. 예문 (3ㄱ)의 '옮기다'와 (3ㄴ)의 '옮다' 역시 둘다 통사·의미적으로 유사한 실현 양상을 나타낸다. 공시적으로 동일한 통사·기능을 가지고 있는 두 어휘들은 경쟁관계에 있게 되고, 이로 인해 둘 중에 하나는 용법을 상실하게 될 수 있다. 그러므로 위의 '기우리다, 드리다², 옮기다'의 경우 그들과 유사한 기능을 가졌던 '기울다, 들다, 옮다'로 인해 자동적 기능이 사라진 것이다. 그러나 이러한 해석에도 문제가 없는 것은 아니다. 예를 들어 '기우리다'는 '기울다'에 접사가 결합하여 파생된 것이다. 그런데 변화 결과를 보면 '기우리다'가 없어지고 '기울다'는 남는다. '기우리다'의 기능을 '기울다'가 대체한 것이다. 이런 논리로라면 애초에 '기울다'에서 '기우리다'가 파생되어야 할 필요가 없는 것이다. 더욱이 '기울다'는 자·타 겸용 동사의 용법을 가졌으므로 '기우리다'의 실현 자체가 무의미해진다. 그러므로 '기우리다'의 기능이 사라진 이유를 '기울다'에서 찾는 것이 논리적으로 모순이 있게 된다.
21) 楞嚴에 니ᄅᆞ샤ᄃᆡ 뎌 業流에 거스려 圓通 조초믈 得ᄒᆞ면 圓通 몯훈 根과로 날

【표22】 자·타 겸용 동사의 자동 구문이 소멸하는 자동사(Ⅱ)

자동사의 실현시기	어형이 현대국어까지 이어지는 경우	어형이 사라진 경우
15세기	가우리다() 기울이다, 傾), 거스리다() 거스르다, 逆),21) 거슬다() 거스르다, 逆),22) 걷나다[1]() 건너다, 過),23) 걷나다[2]() 건너다, 渡),24) 견주다() 견주다, 比),25) 굽다[2]() 굽다, 俯),26) 그르다[1]() 끄르다, 解),27) 두르다() 두르다, 囘),28) 드리다[2]() 들이다, 入), 드위티다() 뒤치다, 飜),29) 디르다[2]() 지르다, 簪),30) 어즈리다() 어지르다, 亂),31) 옮기다() 옮기다, 移), 일우다() 이루다, 成),32) 혜다[1]() 세다, 量),33) 혜아리다[1]() 헤아리다, 量)34)	갊다(藏),35) 초ᄒ다(備),36) 르받다(起),37) 르혀다(回),38) 그릇다(違),39) 혀다(披)40)
근대국어	다티다[2]() 다치다, 觸),41) 베프다() 베풀다, 發),42) 븟다[2]() 붓다, 灌),43) 어긔다() 어기다, 乖),44) 여희다() 여의다, 離),45) 일클다() 일컫다, 稱)46)	두르혀다(廻)47)

와 劫괘 서르 倍ᄒ리라 ᄒ시니 <法華 6:29a>

22) 비록 性이 空ᄒ나 無ㅣ 아니니라 性이 거스디 아니ᄒ논디라 <永嘉下 101b>

23) 三四 句는 ᄠᅳ데 걷나며 <南明下 27b>/ 므스기 이 부텨끽 걷나며 祖師애 너믈 말ᄉ고 <金三 3:51b>

24) 度는 걷날 씨니 뎌 ᄀᆞ애 걷나다 혼 ᄠᅳ디니 <月釋 2:25a>

25) 根과 境괏 민 惑이 견주면 스러딜씬 일후미 金剛王覺이오<楞嚴 5:15b>

26) 毗闍耶ㅣ 깃거 부텻 알픠 굽거늘<釋詳24:8a>/塔돌히 다 겨틔 와 버러 王끽 굽거늘 (諸塔並列于坐隅 俯臨王前) <月釋 25:92b>

27) 生死ㅣ 變티 아니ᄒ야 妄이 미쑈미 절로 그르리라 <楞嚴 1:95a>

28) 氣分이 虛空애 ᄀᆞ득ᄒ샤 ᄒᆞᆫ 실 ᄀᆞᆮᄒᆞᆫ 眞香이 法界예 두르며 두서 소릿 淸磬이 玄關애 ᄉᄆᆺ거늘 <권공 33b>

29) 鄴中엣 이리 드위티니 주근 사ᄅᆞ미 두듥ᄀᆞ티 사혯도다 (鄴中事反覆 死人積如丘) <杜詩 5:34b>

30) 이 우루믈 브터ᅀᅡ 慧性이 두려이 ᄇᆞᆯ가 等覺妙覺애 ᄃᆞ리 디르며 모ᄃᆞᆫ 世間人도 ᄆᆞᅀᆞ미 홀러 逃亡티 아니호ᄆᆞᆯ 브터ᅀᅡ ᄆᆞᆯ가 ᄇᆞᆯ고미 나 六天에 漸漸 나ᅀᅡ가ᄂ니 <楞嚴 6:89a>

31) 다ᄉᆞᆺ 이리 서르 어즈려 여러 듣글 즛의로 니ᄅᆞ와ᄃᆞᆯ 씨 일후미 濁이라 <法華 1:189a>/ 三毒이 섯거 어즈려 싸화 ᄃᆞ토믈 마디 아니호ᄆᆞᆯ 가줄비시니라 <法華 2:109b>/내 머리 우희 오ᄅᆞᆯ ᄲᅮᆫ뎡 法師애 어즈리디 말며 (寧上我頭上이언뎡 莫惱於法師ᄒ며) <法華 7:118a>

32) 衆生이 ᄆᆞᅀᆞ매 道ᄅᆞᆯ 求호려 호미 일우디 몯호ᄆᆞᆫ 下中엣 下ㅣ 히미 ᄆᆞᅀᆞ믈 일우디 몯호미라 <圓覺下 3-2:60b-61a>

33) 佛子 ᄃᆞ외요ᄆᆞᆯ 뵈야 現ᄒ논 功德이 혜디 몯ᄒ리라 <法華 4:63a>

34) ᄒᆞᆫ 번 귀예 디내야 暫時나 結緣ᄒ면 그 功德이 혜아리디 몯ᄒ리라 <牧牛子

42b>

35) 하놀콰 싸쾌 가도믈 몯거니 宇宙ㅣ 엇뎨 能히 갈ᄆ리오 <金三 2:55b>

36) 노피 새려 ᄭᅮ미고 셔니 龍 머인 술위 충충인 虛空애 ᄀ초ᄒ얏도다 (亭亭新粧
立 龍駕具曾空) <杜詩 11:23b>

37) 이윽고 거믄 구루미 니르받다 天動ᄒ거늘 吳二 더욱 두리여 <三綱孝 29>

38) ᄭᅴ ᄭᅴ오 도로 물 타 東西에 도ᄅ혀 비를 건나라 <杜詩 3:35a>

39) 이 나래 더욱 ᄠᅳ디 해 어긔릇도다 <杜詩 23:19a>

40) 그 相이 헤혀 나ᄐ면 十二類生이 根元을 다 보디 몯ᄒ니 <楞嚴 10:3b>

41) 푀 탕긔ᄒ야 가슴애 다티면 반ᄃ시 죽ᄂ니 <胎産 36b>/ 담이 혈긔와 서르 다
텨 머리며 눈이 아득ᄒ야 어즐코 <胎産 12b>

42) 겨지비 軍中에 이시면 兵馬ㅅ 氣運이 베프디 몯홀가 전노라 <杜詩 8:68a>/
ᄭᅮ지즈미 임의 베프면 므슴 恩惠 이시리오 <御內 2:8b>

43) 구루미 펴디고 ᄭᅩ리로 바ᄅᆞᆳ 므를 텨 忉利天에 븟거늘 <月釋 11:30a>/
東과 南녁 두 두들기 ᄠᅥ디니 빗근 므리 바ᄅᆞ로 브서 가놋다 <杜詩 19:36a>/
그 은혜가 기름ᄀᆞᆺ치 사ᄅᆞᆷ의 ᄆᆞ옴에 부어 셩신으로 감화케 ᄒ심이 <텬로
1:32b>

44) 正理를 順티 아니혼 젼ᄎ로 報ㅣ 다 어긔니라 <法華 2:168a>/ 性과 相괘 서르
어긔며 理와 事왜 서르 마가 <楞嚴 4:6b>/ 法이 다 實相과 서르 어긔디 아니
ᄒ실ᄊᆡ 일후미 實相印이라 <法華 1:207a>/ 妄想ᄋᆞ로 取著ᄒ면 곧 正覺애 어
긔니 (妄想取著即乖正覺) <圓覺上 1-2:38a>/ ᄂᆞ미게 어긔오 제게 順호미 ᄯᅩ
두 ᄠᅳ디 잇ᄂ니 <月釋 11:66b>

45) 本末이 서르 여희디 아니홀디면 <月釋 11:67b>/ 我와 我所왜 여희니라 <圓覺
上 1-2:137a>/ 내 이제 大衆과 여희노라 <釋詳 11:20b>/ 生滅이 心相애 여희
디 아니ᄒᄂ니 <月釋 11:56b>/ 오히려 後ㅅ 님금끠 여희ᅀᆞ오믈 듣노니 다시
南陽애 눕디 몯ᄒ나라 <杜詩 6:34b>

46) 여러 經典에 能히 닐거 그 理를 取ᄒ시며 … 正히 順ᄒ야 디니시면 그 德이
足히 일쿨ᄌᆞ오리로다 <法華 5:108b>/ 남의 지능이 일ᄏᆞ롬즉ᄒ믈 보고 욱지
르며 <敬信 4b>

47) 그 數ㅣ 우희 두르혀 넘다 ᄒ시니 <法華 5:85b>

제4장

타동사 구문의 변화

국어 동사 구문구조의 통시적 연구

국어 동사 구문구조의 통시적 연구

제4장
타동사 구문의 변화

2장의 논의를 통해 타동사 구문의 변화는 타동사의 기능이 없어지는 경우, 구문에서 논항이 형성되거나 축소되는 경우, 그리고 새로운 논항구조가 생겨나는 경우가 있음을 확인할 수 있었다.

타동사 구문의 특징적인 변화는 네 가지로 요약된다. 첫째, 사동사가 실현됨으로써 타동사로 실현되던 어휘가 타동성을 잃게 된다. 둘째, 심리 타동사가 'V-어 ᄒᆞ다' 합성법의 발달로 타동적 용법을 잃게 된다. 셋째, 대상의 'NP로'와 결과의 'NP를'을 취했던 'NP이 NP로 NP를 V'의 전환 타동사 구문에서 대상의 'NP로'의 기능이 약해지면서 대상의 논항은 'NP를'로, 결과 논항은 'NP로'로 실현된다. 넷째, 인용의 조사 '-고'가 발달하면서 'S'가 논항으로서의 자격을 분명히 가지게 된다.

4.1. 문법 변화와 구문 변화

여기서는 타동사 구문이 문법 체계의 변화 속에서 변화를 겪는 경우를 다루고자 한다. 타동 구문에 영향을 주는 문법의 변화로는 사동사의 실현, 'V-어 ᄒᆞ다' 합성법의 발달, 대상의 조사 '-로'의 기능 변화,

비교의 조사 '-에/를/로'의 기능 변화, 그리고 인용 조사 '-고'의 발달
등이 포함된다. 이로 인해 생기는 구문 변화는 세 가지로 요약된다.
첫째, 사동사의 실현 및 'V-어 ᄒ다' 합성법의 발달로 타동사의 기능
이 사라지게 된다. 둘째, 대상 및 비교의 조사가 그 기능을 잃게 됨에
따라 그것이 통합된 명사구를 논항으로 선택하는 타동사 구문의 논항
실현에 변화가 생기게 된다. 마지막으로 셋째는 인용 조사 '-고'가 형
성되면서 'S'가 논항으로서의 자격을 분명히 가지게 된다.

4.1.1. 사동사의 실현과 구문 변화

타동사 중 일부의 어휘들은 사동사 어휘의 실현으로 인해 타동사
로서의 기능을 잃게 되는 부류가 있다. '기울다, 숨다, 굽다' 등이 이에
속한다.

(1) ㄱ. 妙ᄅᆞᆯ 探ᄒᆞ며 玄ᄋᆞᆯ 探호려 홀띤댄 實로 쉽디 아니ᄒᆞ니 決ᄒᆞ야 ᄀᆞᆯᄒᆡᆯ
　　　 쩨 열운 어름 ᄇᆞᆲᄃᆞᆺ ᄒᆞ야 모로매 耳目ᄋᆞᆯ <u>기우러</u> 玄妙ᄒᆞᆫ 소리ᄅᆞᆯ 바ᄃᆞ며
　　　 <永嘉下 111b-112a>
　　ㄴ. 누늘 ᄠᅳ면 곧 보고 귀ᄅᆞᆯ <u>기우리면</u> 곧 드르며 <金三 3:20b>
(2) ㄱ. 人間애 자최 업고 山谷애 모ᄆᆞᆯ <u>수머</u> 親ᄒᆞᆫ 버디 기리 긋고 鳥獸ㅣ
　　　 時예 놀어늘 <永嘉下 109a>
　　ㄴ. 자최 업서 모ᄆᆞᆯ <u>숨겨</u> 北斗에 갈ᄆᆞ샤ᄆᆞᆯ 아디 몯ᄒᆞ샷다 <金三 4:37b>
(3) ㄱ. ᄆᆞᆯ 둘여셔 굴에ᄅᆞᆯ 밧겨 소내 프른 시ᄅᆞᆯ 티티고 萬仞인 묏부리예 ᄲᆞᆯ리
　　　 ᄂᆞ리둘여 모ᄆᆞᆯ <u>구버</u> 旗 아ᄉᆞᄆᆞᆯ ᄒᆞ야 보노라 (走馬脫轡頭 手中挑靑絲
　　　 捷下萬仞岡 俯身試搴旗) <杜詩 5:26b>
　　ㄱ'. 다시 헐이ᄅᆞᆯ <u>굽어</u> 손가락으로써 ᄯᅡᄋᆞᆯ 그으니 <요 8:9>
　　ㄴ. 모ᄆᆞᆯ <u>구펴</u> 불와셔 긴 ᄀᆞ래나모 서리예셔 도라보놋다 (踢躅顧長楸)
　　　 <杜詩 17:34b>

예 (1ㄱ)은 '묘법을 캐거나 현묘한 진리를 찾아내고자 할진대 실로 쉽지 아니하니…눈과 귀를 기울여 현묘한 소리를 받들며[1]'의 의미로 '기울다'가 타동 구문을 구성한 예이다. (1ㄴ)은 '눈을 뜨면 곧 보고 귀를 기울이면 곧 들으며'의 의미로 타동사 '기울이다'가 실현된 예이다. '기울이다'는 '기울다'의 사동사로 타동 구문을 형성한다. (1ㄱ)과 (1ㄴ)을 비교해 보았을 때 두 동사가 모두 통사·의미적으로 유사한 명사구를 논항으로 취하고 있음을 살펴볼 수 있다. (1ㄱ)의 '기울다'가 타동 구문을 구성하였으나 공시적으로 '기울이다'의 타동사적 용법이 다양한 환경에서 더 생산적으로 실현되었다. (1ㄱ)의 타동사 '기울다'는 '기울이다'에 의해 타동적 기능을 대체하게 된다.

예 (2ㄱ)은 '…산속에 몸을 숨겨 친한 벗이 끊어지고…'의 의미로 '숨다'가 타동사로 실현된 예이다. (2ㄴ)은 '자취 없고 몸을 숨겨…'의 의미로 '숨다'의 사동사 '숨기다'가 타동 구문으로 실현된 예이다. (2ㄱ)과 (2ㄴ)을 비교해 보면 '숨다'와 '숨기다'가 동일한 명사구 '모믈'을 '대상' 논항으로 취하고 있음을 볼 수 있다. (2ㄱ)의 타동사 '숨다' 구문은 통사·의미적으로 사동사 '숨기다'와 유사한 구문을 형성한다. '숨기다'는 사동사이면서 동시에 타동 구문을 구성하였고, 타동사 '숨다'에 비해 더 생산적으로 실현되었다. 결과적으로 '숨다'의 타동적 용법은 사동사 '숨기다'에 의해 실현되면서 타동적 기능이 사라지게 된다.

예 (3ㄱ)은 '…산봉우리에 빨리 달려 몸을 굽혀 기 빼내는 것을 시도해 본다'의 의미로 '굽다'가 타동 구문을 구성한 예이다. 여기서 '굽다'의 '대상' 논항은 '모믈'이 실현되었다. 동일한 명사구 '모믈'이 (3ㄴ)에서는 동사 '구피다'의 논항으로 실현되었다. (3ㄴ)은 '몸을 굽혀 밟

---

1) 원문에서는 '바ᄃ며'가 아니라 '비ᄃ며'로 되어 있으나 오각으로 보인다. 구결문을 살펴보면 '奉'에 대응되기 때문에 '받다'가 실현된 것으로 보아야 한다.

아서 긴 가래나무 가운데에서 돌아보도다'의 의미로 '구피다'가 타동사로 실현되었다. (3ㄱ)과 (3ㄴ)을 통해 '굽다'와 '구피다'가 통사·의미적으로 유사한 구문을 형성하였음을 살펴볼 수 있다. '굽다'의 타동적 용법은 근대국어 후기 문헌까지 용례가 나타난다. 예 (3ㄱ')가 이러한 사실을 보여 주는데 이는 19세기 국어에 실현된 예이다. (3ㄱ')는 '다시 허리를 굽혀 손가락으로써 땅을 그으니'의 의미로 '굽다'의 타동적 용법을 보여 준다. 그러나 '굽다'의 타동 구문 역시 '구피다'에 의해 실현됨으로써 타동사 '굽다'의 용법은 현대국어에서 실현되지 않게 된다.

예문 (1)-(3)을 살펴보면 각각의 경우 타동사에 사동의 의미가 내포되어 있음을 알 수 있다. 이러한 사실은 이들의 용법이 사라지면서 그 자리에 사동사가 실현되는 현상을 설명해 준다. 즉 15세기 국어의 일부 타동사는 공시적 혹은 통시적으로 사동사와 유사한 구문을 형성한다. 그리고 타동사와 사동사가 경쟁관계에 놓여 있다가, 타동 구문이 사동 구문으로 실현된 것으로 보인다. 이러한 변화를 겪은 타동사에는 15세기 국어에서 자·타 겸용 동사의 용법을 가졌던 부류들이 많이 포함된다. 이들은 15세기 국어에서 자동사와 타동사의 용법을 모두 가지고 있다가 타동사의 통사·의미적 기능이 약해지자 타동사와 가장 유사한 통사·의미적 관계를 가지고 있었던 사동사가 그 기능을 대체하게 된 것이다. 이러한 변화를 겪은 타동사는 본문에서 제시한 것 외에도 다수 존재한다. 이에 해당하는 타동사는 그 어형이 현대국어까지 실현되는 경우와 어형이 소멸되는 경우로 구분된다. 또 각각의 경우 타동사의 용법이 15세기 국어에서만 용례가 나타나는 경우와 근대국어 문헌까지 용례가 보이는 경우로 구분된다. 이를 표로 정리하면 아래와 같다.

【표23】 사동사의 실현으로 타동 구문이 소멸하는 타동사[2]

어형이 현대국어까지 이어지는 경우			어형이 사라진 경우
타동사의 실현시기	15세기	갓고로디다() 거꾸러지다, 倒, 갓굴오다), 기울다() 기울다, 傾, 기우리다), 숨다() 숨다, 隱, 숨기다), 싸디다() 빠지다, 溺, 싸디오다), 처디다() 처지다, 滴, 처디오다), 흐르다() 흐르다, 流, 흘리다)	갇다(收, 가도다/거두다)
	근대국어	굽다^1() 굽다, 俯, 구피다)	

〈표23〉을 통해 '갇다'는 '가도다', '기울다'는 '기우리다', '숨다'는 '숨기다', '갓고로디다'는 '갓굴오다', '처디다'는 '처디오다'와 같은 사동사의 실현으로 인해 그들의 타동적 기능을 상실하게 됨을 알 수 있다. 이들의 타동 구문은 15세기 국어에서만 용례가 확인된다.

4.1.2. 'V-어 ᄒ다' 합성법의 발달과 구문 변화

15세기 국어 타동사를 문형에 따라 분류했을 때의 특징 중 하나가 심리 타동사 구문이 실현된다는 점이다. 심리 타동사 구문은 경험주의 'NP이'와 대상의 'NP를'을 논항으로 요구하는 구문이다. 현대국어에서는 심리형용사에 'V-어하다' 구성이 통합되어야만 타동 구문으로서의 실현이 가능한 데 반해, 중기 국어에서는 'V-어 ᄒ다' 구성이 통합되지 않고도 타동사 구문으로 실현되었다. 이 장에서는 이러한 심리 타동사가 후대로 갈수록 타동사의 기능을 잃게 되는 변화에 대해 다루려고 한다.

---

2) 괄호 안에 사동사를 보였다.

이러한 변화를 겪는 것들은 용법에 따라 두 가지 부류로 나뉜다. 이는 타동사와 형용사의 용법을 함께 가진 부류와, 동사의 용법만 가진 부류이다. 전자의 경우에 해당하는 타동사로 '셟다(〉셟다), 슬ᄒᆞ다(〉싫다, 厭)' 등이 있으며, 후자의 예로는 '짓다(喜), 믜다[1](憎), 슳다[1](悲), 젛다(畏)' 등이 있다. 그리고 15세기 국어에서 공시적으로 이들과 통사·의미적으로 유사한 관계를 가지는 '셜버ᄒᆞ다, 슬ᄒᆞ야ᄒᆞ다, 깃거ᄒᆞ다, 믜여ᄒᆞ다, 슬허ᄒᆞ다, 저허하다' 등이 공존하였다.[3]

먼저 형·타 겸용 동사의 용법을 가졌던 심리 타동사 '셟다(〉셟다), 슬ᄒᆞ다(〉싫다, 厭)'의 타동적 용법이 사라지는 모습에 대해 살펴보기로 하겠다.[4] 예문 (4ㄱ)은 '셟다', (4ㄴ)은 '셜버ᄒᆞ다'가 실현된 예이며, 예문 (5ㄱ)은 '슬ᄒᆞ다'가, (5ㄴ)은 '슬ᄒᆞ야ᄒᆞ다'가 각각 15세기 국어에서 실현된 예이다.

(4) ㄱ. 巴州ㅅ 사ᄅᆞ미…더우믈 <u>셜워</u> 우놋다 (巴州人…慟哭厚地熱) <杜詩 12:10b>

    ㄴ. 이 사ᄅᆞ미 後ㅅ 닐웨예 비부러 命終ᄒᆞ야 起屍餓鬼 中에 나 샹녜 주으료믈 <u>셜버ᄒᆞ리니</u> <月釋 9:35-2b>

(5) ㄱ. 十方 天仙이 그 내 더러우믈 <u>슬ᄒᆞ야</u> 다 머리 여희며 (十方天仙이 嫌其臭穢ᄒᆞ야 咸皆遠離ᄒᆞ며) <楞嚴 8:5b>

    ㄴ. 사ᄅᆞ미 受苦ᄅᆞᆯ 맛나아 老病死ᄅᆞᆯ <u>슬ᄒᆞ야ᄒᆞ거든</u> 위ᄒᆞ야 涅槃ᄋᆞᆯ 니ᄅᆞ샤 受苦ᄅᆞᆯ 업게 ᄒᆞ시며 <釋詳 13:17b-18a>

---

3) 15세기 국어의 '-어 ᄒᆞ다'의 통사·의미적 기능에 대해서는 이현희(1985, 1986ㄱ), 장경준(1998) 등에서 다루어졌다. 이것의 기능에 대해서는 용언의 강조된 표현으로 사용된다고 논의되고 있다. 필자도 이러한 견해를 수용하여 논의를 진행하겠다.

4) 여기서는 이들의 타동적 용법이 사라지는 것을 살펴보는 것이 목적이므로, 이들의 형용사 구문에 대해서는 논의하지 않겠다.

  예문 (4ㄱ)은 '파주 사람이…더움을 서러워하여 우는구나'의 의미로 '셟다'가 '더우믈'이라는 대상 논항을 취하였다. (4ㄴ)은 '이 사람이… 항상 굶주림을 서러워하니'의 의미로 '셜버ᄒ다'의 대상 논항으로 '주으료믈'이 실현된 예이다. 예 (5ㄱ)은 '十方 天仙이 그 냄새가 더러움을 싫어하여 다 멀리 떠나며'의 의미로 '슬ᄒ다'가 '더러우믈'이라는 대상 논항을 취하였다. (5ㄴ)은 '사람이 수고로움을 만나 늙고 병들고 죽는 것을 싫어하거든 (그를) 위하여 열반을 일러 주어 수고로움을 없어지게 하시며'의 의미로, '슬ᄒ야ᄒ다'가 '老病死를'을 대상 논항으로 취하였다. (4)-(5)의 예들을 통해 15세기 국어에서 '셟다'와 '셜버ᄒ다', '슬ᄒ다'와 '슬ᄒ야ᄒ다'가 함께 실현되었음을 살펴볼 수 있다.

  '슬ᄒ다'의 타동 구문은 15세기 국어 이후 살펴볼 수 없고, 16세기 문헌에서는 타동사 '슬ᄒ야 ᄒ다'가 실현되었다. 중기 국어 이후 이들의 타동적 용법은 '슬허ᄒ다() 싫어하다)'에 의해 이어지게 된다. 이와는 달리 '셟다'와 '셜버ᄒ다'의 타동적 용법은 근대국어 문헌에서도 살펴볼 수 있다. 예 (6)은 '셟다', (7)은 '셜워ᄒ다', (8)은 '셜워워ᄒ다'가 실현된 예이다.

(6) ㄱ. 네 혼 賢人이 이시니…집이 간난호되 글 닑기를 됴히 너기더니 칙 업슴을 <u>셜워</u> 每日에 市上書鋪中에 가 客人의 ᄑ는 바 칙을 비러 讀誦 ᄒ여 <伍倫 1:20b-21a>

    ㄴ. 옥에 가친 사룸들이 말ᄒ디 <u>셜워</u> 말나 <경향 4:398>

(7) 션왕의 ᄌ최를 어ᄅᆞ만져 니 신셰를 <u>셜워ᄒ야</u> 호텬 통곡ᄒ고 혼졀ᄒ야 누어시니 <閑中 488>

(8) 션희궁겨오셔는 우히 ᄌ익 고로지 아니시믈 <u>셜워워ᄒ시더</u> 홀 일 업서 ᄒ시더니라 <閑中 124>

　근대국어 초기에는 '셟다'와 '셜워ᄒ다'의 타동 구문이 모두 생산적으로 실현되었다. '셟다'의 타동 구문은 18세기 문헌 이후로 드물게 나타나다가 20세기 초기 문헌에서는 '셜워 말다'의 구성으로만 나타나게 된다. 예 (6ㄱ)은 18세기 문헌에 실현된 '셟다'의 예이고, 예 (6ㄴ)은 20세기 초기 문헌에 실현된 '셟다' 구문의 예이다. '셟다'가 드물게 나타나기 시작하는 18세기 문헌에서는 '셜워ᄒ다'의 타동적 용법이 계속해서 실현된다. 이후 19세기 후기 문헌 이후로 타동적 용법이 줄어들게 된다. 예 (7)은 19세기 문헌에 나타나는 '셜워ᄒ다'의 용례이다. 현대국어에서는 '서러워하다'의 어형으로 그들의 타동 구문이 이어지게 되는데, 이러한 모습을 보여 주는 예가 (8)의 '셜워워ᄒ다'이다. 이는 19세기 문헌에 나타나는데 타동사 '셜워ᄒ다'의 용법이 줄어드는 시기와 맞물려 있다.

　다음으로 동사의 용법만 가졌던 심리 타동사 '깃다, 믜다, 슳다[1], 젛다'의 타동적 용법이 사라지는 모습에 대해 살펴보기로 하겠다. 우선 이들이 중기국어에서 실현된 용례를 아래에 들기로 한다. 예 (9)는 '깃다', (10)은 '슳다[1]', (11)은 '믜다', (12)는 '젛다'가 중기국어에서 실현된 예이다. 그리고 각각의 경우 '-어 ᄒ다'가 통합한 '깃거ᄒ다(9′), 슬허ᄒ다(10′), 믜여ᄒ다(11′), 저어ᄒ다(12′)'가 실현된 예도 함께 제시했다.

(9) ㄱ. 그 ᄢ 窮子ㅣ 비록 이 맛나ᄆᆞᆯ <u>깃그나</u> <月釋 13:25b>
　　ㄴ. 므스글 <u>슬ᄒ며</u> 므스글 깃그리오 <金三 2:6a>
(9′) ㄱ. 昏蒙호ᄆᆞᆯ 包容ᄒ야셔 텨 ᄇ료ᄆᆞᆯ <u>깃거ᄒ노라</u> <杜詩 16:1b>
　　ㄴ. ᄂᆞ출 여러 일훔난 어딘 너를 <u>깃거ᄒ노라</u> <杜詩 22:53a>
(10) ㄱ. 百工이 쉬면 ᄆᆞᅀᆞ미 답답ᄒ야 늘구믈 <u>슬ᄒ리라</u> <杜詩 7:36a>
　　ㄴ. ᄀᆞ술ᄒᆞᆯ <u>슬허</u> 셴 머리롤 도ᄅᆞ혀 ᄇ라고 <杜詩 3:44b>
(10′) ㄱ. 漸漸 ᄂᆞ치 늘거가믈 <u>슬허ᄒ노니</u> <杜詩 3:36b>

ㄴ. 늙고 큰 藤蘿를 <u>슬허ᄒ고</u> 굽고 서린 남그란 기피 입노라 <杜詩
   9:14a>

(11) ㄱ. 媄女둘히 王올 <u>믜여</u> 無憂華樹를 것거 <月釋 25:75a>

   ㄴ. 복셨고지 블고미 錦이라와 더오믈 내 分엣 것 삼디 몯ᄒ고 버듨개
      야지 소오미라와 히요믈 ᄀ장 <u>믜노라</u> <杜詩 23:23a>

(11′) ㄱ. 文矩ㅣ 죽거늘 네 아ᄃ리 穆姜이룰 <u>믜여ᄒ거놀</u> <三綱烈 7>

   ㄴ. 셩인은 사문의 졍예 ᄀ릭히디 아니ᄒᄂ 둘 <u>믜여ᄒ시ᄂ니라</u> <初發-
      發心 32a>

(12) 人間애 나 宿命念을 得ᄒ야 惡趣의 受苦룰 <u>저허</u> 貪欲올 즐기디 아니ᄒ
    고 <月釋 9:30a>

(12′) 婆羅門올 <u>저허ᄒᄂ다</u> ᄒ신대 <月釋 20:88a>

예문 (9ㄱ)은 '깃다'가 '기쁘게 여기다'의 의미를 가진 타동사로 대
상 논항이 보문 구성으로 실현되었으며, 예문 (9ㄴ)은 일반 명사로 실
현되었다. 이러한 '깃다' 구문의 특성은 '깃거ᄒ다'에서도 실현된다. (9′
ㄱ)은 '깃거ᄒ다'의 대상 논항이 '뎌 ᄇ료물'의 보문으로 실현되었으며
(9′ㄴ)은 '너를'이라는 일반 명사가 대상 논항으로 실현되었다. 이러한
양상은 예문 (10)의 '슳다¹'과 (11)의 '믜다'에서도 그대로 살펴볼 수 있
다. 예문 (9)-(12)의 용례를 통해 '깃다, 슳다¹, 믜다, 젛다'의 타동 구문
과 '깃거ᄒ다, 슬허ᄒ다, 믜여ᄒ다, 저어ᄒ다'의 타동 구문이 통사·의
미적으로 유사한 구문을 실현시켰음을 알 수 있다. 이 가운데 '깃다,
슳다¹, 믜다, 젛다'의 타동적 용법은 근대국어 문헌에서도 살펴볼 수
있는데, 근대국어 후기 문헌으로 갈수록 타동적 용법이 사라지는 모
습을 보여 준다. 아래에 제시된 근대국어의 구문 용례를 통해 살펴보
기로 하겠다.

(13) ㄱ. 틈ᄌᆞ기셔 이샹 긔이ᄒ시믈 더 <u>깃거</u> 니게 하례ᄒ시니 <閑中 52>

    ㄴ. 王이 主帥 査文徽의게 드리니 徽 그 色을 <u>깃거</u> 納ᄒ고져 ᄒ거늘
        <女四 4:25a>

(13′) ㄱ. 유대 사룸들이 이 일을 <u>깃거ᄒᄂ</u> 거슬 보고 ᄯᅩ 베드로룰 잡으랴
        홀시 <신학 2:334>

    ㄴ. 감리 교인들노 더브러 이 곳에 모힘을 극히 <u>깃거ᄒ며</u> <신학 6:145>

(14) 당신을 뵈올 적마다 쇠경의 져러ᄒ시믈 <u>슬허</u> 눈물이 나 큰집이 고위ᄒ
    믈 민망ᄒ더니 <閑中 368>

(14′) ㄱ. 구구이 격졀ᄒ고 졀졀이 이통ᄒ여 ᄲᅢ룰 <u>슬허ᄒ고</u> <대한 1904>

    ㄴ. 나ㅣ 하직ᄒᄂ 것을 <u>슬허ᄒ지</u> 말으쇼셔 <경향 3:424>

(15) ㄱ. 뎨 진 도틔 머리도 즐겨 사디 아니ᄒ니 뎌룰 <u>믜워</u> 당티 못ᄒ여 ᄒ더
    니 <朴諺中 47a>

    ㄴ. 너가 셰손 어민 줄 <u>믜워</u> 제가 어미 노릇술ᄒ랴 ᄒ고 <閑中 384>

(15′) ㄱ. 공연이 원수를 맷져 남을 <u>미워하니</u> 그 마암이 무겁고 답답하야
        <신학 3:5>

    ㄴ. 그 남편이 안해가 예수 밋는 거슬 <u>미워하야</u> 큰 원수 진 것 가치
        항상 몹시 ᄶᅡ리고 <신학 3:431>

(16) 비록 나룰 ᄉᆞ랑티 아니ᄒ야도 오히려 그 禍룰 <u>저허</u> <御內 3:20a>

(16′) 하나님올 <u>저어ᄒ지</u> 안으미라 <로마 3:18>

    예 (13)은 타동사 '깄다'가 실현된 예로, '깄다'의 타동적 용법은 19세기 후기 문헌에서는 살펴볼 수 없게 된다. 이와는 달리, '깃거ᄒ다'는 근대국어 후기 문헌으로 갈수록 더욱더 다양한 환경에서 활발하게 실현된다. 타동사 '깃거ᄒ다'의 용법은 20세기 초기 문헌에서도 살펴볼 수 있다. 예 (13′)가 이에 해당한다.

    예 (14)는 '슳다'가 타동사로 실현된 예이다. '슳다'의 타동 구문은 19세기 국어에 드물게 나타나다가 사라지게 된다. 근대국어에 들어와 활발하게 사용된 '슬허ᄒ다'의 타동적 용법에 의해 '슳다'의 타동사적 기능은 점점 그 용법을 잃게 된 것이다. 예 (14′)는 20세기 초기 문헌

에서 실현된 타동사 '슬허ᄒ다'의 용례이다.

예 (15)는 타동사 '믜다'가 실현된 예이다. '믜다'의 타동 구문은 19세기 문헌까지 발견된다. 이와는 달리 타동사 '믜여ᄒ다'는 근대국어 후기 문헌으로 갈수록 더욱더 생산적으로 실현되며 현대국어의 '미워하다'로 이어지게 된다. 예 (15')는 20세기 초기 문헌에서 '믜여ᄒ다'가 타동 구문으로 실현된 예이다.

예 (16)은 타동사 '졓다'가 실현된 예로, '졓다'의 타동 구문은 18세기 문헌까지 실현되다가 사라지게 된다. 예 (16')는 19세기 문헌에 실현된 타동사 '저어ᄒ다'의 용례이다. 타동사 '졓다'가 사라진 후 '저어ᄒ다'의 타동 구문만이 실현되다가 현대국어의 '저어하다'로 이어지게 된다.

요컨대 근대국어 후기로 갈수록 '젔다, 슳다¹, 믜다, 졓다'가 타동 구문으로 실현되는 예가 줄어드는 반면, 이들을 어기로 한 합성어 '깃거ᄒ다, 슬허ᄒ다, 믜여ᄒ다, 저어ᄒ다'의 타동 구문은 상대적으로 더 활발하게 실현되었음을 살펴볼 수 있다. 이 가운데 '믜여ᄒ다'와 '저어ᄒ다'의 타동 구문은 현대국어까지 이어지는 반면, '깃거ᄒ다'와 '슬허ᄒ다'는 현대국어까지 이어지지 못한다. 이들은 20세기 초기 국어에 타동사로 실현되었으나 어형이 현대국어까지 이어지지 못하게 됨에 따라 그 기능도 함께 사라지게 된다. '젔다'의 형용사 '깃브다'에 '-어ᄒ다'가 결합한 '깃버ᄒ다'가 현대국어의 '기뻐하다'로 이어지게 된다. 마찬가지로 '슬허ᄒ다' 역시 '슳다'의 형용사 '슬프다'에 '-어 ᄒ다' 구성이 통합하여 '슬퍼하다'의 어형으로 현대국어에서 실현된다.

4.1.3. 조사의 변화와 구문 변화

여기서 다룰 내용은 조사의 변화로 인해 구문에 변화가 생기는 경우이다. 이런 경우에는 두 가지 유형이 있다. 첫째는 조사의 기능이 약해지면서 논항이 사라지게 되는 것이다. 대상의 '-로'와 비교의 '-를/로'의 기능이 없어지면서 대상의 'NP로', 기준의 'NP를/로'의 논항이 더 이상 실현되지 않게 되는 것이 이에 해당한다. 두 번째는 15세기 국어에서는 실현되지 않았던 조사가 근대국어에서 생겨나면서 변화가 일어나는 경우이다. 인용 조사 '-고'의 형성으로 인한 구문 변화가 바로 그 예이다. 여기서는 이 두 가지 유형의 구문 변화를 다루고자 한다.

4.1.3.1. 대상의 조사 '-로'의 기능 변화와 구문 변화

대상의 기능을 가진 조사 '-로'가 통합한 명사구는 타동사의 논항으로도 실현되어 15세기 국어에서 타동 구문을 구성하였다. '-로'가 통합한 명사구는 'NP로' 논항으로 실현되는데 'NP로'가 실현된 타동 구문의 유형에 따라 두 가지 경우로 구분해서 'NP로' 논항의 변화 양상을 살펴보고자 한다.

첫 번째로 살펴볼 것은 15세기 국어에서 수혜 타동사로 분류되는 동사가 'NP이 NP로 NP를 V'의 논항구조를 취할 경우에 실현되는 'NP로' 논항이다. 이 구문은 수혜의 대상 명사구가 'NP로'로 실현되며, 수혜자가 'NP를'로 실현되어 수혜 타동 구문을 구성하는데 여기서 'NP로'가 대상의 기능을 가지고 실현된다. 이에 속하는 타동사로는 '주다, 맛디다' 등이 있다. 아래 (17)-(18)은 이들 타동사들이 실현된 예이다.

(17) ㄱ. 長者ㅣ 아둘둘홀 各各 ᄒᆞᆫ가짓 큰 술위를 <u>주니</u> <月釋 12:29b>

　　　ㄴ. 長者ㅣ 보비옛 큰 술위로 아둘둘홀 골오 <u>주니</u> 虛妄타 ᄒᆞ려 몯ᄒᆞ려
　　　　　<月釋 12:33a>

(18) ㄱ. 내 正法眼藏ᄋᆞ로 너를 ᄀᆞ마니 <u>맛디노니</u> 네 護持ᄒᆞ야 後에 뎐디ᄒᆞ라
　　　　　<釋詳 24:39a>

　　　ㄴ. 迦葉佛時예 나롤 小珠塔을 <u>맛디샤</u> 悉達이 城 나모물 기드려 받ᄌᆞᇦ
　　　　라 (迦葉佛時 付我小珠塔 待悉達踰城) <月釋 25:50a>

　예문 (17)은 '주다'가 실현된 예로 (17ㄱ)에서 수혜의 대상 명사구는
'술위로'가 실현되었고, 수혜자 논항으로 '아둘둘홀'이 실현되었다. 여
기서 '술위로'는 (17ㄴ)의 예문에서는 '술위를'로 실현되어 이것의 대
상으로서의 기능을 분명히 해 준다. 예문 (18)은 '맛디다'가 실현된 타
동 구문으로 (18ㄱ)에서는 대상 명사구가 '正法眼藏ᄋᆞ로'로 실현되었
다. '맛디다'의 대상 명사구는 'NP를'로도 실현되었는데, (18ㄴ)의 '小
珠塔을'이 바로 이러한 사실을 말해 주고 있다. 이상에서 살펴보았듯
이 (17)-(18)의 구문은 모두 'NP이 NP로(대상) NP를(수혜자) V'의 구
문이 'NP이 NP를(대상) NP를(수혜자) V'의 구문으로도 대체될 수 있
었던 타동 구문이다. 이는 'NP로'가 타동 구문에서 '대상'의 기능을 가
지고 실현되었음을 분명히 말해 준다.

　'NP이 NP로 NP를 V'의 구문으로 실현되었던 '맛디다'는 근대국어
문헌에서는 용례가 나타나지 않으며 '주다'는 대상의 'NP로'가 실현된
예가 후대에도 나타난다. 아래의 예 (19)는 근대국어에서 실현된 '주
다'의 용례들이다.

(19) ㄱ. 먹 므텨 너롤 븟을 <u>주니</u> <朴諺下 12a>
ㄴ. 누의롤 劉備의게 <u>주니</u> 소기려 ᄒᆞ더니 진짓 것 되믈 싱각지 못ᄒᆞ여 <三譯 10:4a>
ㄷ. 하나님이 우리롤 영싱으로 <u>주시믹</u> 이 싱명이 그 아달로 이ᄉᆞ미니 <요한 5:11>

(19ㄷ)은 '하느님이 우리에게 영생을 준다'는 의미로 실현된 것으로 여기서 '영싱으로'는 '주다'의 '대상' 논항이다. 이 때의 'NP로' 논항은 근대국어 후기 문헌으로 갈수록 점차 실현되는 용례가 줄어들면서 용법이 사라지게 된다.

두 번째로 살펴볼 'NP로' 논항으로는 15세기 국어에서 전환 타동사 구문을 형성하였던 '밧고다, 삼다' 등의 구문에서 실현되는 'NP로' 논항이다. 15세기 국어에서 전환 타동사 구문은 'NP이 NP로 NP를 V'의 논항구조를 취하였는데 여기서 전환의 '대상' 명사구가 'NP로' 논항으로 실현되며 대상 명사구가 전환되어 나타난 '결과' 명사구가 'NP를'로 실현되었다.

예 (20)은 '삼다(〉삼다, 爲)', (21)은 '밧고다(〉바꾸다, 易)'가 15세기 국어에서 실현된 예들이다.

(20) ㄱ. 사ᄅᆞᆷ 주기디 아니호ᄆᆞ로 根本올 <u>사마</u> 업더디ᄂᆞ닐 니ᄅᆞ와ᄃᆞ며 <內訓 2:87b>
ㄴ. 시혹 다ᄅᆞᆫ 道ᄅᆞᆯ 으ᄯᆞᆷ <u>사마</u> 니기거나 (或宗習異道커나) <圓覺上 1-2:93b>

(21) ㄱ. 變易ᄋᆞᆫ 菩薩이 悲願力을 브트샤 麤ᄒᆞᆫ 모ᄆᆞᆯ 變ᄒᆞ야 細ᄒᆞᆫ 모미 ᄃᆞ외시며 뎌ᄅᆞᆫ 목수믈 <u>밧고아</u> 긴 목수미 ᄃᆞ외실 씨라 <般若 23b-24a>
ㄴ. 머리와 ᄭᅩ리와ᄅᆞᆯ 서르 <u>밧고니</u> <楞嚴 2:13b>

ㄷ. 諫官이 上言ᄒᆞᅀᆞᄫᅩᄃᆡ 原桂 제 몸 혜디 아니ᄒᆞ고 ᄒᆞᆫ 모ᄆᆞ로 萬民의
命을 <u>밧고니</u> 벼슬 贈ᄒᆞ시고 祀堂 셰오 子孫 ᄡᅳ샤 忠誠엣 넉슬 慰勞
ᄒᆞ샤 後ㅅ 사ᄅᆞᄆᆞᆯ 勸ᄒᆞ쇼셔 ᄒᆞ야ᄂᆞᆯ 그리ᄒᆞ라 ᄒᆞ시니라 <三綱忠 3
5>

ㄹ. 어푼 손과 믯믜즌 마치로 갈호 <u>밧고디</u> 아니ᄒᆞ야도 됴히 브리ᄂᆞᆫ 사ᄅᆞ
ᄆᆞ 다 쉽ᄂᆞ니 <金三 3:14a>

예문 (20ㄱ)을 현대역하면 '사람을 죽이지 않는 것을 근본으로 삼
아'가 된다. 여기서 '사ᄅᆞᆷ 주기디 아니ᄒᆞ오ᄆᆞ로'는 '삼다'의 '대상' 논항이
되며 '根本올'이 '결과' 논항으로 실현되었다. 이 구문에서 'NP로' 논항
으로 실현된 명사구는 현대국어에서는 'NP를'로 실현되는 것이다. 즉
예문 (20ㄱ)의 'NP로'의 용법은 대상으로 파악되는 것이다. (20ㄴ)에서
는 '삼다'의 대상 명사구가 '道롤'로서, 'NP를' 논항으로 실현되었다. 문
맥상 '결과' 논항이 되는 '으쓤'에는 조사가 통합하지 않았다.

예문 (21ㄱ)은 '변역은(변역이라는 것은)…짧은 목숨을 바꾸어 긴
목숨이 되시는 것이다'의 의미로 '밧고다'가 대상의 'NP를' 논항만을
취한 구문이다. '뎌른 목수믈'이 대상 논항으로 실현되었다. 예 (21ㄴ)
은 '머리와 꼬리를 서로 바꾸니'의 의미로 '밧고다'의 대상 논항이 'NP
를'로 실현된 것은 (21ㄱ)과 같으나 'NP를' 논항이 복수 명사로 실현되
어 (21ㄱ)과는 다른 구문을 구성하였다. (21ㄷ)은 '간언하는 관리가 말
하되 "원계가 제 몸을 헤아리지 않고 한 몸을 만인의 생명과 바꾸니
벼슬을 내리시고 사당을 세우고 자손들을 쓰시고 충성의 넋을 위로하
시어 훗날 사람들이 본받도록 하소서" 하니 그리하라고 하신다'의 의
미이다. 여기서 '밧고다'의 대상 논항은 'ᄒᆞᆫ 모ᄆᆞ로'이다. 그리고 전환
의 결과로 이루어지는 명사구는 '萬民의 命'이다. 이것이 결과 논항으
로 실현되었다. (21ㄹ)은 '엎어져 있는 손과 미끈미끈한 망치를 칼과

바꾸지 않아도 잘 부리는 사람은 다 쉬우니'의 의미이다. 여기서도 '밧고다'의 대상 논항은 '어푼 손과 믯믜즌 망치로'가 된다. 그리고 전환의 결과 논항이 '갈홀'로 실현되었다. 이처럼 15세기 국어의 '밧고다'는 (21ㄱ)과 (21ㄴ)처럼 대상 논항이 'NP를'로 실현되기도 하고 (21ㄷ)과 (21ㄹ)에서처럼 'NP로'로 실현되기도 하였다.

　이들 구문은 근대국어에 들어와 변하게 된다. '밧고다, 삼다' 구문에서 실현되는 대상의 'NP로'는 20세기 초기 문헌까지도 이어져 실현되나 근대국어 후기로 갈수록 'NP로' 대상 논항의 실현이 드물어진다. 그 대신 이들 구문에서 대상 명사구가 'NP를' 논항으로 실현된다. 그 결과 중기국어와는 달리 대상의 'NP를'과 결과의 'NP로' 논항이 실현됨으로써 현대국어의 '밧고다, 삼다' 구문의 모습을 보여 준다. (22)-(23)은 '삼다'가 실현된 예이며, (24)-(25)는 '밧고다'가 실현된 예들이다.

(22) ㄱ. 됴뎡이 능봉슈로 대군을 <u>삼고</u> <산성 21>

　　ㄴ. 쥬의 문왕과 무왕이 녀샹으로 스승을 <u>삼으시니</u> 유쟈롤 슝샹ᄒ며 <祖訓 6b>

　　ㄷ. 어려셔브터 광야로 집을 <u>삼아</u> 그 육신을 고로이 ᄒ다가 <쥬년 62a>

　　ㄹ. 싸호기롤 죠와ᄒ고 살인으로 락을 <u>삼아</u> <신학 2:273>

(23) ㄱ. 그른 법을 일을 <u>삼아</u> <因果曲 3a>

　　ㄴ. 여호와여 대개 쥬는 나의 피ᄒ는 곳이 되셧슴ᄂ이다 네가 지극히 놉흐신 이롤 너의 거홀 곳으로 <u>삼엇스매</u> 지앙이 네게 니르지 못ᄒ고 흑ᄉ병이 네 쟝막에 갓가히 못ᄒ리로다 <시편 91:9>

　　ㄷ. 예수ㅣ 뎌희들이 와셔 억지로 즈긔롤 님군으로 <u>삼으랴ᄂ</u> 줄을 아시고 다시 혼자 산으로 물너 <요 6:15>

(24) 잠간으로 영원을 밧고고 따흐로 하눌을 <u>밧고고</u> 썩음으로 견고흠을 <u>밧</u>

<u>고니</u> <성경 34a-b>

(25) ㄱ. 드디여 션ᄒᆞᄂᆞᆫ 법을 <u>밧고와</u> (遂易馬善法) <馬經上 45a>

　　ㄴ. 蔣幹이 니로되 내 명과 몸을 <u>밧고와</u> 밋부게 홈을 원ᄒᆞ노라 <三譯 7:11a>

　　ㄷ. 사ᄅᆞᆷ이 그 령혼을 무어스로 <u>밧고리오</u> <성경 53b>

예 (22ㄱ)-(22ㄹ)은 각각 17세기, 18세기, 19세기, 20세기 초기 국어에서 '삼다'의 '대상' 명사구가 'NP로' 논항으로 실현된 예들이다. 예문 (22ㄱ)의 '능봉슈로', (22ㄴ)의 '녀샹으로', (22ㄷ)의 '광야로', 그리고 (22ㄹ)의 '살인으로'는 모두 '대상' 논항이 된다. 그리고 각각의 경우 '대군을, 스승을, 집을, 락을'은 '결과' 논항이 되는 것이다. 예 (23)은 '삼다'의 대상 명사구가 'NP를' 논항으로 실현된 예들이다. 예 (23ㄱ)의 '법을', (23ㄴ)의 '지극히 놉흐신 이를', (23ㄷ)의 'ᄌᆞ긔를'이 모두 '대상' 논항이다. 그리고 각각의 구문에서 '결과' 논항이 (23ㄱ)은 '일을', (23ㄴ)은 '너의 거홀 곳으로', (23ㄷ)은 '님군으로'로 실현되었다. 이들 예를 통해서 '삼다' 구문이 현대국어와 같은 구문구조를 가지게 된 것은 근대국어 후기부터였음을 알 수 있다.

예문 (24)는 '밧고다'의 대상 논항이 'NP로' 논항으로 실현된 예로 '순간을 영원과 바꾸고 땅을 하늘과 바꾸고 썩음을 견고함으로 바꾸니'의 의미를 가진다. 여기서 '잠간으로, 따흐로, 썩음으로'가 '밧고다'의 대상 논항으로 실현되었으며, '영원을, 하늘을, 견고홈을'이 각각의 대상 논항에 대한 결과 논항으로 실현되었다. 예문 (25)는 '밧고다'의 대상 논항이 'NP를' 논항으로 실현된 예들이다. 예문 (25ㄱ)은 중기국어에서 실현된 (21ㄱ)의 'NP이 NP를 V'의 구문이 그대로 실현된 것이며 (25ㄴ)은 (21ㄴ)의 'NP이 NP$_{pl}$를 서르 V'의 구문이 변화된 것이다. 그리고 근대국어에 들어와 생겨난 구문이 (25ㄷ)이다. (25ㄷ)은

'사람이 그 영혼을 무엇으로 바꾸리오'의 의미로 '밧고다'의 대상 논항이 '령혼을'이며, '무어스로'가 결과 논항으로 실현되었다. 이처럼 '밧고다'가 현대국어와 같은 'NP이 NP를 NP로 V'의 논항구조를 취하게 되는 것은 근대국어 후기 문헌에서 살펴볼 수 있다.

4.1.3.2. 비교의 조사 '-를/로'의 기능 변화와 구문 변화

15세기 국어에서 비교 타동 구문을 형성하였던 타동사는 비교의 '기준' 논항으로 'NP에', 'NP를', 'NP로' 등을 취하였다. 이들 논항에 실현된 '-에, -를, -로'는 모두 비교의 기능을 가지고 있었다고 말할 수 있다. 이 중에서 '-를'과 '-로'의 비교의 기능은 후대 문헌으로 갈수록 그 용법이 약해지게 되는 변화를 겪게 된다. 이들의 기능이 약해지면서 이들이 결합한 명사구를 논항으로 취했던 비교 타동사들의 기준 논항들은 실현되지 못하게 된다. 이러한 변화를 겪는 타동사로는 '가줄비다(比)'와 '견주다() 견주다, 比)' 등이 있다. 이들 구문에서 실현되는 '기준'의 'NP에, NP를, NP로' 논항들의 변화 양상에 대해 살펴보기로 하겠다.5) 예 (26)은 '가줄비다'가, (27)은 '견주다'가 15세기 국어에서 실현된 예를 든 것이다.6)

> (26) ㄱ. 가지와 닙과는 사오나ᄫᆞᆫ 사ᄅᆞ몰 <u>가줄비시고</u> <釋詳 13:47a>
> ㄴ. 實相妙法을 蓮華애 工巧히 <u>가줄비니</u> <月釋 11:11b>

---

5) 실제로 비교의 조사 '-를'과 '-로'의 기능이 약해지면서 타동 구문에 변화를 입은 경우는 그 수가 많지는 않다. 그러나 이를 개별적인 구문 변화로 다루지 않은 것은 이러한 변화가 15세기 국어의 비교 타동사 구문 전체에 일어난 변화라는 점에서 구조적인 변화라고 할 수 있기 때문이다.

6) '가줄비다, 견주다' 등 15세기 국어 비교 구문의 통사·의미적 특성에 관한 자세한 논의는 김정아(1998)을 참고하기 바란다.

ㄷ. 우리 聲聞엣 사ᄅᆞ몰 如來끠 <u>가줄비ᄂᆞ니</u> <月釋 4:28b>

ㄹ. 만혼 數를 이 몰애로 <u>가줄벼</u> 니르시ᄂᆞ니라 <月釋 7:72b>

ㅁ. 네 모몰 諸如來ㅅ 淸淨혼 法身과 類롤 <u>가줄벼</u> 發明컨댄 <楞嚴 2:14 a>

(27) ㄱ. 계ᄌᆞ 빠ᄒᆞᆯ 須彌山애 <u>견주며</u> 반됫브를 ᄒᆡᄃᆞ래 견주며 <月釋 4:28b-2 9a>

ㄴ. 나ᄆᆞᆫ 쁘들 알폴 <u>견주라</u> <楞嚴 3:7b>

ㄷ. 우희 혼 사ᄅᆞ므로 혼 나라홀 <u>견주시고</u> <楞嚴 2:94a>

예 (26ㄱ)은 '가줄비다'가 'NP이 NP를 V'의 논항구조를 취한 경우이다. 예 (26ㄴ)은 비교의 기준이 되는 논항이 'NP에'로 실현되어 '가줄비다'가 'NP이 NP를 NP에 V'의 구문을 구성한 경우이다. 'NP에'가 사람 명사구로 실현되면 'NP의게'로 실현되기도 한다. 예 (26ㄷ)이 이에 해당한다. 예 (26ㄹ)은 'NP로'가 기준 논항으로 실현된 것이며, 예 (26ㅁ)은 기준의 'NP와' 논항이 실현된 예이다. 예 (27ㄱ)은 '견주다'가 대상의 'NP를'과 기준의 'NP에' 논항을 취한 예이다. 예 (27ㄴ)은 대상과 기준 논항이 모두 'NP를'로 실현된 경우이다. 예 (27ㄷ)은 기준 논항이 'NP로'로 실현되었다.

이들 구문은 후대 문헌으로 갈수록 논항 실현에 변화가 생긴다. '가줄비다'의 기준 논항이 'NP로'로 실현된 'NP이 NP를 NP로 V'의 구문과 'NP와'로 실현된 'NP이 NP를 NP와 V'의 구문은 15세기 국어 이후로 발견되지 않으며 'NP이 NP를 NP에 V'의 구문은 16세기 국어에서 용례가 나타나다가 근대국어 이후부터 나타나지 않는다. 근대국어의 '가줄비다' 구문은 비교의 기준 논항이 문면에서 실현되지 않는 'NP이 NP를 V'의 구문만이 드물게 나타나다가 사라지게 된다. '견주다'는 'NP이 NP를 NP에 V'의 구문과 'NP이 NP로 NP와 V' 구문은 근대국어를 거쳐 현대국어까지도 이어지는 반면, 'NP이 NP를 NP를 V' 구문과 'NP이 NP로 NP를 V'의 구문은 15세기 국어 이후로 살펴보기 힘들다. 이는 비교의 기능을 가졌던 '-를'과 '-로'의 기능이 후대로 갈수록 약해지면서 이들이 통합한 기준 논항인 'NP를'과 'NP로'의 실현 또한 사라지게 된 것이다.

4.1.3.3. 인용 조사 '-고'의 발달과 구문 변화

근대국어에서 인용 조사 '-고'가 형성되면서 일부 타동 구문의 논항 실현에도 변화가 생긴다. 이러한 변화를 겪는 타동사는 크게 두 가지 유형으로 나뉜다. 첫 번째 유형은 15세기 국어에서 'S'가 논항으로 실현되다가 여기에 인용 조사 '-고'가 통합하는 경우이다. 이 경우 타동사의 자릿수에는 변화가 없으나, 'S'에 '-고'가 통합하면서 'S'(명제)가 논항으로서의 자격을 분명히 가지게 된다. 두 번째 유형은 15세기 국어에서는 'S' 논항을 가지지 않다가 '-고'가 발달하면서 'S-고' 논항을 취하게 되는 경우이다. 이러한 변화로 인해 타동사는 'S-고'라는 논항을 더 가지게 되어 자릿수가 늘어나게 된다.

첫 번째 유형은 'NP이 NP를 S V'의 구문이 'NP이 NP를 S-고 V'의 구문으로 실현되는 경우이다. 이에 속하는 타동사로 '구짇다, 너기다()여기다), 브르다[1]()부르다, 呼), 일콛다()일컫다, 稱)' 등이 있다. 이들은 15세기 국어에서 명명타동사로 분류되던 것들이다. 아래의 (28)-(31)은 이들이 15세기 국어에서 실현된 예들이다.

(28) 吏部侍郎 李若水 안숩고 울며 金ㅅ 사ᄅᆞᄆᆞᆯ 가히라 <u>구짓거늘</u> <三綱忠 18>

(29) 쟝ᄎ 如來ㅣ 나ᄅᆞᆯ 三昧 주시리라 <u>너기고</u> <楞嚴 1:92b>

(30) 强臣이 皇化ᄅᆞᆯ 降伏 아니커든 곧 도ᄌᆞ기라 <u>브르다가</u> (强臣不賓皇化則
   呼爲賊) <圓覺下 3-1:52b-53a>

(31) 離欲無諍ᄋᆞᆯ ᄒᆞ마 第一이라 <u>일ᄏᆞᄅᆞ시니</u> <金三 2:56a>

이들 가운데 '구짇다, 브르다¹'은 근대국어에 들어와 'NP이 NP를 S-
고 V'의 구문을 형성하게 된다.

(32) 약쉬 데ᄅᆞᆯ 안고 울며 금인을 개라고 <u>ᄭᅮ지즌대</u> (若水抱持而哭詆金人爲
   狗) <五倫忠 42b>

(33) 나나리가 벌네를 잡아다가 져를 달우라고 <u>부르기도</u> ᄒᆞ며 <대한 1904>

'구짇다'는 18세기 문헌에서, '브르다¹'은 20세기 초기 문헌에서 'NP
이 NP를 S-고 V' 구문으로 실현된 예가 나타나기 시작한다. 그리고
'너기다, 일ᄏᆞᆮ다' 등은 현대국어에 들어와서야 'NP이 NP를 S-고 V'의
논항구조를 가지고 실현된다.

두 번째 유형은 'NP이 NP를 V'의 구문에서 'S-고'가 형성되어 'NP이
NP를 S-고 V'의 구문을 구성하는 경우이다. '믿다(> 믿다, 信)'가 이에
속한다. 예 (34)는 '믿다'가 15세기 국어에서 실현된 예이다.

(34) ㄱ. 저를 <u>믿고</u> ᄂᆞᄆᆞᆯ 가ᄇᆡ야이 호ᄆᆞᆯ 닐오디 慢이라 (自恃輕他曰慢이라)
     <永嘉下 143a>

   ㄴ. 내 이 사ᄅᆞ미 ᄆᆞᄎᆞᆷ내 能히 그르디 몯호ᄆᆞᆯ <u>믿노이다</u> (我信是人이 終
     不能解ᄒᆞ노이다) <楞嚴 5:2a>

   ㄷ. 孔聖이…주긂 거시 잇ᄂᆞᆫ 둘 <u>미더</u> 塵垢患累예 버서나고져 ᄒᆞᄂᆞᆫ 견ᄎᆞ
     라 <月釋 18:32b>

(34ㄱ)에서는 '저를'이, (34ㄴ)에서는 '이 사ᄅᆞ미 ᄆᆞᄎᆞᆷ내 能히 그르디

몬호믈'이라는 동명사 구성이, 그리고 (34ㄷ)에서는 '주긇 거시 잇는 둘'이라는 명사구 보문 구성이 각각 '믿다'의 대상 논항으로 실현되었다. (34ㄴ)과 (34ㄷ)에서 '믿다'는 사유 구문을 구성하고 있다.[7] 그런데 일반적으로 사유 구문에서는 믿음의 내용이 종결어미가 실현된 문장 전체의 완형 보문 구성 'S'로 실현되는 데 반해, '믿다' 구문에서는 이러한 구성이 나타나지 않았음이 주목된다.

'믿다'가 'S'를 논항으로 취하는 것은 근대국어 문헌에서 살펴볼 수 있다. 아래의 예가 이러한 사실을 보여 준다.

(35) ㄱ. 因寵驕盈은 스스로 지아뷔게 寵이 잇노라 <u>믿고</u> 驕傲ᄒ단 말이라 <女四 1:21b>

ㄴ. 이제 周郞이 제 지조롤 놉흐라 ᄒ고 <u>미더</u> 고듬을 밧지 아니ᄒ고 <三譯 7:10a>

ㄷ. 그 사롬들이 편ᄒ고 졍다온 고향을 쩌나셔 져의들이 복음이라고 <u>믿</u><u>ᄂ</u> 것을 셩판모로는 사롬들의게 가리치랴고 외국에 나아가는도다 <대한 1904>

예문 (35)는 '믿다'의 내용이 되는 대상 명사구가 완형 보문 구성 'S'로 실현된 용례들이다. (35ㄱ)은 '因寵驕盈은 스스로 지아비에게 첩이 있다고 믿고 교만하게 군다는 말이다'의 의미를 가진다. 여기서 '믿다'는 종결어미가 통합된 문장 전체(S)를 대상 명사구로 취하여 'NP이 S 믿다' 구문을 형성하였다. 이는 18세기 국어에서 나타나기 시작한다. 또한 같은 시기에 'NP이 S 믿다'의 'S'에 'ᄒ고'가 통합한 용례도 나타난다. 예문 (35ㄴ)이 이를 보여 주고 있다. (35ㄴ)은 '이제 주랑이 자기의 재주가 높다고 믿어 곧음을 받지 않고 높은 이를 해하고'의 의미로

---

7) 15세기 국어의 '믿다' 구문의 통사·의미적 특성에 대한 자세한 논의는 이현희 (1994)를 참고하기 바란다.

'NP이 S-ᄒ고 믿다' 구문을 형성하고 있다. 여기서 'NP이'는 주랑이고, S는 '제 지조롤 놉흐라'가 된다. 이 S에 결합한 'ᄒ고'는 일종의 인용 조사인데, 이후 'ᄒ-'가 없이 인용조사 '-고'만이 'S'에 통합한 'NP이 S-고 V' 구문으로 다시 실현되게 된다. 우리는 이러한 사실을 예문 (35ㄷ)을 통해 살펴볼 수 있다. 예문 (35ㄷ)은 20세기 초기 문헌에 실현된 '믿다'의 용례로 문장(S)에 인용 조사 '고'가 직접 결합하여 구문을 형성하고 있다. (35ㄷ)은 '그 사람들이 편하고 정다운 고향을 떠나서 저희들이 복음이라고 믿는 것을 생판 모르는 사람들에게 가르치려고 외국에 나가는구나'의 의미이다. 이를 통해 현대국어의 'NP이 S-고 믿다' 구문이 20세기 초기 국어부터 실현되었음을 알 수 있다.

두 번째 유형에 속하는 또 다른 예로 'NP이 NP를 V'의 구문이 'NP이 NP에게 S-고 V'의 구문으로 실현되는 경우가 있다. '나ᄆ라다'가 이에 속한다. 예 (36)은 '나ᄆ라다'가 15세기 국어에서 실현된 예이다.

(36) ᄂ믜 옷과 일언 그르슬 <u>나ᄆ라디</u> 말며 제 모ᄆ로 말ᄉ몰 마기오디 마롤
    디니 <內訓 1:8b>

이러한 '나ᄆ라다'의 구문은 근대국어를 거쳐 현대국어까지 이어진다. 다만 현대국어의 '나무라다'는 이 외에도 'NP이 NP에게 S-고 V'의 구문을 형성한다. 이러한 구조는 현대국어에 와서야 가능해진 용법으로 보인다.

이상에서 조사가 변함에 따라 타동 구문의 논항이 소멸하거나 형성되는 변화를 보이는 예를 표로 정리하면 다음과 같다.

【표24】 조사의 변화로 논항구조가 변하는 타동사

논항의 변화 유형	해당 동사 목록	변화 시기	
대상의 'NP로'의 소멸	맛디다() 맡기다, 任)	소멸 시기	중기
	알외다() 아뢰다, 諭)		중기
	주다() 주다, 受)		근대
	삼다() 삼다, 爲)		현대
기준의 'NP에/를/로'의 소멸	가줄비다(比)		중기
	견주다() 견주다, 比)		중기
'S-고'의 형성	구짇다() 꾸짖다, 叱)	형성 시기	근대
	ᄀᆞ르치다[2]() 가르치다, 敎)		현대
	나ᄆᆞ라다() 나무라다, 貶)		현대
	너기다() 여기다)		현대
	놀이다() 놀리다, 弄)		현대
	니르다() 이르다, 言)		현대
	묻다[3]() 묻다, 問)		근대
	브르다[1]() 부르다, 呼)		현대
	엳줍다() 여쭙다, 奏)		현대

4.2. 의미 변화와 구문 변화

타동사 구문의 변화와 관련된 의미 변화로는 의미 확장, 의미 축소, 그리고 의미 전변이 있다. 이로 인해 논항의 형성, 소멸, 그리고 새로운 논항구조가 생겨나는 변화가 일어난다. 이 중 논항이 소멸하는 경우는 자동사 구문과 비교해 볼 때 상대적으로 적게 일어난다.

4.2.1. 의미 확장과 구문 변화

새로운 논항이 형성되는 데에는 두 가지 유형이 있다. 논항이 형성되면서 논항구조가 확장되어 타동사의 자릿수가 늘어나는 경우와, 새로운 논항이 생기기는 했으나 타동사의 자릿수에는 변화가 없는 경우이다. 예를 들어 'NP이 NP를 V'의 논항구조를 실현시키던 타동사가 'NP이 NP를 NP에 V'의 확장된 논항구조를 가지게 되는 것이 전자의 예이고, 'NP이(행위주) NP를(대상) NP에(방향) V'의 구문이 'NP이 NP를 NP에(수혜자) V'의 구문으로 변하게 되는 경우가 후자의 예이다.

타동사의 의미가 확장되어 다의어를 형성함으로써 새롭게 형성되는 논항으로는 'NP이', 'NP에', 'NP로', 'NP와' 등이 있다. 논항이 형성될 경우 대부분의 타동사 구문은 한 가지 유형의 논항이 형성되지만 경우에 따라서는 두 가지 이상의 논항이 생겨나기도 한다. 본문에서는 두 가지 이상의 논항이나 의미역이 형성되는 경우를 따로 다루지 않고 해당되는 논항이 형성되는 경우에 포함시켜 논의할 것이다.

4.2.1.1. 'NP이' 논항의 형성

타동사 구문에서 'NP이' 논항이 형성되는 경우는 행위주의 'NP이'만을 주어로 가지는 타동사가 의미가 확장되면서 대상의 'NP이' 논항을 주어로 가지게 되는 경우이다. 또한 이는 타동사가 대상 주어를 가지게 됨으로써 자동사의 용법을 획득하여 자동 구문을 형성하는 경우이기도 하다. 여기에는 두 가지 유형이 있다. 타동사가 자동 구문을 형성하면서 자·타 겸용 동사의 용법을 가지게 되는 경우와, 타동사가 자동 구문으로 실현되나 일부 문헌에서 잠시 실현되다가 사라지는 경우이다.

첫째, 타동사가 자동성을 획득하여 자·타 겸용 동사의 용법을 가지게 되는 경우를 살펴보자. 이에 속하는 것으로 '둥기다() 당기다,

牽), 드리우다() 드리우다, 垂)' 등이 있다. '둥기다'는 15세기 국어에서 'NP이 NP를 V'의 타동 구문을, '드리우다'는 'NP이 NP를 NP에 V'의 타동 구문을 형성하였다.

(37) 흔 사르미 솑가라ᄀ로 그 ᄐᆞᆨ을 <u>둥기야</u> (一人以手指牽其頤) <救簡 3:10 a>

(38) 네 긴 寶臺 가지고 七寶 瓔珞을 空中에 <u>드리워</u> 棺을 둡ᄉᆞᆸ고 <釋詳 23:24b>

예 (37)은 '한 사람이 손가락으로 그 턱을 당기여'의 의미이다. 행위주 '흔 사르미'와 대상의 '그 ᄐᆞᆨ을'이 실현되어 타동 구문을 형성하였다. 예 (38)은 '…칠보(로 만든) 구슬 목걸이를 공중에 드리워…'의 의미이다. 대상의 '七寶 瓔珞을'과 장소의 '空中에' 논항이 실현되어 구문을 구성하였다. 이들의 타동 구문은 근대국어를 거쳐 현대국어에도 실현된다.

'둥기다'와 '드리우다'가 자동사로 실현된 예는 근대국어 문헌에서 살펴볼 수 있다. 예 (39)-(40)이 이에 해당한다.

(39) 그 우희 만히 싸혀시매 그리로셔 블이 <u>둥긔야</u> 오르돗더라 <太平 43a>

(40) 그 빗는 일홈이 쥭빅에 <u>드리워</u> 쳔츄 만셰에 칭숑ᄒᆞ여 말ᄒᆞ기를 <협성 1898.1.30.>

예 (39)는 '그 위에 많이 쌓였음에 그리로부터 불이 당기여 오르더라'의 의미이다. 주어로 실현된 '블이'가 '대상' 논항으로 실현되어 '둥기다'가 'NP이 V'의 자동 구문을 형성하였음을 알 수 있다. 예 (40)은 '그 빛나는 이름이 죽백에 드리워 천추만세에 칭송하여 말하기를'의 의미이다. '일홈이'는 '드리우다'의 대상 논항이 되며, '쥭빅에'는 '장소'

논항으로 실현되어 'NP이 NP에 V'의 자동 구문을 형성하였다.

둘째, 타동사가 자동사로 실현된 예가 나타나기는 하나 그 용법이 현대국어까지 이어지지 못하고 특정 문헌에서만 용례가 보이는 경우가 있다. '슳다², 드리혀다() 들이켜다, 吸)' 등이 이에 속한다. 예 (41)은 '슳다²'가 실현된 예이며 예 (42)는 '드리혀다'가 실현된 예이다.

(41) 犀角올 슬허 ᄀ라 細末호니 (犀角鎊屑研爲細末) <救急方上 15b>
(42) 六根이 塵을 드리혀몰 일후미 入이라 <楞嚴 3:1a-1b>

예 (41)과 (42)는 '슳다²'와 '드리혀다'가 모두 대상의 'NP를'을 논항으로 취하여 'NP이 NP를 V'의 구문을 구성하였음을 알 수 있다.

한편 '슳다²'는 16세기 문헌에서, '드리혀다'는 근대국어 문헌에서 자동사로 실현되었다.

(43) 天人의 五衰는 ᄒ나흔 本來 잇던 지비 슬훌 시오 둘흔 버디 갈아날 시오 세흔 莊嚴ᄒ 오시 뻐러딜 시오 네흔 누니 멀 시오 다ᄉ순 모매 ᄯᆞᆷ 날 시니 이 다ᄉᆞᆺ 가지 이리 나면 天上애 잇디 몯ᄒᆞ야 셜운 地獄애 뻐러디ᄂᆞ니라 <蒙六 16a>
(44) 만일 넝흔 독이 안흐로 드리혀 ᄇᆡ 톻ᄒ고 <痘瘡下 4b>

예 (43)에서 '슳다²'는 '지비'를 대상 주어로 취하는 'NP이 V'의 형식을 가지고 실현되었다. 이 때 '슳다²'는 '없어지다, 사라지다'의 의미로 실현된 것이다. 이는 예문 (43)의 문맥을 통해 추정해 볼 수 있다. (43)은 '천인의 오쇠(五衰)는 첫째 본래 있던 집이 없어지는 것이고, 둘째 벗이 갈라지는 것이고, 셋째 장엄한 옷이 떨어지는 것이고 넷째 눈이 머는 것이고, 다섯째 몸에서 땀이 나는 것이니, 이 다섯 가지 일이 일어나면 천상에 있지 못하여 서러운 지옥에 떨어진다'는 의미를 가진다. 여기서 '잇던 지비 슬흘 시오'가 '五衰' 중의 하나이다. 그러므로 '슳다'와 '衰'가 의미적으로 연관성을 가지고 있다고 말할 수 있다. 또한 예 (43)은 다섯 개의 문장이 대등 구성으로 연결된 복합문인데, 각각의 경우 실현된 서술어들을 살펴보면, '슳다²'를 제외한 나머지, '갈아나다, 뼈러디다, 멀다, 나다'가 모두 자동사로 실현되었다. 이런 점들을 고려해 볼 때 위의 '슳다²'는 자동사로 실현되었을 가능성이 큰 것으로 보인다.[8]

예 (44)는 '만일 냉한 독이 안으로 들어와…'의 의미이다. 주어로 실현된 '닝흔 독이'는 '대상' 논항이고, '안흐로'는 방향 논항이 되어, '드리혀다'가 'NP이 NP로 V'의 자동 구문을 구성하고 있음을 살펴볼 수 있다.

4.2.1.2. 'NP에' 논항의 형성

'NP에' 논항이 형성되는 경우는 그 결과에 따라 네 가지 유형으로 구분된다. 첫째, 15세기 국어의 'NP이 NP를 V'의 타동 구문에서 'NP에' 논항이 형성됨으로써 'NP이 NP를 NP에 V'의 확장된 논항구조가

---

8) 그런데 타동사 '슳다2'가 명사구 보문 구성 속에서 실현되었다는 점에 주목할 필요가 있다. 목적어를 가지는 타동사가 명사구 보문의 서술어로 실현될 경우 목적어로 실현되어야 할 명사구가 주어로 실현될 수 있는 통사적 특성이 있다. 예를 들어 '식탁 위에 뒀던 빵이 오늘 먹을 것이고, 냉장고 안에 있던 빵이 내일 손님용으로 쓸 것이다'라는 문장에서 '빵'은 '먹다'의 목적어이자 '쓰다'의 목적어임에도 주어로 실현된 것이다. 이러한 원리가 본문의 용례에도 적용된다면 '집'은 분명 '슳다2'의 대상 명사구로 목적어로 실현되었어야 하는데 명사구 보문 구성에서 주어로 나타난 것이다. 그러나 이러한 해석이 가능하려면 이러한 현상이 중기국어의 다른 예문에서도 나타나야 하는데 필자가 살펴본 바로는 이러한 예를 찾아보기 힘들었다.

형성되는 경우이다. 둘째, 'NP이 NP를 NP를 V'의 타동 구문에서 두 번째 'NP를'이 'NP에' 논항으로 실현되는 경우이다. 이 경우 동사의 자릿수에는 변화가 없다. 셋째, 'NP이 NP를 V'의 타동 구문에서 'NP를' 논항의 의미역이 'NP에'로도 실현되게 되는 경우이다. 이것은 단순히 새로운 의미역의 논항이 형성된다는 것 이상의 의미를 가진다. 즉 'NP에' 논항이 형성되면서 'NP이 NP에 V'의 논항구조를 가지게 되는 것이므로 타동사가 자동적 용법을 획득하는 것이 된다. 따라서 타동사가 자·타 겸용 동사의 용법을 가지게 된다. 넷째, 'NP이 NP를 V'의 타동 구문에서 'NP에' 논항이 형성되면서 'NP를' 논항이 사라지는 경우이다. 이러한 변화로 인해 타동사가 자동사로 바뀌게 된다.

'NP에' 논항이 형성되는 경우에 실현되는 의미역으로는 '장소, 방향, 지향점, 자격, 결과, 대상, 기준, 행위주, 수혜자, 피사역주' 등이 있다. 이 가운데 '장소, 방향, 자격, 결과, 기준, 행위주, 피사역주' 논항이 형성되는 것은 첫 번째 유형에 속하고, '수혜자' 논항이 형성되는 경우는 두 번째 유형에 속하며, '대상' 논항의 형성은 세 번째 유형에 속한다. '지향점' 논항의 형성은 동사에 따라 세 번째 유형에 속하는 것도 있고 네 번째 유형에 속하는 것도 있다. 이 중에서 특히 수혜자, 피사역주의 논항이 'NP를'로 실현되던 것이 후대에 'NP에' 논항을 취하게 되는 경우는 'NP에'의 기능이 후대로 올수록 다양한 환경에서 실현됨에 따라 기능이 분화되어 가는 모습을 보여 주는 것으로도 이해할 수 있겠다.

가. '장소'의 'NP에' 논항이 형성되는 경우

'장소'의 의미역은 대상이 위치해 있거나 발생하는 곳, 혹은 행위가 일어나는 장소를 나타내는 명사구이다. 여기서는 'NP에' 논항으로 실현되는 장소 논항이 형성되는 경우를 다루고자 한다. 15세기 국어에서 장소 논항을 가지지 않다가 후대에 장소 논항이 형성되면서 'NP이 NP를(대상) NP에(장소) V'의 구조를 가지게 되는 경우가 있다. '뭇다(〉묶다, 束)' 등이 이에 속한다.

(45) 韀은 가츠로 物을 뭇글 씨오 <楞嚴 10:70b>

예 (45)는 '韀은 가죽으로 물건을 묶는 것이고'의 의미로 '가츠로'가 '뭇다'의 도구 논항이 되며 '物을'이 대상 논항으로 실현되었다. 이와 같이 15세기 국어의 '뭇다' 구문에서는 장소가 논항으로 실현되지 않았다.

'뭇다'는 근대국어 후기 문헌에서 'NP이 NP를 NP에 V'의 확장된 타동 구문을 형성하게 되는데 아래의 예가 이에 해당한다.

(46) ㄱ. 병장기롤 그 쓸의 묵고 기롬의 즘가 글을 쏘리예 <u>묵거</u> 그 긋티 불지르고 <史略 2:29b>

ㄴ. 요안닉는 약터 털옷슬 닙고 가족쩌롤 허리에 <u>묵고</u> 늣벌기과 쳥밀을 먹으니 <마태 3:4>

예 (46ㄱ)은 18세기 국어의 실현 용례로 '병장기를 그 뿔에 묶고… 그 끝에 불지르고'의 의미를 가진다. '뭇다'의 대상 논항이 '병장기롤'로 실현되었으며 장소 논항이 '그 쓸의'로 'NP에' 논항으로 실현되었다. 예 (46ㄴ)은 19세기 국어의 용례로 '…가죽띠를 허리에 묶고…'의 의미로 대상과 장소 논항이 각각 '가족쩌롤'과 '허리에'로 실현되었다.

나. '방향'의 'NP에' 논항이 형성되는 경우

'방향'의 'NP에' 논항이 형성되는 경우에는 두 가지 유형이 있다. 'NP에' 논항이 생기면서 '방향'의 'NP로' 논항도 함께 나타나는 경우가 첫 번째 유형으로, 이에 속하는 타동사는 '그스다, 돌이다, 수기다' 등이 있다. 두 번째는 방향의 'NP에' 논항만 형성되는 경우로, '비취다, 드러내다' 등이 이에 속한다. 두 경우 모두 'NP이 NP를 V'의 논항구조가 'NP이 NP를 NP에 V'의 확장된 논항구조를 가지게 된다.

먼저 'NP에' 논항이 생기면서 '방향'의 'NP로' 논항도 함께 나타나는 첫 번째 유형을 살펴보자.[9]

예 (47)은 '그스다() 끌다, 拖', (48)은 '돌이다() 돌리다, 輪', 예 (49)는 '수기다() 숙이다, 低)'가 실현된 예로 이들은 15세기 국어에서 'NP이 NP를 V'의 논항구조를 가지고 실현되었다.

(47) 玉을 <u>그스며</u> 金을 허리예 씌여 님그믈 갑숩는 모미로다 (拖玉腰金報主身) <杜詩 23:10a>
(48) 말ᄉ미 굳고 혀롤 <u>돌이디</u> 몯거든 <救簡 7:02a>
(49) 獄卒이 그 말 듣고 머리롤 <u>수겨</u> <月釋 23:82b>

예 (47)은 '옥을 끌고 금을 허리에 띠고…'의 의미로 '그스다'의 대상 논항으로 '玉올'이 실현되었다. 예 (48)은 '말씀이 굳어지고 혀를 돌리지 못하거든'의 의미로 '혀롤'이 '돌이다'의 대상 논항으로 실현되었다. 예 (49)는 '옥졸(옥사쟁이)이 그 말을 듣고 머리를 숙여'의 의미로 여기서 '수기다'는 '앞으로나 한쪽으로 기울어지다'의 의미를 가진다. 이

---

9) 방향의 'NP로' 논항이 형성되는 것에 대해서는 'NP로' 논항이 형성되는 경우를 다루면서 논의하므로 여기서는 따로 거론하지 않기로 한다.

들이 방향의 'NP에' 논항을 취하는 용례는 근대국어 문헌에서 살펴볼
수 있다. 아래 예들이 각각 이러한 논항구조를 가지고 실현된 용례들
이다. (50)은 '그스다', (51)은 '돌이다', (52)는 '수기다'가 실현된 예들
이다.

    (50) 예수롤 졔사쟝 압페 <u>쓰으니</u> 졔사쟝과 쟝노과 션비 다 모엿눈지라 <마
        가 14:53>
    (51) ㄱ. 김 바로 여광 본디 연기 노발틱 힝셰ᄒᄂ 구교집 아돌이라 공쥬
           먹방리로 이ᄉᄒ엿다가 경포의게 그 아돌과 흔가지로 잡혀 셔울노
           와 치명홀 제 이에 부즈롤 륙시ᄒ야 그 ᄉ지롤 각 도 각 읍에 <u>돌니</u>
           <u>니</u> 나흔 륙십이세러라 <치명 37a>
         ㄴ. 네 맛당히 영화롤 하나님게 <u>돌니라</u> <요한 9:24>
    (52) 남의게 머리를 <u>숙이고</u> 들지 못홀진더 <신학 4:339>

(50)은 '예수를 제사장 앞에 끌어오니…'의 의미이다. '예수롤'이 대
상 논항이며 '졔사쟝 압페'가 방향 논항으로 실현되었다. 예문 (51ㄱ)
은 '김 바오로 여광…그 아들과 함께 잡혀…이에 부자를 육시(戮屍)하
여 그 사지를 각 도 각 읍에 돌리니 나이는 육십이세이더라'의 의미로
'그 ᄉ지롤'이 '돌니다'의 대상 논항이 되며 '각 도 각 읍에'가 방향 논
항으로 실현되었다. (51ㄱ)의 'NP에'는 그것이 사람일 경우 'NP의게'로
나타나기도 한다. 예 (51ㄴ)이 이에 해당한다. (51ㄴ)은 '네가 마땅히
영화를 하느님께 돌려라'의 의미로 '영화롤'과 '하나님게'가 각각 대상
과 방향 논항으로 실현되었다. 예 (52)는 '남에게 머리를 숙이고 들지
못하니'의 의미로 '남의게'와 '머리를'이 각각 방향과 대상 논항으로 실
현되었다.
    방향의 'NP에' 논항이 형성되는 두 번째 유형은 방향의 'NP에' 논항

만 형성되는 경우이다. '비취다, 드러내다'가 이에 속한다.

예 (53)은 '비취다() 비추다, 照)', (54)는 '드러내다() 드러내다, 露)'가 실현된 예로 15세기 국어에서 'NP이 NP를 V'의 구문을 형성하였다.

  (53) 趙州 古佛ㅅ 눖 光明이 四天下를 <u>비취ᄂ다</u> ᄒᄂ니 (趙州古佛ㅅ 眼光이
      爍破四天下ㅣ라 ᄒᄂ니) <蒙山 53b>
  (54) 三世諸佛ㅅ 骨髓시며 歷代 祖師ㅅ 眼目올 ᄒᆞᆫ버네 <u>드러내야</u> 네 面前에
      둔둘 곧 아디 몯도다 (殊不知三世諸佛의 骨髓와 歷代祖師ㅅ 眼目올 一
      期예 掀出ᄒᆞ야 在爾面前이로다) <蒙山 51b-52a>

예 (53)은 '조주(趙州) 고불(古佛)의 눈빛이 온 세계를 비춘다 하니'의 의미이다. 여기서 '四天下를'이 '비취다'의 대상 논항으로 실현되었다. 예 (54)는 '삼세제불(三世諸佛)의 골수와 역대 조상들의 안목을 한번에 드러내어 네 면전에 둔들 곧 알지 못하도다'의 의미이다. '歷代祖師ㅅ 眼目올'이 '드러내다'의 대상 논항으로 실현되었다. 이들 구문에서 방향의 'NP에' 논항이 실현된 예는 근대국어 문헌에서 살펴볼 수 있다. 예 (55)는 '비취다', (56)은 '드러내다'가 각각 근대국어에서 실현된 예들이다.

  (55) 희롤 션인과 악인의게도 다 <u>빗최게</u> ᄒᆞ시며 <막 5:45>
  (56) 한 사롬이 그 주검을 져지의 <u>드러내고</u> 갑 주고 무로되 <史略 2:78b>

예 (55)는 '해를 선인과 악인에게 다 비추게 하시며'의 의미로 '희롤'이 '빗최다'의 대상 논항이 되며, '션인과 악인의게도'가 방향 논항으로 실현되었다. 예 (56)은 '많은 사람들이 그 주검을 시장에 드러내고 값을 주고 묻되'의 의미로 '주검올'과 '져지의'가 각각 '드러내다'의 대상과 방향 논항으로 실현되었다.

다. ‘지향점’의 ‘NP에’ 논항이 형성되는 경우

‘지향점’의 ‘NP에’ 논항이 형성되는 경우는 변화 결과에 따라 두 가지 유형으로 나눌 수 있다. ‘지향점’의 ‘NP에’ 논항이 형성되면서 자·타 겸용 동사의 용법을 가지게 되는 것이 첫 번째이고, 이와는 다르게 ‘NP에’ 논항이 형성되면서 타동사의 용법이 사라지게 되는 경우가 두 번째이다.

첫 번째 유형에 속하는 것으로 ‘추자가다, 투다³’이 있다. 예문 (57)은 ‘추자가다() 찾아가다, 尋)’가 실현된 예이며, 예문 (58)은 ‘투다³() 타다, 乘)’가 실현된 예이다. 이 예들을 통해서 ‘추자가다’와 ‘투다³’ 모두 15세기 국어에서 ‘NP이 NP를 V’의 단일 목적 타동 구문을 형성하였음을 알 수 있다.

(57) 져믄 아히 믌 출홀 추자가니 호올로 듣디 몯호리로다 (稚子尋源獨不聞)
　　 〈杜詩 25:16a〉
(58) ㄱ. 사른미 구든 술위와 됴흔 무를 투며 사른미 술지며 됴흔 고기를
　　　 먹고 〈內訓 3:63b〉
　　 ㄴ. 스랑혼딘 네 北녀그로 小有洞올 추자 너븐 그룺 怒흔 믌겨레 가비야
　　　 온 비를 타 디나가라 〈杜詩 9:4b〉

예 (57)은 ‘어린 아이가 물의 근원을 찾아가니 홀로 듣지 못할 것이다’의 의미로 ‘져믄 아히’는 행위주 논항이며, ‘믌 출홀’이 ‘추자가다’의 지향점 논항으로 실현되었다. 예문 (58ㄱ)은 ‘사람이 단단한 수레와 좋은 말을 타며…’의 의미이며, 예문 (58ㄴ)은 ‘생각하건대…가벼운 배를 타고 지나가라’의 의미이다. (58ㄱ)에서는 ‘무를’이, (58ㄴ)에서는

'비롤'이 '튼다³'의 대상 논항으로 실현되었다.

  '츠자가다'와 '튼다³'의 구문에서 지향점의 'NP에' 논항이 실현되는 용례는 근대국어 후기 문헌에서 살펴볼 수 있다. 아래 예 (59)-(60)이 이에 해당한다.

  (59) ㄱ. 萬一 가면 네 집을 <u>츠자가마</u> <蒙老 3:10a>
      ㄴ. 형아 네 아모 일 이셔 우리 짜히 가거든 小人을 브리지 아니흐면
          반드시 내 집의 <u>츠자가리잇가</u> <淸老 3:13a>
  (60) ㄱ. 비롤 <u>타</u> 씌워 信使 비예 몬져 저어 나매 <捷解初 8:30a>
      ㄴ. 도라가고져 흐닝이다 비예 <u>튼노라</u> 흐야 <捷解初 8:29a>

  예문 (59ㄱ)은 '만일 가게 되면 너의 집을 찾아가마'의 의미이다. 여기서 '네 집을'이 '츠자가다'의 지향점 논항으로 실현되었다. 예문 (59ㄴ)은 '…반드시 내 집에 찾아가겠습니까?'의 의미로 '내 집의'가 '츠자가다'의 지향점 논항으로 실현되었다.

  예문 (60ㄱ)은 '배를 타 띄우고…'의 의미로 '비롤'이 '튼다'의 지향점 논항으로 실현되었다. 예문 (60ㄱ)에서 '-를' 명사구로 실현된 '비롤'은 예문 (60ㄴ)에서는 '-에'가 통합된 '비예'로 실현되었다. 예문 (60ㄴ)은 '튼다³'이 'NP이 NP에 V'의 구조를 가지고 실현된 것으로 17세기 국어 문헌에 나타나기 시작한다. 이를 통해 '튼다³' 구문에서 'NP를'의 실현이 먼저 나타났으며 이후 'NP에'로의 실현이 가능해진 것임을 알 수 있다.[10]

---

10) 우형식(1996)에 따르면 현대국어의 '타다'는 도달성 이동동사 구문을 형성한다. 도달성 이동동사 구문은 이동 동사 구문에서 실현되는 장소 명사구가 도달점의 의미역을 가지는 '-에' 명사구로 실현되며, 이 때의 '-에'격 성분이 '-를'격으로 실현될 수 있는 통사적 특성을 가지는 구문이라고 했다. 이러한 통시적 변천 양상을 고려해 보면 현대국어의 '타다' 구문을 'NP이 NP에 V' 구문에서 'NP이 NP를 V' 구문으로 전이된 것으로 보는 것은 문제가 있다고 할

두 번째 유형에 속하는 것으로는 '다디르다'가 있다. '다디르다'는 대상의 'NP를' 대신 '지향점'의 'NP에'를 취하게 되는데 이러한 변화는 현대국어에 들어와서야 생긴 것으로 보인다.

라. '결과'의 'NP에' 논항이 형성되는 경우

타동사 구문에서 '결과'의 'NP에' 논항이 형성되는 경우는 대체로 결과의 'NP로' 논항도 형성된다. 이에 속하는 것으로 '흥졍ᄒ다() 흥정하다, 商)'가 있다.11) 이는 15세기 국어에서 'NP이 NP를 V', 'NP이 NP로 NP를 V'의 논항구조를 취하였다.

(61) ㄱ. 그 노릇노리를 <u>홍졍ᄒ야</u> 프로몰 ᄒ신대 <內訓 3:13a>
     ㄴ. 羅卜ㅣ 一千貫ㅅ 도ᄂ로 三年을 <u>홍졍ᄒ야</u> 三千貫이 ᄃ외어늘 <月釋 23:73b>

예 (61ㄱ)은 '그 노름을 홍정해서 장사를 하시니'의 의미로 '노릇노리를'이 '홍졍ᄒ다'의 대상 논항으로 실현되었다. 예 (61ㄴ)은 '나복이 돈 천관으로 삼 년을 홍정하여 삼천관이 되거늘'의 의미이다. 여기서 '一千貫ㅅ 도ᄂ로'는 홍정할 때 사용되는 도구로서 실현된 것이고 홍정의 대상이 되는 것이 '삼 년을'로 실현되었다. 홍정의 '결과'가 논항으로 실현되지는 않은 것이다.

'홍졍ᄒ다'가 구문에서 결과 논항을 취하는 것은 근대국어 후기 문헌에서 보인다. 아래의 예 (62)가 이에 해당하는데, 여기서 '결과' 논

수 있다. 오히려 'NP이 NP를 V' 구문에서 'NP이 NP에 V' 구문으로 도출된 것으로 보아야 '타다'의 통시적 변화 양상과 일치하게 된다.

11) '홍졍ᄒ다' 구문이 결과의 'NP로' 논항을 취하는 것은 현대국어에 들어와 생긴 용법으로 보이므로 본문에서는 다루지 않겠다.

항은 'NP에' 명사구로 실현되었다.

(62) 박동 리희경이가 원동 젼윤긔 신젼에 신 닐곱 켠네를 이빅ᄉ십구 냥에
  홍졍ᄒ여 거긔 샥군으로 지어 가지고 가다가 <독립 1896.6.6.>

예문 (62)는 '박동(에 사는) 이희경이 원동(에 사는) 전윤기 신발 가
게에서 신 일곱 켤레를 이백사십구 냥에 홍정하여 거기에 있는…'의
의미이다. '신 닐곱 켠네를'이 '홍졍ᄒ다'의 대상 논항이 되며 '이빅ᄉ
십구 냥에'가 홍정에 대한 결과 논항으로 실현되었다.

마. '대상'의 'NP에' 논항이 형성되는 경우

구문에서 '대상'의 'NP에' 논항이 형성되는 것은 'NP이 NP를 V'의
타동 구문에서 대상의 'NP를' 논항이 'NP에' 논항으로 실현되는 경우
이다. 이러한 논항의 형성으로 인해 타동사는 자·타 겸용 동사의 용
법을 가지게 된다. '견듸다'가 이에 속한다.
  '견듸다(> 견디다, 忍)'는 15세기 국어에서 'NP이 NP를 V'의 논항구
조를 가지고 실현되었다. 예 (63)이 이를 보여 준다.

(63) ㄱ. 勝ㅅ 소갯 金으로 밍ᄀ론 고존 工巧히 치위를 견듸놋다 (勝裏金花
    巧耐寒) <杜詩 11:8b>
  ㄴ. 늘근 그려기는 보미 주류믈 견듸여 슬피 우러 이운 麥을 기들우겨늘
    (老鴈春忍飢 哀號待枯麥) <杜詩 8:21a>

예 (63ㄱ)은 '…추위를 견디는구나', (63ㄴ)은 '늙은 기러기는 봄에
굶주림을 견뎌…'의 의미이다. (63ㄱ)은 '치위를', (63ㄴ)은 '주류믈'이

'견듸다'의 대상 논항으로 실현되었다.

'견듸다'의 타동 구문은 근대국어에 들어와 'NP이 NP에 V'의 자동 구문을 형성하게 된다. 중기국어에서 'NP를' 논항으로 실현되었던 대상 논항이 'NP에'로 실현되는 것이다. 아래 예가 이를 보여 준다.

> (64) ㄱ. 빅셩들이 미에 못 <u>견뎌여</u> 가산을 다 팔아 밧치다 <독립 1897.2.25.>
>   ㄴ. 우리 나라 사롬이 우리 나라 관쟝과 토호의게 못 <u>견뎌여</u> <독립 189
>   7.3.4.>

(64ㄱ)은 '백성들이 매에 못 견뎌 가산을 다 팔아 받치다'의 의미로 '미에'가 대상 논항으로 실현되었다. 'NP에'에 인간 명사가 오면 'NP의게'로도 실현된다. (64ㄴ)이 이에 해당한다. (64ㄴ)은 '우리나라 사람이 우리나라 관장과 토호에게 못 견뎌'의 의미로 '토호의게'가 '견듸다'의 대상 논항으로 실현되었다.

바. '행위주'의 'NP에' 논항이 형성되는 경우

행위주의 'NP에' 논항이 형성되는 타동사는 15세기 국어에서 피동 타동사로 분류되는 것들이다. 이들은 중기국어에서 피동주 'NP이'와 피해자 'NP를'을 논항으로 취하여 'NP이 NP를 V'의 구문을 형성하였다. 이 가운데 '븓들이다'와 '자피다'는 중기 국어에서 타동사로 실현될 경우 피동의 행위를 일으키는 행위주가 논항으로 실현된 용례가 보이지 않다가 근대국어에 들어오면서 그런 용례가 보인다. 실례를 통해 구문의 변화를 살펴보겠다.

'븓들이다() 붙들리다, 局), 자피다() 잡히다, 操)'는 15세기 국어에서

'NP이 NP를 V'의 타동 구문을 형성하였다.

> (65) 中風ᄒ야 말 몯고 혀 세닐 고툐터 사ᄅ미 졋과 三年 무근 쟝 各 닷홉과
> ᄅᆯ 섯거 ᄀ라 生 뵈로 汁을 ᄣ 時節을 <u>븓들이디</u> 마오 젹젹 주어 머기면
> 오라면 반드기 말ᄒ리라 <救急方上 3a>
> (66) 太子ㅅ 손 자ᄇ샤 두 눇믈 디샤 門을 <u>자펴</u> 막ᄌᆞᄅ시니 <月曲 16b>

예 (65)는 '중풍에 걸려 말을 못하고 혀가 굳은 이를 고치되 사람의
젖과 삼년 묵은 장 각각 다섯 홉을 섞어 갈아서…때에 구애받지 않고
조금씩 주어 먹이면 시간이 지나 오래 되면 반드시 말할 것이다'의 의
미이다. 여기서 '시절을'이 '븓들이다'의 대상 논항으로 실현되었다. 예
(66)은 '태자의 손을 잡으시고 두 눈물이 떨어지시니 문을 잡혀 막으
시니'의 의미로 '문을'이 '자피다'의 대상 논항으로 실현되었다. 이들
구문에서 행위주 논항이 실현되는 것은 근대국어 문헌에서 살펴볼 수
있다.

> (67) 모양이 여샹치 못ᄒ고 힝보ᄅᆯ 사ᄅᆷ의게 <u>붓들녀</u> ᄒᆫ 후의야 아름답다
> 니ᄅᆯ 거시 아니라 <易言 4:61b>
> (68) 마노라 이미ᄒ오신 일을 눔의게 <u>잡혀</u> 겨오시니 죵시 셜니 죽다 므슴
> ᄒᆫ이 이시리잇가 <癸丑上 21a>

예문 (67)은 '모양이 예사롭지 않고 행보(行步)를 다른 사람에게 붙
들린 후에야 아름답다고 말할 것이 아니라'의 의미로 여기서 '사ᄅᆷ의
게'가 행위주 논항으로 실현되었으며 '힝보ᄅᆯ'이 대상 논항으로 실현
되었다. 예 (68)은 '마마께서는 애매한 일을 남에게 잡혀서 계시니, 끝
내 저희들이 서럽게 죽는다 한들 무슨 한이 있으리까?'의 의미이다.[12]
여기서 '이미ᄒ오신 일을'이 '잡히다'의 대상 논항이 되며 '눔의게'가

행위주 논항으로 실현되었다.

  사. '수혜자'의 'NP에' 논항이 형성되는 경우

  수혜자의 'NP에' 논항이 형성되는 경우는 두 가지 유형이 있다. 15
세기 국어에서 수혜자의 논항을 가지지 못하다가 후대에 생기는 경우
와, 15세기 국어에서는 수혜자 논항이 'NP를'로만 나타나다가 후대에
'NP에'로 실현되는 경우이다.13) 각각의 경우를 실례를 통해 살펴보기
로 하자.
  먼저 수혜자의 논항이 'NP를'로 실현되다가 후대에 'NP에' 논항으로
도 실현되는 경우로 '머기다, 빌이다' 등이 있다.
  '머기다() 먹이다, 喂), 빌이다() 빌리다, 借)'는 15세기 국어에서 'NP
이 NP를 NP를 V'의 구문을 형성하였다. 예 (69)는 '머기다'가 실현된
예이고 (70)은 '빌이다'가 실현된 예이다.

  (69) 천황련 달힌 므를 어미롤 <u>머기라</u> <救簡 7:18b>
  (70) 東녁 집 전 나귀롤 날 <u>빌이건마론</u> (東家蹇驢許借我) <杜詩 25:41a>

  예 (69)는 '천황련 달인 물을 어미에게 먹이라'의 의미로 첫 번째
'NP를'인 '므를'은 '대상' 논항이고, 두 번째 'NP를'인 '어미롤'은 '수혜자'
논항이다. 예문 (70)은 '동쪽 집에서 다리를 저는 나귀를 나에게 빌리

---

12) 본문의 번역은 강한영(1974)의 해석을 따른 것이다.
13) '의게' 논항이 쓰일 것으로 추정되는 자리에 '-의게'류 여격어가 나타나지 않
   는 것은 당시 '익그에, ㅅ그에, 익게, 익거긔, 익손디' 등의 여격 조사들이 중기
   국어 당시 완전한 격조사로 정착되지 못한 것과도 관련 있는 것으로 보인다.
   즉 여격 조사 내부의 문법화 과정이 계속해서 진행되고 있는 상태였기 때문
   에 동사의 논항으로서의 실현 또한 적었던 것이 아닐까 한다.

니'의 의미로 '나귀를'이 '대상' 논항으로 실현되었으며, '날'이 '수혜자' 논항으로 실현되었다.

이들 구문에서 수혜자 논항으로 실현되는 'NP를'은 근대국어에 들어와 'NP에/의게'로 실현되는 용례가 보인다.

(71) 내 아희들로 粥 뿌여 와 너희들의게 <u>먹이마</u> <蒙老 3:23a>
(72) ㄱ. 권을 아젼의게 <u>빌니지</u> 말며 <敬信 61a>
　　ㄴ. 각 샹션 회샤에서 화륜션 칠빅삼십삼 척을 정부에 <u>빌니며</u> 정부에셔
　　　　쓰고 십흔 디로 쓰라 ᄒ엿ᄂ디 <독립 1898.4.16.>

예 (71)은 '내 아이들로 (하여금) 죽을 쓰게 하여 와서 너희들에게 먹이마'의 의미이다. 문맥상 '죽을'이 '먹이다'의 대상 논항이 될 것인데, '을'이 생략되어 나타나지 않았고 '너희들의게'가 수혜자 논항으로 실현되었다. 예 (72ㄱ)은 '권력을 아전에게 빌리지 말며'의 의미로 수혜자 논항으로 '아젼의게'가 실현된 경우이고 그것이 무정 명사일 경우에는 'NP에'로 나타나기도 한다. 예 (72ㄴ)이 이에 해당한다. (72ㄴ)은 '각 상선회사에서 화륜선 칠백삼십삼 척을 정부에 빌리며 쓰고 싶은 대로 쓰라고 하였는데'의 의미로 수혜자 논항으로 무정 명사 '정부에'가 실현되었다.

다음으로 15세기 국어에서 수혜자 논항을 가지지 못하다가 후대에 가지게 되는 경우를 살펴보도록 하겠다. 수혜자 논항이 후대에 형성되는 경우에는 두 가지 유형이 있다.

첫째, 동사가 다의어를 형성하면서 파생된 의미로 인해 수혜자 논항이 실현되는 경우로 '먹다, 브티다[1]' 등이 이에 해당한다. '먹다() 먹다, 食)'는 15세기 국어에서 'NP이 NP를 V', 'NP이 NP에 NP를 V'의 형식으로 실현되었다. 예 (73)은 전자의 논항구조를 취한 용례이며,

(74)는 후자의 논항구조를 가지고 실현된 용례이다.

(73) ㄱ. 어미 샹녜 산 고기롤 <u>먹고져</u> 커늘 <三綱孝 17>
ㄴ. 내 다몬 혼 앙이 뎌런 모딘 뜨들 <u>머그니</u> 아ᄆ례나 고티게 호리라
<釋詳 24:27a>
(74) ㄱ. 고해 됴혼 내 맏고져 이베 됴혼 맛 <u>먹고져</u> <釋詳 3:22b>
ㄴ. 눔 소교몰 爲ᄒ야 안해 다론 ᄢ 먹고 밧긔 各別혼 양ᄌ 나톨ᄊ 일후
미 誑이오 <法華 6:175b>

예문 (73)은 '먹다'가 행위주와 대상을 논항으로 취한 구문이다. (73
ㄱ)은 '먹다'의 대상 명사구로 '음식물' 따위의 무정물 명사가 실현된
것이고, (73ㄴ)은 '감정' 따위의 추상 명사가 실현된 것이다. 예 (74)는
'먹다'가 행위주와 대상 외에 '먹다'의 행위가 이루어지는 장소 'NP에'
를 논항으로 취한 경우이다. (74ㄱ)은 대상 논항으로 '음식물' 따위의
명사가 실현되었으므로 장소 논항인 'NP에'가 '이베'로 실현된 것이고
(74ㄴ)은 'ᄢ' 따위의 추상 명사가 대상 논항으로 실현되었으므로 장
소 논항은 '안해'가 실현된 것이다.
'먹다' 구문에서 수혜자 논항이 실현되는 것은 근대국어 후기 문헌
에서 용례가 보인다. 우리는 이러한 사실을 아래의 예 (75)를 통해 살
펴볼 수 있다.

(75) 리종현이가 뎐션 셜시ᄒᄂ디 역군들의게 돈을 <u>먹지</u> 안코 <독립 1896.1
1.19.>

예 (75)는 '이종현이 철도를 만드는데 역군들에게 돈을 먹지 않고'
의 의미이다. '먹다'의 대상 논항인 'NP를'에 '돈'이 실현되어 '먹다'가

'뇌물을 받아 가지다'의 의미로 실현되었다. 이는 '먹다'가 다의어를 형성하면서 생긴 파생적인 의미로 이 구문에서 수혜자 논항이 '역군들의게'로 실현된 것이다.

'브티다[1]() 붙이다, 附)'은 15세기 국어에서 'NP이 NP를 NP에 V'의 논항구조를 취하였다. 여기서 '브티다[1]'은 '맞닿아 떨어지지 아니하다'의 의미를 가져 구문에서 대상과 장소 논항을 요구한다.

(76) 긇죠갯 굴올 헌 디 브티고 <救簡 6:81b>

(76)은 '굴조개 가루를 헌 데에 붙이고'의 의미로, '긇죠갯 굴올'이 대상 논항이며 '헌 디'가 장소 논항이다.

'브티다[1]'은 근대국어로 들어와 구문에서 수혜자 논항을 취하게 된다. 예 (77)이 이에 해당하는 것으로 문헌에서는 18세기 국어부터 용례가 나타나기 시작하며 근대국어 후기 문헌에서는 다양한 환경에서 쓰이기 시작한다. (77ㄱ)은 18세기 국어의 용례이며 (77ㄴ)은 19세기 국어의 용례이다.

(77) ㄱ. 대쇼 스신 십이 인을 군의게 붓텨 아오로 안힉ᄒ야 다 베히고져
　　　 ᄒ거눌 <種德下 22a>
　　 ㄴ. 아우의 집으로 보ᄂ고 아우의게 말을 부텨 니르되 <感應 4:25a>

예문 (77ㄱ)은 '대소 사신 십이 인을 군에게 붙여 아울러 자세히 조사하고 살펴 모두 베고자 하거늘'의 의미로 여기서 '브티다[1]'은 '어떤 일이나 단체 따위에 참여하게 하다'의 의미를 가진다. 예 (77ㄴ)은 '아우의 집으로 보내고 아우에게 말을 붙여 이르되'의 의미로 '브티다[1]'은 '말을 걸거나 추근대며 가까이 다가서다'의 의미를 가진다. 예 (77)의

'브티다[1]'은 모두 중기국어에서 실현된 '브티다[1]'의 파생적인 의미로 각각의 경우 구문에서 대상과 수혜자 논항을 요구하게 된다. (77ㄱ)의 '대쇼 ᄉ신 십이 인을'과 (77ㄴ)의 '말을'이 대상 논항으로 실현된 것이다. 수혜자 논항은 (77ㄱ)에서는 '군의게'로 (77ㄴ)에서는 '아우의게'로 각각 실현되었다.

둘째, 문장에서 수혜자 논항이 기대되나 문면에서 수혜자 논항이 실현된 용례가 나타나지 않는 경우이다. '받다[1], 베프다, 튿다[2], 얻다' 등이 이에 속한다. 이들은 15세기 국어에서 행위주와 대상을 요구하는 'NP이 NP를 V'의 타동 구문을 구성하였다. 아래 예문 (78)-(81)이 이를 말해 준다. 예 (78)은 '받다[1]() 받다, 受)', 예 (79)는 '베프다() 베풀다, 宣)', (80)은 '튿다[2]() 타다, 受)', 그리고 (81)은 '얻다() 얻다, 得)'가 실현된 예이다.

(78) 父母ㅅ 精과 피를 <u>바다</u> (受父母精血) <圓覺上 2-2:26b>

(79) 有司ㅣ ᄀ올해 來臨ᄒ야 刑法을 ᄆᄎ매 <u>베프고져</u> ᄒ놋다 (有司臨郡縣 刑法竟欲施) <杜詩 25:36b>

(80) 監河애 ᄲ이ᄂ 조ᄒᆯ <u>튿노니</u> 술읫 자최옛 고기를 ᄒ번 니르와ᄃ라 (監河 受貸栗 一起轍中鱗) <杜詩 20:41b>

(81) ㄱ. 믄득 天王ㅅ 빗난 집 주몰 니버 비록 큰 지블 <u>어드나</u> (忽蒙天王ㅅ 賜與華屋ᄒ야 雖獲大宅ᄒ나) <楞嚴 4:66b>

　　ㄴ. 내 漸漸 度脫ᄒ야 큰 利를 <u>얻긔</u> 호리니 <釋詳 11:9a-b>

예문 (78)은 '이르되 처음 뱃속에 있을 때 부모의 정기와 피를 받아'의 의미이다. '받다[1]'의 대상 논항은 '父母ㅅ 精과 피'로 '-를' 통합형으로 실현되었다. 문맥상 '父母끠' 정도의 여격어가 기대되나 문면에서 실현되지는 않았다. 예문 (79)는 '한 관원이 고을에 와서 형법을 마침

내 베풀고져 하는구나'의 의미로 '刑法을'이 '베프다'의 대상 논항으로
실현되었다. 문맥상 'ᄀ올해' 정도의 수혜자 논항이 기대된다. 예 (80)
은 '관에서 빌려주는 곡식을 타니…'의 의미로 '조홀'이 대상 논항으로
실현되었다. '監河애' 정도의 수혜자 논항을 기대할 수 있다. 예문 (81)
은 '얻다'의 대상 논항으로 '지블', '利롤'이 각각 실현되었다.

  이들이 수혜자의 'NP에/의게' 논항을 가지는 것은 16세기 국어 문
헌에서 나타난다. 아래의 예문 (82)-(84)가 이를 보여 준다. 각각의 구
문에 대응되는 용례를 보이면 다음과 같다.

  (82) 술흔 父母끠 받즈온 거시라 <小學 2:28b>
  (83) ㄱ. 샤곡ᄒ고 괴벽흔 긔운을 몸이며 얼굴에 베프디 아니ᄒ야 <小學
      3:7a>

    ㄴ. 내 ᄒ고져 아니ᄒᄂ 바롤 사롬이게 베프디 말올디니라 <小學 3:4
      b>
  (84) 원간 슈니게 어더 보내려코 가시니라마ᄂ 업섯도다 <順天 16:9>

  예문 (82)는 '받다¹'이 실현된 예로 대상 논항이 '술'이고 '父母끠'가
수혜자 논항으로 실현되었다. 예문 (83)은 '베프다'가 실현된 예로 '내
ᄒ고져 아니ᄒᄂ 바롤'이 대상 논항이며 '사롬이게'가 수혜자 논항으
로 실현되었다. 예문 (84)는 '얻다'가 실현된 예로 '얻다'의 수혜자 'NP
에/의게' 논항이 '원간 슈니게'로 실현되었다. 'ᄐ다²'는 현대국어에 들
어와서야 수혜자의 'NP에/의게' 논항을 취하게 된다. 이상 16세기 문
헌에서 '받다¹, 베프다, ᄐ다², 얻다' 구문이 수혜자의 'NP에/의게' 논항
을 취하게 되는 양상을 살펴보았다.14)

---

14) 이 외에도 후대에 수혜자의 'NP에/의게' 논항을 취하는 경우로 '발뵈다(>발보
   이다, 售)' 등이 있으나 15세기 국어에서 실현되는 용례가 극히 드물어서 본문
   에서 이에 대해 직접적으로 다루지는 않았다. '발뵈다'는 15세기 국어에서

‘품다()품다, 懷)’는 15세기 국어에서 ‘NP이 NP를 품다’의 형식으로 실현되었으며 이는 16세기에도 마찬가지였다. 예문 (85)가 이를 보여준다.

(85) ㄱ. 可히 ᄉ랑홉도다 이 公은 고돈 道를 <u>푸머실시</u> (可念此公懷直道)
　　　 <杜詩 21:40b>
　　 ㄴ. 受苦ᄒ야 샹녜 ᄃ토와 사홀 ᄆᅀᆞ믈 <u>푸머</u> 이시며 <蒙六 11b>

(85ㄴ)에서 ‘품다’의 목적어로 실현된 명사구는 ‘사홀 ᄆᅀᆞ숨’으로 이 때의 ‘품다’는 ‘생각이나 느낌 따위를 마음속에 가지다’의 의미를 가지고 실현된 것이다. 이처럼 16세기 국어만 하더라도 ‘품다’가 ‘생각이나 느낌 따위를 마음속에 가지다’의 의미를 가질 경우 ‘NP이 NP를 V’의 논항구조를 가지고 실현되었다. 이러한 구문은 근대국어로 들어오면서 달라진다. (86)을 살펴보자.

(86) 이믜 쟝돈채경의독을 브릴 계괴 이셔 태귀 압히셔 조졀ᄒ고 봉휘 뒤히
　　 셔 ᄀᆞ르치고 의논ᄒ야 뎐하끠 이심 <u>품으미</u> 일됴일셕의 연괴 아니라
　　 <闡義 2:19a>

(86)은 ‘품다’의 목적어 논항으로 ‘이심’이 실현된 것 외에도 ‘뎐하끠’라는 ‘NP에게’ 논항이 실현되었다. 이러한 용법은 현대국어까지 이어

‘NP이 NP를 V’의 논항구조를 취하였는데 근대국어 후기 문헌에서 ‘NP이 NP를(대상) NP에(수혜자) V’의 구문을 형성한다. 예 (1ㄱ)은 15세기 국어에 실현된 예이고 (1ㄴ)은 근대국어 후기에 실현된 예이다.
(1) ㄱ. 쏘 喪亂ᄋᆞᆯ 맛니러 샤옹 어루믈 <u>발뵈디</u> 몯ᄒ니 (更遭喪亂嫁不售)
　　　 <杜詩25:45b>
　　 ㄴ. 소인의 유미ᄒᆞᆫ 심슐을 어늬 짜에 <u>발뵈리오</u> <매일1898.7.19.>

지게 된다.

　아. '피사역주'의 'NP에' 논항이 형성되는 경우

　15세기 국어에서는 피사역주의 논항이 'NP를'로 실현되었다. 그리하여 15세기 국어에서 사역 타동 구문을 실현시켰던 '물이다'와 '시기다'는 사역주 'NP이'와 피사역주 'NP를' 논항을 요구하는 'NP이 NP를 V'의 논항구조를 취하였다. 이들 구문에서 피사역주 논항이 'NP에'로 실현되는 것은 근대국어 후기 문헌에 가서야 용례가 보이기 시작한다. 각각의 경우 실례를 들어 변천 과정을 살펴보기로 하겠다.
　'물이다(〉 물리다, 徵)'는 15세기 국어에서 'NP이 NP를 V'의 논항구조를 취하였다.

　(87) 衆生이 도로 사룸 두외야 도로 그 나무닐 <u>물이누니</u> ＜楞嚴 8:124b＞

　이러한 '물이다' 구문은 근대국어 후기 문헌에 가면서 'NP이 NP를 NP에/의게 V'의 구문을 형성하게 된다.

　(88) ㄱ. 우리 정부에셔 주비후고 갑슬 두 나라 회샤에 <u>물니지</u> 안코 ＜독립18
　　　　 96.11.19.＞
　　　ㄴ. 흔 돈이라도 더 빅셩의게 <u>물니지</u> 못홈이어눌 ＜독립 1896.12.15.＞

　예 (88ㄱ)은 '우리 정부에서 자비하고 값을 두 나라 회사에 물리지 않고'이며 (88ㄴ)은 '한 돈이라도 더 백성에게 물리지 못하거늘'의 의미를 가진다. 각각의 경우 '갑슬'과 '흔 돈이라도'가 대상 논항이 되며 '두 나라 회샤에'와 '빅셩의게'가 '물이다'의 피사역주 논항으로 실현되

었다. 피사역주 논항이 무정 명사일 경우에는 (88ㄱ)의 'NP에'로 실현
되며 인간 명사일 경우에는 (88ㄴ)의 'NP의게' 논항으로 실현된다.
　'시기다(〉시키다, 命)'는 15세기 국어에서 'NP이 NP를 V'의 구문을
형성하였다.

(89) 부톄 剃師를 <u>시기샤</u> <月釋 7:8b>

　위의 예에서 'NP를'로 실현되는 것은 '시킴의 대상이 되는 명사구'
이다. 이처럼 'NP를'로 실현된 명사구는 20세기 초기 문헌에 가서야
'NP에'의 논항으로 실현되는 용례가 나타난다.

(90) 그런 공부를 우리의게 <u>시기기로</u> <경향 2:299>

　20세기 초기 문헌에 나타나기 시작한 'NP이 NP를 NP에 V'의 구문
은 현대국어의 '시키다' 구문으로 이어지게 된다.
　이상에서 의미역 유형별로 살펴본 'NP에' 논항의 형성을 표로 정리
하면 다음과 같다.

【표25】 'NP에' 논항이 형성되는 타동사

'NP에'의 의미역	해당 동사 목록	형성 시기
장소	갈다(〉갈다, 耕)	근대
	니기다²(〉익히다, 熟)	근대
	다히다²(〉때다, 燒)	현대
	묶다(〉묶다, 束)	근대
	버므리다(〉버무리다, 攪)	근대
	비븨다(〉비비다, 鑽)	현대

	삐르다() 찌르다, 刺)	근대
	얽미다() 얽매다, 縲)	현대
방향	그스다() 끌다, 拖)	근대
	놀이다() 날리다, 飛)	현대
	돌이다() 돌리다, 輪)	근대
	비취다() 비추다, 照)	근대
	드러내다() 드러내다, 露)	근대
	수기다() 숙이다, 低)	현대
지향점	다디르다() 대지르다, 撞)	현대
	츠자가다() 찾아가다, 尋)	근대
	트다³() 타다, 乘)	근대
자격	뫼시다() 모시다, 陪)	현대
	안치다() 앉히다, 坐)	현대
결과	훙졍ㅎ다() 흥정하다, 商)	근대
대상	견듸다() 견디다, 忍)	현대
기준	질드리다() 길드리다, 調)	현대
행위주	븓들이다() 붙들리다, 局)	현대
	자피다() 잡히다, 操)	근대
수혜자	머기다() 먹이다, 喂)	근대
	먹다() 먹다, 食)	근대
	받다¹() 받다, 受)	중기
	베프다() 베풀다, 宣)	중기
	브티다¹() 붙이다, 附)	근대
	빌이다() 빌리다, 借)	근대
	얻다() 얻다, 得)	중기
	트다²() 타다, 受)	현대
	품다() 품다, 懷)	근대
피사역주	물이다() 물리다, 徵)	근대
	시기다() 시키다, 命)	현대

4.2.1.3. 'NP로' 논항의 형성

'NP로' 논항이 형성되는 경우는 그 결과에 따라 세 가지 유형으로 분류할 수 있다. 첫째, 'NP이 NP를 V'의 타동구문에서 'NP로' 논항이 형성됨으로써 'NP이 NP를 NP로 V'의 확장된 논항구조가 형성되는 경우이다. 둘째, 'NP이 NP를 V'의 타동 구문에서 'NP를' 논항의 의미역이 'NP로'로도 실현되게 되는 경우이다. 두 번째 유형은 새로운 의미역의 논항이 형성된다는 것 이상의 의미를 가진다. 즉 'NP로' 논항이 형성되면서 'NP이 NP로 V'의 논항구조를 가지게 되는 것이므로 타동사가 자동적 용법을 획득하는 것이 된다. 결국 타동사가 자·타 겸용 동사의 용법을 가지게 된다.

새로 생겨나는 'NP로'의 의미역으로는 '방향, 지향점, 결과, 자격, 도구' 등이 있는데 '방향, 결과, 자격, 도구' 등 대부분의 의미역은 모두 첫 번째 유형에 속하며 나머지 '지향점' 논항만이 두 번째 유형에 속한다. 그러므로 타동 구문은 후대에 'NP로' 논항이 형성됨에 따라 대체로 타동사의 논항구조가 확장된다고 말할 수 있다.

가. '방향'의 'NP로' 논항이 형성되는 경우

'방향'의 'NP로' 논항이 형성되는 경우에는 두 가지 유형이 있다. 구문에서 방향의 논항을 가지지 못하다가 후대에 이를 가지게 되는 경우가 첫 번째이고, 방향의 'NP에' 논항이 구문에서 먼저 실현되다가 후대에 방향의 'NP로' 논항이 생기게 되는 경우가 두 번째이다.

첫째, 15세기 국어에서는 방향의 논항을 가지지 못하다가 후대에 취하게 되는 경우는 구문에서 방향의 논항이 형성되면서 동사의 자릿수가 늘어나게 되는 변화를 겪게 된다. 이에 속하는 동사로는 '그스다, 도르혀다, 돌이다, 밀다' 등이 있다.

예 (91)은 '도르혀다(回)', (92)는 '돌이다()돌리다, 輪)', (93)은 '밀다()밀다, 推)'가 15세기 국어에서 실현된 용례이다. 예를 통해 알 수 있듯이 이들은 모두 'NP이 NP를 V'의 논항구조를 가진 타동사로 실현되었다.

(91) 흔 암사슨미 와 옷 섄론 므를 먹고 모골 <u>도르혀</u> 오좀 누는 싸홀 할흐니
    <釋詳 11:25a>
(92) 말스미 굳고 혀롤 <u>돌이디</u> 몯거든 <救簡 7:02a>
(93) ㄱ. 病을 아나셔 金門을 <u>미러</u> 들오져 흐나 <杜詩 19:42b>
    ㄴ. 녯 사르미 닐오디 므슴 뮈우미 넙고 클시 布ㅣ오 내 모맷 거슬 <u>미러</u>
      놈 주미 施라 흐니라 <南明上 61a>

예 (91)은 '한 암사슴이 와서 옷 빤 물을 먹고 목을 돌려 오줌 누는 땅을 핥으니'의 의미이다. 여기서 '모골'은 '도르혀다'의 대상 논항으로 실현되었다. 예 (92)는 '말씀이 굳어지고 혀를 돌리지 못하거든'의 의미로 여기서 '돌이다'는 '물체를 일정한 축을 중심으로 원을 그리면서 움직이다'의 의미로 움직임이 일어나는 방향을 필요로 하지 않는다. (93ㄱ)은 '병을 안고 금문을 밀어 들어오고자 하나'의 의미이며 (93ㄴ)은 '옛 사람이 이르되…내 몸에 있는 것을 미루어 남 주는 것이 施라고 한다'의 의미이다. (93ㄴ)의 '밀다'는 '일정한 방향으로 움직이도록 반대쪽에서 힘을 가하다'의 의미를 가지며 (93ㄴ)의 '밀다'는 '비추어 헤아리다'의 의미이다.

이들 동사들은 근대국어 후기 문헌으로 가면서 'NP이 NP를 NP로 V'의 확장된 구문구조를 가지게 되는데 아래 예가 이를 보여 준다.

(94) 머리롤 왼녁흐로 <u>도로혀며</u> (頭於左顧ᄒ며) <馬經下 57b>
(95) ㄱ. 이 님금은 히룰 셔흐로 <u>돌니려</u> ᄒ면 뎌 님금은 동으로 돌니려 ᄒ고
　　　<쥬교　5a>
　　ㄴ. 관찰ᄉ 리항의 씨가 복셜ᄒᄌᆞᆫ 통문을 란유로 <u>돌니고</u> 니부에 쇽여
　　　보ᄒ엿다니 <독립 1897.7.1.>
(96) 내힐 사롬이 ᄀᆞ만ᄀᆞ만 아기를 우흐로 <u>밀고</u> (生者輕輕推兒近上) <胎産
　　25a>

예 (94)는 '머리를 왼쪽으로 돌아보며'의 의미로 대상과 동작이 이
루어지는 방향이 각각 '머리롤'과 '왼녁흐로'로 실현되었다. 예 (95ㄱ)
은 '이 임금은 해를 서쪽으로 돌리려 하면 저 임금은 동쪽으로 돌리려
하고'의 의미로 '히롤'이 대상 논항으로 실현되었으며 '셔흐로'와 '동으
로'가 대상의 움직임을 나타내는 방향 논항으로 실현되었다. 예 (95
ㄴ)은 '관찰사 이항의 씨가 복설(復設)하자는 통문(通文)을 란유에게
돌리고…'의 의미로 '통문을'과 '란유로'가 각각 대상과 방향 논항으로
실현되었다. 이는 19세기 국어에 들어오면 생산적인 실현을 보이며
모두 현대국어까지 이어져 실현되고 있다. 예문 (96)은 '아기 받는 사
람이 가만가만히 아기를 위로 밀고'의 의미로 '밀다'의 대상 논항이
'아기를'이 되며 '우흐로'가 방향 논항으로 실현되었다.

방향의 'NP로' 논항이 형성되는 두 번째 유형으로 15세기 국어에서
이미 방향의 'NP에' 논항이 실현되고 후대에 방향의 'NP로' 논항이 형
성되는 경우가 있다. '기우리다, ᄃ려가다' 등이 이에 속한다.

'기우리다(> 기울이다, 傾), ᄃ려가다(> 데려가다, 領)'는 15세기 국어
에서 'NP이 NP를 NP에 V'의 논항구조를 가지고 실현되었다. 아래 예
들이 이를 보여 준다. 예 (97)은 '기우리다'가 실현된 예이고, (98)은

'드려가다'가 실현된 예이다.

> (97) 하늘콰 짜쾃 스시예 모믈 <u>기우려</u> 쏘 녯 이룰 스랑ᄒ고 (側身天地更懷
>   古) <杜詩 21:5b>
> (98) 難陁ㅣ 두리여 자바 녀홀까 ᄒ야 닐오디 南無佛陁 하나룰 閻浮提예
>   도로 <u>드려가쇼셔</u> <月釋 7:13b-14a>

예 (97)은 '하늘과 땅 사이에 몸을 기울여 또 옛 일을 생각하고'의
의미이다. '모믈'이 대상 논항이 되며, '하늘콰 짜쾃 스시예'가 방향 논
항이 된다. 예 (98)은 '난타가…이르되 "나무불타(南無佛陁) 하나를 염
부제에 도로 데려가소서"'의 의미로 '南無佛陁 하나룰'이 대상 논항으
로, '閻浮提예'가 방향 논항으로 실현되었다. 이들은 근대국어에 들어
오게 되면 방향의 'NP에' 논항뿐만 아니라 방향의 'NP로' 논항을 구문
에서 가지게 된다. 곧 'NP이 NP를 NP로'의 논항구조를 취하게 된다.
예 (99)는 '기울이다'가, (100)은 '드려가다'가 근대국어에서 실현된 예
이다.

> (99) 물건을 미미홀 시 남을 달아 줄 졔ᄂ 슈은을 물건 노혼 편으로 <u>기우리</u>
>   고 <感應 3:46b>
> (100) 국왕이 츌셩혼 후의야 다시 궐니의 들게 ᄒ고 셰ᄌ와 대군만 븍녁흐로
>   <u>드려가리니</u> <산셩 108>

예 (99)는 '물건을 사고 팔매…수은을 물건 놓은 편으로 기울이고'
의 의미로 '슈은을'이 '기울이다'의 대상 논항이며, '물건 노혼 편으로'
가 방향 논항으로 실현되었다. 예 (100)은 '…세자와 대군만 북쪽으로
데려가니'의 의미로 '셰ᄌ와 대군만'이 대상 논항이 되며 '븍녁흐로'가
방향 논항으로 실현되었다. '드려가다'는 근대국어 초기 문헌에서 방

향의 'NP로' 논항이 실현된 용례를 보이는 반면, '기우리다'는 근대국어 후기 문헌에 가서야 그러한 용례가 보인다.

　나. '지향점'의 'NP로' 논항이 형성되는 경우

　본고는 2장에서 이동 구문을 형성하는 타동사 부류를 이동 타동사로 분류한 바 있다. 여기서는 15세기 국어에서 이동 타동사로 분류되는 동사 가운데 일부가 후대 문헌에서 지향점의 'NP로' 논항을 가지게 되는 경우를 다루고자 한다. 'NP이 NP를 V'의 논항구조를 취했던 타동사가 'NP이 NP로 V'의 구문을 형성함으로써 논항구조가 증가하게 된 것인데, 이는 논항의 형성으로 인해 동사의 자릿수에는 변화가 없으나 타동사가 자동적 용법을 가지게 되는 것으로 해석된다. 결과적으로 자·타 겸용 동사의 용법을 가지게 된다. 지향점의 'NP로' 논항이 형성되는 경우는 지향점의 'NP로' 논항이 형성되면서 지향점의 'NP에' 논항이 함께 실현되는 모습을 보인다. 이에 속하는 예로는 '츳자가다'가 있다.[15]

　'츳자가다() 찾아가다, 尋)'는 15세기 국어에서 'NP이 NP를 V'의 타동 구문을 형성하였다. 예 (101)이 이에 해당한다.

(101) 져믄 아히 믌 웋홀 츳자가니 흐올로 듣디 몯흐리로다 (稚子尋源獨不聞) <杜詩 25:16a>

　예 (101)은 '어린 아이가 물의 근원(뿌리)을 찾아가니 홀로 듣지 못

---

15) '츳자가다' 구문에서 지향점의 'NP에' 논항이 형성되는 것에 대해서는 앞서 'NP에' 논항이 형성되는 경우를 다루면서 논의한 바 있으므로 여기서 다시 구체적인 설명을 하지는 않겠다.

할 것이다'의 의미이다. '져믄 아희'가 행위주 논항이며, '믌 츌홀'이 '츠자가다'의 지향점 논항으로 실현되었다. 이러한 '츠자가다' 구문은 16세기 국어에서 'NP이 NP로 V'의 논항구조를 취하게 된다.

(102) 스스로 능히 우후로 <u>초자가</u> 쉬운 일브터 비화셔 <飜小 8:5b>

(102)는 '스스로 능히 위로 찾아가 쉬운 일부터 배워서'의 의미로 '우후로'가 지향점 논항으로 실현되었다.

다. '결과'의 'NP로' 논항이 형성되는 경우

결과의 'NP로' 논항이 형성되는 경우는 세 가지이다.

첫째, 15세기 국어 타동사 구문에서 실현되었던 '결과'의 'NP에' 논항이 후대에 'NP로' 논항으로도 실현되는 경우이다. 즉 'NP이 NP를 NP에 V'의 논항구조만 취하던 타동사가 'NP이 NP를 NP로 V'의 논항구조도 함께 가지게 되는 것이다. 이로 인해 타동사의 논항구조가 증가하게 되는데 '눈호다' 등이 이에 속한다.

둘째, 15세기 국어 타동 구문에서 '결과' 논항을 가지지 않다가 후대에 '결과'의 논항이 생기면서 'NP로' 논항을 취하게 되는 경우로 'NP이 NP를 V'의 구문이 'NP이 NP를 NP로 V'의 구문으로 실현된다. 이러한 변화로 인해 타동사는 논항구조가 증가할 뿐만 아니라 확장된 논항구조를 가지게 된다. '듣다, 믿다, 일콛다'가 대표적인 예이다. 이들은 결과의 'NP로' 논항이 형성되면서 결과의 'S-고' 논항이 함께 형성된다.

셋째, 15세기 국어의 'NP이 NP를 V' 구문이 후대에 'NP이 NP를 NP

로 V'의 확장된 논항구조를 가지는 것으로, 두 번째 유형과 달리 결과의 'NP로' 논항만 형성되는 경우이다. '밍돌다'가 이에 속한다.

첫 번째 유형에 속하는 '논호다() 나누다, 分)'는 15세기 국어에서 'NP이 NP를 NP에 V'의 논항구조를 가지고 실현되었다. 아래 예가 이에 해당된다.

(103) 이제 이 經을 科判호디 二十八品을 세헤 <u>논호노니</u> 처어믄 序分 一品이
　　　오 둘흔 正宗分 十九品이오 세흔 流通分 八品이라 <法華 1:15b>

예문 (103)은 '…二十八品을 셋으로 나누니 첫째는 序分 一品이고 둘째는 正宗分 十九品이고 셋째는 流通分 八品이다'의 의미로 '二十八品을'은 '논호다'의 대상 논항이며 '세헤'가 결과 논항으로 실현되었다.

이러한 '논호다' 구문은 근대국어에 들어와 결과의 'NP로' 논항을 가지게 된다. 예 (104)가 이에 해당한다.

(104) 그 여돏째는 굴온 관셔 뿔 환조 준 중에 대미를 쇼미로 <u>논화</u> 주고
　　　<京畿民綸音 3a>

예문 (104)는 '…쌀을 좁쌀로 나누어 주고'의 의미로 '대미를'이 대상 논항이며 '쇼미로'가 결과 논항으로 실현되었다.

두 번째 유형은 15세기 국어 타동 구문에서 '결과' 논항을 가지지 않다가 후대에 '결과' 논항이 생기면서 'NP로' 논항을 취하게 되는 경우로 '듣다() 듣다, 聞), 믿다() 믿다, 信), 일콛다() 일컫다, 稱)' 등이 이에 속한다.

예 (105)는 '듣다', (106)은 '믿다', (107)은 '일콛다'가 15세기 국어에서 실현된 예를 든 것이다.

(105) ㄱ. 내 아래브터 부텻긔 이런 마롤 몯 <u>듣조ᄫᅥ며</u> <釋詳 13:42b>

(106) ㄱ. 羅卜이…盟誓롤 <u>미더</u> 듣더니 <月釋 23:66b>

　　　 ㄴ. 내 이 사ᄅᆞ미 ᄆᆞ촘내 能히 그르디 몯호ᄆᆞᆯ <u>믿노이다</u> (我信是人이
　　　　　 終不能解ᄒᆞ노이다) <楞嚴 5:2a>

　　　 ㄷ. 孔聖이…주긇 거시 잇ᄂᆞᆫ 둘 <u>미더</u> 塵垢患累예 버서나고져 ᄒᆞᄂᆞᆫ 젼
　　　　　 ᄎᆞ라 <月釋 18:32b>

(107) ㄱ. 善男子아 부텻 일후믈 네 <u>일ᄏᆞᆫ</u> 젼ᄎᆞ로 罪 스러딜ᄊᆡ 와 맛노라
　　　　　 <月釋 8:70b>

　　　 ㄴ. 離欲無諍올 ᄒᆞ마 第一이라 <u>일ᄏᆞᄅᆞ시니</u> <金三 2:56a>

예문 (105)는 '내가 예전부터 부처께 이런 말을 못 들었으며'의 의
미로 '듣다'가 'NP이 NP를 NP에 V'의 논항구조를 가지고 실현된 경우
이다. 예문 (106)의 '믿다'는 15세기 국어에서 대체로 'NP이 NP를 V'
의 구문을 형성하였다. (106)에서 실현된 주어를 살펴보면, (106ㄱ)은
'羅卜이', (106ㄴ)은 '내', (106ㄷ)은 '孔聖이'가 각각 실현되었다. 주어로
실현되는 'NP이'는 사유의 주체가 되는 명사구로서 경험주의 의미역
을 가진다. 그리고 목적어인 'NP를'은 '믿다'의 '사유 대상'이다. 예문
(106ㄱ)은 믿음의 대상이 '盟誓롤'로 일반 명사가 실현되었다. 예문
(106ㄴ)은 '이 사ᄅᆞ미 ᄆᆞ촘내 能히 그르디 몯호ᄆᆞᆯ'이라는 동명사 구성
이, (106ㄷ)은 '주긇 거시 잇ᄂᆞᆫ 둘'이라는 명사구 보문 구성이 각각 믿
음의 구체적인 내용으로 실현되었다. 예문 (107)의 '일콛다'는 15세기
국어에서 'NP이 NP를 V', 'NP이 NP를 S V'의 논항구조를 취하였다.
(107ㄱ)은 'NP이 NP를 V', (107ㄴ)은 'NP이 NP를 S V'의 논항구조를
가진다. 이들은 모두 근대국어에 들어와 'NP이 NP를 NP로 V'의 확대
된 논항구조를 가지게 된다. 각각의 경우 결과의 'NP로' 논항을 취하
는 구문의 예를 아래에 제시하기로 한다.

(108) ㄱ. 妾은 命을 <u>듣줍디</u> 못ㅎ리로소이다 <御內 2:24b>
　　　ㄴ. 져 사롬은 어룬의게 꾸즁을 <u>듣고</u> 당신 앒히셔는 감히 發明 몯ㅎ고
　　　　　<隣語 5:18a>
　　　ㄷ. 텬쥬의 훈계ㅎ심을 드롤 때에 사롬의 말흔 바로 <u>듯지</u> 아니ㅎ고
　　　　　쥬의 말슴으로 알앗시니 <셩경 15a>
(109) 뎌롤 영싱으로 <u>밋논</u> 쟈의게 모양올 삼우시미니 <디모데 1:16>
(110) ㄱ. 이에 친밀흔 벗으로 즈쳐ㅎ여 됴곰도 꺼리고 두려ㅎ미 업서 흉지
　　　　　롤 별호로 <u>일콧고</u> <闡義 4:20a>
　　　ㄴ. 그 고든 줄을 됴뎡에 <u>일크르니</u> (其直稱之朝) <五倫朋 13b>
　　　ㄷ. 궐 니 들니와 계모긔 지효ㅎ시믈 <u>일콧더라</u> <閑中 34>
　　　ㄹ. 집에 가셔 환도 네 자루를 가져 오라고 <u>닐크르되</u> <독립 1897.2.9.>

　　예 (108ㄷ)은 '듣다'가 실현된 예로 '천주께서 훈계하심을 들을 때에(는) 사람이 말한 것으로 듣지 않고 주의 말씀으로 알았으니'의 의미를 가진다. 여기서 '텬쥬의 훈계ㅎ심을'이 '듣다'의 대상 논항이고, '사롬의 말흔 바'는 결과 논항이 된다. 이는 '듣다'가 인지 구문을 형성하면서 'NP로' 논항 명사구를 가지게 된 것으로 근대국어 후기부터 실현된 것으로 보인다. 예문 (109)는 '믿다'가 실현된 예로 이는 19세기 국어에 들어오면서 'NP이 NP를 NP로 V' 구문을 형성하게 된다. 예문 (109)는 '저를 영생으로 믿는 자에게 모양을 삼으심이니'의 의미를 가진다. 여기서 'NP를'인 '뎌롤'은 믿는 대상이 되고, 'NP로'인 '영싱으로'는 대상에 대한 믿음의 결과 논항이 실현된 것이다. 즉 '-를' 명사구에 대해 화자나 주어가 대상에 대해 어떻게 인지하는지가 '-로' 명사구를 통해 나타난 것이다. 이러한 '믿다' 구문은 19세기 국어에 드물게 나타나다가 현대국어에 들어오면서 생산적으로 실현되었다. 예문 (110)은 '일콛다'가 실현된 예이다. (110ㄱ)은 '이에 친한 벗으로 자

처하고 조금도 꺼리거나 두려워함이 없어 흥지를 별호로 일컫고'의
의미를 가지는 것으로 '흥지를'이 대상 논항이며 '별호로'가 결과 논항
으로 실현되었다. '일컫다'의 'NP이 NP를 NP로 V'는 18세기 국어 문
헌에서 나타나기 시작하며 근대국어 후기 문헌으로 갈수록 생산적으
로 실현된다.

세 번째 유형에 속하는 'NP로' 논항의 형성에 대해 살펴보자. 예
(111)은 '밍돌다() 만들다, 結)'가 실현된 예이며 (112)는 '믈리다() 물리
다, 退)'가 실현된 예이다. 이들은 15세기 국어에서 모두 'NP이 NP를
V'의 구문을 형성하였다.

(111) 法門을 듣고 쉽디 몯흔 뜨들 내야 信解受持ᄒᆞᄂᆞ닌 ᄒᆞ마 無量劫中에
　　　한 聖人을 셤기ᅀᆞ와 한 善根올 심거 般若 正흔 因을 기피 <u>밍돈</u> 못 上根
　　　性이니 <牧牛子 45a>
(112) ᄒᆞ봊ᅀᅡ 나ᅀᅡ가샤 모딘 도ᄌᆞᄀᆞᆯ <u>믈리시니이다</u> <龍歌 35>

예문 (111)은 '법문을 듣고 쉽지 못한 뜻을 내어서 신해수지(信解受
持)하는 것은…많은 선근(善根)을 심어서 반야의 바른 인(因)을 깊이
만든 최고의 상근성(上根性)이니'의 의미이다. 여기서 '因을'은 '밍돌
다'의 대상 논항으로 실현되었다. 예 (112)는 '혼자 나아가시어 모진
도둑을 물리치십니다'의 의미로 '도ᄌᆞᄀᆞᆯ'은 대상 논항으로 실현되었다.

이들 구문은 근대국어에 들어와서 확장된 논항구조의 모습을 보여
준다. 즉 'NP이 NP를 NP로 V' 구문이 나타나기 시작하는 것이다.[16)]
예 (113)-(114)가 이에 해당한다.

---

16) 근대국어 문헌에서 '결과'의 논항이 'NP를'로 나타나는 용례가 있다. '우롤 ᄀ
　　ᄅ롤 밍ᄃᆞ라 (右爲末ᄒᆞ야) <馬經上 86a>' 나타나는 용례가 하나뿐이라서 이
　　를 일반적인 현상으로 논의하기는 힘들다.

(113) 셔양목과 조희와 온갓 의복을 텬하에 데일노 <u>믄둑눈</u> 곳이며 <사민
    34>
(114) 보공과 미포일은 너년 믹츄로 <u>믈니기가</u> 긔약이 너모 밧보고 <湖南民
    繡푬 8b>

예 (113)은 '셔양목과 종이와 온갓 의복을 천하에서 제일로(최고로)
만드는 곳이며'의 의미이다. 여기서 '셔양목과 조희와 온갓 의복을'이
'밍둘다'의 대상 논항이 되며 '데일노'는 결과 논항이 된다. 예 (114)는
'보공(補空)과 미포(米布)일을 내년 보릿가을로 미루기에는 시간이 너
무 바쁘고'의 의미이다. '보공과 미포일'이 대상 논항으로, '너년 믹츄
로'가 결과 논항으로 실현되었다.

    라. '자격'의 'NP로' 논항이 형성되는 경우

15세기 국어에서 대상 위치 타동사로 분류되어 'NP이 NP를 NP에
V'의 구문을 실현시키던 것이 후대에 자격의 'NP로' 논항을 가지게
되어 'NP이 NP를 NP로 V'의 구문구조를 이루게 되는 경우가 있다.
이러한 변화를 겪는 부류의 타동사는 '자격'의 'NP로'가 구문에서 형성
되면서 자격의 'NP에' 논항도 함께 실현되는 모습을 보인다.17) 이에
속하는 타동사로 '뫼시다()모시다, 陪'와 '안치다()앉히다, 坐' 등이
있다.
    예 (115)는 '뫼시다'가 실현된 예이며 (116)은 '안치다'가 실현된 예
를 보인 것이다.

---

17) 이들 구문에서 자격의 'NP에' 논항이 형성되는 것은 현대국어에 들어와서야
    생긴 용법으로 보여 본문에서는 다루지 않았다.

(115) 그저긔 諸天은 하눌해 뫼셔다가 七寶塔 셰숩고 龍王은 龍宮의 <u>뫼셔다</u>
　　　<u>가</u> 七寶塔 셰숩고 여듧 王은 各各 나라해 뫼셔다가 七寶塔 셰ᅀᆞᆸ니
　　　<釋詳 23:56a-56b>
(116) 아기 낟는 어미롤 그 우희 <u>안치라</u> <救簡 7:36a>

　예 (115)는 '그 때 제천은 하늘에 모셔다가 칠보탑을 세우시고 용왕
은 용궁에 모셔다가 칠보탑을 세우시고 여덟 왕은 각각의 나라에 모
셔다가 칠보탑을 세우시니'의 의미로 '제천, 용왕, 여듧 왕'은 모두 '뫼
시다'의 대상 논항이 된다. 그리고 '하눌해, 용궁의, 각각 나라해'가 장
소 논항으로 실현되었다. 예 (116)은 '아기 낳는 어미를 그 위에 앉혀
라'의 의미로 '아기 낟는 어미롤'이 '안치다'의 대상 논항이며 '그 우희'
가 장소 논항으로 실현되었다. 모두 'NP이 NP를 NP에 V'의 대상 위
치 타동 구문을 구성하고 있다.

　이들 구문은 각각 후대에 자격의 'NP로' 논항을 취하게 되는데 '안
치다'가 16세기 국어 문헌에서 이미 그러한 용례를 보이는 데 반해
'뫼시다'는 근대국어 후기 문헌으로 가서야 용례를 보인다.

(117) 만이레 벼슬 노폰 사롬이 왯거든 비록 동향 사롬이라두 벼슬로 <u>안치라</u>
　　　<여씨화산 24a>
(118) 죠션 대군쥬 폐하를 샹뎐으로 셤기며 쥬인으로 <u>모시고</u> 지낼 도리들을
　　　호고 외국 샹뎐을 엇으러 <독립 1897.9.7.>

　예 (117)은 '만일 벼슬이 높은 사람이 와 있으면 비록 동향 사람이
더라도 벼슬로 앉혀라'의 의미로 '안치다'의 대상 논항은 문면에서 'NP
를' 논항으로 실현되지는 않았으나 문맥상 '벼슬 노폰 사롬'이며 '벼슬
로'가 자격의 'NP로' 논항으로 실현되었다. 예 (118)은 '조선 대군주 폐

하를 상전으로 섬기며 주인으로 모시고 지낼 도리들을 하고'의 의미
이다. 여기서 '모시다'의 대상 논항은 '죠션 대군쥬 폐하를'이 되며 '쥬
인으로'가 자격의 'NP로' 논항으로 실현되었다.

　마. '도구'의 'NP로' 논항이 형성되는 경우

　도구의 'NP로' 논항이 형성되는 것으로 '달호다() 다루다, 治), 버므
리다() 버무리다, 攪), 브티다[2]() 부치다, 寄)' 등이 있다. 예 (119)-(121)
은 이들이 15세기 국어에서 실현된 예들이다.

(119) 그 집 門이 몰라 드리드라 보니 地獄ㄱ티 사른몰 <u>달호거늘</u> 두리여
　　　도로 나오려 ᄒ더니 <釋詳 24:14b>
(120) 나조히 御香올 <u>버므려</u> 도라가노라 (暮惹御香歸) <杜詩 21:14b>
(121) ㄱ. 病흔 늘그닐 기리 스랑ᄒ야 먼 묏 그테 그를 <u>브텨</u> 보내라 (永念病
　　　渴老 附書遠山巓) <杜詩 22:25a>
　　　ㄴ. 韶州ㅅ 원의게 <u>브텨</u> 알외노니 새 그롤 어제 브텨 보내돗더라 (憑報
　　　韶州牧 新詩昨寄將) <杜詩 23:29a>

　이들 구문에서 도구의 'NP로' 논항이 실현되는 예는 근대국어 문헌
에서 살펴볼 수 있다.

(122) 셔양셔 근일에 유명흔 농학ᄉ ᄒ나이 신발명을 ᄒ야 삼과 모시를 이
　　　새 법으로 <u>다루거드면</u> <독립 1897.6.8.>
(123) 가마 아래 지와 잡지롤 取ᄒ야 젼 흙과로 <u>버므려</u> <煮焇3b>
(124) 경향 각쳐 관민들이 편지들을 우편으로 <u>부치면셔</u> <독립 1899.2.18.>

　예 (122)의 '새 법으로', (123)의 '흙과로', 그리고 (124)의 '우편으로'

가 각각 도구의 논항으로 실현되었다. 이들 'NP이 NP를 NP로 V'의 구문은 모두 현대국어까지 이어진다.

　이상에서 의미역 유형별로 살펴본 'NP로' 논항의 형성을 표로 정리하면 다음과 같다.

【표26】 'NP로' 논항이 형성되는 타동사

'NP로'의 의미역	목록	형성 시기
방향	겄다() 꺾다, 折)	현대
	그스다() 끌다, 拖)	근대
	기우리다() 기울이다, 傾)	근대
	내좇다() 내쫓다, 斥)	현대
	내티다() 내치다, 斥)	현대
	눌이다() 날리다, 飛)	현대
	다히다[1]() 대다, 著)	현대
	더디다() 던지다, 擲)	현대
	도르혀다(回)	근대
	돌이다() 돌리다, 輪)	근대
	드려가다() 데려가다, 領)	근대
	밀다() 밀다, 推)	근대
	버리다[1]() 벌리다, 開)	현대
	숨기다() 숨기다, 隱)	현대
지향점	너머가다() 넘어가다, 越)	근대
	츠자가다() 찾아가다, 尋)	중기
결과	フ라닙다() 갈아입다, 更)	현대
	골다[1]() 갈다, 替)	현대
	논호다() 나누다, 分)	근대
	듣다() 듣다, 聞)	근대
	믈리다() 물리다, 退)	근대
	믿다() 믿다, 信)	근대
	밍둘다() 만들다, 結)	근대

	밧고다() 바꾸다, 易)	근대
	일콘다() 일컫다, 稱)	근대
	자피다() 잡히다, 操)	현대
	짓다() 짓다, 作)	현대
	흥졍ᄒ다() 흥정하다, 商)	현대
자격	들다²() 들다, 擧)	현대
	딕다²() 찍다, 點)	현대
	맞다³() 맞다, 接)	현대
	뫼시다() 모시다, 陪)	근대
	묻다²() 묻다, 埋)	현대
	안치다() 앉히다, 坐)	중기
	얻다() 얻다, 得)	현대
	잡다() 잡다, 守)	현대
도구	노기다() 녹이다, 化)	현대
	달호다() 다루다, 治)	근대
	므르다³() 무르다, 退)	현대
	믈드리다() 물들이다, 染)	현대
	버므리다() 버무리다, 攪)	근대
	브티다²() 부치다, 寄)	근대

4.2.1.4. 'NP와' 논항의 형성

타동 구문에서 형성되는 'NP와'의 의미역으로는 '대상'의 'NP와'와 '기준'의 'NP와'가 있다.

가. '대상'의 'NP와' 논항이 형성되는 경우

대상의 'NP와' 논항이 형성되는 경우는 세 가지 유형이 있다. 'NP이 NP를 V'의 타동 구문에서 대상의 'NP를' 논항이 대상의 'NP와' 논항

으로 실현되는 경우가 첫 번째이고, 'NP이 NP$_{pl}$를 서르 V'의 논항구
조를 취하던 타동사가 'NP이 NP를 NP와 V'의 구문으로 실현되는 경
우가 두 번째이며, 'NP이 NP를 NP에 V'의 타동 구문에서 'NP에' 논항
이 'NP와' 논항으로 실현되는 경우가 세 번째 유형이다.

첫 번째 유형에 속하는 타동사로 '갓가이ᄒ다'가 있다. 15세기 국어
의 '갓가이ᄒ다() 가까이하다, 近)'는 'NP이 NP를 V'의 구조를 가지고
실현되었다.

(125) ᄒ다가 오직 菩薩올 <u>갓가이ᄒ면</u> 菩薩性이 ᄃ외오 <圓覺上 1-1:55a>

'갓가이ᄒ다'가 'NP이 NP와 V'의 논항구조를 가지게 된 것은 16세
기 국어 문헌에서 나타나기 시작한다.

(126) 눔과 <u>갓가이ᄒ야</u> 서르 므더니 너기게 말며 <飜小 4:13b-14a>

두 번째 유형에 속하는 것으로는 '밧고다'가 있다. '밧고다() 바꾸다,
易)'는 15세기 국어에서 'NP이 NP를 (서르) V', 'NP이 NP로 NP를 V'
의 구문을 형성하였다. 각각의 구문의 실현 용례를 보이면 다음과 같
다.

(127) ㄱ. 뎌른 목수믈 <u>밧고아</u> 긴 목수미 ᄃ외실 씨라 <般若 24a>
     ㄴ. 머리와 쏘리와롤 서르 <u>밧고니</u> <楞嚴 2:13b>
     ㄷ. 몸 혜디 아니ᄒ고 흔 모ᄆ로 萬民의 命을 <u>밧고니</u> 벼슬 贈ᄒ시고
        <三綱忠 35>

그리고 '밧고다'는 16세기 문헌에서 'NP이 NP로 NP와 V'의 논항구

조를 취하는 예가 나타난다.

(128) 네 다홍 비쳇 금으로 홍븨 뗜 털릭과 <u>밧고져</u> <飜朴 72a>

다음으로 이들 '밧고다'의 구문이 근대국어에서 어떻게 실현되는지 살펴보기로 하겠다.

(129) ㄱ. 일본 은젼을 십오일니로 진고기 은힝쇼로와 <u>밧고와</u> 가라 ᄒ엿다기
　　　에 <매일 1898.7.8.>
　　ㄷ. 蔣幹이 니로되 내 명과 몸을 <u>밧고와</u> 밋부게 홈을 원ᄒ노라 <三譯
　　　7:11a>

우선 'NP이 NP를 V'의 구문은 근대국어에서도 그대로 실현된다. 그리고 근대국어 후기 문헌에서 'NP이 NP를 NP와 V'의 확장된 타동 구문을 형성하게 된다.

세 번째 유형에 속하는 것으로 '다히다¹'이 있다. '다히다¹(〉대다, 著)'은 15세기 국어에서 'NP이 NP를 NP에 V'의 구문이 실현되었다.

(130) 如來 소놀 내 모매 <u>다히샤</u> 나룰 便安케 ᄒ쇼셔 <月釋 10:8b>

'다히다'는 근대국어 후기에 들어와 'NP이 NP와 NP를 V' 구문의 용 례가 나타나기 시작한다. 예 (131)이 이에 해당한다.

(131) 이 독립회와 챵ᄌ를 서로 <u>다히며</u> <매일 1898.8.24.>

이 '다히다' 구문은 모두 현대국어까지 이어져 실현된다.

이상에서 의미역 유형별로 살펴본 'NP와' 논항의 형성을 표로 정리하면 다음과 같다.

【표27】'NP와' 논항이 형성되는 타동사

'NP와'의 의미역	해당 동사 목록	형성 시기
대상	갓가이ᄒ다() 가까이하다, 近)	중기
	다히다[1]() 대다, 著)	근대
	밎다() 맺다, 結)	현대
	버리다[2]() 벌이다, 設)	현대
	버므리다() 버무리다, 攪)	현대
	홍졍ᄒ다() 홍정하다, 商)	현대
	브티다[1]() 붙이다, 附)	현대
	밧고다() 바꾸다, 易)	근대
기준	마초다() 맞추다, 合)	현대

4.2.2. 의미 축소와 구문 변화

여기서는 타동사의 의미가 축소됨에 따라 구문에서 실현되던 논항이 소멸하는 경우를 다루고자 한다. 타동 구문에서 실현되는 논항으로는 'NP이, NP를, NP에, NP와, NP로, S' 등이 있다. 이 가운데 타동 구문에서 없어서는 안 되는 것이 'NP를' 논항이다. 'NP를' 논항이 소멸하면 타동사는 더 이상 타동 구문을 구성하지 못하게 되기 때문이다. 그러므로 'NP를' 논항이 소멸하는 것은 타동사의 범주가 사라지게 되는 결과를 초래하는 것이므로 여기서 다루지 않을 것이다. 이것을 제외하면 타동사 구문에서 소멸하는 논항으로는 'NP에', 'S'가 있다.

타동사 구문에서 논항이 소멸하는 것에는 두 가지 유형이 있다. 논항이 소멸하면서 논항구조가 축소되어 타동사의 자릿수가 줄어드는 경우가 첫 번째 유형이다. 예를 들면 'NP이 NP를 NP에 V'의 논항구조를 가졌던 자동사가 'NP이 NP를 V'의 논항구조를 가지게 되는 경우이다. 다음으로 논항이 소멸하기는 했으나 타동사의 자릿수에는 변화가 없는 경우가 두 번째 유형이다. 'NP에'에 '방향'과 '수혜자'의 의미역을 모두 가지고 있던 'NP이 NP를 NP에 V'의 타동사가 수혜자의 'NP에' 논항이 없어지면서 방향의 'NP에' 논항만 취하게 되는 경우가 이에 해당한다.

논항이 소멸할 경우 대부분의 타동사 구문은 한 가지 유형의 논항이 소멸하지만 경우에 따라서는 두 가지 이상의 논항이 소멸하기도 한다. 본문에서는 두 가지 이상의 논항이나 의미역이 소멸하는 경우를 따로 다루지 않고 해당되는 논항이 소멸하는 부분에 포함시켜 논의할 것이다.

이제 논항의 종류별로 자동 구문에서 논항이 소멸하는 모습 및 논항의 소멸 시기 등을 실례를 들어 살펴보기로 하겠다.

4.2.2.1. 'NP에' 논항의 소멸

타동 구문에서 'NP에' 논항이 소멸하는 경우에는 두 가지 유형이 있다. 첫째, 'NP에' 논항의 실현이 불가능해지면서 그 논항의 의미역까지 함께 사라지는 경우이다. 둘째, 'NP에' 논항이 구문에서 실현되지 않게 되지만 'NP에'의 의미역이 다른 논항으로 실현되는 경우이다. 이 경우 'NP에' 논항은 구문에서 실현되지 않더라도 그 의미역은 계속해서 실현된다. 소멸되는 'NP에'의 의미역으로는 '방향, 기점, 장소, 결과, 기준 수혜자' 등이 있다. 이 중 대부분의 의미역들은 첫 번째 유형의 변화를 겪는다. '방향, 기점, 장소, 수혜자, 기준' 논항은 'NP에' 논항이 없어지면서 '방향, 기점, 장소, 수혜자, 기준'의 의미역까지 구문에서 실현되지 않게 된다. 그리고 '결과' 논항은 동사에 따라 두 유형의 변화를 모두 보인다. 그래서 결과의 'NP에' 논항이 구문에서 실현되지 않게 되더라도 'NP로' 논항이 실현되어 '결과'의 의미역이 계속해서 실현되는 타동사도 있으며, '결과'의 'NP에'가 사라지면서 '결과'의 의미역도 함께 없어지는 타동사도 있다. 각각의 유형에 속하는 논항의 변화에 대해 실례를 들어 살펴보기로 하자.

가. '결과'의 'NP에' 논항이 소멸하는 경우

여기서는 15세기 국어에서 결과 타동사로 분류되는 일부의 동사가 구문에서 결과의 'NP에' 논항이 실현되지 않게 되는 변화에 대해 다루고자 한다. 앞서 지적했듯이 결과의 'NP에' 논항이 구문에서 사라질 경우는 두 가지 유형으로 구분된다.

첫째, 결과의 'NP에' 논항이 구문에서 실현되지 않게 되더라도 'NP로' 논항이 실현되어 '결과'의 의미역이 계속해서 실현되는 경우이다. 이에 속하는 타동사로 '밍ᄀᆞᆯ다(制), 싸ᄒᆞᆯ다()썰다, 切)'가 있다.

15세기 국어의 '밍ᄀᆞᆯ다(制)'와 '싸ᄒᆞᆯ다()썰다, 切)'는 'NP이 NP를 V', 'NP이 NP를 NP에 V', 'NP이 NP를 NP로 V'의 구문을 형성하였다. 예 (132)-(133)이 이를 보여 준다.

(132) ㄱ. 네 釋譜ᄅᆞᆯ 밍ᄀᆞ라 翻譯호미 맛당ᄒᆞ니라 ᄒᆞ야시ᄂᆞᆯ <月釋序 11a>
　　　ㄴ. 그 科ᄅᆞᆯ 샹녜로 法ᄒᆞ야 큰 分ᄋᆞᆯ 세헤 밍ᄀᆞ노니 <楞嚴 1:20b>
　　　ㄷ. ᄒᆞ나홀 샹녜 먹는 양으로 밍ᄀᆞ라 됴ᄒᆞᆫ 수레 나잘만 ᄃᆞ마둣다가
　　　　　<救簡 2:18a>

(133) ㄱ. 염굣 니플 <u>사ᄒ라</u> 호병에 녀코 <救簡 7:65a>

　　　ㄴ. 거플와 브르 도돈 것 앗고 여듧 조각애 <u>사ᄒ라</u> <救簡 1:4b>

　　　ㄷ. 누른 하놇 ᄃ래 흔두 낫오로 <u>사ᄒ로니와</u> 됴흔 술 흔두 되와롤 사
　　　　　병에 녀허 <救簡 7:78a>

예문 (132ㄱ), (133ㄱ)은 'NP이 NP를 V'의 구조를 취하고 있으며
예문 (132ㄴ), (133ㄴ)은 'NP이 NP를 NP에 V', 그리고 예문 (132ㄷ)과
(133ㄷ)은 'NP이 NP를 NP로 V'의 구조를 취하고 있다. 이 중 (132ㄴ)
의 '세헤'와 (133ㄴ)의 '여듧 조각애'가 각각 '밍글다'와 '싸홀다'의 결과
논항으로 실현된 것으로 'NP에' 논항으로 실현되었다. 결과 논항은
(132ㄷ)과 (133ㄷ)에서도 실현되었다. (132ㄷ)의 '샹녜 먹는 양으로'와
(133ㄷ)의 '흔두 낫오로'가 모두 결과의 'NP로' 논항으로 실현된 것이
다. 이 가운데 (132ㄴ)과 (133ㄴ)의 'NP에' 논항의 실현은 15세기 국어
에서만 보이다가 근대국어로 들어오면서 실현되지 않게 된다. 대신
'NP이 NP를 NP로 V'의 구문이 현대국어까지 이어짐으로써 'NP로' 결
과 논항이 현대국어까지 이어져 실현된다.

　둘째, '결과'의 'NP에'가 사라지면서 '결과'의 의미역도 함께 없어지
는 경우이다. 'ᄲ리다(〉부수뜨리다, 柝)'가 이에 속한다. 'ᄲ리다'는 15
세기 국어에서 'NP이 NP를 NP에 V'의 구문을 형성하였다.

(134) 大千沙界를 온 조가개 <u>ᄲ리도다</u> <金三 2:72b>

예문 (134)는 '大千沙界를 백 개의 조각으로 부서뜨리다'의 의미를
가진다. 여기서 '온 조가개'가 결과 논항으로 실현된 것이다. 이러한
결과의 'NP에' 논항의 실현은 근대국어로 들어오면서 실현되지 않게
된다.

나. ‘수혜자’의 ‘NP에’ 논항이 소멸하는 경우

수혜자의 ‘NP에’ 논항이 소멸하는 타동사는 15세기 국어에서 수혜 타동사로 분류되던 것들로 이들 구문에서 수혜자의 ‘NP에’ 논항이 사라지면서 수혜 타동 구문을 형성하지 못하게 되는 경우이다. 이에 속하는 타동사는 ‘븟다²() 붓다, 灌)’, ‘일우다() 이루다, 成)’, ‘펴다() 펴다, 展)’, ‘플다() 풀다, 解)’ 등이 있다. 이들 구문에서 수혜자의 ‘NP에’가 없어지는 양상을 실례를 통해 살펴보기로 하겠다.

우선 이들이 15세기 국어에서 실현된 예를 살펴보자. 예 (135)는 ‘븟다²’, (136)은 ‘일우다’, (137)은 ‘펴다’, (138)은 ‘플다’가 실현된 예이다.

(135) 朝廷이 偏히 뜨들 네게 브어 接近흔 일훔난 潘屏을 주시도다 (朝廷偏 注意 接近與名藩) <杜詩 23:13a>
(136) 諸佛ㅅ게 큰 願을 일우니 (於諸佛所애 成就大願ᄒᆞ니) <法華 4:72b>
(137) 目連이ᄃᆞ려 니ᄅᆞ샤ᄃᆡ 도라가 世尊끠 내 뜨들 펴아 술ᄫᆞ쇼셔 <釋詳 6:6a>
(138) 됴쿠주믈 묻그리ᄒᆞ야 種種 즁싱 주겨 神靈끠 플며 돗가비 請ᄒᆞ야 福올 비러 목숨 길오져 ᄒᆞ다가 <月釋 9:57b>

이들 가운데 ‘일우다, 펴다, 플다’의 수혜 타동 구문 ‘NP이 NP를 NP에 V’는 15세기 국어에서만 용례가 확인되는 반면, ‘븟다²’는 근대국어까지 용례가 보인다. 예 (139)는 ‘븟다²’가 근대국어 후기 문헌에서 수혜자의 ‘NP에’ 논항을 취한 용례이다.

(139) 네 인ᄌᆞ흐심을 우리 등의게 부어 주샤 <성경 6a>

예 (139)는 '너의 인자하심을 우리들에게 부어 주시어'의 의미로 여기서 수혜의 대상이 되는 명사구 'NP를'은 '인ᄌ하심을'이 되며, 수혜자 논항은 '우리 등의게'가 된다. '븟다[2]'의 이러한 용법은 현대국어까지 이어지지 못한다.

다. '장소'의 'NP에' 논항이 소멸하는 경우

15세기 국어에서 'NP이 NP를 NP에 V'의 논항구조를 가지고 대상 위치 타동사로 분류되던 타동사 중 일부가 장소의 'NP에' 논항이 실현되지 않게 되는 경우가 있다. 여기서는 이러한 타동사 구문에서 장소의 'NP에' 논항이 사라지는 변화에 대해 다룰 것이다. 우선 이에 속하는 타동사는 '거두다, 에우다, ᄉᄆᆺ다' 등이 있다.

예 (140)은 '거두다() 거두다, 收', (141)은 '에우다() 에우다, 圍', (142)는 'ᄉᄆᆺ다(通)'가 실현된 것으로 (140)-(142)를 통해 이들이 15세기 국어에서 'NP이 NP를 NP에 V'의 대상 위치 타동 구문을 형성하였음을 알 수 있다.

(140) 金棺애 비츨 ᄀᆞ리오시며 玉毫애 비츨 <u>거두어시놀</u> (金棺애 揜耀ᄒ시며 玉毫애 收彩어시놀) <永嘉序 6a>
(141) 맜갈알 ᄆᆞ라 네 ᄀᆞᅀᅢ <u>에우고</u> 알ᄑ ᄃᆞ록 ᄯᅮ디 (以麵圍四畔炙以痛) <救簡 3:17b>
(142) 衣角ᄋᆞᆯ 왼볼해 <u>ᄉᄆᆞ차</u> 견 아래 두어 <月釋 25:27b>

예 (140)에서 장소 논항은 '玉毫애네', (141)에서는 'ᄀᆞᅀᅢ', (142)에서 '왼볼해'로 실현되었다. 이 가운데 'ᄉᄆᆺ다'의 구문은 15세기 국어에서만 용례가 확인되며 이후로는 'NP이 NP를 V'의 축소된 구문으로 나타난다.

'거두다'와 '에우다' 구문에서의 장소 논항의 실현은 근대국어 후기 문헌까지 그대로 이어져 실현된다. 예 (143)-(144)는 근대국어에서 실현된 '거두다, 에우다'의 용례들이다.

(143) 가장이 나간 째에는 벼기를 상자에 <u>거두며</u> 자리와 이불을 마라 간수홀 씨니라 <女須 8a>
(144) 그 盜賊를 묏골에 <u>에워</u> 둘러싸고 잡은 후에 <淸老 2:18b>

(143)의 '상자에'와 (144)의 '묏골에'가 각각 '거두다'와 '에우다'의 장소 논항으로 실현된 것이다. 그러나 이들 타동사의 'NP이 NP를 NP에 V'의 구문은 근대국어까지 실현되다가 현대국어에 들어와 실현되지 않는다.

이밖에 소수 타동사의 예에서 '기준'의 'NP에' 논항이 소멸한다. '기준'의 'NP에'가 소멸하는 예로는 '어울우다() 어우르다, 合)'가 있다. 이는 15세기 국어에서 비교의 대상 'NP를'과 비교의 기준 'NP에'를 논항으로 요구하는 비교 타동사로 분류된다. 아래에 그 예를 제시하였다.

(145) 무슨물 聖人ㅅ 뜨데 <u>어울우며</u> (冥心聖늘ᄒ며) <圓覺序 81a>

예 (145)는 '마음을 성인의 뜻에 어우르며'의 의미를 가지는 것으로 비교의 대상 명사구가 '무슨물'이며, 비교의 기준이 되는 명사구가 '聖人ㅅ 뜨데'로 실현되었다. '어울우다'의 비교 구문은 문헌상 15세기 국어에서만 나타난다. 이후 기준의 'NP에'를 논항으로 가지지 않게 됨으로써 비교 타동사가 아닌 단일 목적 타동 구문을 이룬다.

이상에서 의미역 유형별로 살펴본 'NP에' 논항의 소멸을 표로 정리
하면 다음과 같다.

【표28】 'NP에' 논항이 소멸하는 타동사

'NP에'의 의미역	해당 동사 목록	소멸 시기
장소	ᄉ뭊다(通)	중기
	디내다() 지내다, 經)	중기
	거두다() 거두다, 收)	근대
	에우다() 에우다, 圍)	근대
결과	밍ᄀᆞᆯ다(制)	중기
	ᄲᅵ리다() 부수뜨리다, 析)	중기
	싸홀다() 썰다, 切)	중기
기준	어울우다() 어우르다, 合)	중기
수혜자	일우다() 이루다, 成)	중기
	펴다() 펴다, 展)	중기
	플다() 풀다, 解)	중기

4.2.2.2. 'S' 논항의 소멸

타동사 구문에서 동사의 의미 영역이 축소되면서 'S' 논항이 소멸하
는 경우는 드물게 나타난다. '브리다() 부리다, 役), ᄉᆞ랑ᄒᆞ다() 사랑하
다, 思)' 등이 이에 속한다. 예 (146)은 '브리다', 예 (147)은 'ᄉᆞ랑ᄒᆞ다'
가 중기국어에서 실현된 예이다.

(146) ㄱ. 王이 左右梵志ᄅᆞᆯ 브리샤 <釋詳 3:11a>

　　　ㄴ. 勝熱婆羅門ᄋᆞᆯ 王宮에 브리샤 錫杖ᄋᆞᆯ 후ᄂᆞ더시니 <月釋 8:77b>

　　　ㄷ. 世尊이 文殊ᄅᆞᆯ 어마님끽 브리샤 請ᄒᆞ야시ᄂᆞᆯ 文殊ㅣ 摩耶夫人끽

　　　　　가 ᄉᆞᆯᄫᆞ신대 <釋詳 11:2a>

ㄹ. 아바님 그리샤 梵志優陁耶를 술ᄫᆞ라 브리시니 <月曲 41a>
ㄹ'. 나라히 관ᄉᆞ 청ᄒᆞ라 브려늘 <續三忠 3a>
(147) 먼 드르흘 咫尺만 ᄒᆞᆫ가 ᄉᆞ랑ᄒᆞ노라 (曠野懷咫尺) <杜詩 7:23b>

예 (146ㄱ)은 사역주 '王이'와 피사역주 '左右梵志를'만이 논항으로 실현된 예이다. 시킴의 내용이 되는 대상은 'NP에' 혹은 'S' 논항으로 실현되었다. 예 (146ㄴ)과 (146ㄷ)은 'NP에' 논항으로 실현되었으며 (146ㄹ)과 (146ㄹ')는 'S' 논항으로 실현되었다. 이 가운데 (146ㄹ)과 (146ㄹ')의 '브리다' 구문은 근대국어 문헌에서는 살펴보기 힘들다. 예 (147)은 '먼 들(판)을 지척에 있는가 생각한다'의 의미로 'ᄉᆞ랑ᄒᆞ다'가 '생각하다'의 의미를 가지고 실현된 경우이다. 여기서 'ᄉᆞ랑ᄒᆞ다'의 대상 논항이 '먼 드르흘'이며 생각하는 내용이 'S' 논항으로 실현되었다. 이것은 '생각하다'의 의미가 사라지면서 명제의 'S' 논항이 실현되지 않게 된 것이다.

4.3. 기타

타동사 구문의 변화를 살펴보면, 변화하는 모습이 복합적으로 나타난다. 또한 구문 변화의 원인을 문법 내적으로 찾기 힘든 경우가 있다. 여기서는 이러한 부류의 타동사들에 대해 살펴보도록 하겠다.

우선 구문 변화의 양상이 복합적인 모습을 보이는 경우에 대해 살펴보려고 한다. 이것은 일부 타동사 구문의 경우 논항이 형성되어 일정 시기 동안 실현되다가 그것이 현대국어까지 이어지지 못하고 사라지는 경우이다. 이러한 변화를 보이는 논항으로는 지향점의 'NP로', 방향의 'NP로', 방향의 'NP에', 그리고 수혜자의 'NP에' 논항이 있다.

각각의 경우 실례를 통해 구체적인 모습을 살펴보기로 하겠다.

첫째, 지향점의 'NP로' 논항이 형성되었다가 사라지는 예는 '너머가다, 남다'에서 살펴볼 수 있다. '너머가다() 넘어가다, 越'와 '남다() 넘다, 過'는 15세기 국어에서 'NP이 NP를 V'의 이동 동사 구문을 형성하였다. 아래 예가 이를 보여 준다. 예 (148)은 '너머가다'가 실현된 예이며 (149)는 '넘다'가 실현된 예이다.

> (148) 새볏 비치 져기 번ᄒᆞ거든 가시야 西南ㅅ 묏그틀 <u>너머가리라</u> (晨光稍
>   朦朧 更越西南頂) <杜詩 9:15a>
> (149) 城을 <u>남아</u> 山올 向ᄒᆞ시니 <月曲 20a>

예 (148)은 '새벽의 빛이 조금 비치어 훤해지거든 다시 서남쪽 산꼭대기를 넘어갈 것이다'의 의미로 '묏그틀'이 '너머가다'의 '지향점' 논항으로 실현되었다. 예 (149)는 '성을 넘어가 산을 향하시니'의 의미로 '성을'이 '남다'의 지향점 논항으로 실현되었다. 이들 '너머가다, 남다' 구문은 근대국어로 들어오게 되면, 지향점의 'NP를'이 'NP로' 논항으로도 실현된다.

> (150) 셕식 후 둛잣골로 <u>너머가시다</u> <병자 64>
> (151) 니 실노 너희게 고ᄒᆞᄂᆞ니 문으로 드지 온코 달은 곳으로 <u>넘어</u> 양이
>   울리에 닐으ᄂᆞᆫ 쟈ᄂᆞᆫ 도적이며 <요한 10:1>

예 (150)은 '너머가다'가 실현된 예이며 (151)은 '넘다'가 실현된 예이다. (150)의 '둛잣골로'와 (151)의 '달은 곳으로'가 지향점의 의미역을 가진다. '너머가다'는 근대국어 초기만 하더라도 지향점의 'NP로' 논항을 취한 구문의 용례가 매우 드물게 나타나는데 근대국어 후기에

들어오면서 생산적으로 실현되나 이것이 현대국어까지 이어지지 못하고 사라진다. '넘다'의 경우는 근대국어 후기 문헌에서 지향점의 'NP로' 논항이 실현된 용례가 드물게 나타나다가 사라지게 된다.

둘째, 방향의 'NP로' 논항이 생겼다가 사라지는 경우를 살펴보기로 하자. 이러한 예로는 '거두다, 딕다², 베프다, 잡다, 흩다' 등이 있다. 예 (152)는 '베프다(〉베풀다, 宣)', 예 (153)은 '흩다(〉흩다, 散)', 예 (154)는 '거두다(〉거두다, 收)', (155)는 '잡다(〉잡다, 守)'가 15세기 국어에 실현된 예들이다.

(152) 구룸 씬 뫼히 ᄒ마 興을 <u>베프거늘</u> (雲山已發興) <杜詩 14:32b>

(153) ᄒᆞᆺ 아ᄎᆞ미 주그면 財物을 <u>흐터</u> 일허 (一旦애 終歿ᄒ면 財物을 散失ᄒ야) <法華 2:189b>

(154) ㄱ. 눈 곱고 말 몯고 四肢를 <u>거두디</u> 몯ᄒ고 昏沈等엣 證이 主ᄒ니 <救急方上 13b>

　　ㄴ. 金棺애 비츨 ᄀᆞ리오시며 玉毫애 비츨 <u>거두어시놀</u> (金棺애 揜耀ᄒ시며 玉毫애 收彩어시놀) <永嘉序 6a>

(155) ㄱ. 흔 婆羅門이 하ᄂᆞᆶ 고줄 <u>잡고</u> 오거늘 <釋詳 23:40b>

　　ㄴ. 定力은 ᄆᆞᅀᆞ물 흔 고대 <u>자바</u> 뮈우디 아니ᄒᆞ야 智慧를 도볼 씨오 <月釋 7:45a>

'베프다'와 '흩다'는 'NP이 NP를 V'의 논항구조를 가지고 행위주와 대상을 논항으로 취하였다. 예문 (154)와 (155)는 각각 '거두다'와 '잡다'가 실현된 예로, (154ㄱ)과 (155ㄱ)은 'NP이 NP를 V'의 구조를, (154ㄴ)과 (155ㄴ)은 'NP이 NP를 NP에 V'의 구조를 취하고 있다. 전자의 경우는 행위주와 대상이 실현된 것이며, 후자의 경우는 행위주, 대상과 함께 장소의 'NP에' 논항이 실현된 것이다.

이들 구문에 방향의 'NP로' 논항이 실현되는 것은 16세기 혹은 근대국어 문헌에서 나타난다. 예 (156)은 '베프다', (157)은 '흩다', (158)은 '거두다', (159)는 '잡다'가 'NP로' 논항을 취한 예들이다.

(156) ㄱ. 샤곡ᄒ고 괴벽ᄒᆫ 긔운을 몸이며 얼굴에 <u>베프디</u> 아니ᄒ야 <小學 3:7a>

　　　 ㄴ. 내 ᄒ고져 아니ᄒᄂ 바롤 사롬읻게 <u>베프디</u> 말올디니라 <小學 3:4 b>

　　　 ㄷ. 안호론 욕심이 하시고 밧고로 仁義롤 <u>베프시니</u> <小學 6:35b>

(157) 모딘 귀신ᄃ롤 ᄉ방으로 <u>흐터</u> 룽히 ᄃ라나게 히이ᄂᄂ라 <장수 42b>

(158) ㄱ. 가장이 나간 ᄢ에는 벼기를 상자에 <u>거두며</u> 자리와 이불을 마라 간수홀찌니라 <女須 8a>

　　　 ㄴ. 각식 거술 다 그 궁으로 <u>거두어</u> ᄲᅡ터라 <癸丑上 10b>

(159) ᄒᆫ 놈을 사획ᄒ야 어든 즉 이 후겸의 사롬인 고로…서로 탕셜ᄒ야 뻐 긔관을 삼아 낭쟈히 젼셜ᄒ기예 포쳥으로 <u>잡아</u> 다ᄉ렷더니 <明義 2:54a-54b>

(156)의 '베프다'와 (157)의 '흩다' 구문에서 방향의 'NP로' 논항이 실현된 것은 16세기 문헌에서 볼 수 있으며, (158)의 '거두다'와 (159)의 '잡다' 구문에서 'NP로' 논항이 실현된 것은 근대국어 문헌에서 볼 수 있다. 이러한 'NP이 NP를 NP로 V'의 구문은 근대국어까지 실현되다가 현대국어에서는 더 이상 실현되지 않게 된다.

셋째, 방향의 'NP에' 논항이 생겼다가 사라지는 경우를 살펴보자. 앞서 살핀 '흩다'가 이에 속한다. '흩다(〉흩다, 散)'는 15세기 국어에서 'NP이 NP를 V'의 구문을 형성하였다.

(160) ᄒᆞ롯 아ᄎ미 주그면 財物을 <u>흐터</u> 일허 (一旦애 終歿ᄒ면 財物을 散失 ᄒ야) <法華 2:189b>

이러한 '흩다' 구문은 근대국어 후기 문헌에서 'NP이 NP를 NP에 V'
의 논항구조를 취하게 된다. 예 (161)이 이를 보여 준다.

(161) ㄱ. 도로혀 반드시 ᄆᆞ음을 셰쇽에 <u>훗흐며</u> <성경 25a>
　　　ㄴ. 몬져 지물을 가나흔 이의게 <u>훗혼지라</u> <성경 100b>

예 (161ㄱ)은 '도리어 반드시 마음을 세속에 흩으며'이며, 예 (161
ㄴ)은 '먼저 재물을 가난한 사람에게 흩은지라'의 의미이다. 19세기 성
경 문헌에서 잠시 보이는데 이후로는 용례를 볼 수 없다.
　넷째, 수혜자의 'NP에' 논항이 형성되었다가 사라지는 경우를 살펴
보자. '일콛다'가 이에 속한다. '일콛다() 일컫다, 稱)'는 15세기 국어에
서 'NP이 NP를 V', 'NP이 NP를 S V'의 논항구조를 취하였다.

(162) ㄱ. 善男子아 부텻 일후믈 네 <u>일ᄏᆞ론</u> 젼ᄎᆞ로 罪 스러딜ᄊᆡ 와 맛노라
　　　　<月釋 8:70b>
　　　ㄴ. 離欲無諍올 ᄒᆞ마 第一이라 <u>일ᄏᆞᄅ시니</u> <金三 2:56a>

예문 (162ㄱ)은 '일콛다'가 '부텻 일후믈'이라는 대상의 'NP를' 논항
만을 취했으며 (162ㄴ)은 대상과 그 대상을 일컫는 내용이 각각 '離欲
無諍올'과 '第一이라'로 실현되었다. 모두 현대국어까지 이어지는 '일
콛다' 구문이다.
　'일콛다' 구문에서 'NP에' 논항이 실현되는 것은 근대국어 문헌에서
발견된다.

(163) ㄱ. 그 고든 줄을 됴뎡에 <u>일ᄏᆞ르니</u> (其直稱之朝) <五倫朋 13b>

ㄴ. 궐 니 들니와 계모긔 지효ᄒ시믈 <u>일ᄏ더라</u> <閑中 34>

예 (163ㄱ)은 '그 곧은 바를 조정에 아뢰니'의 의미이며, (163ㄴ)은 '궐내에 드는 사람과 계모에게 지효하심을 알리더라'의 의미이다. (163ㄱ)과 (163ㄴ)의 '일ᄏ다'는 모두 발화의 내용을 듣는 청자를 전제로 하고 있다. 이러한 '일ᄏ다'의 용법은 근대국어 후기 문헌에 잠시 나타나나 이러한 용법이 현대국어에서는 실현되지 않는다.

다섯째, 피사역주의 'NP로'가 잠시 나타나는 경우를 살펴보자. '시기다() 시키다, 命)'가 이에 속한다. '시기다'는 15세기 국어에서 'NP이 NP를 V'의 구문을 형성하였다.

(164) 부뎨 剃師를 <u>시기샤</u> <月釋 7:8b>

예 (164)에서 'NP를'로 실현되는 것은 '시킴의 대상이 되는 명사구'이다. 이처럼 'NP를'로 실현된 명사구는 'NP로'로도 실현되는데 이는 19세기 국어에서 용례를 확인할 수 있다. 아래의 예 (165)가 이를 보여 준다.

(165) 즁츄원 일등의관 민영긔로 경긔 관찰ᄉ를 <u>식이셧더라</u> <협성 1898.2. 26.>

예 (165)는 '중추원 일등의관 민영기로(하여금) 경기도 관찰사를 시키셨더라'의 의미이다. 여기서 'NP로'로 실현된 '민영긔로'는 '시기다'가 사동 구문이라는 통사적 특성으로 인한 결과로 해석된다. 이러한 'NP로'의 실현은 19세기와 20세기 초기 문헌에 나타나며 현대국어에서는 실현되지 않는 용법이다.

이상에서 논항이 생겼다가 사라지는 경우를 도표로 정리해서 나타
내면 다음과 같다.

【표29】논항이 형성되었다가 사라지는 타동사

논항의 유형	해당 동사 목록	실현 시기
'지향점'의 'NP로'	너머가다() 넘어가다, 越)	근대
	넘다() 넘다, 過)	근대
'방향'의 'NP로'	거두다() 거두다, 收)	근대
	딕다²() 찍다, 點)	근대
	베프다() 베풀다, 宣)	중기
	잡다() 잡다, 守)	근대
	흗다() 흩다, 散)	근대
'피사역주'의 'NP로'	시기다() 시키다, 命)	근대
'방향'의 'NP에'	흗다() 흩다, 散)	근대
'수혜자'의 'NP에'	일콛다() 일컫다, 稱)	근대

다음으로, 타동사의 범주가 후대에 사라지는 경우 그 변화의 원인
을 알기 어려운 것들이 있는데, 그 예를 살펴보자. 타동사의 범주가
사라지는 것은 구문에서 'NP를' 논항이 실현되지 않는 것을 통해 알
수 있다. 타동 구문에서 'NP를' 논항이 소멸함에 따라 타동사는 더 이
상 타동 구문을 구성하지 못하게 되기 때문이다. 이러한 소멸 과정을
겪는 타동사들은 두 가지 부류로 나뉜다. 자·타 겸용 동사의 용법을
가졌던 타동사들과 형·타 겸용 동사의 용법을 가졌던 타동사들이다.
후자의 예로 '모딜다' 등이 있다. 이들은 타동성을 잃게 됨으로써 자
동사, 혹은 형용사의 기능만 가지게 된다.[18) 'NP를' 논항이 소멸하는

---

18) 일반적으로 범주가 사라지는 것은 문법 체계의 변화로 인해 일어나는 것이 많
   다. 자동사가 피동사의 발달로, 타동사가 사동사의 실현으로 범주가 사라지는
   것 등이 그 예가 된다. 그런데 여기서 다루게 될 타동사들은 그것의 범주가

경우 타동적 용법이 중기국어에서만 실현되는 경우와 근대국어에서
도 실현되는 경우가 있다. 타동사의 기능을 상실하는 것들을 표로 정
리하면 아래와 같다.

【표30】 자·타 겸용 동사의 타동 구문이 소멸하는 타동사

타동사의 실현시기	어형이 현대국어까지 이어지는 경우	어형이 사라진 경우
15세기	거티다¹(〉 거치다, 碍),[19] 걸이다(〉 걸리다, 滯),[20] 닉다(〉 익다, 慣),[21] 뒤돌다(〉 뒤돌다, 背),[22] 들다²(〉 들다, 入),[23] 들이다²(〉 들리다, 聞),[24] 모딜다(〉 모질다, 暴),[25] 미이다(〉 매이다, 縛),[26] 양지ᄒ다(〉 양치하다, 漱),[27] 우리다(〉 우리다, 殘),[28] 좀좀ᄒ다(〉 잠잠하다, 默),[29] 젖다(〉 젖다, 霑)[30]	드러치다(震動),[31] 비릇다(始)[32]
근대국어초기	나다(〉 나다, 出),[33] 놀라다(〉 놀라다, 驚),[34] 비기다(〉 비기다, 歃),[35] 옮다(〉 옮다, 移),[36] 일ᄒ다(〉 일하다, 事),[37] 헐이다(〉 헐리다, 傷),[38] 힘쓰다(〉 힘쓰다, 務)[39]	

소멸하는 원인이 어떤 구조적, 체계적인 원인으로 일어난 것이 아니라, 타동
사 개별적으로 일어난 것들이며 그 원인을 밝히기 어렵다. 이런 이유로 본고
는 이들을 기타 부류로 다루었다.

19) 能히 妙로셔 너브실씨 두 가짓 號ㅣ 兼ᄒ시니 說法을 거티디 아니ᄒ샤미 妙音
   이시고 <釋詳 21:16a>
20) 能히 妙를 브터 너브신 다ᄉ로 두 號를 兼ᄒ시니라 說法을 걸이디 아니ᄒ샤ᄆ
   로 妙音이시고 <法華 7:98a>
21) 秦城ㅅ 늘근 한아비 荊揚애 와 나그내 ᄃ외여셔 더위를 니거 ᄒ마다 츩옷 니
   버 (秦城老翁荊揚客 慣習炎蒸歲絺) <杜詩 10:40a-40b>
22) 낫나치 사ᄅ몰 뒤도라 ᄂ라가놋다 <杜詩 17:19b>
23) 그 ᄢ 首陁會天이 너교디 나랏 臣下ㅣ 太子ㅅ 녀글 들면 須達이 願을 몯 일울
   까 ᄒ야 <釋詳 6:25a>
24) 世間ㅅ 風流를 들이ᄉ더니 <月曲 19a>
25) 物 化ᄒ샤몰 모디디 아니ᄒ시며 ᄯ로 나샤 굽디 아니ᄒ실씨 <法華 1:93b>
26) 衣食 爲흔 젼ᄎ로 ᄆ솜 내야 經營ᄒ야 得을 求ᄒ며 간슈ᄒ야 몸과 ᄆᄉ몰 미
   이디 아니호미 곧 일후미 淨命이니 <圓覺上 2-2:117a>
27) 차 ᄒ 번 달힐 만 커든 내야 ᄃᄉ닐 양지ᄒ야 <救簡 6:12a>
28) 몰ᄀ 氣量은 놉고 머루믈 우롓고 몰ᄀ ᄆᄉ믄 ᄀᆞᆮ흔 사ᄅ미게 비취엿도다 <杜
   詩 20:53b>
29) 二萬劫 디내요ᄆ 오래 조ᄉᄅ빈 이룰 좀좀ᄒ야 거샤 機를 기드리시니라 <月
   釋 14:43a>/ 戒로 스승 ᄉᄆ며 惡性 比丘를 좀좀ᄒ야 내조ᄎ며 <圓覺上

1-2:23b>/ 쏘 이 조수로외요믈 좀좀ᄒᆞ얫더시니 <圓覺上 1-2:96a>
30) 어느 나래 져고맛 祿올 저저 뫼해 가 사오나온 바톨 사려뇨(何日霑微祿 歸山
買薄田) <杜詩 15:13b>
31) 威嚴이 河嶽올 드러치며 <金三序 9a>
32) 三十二相온 발 아래 平ᄒᆞ샤믈 비르서 頂相 놉고 두려우샤매 ᄆᆞᄎᆞ시니라 <楞
嚴 1:43a>
33) 아바닚긔 말 슯바 네 願을 請ᄒᆞ샤 지블 나아 가려 터시니 <月曲 16b>/ 젼 대
ᄉᆞ간 윤황이 병들라 ᄒᆞ고 문밧글 나디 아니ᄒᆞ며 <산성 75>
34) 일후믈 놀라ᅀᆞ바놀 <龍歌 61>/ 마귀의 계교롤 놀나며 무셔워 아니ᄒᆞ야 <셩
교 23a>
35) 사ᄒᆞ맷 ᄆᆞ리 關山ㅅ 北녀긔 잇ᄂᆞ니 軒檻올 비겨셔 늪므를 흘리노라 (戎馬關山
北 憑軒涕泗流) <杜詩 14:14a>/므릇 일을 敢히 스스로 그 아븨게 비기디 마
롤디니라 <家禮 2:10b>
36) 四祖ㅣ 便安히 몯 겨샤 현 고둘 올마시뇨 몃 間ㄷ 지븨 사ᄅᆞ시리잇고 <龍歌
110>/ 므슴 꿈고 그 미인이 더왈 꿈의 ᄌᆞ손둘히 창황히 집을 올마 ᄂᆞᆷ의게 ᄲᅳᆯ
오미 되니 <太平 31b>
37) 新婚으란 思念ᄒᆞ디 말오 힘서 戎行올 일ᄒᆞ라 <杜詩 8:68a>
38) 다가 더드머 자브면 곧 이 瘡 업스닐 헐일 ᄭᅳ르미니라 <圓覺下 2-2:46a>/ 집
압회 가가를 내셔 지은 사롬들은 가가를 헐니고 집에셔 싱이를 ᄒᆞ게 ᄒᆞ되
<독립 1896.11.11.>
39) 비호믈 ᄇᆞ리샤ᄆᆞᆫ 本올 힘쓰디 아니ᄒᆞ샤미니 <法華 1:127a>/ 이 쟝로ㅅ 부인
이 쥬야로 젼도롤 힘쓰시다가 죨디에 교회롤 쩌나 귀국ᄒᆞ시니 <신학 2:333>

제5장

형용사 구문의 변화

국어 동사 구문구조의 통시적 연구

국어 동사 구문구조의 통시적 연구

제5장
형용사 구문의 변화

15세기 국어의 형용사는 성상 형용사, 비교 형용사, 평가 형용사, 존재 형용사, 심리 형용사로 유형화할 수 있으며 각각의 형용사 구문이 어떤 변화를 겪는지에 대해서는 앞서 2.3에서 논의한 바 있다. 이 장에서는 구문의 변화를 보이는 형용사들만을 대상으로 하여 형용사 구문의 변천 특성에 대해 살펴보고자 한다.

형용사 구문의 특징적인 변화는 네 가지로 요약된다. 첫째, 형용사의 범주가 소멸하는 경우는 자동사나 타동사의 경우와 비교해 볼 때 매우 드물다. 둘째, 명사형어미 '-기'가 발달하면서 'S-기에' 구성이 가능해지고 이것이 논항으로 실현된 몇몇 구문은 평가 형용사 구문을 형성하게 된다. '닉다'와 '쉽다'가 대표적인 예이다. 셋째, 형용사 구문에서 논항이 소멸하는 경우는 '기준'의 'NP에' 논항이 사라지는 경우가 있는데, 자동사나 타동사의 경우와 비교해 볼 때 상대적으로 매우 적다. 넷째, 형용사 구문에서 논항이 형성되는 경우 논항이 생기면서 구문의 유형이 변한다. '경험주'의 'NP이' 논항이 형성되면서 성상 형용사로 분류되던 형용사가 심리 형용사 구문을 형성하게 된다. '됴ᄒ다/둏다'가 이에 속한다. '원인'의 'NP로' 논항이 형성되면서 장소 보어 교차 구문의 실현이 가능해지는데 대표적인 예로는 'ᄀ득ᄒ다'가 있다.

이상에서 살펴본 것들이 문법 내적 원인에 의한 형용사 구문의 변화이다. 이밖에도 언어 내적 원인에 의해 설명하기 어려운 변화도 있다. 15세기 국어에서 순수하게 형용사의 용법만 보이던 것이 후기 문헌에서 일정 시기 동안 동사적 용법을 보이는 경우가 그것이다. 본고는 이를 '유추'라는 언어 외적 기제를 통해 설명하였다.

5.1. 문법 변화와 구문 변화

5.1.1. 명사형어미 '-기'의 발달과 구문 변화

'NP이 V'의 구문을 이루었던 단순 성상 형용사의 부류에 속한 일부 형용사가 근대국어 이후, 혹은 현대국어에 들어와 구문에서 'S-기에' 논항을 취하게 된다. 이는 명사형어미 '-기'의 발달로 가능해진 것이다. 이에 속하는 형용사는 '닉다, 쉽다, 어렵다' 등이 있다. 이제 실례를 들어 이들의 구체적인 구문의 변천 양상을 살펴보겠다.

중기국어에 형용사 '닉다() 익다, 熟)'가 실현되는 구문을 살펴보자.

(1) ㄱ. ᄀᆞᆯ물 버브렛는 길히 <u>니그니</u> 프른 미홀 디렛도다 (緣江路熟俯青郊)
　　　　<杜詩 7:1a>
　　ㄴ. 손 보미 <u>니거</u> 아히 깃거ᄒᆞ고 墻砌에 바블 어더 머거 새 질드렛도다
　　　　(慣看賓客兒童喜得食階除鳥雀馴) <杜詩 7:21b-22a>
(2) ㄱ. 우리 고렷사ᄅᆞ몬 즌 국슈 머기 <u>닉디</u> 몯ᄒᆞ얘라 <飜老上 60b>
　　ㄴ. 내 믈기리 <u>닉디</u> 몯호라 네 몬져 믈 기르라 가라 <飜老上 34b>
　　ㄷ. 일즉 외방의 나ᄃᆞ니기 <u>니그면</u> 일편도이 나그내를 에엿비 너기고
　　　　<飜老上 41b-42a>
(3) 져믄 제 브터 오ᄆᆞ로 遠方애 <u>니거</u> 몃마 衡岳ᄋᆞᆯ 돌며 瀟湘ᄋᆞᆯ 건나아뇨
　　ᄒᆞ롯 아ᄎᆞ미 家鄉ㅅ 길흘 볼와ᅀᅡ 깊 가온디 日月 기던 둘 비르서 아도다

<金三 3:17a>

위의 (1)-(3)에서 실현된 '닉다'는 모두 '자주 경험하여 조금도 서투르지 않다'라는 의미를 가지는 형용사 '닉다' 구문이다. 위의 예를 보면 각각의 경우 '닉다'가 취하는 논항구조가 다르다는 것을 알 수 있다. 우선 (1)은 '닉다'의 대상 명사구가 주어 논항으로 실현된 구문이다. (1ㄱ)은 '강을 두르고 있는 길이 익숙하니'의 의미를 가지는 구절로 '닉다'의 대상 명사구로 '길히'라는 공간 명사가 실현되었다. 여기서 '길히 닉다'는 것은 '왕래가 많아서 익숙한 길'이라는 뜻을 가진다. 'NP이'로 실현된 명사에는 동명사 구성도 가능했다. 예문 (1ㄴ)이 이를 보여 준다. (1ㄴ)은 'S-오미 닉다' 구문으로 여기서 'S-오미'는 '닉다' 구문의 주어이자 '닉다'의 대상역으로 실현된 논항이 된다. (1ㄴ)은 '손님을 보는 것이 익숙하여서 아이가 기뻐하고'의 의미로 '손 보미 닉다'는 것은 '손님을 자주 보아서 익숙하다'는 뜻이다. 여기서 '손 보미'가 '닉다'의 대상 명사구로 실현되었다. 이 때 대상 명사구로 실현된 '손 보미'는 동명사형 구성에 주격 조사가 통합한 구성을 취하였다.

예문 (2)는 '닉다'의 대상 명사구가 '-이/기'가 통합한 동명사 구성을 취하고 있다. (2ㄱ)은 '우리 고려 사람은 진 국수 먹기에 익숙하지 못하다'의 의미를 가지는 구문으로 여기서 '닉다'의 대상 명사구는 '즌 국슈 머기'가 된다. 이 구성은 '즌 국슈 먹-'에 접사 '-이'가 통합한 구성으로 여기서 접미사 '-이'는 구구성에 결합하는 통사적 접사의 성격을 가지는 것이다. 예 (2ㄴ)은 '내가 물 긷기에 익숙하지 못하다. 네가 먼저 물 기르러 가라'의 의미이다. 여기서 '닉다'의 대상 명사구는 '믈기리'가 된다. '믈기리'의 구성 또한 앞선 (2ㄱ)의 '국슈 머기'와 마찬가지로 '믈 긷-'의 구구성에 통사적 접사 '-이'가 결합한 것으로 분석된다.

이들은 훗날 「노걸대 언해」에서 각각 '즌 국슈 먹기', '믈 깃기'의 동명사형 구성으로 실현된다. (2ㄷ)은 '일찍이 외방에 나다니기에 익숙하면 일편되게 나그네를 불쌍히 여기고'의 의미를 가지는 구문으로 여기서 '닉다'의 대상 명사구는 '외방의 나돈니기'이다. 이 구성은 동명사형 어미 '-기'가 통합한 것으로 동명사형이 대상 명사구로 실현된 것이다.

예문 (3)은 '닉다'의 대상 명사구가 'NP에' 논항으로 실현된 구문이다. (3)은 '어렸을 때부터 먼거리에 익숙하여 얼마만큼의 산을 돌았으며 물을 건넜는가 하루 아침에 고향 길을 밟아 길 가운데에서 일월의 길던 바를 비로소 아는구나'의 의미를 가진다. 여기서 '닉다'의 대상 명사구는 '먼거리'의 뜻을 가지는 '遠方애'로 일반 명사가 실현되었다.

(1)-(3)을 통해 중기국어의 '닉다' 구문에서 대상 명사구가 'NP이', 'S-오미', 'S-이', 'S-기', 'NP에' 논항으로 실현됨을 알 수 있었다. 이 가운데 (3)의 실현은 본문에서 든 용례가 전부일 정도로 극히 드물게 나타나며 대부분의 '닉다' 구문은 (1)-(2)의 형식을 가지고 실현되었다. 여기서 대상 명사구가 (3)의 'NP에'로 실현되는 것을 제외하면 대부분 동명사 구성으로 실현되고 있는 것이 특징적이다. 이처럼 동명사 구성이 '닉다'의 대상역으로 실현되는 것은 현대국어의 형용사 '익다' 구문에서는 전혀 나타나지 않는 통사적 특성으로 중기국어의 '닉다' 구문의 특성 중 하나라고 할 수 있다.

이러한 '닉다' 구문은 근대국어에 들어와 논항의 실현에 변화를 입게 된다. 중기국어에서 거의 나타나지 않았던 (3)의 형식이 생산적으로 실현되면서 '닉다'의 논항구조가 'NP이 NP에 V'로서 틀을 갖추기 시작한다.

(4) ㄱ. 그러나 講구호미 본디 붉고 혹쭐호미 본디 넉디 아니ᄒ면 그 일에
　　　다ᄃ른 저긔 ᄯᅩᄒᆞᆫ 뼈 맛당ᄒᆞᆫ 디 슴ᄒᆞ고 節문에 마초디 몯홀 거시니
　　　<家禮 1:序3a>
　　ㄴ. 우리 高麗ㅅ 사ᄅᆞᆷ은 즌 국슈 먹기 넉디 못ᄒᆞ여라 <老乞上 54b>
　　ㄷ. 내 ᄆᆞᆯ 깃기 넉디 못호롸 <老乞上 31a>
(5) ㄱ. 自己ᄅᆞᆯ 쟈랑ᄒᆞ고 ᄯᅩ 謟佞ᄒᆞ기에 넉으니 이 義氣 잇ᄂᆞᆫ 사ᄅᆞᆷ이 아니니
　　　<朴新 1:28a>
　　ㄴ. 너희들히 일 母親을 일허 敎訓에 넉디 못ᄒᆞ니 (你每早失母親 不閑敎
　　　訓) <伍倫 1:34b>
　　ㄷ. 집 사ᄅᆞᆷ이 샤치예 넉언 디 임의 오란 디라 <御內 3:53a>
(6) 皇后의 敎訓ᄒᆞ샨 말ᄉᆞᆷ이 往昔의 卓越ᄒᆞ야 足히 뼈 萬世의 法을 드리웜즉
　　ᄒᆞ실시 내 귀에 넉고 ᄆᆞᄋᆞᆷ애 ᄀᆞᆷ초왓더니 <女四 3:6b-7a>
(7) 나ᄂᆞᆫ 朝鮮 사ᄅᆞᆷ이라 漢 ᄶᆞ히 길히 넉지 못ᄒᆞ니 네 반ᄃᆞ시 날로 더브러
　　번지어 가라 <蒙老 1:10a>
(8) 무휼은 그 말ᄉᆞᆷ을 외오미 심히 넉고 <史略 2:39a>

　예문 (4)는 17세기 국어의 '넉다' 구문으로 대상 명사구가 동명사형
으로 실현된 예이다. 예 (4)를 통해 17세기 국어에서는 중기국어에서
생산적으로 실현되었던 'S-오미 넉다'와 'S-기 넉다' 구문이 그대로 실
현되고 있음을 알 수 있다.

　예 (5ㄱ)은 '자기를 자랑하고 또 아첨하기에 익숙하니 이는 의기 있
는 사람이 아니니'의 의미를 가지는 구문이다. '넉다'의 대상 명사구가
동명사형 '-기'에 처격 조사 '-에'가 통합한 'S-기에'가 실현된 구문으로
18세기 국어에 처음 실현되는 구문 유형이다. (5ㄴ, ㄷ)은 '넉다'의 대
상 명사구가 'NP에'로 실현되는 구문으로 중기국어에서 드물게 나타
났던 것과는 달리 이 시기에는 비교적 생산적으로 실현된다. (5ㄴ)은
'너희들이 일찍 모친을 잃어 교훈에 익숙하지 못하니'의 의미를 가지

는 구문으로 대상 명사구가 'NP에' 논항으로 실현되었다. (5ㄷ)은 '집 사람이 사치에 익숙한 지 이미 오래다'의 의미로 '샤치예'가 'NP에' 논항으로 실현되었다.

예 (6)은 앞서 살펴본 구문과는 다른 성격의 '닉다' 구문이다. (6)은 '황후께서 가르치신 말씀이 예전부터 탁월하여 족히 만세의 법을 드리움직하시므로 내 귀에 익숙하고(해지고) 마음에 감추어 왔더니'의 의미를 가진다. 여기서 '닉다'의 대상 명사구는 '皇后의 敎訓ᄒ샨 말ᄉᆞᆷ이'로 'NP이' 논항으로 실현되었다. 그리고 'NP에'는 '귀에'라는 장소의 의미역이 실현되었다. 이는 현대국어의 '바느질 솜씨가 손끝에 익다'와 같은 구문으로 이어지게 된다.

예 (7)과 (8)은 모두 중기국어의 '닉다' 구문이 근대국어까지 그대로 이어져 실현되는 양상을 보여 주는 용례이다. (7)은 '나는 조선 사람이라서 중국 땅에서 길이 익숙하지 못하니…'의 의미를 가진다. 여기서 '닉다'의 대상 명사구는 '길히'로 'NP이' 논항으로 실현되었다. (8)은 '무휼은 그 말씀을 외움이 매우 익숙하고'의 의미로 동명사 '외오미'가 '닉다'의 대상 명사구로 실현되었다. 여전히 동명사 주어가 '닉다'의 대상 명사구로 실현되고 있음을 알 수 있다.

19세기 국어에 들어오면, 18세기 국어까지 실현되었던 'S-오미 닉다' 구문은 더 이상 나타나지 않는다. 19세기 국어의 '닉다' 구문의 가장 큰 특징은 18세기 국어의 'NP이 NP에 닉다' 구문이 활발하게 실현된다는 점이다.[1] 동명사형에 처격 조사가 통합한 'S-기에'와 'NP이'가

---

1) 우리는 이러한 구문의 변화를 '닉다'와 비슷한 의미를 가지고 실현된 '닉숙다'의 구문에서도 살펴볼 수 있다. '닉숙다'는 중기국어와 20세기 초기 문헌에서만 드물게 나타나 논의하기가 힘든 점이 있으나 나타나는 용례만으로 보자면 '驏騢馬ㅣ 닉숙디 아니ᄒᆞ야 시러곰 가져가디 몯ᄒᆞ더니 <杜詩 17:27a-27b>'를 통해 중기국어에서 'NP이 V'의 구문으로 실현되었음을 알 수 있다. 이러한 '닉숙다'는 20세기 초기 문헌에서 '길 ᄃᆞ니기에 닉슉지 못ᄒᆞᆯ 쑨 아니라 <경향 1:71>',

대상 명사구로 실현되는 구성도 드물게 나타난다. 우리는 이러한 모습을 아래 (9)를 통해 살펴볼 수 있다.

(9) ㄱ. 또 사름이 혹 악에 <u>닉어</u> 스스로 끼둧지 못홈이 마치 잠자는 병이 듬과 ᄀᆺ흔지라 <성경 63b>

　　 ㄴ. 양이 본디 목쟈의 소리에 <u>닉어</u> 드르매 곳 슌히 좃고 <성경 46a>

　　 ㄷ. 외국 용우흔 인믈이 죠션말과 언문ㅅ법에 <u>익지</u> 못흔 거스로 붓그러움을 니져ᄇ리고 <사민 1>

(10) 도셩 사름이 악이 <u>닉어</u> 쥬롤 죽임에 니르니 반드시 맛당이 뿔니 <성경 107a>

(11) ㄱ. 나는 朝鮮 사름이라 漢 짜히 둔니기 <u>닉지</u> 못ᄒ니 내 너과 벗지어 감이 엇더ᄒ뇨 <淸老 1:10a>

　　 ㄴ. 이에 사름이 듯고 슌죵ᄒ기에 <u>닉어</u> 후에 오쥬롤 조춤이 더옥 쉬올지라 <성경 44b>

예 (9)는 '닉다'가 'NP이 NP에 V'의 형식을 취한 용례이다. 이 중 (9ㄷ)은 '닉다'가 두음법칙의 적용을 받아 '익다'로 실현된 구문이다. 19세기 국어의 대부분의 '익다' 구문은 'NP이 NP에 V'의 구조를 가진다. (9ㄱ)에서 실현된 '악에'는 동일 문헌에서 '악이'로 실현되기도 한다. 예 (10)이 이를 보여 준다. 그러나 (10)과 같은 실현은 거의 드물게 나타나며 대부분이 (9ㄱ)의 형식을 취하였다. (11)은 '닉다'의 대상 명사구가 동명사로 실현된 구성으로 (11ㄱ)은 동명사형 어미 '-기'가 결합한 것이고 (11ㄴ)은 동명사형 어미에 처격 조사가 통합한 구성이다. (11ㄱ)의 '닉다' 구문은 19세기 국어까지 실현되었으며 (11ㄴ)의 구성은 20세기 초기 국어까지 드물게 나타나다가 현대국어에서는 더 이

'뎌희는 농업학에 닉슉ᄒ여 <대한 1904>'와 같이 'NP이 S-기에 V', 'NP이 NP에 V' 구조를 취할 수 있었다. 결국 '닉슉다' 역시 중기국어에서는 실현되지 않았던 'NP에'를 대상 명사구로 취하면서 구문의 변화를 겪게 된 것이다.

상 실현되지 않는다.

다음으로 15세기 국어에서 실현된 형용사 '쉽다' 구문을 살펴보자.[2]

> (12) ㄱ. 吳國ㅅ 쇠 히미 쉬우니 굴와 모니 뮈유믈 當ᄒ리 업도다 (吳牛力容
>   易 拉驅動莫當) <杜詩 7:35a>
>   ㄴ. 노픈 남긘 노픈 ᄇᆞ롬 부루미 쉽도다 (喬木易高風) <杜詩 11:43b>

예문 (12)는 '쉽다'가 'NP이 V'의 형식을 취한 예들이다. (12ㄱ)의 '쇠 히미'와 (12ㄴ)의 'ᄇᆞ롬 부루미'는 모두 '쉽다'의 대상 주어로 실현되었다. 모두 성상형용사의 용법을 보여주는 예이다.

'쉽다'가 평가 형용사 구문을 구성하는 예는 근대국어 문헌에서 살펴볼 수 있다. 예문 (13)-(15)는 근대국어에서 실현된 '쉽다'의 용례들이다.

> (13) ㄱ. 古人이 닐오디 創業은 쉽고 守成은 어렵다 ᄒ고 <常訓 5a>
>   ㄴ. 님금 되미 어려우며 臣하 되미 쉽디 아니타 ᄒ니 <論栗 3:45b>
> (14) ㄱ. 의혹정뎐의 굴오디 밧기 허ᄒ니는 돋기 쉽고 <痘瘡上 56b>
>   ㄴ. 부귀예 싱쟝ᄒ미 누에 츠고 길삼ᄒ기ᄀ 쉽지 안인 줄얼 ᄋᆞᆯ서 <여
>   소 632>
> (15) 죠치 아닌 거슨 오히려 풀기예 쉽다 ᄒ더라 <淸老 8:16a>

예문 (13)은 '쉽다'가 'NP이 V'의 구조를 가지는 경우로, 중기국어에서 실현된 '쉽다'의 용법이 그대로 실현되었다. 예문 (14)는 '쉽다'가 'S-기 V'의 형식을 취한 예이다. 중기국어의 'S-오미 V' 구문이 'S-기 V'로 실현되게 된다. 예 (14ㄴ)은 'S-기 V'에 주격 조사 '-가'가 통합된

---

2) 15세기 국어의 '쉽다(>쉽다, 易)' 구문의 통사·의미적 특성에 대해서는 이현희 (1994), 이영경(2003) 등을 참고하기 바란다.

‘S-기가 쉽다’ 구문이 실현된 예이다. (14ㄱ)은 ‘의학정전에 가로되 밖이 허한 사람은 (행역이) 돋기가 쉽고’의 의미를 가진다. (14ㄴ)은 ‘부귀에 생장함에 누에 치고 길삼하기가 쉽지 않은 줄 알아서’의 의미이다. 예 (14)의 ‘쉽다’ 구문은 모두 평가 형용사 구문을 형성하고 있다. 예문 (15)는 ‘좋지 않은 것은 오히려 팔기에 쉽다 하더라’의 의미로 ‘쉽다’가 ‘NP이 S-기에 V’의 구문을 구성하였다.

‘어렵다()어렵다, 難)’는 15세기 국어에서 ‘NP이 V’, ‘NP이 S-디 V’의 구문을 형성하였다.

(16) ㄱ. 太子ㅣ 그런 사ᄅ미시면 이 이리 <u>어렵도소이다</u> <釋詳 11:19b>
  ㄴ. 阿難아 사ᄅ미 몸 ᄃ외요미 <u>어렵고</u> <釋詳 9:28b>
  ㄷ. 舍利弗이 닐오디 ᄆ술히 멀면 乞食ᄒ디 <u>어렵고</u> <釋詳 6:23b>

이러한 ‘어렵다’ 구문은 16세기 국어에서 ‘NP이 S-기 V’의 논항구조를 가지게 된다.

(17) 제 ᄌ식도 하 귀ᄒ니 ᄃ리고 ᄃ니기 <u>어렵고</u> <順天 42:3>

‘NP이 S-기 V’의 ‘어렵다’ 구문은 근대국어에 들어와 더욱 생산적으로 실현되며 아울러 ‘NP이 S-기에 V’ 구문의 용례가 나타나기 시작한다.

(18) 문 글ᄌ가 비호기와 쓰기에 어렵고 <독립 1897.4.22.>

한편 이현희(1994)에서는 ‘어렵다’가 타동 구문을 구성한 예에 대해 논의했다. 그의 논의에서 든 용례를 보이면 아래와 같다.

(19) 貢公이 깃거ᄒᆞ물 그스기 效則ᄒᆞ고져 컨마론 原憲의 가난ᄒᆞ물 돌히 너
규믈 <u>어려웨라</u> <杜詩 19:2b-3a>

예문 (19)에서 문제가 되는 구절은 '原憲의 가난ᄒᆞ물 돌히 너규믈 어려웨라'이다. 여기서 '어려웨라'에 선행하는 성분이 '너규믈'이라는 목적어로 실현되고 있기 때문이다. 좀더 정확히 말하자면 '原憲의 가난ᄒᆞ물 돌히 너규믈' 전체가 '어려웨라'의 목적어로 실현된 것이다. 그런데 이 문장의 의미를 다시 따져보면, '너규믈' 구성은 '어렵다'의 목적어로 파악할 수 없다. 예 (19)는 '原憲이 가난한 삶을 달게 여기는 것을 (내가 效則호미) 어렵구나'의 의미를 가진다. 즉 작자 두보가 원헌의 청빈낙도의 삶을 배우가기 어렵다는 심정을 표현한 것이다. 이러한 해석을 근거로 예 (19)를 분석해 보면, '原憲이 가난ᄒᆞ물 돌히 너기다라'는 문장과 '(내가 效則ᄒᆞ기가) 어렵다' 두 문장이 결합한 복문으로 파악해야 한다. 만약 '너규믈'이 '어려웨라'의 목적어가 된다면, 의미를 고려했을 때 '너규믈'의 주어가 되는 '原憲'이 역시 '어려웨라'의 주어가 되어야 한다. 그러나 이 구절의 의미는 '原憲이 어렵게 여기는 것'이 아니라 '두보가 어렵게 여기는 것'이 되어야 한다. 결국 '너규믈' 구성을 '어려웨라'의 목적어로 해석하게 되면 문장의 원 뜻과 멀어지게 되므로 '너규믈'은 '어려웨라'의 목적어가 될 수 없는 것이다. 문맥을 고려하면 '너규믈'과 '어려웨라' 사이에 '내가 效則호미' 정도의 성분이 생략된 것이며, 이것은 '여려웨라'의 대상 주어가 되므로 '어려웨라'는 형용사가 실현된 것으로 보아야 한다.

이상 형용사 구문에서 'S-기에'가 형성되는 목록을 논항의 형성 시기와 함께 표로 나타내면 아래와 같다.

【표31】 'S-기에' 논항이 형성되는 형용사

'NP에'의 의미역	해당 동사 목록	형성 시기
기준	낟브다() 나쁘다, 歉)	현대
	닉다() 익다, 熟)	근대
	모즈라다() 모자라다, 不勾)	근대
	밧브다() 바쁘다, 忙)	현대
	쉽다() 쉽다, 易)	근대
	샌르다() 빠르다, 急)	현대
	앗갑다() 아깝다, 惜)	현대
	이르다() 이르다, 早)	현대

5.1.2. 조사의 변화와 구문 변화

여기서는 15세기 국어에서 비교 형용사, 혹은 평가 형용사로 분류되는 것들 가운데 비교의 기능을 가지는 조사 '-이/에/로'의 기능이 사라지면서 이들이 통합한 명사구를 논항으로 취할 수 없게 되는 변화를 다루려고 한다. 이런 변화를 겪는 형용사로는 'ᄀᆞ족ᄒᆞ다, 곧ᄒᆞ다'가 대표적이다.

15세기 국어의 'ᄀᆞ족ᄒᆞ다(齊)'는 'NP이 V'의 단순 성상 형용사 구문을 구성하기도 했으며 'NP이 NP에 V', 'NP이 NP와 V', 그리고 복수 주어를 가질 경우 'NP_pl이 V'의 구문을 형성하여 평가 형용사 구문을 형성하기도 했다. 각각의 구문이 실현된 용례를 아래에 들기로 한다.

(20) ㄱ. 그 ᄆᆞᅀᆞ미 猛利ᄒᆞ야 ᄠᅳ디 諸佛에 <u>ᄀᆞ족ᄒᆞ야</u> 닐오디 三僧祇롤 一念에
能히 건너리라 (其心猛利ᄒᆞ고 志齊諸佛ᄒᆞ야 謂三僧祇를 一念能越

　　　이라) <楞嚴 9:70a>
　　ㄴ. 허룸과 허디 아니홈괘 업스며 여희욤과 여희디 아니홈괘 업서아 믈
　　　가 부텨와 ᄀᆞ죽ᄒᆞ리라 (無壞不壞ᄒᆞ고 無離不離ᄒᆞ야아 乃湛然齊佛
　　　이니라) <楞嚴 8:36a>
　　ㄷ. 一와 異왜 ᄠᅳ디 ᄀᆞ죽ᄒᆞ며 (一와 異왜 齊旨ᄒᆞ며) <永嘉下 48a>
　　ㄹ. 머리터리 ᄀᆞ죽ᄒᆞ샤 어즈럽디 아니ᄒᆞ시고 ᄯᅩ 헏디 아니ᄒᆞ샤미 四十
　　　九ㅣ시고 <法華 2:17a>

　　(20ㄱ)은 '그 마음이 엄하고 날카로워 뜻이 제불과 같아 이르되 "삼
승기를 일념으로 능히 건널 것이다"'의 의미이다. 여기서 주어 'ᄠᅳ디'
는 'ᄀᆞ죽ᄒᆞ다'의 대상 논항이며 '제불에'는 비교의 기준이 되는 대상
논항으로 실현되었다. 비교의 기준이 되는 대상 명사구는 'NP와' 논항
으로도 실현되는데 (20ㄴ)이 그러하다. (20ㄴ)은 '…이별함과 이별하
지 않음이 없어야 맑아 부처와 같게 될 것이다'의 의미로 '부텨와'가
비교의 기준 대상 논항으로 실현되었다. 비교 대상과 기준 대상이 복
수 주어의 형태로 나타나기도 한다. (20ㄷ)이 이에 해당한다. (20ㄷ)은
'하나인 것과 다른 것이 뜻이 같으며'의 의미로 '一'과 '異'가 접속 조사
가 통합된 복수주어의 형태를 취하였다.

　　중기국어에 실현 가능했던 'NP이 NP에 V', 'NP이 NP와 V'의 비교
구문은 근대국어에 들어오면서 나타나지 않게 되며, 근대국어 후대로
갈수록 점차 'NP이 V'의 단순 성상 형용사 구문으로만 실현된다. 우리
는 이러한 'ᄀᆞ죽ᄒᆞ다'의 통사의 변화를 아래 예를 통해 확인할 수 있다.

　　(21) ᄒᆞ나흔 셩찰이오 둘흔 통회오 세흔 뎡긔오 네흔 고명이라 이 네 가지
　　　ᄀᆞ죽지 못ᄒᆞ야 ᄒᆞ나히라 <셩교 40a>

　　(21)은 '첫째는 성찰이고 둘째는 통회이며 셋째는 정개이고 넷째는

고백이다. 이 네 가지가 갖추어지지 못하여 하나이다'의 의미이다. 여기에서 'ᄀ족ᄒ다'는 '갖추어지다'의 의미로 비교의 의미를 갖지 않는다.

'ᄀᆮᄒ다() 같다, 如)'가 15세기 국어에서 취하였던 논항구조로는 'NP이 NP이 V', 'NP이 NP에 V', 'NP이 NP로 V', 'NP이 NP와 V', 'NP이 NP와로 V' 등이 있다. 각각의 구문의 실현 용례를 아래에 들기로 한다.

(22) ㄱ. 一萬八千 ᄯᅡ히 다 金色이 ᄀᆮᄒ야 <釋詳 13:16b>
　　 ㄴ. 알ᄑᆡᆺ 靜을 取ᄒ오ᄆᆞᆫ 涅槃애 ᄀᆮᄒ니라 (前取靜은 同於涅槃ᄒ니라)
　　　　 <圓覺下 2-1:41a>
　　 ㄷ. 不輕이 佛性으로 ᄀᆮ게 ᄒ실ᄊᆡ (不輕이 以佛性으로 等之故로) <法
　　　　 華 6:78a>
　　 ㄹ. 行이 부텨와 ᄀᆮᄒ야 부텻 氣分을 受ᄒ오ᄃᆡ <楞嚴 8:24a>
　　 ㅁ. ᄂᆞᆺᄂᆞᆫ 놉고 큰 三萬匹이 다 이 圖앳 筋骨와로 ᄀᆮ더라 (騰驤磊落三
　　　　 萬匹 皆與此圖筋骨同) <杜詩 16:39b>

예문 (22ㄱ)은 비교의 기준이 되는 명사구가 '金色이'이며, (22ㄴ)은 '涅槃애', (22ㄷ)은 '佛性으로', (22ㄹ)은 '부텨와', (22ㅁ)은 '筋骨와로'로 실현되었다.[3]

15세기 국어에 실현된 'ᄀᆮᄒ다' 구문은 근대국어 문헌에서도 살펴볼 수 있다.

(23) ㄱ. 影과 響이 ᄀᆮ트니이다 <서전 1:24a>
　　 ㄴ. 우리 文考ㅣ 日月의 照臨홈이 ᄀᆮ트샤 四方애 光ᄒ시며 <서전 3:13
　　　　 b>

---

[3] 15세기 국어 'ᄀᆮᄒ다' 구문의 통사・의미적 특성에 대해서는 김정아(1998), 이영경(2003)에서 자세히 논의되었다.

ㄷ. 走火筒은 中神機筒과로 ㄱ트니라 <火砲 25a>
ㄹ. 말을 내야 스스로 프로려 ㅎ면 곳 悖逆홈애 ㄱㅌ흐디라 <御內 1:39a>

(23ㄱ)은 'NP와 NP이 V'의 구문이 실현된 예로 비교의 대상 논항과 기준 논항이 접속 조사로 통합되어 나타났다. (23ㄴ)은 비교의 기준 논항이 'NP이' 명사구로 실현된 것으로 '日月의 照臨홈이'가 이에 해당한다. (23ㄷ)은 'NP이 NP와로 V'의 구문으로 중기국어의 (25ㅁ)의 구문이 이어진 것이다. (23ㄹ)은 'ㄷ흐다'가 'NP이 NP에 V'의 논항 구조를 취한 용례로 '悖逆홈애'가 비교의 기준 논항으로 실현되었다. 근대국어 초기 문헌에서 살펴볼 수 있었던 'ㄷ흐다' 구문 가운데 'NP이 NP와로 V', 'NP이 NP에 V', 'NP이 NP이 V'의 용례는 근대국어 후기 문헌으로 갈수록 드물게 나타나게 되며, 'NP와 NP이 V', 그리고 'NP이 NP와 V'의 구문만이 현대국어로 이어지게 된다.

'디나다'는 15세기 국어에서 비교의 기준이 되는 논항 'NP에'를 취하여 평가 형용사 구문을 구성하였다. 예 (24)가 이에 해당한다.

(24) 갈흐로 춤 추미 사르미게 <u>디나</u> 絶等흐고 활 울여 즘성 소몰 잘 흐더니
(舞劍過人絶 鳴弓射獸能) <杜詩 24:62b>

이러한 '디나다' 구문의 용법은 근대국어 후기 문헌까지 살펴볼 수 있다.

(25) ㄱ. 聰明과 智慧는 사롬의게 <u>디나고</u> 唱念흐는 聲音은 衆을 壓흐고 <朴諺下8b>
ㄴ. 신쥐 리무션이 지죄 놉하 사롬의게 <u>지나며</u> 집이 극히 간난흐되 문을 닷고 글 닑더니 <敬信 17a>
ㄷ. 지죠ㅣ 남에게 <u>지나리라</u> <女須 1b>

(25ㄱ)은 '총명과 지혜가 (다른) 사람보다 뛰어나고…', (25ㄴ)은 '신주의 이무선이 재주가 높아서 (다른) 사람보다 뛰어나며…', 그리고 (25ㄷ)은 '재주가 남보다 뛰어나다'의 의미이다. (25ㄱ)과 (25ㄴ)의 '사룸의게'와 (25ㄷ)의 '남에게'는 비교의 기준이 되는 논항으로 'NP에' 논항으로 실현되었다. 이러한 근대국어의 '디나다' 구문은 현대국어까지 이어지지 못하고 사라진다.

5.2. 의미의 변화와 구문 변화

형용사 구문의 변화와 관련된 의미 변화로는 의미의 확장과 의미의 축소가 있다. 그런데 형용사의 의미 변화로 인해 논항이 형성되거나 소멸하는 경우 그 유형이나 나타나는 양상은 자동사나 타동사의 경우에 비해 단순하다. 또한 구문 변화를 가지는 형용사의 수도 매우 적다.

5.2.1. 의미 확장과 구문 변화

형용사 구문에서 논항이 형성되는 것은 자동사나 타동사 구문의 변화에서처럼 다양한 양상을 보이지는 않는다. 그래서 하나의 형용사에 한 가지 유형의 논항이 형성되는 것이 보통이다. 형용사 구문에서 논항이 형성되는 경우에는 두 가지 유형이 있다. 논항이 형성되면서 논항구조가 확장되어 형용사의 자릿수가 늘어나는 경우와, 새로운 논항이 생기기는 했으나 형용사의 자릿수에는 변화가 없는 경우이다. 예를 들어 '붉다'는 15세기 국어에서 'NP이 V'의 논항구조를 취하다가 후대에 'NP이 NP에(기준) V'의 구문을 형성하게 되는데 이것이 전자의 예이다. 이와는 달리 '멀다'는 15세기 국어에서 'NP와 NP이 V'의 구문을 구성하다가 후대에 'NP이 NP와 V'의 논항구조를 가지게 되는데 이것이 후자의 예이다.

형용사 구문에서 형성되는 논항의 종류로는 'NP이', 'NP에', 'NP로', 'NP와'가 있다. 이 가운데 'NP이' 논항이 형성되는 경우는 구문에서 '경험주'의 논항이 생기는 것으로, 이러한 변화로 인해 성상 형용사가 심리 형용사 구문을 형성하게 된다. 그리고 'NP에' 논항이 형성되는 경우는 '기준' 논항이 생기는 것으로서, 이에 따라 성상 형용사가 평가 형용사의 용법을 가지게 된다. 'NP로' 논항이 형성되는 경우는 '원인' 논항이 생기는 것으로서, 이로 인해 형용사 구문에서 장소 보어 교차 구문의 실현이 가능해지게 된다.

5.2.1.1. '경험주'의 'NP이' 논항의 형성

새로 생겨나는 'NP이'의 의미역은 '경험주'로, 이에 해당하는 것으로 '됴ᄒ다/둏다() 좋다, 好)'가 있다.[4] 이것은 15세기 국어에서 'NP이 V', 'NP이 NP에 V'의 구문을 구성하였다.[5] 아래에 그 예를 제시하였다.

(26) ㄱ. 비치 조코 양직 <u>됴코</u> 히미 세오 거르믈 平正히 걷고 <月釋 12:30a>
　　ㄴ. 제 머글 양으로 머그면…느즌 ᄇᆞ롬과 과ᄀᆞ론 ᄇᆞ롬 마즌 병에 다
　　　　<u>됴ᄒ니라</u> <救簡 1:28b>

---

4) 중기국어에 '됴ᄒ다'와 '둏다'가 모두 실현되어 두 어형을 모두 어간으로 설정한 것이다. 그러나 '둏다'로 실현되는 경우가 더 많으므로 이후 본문에서는 '둏다'로 논의하도록 하겠다.
5) 중기 국어의 '됴ᄒ다/둏다(>좋다, 好)' 구문의 통사·의미적 특성에 대한 자세한 논의는 이현희(1994, 1999), 이영경(2003)을 참고하기 바란다.

예 (26ㄱ)은 '양지'가 '둏다'의 주어로 실현된 경우이다. '양지'는 '둏다'의 대상 논항으로, 여기서의 '둏다'는 성상 형용사로 분류된다.6) 예 (26ㄴ)은 '둏다'가 대상 주어 외에 기준의 'NP에' 논항을 취한 예이다. 평가의 기준이 되는 논항 'NP에'는 '느즌 ᄇᆞ롬과 과ᄀᆞ론 ᄇᆞ롬 마즌 병에'가 된다. 이 때의 '둏다'는 평가 형용사로 분류된다. 이들 '둏다' 구문은 근대국어를 거쳐 현대국어까지 이어져 실현된다.

'둏다'가 심리 구문을 형성하는 용례는 근대국어 후기 문헌에서 살펴볼 수 있다.7) 이는 곧 '둏다' 구문에서 경험주의 의미역을 갖는 명사가 주어로 실현되는 용례가 나타나기 시작한 것이다. 아래의 예 (27)이 이에 해당한다.

(27) 긔여 올나올 제면 니야 됴하 <歌曲 631-632>

예 (27)은 '…기어 올라올 적에는 나는 좋아…'의 의미를 가진다. 여기서 '니야'가 경험주 논항으로 실현되었다. 그러나 '둏다'가 심리 구문을 형성할 경우 '됴히 너기-' 구성으로 나타나는 것이 더 일반적이었으며, 현대국어처럼 생산적으로 실현되지 않았다.8) 현대국어 이전의

---

6) 15세기 국어에서 '대상'의 'NP이'만이 문면에서 논항으로 실현되어 'NP이 V'의 구문을 구성할 때 이에 대한 해석은 두 가지로 생각해 볼 수 있다. 'NP이(대상) V'에서 경험주의 주어 'NP이'의 생략을 상정하여 원래는 'NP이(경험주) NP이(대상) V'의 구문으로 해석하는 방법과, 대상의 'NP이'를 원래 주어로 보아 'NP이(대상) V'의 한 자리 형용사 구문으로 보는 방법이다. 어느 쪽을 택하느냐에 따라 구문의 변화를 서술함에 있어서도 차이가 생긴다. 본고는 '됴ᄒ다/둏다'에 대해 후자의 입장을 취하기로 한다.

7) '둏다'가 근대국어에서 심리 구문을 형성하는 것에 대한 논의는 이현희(1999)에서 살펴볼 수 있다.

8) '둏다'의 심리 구문이 후대에 실현되는 것에 대한 정확한 원인이 어디에 있는지는 알기 어려우나 15세기 국어에서 '둏다'가 심리 구문을 실현시키지 않은 것은

'둏다'는 객관형용사에 더 가깝게 실현되었음을 알 수 있다.[9]

한편 이현희(1999)는 중기국어와 근대국어에서 '둏다'가 타동사로 쓰인 'NP이 NP를 V' 구문 유형에 대해 지적했다. 이에 타동사 '둏다'를 설정할 수 있는지 그 타당성을 검토해 보고자 한다. 우선 (28)은 16세기 문헌인 「소학언해」에서 실현된 용례이다.

(28) 사룸이 밧끠 걸 몸 위완는 거세 일일마다 됴홈을 요구ᄒ더 오직 제 ᄒ낫 몸과 다못 ᄆᆞ옴을 도로혀 <u>됴홈을</u> 요구티 아니ᄒᄂ니 (只有自家一 箇身與心을 却不要好ᄒᄂ니) <小學 5:87b>

이현희(1999)에서는 예문 (28)에서 '됴홈을'에 선행하는 'ᄆᆞ옴을'을 '둏다'의 논항으로 해석하여 '둏다'를 타동사로 보았다. 그리고 이 때의 '둏다'는 '좋아지게 하다' 정도의 의미를 가진다고 했다. 그렇게 되면 (28)은 '오직 자기의 몸과 마음만을 도리어 좋아지게 함을 요구하지 아니하느니' 정도로 해석된다.

그런데 문제는 예문 (28)의 구문이 단문이 아니라 내포문을 포함한 복문이라는 데 있다. 즉 (28)에서 'ᄆᆞ옴을'은 '둏다'의 논항이 아니라

15세기 국어의 '괴다'의 실현과 관련지어 생각해 볼 수 있다. 앞서 '괴다' 구문에서 살펴본 것처럼 '괴다'는 선행 명사구로 유무정물 명사를 취하여 '대상을 좋아하다'의 의미를 가졌다. 이는 '둏다'가 심리 구문에서 실현되었을 때의 의미와 유사하다. 결국 15세기 국어에 '대상을 좋아하다'라는 의미는 '괴다'를 통해 실현되었기 때문에 '둏다'가 심리 구문에 사용되지 않은 것이다. 즉 '괴다'의 용법이 없어지면서 심리 구문의 '둏다'가 '괴다'가 실현시켰던 의미의 빈 자리를 메꾸게 된 것이다.

9) 유현경·이선희(1996)에서는 형용사 중에서 주어에 경험주의 의미역을 할당하는 부류들을 주관형용사, 대상역이나 처소역의 의미역을 할당하는 부류들을 객관형용사로 구분했다. 그리고 주관과 객관의 개념이 상대적인 것인 만큼 객관형용사의 객관성은 정도성의 문제라고 말했다. 그리고 객관형용사 중에서 주관형용사처럼 쓰이는 용례를 들면서 현대국어의 주관형용사와 객관형용사의 경계를 넘나드는 부류에 대해 자연스러운 현상이라고 했다.

' 음을 됴홈을' 전체가 상위문의 서술어 '요구 다'의 목적어로 실현
된 것이다. 즉 ' 음을 됴홈을'은 다시 하위문의 구조로서 이 때의 '
음을'은 하위문의 서술어 '둏다'의 주어로 실현되는데 상위문 속에서
목적어로 실현된 일종의 인상 구문인 것이다.10) 이러한 현상은 아래
(29)에서 알 수 있듯이 종속절의 주어가 대격조사와 통합하여 나타난
것으로 중세국어에서 흔히 나타나는 현상이다.11)

(29) ㄱ. 의원이 널우디 위연 며 되요믈 아로려 홀딘댄 오직 쫑을 둘며 뿌
         믈 맛볼 거시라 <飜小 9:31b>
     ㄴ. 官聯을 어즈러우믈 말리로소니 녀가는 길헤 欹危호몰 시스리로다
         (官聯辭冗長 行路洗欹危) <杜詩 20:48a-48b>
     ㄷ. 쏘 쁜 너삼 불휘롤 하며 져그믈 혜디 말오 므레 달혀 머그면 됸ᄂ니
         라 <간벽 16b>

(29)의 구문은 앞서 살핀 (28)의 구문구조와 같다. 만약 (28)에서 실
현된 ' 음을'을 '둏다'의 목적어로 해석한다면 (29ㄱ)의 '쫑을'이나 (29
ㄴ)의 '관직을', (29ㄷ)의 '불휘롤'을 각각 '둘다', '어즈럽다', '하다'의 목

---

10) 이처럼 국어에서 내포문의 주어가 대격 조사가 통합된 명사구로 실현되는 것
   에 대해 하위문의 주어가 상위문의 목적어로 변형하는 문법적 절차에 대해
   주어 올리기, 혹은 주어 인상 구문이라고 한다. 주어 올리기를 국어의 통사 현
   상으로 파악한 것은 김영희(1985)에서 구체적으로 논의되고 있으며 이 밖에
   도 주어 인상 구문에 대해서는 임홍빈(1979), 김영희(1985), 이광호(1988), 김
   귀화(1994), 김미령(1997), 박영순(1997) 등을 참고하기 바란다. 또한 중기국어
   에서 종속절의 주어가 대격형으로 변형되는 것에 대해서는 안병희·이광호
   (1990), 이기문(1998) 등에서 논의된 바 있다.
11) 이에 대해 안병희·이광호(1990:171)에서는 주어를 목적어와 같이 파악하여
   표시한 결과로 해석했다. 그러나 앞서 설명한 바와 같이 이는 국어의 통사 현
   상 중 하나인 주어 인상 구문으로 파악할 수 있다. 한편 현대국어의 주어 인
   상 구문은 상위문의 서술어가 판단 동사, 인식 동사류의 서술어로 실현되는
   것이 일반적인 데 반해, 15세기 국어에서는 상위문의 서술어로 심리 동사, 지
   각 동사 등이 사용되어 그 범위가 훨씬 넓었던 것으로 보인다.

적어로 보아 '둘다, 어즈럽다, 하다' 또한 타동사로 보아야 한다. 그러나 '둘다', '어즈럽다', '하다'는 문헌에서 모두 형용사의 용법으로만 나타난다. 따라서 예문 (29)의 경우 '쑝을'과 '관직을', '불휘를'은 종속절의 주어가 목적어로 실현된 것으로 보아야 한다. 그러므로 예문 (28)은 '됴다'가 타동 구문을 구성한 예라고 볼 수 없다. '됴다'를 형용사로 보아도 문장의 의미나 구문상으로 문제가 없기 때문이다.

다음으로 근대국어 문헌에서 '됴다'가 타동사로 보이는 용례들을 살펴보기로 하자.

(30) 풍아의 깁흔 쯧을 뎐ᄒᄂ니 긔 뉘신고 고됴를 <u>됴하나</u> 아ᄂ니 젼혀 업ᄂ
　　 (風雅深意傳者其誰古　調雖自愛知者少) <古曲-풍아별곡 1>
(31) 아바님이 죽거시눌 子興이 后를 기르오디 제 쑬ᄀ티 ᄒ더라 后ㅣ 져머
　　 셔브터 貞靜ᄒ시며 端一ᄒ시며 효도ᄒ시며 공경ᄒ시며 慈惠ᄒ시며 聰
　　 明이 사름의 뜻 밧긔 나샤 詩와 書를 더옥 <u>됴ᄒ더시니</u> <御內 2:77a>

예문 (30)은 '풍아의 깊은 뜻을 전하는 자 그가 누구인가 곡조를 좋아하나 아는 이가 전혀 없네'의 의미로, 문제가 되는 '됴다'가 '됴하나'의 형태로 실현되었다. '됴하나'에 대해 두 가지 분석을 해볼 수 있다. '됴-'에 연결어미 '-아나'가 결합했다고 보는 방법과(됴-+-아나), '-아나'를 다시 선어말어미 '-아-'와 연결어미 '-나'로 분석하는 방법이다(됴-+-아+-나). 그러나 근대국어 문법을 기준으로 볼 때 이 두 가지 분석 모두 적절하지 않다.[12] 첫 번째 분석은 연결어미 '-아나'가 근대국어에 존재하지 않기 때문에 적절하지 못하다.[13] 두 번째 분석은 선어말어

---

12) 본문의 예가 수록되어 있는 「古今歌曲」은 前間恭作의 고증에 의해 1764년에 쓴 것으로 추정된다.

13) 이 때의 '-아나'를 '-가나'의 이형태로 보고 '-가나'를 '-거나'와 연관시킨다고 하더라도 '-거나'는 선택의 의미를 실현시키는 연결어미로, 문맥상 역접의 의

미 '-아-'의 존재가 명확하지 않다는 데 문제가 있다. 중기국어의 선어
말어미 '-가-'의 이형태로 '-아-'가 존재했더라도 이미 근대국어에서는
'-아-'라는 문법 형태소를 공시적으로 분석하기 힘들다. 뿐만 아니라,
(30)의 '됴하나'는 문맥상 역접의 의미를 가지는 연결어미 '-나'가 실현
되었을 가능성이 큰데, 역접의 연결어미 '-나'에 선어말어미 '-아-'가 선
행하는 모습도 찾아볼 수 없다. 결국 '됴하나'의 어형으로는 공시적인
분석도 어려울 뿐만 아니라 윗구절의 해석이 자연스럽게 나오지도 않
는다. 그러므로 '됴하나'의 표기가 오기일 가능성에 대해서도 생각해
보아야 한다.

이와 관련하여 위 예문의 같은 구절에 대해 다른 이본에서는 '고됴
를 됴하 ᄒ나 아ᄂ니 전혀 업니'로 기록되어 있어 (30)의 '됴하나'가
'됴하 ᄒ나'의 오기로 볼 수 있음을 말해 준다.[14] 더욱이 윗구절이 수
록되어 있는 「고금가곡」속에는 6편의 시가 수록되어 있는데 그 가운
데 '둏다' 구성이 실현된 세 번째 시와 다섯 번째 시의 내용을 살펴보
면 '둏다'가 모두 '됴하ᄒ나'로 실현되고 있다. 다른 구절에서 실현된
용례를 들어 보겠다.

> (32) 위의도 거룩ᄒ고 녜모도 너를시고 희학을 <u>됴하ᄒ나</u> 학ᄒ미 되올쇼냐
>   (威儀盛大禮貌寬兮善戲謔兮不爲虐兮) <古曲-풍아별곡 3>
> (33) 이 ᄒ ᄒ 져므러시니 아니 놀고 어이ᄒ리 즐기믈 <u>됴하ᄒ나</u> 황홈을 말지어
>   다 (歲云暮矣不游何爲縱好其樂且無荒兮) <古曲-풍아별곡 5>

예문 (32)-(33)에서 '둏다'는 모두 '됴하ᄒ다'의 형태로 실현되고 있
음을 알 수 있다. 이러한 사실은 앞서 살펴본 예문에서의 '됴하나'가

미가 나와야 하는 본문의 용례와 맞지 않다.
14) 본문에 든 용례는 臺本 陶南 所藏 傳寫本이다.

오기일 가능성이 큼을 말해 준다.[15] 위의 예문에서 '됴하나'가 '됴하ᄒ 나'의 오기라면 이는 타동사 '둏다'의 예가 아니라 '됴하ᄒ다'의 예가 되므로 '둏다'의 타동 구문 예로 적절치 못하다.[16]

한편 예문 (31)은 영인본을 검토해 본 결과 '됴ᄒ더시니'가 아니라 '됴하ᄒ더시니'로 되어 있다.[17] 그러므로 (31)은 '둏다'의 타동 구문이 아니라 '됴하ᄒ다'의 구문으로 보아야 하므로 '둏다'가 타동사로 실현된 적절한 예가 되지 못한다.[18]

5.2.1.2. '기준'의 'NP에' 논항의 형성

'훤ᄒ다(〉훤하다, 曠)'는 15세기 국어에서 'NP이 V'의 논항구조를 취하였다.

---

15) 예 (30)의 '됴하나'를 다르게 해석해 볼 수도 있다. '됴하 ᄒ나'에서 'ᄒ'의 'ㅎ' 이 모음과 모음 사이에서 탈락한 뒤, 'ㆍ'와 '하'의 'ㅏ' 모음이 축약되어 '됴하 나'가 된 것으로 보는 것이다. 이렇게 보더라도 '됴하나'는 '됴하 ᄒ나' 구성에 서 온 것이 되므로 '됴하나'가 타동사로 실현된 것은 아니다.

16) 위의 예문에서 제시한 '둏다' 구성에서는 역접의 의미를 가지는 연결어미가 실현되는 것이 문맥에 맞다. 그러므로 본문의 용례가 '둏다'의 타동 구문 실현 예가 되기 위해서는 '둏-'에 역접의 연결어미 '-나'가 결합한 '됴ᄒ나' 혹은 '됴 ᄒ나' 정도로 실현되어야 할 것이다.

17) 홍문각에서 영인한 것을 참고로 했다.

18) 이현희(1999)에서 타동사 '둏다'로 든 예 가운데 타동사 '둏다'가 실현된 것으 로 보이는 것은 '明道先生이 글 쓰실 저긔 ᄀ장 조심ᄒ더시니 일즉 사ᄅᆷᄃ려 닐어 ᄀᆞᆯ오샤ᄃᆡ 字를 됴코져 홈이 아니라 곧 이거시 이 學이니라 (非欲字好ㅣ 라 卽此ㅣ 是學이니라) 〈小學 6:122b〉'이다. 이 구절에서 문제가 되는 '字를 됴코져 홈이 아니라'를 해석해 보면 '글자를 좋아지게 하고자 하는 것이 아니 라'의 의미를 가진다. 의미를 따져 보았을 때 '됴코져'의 '둏다'는 '좋아지게 하 다'의 타동사로 해석되므로 이 경우의 '둏다'는 타동 구문으로 처리해야 할 듯 하다. 그러나 '둏다'가 전체 문헌 자료에서 실현되는 빈도수를 고려해 볼 때 '字를 됴코져 홈이 아니라'의 구절만으로 타동사 '둏다'의 용법을 논의하기는 어렵다.

(34) 몸과 뜯괘 <u>훤ᄒ야</u> 녜 업던 이를 얻ᄌᆞᄫᅭ <釋詳 13:16b>

이러한 '훤ᄒ다' 구문은 근대국어를 거쳐 현대국어까지 실현된다. 현대국어의 '훤하다'는 이 외에도 'NP이 NP에 V'의 구문을 형성하는데 이는 현대국어에 들어서야 가능해진 용법으로 보인다.

5.2.1.3. '원인'의 'NP로' 논항의 형성

'ᄀᆞ득ᄒ다() 가득하다, 滿)'는 15세기 국어에서 'NP이 V', 'NP이 NP에 V'의 논항구조를 취하였다. 각각의 구문의 실현 용례를 보이면 아래와 같다.

(35) ㄱ. ᄇᆞᄅᆞ미 부러 드트리 <u>ᄀᆞ득ᄒ며</u> 一切 草木이 다 것듣더라 <釋詳 23:20a>
   ㄴ. 서리와 눈괘 하ᄂᆞᆯ해 <u>ᄀᆞ득ᄒ고</u> <金三 4:18a>

이러한 'ᄀᆞ득ᄒ다'의 구문은 근대국어를 거쳐 현대국어까지 이어진다. 또한 'ᄀᆞ득하다'는 20세기 초기 문헌에 들어와 'NP이 NP로 V'의 논항구조를 취하게 되고 이것이 현대국어까지 이어지게 된다. 아래에 예를 들기로 한다.

(36) 온 교회가 깃붐으로 <u>가득홀지니라</u> <신학 1:190>

5.2.1.4. '기준'의 'NP와' 논항의 형성

15세기 국어의 '멀다() 멀다, 遠)' 구문은 대체로 'NP이 V', 'NP이 NP에 V', 'NP와 NP이 V'의 형식을 취하면서 구문을 형성하였다.

(37) ㄱ. 舍利弗이 닐오디 므술히 <u>멀면</u> 乞食ᄒ디 어렵고 <釋詳 6:23b>

　　 ㄴ. 부텨 나 겨시던 時節이 더 <u>멀면</u> 사ᄅ미 수비 몯 아라 <釋詳 9:2a>

　　 ㄷ. 虛空中에 하ᄂᆞᆯ 부피 절로 우니 微妙ᄒᆫ 소리 깁고 <u>멀며</u> <月釋 17:29
　　　　 b>

　　 ㄹ. 그 ᄠᅳ디 깁고 <u>멀며</u> 그 말ᄊᆞ미 工巧코 微妙ᄒᆞ야 <釋詳 13:28b>

　　 ㅁ. 八媒女ㅣ 됴ᄒᆫ 根源을 닷가 無上道理를 일우미 <u>머디</u> 아니ᄒᆞ더라
　　　　 <月釋 8:91b>

(38) ㄱ. 모ᄅ면 곧 눈 알픠 法이 잇ᄂᆞ니 이런ᄃᆞ로 道애 <u>멀오</u> 알면 곧 귓ᄀᆞᅀᅢ
　　　　 소리 업스니 이런ᄃᆞ로 道애 갓가오니라 <金三 3:19a>

　　 ㄴ. 이 覺이 天然ᄒᆞ야 木石에 <u>머니</u> (此覺이 天然ᄒᆞ야 木石에 遠矣니)
　　　　 <永嘉上 72b>

　　 ㄷ. 鄕關이 몰 튼 되 亂ᄒᆞ매 <u>머니</u> 宇宙에ᄂᆞᆫ 蜀城이 偏僻ᄒᆞ도다 (鄕關胡
　　　　 騎遠 宇宙蜀城偏) <杜詩 21:24b>

　　 ㄹ. 佛道ㅣ 잢간도 사ᄅ미게 <u>머디</u> 아니ᄒᆞ야 本來 닷가 證호미 업거늘
　　　　 <月釋 14:79b>

(39) ㄱ. 기품과 녀토미 서르 <u>멀씬</u> (深淺이 相遼홀시) <楞嚴 4:100b>

　　 ㄴ. 세 物이 서르 <u>멀며</u> <楞嚴 3:76b>

　　예문 (37)은 'NP이 V'의 형식을 가진 경우이다. 여기서 'NP이'는 '멀
다'의 대상 논항이 된다. 예문 (37)은 형용사 '멀다'의 가장 기본적인
용법이라고 할 수 있는 것으로 '므술', '時節'이라는 시·공간 명사가
실현된 구문들이다. 이영경(2003)에서는 (37ㄱ)의 구문을 문맥상 '이
에(서)'가 생략된 것으로 해석했다. 그러나 이러한 해석은 공간적 거
리를 실현시키는 'NP이 NP에 멀다' 구문이 15세기 국어에서 생산적으
로 실현되어야 함을 전제로 한다. 필자가 살펴본 바에 의하면 15세기
국어에서 공간적 거리를 실현시키는 'NP이 NP에 멀다' 구문은 드물게
용례가 나타난다. 'NP에' 없이 'NP이 V'의 형식으로 실현되는 것이 일

반적인 모습이었다. 그러므로 (37ㄱ)은 구체적인 공간이 기준점으로 실현되지 않는 'NP이 V'의 형식이 15세기 국어의 문형이었다고 할 수 있는 것이다. 이는 'NP이'가 시간 명사로 실현되는 (37ㄴ)에서도 마찬가지이다. 결국 15세기 국어에서 '멀다'가 시·공간 명사를 주어로 가질 때 'NP이 V' 구문으로 실현된 것이다.

예문 (38)은 15세기 국어의 '멀다'가 'NP이 NP에 V'의 형식을 취하는 경우로, 대체로 기준점이 되는 'NP에'에는 추상 명사나 속성이나 상태를 나타내는 명사들이 실현되었다. (38ㄱ)은 '모르면 곧 눈 앞에 법이 있으니 도에서 멀고 알면 곧 귓가에서도 소리가 없으니 도에 가까운 것이다'로 해석된다. 여기서 'NP에'로 실현된 '道애'는 물리적인 거리의 공간물 명사가 아니라 주어가 도달해야 할 추상적 거리의 기준점이다. (38ㄴ)은 '이 각이 천연하여 (그 성질이) 목석과 가깝지 않으니'의 의미를 가지는 것으로 주어의 속성이 기준이 되는 것과 닮지 않았다는 속성의 차이를 표현한 것이다. (38ㄴ)과 같은 '멀다'의 용법은 현대국어에서 'NP이 NP와 거리가 V' 구문으로 실현된다. (38ㄷ)은 '시골이 말을 탄 오랑캐의 어지러움에서 머니…'의 의미로 'NP에'가 동명사 '亂호매'로 실현되었다. 이처럼 동명사 'NP에'가 '멀다'의 기준 명사로 실현되는 것은 15세기 국어에서만 용례가 확인된다. 예문 (38ㄹ)은 'NP에'에 인간 명사가 실현되어 기준 논항이 'NP의게'로 실현되었다.

예문 (39ㄱ)은 '멀다'가 'NP와 NP이 V'의 형식을 취하는 구문이다. 두 명사구가 복수 주어로 실현될 경우에는 (39ㄴ)처럼 'NP이 서르 V' 구문으로 실현되었다.

이상의 '멀다' 구문의 실현 용례는 근대국어에서 살펴볼 수 있다. 예 (40)-(42)가 이에 해당한다.

(40) ㄱ. 샹긔 엿즈오디…쁘디 깁고 <u>머러</u> 알기 어려온디라 (謂上曰…意深遠
　　　難見) <五倫忠 15a>

　　ㄴ. 소리 묽고 <u>머러</u> 듯는 사룸이 슉연ㅎ고 <太平 51b>

　　ㄷ. 오직 너희는 밥팀례롤 셩령으로 바드미 <u>머지</u> 온으미라 ㅎ엿ᄂ니라
　　　　<사도 1:5>

　　ㄹ. 첫 겨올이 쟝츳 진ㅎ고 셜 지내기 <u>머지</u> 아닌지라 <戒編 25b>

(41) ㄱ. 열흔 쟈는 덕을 힘쓰는 사룸이오 온흔 쟈는 션에게 어른 사룸이니
　　　　이ᄀᆺ흔 셩은 졈졈 엷고 졈졈 슬아져 그 뻐러지기에 <u>머지</u> 아니ㅎ더
　　　　<성경 55a-55b>

　　ㄴ. 이 빅셩이 입수로써 나롤 놉피나 그 마암인즉 니게 <u>머다</u> <막 7:6>

(42) 휘령뎐이 덕셩합과 <u>머지</u> 아니ㅎ니 담밋히 사룸을 보니여 보니 볼셔
　　　농포롤 벗고 업더여 겨오시더라 <閑中 262>

　예문 (40)은 '멀다'가 'NP이 V'의 형식을 취한 예이다. (40ㄱ)는 '뜯',
(40ㄴ)은 '소리'가 '멀다'의 대상 논항이 된다. 예 (40ㄷ)은 대상 주어가
동명사 구성을 취한 경우이다. (40ㄷ)은 '오직 너희는 밥침례를 성령
으로 받기에 멀지 않았다 하였다', (40ㄹ)은 '첫 겨울이…설 지내기에
멀지 않아서'의 의미를 가진다. 이처럼 동명사 구성이 '멀다'의 대상
명사구로 실현되는 모습은 현대국어에서는 좀처럼 보이지 않는 것으
로 18세기 국어까지 활발한 용례를 보이다가 19세기 국어에 가면서
드물게 용례가 나타난다.

　예문 (41)은 '멀다'가 'NP이 NP에 V'의 논항구조를 가지고 실현된
경우이다. 대상의 'NP이'와 기준의 'NP에' 논항을 가진다. (41ㄱ)은 'S-
기에'의 형식으로 실현되었으며 (41)은 사람 명사가 실현되어 'NP의
게'로 실현되었다.

　예문 (42)는 '멀다'가 'NP이 NP와 V'의 형식으로 실현된 구문이다.
(42)는 19세기 국어의 용례로 '휘령전이 덕성합과 (공간적 거리가) 멀

지 아니하니 담밑에 사람을 보내여 보니 벌써 용포를 벗고 엎드려 계시더라'의 의미이다. (42)를 통해 '멀다'가 'NP이 NP와 V'의 형식을 취할 수 있게 된 것이 근대국어 후기에 가능해진 것임을 알 수 있다.[19)

5.2.2. 의미 축소와 구문 변화

형용사 구문에서 논항이 소멸하는 것은 기준의 'NP에' 논항이 실현되지 않게 되는 경우이다. 이로 인해 형용사의 자릿수에 변화가 생기게 된다. 이들은 15세기 국어에서 평가 형용사로 분류되는 것들로, 'NP이 NP에 V'의 구문을 형성하다가 'NP에' 논항을 잃게 됨으로써 단순 성상 형용사로 구문의 통사적 속성이 변하게 된다. 이에 속하는 것으로 '굳다()굳다, 堅), 그르다²()그르다, 乖)' 등이 있다. 이들은 모두 15세기 국어에서 'NP이 NP에 V'의 논항구조를 취하였다.

(43) 이 妙光法師ㅣ…無想道애 <u>구더</u> 반ᄃ기 無數佛을 보ᅀᆞ와 諸佛을 供養ᄒ
   ᅀᆞᆸ고…큰 道ᄅᆞᆯ 行ᄒᆞ야…成佛ᄒᆞ샤…授記ᄒᆞ시니 (是妙光法師ㅣ…堅固

---

19) 15세기 국어에 'NP이 NP와 멀다' 구문으로 보이는 용례로 '片片인 구루미 하ᄂᆞᆯ콰 다못 머니 〈杜詩 3:40a〉'가 있다. 그런데 이 용례에서 '하ᄂᆞᆯ콰'는 '멀다'의 논항이 아니라 '다못'의 논항으로 보아야 한다. 더욱이 15세기 국어 문헌은 물론이며 18세기 국어까지 'NP이 NP와 멀다' 구문의 용례를 찾기 힘들다는 점도 이 용례를 'NP이 NP와 멀다' 구문으로 분석할 수 없음을 말해 주는 근거라고 할 수 있다. 이영경(2003)에서도 15세기 국어의 'NP이 NP와 멀다' 구문은 사실상 나타나지 않는다고 보았다. '멀다' 구문에서 나타나는 이러한 논항 실현의 변화는 소위 이중주어 구문 중 두 번째 명사구가 교호적 자질을 지닌 동사 어휘 구문에서 실현될 경우에는 두 번째 명사구의 조사는 공동격 조사로 변하는 근대국어의 문법 변화에 기인하는 것으로 볼 수도 있다. 그러나 이에 대해서는 보다 면밀한 검토가 있어야 하므로 본고에서는 구문의 개별적인 변화로 다루었다.

無想道ᄒᆞ야) <法華 1:125a-125b>
(44) 法이 本來 이 업슬시 업다 닐어도 ᄯᅩ 法體예 <u>그르디</u> 아니ᄒᆞ며 <金三
4:16a>

예 (43)은 '이 묘광법사가…불도에 굳어…모든 부처를 공양하고…
큰 도를 행하여…성불하시어…수기하시니'의 의미이다. 여기서 '굳다'
는 '無想道애'를 기준 논항으로 취하였다. 예 (44)는 '법이 본래 없으므
로 없다고 해도 또 법체에 그르지 않으며'의 의미이다. '그르다'의 판
단 기준이 되는 명사가 '法體예'라는 논항으로 실현되었다. 모두 평가
구문을 실현시키고 있다. 이 가운데 '굳다'의 용법은 중기국어 이후
살펴볼 수 없는 반면, '그르다'의 용법은 근대국어까지 이어진다.
'NP이 NP에 V'의 '그르다' 구문의 실현은 근대국어 문헌에서도 살
펴볼 수 있다. 예 (45ㄱ)은 근대국어 초기 문헌에서 실현된 예이며
(45ㄴ)은 후기 문헌에서 실현된 예를 든 것이다.

(45) ㄱ. 만일에 넘오 달혀 법에 <u>그르면</u> 늙은 믈이라 니르니 <煮焇 13a>
　　 ㄴ. 관원이 명령ᄒᆞᄂ 디로 듯지 아니ᄒᆞ면 도리에 <u>그르거니와</u> <독립 18
97.10.26.>

예 (45ㄱ)은 '만일 너무 다려 법에 그르면 오래된 물이라고 이르니'
의 의미이다. 예 (45ㄴ)은 '관원인 명령하는 대로 듣지 않으면 도리에
그르거니와'의 의미이다. (45ㄱ)의 '법에'와 (45ㄴ)의 '도리에'는 '그르
다'의 판단 기준이 되는 논항으로 'NP에' 명사구로 실현되었다. 이러
한 '그르다' 구문은 근대국어 후기 문헌까지 용례가 나타난다.

5.3. 기타

형용사 구문의 변화 가운데 그 원인을 설명하기 어려운 것들이 있다. 이에 속하는 것으로 두 가지 유형이 있다. 첫째, 15세기 국어에서 형용사로만 실현되던 어휘들이 이후 문헌에서 자동사의 용법을 가지게 되는 경우이다. 이에 해당하는 형용사는 '가난ᄒᆞ다(〉가난하다, 艱)'와[20] 'ᄂᆞᆺ갑다(低)'가[21] 있다. 'ᄂᆞᆺ갑다'의 자동사 용법은 중기 국어 문헌에서 살펴볼 수 있으며, '가난ᄒᆞ다'는 근대국어에서 살펴볼 수 있다. 둘째, 후대에 형용사의 용법을 상실하는 경우이다. '빛나다(〉빛나다, 煒)[22], 소사나다(〉솟아나다, 聳)[23]'가 해당되는데 이들은 모두 어형이 현대국어까지 실현되는 것으로 형용사 구문의 실현 용례가 15세기 국어에서만 확인된다.[24]

20) 집을 경영ᄒᆞᄂᆞᆫ 女ᄂᆞᆫ 오직 儉ᄒᆞ며 오직 勤ᄒᆞᆯ찌니 奢ᄒᆞ면 집이 가난ᄒᆞᄂᆞ니라 <女四 2:28b>
21) ᄑᆞ른 비치 졈졈 ᄂᆞᆺ갑도다 <百聯 1b>
22) ᄒᆞᆫ 갌 ᄎᆞᆫ 光明이 太虛에 빗나도다 <金三 2:24a>
23) 그 술위 놉고 너부믄 노ᄑᆡ 三乘에 소사나고 너비 九部ᄅᆞᆯ 모도자ᄫᆞᆯ 씨라 <月釋 12:30b>/英과 傑와ᄂᆞᆫ 智慧ㅣ 萬人의게 소사날 시라 <金三 4:14a>
24) 이 밖에도 '미혹ᄒᆞ다(>미혹하다, 迷)' 등이 있다. 그 氣運은 ᄆᆞᅀᆞ미 돌ᄀᆞᄐᆡ 미혹디 아니ᄒᆞ니라 <杜詩 17:14a>

제6장

결론

국어 동사 구문구조의 통시적 연구

국어 동사 구문구조의 통시적 연구

제6장 결론

6.1 내용 요약

본 연구는 15세기 국어 동사 구문구조의 통사·의미적 특성을 밝히고 이들의 통시적 변화를 고찰하는 데 목적이 있다. 지금까지의 동사 구문 연구는 현대국어 연구에 편중되어 있었고, 통시적 연구 또한 일부 동사만을 대상으로 한 것이기 때문에 국어 동사 전체에 대한 통시적 연구가 본격적으로 이루어지지 못했다. 더욱이 15세기 국어와 현대국어를 바로 대응시켜 동사의 변화를 논의했으며, 구문 변화의 유형이나 원인 등 구문구조의 변화에 대한 체계적인 연구가 미진했다. 그러므로 본 연구에서는 15세기 국어의 고유어 동사 전체(약 900여 개)를 대상으로 동사 구문구조의 통시적 변화를 고찰하였다.

먼저 2장에서는 개별 동사 구문의 변화를 논의하기에 앞서 15세기 국어 동사 구문구조의 특성 및 구문 변화의 특징에 대해 고찰했다.

구문구조의 특성은 동사의 범주적 특성과 문형적 특성으로 살펴볼 수 있다. 가장 큰 범주적 특징은 15세기 국어 동사 전반에 걸쳐 나타나는 범주간 넘나듦 현상이다. 자·형 겸용 동사, 자·타 겸용 동사, 형·타 겸용 동사, 자·타·형 겸용 동사들이 범주간 넘나듦을 보이는 것이다. 이들은 현대국어에 비해 다양한 환경에서 생산적으로 실현되었기 때문에 전용이나 파생으로 설명하지 않고 '겸용'의 용법으로 이해했다. 구문구조는 문의 기본 구조로서 이를 공식화한 것이 문형이다. 이에 본고는 15세기 국어 동사 구문구조를 밝히기 위해 동사 구문의 기본 문형에 대해 고찰했다. 문형을 설정함에 있어서 이론적 토대가 된 것은 생성문법의 논항구조 이론이다. 자동사, 타동사, 형용사 각각의 문형에서 파악되는 논항들을 살피고 이를 바탕으로 각각의 기본 문형을 설정했다.

자동사는 크게 주어의 의미역이 행위주인지 아닌지에 따라 행위성 자동사와 비행위성 자동사로 구분된다. 행위성 자동사는 동사가 요구하는 논항과 자동사의 의미에 의해 단순 행위, 처소 행위, 대상 행위, 발화 행위, 상호 행위, 이동 행위 자동사로 살펴볼 수 있다. 비행위성 자동사는 피동, 심리, 사유, 인지, 지각, 변성, 존재, 대상, 원인, 기준, 분열, 대칭, 이동 자동사로 구분된다. 자동사의 문형에서 특징적인 것은 대상의 'NP에', 대상의 'NP로' 논항이 실현되는 대상 행위 자동사 구문과 다양한 피동 자동사 구문의 실현이다. '대상'의 'NP로'는 본 연구에서 새롭게 설정한 논항이다. 즉 'NP로'에 기존의 '도구격'이나 '향격'으로는 설명할 수 없는 '대상'에 가까운 용법이 있음을 주목했다. 그리고 'NP로' 논항의 의미역으로 '대상'을 설정할 수 있는 근거를 공시적·통시적 측면에서 들었다. 특히 신라시대 이두자료에서 '-를'에 대응되는 차자표기가 나타나지 않은 것에 반해, '-로'에 대응되는 '以'는 이미 표기되었음에 주목하고 '-로'가 이른 시기부터 '대상'의 통사적 기능을 가지고 있었을 가능성이 큰 것으로 해석했다.

15세기 국어 타동사의 기본 문형의 틀은 현대국어와 크게 다르지 않다. 타동사는 '행위주'를 주어 논항으로 취하는 단일 목적 타동사,

동족 목적 타동사, 이동 타동사, 위치 타동사, 피해 타동사, 전환 타동사, 결과 타동사, 도구 타동사, 수혜 타동사, 비교 타동사, 교호 타동사, 그리고 명명 타동사로 세분화된다. 비행위주 주어에서 실현되는 의미역으로는 사역주, 경험주, 피동주 등이 있다. 이에 따라 타동 구문은 '사역주'를 주어 논항으로 취하는 사역 타동사, '경험주'를 주어 논항으로 가지는 심리 타동사, 지각 타동사, 인식 타동사, 사유 타동사, 그리고 '피동주'의 주어 논항이 실현되는 피동 타동사로 나뉜다. 타동사의 문형에서는 심리 타동사 구문, 전환 타동사 구문에 나타나는 논항의 실현 양상이 주목된다.

형용사의 문형은 현대국어에 비해 단조로운 문형 구조를 나타낸다. 15세기 국어 형용사의 문형은 성상 형용사, 비교 형용사, 평가 형용사, 존재 형용사, 심리 형용사의 구문으로 파악된다. 이는 현대국어 형용사의 기본 문형 틀과 크게 다르지 않은 모습이다. 15세기 국어 형용사는 주어의 의미역이 '대상'인 경우와 '경험주'인 경우로 나뉜다. '대상' 주어를 논항으로 가지는 구문은 성상, 비교, 평가, 존재 형용사로 구분된다. 주어에 경험주의 의미역을 할당하는 부류는 심리 형용사로 파악된다.

다음으로 이들 각각의 문형의 변화된 모습을 살폈다. 동사 구문의 변화를 고찰함에 있어 본 연구에서 중심적으로 다루고자 하는 것은 두 가지이다. 첫째는 범주 실현에 변화를 보이는 동사들은 어떤 것들이 있는지를 살피는 것이고, 둘째는 동사의 논항구조에 어떤 변화가 있는지를 살피는 것이다.

행위성 자동사 구문 가운데 가장 뚜렷한 구문 변화를 보이는 것은 대상 행위 자동사 구문과 이동 행위 자동사 구문이다. 그 외 행위성 자동사의 부류들은 논항이 형성되거나 축소되는 변화를 나타낸다. 대상 행위 자동사는 가장 두드러진 범주 변화를 보인다. 이는 'NP이 NP 로 V', 'NP이 NP로 NP에 V'의 대상 행위 자동 구문에서 '대상'으로 실현되는 'NP로'의 기능이 근대국어에 들어와 약해지면서 더 이상 자동 구문을 구성하지 못하게 되는 것이다. '덮다, 막다, 박다' 등이 이에 속한다. 이동 행위 자동사 구문의 특징적인 구문 변화는 15세기 국어 에서 이동 행위 자동사로 분류되는 동사 가운데 일부가 근대국어로 오면서 이동 자동사의 통사적 속성을 잃게 된다는 것이다. 이는 이들 이 취하는 논항 실현의 변화를 통해 알 수 있다. 일반적으로 이동 자 동사 구문에서 이동의 '지향점' 혹은 '기점' 논항이 'NP에', 'NP로' 혹은 'NP를' 명사구로 실현되는데, 몇몇 이동 행위 자동사 구문에서 이러한 논항이 근대국어 후기로 갈수록 실현되지 않게 된다. '나다, 들다, 옮 다' 등이 이에 속한다. 이들은 15세기 국어에서 이동 행위 자동사 구 문을 형성하였는데 근대국어로 오면서 이동동사의 통사적 속성을 잃 게 된다. 이들의 용법은 '나다, 들다, 옮다' 등을 어기로 하는 합성 동 사 '나오다, 들어오다, 옮겨오다'의 형태로 실현된다. 이동 행위 자동 사 가운데 일부 순수 자동사는 근대국어에 들어와 'NP를' 논항을 취 하게 되면서 타동성을 획득하게 된다.

동사 구문 가운데 가장 심한 범주 변화를 나타내는 것이 비행위성 자동사이다. 그 중에서도 가장 뚜렷한 범주 변화를 보이는 것이 피동 자동사이다. 이외 심리, 사유, 인지, 지각 등의 자동사들도 범주 변화 를 보인다. 피동 자동사의 가장 두드러진 구문 변화는 자동사의 용법 이 소멸되는 현상이다. 피동 자동사 가운데 자·타 겸용 동사의 용법 을 가지는 것은 대부분 근대국어에 들어와 자동 구문을 형성하지 못 하게 된다. '갈다, 껴다, 닫다' 등이 있다. 행위 피동 자동사는 15세기 국어에서 'NP이 NP에 V'의 구문을 형성하였는데 근대국어에 들어와

'피해자'의 'NP를' 논항이 실현됨으로써 구문이 확장된다. 현대국어에 존재하는 목적어 있는 피동 구문의 실현이 이 때부터 가능해지게 된다. 원인 피동 자동사는 'NP이 NP에 V'의 구문을 형성하였는데 일부 원인 피동 자동사는 동사의 의미가 축소되면서 구문에서 '원인'의 'NP에' 논항이 실현되지 않는 변화를 겪게 된다. 결과적으로 'NP이 V'의 축소된 구문으로 실현된다. '뻐디다'와 '흐야디다'가 이에 속한다. 심리·사유·인지 자동사 구문은 'NP이 NP에 V'의 구문을 형성하였다. 여기서 'NP에'는 '대상'의 의미역이 실현된 것이다. 이는 중기국어 당시 조사 '-에'가 가졌던 '대상'의 기능에서 비롯된 것으로 해석할 수 있다. 그러나 조사 '-에'의 '대상'의 기능이 약해지면서, 자동사 구문에서 'NP에' 논항의 실현도 사라지게 된다. '붓그리다(愧), 혜아리다², 알다' 등이 이에 속한다.

타동사 구문의 범주 변화는 논항구조의 변화와 밀접한 관련을 가진다. 타동 구문에서 'NP를' 논항이 소멸하면서 타동성도 함께 상실되기 때문이다. 심리 타동사 구문에 나타나는 가장 큰 변화는 타동사의 범주가 사라지는 것이다. 특히 형·타 겸용 동사의 용법을 가진 것들이 이러한 변화를 겪는데, 이러한 변화로 인해 형용사와 타동사의 범주간 넘나듦 현상이 드물게 된다. '셟다(> 섧다), 슬흐다(> 싫다, 厭)' 등이 이에 속한다. 전환 타동사는 대상의 'NP로'와 결과의 'NP를' 논항을 취하던 'NP이 NP로 NP를 V'의 구문이 대상의 'NP를'과 결과의 'NP로' 논항이 실현된 'NP이 NP를 NP로 V'의 구문으로 바뀌게 된다. '밧고다, 삼다' 등이 이에 속한다.

형용사 구문은 자동사, 타동사 구문의 변화에 비해 범주 변화를 입는 경우가 매우 드물다. 형용사 구문의 변화는 대부분 논항구조에 변화가 생기는 것인데, 이 또한 자동사, 타동사 구문에 나타나는 논항구조의 변화에 비해 단순한 모습을 보인다.

이상으로 15세기 국어 동사 구문의 변화는 다음 네 가지로 살펴볼 수 있다.

첫째, 동사의 용법이 사라진 경우(범주 변화 : 범주 소멸)
둘째, 구문에 논항이 형성된 경우(격틀 변화 : 확장)
셋째, 구문에서 실현되던 논항이 소멸된 경우(격틀 변화 : 축소)
넷째, 새로운 논항구조가 생겨난 경우(격틀 변화 : 추가)

본고는 이러한 구문구조의 변화 양상을 바탕으로 구문 변화의 원인에 대해서도 고찰했다. 국어 동사 구문의 변화 원인은 언어 내적 원인과 외적 원인으로 살펴볼 수 있다. 언어 내적 원인에 속하는 구문의 변화는 문법 체계에 변화가 일어남에 따라 구문구조에 변화가 생기는 경우와 동사의 의미가 변함에 따라 구문구조에 변화가 생기는 경우로 구분된다. 전자는 변화하는 양상이 체계적이고 규칙적이라는 점에서 구조적 변화이며, 후자는 동사 개별적인 의미 변화로 인해 생기는 것이므로 규칙적인 모습을 찾아내기가 힘들다는 점에서 개별적 변화이다. 문법 체계의 변화로 다루는 것으로는 피·사동사의 발달, 조사의 형성과 기능 변화, 'V-어 ᄒᆞ다' 합성법의 발달, 그리고 '-기' 명사형어미의 발달 등이 있다. 의미 변화의 유형으로는 동사의 의미 확장, 축소, 그리고 전혀 다른 의미로 실현되는 의미 전변이 있다.

이상 2장의 논의를 통해 15세기 국어에서 900여 개의 고유어 동사 가운데 대략 400여 개의 동사가 구문 변화를 가진다는 사실을 살펴볼 수 있었다. 이어서 3-5장에서는 이들 400여 개의 동사를 대상으로 각각의 구체적인 변화 양상을 살폈다. 15세기 국어부터 현대국어까지 문헌 자료에 나타난 용례를 통해 자동사, 타동사, 형용사 구문의 변화를 고찰했다.

3장에서는 자동사 구문의 변화를 다루었다. 자동사 구문의 특징적인 변화는 네 가지로 요약된다. 첫째, 피동사가 발달되어 자동 구문을 형성하면서 본래 자동사로 실현되던 어휘들이 기능을 잃게 된다. 둘째, 대상의 조사 '-에', 그리고 대상의 조사 '-로'가 근대국어 후기 문헌으로 갈수록 기능이 약해지면서 대상의 'NP에'나 'NP로'를 논항으로 선택하는 자동사의 문형이 사라진다. 셋째, 'NP를' 논항이 형성되면서 자동사가 타동성을 획득하게 된다. 특히 'NP를' 논항이 형성됨으로써 자동사가 능격동사의 용법을 가지게 되는 경우도 있다. 넷째, 자동사 구문에서 논항 소멸로 인해 생기는 가장 큰 변화는 이동 자동사 구문의 변화이다. '행위주' 주어와 '방향, 기점, 지향점, 경로'의 논항들이 사라지면서 이동 자동사 구문의 실현이 불가능해지게 된다.

4장에서는 타동사 구문의 변화에 대해 논의했다. 타동사 구문의 특징적인 변화는 다섯 가지로 요약된다. 첫째, 사동사가 실현됨으로써 타동사로 실현되던 어휘가 타동성을 잃게 된다. 둘째, 심리 타동사가 'V-어 하다' 합성법의 발달로 타동적 용법을 잃게 된다. 셋째, 대상의 'NP로'와 결과의 'NP를'을 취했던 'NP이 NP로 NP를 V'의 전환 타동사 구문에서 대상의 'NP로'의 기능이 약해지면서 대상의 논항은 'NP를'로, 결과 논항은 'NP로'로 실현된다. '밧고다, 삼다' 등이 이에 속한다. 넷째, 인용의 조사 '-고'가 발달하면서 'S'가 논항으로서의 자격을 분명히 가지게 된다. 범주도 함께 사라진다는 점에서 범주의 변화가 논항 구조의 변화와 밀접한 관련을 가진다.

5장에서는 형용사 구문의 변화를 살폈다. 형용사 구문의 특징적인 변화는 네 가지로 요약된다. 첫째, 형용사의 범주가 소멸하는 경우는 자동사나 타동사의 경우와 비교해 볼 때 매우 드물다. 둘째, 근대국어에 들어와 명사형어미 '-기'가 발달하면서 'S-기에' 구성이 가능해지고 이것이 논항으로 실현된 몇몇 구문은 평가 형용사 구문을 형성하게 된다. '늣다'와 '쉽다'가 대표적인 예이다. 셋째, 형용사 구문에서 논항이 소멸하는 경우는 '기준'의 'NP에' 논항이 사라지는 경우가 있기는 하나, 자동사나 타동사의 경우와 비교해 볼 때 상대적으로 매우 적다. 넷째, 형용사 구문에서 논항이 형성되는 경우는 논항이 생기면서 구문의 유형이 변한다. '경험주'의 'NP이' 논항이 형성되면서 성상 형용사로 분류되던 형용사가 심리 형용사 구문을 형성하게 된다. '됴ᄒᆞ다/둏다'가 이에 속한다. '원인'의 'NP로' 논항이 형성되면서 장소 보어 교차 구문의 실현이 가능해지는데, 대표적인 예로는 'ᄀᆞ득ᄒᆞ다'가 있다.

요컨대 15세기 국어 동사 구문구조를 현대국어의 그것과 비교해볼 때 드러나는 가장 뚜렷한 차이는 동사 전반에 걸쳐 나타나는 범주간 넘나듦 현상인데, 현대국어로 올수록 범주간 넘나듦 현상이 줄어든다. 이러한 구문 변화에는 피동사의 발달, 사동사의 실현, '-어 ᄒᆞ다' 합성법의 발달 등과 같은 조어법의 변화와 조사의 기능 변화 및 조사의 형성, 명사형어미 '-기'의 발달과 같은 조사·어미의 변화가 주된 원인으로 작용했음을 알 수 있다.

6.2 남은 문제

동사 구문구조의 통시적 연구와 관련하여, 본 연구에서 미진하게 다루어진 내용은 크게 세 가지로 지적할 수 있다.

첫째, 본고에서 살핀 문헌자료 가운데 중기국어나 근대국어의 자료는 현대국어 자료가 대량의 코퍼스로 구축되어 있는 것과 비교해 볼 때 매우 적은 양이라는 점이다. 이처럼 제한된 문헌 자료를 중심으로 국어 구문의 구문 변화를 다루었기 때문에 본고에서 도출한 구문 변화의 유형이나 원리의 타당성에 대한 보다 철저한 논증이 있어야 할 것이다.

둘째, 본 연구는 고유어 동사만을 대상으로 구문을 유형화하고 변화 양상을 살폈다. 국어 동사의 많은 부분을 차지하고 있는 한자어 동사에 대한 유형 분류 및 구문 변화에 대해서도 연구가 이루어져야 한다.

셋째, 본 연구에서는 동사 구문의 변화를 주로 격조사가 통합한 논항의 실현을 중심으로 살폈기 때문에 구문 형성에 중요한 일부 보조사가 결합한 명사구의 실현을 비롯한 다른 구문의 특징에 대해서는 다루지 못했다.

본 연구에서 깊이 있게 다루지 못한 동사들의 구문 변화 연구나, 국어 구문 변화의 원리에 대한 정확한 이론 정립 등은 앞으로의 과제로 남긴다.

참고문헌

姜馥樹. 1981. 「國語文法史研究」 대구 : 형설출판사.

강선영. 1993. "Serial Verb Construction in Korean and their Implication." 「생성문법연구」 3권 1호.

강은국. 1993. 「조선어 문형연구」 서울 : 박이정.

강한영 역주. 1974. 「癸丑日記」 서울 : 을유문화사.

고광주. 2000. 「국어의 능격성 연구」 고려대 박사학위논문.

고광주. 2002. "국어의 '어렵다'류 구문 연구." 「한국어학」 15.

고동혁. 1994. 「조선어문형개론」 서울 : 한국문화사.

고영근. 1969. "국어의 문형연구시론." 「언어교육」(서울대 어학연구소) 1-1.

고영근. 1986. "능격성과 국어의 통사구조." 「한글」 192.

고영근. 1987. 「표준 중세국어문법론」 서울 : 탑출판사.

고영근. 1993. 「우리말의 총체서술과 문법체계」 서울 : 일지사.

고영근. 1997. 「개정판 표준 중세국어문법론」 서울 : 집문당.

고창수. 1992. 「고대국어의 구조격 연구」 고려대 박사학위논문.

권도경. 1993. "현대국어 자·타동사 공용현상에 대한 연구." 서울대 석사학위논문.

金光海. 1993. "국어사의 시대 구분과 국어 어휘사." 「國語史 資料와 國語學의 研究」 744-758, 서울 : 文學과 知性社.

김귀화. 1994. 「국어의 격연구」 서울 : 한국문화사.

김민수. 1971. 「국어문법론」 서울 : 일조각.

金敏洙. 1981. 「國語意味論」 서울 : 一潮閣. (1997. 7刷 發行)

김민수. 1983. 「신국어학(全訂版)」 서울 : 일조각.

김영희. 1974. "대칭 관계와 접속조사 '와'." 「한글」 154.

김일웅. 1984. "풀이말의 결합가와 격." 「한글」 186.

金宗澤. 1982. "國語 意味論 研究 三十年-그 反省과 다짐-." 「국어국문학」 88, 489-497.

김종휘. 1993. "'-(으)로'의 보어적 기능에 대한 분석." 「외국어연구」(성심외국어전문대) 3.

김진우. 1969. "기본문형의 설정." 「언어교육」(서울대 어학연구소) 1-1, 27-33.

金泰琨. 1989. 「中世國語의 多義語研究 -固有語를 중심으로」 中央大 博士學位論文.

金亨奎. 1964. 「增補 國語史研究」 서울 : 一潮閣.

金亨奎. 1975. 「國語史槪要」 서울 : 一潮閣.

김기혁. 1989. "국어 문장구조의 이해 -동사구." 「慶熙語文學」(慶熙大) 10, 31-59.

김기혁. 1994. "문장 접속의 통어적 구성과 합성동사의 생성." 「국어학」 24.

김동식. 1993. 「현대국어 동사의 통사적 특성에 관한 연구」 서울대 박사학위논문.

김문오. 1997. 「국어 자타 양용동사 연구」 경북대 박사학위논문.

김문오. 1998. "중세 국어 자타 양용동사의 연구." 「문학과 언어」(문학와언어학회) 20.

김문웅. 1983. "구결의 격조사에 대한 고찰." 「국어국문학」 89.

김미령. 1997. "국어의 주어인상구문에 대한 연구." 고려대 석사학위논문.

김방한 편. 1991. 「언어학 연구사」 서울 : 서울대학교 출판부.

김방한. 1988. 「역사-비교언어학」 서울 : 민음사.

김방한. 1994. 「언어와 역사」 서울 : 서울대학교 출판부.

김세중. 1994. 「국어 심리술어의 어휘의미구조」 서울대학교 박사학위논문.

김송원. 1986. "동사 "풀다"의 의미고찰 -기본의미와 의미변화의 모습." 「한글」 193, 121-138.

김수태. 1993. "인용월의 변천에 대하여 -15, 16, 17세기를 중심으로." 「國語國文學」(부산대) 30, 331-352.

김승곤. 1980. "한국어의 격이론." 「인문과학논총」(건국대) 13.

김영희. 1985. "주어 올리기." 「국어학」 14.

김영희. 1988. 「한국어 통사론의 모색」 서울 : 탑출판사.

김영희. 1998. 「한국어 통사론을 위한 논의」 서울 : 한국문화사.

김유범. 1999. "차자표기의 격과 조사." 「국어의 격과 조사」 서울 : 월인.

김인호. 1995. "우리 말 의미의 변화발전에서 볼수 있는 추상화의 경향." 「조선어문」 1, 34-38.

김정아. 1998. 「중세국어의 비교구문 연구」 서울 : 태학사.

김태곤. 1996. "국어어휘의 변천 연구(3)." 「백록어문」 12.

김홍수. 1987, "좋다 구문의 통사와 의미." 「국어국문학」 97.

김홍수. 1989. 「현대국어 심리동사 구문 연구」 서울 : 탑출판사.

남권희. 1994. "고려본 大方廣佛華嚴經疏 권35의 서지학적 고찰." 「1994년도 구결연구회여름공동발표회 발표요지」

남권희. 1995. "고려 석독구결 자료 〔金光明經〕 권3의 서지적 분석." 「구결학회월례강독회 발표요지」

남권희. 1996. "고려 구결자료 〔大方廣佛華嚴經〕 권 제14의 서지적 분석." 「구결연구」 1.

남기심. 1993. 「국어조사의 용법: '-에'와 '-로'를 중심으로」 서울 : 서광학술자료사.

남기심. 1995. "어휘 의미와 문법." 「東方學志」 88, 157-179.

남기심 · 김지은. 1992. "조사 '-로'의 용법에 관한 연어론적 연구(I)." 「東方學志」 76.

남성우. 1973. "후기 중세국어의 다의에 대하여." 「국어연구」22, 국어연구회.

남성우. 1980. "근대국어의 다의." 「논문집」(한국 외국어대학교) 13.

남성우. 1986. 「15세기국어의 동의어 연구」서울 : 탑출판사.

南星祐. 1997. "語彙 意味의 變化." 「國語史研究」 877-919, 서울 : 太學社.

남용우. 1987. 「격문법이란 무엇인가」(공역) 서울 : 을유문화사.

남풍현. 1972. "'두시언해' 주석문의 '-로'에 대한 고찰." 「논문집」(단국대) 6.

남풍현. 1985. "舊譯仁王經 석독구결의 연대." 「동양학」 15.

남풍현. 1990. "고려말 조선초기의 구결 (口訣) 연구 - 능엄경 (楞嚴經) 기입토의 (記入吐) 표기법을 중심으로 -." 「진단학보」 75-101.

남풍현. 1993. "고려본 瑜伽師地論의 석독구결에 대하여." 「동방학지」 81.

남풍현. 1994. "고려 초기의 첩문과 그 이두에 대하여-醴泉鳴鳳寺 자적선사비의 음가의 해독-." 「고문서연구」(한국고문서학회) 5.

남풍현. 1996. "고려시대 석독구결의 동명사어미 '-ㄱ/ㄴ'에 대한 고찰." 「국어학」 28.

남풍현. 2000. 「이두연구」서울 : 태학사.

남풍현·심재기. 1976. "舊譯仁王經의 구결연구." 「동양학」 6.

도원영. 2002. 「국어 형용성 동사 연구」 고려대 박사학위논문.

류성기. 1998. 「한국어 사동사 연구」 서울 : 홍문각.

리득춘. 1987. 「조선어 어휘사」 연길 : 연변대학교학출판사.

文孝根. 1957. 「國語變遷考」 延大 大學院.

박만수. 1989. "자리말의 통합 양상에 대한 연구." 「한글」 203.

박병채. 1996. 「국어발달사(보정판)」 서울 : 세영사.

박성종. 1996. 「조선초기 이두 자료와 그 국어학적 연구」 서울대 박사학위논문.

박성종. 1998. "고대 국어 어휘." 「국어의 시대별 변천 연구 3-고대 국어-」
77-120, 서울 : 국립국어연구원.

박승빈. 1935. 「朝鮮語學 全」 京城 : 朝鮮語學研究會.

박영배. 1991. "영어의 통사 변화 연구사." 「언어학 연구사」 서울대학교 출판부.

박영순. 1994. '대다, 가다, 보다, 서다, 들다'의 의미에 대하여-새로운 사전주석
을 위한 시안, 「한국어학」 1.

박영순. 1997. 「현대 한국어 통사론(개고판)」 서울 : 집문당.

朴容洙. 1984. "多義語(Polysemy)에 關한 考察." 「論文集」(총신대) 4, 45-62.

박진호. 1994. "중세국어의 피동적 '-어 잇-' 구문." 「주시경학보」 10.

박진호. 1998. "고대 국어 문법." 「국어의 시대별 변천 연구 3-고대 국어-」
121-205, 서울 : 국립국어연구원.

박진호. 1999. "구역인왕경 구결의 구문론적 양상." 「구결연구」 5.

박형익. 1989. "동사 '주다'의 3가지 용법." 「한글」 203, 143-163.

배대온. 1984. "향가에 쓰인 조사에 대하여." 「목천유창균박사환갑기념논문집」

배대온. 1985. 「조선조초기의 이두조사연구」 대구 : 형설출판사.

배희임. 1988. 「국어 피동 연구」 고려대학교 민족문화 연구소.

백두현. 1997. "고려 시대 구결의 문자체계와 통시적 변천." 「아시아 제민족의
문자」 서울 : 태학사.

변정민. 2001. 「국어의 인지 동사 연구」 고려대 박사학위논문.

서재극. 1975. 「신라 향가의 어휘연구」 대구 : 계명대학교출판부.

서정수. 1968. "변형생성문법의 이론과 국어-V류어의 하위 분류-." 「아한」(아학
학회) 1.

서정수. 1996. 「국어 문법(수정증보판)」 서울 : 한양대 출판원.

서종학. 1995. 「이두의 역사적 연구」 대구 : 영남대학교 출판부.

성광수. 1971. "국어문형에 대한 고찰." 「어문논집」 13.

성광수. 1977. 「국어 조사에 대한 연구 : 생성이론적 분석을 중심으로」 고려대 박사학위논문.

소천보·선성도웅·본전백치·인전의웅·대본수수. 1989. 「일본어 기본동사 용법 사전」 대수관 서점.

손남익. 1993. "語彙意味論 研究史 1 -單語意味." 「현대의 국어연구사」 228-253, 서울 : 서광학술자료사.

시정곤·고광주·유혜원·김미령. 2000. 「논항구조란 무엇인가」 서울 : 월인.

신수송. 1991. 「통합 문법 이론의 이해 : 어휘 기능 문법」 서울 : 한신문화사.

申鉉淑. 1984. 「동사 {받다/얻다/버리다/잃다}의 의미연구」 건국대 박사학위논문.

신현숙. 1991. 접촉동사 「대다」의 의미 분석, 「국어의 이해와 인식」 서울 : 한국문화사.

신현숙. 1995. "동사 「앉다/서다/눕다」의 쓰임과 의미 확장." 「한글」 227, 185-214.

沈在箕. 1964. "國語語義變化의 構造的 研究." 「國語研究」 11.

심재기. 1968. "평가상으로 본 국어의 어의변화." 「이숭녕 박사 송수 기념 논총」

沈在箕. 1982. 「國語語彙論」 서울 : 集文堂.

沈在箕. 1991. "近代國語의 語彙體系에 대하여." 「國語學의 새로운 認識과 展開」 783-801, 서울 : 民音社.

심재기. 1994. "국어어휘의미론." 「현대언어학 지금 어디로」(장석진선생 정년기념논문집) 621-664, 서울 : 한신문화사.

안명철. 1982. "처격 '에'의 의미." 「관악어문연구」 7, 245-268.

安秉禧. 1965. "韓國語發達史(中) : 文法史." 「韓國文化史大系Ⅴ」 서울 : 高麗大 民族文化研究所.

안병희. 1973. "중세국어 연구자료의 성격에 대한 연구." 「어학연구」 9-1.

안병희. 1979. "중세국어의 한글자료에 대한 종합적 고찰." 「규장각」 3.

안병희. 1987. "均如의 방언본 저술에 대하여." 「국어학」 16.

안병희. 1992. 「國語史 資料 研究」 서울 : 文學과知性社

안병희·이광호. 1990. 「중세국어문법론」 서울 : 학연사.

양동휘. 1991. 「지배-결속 이론의 기초」(공저) 서울 : 한신문화사.

양정석. 1992. 「한국어 동사의 어휘구조 연구」 연세대 박사학위논문.

양정석. 1997. 「개정판 국어동사의 의미 분석과 연결이론」 서울 : 박이정.

양정호. 2002. "중세국어의 보어 설정에 대하여." 고영근 편, 「문법과 텍스트」 서울대 출판부.

연재훈. 1989. "국어 중립동사 구문에 대한 연구." 「한글」203.

오창명. 1995. 「조선전기 이두의 국어사적 연구-고문서 자료를 중심으로」 단국대 박사학위논문.

우인혜. 1997. 「우리말 피동 연구」 서울 : 한국문화사.

우형식. 1991, "어휘적 능격성과 중간동사 구문." 「해대 한상각 교수 회갑기념논문집」 간행위원회.

우형식. 1994. "서술동사의 의미와 서술구조 -이동동사 '나다/오다'를 중심으로." 「언어과학」(한국언어학회 동남지회) 1, 121-58.

우형식. 1996. 「국어 타동구문 연구」 서울 : 박이정.

우형식. 1998. 「국어 동사 구문의 분석」 서울 : 태학사.

유동석. 1984. "(로)의 이질성 극복을 위하여." 「국어학」 13.

유창균. 1995. 「國語學史」 대구 : 형설출판사.

유창돈. 1961. 「국어변천사」 서울 : 통문관.

劉昌惇. 1964. 「李朝 國語史 研究」 서울 : 宣明文化社.

劉昌惇. 1971. 「語彙史研究」 서울 : 宣明文化社.

유필재. 1991. "대칭서술어의 통사, 의미론적 특성 -형용사를 중심으로."「冠嶽語文研究」16, 135-147.

유현경. 1992. "동사 '살다'의 타동사적 용법에 대하여." 「연세어문학」 24집.

유현경. 1998. 「국어 형용사 연구」 서울 : 한국문화사.

유현경·이선희. 1996. "격조사 교체와 의미역." 「국어 문법의 탐구 III」 서울 : 태학사.

유혜원. 2002. 「국어의 격 교체 구문의 연구」 고려대 박사학위논문.

이건식. 1996. 「고려시대 석독구결의 조사에 대한 연구」 단국대 박사학위논문.

이광호. 1988. 「國語格助詞 '을/를'에대한 研究」 서울대 박사학위논문.

이기문. 1959. 「16세기 국어의 연구」 서울 : 탑출판사.

李基文. 1991. 「國語 語彙史 硏究」 서울 : 東亞出版社.

이기문. 1998. 「국어사개설(신정판)」 서울 : 탑출판사.

이남순. 1983. "'에' 와 '로' 의 통사와 (統辭) 의미." 「언어」(한국언어학회) 8-2, 213-239.

이남순. 1998. 「격과 격표지」 서울 : 월인.

이병찬. 1990. 「의존문법의 이론과 실제」(공저) 서울 : 세기문화사.

李崇寧. 1956. "國語의 意味變化 試考 -意味論 硏究의 한 提言." 「自由文學」 창간호, 236-242.

이숭녕. 1981. 「중세국어문법(개정)」 서울 : 을유문화사.

이승명. 1998. "국어 의미론 연구사." 「의미론 연구의 새 방향」 1-33, 서울 : 박이정.

이승욱. 1973. 「국어문법체계의 사적 연구」 서울 : 일조각.

이승욱. 1997. 「국어 형태사 연구」 서울 : 태학사.

이승재. 1992. 「고려시대의 이두」 서울 : 태학사.

이승재. 1998. "고대 국어 형태." 「국어의 시대별 변천 연구 3-고대 국어」 서울 : 국립국어연구원.

이안구. 2002. "'있다'와 '없다'에 대한 통시적 연구." 「국어연구」 169.

이양혜. 1995. "조사 '-로'의 대치가능성." 「우암어문논집」(부산외대) 5, 353-373.

이양혜. 2002. "'먹다'의 기능과 의미 변화." 「한국어학」 15.

이영경. 2003. 「중세국어 형용사 구문에 관한 연구」 서울대 박사학위논문.

이을환. 1962. "국어의미변화." 「국어학」 1.

李乙煥·李庸周. 1964. 「國語意味論」 서울 : 首都出版社.

이익섭. 1978. "피동성 형용사문의 통사구조." 「국어학」 6.

이익환. 1984. 「현대의미론」 서울 : 민음사.

이점출. 1991. 「의존 문법 개론」(번역) 서울 : 한신문화사.

이태영. 1997. "국어 격조사의 변화." 「國語史硏究」 701-735, 서울 : 太學社.

이필영. 1989. "상형태와 동사의 상적 특성을 통한 상의 고찰." 「주시경학보」 3.

이현희. 1985. "'ᄒ다' 어사의 성격에 대하여: 누러ᄒ다류와 엇더ᄒ다류를 중심으로." 「한신논문집」 2

이현희. 1986. "중세국어의 용언어간말 '-ᄒ-'의 성격에 대하여." 「국어학신연구」

서울 : 탑출판사.

이현희. 1988. "중세국어의 請願構文과 관련된 몇 문제." 「어학연구」 24, 349-379.

이현희. 1989. "국어의 문법사 연구 30년(1959~1989)." 「국어학」 19.

이현희. 1992. "國語 語彙史 硏究의 흐름." 「國語學硏究百年史 Ⅱ」 529-540, 서울 : 一潮閣.

이현희. 1994. 「중세국어 구문 연구」 서울 : 신구문화사.

이현희. 1999. "'둏다' 구문에 대한 통시적 연구." 「진단학보」87, 71-126.

이희승. 1955. 「국어학개설」 서울 : 민중서관.

임홍빈. 1974. "명사화(名詞化)의 의미특성에 대하여." 「국어학」 2, 83-104.

임홍빈. 1979. "용언의 (用言) 어근분리 (語根分離) 현상에 대하여." 「언어」(한국언어학회) 4-2, 55-76.

장경준. 1998. "'-어 하(ᄒ)-'의 통합 현상에 관한 연구-현대 국어와 15세기 국어를 중심으로-." 연세대 석사학위논문.

장윤희. 2002. "국어 동사사의 제문제." 「한국어 의미학」10, 97-141.

田秀泰. 1987. 「國語移動動詞의 意味硏究」 서울 : 翰信文化社.

田秀泰. 1993. "국어 의미론 연구사." 「國語史 資料와 國語學의 硏究」 830-841, 서울 : 文學과知性社.

全在昊. 1992. 「국어어휘사연구(증보수정판)」 대구 : 경북대학교출판부.

정 광. 1992. "근대국어 연구에 대한 반성과 새로운 연구방법의 모색." 「어문논집」(고려대), 31.

정 광. 1994. "첩해신어의 성립과 개수 및 중간." 「서지학보」(한국서지학회) 12.

정 광. 1995. "국어사 자료의 전산화와 말모둠(corpus)." 「태릉어문연구」(서울여대) 5·6, 325-348.

정 광. 1995. "국어의 역사적 연구를 위한 데이터베이스." 「한국어 데이터베이스의 설계 및 응용을 위한 기초연구」 서울 : 민음사.

정 광. 2000. "노박집람과 노걸대·박통사의 구본." 「진단학보」89, 155-188.

정교환. 1974. "국어문형고." 「국어국문학」 합병호 15호.

정대윤. 1989. 「우리말 감각어 연구」 서울 : 한신문화사.

정문수. 1984. "상적 특성에 따른 한국어 풀이씨의 분류." 「문법연구」5.

정철주. 1988. "이두표기(史讀表記)의 단계적 발달." 「계명어문학」 4, 89-137.

정희정. 1988. "'에'를 중심으로 본 토씨의 의미."「국어학」17, 153-175.

조남호. 1996. "중세국어의 어휘."「국어의 시대별 변천실태 연구」서울 : 국립
　　　국어연구원.

조용신. 1988. "우리말 동사 '들다'의 다의성에 대한 연구."「한글문화」2.

조정미·김길창. 1996. "한국어 의미 해석시 중의성 해소에 대한 연구."「정보과
　　　학회지」14-7.

조항근. 1974. "국어문장구조에 관한 통사론적연구-기본문형설정을 중심으로-."
　　　성균관대 대학원논문.

조항범. 1984. "국어유의어의 통시적 고찰." 서울대 석사학위논문.

趙恒範. 1989. "국어어휘론연구사."「국어학」19, 179-198.

주시경. 1910.「國語文法 全」京城 : 博文書館.

池春洙. 1997. "語彙變化의 한 樣相."「국어학 연구의 새 지평」1153-1177, 서울
　　　: 태학사.

천기석. 1984.「국어 동작 동사와 상태 동사의 체계 연구」대구 : 형설출판사.

최경봉. 1998.「국어 명사의 의미 연구」서울 : 태학사.

최동주. 1989. "국어 '능격성' 논의의 문제점."「주시경학보」3.

崔範勳. 1990.「韓國語發達史」서울 : 경운출판사.

최태영. 1973. "'-어하다'의 범주."「한국언어문학」10.

최태영. 1993. "초기 번역 성경의 '호다' 용언고."「국어사 자료와 국어학의 연구」
　　　서울 : 문학과 지성사.

최호철. 1993.「현대국어 서술어의 의미 연구-의소 설정을 중심으로-」고려대
　　　박사학위논문.

최호철·홍종선·조일영·송향근·고창수. 1998. "기계 번역을 위한 한국어 논
　　　항 체계 연구."「한국어 의미학」3.

최현배. 1937.「우리말본」서울 : 정음문화사.

한상화. 1994. "기림사본 능엄경 구결의 연구." 성심여대 석사학위논문.

한송화. 2000.「현대 국어 자동사 연구」서울 : 한국문화사.

한재영. 1984. "중세 국어 피동 구문의 특성에 대한 연구."「국어연구」61.

한재영. 1996.「16세기 국어 구문의 연구」서울 : 신구문화사.

한정한. 1997. "A Typology of Korean Lexicalization: Serial Verb Construction(S V

Cs)." New York, MA : State UniVersity of New York at Buffalo.

허 웅. 1975. 「우리옛말본-형태론」 서울 : 샘문화사.

허 웅. 1989. 「16세기 우리 옛말본」 서울 : 샘문화사.

許興植. 1988. 「한국의 古文書」 서울 : 민음사.

洪思滿. 1985. 「國語語彙意味研究」 서울 : 學文社.

홍윤표. 1969. "15세기 국어의 格研究." 서울대 석사학위논문.

홍윤표. 1994. 「근대국어연구 (I)」 서울 : 태학사.

홍재성. 1986. "현대 한국어 대칭구문 분석의 한 국면." 「동방학지」 50, 253-288.

홍재성. 1987. 「현대 한국어 동사구문의 연구」 서울 : 塔出版社.

홍재성. 1989. "한국어 자동사 / 타동사 구문의 구별과 사전 - 이른바 동족목적
보어 구문의 경우 -." 「동방학지」 63, 179-229.

홍종선. 1990. 「국어체언화구문의 연구」 고려대학교 민족문화연구소.

홍종선. 1992. "문법사 연구." 「국어학연구백년사(II)」 서울 : 일조각.

황국정. 2001. "석독구결의 동사 구문(1)." 「한국어학」(한국어학회) 14.

Allerton, D. J. 1982. *Valency and English Verb*. Academic Press.

BeVer, T. G. and D. T. Langendoen, 1972. "The interaction of speech perception
and grammatical structur in the eVolution of language." Stockwell and Macaulay(e
ds.).

Dowty, D. R. 1979. *Word Meaning and Montague Grammar*. Dordrecht: Reidel.

Fillmore, C. J. 1968. "The case for case." *UniVersals in Linguistic Theory*. Bach
and Harms(eds.). New York: Holt, Rinehart and winston. 國譯, 남용우. 1987. 「
격문법이란 무엇인가」(共譯) 서울 : 을유문화사.

GiVon. T. 1971. "Historical Syntax and Synchronic Morphology." *Chicago
Linguistics Society* 7.

GiVon. T. 1984. *Syntax: A Functional-Typological Introduction* I. John
Benjamins Publishing Co.

Grimshaw, J. 1990, *Argument Structure*. Cambridge, MA: The M.I.T. Press.

Haegeman, L. 1991. *Introduction to CoVernment and Binding Theory*. Blackwell.

Jeffers, R. J. and I. Lehiste. 1979. *Principles and Methods for Historical Linguistics*.
Cambridge: The M.I.T. Press.

Le Vin, B. 1993. *English Verb Classes and Alternations.* Chicago: Chicago Uni V. Press.

Lightfoot, D. W. 1979. *Principles of diachronic syntax,* Cambridge: Cambridge Uni V. Press.

Lyons, J. 1977. *Semantics* 1, 2. Cambridge: Cambridge Uni V. Press.

Meillet, A. 1921. *Linguistique Historique et Linguistique Générale,* 2 Vols. Paris.

Nida, E. 1975. *Componential Analysis of Meaning.* The Hague: Mouton. 國譯, 조항범. 1990. 「의미분석론」 서울 : 탑출판사.

Nyrop, C. 1914. *Gramaire Historique de la Langue Francaise TV.* Copenhague.

Palmer, F. R. 1976. *Semantics.* Cambridge : Cambridge Uni V. Press.

Pustejo Vsky, J. 1993. "Type Coercion and Lexical Selection." *Semantics and The Lexicon.* Dordrecht: Kluwer Academic Publishers.

Pustejo Vsky, J. 1995. *The Generati Ve Lexicon.* Cambridge: The M.I.T. Press.

Pustejo Vsky, J. 1998. "Generati Vity and Explanation in Semantics." *Linguistic Inquiry* 29-2, 289-311.

Jackendoff, R. 1972. *Semantic Interpretation in Generati Ve Grammar.* Cambridge : The M.I.T. press.

Jackendoff, R. 1990. *Semantic Structures.* Cambridge : The M.I.T. press.

Jackendoff, R. 1999. *Language, logic, and concepts : essays in memory of John Macnamara .* Cambridge : The M.I.T. Press.

Radford, A. 1988. *Transformational Grammar.* Cambridge : Cambridge Uni V. Press.

Saeed, J. I. 1997. *Semantics.* Blackwell Publishers Inc.

Stern, G. 1931. *Meaning and Change of Meaning.* Bloomington : Indiana Uni V. Press.

Tenière, L. 1959. *Elements de Syntaxe Structure.* C. Klinksiek.

Traugott, E. C. 1972. *The history of English syntax.* New York: Holt.

Ullmann, S. 1962. *Semantics: An introduction to the science of Meaning.* Oxford: Basil Blackwell. 國譯, 남성우. 1987. 「의미론 : 의미 과학 입문」 서울 : 탑출판사.

Vendler, Z. 1957. "Verbs and Times." *Philosophical re View* 56. Reprinted in Z. Vendler. 1967. *Linguistics in Philosophy.* New York: Cornell Uni V. Press.

Waldron, R. A. 1967. *Sense and Sense DeVelopment*. London.

<사전류>

劉昌惇. 1964. 「李朝語辭典」 서울 : 延世大學校出版部.
남광우. 1981. 「보정고어사전」 서울 : 일조각.
정광·홍윤표. 1995. 「17세기 국어 사전」 서울 : 태학사.
한글학회. 1992. 「우리말 큰사전 4-옛말과 이두」 서울 : 어문각.
김민수·고영근·임홍빈·이승재. 1991. 「국어대사전」 서울 : 금성출판사.
사회과학원. 1992. 「조선말 사전」동광출판사.
국립국어연구원. 2001. 「표준국어대사전」서울: 두산동아.
홍재성 외. 1997. 「현대 한국어 동사 구문 사전」 서울 : 두산동아.

【부록1】 15세기 국어 동사 목록[1]

가난ᄒ다, 가다, 가도다, 가도혀다, 가리다, 가비얍다, 가시다, 가ᅀᆞ멸다/가ᅀᆞ며다, 가지다, 가줄비다, 가티다, 가홀오다, 가히다, 간슈ᄒ다, 간ᄉᆞᄒ다, 갇다, 갈다, 갊다, 감기다, 감다, 감ᄑᆞᄅ다, 값돌다, 갓가이ᄒ다, 갓갑다, 갓고로디다, 갓기다, 갔다, 갚다, 개다, 거느리다, 거느리치다, 거두다, 거두들다, 거두잡다, 거르다, 거리다, 거리ᄧᅵ다, 거리치다, 거머ᄒ다, 거스리다, 거슬다, 거슬ᄡ다, 거싀다, 거츨다, 거티다, 걷다, 걷나가다, 걷나다, 걷내다, 걷내ᄧᅧ다, 걷니다, 걷다, 걸다, 걸앉다, 걸이다, 검다, 검박ᄒ다, 검븕다, 것거디다, 졌다, 게으르다, 겨시다, 견듸다, 견주다, 져다, 계다, 고디식다, 고ᄅᆞ다, 고치다, 고티다, 곧다, 골ᄑᆞ다, 곪다, 곱다, 곶다, 과ᄒ다, 괴다, 괴오다, 괴외ᄒ다, 괴이다, 구경ᄒ다, 구르다, 구리다, 구믈어리다, 구븓ᄒ다, 구숑ᄒ다, 구짇다, 구치다, 구틔다, 구티다, 구피다, 굳다, 굳ᄇᆞᄅ다, 굳세다, 굴다, 굵다, 굶다, 굽다, 굿블다, 궂다, 그르다, 그르ᄒ다, 그릋다, 그리다, 그립다, 그스다, 그스리다, 그슥ᄒ다, 그싀다, 그우러디다, 그우리다, 그울다, 그지ᄒ다, 그처디다, 그치다, 글히다, 긁다, 긇다, 금즈기다, 긍이다, 긏다, 긔다, 기드리다, 기들우다, 기르다, 기름지다, 기리다, 기우리다, 기울다, 기웃ᄒ다, 기티다, 긷다, 길다, 길우다, 깁다, 깃거ᄒ다, 깃기다, 깃브다, 꼈다, 깉다, 깊다, ᄀᆞ놀다, ᄀᆞ놀지다, ᄀᆞ다듬다, ᄀᆞ득ᄒ다, ᄀᆞ라납다, ᄀᆞ리다, ᄀᆞ리봇다, ᄀᆞᄅᆞ다, ᄀᆞᄅᆞ디ᄅᆞ다, ᄀᆞᄅᆞ치다, ᄀᆞ만ᄒ다, ᄀᆞ물다, ᄀᆞ숨알다, ᄀᆞ장ᄒ다, ᄀᆞ죽ᄒ다, ᄀᆞ초다, ᄀᆞ초ᄒ다, ᄀᆞᆮᄒ다, ᄀᆞᆯ다, ᄀᆞᆯ외다, ᄀᆞᆯ히다, ᄀᆞᆷ다, ᄀᆞᆷ즈기다, ᄭᅩᆺᄭᅩᆺᄒ다, ᄭᅩᆺᄇᆞ다, ᄭᅩᆺ없다, ᄭᅩᆽ다, 나가다, 나다, 나모ᄒ다, 나므라다, 나ᅀᅡ가다, 나오다, 나타나다, 나토다, 났다, 낟ᄇᆞ다, 날호다/날회다, 남다, 남죽ᄒ다, 낫다, 낳다, 내다, 내ᄃᆞᆮ다, 내왇다, 내조치다, 내좇다, 내티다, 내티이다, 너기다, 너르다, 너머가다, 너출다, 너피다, 너흘다, 넘다, 넘ᄲᅦ다, 넙다, 녀다, 녀미다, 녈다, 녛다, 노기다, 노니다, 노라ᄒ다, 노ᄅᆞ다, 노릇ᄒ다, 녹다, 놀다, 놀라다, 놀래다, 놀이다, 높다, 놓다, 누기다, 누다, 누러ᄒ다, 누르다, 누리다, 누이다, 눅다, 눈다, 눕다, 뉘읓다, 느리다, 늙다, 늦다, 니기다, 니다, 니러나다, 니러셔다, 니르다, 니르받다, 니르위다, 니르혀다, 니를다, 닉다, 닐다, 닑다, 닙다, 닛다, 닞다, ᄂᆞ라가다, ᄂᆞ라ᄃᆞ니다, ᄂᆞ라오다, ᄂᆞ라오ᄅᆞ다, ᄂᆞ려오다, ᄂᆞ리다, ᄂᆞ리오다, ᄂᆞ죽ᄒ다, 눈호다, 눈호이다, 늘나다, 늘다, 늘이다, 늘캅다, 늙다, 늣갑다, 늦다, 다디ᄅᆞ다, 다ᄃᆞᆮ다, 다듬다, 다리다, 다ᄅᆞ다, 다스리다, 다술다, 다ᄋᆞ다, 다티다, 다히다, 닫다, 달고질ᄒ다, 달다, 달애다, 달

<hr>

1) 여기에 제시한 동사 목록은 본 연구의 분석 대상으로 삼은 동사 목록으로, 서론에서 구문 변화를 연구하기에 부적합하다고 판단하여 논의에서 제외한 동사들은 빠져 있다.

오다, 달호다, 달히다, 담기다, 담다, 답답호다, 닭다, 당당호다, 닿다, 더듬다, 더듸다, 더디다, 더러뷔다, 더럽다, 더블다, 더으다, 더호다, 던던호다, 덜다, 덜이다, 덥다, 덮다, 데다, 데우다, 데티다, 녀르다, 도도다, 도라가다, 도라보다, 도라오다, 도르다, 도르혀다, 도티다, 돋다, 돌다, 돌오다, 돌이다, 돕다, 되다, 됴리호다, 됴호다/동다, 두다, 두드리다, 두려호다, 두르다, 두르티다, 두르혀다, 두리다, 두위틀다, 두텁다, 둗겁다, 둪다, 뒤돌다, 드나둘다, 드듸다, 드러가다, 드러나다, 드러내다, 드러오다, 드러치다, 드리다, 드리우다, 드리티다, 드리혀다, 드믈다, 드위티다, 드위혀다, 듣다, 들다, 들락나락호다, 들이다, 디나가다, 디나다, 디나오다, 디내다, 디니다, 디다, 디들다, 디르다, 딕다, 딕회다, 딛다, 딜이다, 딮다, 딯다, 드라가다, 드라나다, 드라들다, 드라오다, 드려가다, 드리다, 드므다, 드뵈다, 드스다, 드토다, 돈니다, 돋다, 돌다, 둘이다, 둘이다, 둠기다, 둧다, 둥기다, 마시다, 마조보다, 마초다, 마키다, 막다, 막즈르다, 만호다, 말다, 말이다, 맛들다, 맛디다, 맜다, 맞나다, 맞다, 맡다, 머굼다, 머기다, 머믈다, 머믈우다, 먹다, 멀다, 메다, 메우다, 몃구다, 메오다, 모도다, 모딜다, 모르다, 모즈라다, 몯다, 몰다, 몰라보다, 몰이다, 몽기다, 뫼시다, 뫼숩다, 뫼호다, 무듸다, 무티다, 묵다, 묻다, 물다, 물이다, 뭀다, 뮈다, 므겁다, 므던호다, 므르녹다, 므르닉다, 므르다, 므싀엽다, 믈다, 믈드리다, 믈들다, 믈러가다, 믈러나다, 믈러니다, 믈러앉다, 믈러오다, 믈리다, 믈어디다, 믈이다, 믜다, 믜여디다, 믜여호다, 밋밋호다, 미좇다, 미치다, 믿다, 밀다, 및다, 무니다, 무르다, 믄지다, 몰기다, 몰다, 묽다, 못다, 미다, 미이다, 미치다, 밉다, 밍골다, 밍둘다, 및다, 바드랍다, 바르다, 바키다, 바티다, 바히다, 박다, 반득호다, 받다, 발뵈다, 밧고다, 밧기다, 밧다, 밧브다, 밭다, 버리다, 버므리다, 버믈다, 버서나다, 버서디다, 벅다, 번득호다, 번호다, 벋다, 벌거호다, 벌다, 범글다, 범븨다, 벗기다, 벗다, 베프다, 볘다, 보내다, 보다, 보드랍다, 본받다, 봄다, 뵈다, 뵈아다, 부드럽다, 부러나다, 부븨다, 부치다, 부플다, 붇다, 불다, 불이다, 붓그럽다, 붓그리다, 붖다, 뷔다, 뷔우다, 뷔틀다, 브르다, 브리다, 브티다, 븓들다, 븓들이다, 블나다, 블브티다, 블븥다, 븕다, 븟다, 븟어디다, 븥다, 비기다, 비릇다, 비리다, 비븨다, 비스다, 비웃다, 비취다, 빌다, 빌이다, 빗기다, 빗다, 븠다, 빛다, 빛나다, 빙다, 부라다, 부리다, 부르다, 부스다, 부스와미다, 불기다, 불이다, 붉다, 넓다, 비골프다, 비곯다, 비다, 비브르다, 비호다, 뼈나다, 뼈디다, 뼈러디다, 떨다, 떨티다, 뛰놀다, 쁘다, 쁜다, 쁜호다, 쁴우다, 삐다, 쁜다, 쌈민다, 쓰다, 쓸다, 붓다, 뻬다, 뻬혀다, 뻐디다, 뻬다, 뿌다, 쯰다, 쯰리다, 뼈다, 뼏다, 쪄다, 쪄르다, 쁠이다, 쏘리다, 쇠다, 슟다, 붓다, 븐호다, 쪄다, 쪄야디다, 뼈디다, 뛰다, 쯔다, 쁜다, 사괴다, 사기다, 사눌호다, 사다, 사라나다, 사르다, 사르잡다, 사오납다, 삭다, 살다, 삻지다, 삼가다, 삼다, 새다, 새롭다, 새르외다, 새오다, 서늘호다, 서리다, 석다, 설다, 섭섭호다, 셨다, 세다, 셔다, 셜버호다, 셟다, 셤기다, 셰다, 소기다, 소사나다, 속다, 솓다, 솟고다, 솟다, 속절없다, 수기다, 수다, 숨기다, 숨다, 쉬다, 쉬우다, 쉽다, 스다, 스러디다, 스치다, 슬다, 슬우다, 슬프다, 슬허ᄒ다, 슬희다, 슬히다, 슬ᄒ다, 슬ᄒ야ᄒ다, 슳다, 슺다, 싀다, 싁싁ᄒ다, 시기다, 시들다, 시름ᄒ다, 시므다/싥다, 식다, 신다, 싣다, 십다, 싯기다, 싯다, ᄉ랑ᄒ다, ᄉ못다, 술다, 술펴보다, 술피다, 숪다, 숧다, 슚기다, 시다, 십다, ᄡ리다, ᄡ오다, ᄡ다, ᄲ다, ᄲᄒ다, ᄡ우다, ᄡ미다, ᄭᆲ다, ᄭᆯ다, ᄭᆯ이다, ᄭᅵ다, ᄭᅵ듣다, ᄭᅵ오다, ᄭᅡ디다, ᄭᅴ다, ᄲᅡ디다, ᄲᅡ혀나다, ᄲᅡ혀다, ᄲᅢ혀내다, ᄲᅩ론ᄒ다, ᄲᅩᆸ다, ᄲᅩᆷ기다, ᄲᅩᆷ다, ᄲᅳ리다, ᄲᅴ다, ᄲᅧᆯ다, ᄡᅡ호다, ᄡᅡ히다, ᄡᅡ홀다, ᄊᆶ다, 쏘다, 쐬다, 쓰다, 아득ᄒ다, 아라보다, 아름답다, 아ᄆ랳다, 아스라ᄒ다, 안다, 안초다, 안치다, 앉다, 알다, 알외다, 알프다, 앞셔다, 앓다, 암ᄀᆯ다, 앗갑다, 앗기다, 앗다, 앛다, 양지ᄒ다, 어긔다, 어긔릋다, 어득ᄒ다, 어듭다, 어딜다, 어렵다, 어르다, 어리다, 어엿브다, 어울다, 어울우다, 어위다, 어위크다, 어즈럽다, 어즈리다, 어즐ᄒ다, 얻다, 얼다, 얼믜다, 얼의다, 얽다, 얽미다, 얽미에다, 업다, 업더디다, 업더리다, 업데다, 업시너기다, 업시보다, 업시ᄒ다, 업티다, 없다, 엎다, 에다, 에우다, 여리다, 여위다, 여희다, 엱다, 엳줍다, 열다, 열이다, 엷다, 염글다, 엿다, 엿보다, 였다, 엿다, 오다, 오라다, 오락가락ᄒ다, 오ᄅᄂ리다, 오ᄅ다, 오올다, 올아가다, 올아오다, 올이다, 옮기다, 옮다, 옳다, 외다, 외오다, 외ᄅ뷔다, 외롭다, 우러나다, 우르다, 우리다, 우묵ᄒ다, 우션ᄒ다, 우의다, 우희다, 울다, 울월다, 울이다, 움즈기다, 웃다, 위완다, 유무ᄒ다, 이긔다, 이다, 이ᄅ다, 이받다, 이시다, 이슥ᄒ다, 이저디다, 일다, 일삼다, 일우다, 일콛다, 일ᄒ다, 잃다, 잇브다, 잊다, 잎다, 자다, 자바먹다, 자치다, 자피다, 잡다, 잡들다, 재다, 쟉다, 저리다, 저지다, 저프다, 저히다, 절다, 젓다, 젖다, 젛다, 져믈다, 젹다, 졈다, 졉다, 젓바디다, 조리다, 조차가다, 조차오다, 조출ᄒ다, 조ᄒ다, 졸다, 좁다, 좃다, 좇다, 주기다, 주다, 주으리다, 죽다, 줏다, 쥐다, 즈르다, 즈츽다, 즐겁다, 즐기다, 즐다, 즛두드리다, 즛닣다, 지다, 지여ᄇ리다, 지픠다, 지혀다, 질드리다, 질삼ᄒ다, 집다, 짓다, ᄌ라다, ᄌᄆ다, ᄌ올다, 줌기다, 좀좀ᄒ다, 좆다, 차리다, 처디다, 천천ᄒ다, 촉촉ᄒ다, 축축ᄒ다, 츠다, 츽다, 치다, 칩다, ᄎ다, ᄎ자가다, ᄎ자오다, 춤다, 춫다, 치오다, 칙칙ᄒ다, 크다, 키다, 티다, 티와티다, 티이다, 트다, 파라ᄒ다, 퍼디다, 퍼러ᄒ다, 펴다, 펴디다, 품다, 퓌우다, 프다, 프러디다, 프르다, 플다, 푸다, 풀다, 픠다, 하다, 하야ᄒ다, 한숨닣다, 핧다, 햑다, 헐다, 헐믓다, 헐이다, 헤여디다, 헤티다, 헤혀다, 혜다, 혜아리다, 호다, 횟돌다, 훅다, 후리다, 휜츨ᄒ다, 휜ᄒ다, 흐르다, 흐리다, 혼ᄒ다, 흘러가다, 흘리다, 흥졍ᄒ다, 흩다, 힘쓰다, ᄒ야디다, ᄒ야ᄇ리다, 히다, 혀다

【부록2】 구문 변화 동사 목록

Ⅰ. 자동사

【표1】 단순 행위 자동사

격틀	범주	구문 변화 유형			변화 동사 목록	불변화 동사 목록
NP이 V	순수	격틀변화	확장	NP이(행위주) NP를(장소) V	긔다(> 기다, 跑)[1]	노릇ᄒ다(戱), 뛰놀다(> 뛰놀다, 躍), 우르다(吼), 질삼ᄒ다(> 길쌈하다, 紡), 한숨딯다(> 한숨짓다, 嘆)
				NP이(행위주) NP를(지향점) V	드라오다(> 달려오다)	
				NP이(행위주) NP를(기점) V	드라나다(> 달아나다, 奔)	
				NP이(행위주) NP를(대상) V	뷔틀다(> 비틀다, 扭), 절다(> 절다, 跛)[2]	
				NP이(행위주) NP를/에(기준) V	앎셔다(> 앞서다)	
				NP이(행위주) NP에/로(지향점) V	드라오다(> 달려오다)	
				NP이(행위주) NP로(지향점) V	드라나다(> 달아나다, 奔)	
			추가	NP이(대상) V	드라나다(> 달아나다, 奔), 드라오다(> 달려오다)	
	자·타					뒤돌다(> 뒤돌다, 背), 쉬다³(> 쉬다, 休), 양지ᄒ다(漱), 일ᄒ다(> 일하다, 事)

---

1) 현대국어까지 어형이 이어지는 경우는 '>' 표시를 하고 현대국어의 어형을 제시했다. 아울러 괄호 속에 보인 한자는 용언의 여러 가지 의미 가운데 하나를 보인 것이다. 대체로 기본적인 의미라고 할 수 있는 것을 제시했으나 경우에 따라서는 용언의 다의적 의미를 모두 나타내지 못한 것도 있음을 밝혀 둔다.

2) 「표준국어대사전」과 「금성판 국어대사전」에서는 '절다'를 자동사로 분류하고 있다. 그러나 「조선말 대사전」에서는 '절다'를 자동사로 분류하되 다시 타동사적 용법으로도 실현되고 있음에 대해 지적했고, 현대국어에서 '다리를 절뚝절

【표2】 처소 행위 자동사

격틀	범주	구문 변화 유형			변화 동사 목록	불변화 동사 목록
NP이 NP에 V	순수	격틀 변화	추가	NP이(행위주) NP를(장소) V	걷니다() 거닐다), 그울다() 구르다, 轉), ᄂ라ᄃᆞ니다() 날아다니다, 飛), 놀다²() 날다, 飛), 오ᄅᆞᄂᆞ리다() 오르내리다, 上下)	걸앉다(踞), 그우러디다(倒), 나타나다() 나타나다, 顯), 노니다() 노닐다, 游, 놀다¹() 놀다, 游, 눕다() 눕다, 臥, 몯다(集), 묵다() 묻다, 住, 뼈디다(墮), 앉다() 앉다, 坐), 업더디다(顚), 업더리다() 엎드리다, 伏, 업데다() 엎디다, 伏
				NP이(행위주) NP를(대상) V	살다() 살다, 生), 셔다() 서다, 立)	
				NP이(행위주) NP로(지향점) V	ᄂ라ᄃᆞ니다() 날아다니다, 飛)	
	자·타	범주 변화		자동사 소멸	갓고로디다() 거꾸러지다, 倒), 돌다²() 돌다, 廻)	건내뛰다(超), 걷다¹() 걷다, 步), 도ᄅᆞ혀다(回), 두르혀다(廻), 비기다() 비기다, 欹), 쓸다() 꿇다, 跪), 자다() 자다, 宿), 지혀다(倚), 횟돌다²() 휘돌다, 旋)

【표3】 대상 행위 자동사

ㄱ. 태도 자동사

격틀	범주	구문 변화 유형			변화 동사 목록	불변화 동사 목록
NP 이 NP 에 V	자·타	범주 변화		자동사 소멸	어즈리다() 어지르다, 亂)	
		격틀 변화	추가	NP이(행위주) NP와(공동) V	갓가이ᄒᆞ다(近)	블브티다() 불붙이다, 燒), 힘쓰다() 힘쓰다, 務)
	자·	범주		자동사 소멸	그르ᄒᆞ다() 그릇하다, 錯)	ᄀ장ᄒᆞ다(極)

뚝 절며 걸어가다'가 실현되므로 현대국어의 '절다'는 자동사와 타동사의 용법을 모두 가진 것으로 보아야 한다.

	타·형	변화			

ㄴ. 전환 자동사

격틀	범주		구문 변화 유형	변화 동사 목록	불변화 동사 목록
NP이 NP로 V	자·타	범주 변화	자동사 소멸	밧고다() 바꾸다, 易)	

ㄷ. 위치 자동사

격틀	범주		구문 변화 유형	변화 동사 목록	불변화 동사 목록
NP이 NP로 NP에 V	자·타	범주 변화	자동사 소멸	감다[1]() 감다, 纏), 넣다() 넣다, 入), 느리다() 늘이다, 側), 느리오다() 내리우다, 下), 다히다[1]() 대다, 著), 더으다[1](益), 덮다() 덮다, 蓋), 둪다(蓋), 마초다[2]() 맞추다, 合), 무티다[2]() 묻히다, 染), 박다() 박다, 印), 붓다[2]() 붓다, 灌), ㅂㄹ다() 바르다, 搽), 셤기다() 섬기다, 事), 꾸미다() 꾸미다, 粧), 쓰리다() 뿌리다, 沃), 쌓다() 쌓다, 積), 저지다(霑), 처디다() 처지다, 滴), 펴다() 펴다, 展)	슷다(拂)

ㄹ. 수혜 자동사

격틀	범주		구문 변화 유형	변화 동사 목록	불변화 동사 목록
NP이 NP로	자·타	범주 변화	자동사 소멸	눈호다() 나누다, 分), 드리다[3]() 드리다, 獻), 맛디다() 맡기다, 任), 받다[5]() 받다, 獻), 보내다() 보내	

격틀	범주	구문 변화 유형	변화 동사 목록	불변화 동사 목록
NP 에 V			다, 遺), 주다() 주다, 受)	

ㅁ. 결합 자동사

격틀	범주	구문 변화 유형		변화 동사 목록	불변화 동사 목록
NP이 NP로 서르 V	자·타	범주 변화	자동사 소멸	셞다() 섞다, 雜), 마초다 () 맞추다, 合)	

【표4】 발화 행위 자동사

격틀	범주	구문 변화 유형			변화 동사 목록	불변화 동사 목록
NP이 NP에 V	자·타	격틀 변화	확장	NP이(행위주) NP에(수혜자) S-고 V	구짇다() 꾸짖다, 罰)	

【표5】 상호 행위 자동사

(1)[3]

격틀	범주	구문 변화 유형			변화 동사 목록	불변화 동사 목록
NP이 서르 V ⟺ NP이 NP와 V	자·타	격틀 변화	확장	NP이(행위주) NP와(대상) V	맞나다() 만나다, 遇), 스랑ㅎ다[1]() 사랑하다, 思)	돕다() 돕다, 助)

(2)

격틀	범주	구문 변화 유형	변화 동사 목록	불변화 동사 목록
NPpl이	순수			싸호다() 싸우다,

---

3) (1), (2) 등의 번호는 기본 문형의 틀은 같은 것으로 파악되나 변환(환언) 관계
가 다를 경우 이를 구분하기 위해 사용한 것이다.

서르 V ⇔ NP이 NP와 V ⇔ NP이 NP와 서르 V				鬪)
	자·타			듣토다(〉다투다, 競), 사괴다 ()사귀다, 交)

(3)

격틀	범주	구문 변화 유형		변화 동사 목록	불변화 동사 목록
NPpl 이 서르 V ⇔ NP이 NP와 서르 V ⇔ NP이 NP와 서르 V	자·타	격틀 변화	축소	NP이(행위주) NP와(공동) V	븓들다(>붙들다, 扶)	

【표6】 이동 행위 자동사

ㄱ. 지향 이동 자동사 (1)

격틀	범주	구문 변화 유형		변화 동사 목록	불변화 동사 목록
NP이 NP에 V ⇔ NP이 NP로 V	순수	격틀 변화	축소	NP이(행위주) V	듣다()닫다, 走)	
			추가	NP이(행위주) NP를(기점) V	나가다[2]()나가다, 出), 나오다()나오다), 느려오다()내려오다, 下)	
				NP이(행위주) NP를(경로) V	느라가다[2]()날아가다, 飛), 도라가다[2]()돌아가다, 復)	
				NP이(행위주) NP	나가다[2]()나가다, 出), 나	

격틀	범주	변화 범주	유형	구문 변화 유형	변화 동사 목록	불변화 동사 목록
				를(지향점) V	오다() 나오다), ᄂ라오다() 날아오다, 飛, 드러오다() 들어오다, 來, ᄃ라가다() 달려가다, 赴, 오다() 오다, 來, 올아가다²() 올라가다, 上)	
				NP이(행위주) NP를(대상) V	ᄂ리다²() 내리다, 降)	
	자·타	범주변화		자동사 소멸	값돌다() 감돌다, 繞, 옮다²() 옮다, 轉)	가다²() 가다, 去), 나ᅀᅡ가다() 나아가다, 進), 붙다() 붙다, 附), 조차오다() 쫓아오다)
		격틀변화	추가	NP이(행위주) NP로(자격) V	들다²() 들다, 入)	

ㄱ. 지향 이동 자동사 (2)

격틀	범주	구문 변화 유형			변화 동사 목록	불변화 동사 목록
NP이 NP에 V ⇔ NP이 NP로 V	순수	격틀변화	축소	NP이(행위주) V	ᄂ라오ᄅ다() 날아오르다, 飛)	니를다() 이르다, 到), 다ᄃ다() 다다르다, 到)
			추가	NP이(행위주) NP를(지향점) V	내ᄃ다() 내닫다, 走), ᄂ라오ᄅ다() 날아오르다, 飛), 드나돌다() 드나들다, 出入), 드러가다() 들어가다, 入), 돋니다() 다니다, 行), 올아오다() 올라오다, 上)	
				NP이(행위주) NP를(대상) V	ᄂ려오다() 내려오다, 下)	
				NP이(행위주) NP에(대상) V	내ᄃ다() 내닫다, 走)	
				NP이(행위주) NP로(지향점) V	내ᄃ다() 내닫다, 走), 드나돌다() 드나들다, 出入), 드라들다() 달려들다, 趨), 돋니다() 다니다, 行), 믈러앉다() 물러앉다), 믈러오다() 물러오다, 退), 뼈러디다() 떨어지	

					다, 落), 올아오다() 올라오다, 上)	
				NP이(대상) NP로(방향) V	ᄂ라오ᄅ다() 날아오르다, 飛)	
	자·타	범주 변화		자동사 소멸	나다²() 나다, 出)	오ᄅ다() 오르다, 上), 저숩다 (禮)
		격틀 변화	축소	NP이(행위주) V	디나오다() 지나오다, 過)	
			추가	NP이(행위주) NP로(지향점) V	도라오다²() 돌아오다, 還)	
				NP이(행위주) NP로(자격) V	도라오다²() 돌아오다, 還)	
	자·타·형	범주 변화		자동사 소멸	굽다²() 굽다, 俯)	

ㄱ. 지향 이동 자동사 (3)

격틀	범주	구문 변화 유형			변화 동사 목록	불변화 동사 목록
NP이 NP로 V ⇔ NP이 NP에 V	자·타	격틀 변화	추가	NP이(행위주) NP에(지향점) V	조차가다() 쫓아가다, 隨), 츠자오다() 찾아오다, 尋)	둘이다²() 달리다, 騎), 므르다³() 무르다, 退)

ㄴ. 기점 이동 자동사 (1)

격틀	범주	구문 변화 유형			변화 동사 목록	불변화 동사 목록
NP이 NP에 V	순수	범주 변화		자동사 소멸	나오다() 나오다), 느리다²() 내리다, 降), 믈러가다() 물러가다, 退), 믈러나다() 물러나다, 退), 뼈나다() 떠나다, 離), 솟다²() 솟다, 湧)	
		격틀 변화	추가	NP이(행위주) NP에(지향점) V	믈러가다() 물러가다, 退)[4]	

				구문 변화 유형	변화 동사 목록	불변화 동사 목록
				NP이(행위주) NP로(지향점) V	믈러가다() 물러가다, 退), 믈러나다() 물러나다, 退), 뼈나다() 떠나다, 離)	
				NP이(행위주) NP를(기점) V	나오다() 나오다), 니러나다() 일어나다, 起, 노리다²() 내리다, 降), 믈러나다() 물러나다, 退), 뼈나다() 떠나다, 離	
				NP이(행위주) NP에서(기점) V	나오다() 나오다), 니러나다() 일어나다, 起), 니러셔다() 일어서다, 立), 노리다²() 내리다, 降), 믈러가다() 물러가다, 退), 믈러나다() 물러나다, 退), 버서나다() 벗어나다), 뼈나다() 떠나다, 離)	
	자·타	격틀변화	축소	NP이(행위주) V	므르다³() 무르다, 退)	
	자·타·형	범주변화		자동사 소멸	디나다²() 지나다, 過)	

ㄴ. 기점 이동 자동사 (2)

격틀	범주	구문 변화 유형	변화 동사 목록	불변화 동사 목록
NP이 NP로 V	자·타	범주변화	자동사 소멸	나다²() 나다, 出)	

ㄷ. 경로 이동 자동사 (1)

격틀	범주	구문 변화 유형	변화 동사 목록	불변화 동사 목록
NP이 NP에	자·타			나가다²() 지나가다, 過)

---

4) 지향점의 'NP에' 논항은 근대국어에 형성되나 현대국어까지 이어지지 못한다.

V ⇐NP이 NP로 V				

ㄷ. 경로 이동 자동사 (2)

격틀	범주	구문 변화 유형		변화 동사 목록	불변화 동사 목록
NP이 NP에 V ⇐ NP이 NP로 V	자·타	범주 변화	자동사 소멸	건나다[2]() 건너다, 渡), 남다[1]() 넘다, 逾)	
		격틀 변화	추가 NP이(행위주) NP로(경로) V	건나가다() 건너가다, 渡)	

ㄷ. 경로 이동 자동사 (3)

격틀	범주	구문 변화 유형		변화 동사 목록	불변화 동사 목록
NP이 NP로 V ⇐NP이 NP에 V	자·타				걷다[1](>걷다, 步), 도라오다[2](>돌아오다, 還), 디나오다(>지나오다, 過)
	자·타·형	범주 변화	자동사 소멸	디나다[2](>지나다, 過)	

【표7】 피동 자동사

ㄱ. 단순 피동 자동사

격틀	범주	구문 변화 유형		변화 동사 목록	불변화 동사 목록
NP이 NP로 V	순수	격틀 변화	확장 NP이(피동주) NP에(원인) V	속다() 속다, 誑[5]), 트다[1]() 타다, 燒	가티다() 갇히다, 囚), 눌이다() 눌리다, 壓)
	자·타	범주 변화	자동사 소멸	가도다() 가두다, 囚), 갈다() 갈다, 耕, 거두다() 거두	갇다(收)

				다, 收, 거슬다() 거스르다, 逆, 걷다²() 걷다, 卷, 졉다 () 꺾다, 拆, 견주다() 견주 다, 比, 닫다() 닫다, 閉, 덜다() 덜다, 除, 들다³() 들 다, 擧, 묶다() 묶다, 束, 밀다() 밀다, 捎, 앓다() 앓 다, 痛, 일쿨다() 일컫다, 稱, 잃다() 잃다, 失, 프다 () 파다, 掘	

ㄴ. 원인 피동 자동사

격틀	범주	구문 변화 유형			변화 동사 목록	불변화 동사 목록
NP이 NP에 V	순수	범주 변화	자동사 소멸		부치다() 부치이다, 飄)	불이다[1]() 불리 다, 飄)
		격틀 변화	축소	NP이(피동주) V	뻐디다() 꺼지다, 淪), ㅎ 야디다() 해어지다, 傷)	
			추가	NP이(피동주) NP로(원인) V	믈들다() 물들다, 染)	
				NP이(피동주) NP로(도구) V	얽믜에다() 얽매이다, 拘)	
	자· 형	범주 변화	자동사 소멸		어리다() 어리다, 愚)	걸이다() 걸리 다, 滯), ㄱ리 다²() 가리다, 障), 데다() 데 다, 爛), 버믈 다(累), 싯기다 () 씻기다, 洗)
	자· 타	범주 변화	자동사 소멸		막다() 막다, 障), 술다(焚)	
		격틀 변화	추가	NP이(피동주) NP에(행위주) V	븥들이다() 붙들리다, 局)	

---

5) 홍재성(1997)에서는 '속다'가 자·타동사로 분류되고 있다. '속다'의 타동사 용 례로 '영희는 주인에게 저울을 속아서 산 걸 알고 따졌다'를 들었다. 그러나 이 문장은 구어에서만 가능하다고 여겨지며 '속다'의 표준적 실현이 아니라고 보 이므로 '속다'의 타동사 용례로 적절하지 못하다고 판단했다. 그러므로 「표준국 어대사전」과 「금성판 국어대사전」을 따라 현대국의 '속다'를 자동사로 보겠다.

	자·타·형	격틀 변화	축소	NP이(피동주) V	헐다() 헐다, 弊)6)	

ㄷ. 장소 피동 자동사

격틀	범주	구문 변화 유형			변화 동사 목록	불변화 동사 목록
NP이 NP에 V	순수	격틀 변화	추가	NP이(피동주) NP로(방향) V	내조치다() 내쫓기다, 逐), 무티다¹() 묻히다, 埋)	바키다() 박히다, 着), 내티이다(棄), 긋이다(牽)
				NP이(피동주) NP로(결과) V	무티다¹() 묻히다, 埋)	
	자·타	범주 변화	자동사 소멸		걸다¹() 걸다, 濡), 곳다() 꽂다, 挿), 덮다() 덮다, 蓋), 묻다²() 묻다, 埋), 박다() 박다, 印), 뻬다() 꿰다, 貫), 셧다() 섞다, 雜), 싣다() 싣다, 載), 쌓다() 쌓다, 積)	믹이다() 매이다, 縛)

ㄹ. 행위 피동 자동사

격틀	범주	구문 변화 유형			변화 동사 목록	불변화 동사 목록
NP 이 NP 에 V	순수	격틀 변화	확장	NP이(피동주) NP를(피해자) NP에(행위주) V	믈이다() 불리다, 咬), 쁼이다() 찔리다, 刺)	것거디다() 꺾어지다, 折), 괴이다(籠), 굴외다(縱), 들이다¹() 들리다, 擧), 딜이다() 찔리다, 咬), 불이다() 밟히다, 踏), 티이
			추가	NP이(피동주) NP에(대상) V	질들다() 길들다, 馴)	

---

6) ‘헐다’에 대해 『금성판 국어대사전』에서는 자동사와 형용사의 ‘헐다¹’과 타동사의 ‘헐다²’로 보았다. 자동사와 타동사의 ‘헐다’를 동음어로 처리한 것이다. ‘헐다’의 자동사, 타동사, 형용사적 용법은 15세기 국어에도 그대로 실현된다. 15세기 국어의 ‘헐다’에 대해 고영근(1986)에서는 자·타동사로 실현되는 능격동사로 처리했다. 즉 ‘헐다’의 자동사적 용법과 타동사적 용법은 의미적으로 상관관계를 가진다고 본 것이다. 이에 본고는 자·타동사의 ‘헐다’를 하나의 형태로 본 고영근(1986)의 견해와, 자동사 ‘헐다’와 형용사 ‘헐다’를 한 형태로 본 『금성판 국어대사전』의 견해를 절충해서 헐다의 세 용법을 한 형태의 다의어로 처리하겠다.

					다( ) 치이다, 擊)
자·타	격틀 변화	추가	NP이(피동주) NP로(자격) V	자피다( ) 잡히다, 操)	

【표8】 심리 자동사

ㄱ. 단순 심리 자동사

격틀	범주	구문 변화 유형		변화 동사 목록	불변화 동사 목록
NP이 V ⇔ NP이 S V	순수	격틀 변화	추가	NP이(경험주) NP를(대상) V	두려ᄒ다(懼)	
	자·타					슳다¹(悲)7)

ㄴ. 원인 심리 자동사

격틀	범주	구문 변화 유형	변화 동사 목록	불변화 동사 목록
NP이 NP에 V ⇔NP 이 S V	자·타			놀라다( ) 놀라다, 驚)

ㄷ. 대상 심리 자동사

격틀	범주	구문 변화 유형		변화 동사 목록	불변화 동사 목록
NP이 NP에 V	순수	격틀 변화	추가	NP이(경험주) NP를(대상) V	거리씨다( ) 거리끼다, 滯)	
	자·타	범주 변화	자동사 소멸		붓그리다(愧), 시름ᄒ다(愁), 두리다(怖), 졓	슬허ᄒ다(悲)

---

7) 이현희(1994:265-272)에서는 ‘슳-’이 실현된 구문에서 ‘兵戈와 다뭇 사ᄅ미 이
  레 머리 도ᄅ혀 ᄇ라아셔 ᄒ 번 슬허ᄒ노라 <杜詩 3:36b>’의 예를 들어 ‘슳-’의
  대상이 처격조사가 통합된 명사구로도 실현되고 있음을 지적했다. 그러나 이
  예에서 ‘兵戈와 다뭇 사ᄅ미 이레’는 ‘슳-’의 논항 명사구로 아니라 ‘슬허ᄒ’의
  논항으로 실현된 것이다.

			다(畏), 즐기다() 즐기다, 樂)	

【표9】 사유 자동사

ㄱ. 단순 사유 자동사

격틀	범주		구문 변화 유형	변화 동사 목록	불변화 동사 목록
NP이 V ⇔NP이 S V	자·타	범주 변화	자동사 소멸	혜다[2]() 세다, 念)	

ㄴ. 대상 사유 자동사

격틀	범주		구문 변화 유형	변화 동사 목록	불변화 동사 목록
NP이 V	자·타	범주 변화	자동사 소멸	혜아리다[2]() 헤아리다, 虞)	

ㄷ. 결과 사유 자동사

격틀	범주		구문 변화 유형	변화 동사 목록	불변화 동사 목록
NP이 NP에/ 로 AdV/ S V	자·타	범주 변화	자동사 소멸	너기다() 여기다)	

【표10】 인지 자동사

격틀	범주		구문 변화 유형	변화 동사 목록	불변화 동사 목록
NP이 NP에 V	자·타	범주 변화	자동사 소멸	알다() 알다, 知)	

【표11】지각 자동사

격틀	범주	구문 변화 유형			변화 동사 목록	불변화 동사 목록
NP이 S V	자·타	격틀 변화	확장	NP이(경험주) S-고 V	듣다(〉듣다, 門)	

【표12】변성 자동사

격틀	범주	구문 변화 유형	변화 동사 목록	불변화 동사 목록
NP이 NP이 /로 V	순수			드외다(〉되다, 爲)

【표13】존재 자동사

ㄱ. 소유 자동사

격틀	범주	구문 변화 유형	변화 동사 목록	불변화 동사 목록
NP이 NP이 V	자·형			이시다(〉있다, 有)

ㄴ. 소재 자동사

격틀	범주	구문 변화 유형		변화 동사 목록	불변화 동사 목록
NP이 NP에 V	순수				겨시다(〉계시다, 留), 머믈다(〉머물다, 留)
	자·형	범주 변화	자동사 소멸	없다(〉없다, 無)	이시다(〉있다, 有)

ㄷ. 자격 자동사

격틀	범주	구문 변화 유형	변화 동사 목록	불변화 동사 목록
NP이 NP로	순수			겨시다(〉계시다, 留), 머믈

V				다( ) 머물다, 留)
	자·형			이시다( ) 있다, 有)

【표14】 대상 자동사

ㄱ. 단순 변화 대상 자동사

격틀	범주	구문 변화 유형			변화 동사 목록	불변화 동사 목록
NP이 V	순수	범주 변화	자동사 소멸		늦다( ) 낮다, 低), 뮈다(動)	※ 표 하단에 별도로 정리
		격틀 변화	확장	NP이(대상) NP로(방향) V	가리다( ) 갈리다, 岐), 논호이다( ) 나뉘다, 分)	
				NP이(대상) NP로(원인) V	긇다( ) 끓다, 沸)	
				NP이(대상) NP로(결과) V	즈라다( ) 자라다, 長)	
				NP이(대상) NP에(원인) V	디들다( ) 찌들다, 皺)	
				NP이(대상) NP에(장소) V	가다[1]( ) 가다, 去)	
				NP이(대상) NP에(기준) V	모즈라다( ) 모자라다, 不勾)	
				NP이(대상) NP에(대상) V	미치다( ) 미치다, 狂), 주으리다( ) 주리다, 餓)	
				NP이(대상) NP에/로(방향) V	가다[1]( ) 가다, 去), 졋바디다( ) 자빠지다, 沛)	
				NP이(대상) NP를(대상) V	쏨기다( ) 풍기다, 噴), 주으리다( ) 주리다, 餓)	
			추가	NP이(대상) NP로(도구) V	가다[1]( ) 가다, 去)	
				NP에(장소) V	삻지다(皺)	
	자·형	범주 변화	자동사 소멸		가비얍다( ) 가볍다, 輕), 가ᅀᅧ멸다/가ᅀᅧ며다( ) 가멸다, 富), 갓갑다( ) 가깝다, 親), 거츨다( ) 거칠다, 荒), 검다( ) 검다, 玄), 괴외ᄒᆞ다( ) 고요하다, 靜),	

	자·타	범주변화			
				깊다() 깊다, 深), ᄀᆞᄂᆞᆯ다() 가늘다, 細), ᄀᆞᆽ다(具), 녙다() 옅다, 淺), 놉다() 높다, 高), 늦다() 늦다, 晚), 다ᄅᆞ다() 다르다, 異), 덥다() 덥다, 暖), 뎌ᄅᆞ다, 됴ᄒᆞ다/둏다() 좋다, 愈), 두렵다(圓), 머즉ᄒᆞ다(止), ᄆᆞ겁다() 무겁다, 重), ᄆᆞᆰ다() 맑다, 淸), 븕다() 붉다, 紅), 비브르다() 배부르다, 飽), 사오납다() 사납다, 劣), 서늘ᄒᆞ다() 서늘하다, 寒), 서의여ᄒᆞ다(凉), 쉽다() 쉽다, 易), 싁싁ᄒᆞ다() 씩씩하다, 爽), 쌘ᄅᆞ다() 빠르다, 急), 어듭다() 어둡다, 昧), 어딜다() 어질다, 善), 어즈럽다() 어지럽다, 亂), 어즐ᄒᆞ다() 어질하다, 昏), 여리다() 여리다, 弱), 오라다() 오래다, 舊), 옷곳ᄒᆞ다(香), 외다(失), 젹다() 적다, 小), 조ᄒᆞ다(淨), ᄎᆞ다[4]() 차다, 寒), 퍼러ᄒᆞ다() 퍼렇다, 靑), 편안ᄒᆞ다() 편안하다, 寧), 프르다() 푸르다, 靑), 하다(多), 훤츨ᄒᆞ다() 훤칠하다, 豁), 훤ᄒᆞ다() 훤하다, 曠), 히다() 희다, 白)	
	자·타	범주변화	자동사 소멸	ᄀᆞᆷ다(藏), 그르다[1]() ᄭᅳ르다, 解), ᄭᅳᆽ다() 긏다, 絶), 글히다() 가리다, 擇), 니르받다(起), 두위틀다() 뒤틀다, 反張), 드위티다() 뒤치다, 飜), 밧고다() 바꾸다, 易), 베프다() 베풀다, 發), ᄭᅳ다() 끄다, 滅), 쎄혀다(拔), 어긔릇다(違), 옮기다() 옮기다, 移), 일	그치다[1]() 그치다, 止), ᄭᅳᆷᄌᆞ기다() 깜짝이다, 瞬), 다ᄋᆞ다() 다하다, 盡), 드러치다(震動), 뭊다(終), ᄯᅥᆯ다[1]() ᄯᅥᆯ다, 拂), 슬다(消), ᄭᅵ다() 깨다, 醒), ᄲᅢ혀나

자·타·형		확장	구문 변화 유형	변화 동사 목록	불변화 동사 목록
	격틀 변화	확장	NP이(대상) NP로(방향) V	우다() 이루다, 成), 혜다¹() 세다, 量), 혜아리다¹() 헤아리다, 量), 헤혀다(披) 움즈기다() 움직이다, 動)	다() 빼어나다, 挺), 욤다¹() 욤다, 轉), 즈희다(㧗)
	범주 변화		소멸	좀좀ᄒ다() 잠잠하다, 默)	굽다¹() 굽다, 枉), 닉다() 익다, 熟)

※ 가시다¹(變), 감기다() 감기다, 繞), 개다() 개다, 晴), 거티다²() 걷히다, 卷), 계다(晌), 곰다() 곰다, 膿), 괴다²() 괴다, 餉), 구믈어리다() 구물거리다, 蠢), 굴다¹(呪), 굶다() 굶다, 饑), 그처디다() 끊어지다, 斷), 금즈기다(動), 긷다(遺), ᄀ눌지다() 그늘지다, 陰), ᄀ물다() 가물다, 旱), 낫다²() 낫다, 愈), 녹다() 녹다, 化), 눅다() 눅다, 稀), 눋다() 눋다, 焦), 닐다(起), 다슬다(理), 다티다¹() 닫히다, 閉), 달다() 달다, 燒), 덜이다() 덜리다, 除), 도티다() 돋치다, 凸), 므르녹다() 무르녹다, 爛), 므르닉다() 무르익다, 爛), 므르다¹() 무르다, 爛), 믈러니다(退), 믈어디다() 무너지다, 摧), 믜다²() 미다, 禿), 믜여디다() 미여지다, 裂), ᄆᄅ다() 마르다, 枯), 미다³() 메다, 咽), 미치다() 맺히다, 結), 버서디다() 벗어지다, 脫), 범븨다(痺), 부러나다() 불어나다, 脹), 부플다() 부풀다, 泡), 붇다() 붇다, 滋), 뷔다²() 비다, 空), 붓다¹() 붓다, 腫), 븡어디다() 부서지다, 碎), ᄇᅀᅪ미다(耀), 비곯다() 배곯다, 飢), 쁘다() 뜨다, 漂), 삐다() 찌다), 쎠야디다() 째어지다, 裂), 뼈디다() 터지다, 裂), 뛰다() 튀다, 跳), 쁘다() 트다, 皴), 사라나다() 살아나다, 活), 삭다() 삭다, 銷), 새다() 새다, 明), 석다() 썩다, 腐), 설다() 설다, 生), 셰다() 세다, 白), 쉬다¹() 쉬다, 傷), 스러디다() 스러지다, 消), 슬히다() 시리다, 冷), 시들다() 시들다, 憔), 식다() 식다, 冷), 시다() 새다, 泄), 심다(泉), 짜디다() 타지다, 綻), 쁴다(落), 암굴다() 아물다, 合), 얼다() 얼다, 凍), 여위다() 여위다, 瘠), 열이다() 열리다, 開), 염글다() 여물다, 實), 우러나다(우러나다), 이저디다(缺), 일다¹() 일다, 成), 잊다(勞), 져믈다(暮), 졸다() 졸다/줄다, 減), 죽다() 죽다, 死), 지다¹() 찌다, 肥), 지피다() 지피다, 集), ᄌᆞ올다() 졸다, 睡), 프다() 피다, 開), 프러디다() 풀어지다, 釋), 픠다¹(開), 헐믓다(瘡), 헤여디다() 헤어지다, 瘡)

ㄴ. 장소 대상 자동사 (1)

격틀	범주	구문 변화 유형	변화 동사 목록	불변화 동사 목록
NP이 V	순수			블븥다() 불붙다, 燒)

ㄴ. 장소 대상 자동사 (2)

격틀	범주	구문 변화 유형	변화 동사 목록	불변화 동사 목록
NP에 V	순수			블나다() 불나다, 失火), 블븥다() 불붙다, 燒)

ㄴ. 장소 대상 자동사 (3)

격틀	범주	구문 변화 유형	변화 동사 목록	불변화 동사 목록
NP이 NP이 V	자·타			ᄆᆡᆽ다[2]() 맺다, 結)

ㄴ. 장소 대상 자동사 (4)

<table>
<tr><th>격틀</th><th>범주</th><th colspan="3">구문 변화 유형</th><th>변화 동사 목록</th><th>불변화 동사 목록</th></tr>
<tr><td rowspan="8">NP이 NP에 V</td><td rowspan="6">순수</td><td rowspan="6">격틀 변화</td><td>축소</td><td>NP이(대상) V</td><td>펴디다() 펴지다, 漫)</td><td rowspan="6">고치다() 꽂히다, 揷), 너출다(蔓), 넘ᄢᅵ다() 넘치다, 溢), ᄂᆞᆯ다[1]() 날다, 飛), 담기다() 담기다, 側), 닿다() 닿다, 接), 돋다() 돋다, 杲), 드러나다() 들어나다, 露), 디다() 지다, 落), ᄃᆞᆯ이다[1]() 달리다, 縣), ᄃᆞᆷ기다() 담기다, 沒), 마키다[1]() 막히다, 滞), 몯다(集), 묻다[1]() 묻다, 染), 벌다() 벌다, 列), ᄇᆡ다[1]() 배다, 襲), ᄠᅥ디다(墮), ᄢᅵ다[1]() 끼다, 挾), 솟다[1]() 솟다, 湧), 싸히다() 쌓이다, 積), ᄌᆞᆷ기다() 잠기다, 沒)</td></tr>
<tr><td rowspan="5">추가</td><td>NP이(대상) NP로(결과) V</td><td>남다[2]() 남다, 餘)</td></tr>
<tr><td>NP이(대상) NP로(원인) V</td><td>ᄎᆞ다[1]() 차다, 滿)</td></tr>
<tr><td>NP이(대상) NP로(자격) V</td><td>ᄭᆞᆯ이다() 깔리다, 布)</td></tr>
<tr><td>NP이(대상) NP로(방향) V</td><td>나다[1]() 나다, 出), 티와티다() 치받치다, 喘), 펴디다() 펴지다, 播)</td></tr>
<tr><td>NP이(행위주) NP에/를/로(지향점) V</td><td>들락나락ᄒᆞ다() 들락날락하다, 隱現)</td></tr>
<tr><td>자·형</td><td>범주 변화</td><td colspan="2">자동사 소멸</td><td>ᄀᆞ독ᄒᆞ다() 가득하다, 滿)</td><td></td></tr>
<tr><td>자·타</td><td>범주 변화</td><td colspan="2">자동사 소멸</td><td>감다[1]() 감다, 纏), ᄀᆞᄅᆞ디ᄅᆞ다() 가로지르다, 駕), 다디ᄅᆞ다() 대지르다, 撞), 두르다() 두르다, 匝), 드리다[2]() 들이다, 入), 디ᄅᆞ다[2]() 지르다,</td><td>ᄀᆞ초ᄒᆞ다(備), 다티다[2](觸), 드위혀다(反), 디나가다[1]() 지나가다, 過), 얼의다(凝), 열다() 열다, 開),</td></tr>
</table>

격틀	범주	구문 변화 유형		변화 동사 목록	불변화 동사 목록
				簪), 딕다[1]() 찍다, 啄), 마초다[2]() 맞추다, 合), 붓다[2]() 붓다, 灌), 얽다() 얽다, 維), 펴다() 펴다, 展)	우리다() 우리다, 殘), 젖다() 젖다, 霑), 횟돌다[1]() 휘돌다, 旋)
		격틀 변화	추가	NP이(대상) NP로(방향) V	돌다[1]() 돌다, 廻)	

ㄷ. 도구 대상 자동사

격틀	범주	구문 변화 유형	변화 동사 목록	불변화 동사 목록
NP이 NP로 V	자·타	범주 변화	자동사 소멸	섞다() 섞다, 雜)	

ㄹ. 결과 대상 자동사

격틀	범주	구문 변화 유형	변화 동사 목록	불변화 동사 목록
NP이 NP로 V	순수	범주 변화	자동사 소멸	뜯ㅎ다() 뜻하다, 義)	나타나다() 나타나다, 顯)

【표15】 기준 자동사

ㄱ. 정도 기준 자동사

격틀	범주	구문 변화 유형	변화 동사 목록	불변화 동사 목록
NP이 NP이 V	자·타·형			넘다() 넘다, 過)

ㄴ. 대상 기준 자동사

격틀	범주	구문 변화 유형		변화 동사 목록	불변화 동사 목록
NP이 NP에 V	순수	범주 변화	자동사 소멸	어울다(合)	거슬쓰다(逆), 거의다(幾), 범글다(累), 츼다(偏)
		격틀 변화	축소	NP이(대상) V	벅다(亞)	
			추가	NP이(대상) NP	그치다[2]() 그치다, 止)	

				변화 동사 목록	불변화 동사 목록
			로(결과) V		
자·형	범주 변화		자동사 소멸	더럽다() 더럽다, 染), 맛당ᄒ다() 마땅하다, 宜)	
자·타	범주 변화		자동사 소멸	건나다[1]() 건너다, 過), 어긔다() 어기다, 乖)	걸이다() 걸리다, 滯), ᄀ리다[2]() 가리다, 障), 데다() 데다, 爛), 버믈다(累), 싯기다() 씻기다, 洗)
	격틀 변화	축소	NP이(대상) V	더ᄒ다() 더하다, 加)	그릇다(違), 맞다[1]() 맞다, 中)
자·타·형	범주 변화		자동사 소멸		넘다() 넘다, 過)

【표16】 분열 자동사

격틀	범주	구문 변화 유형			변화 동사 목록	불변화 동사 목록
NPpl 이 V ⇔NP 이 서르 V	자·타·	범주 변화		자동사 소멸	눈호다() 나누다, 分)	

【표17】 대칭 자동사

ㄱ. 단순 대칭 자동사

격틀	범주	구문 변화 유형			변화 동사 목록	불변화 동사 목록
NPpl 이 서르 V ⇔NP 이 NP와	순수	격틀 변화	확장	NP이(대상) NP와(공동) V	닿다() 닿다, 接)	
	자·타	범주 변화		자동사 소멸	기우리다() 기울이다, 傾), ᄀᆯ다() 갈다, 替), 둪다(蓋), 마초다[2]() 맞추다, 合), 막다() 막다, 障), 모도다(會), ᄢᅦ다	기울다() 기울다, 傾), 닛다() 잇다, 連), 믲다[1]() 맺다, 結)

격틀	범주			변화 동사 목록	불변화 동사 목록
V				[2]() 끼다, 夾), 셨다() 셖다, 雜), 어즈리다() 어지르다, 亂), 얽다() 얽다, 維)	
	자·타·형				더으다[2](益)

ㄴ. 비교 대칭 자동사

격틀	범주	구문 변화 유형		변화 동사 목록	불변화 동사 목록
NP이 서르 V ⇔ NPpl 이 NP와 V	순수	범주 변화	자동사 소멸	어울다(合)	맞다[1]() 맞다, 中)
	자·타	범주 변화	자동사 소멸	어긔다() 어기다, 乖)	

【표18】 대상 이동 자동사

ㄱ. 방향 이동 자동사 (1)

격틀	범주	구문 변화 유형			변화 동사 목록	불변화 동사 목록
NP이 NP에 /로 V	자·타	격틀 변화	축소	NP이(대상) NP에(방향) V	및다(及)	들 다[1]() 들 다, 入), 스뭇다(通), 흐르다() 흐르다, 流), 흘러가다() 흘러가다, 流)

ㄱ. 방향 이동 자동사 (2)

격틀	범주	구문 변화 유형			변화 동사 목록	불변화 동사 목록
NPpl 이 서르 V ⇔NP	순수	격틀 변화	추가	NP이(대상) NP를(경로) V	도라가다[1]() 돌아가다, 復)	
				NP이(대상) NP로(결과) V	도라가다[1]() 돌아가다, 復)	

격틀	범주	구문 변화 유형			변화 동사 목록	불변화 동사 목록
이 NP와 V				NP이(대상) NP로(방향) V	도라가다[1]() 돌아가다, 復)	
				NP이(대상) NP로(도구) V	오다() 오다, 來)	
				NP이(대상) NP에(수혜자) V	오다() 오다, 來)	
	자·형					소사나다() 솟아나다, 聳)
	자·타	범주 변화		자동사 소멸	구르디르다() 가로지르다, 駕), 다디르다() 대지르다, 撞, 드리다[2]() 들이다, 入, 디르다[2]() 지르다, 簪), 즈무다(浸, 흩다() 흩다, 散)	내왇다(出), 늘이다() 날리다, 飛), 도라오다[1]() 돌아오다, 還), 들이다[2]() 들리다, 聞), 비취다() 비취다, 照), 쬐다() 쬐다, 曝)
		격틀 변화	추가	NP이(대상) NP로(방향) V	나오다() 나오다), 느라가다[1]() 날아가다, 飛), 드러가다() 들어가다, 入, 숨다() 숨다, 隱), 빠디다() 빠지다, 溺), 처디다(처지다, 滴	
				NP이(대상) NP에(기준) V	처디다(처지다, 滴	

ㄱ. 방향 이동 자동사 (3)

격틀	범주	구문 변화 유형			변화 동사 목록	불변화 동사 목록
NP이 NP로 V	순수	격틀 변화	추 가	NP이(행위주) NP를(대상) V	벋다() 벋다/뻗다, 引)	늘다[1]() 날다, 飛), 드리다[1](垂), 솟다[1]() 솟다, 湧)
				NP이 NP에(방향) V	올아가다[1]() 올라가다, 上)	
	자·타	범주 변화		자동사 소멸	붓다[2]() 붓다, 灌), 얼의다(凝)	기울다() 기울다, 傾), 나가다[1]() 나가다, 出), 드위혀다(反), 디나가다[1]() 지나가다, 過), 오르다() 오르다, 上)

ㄴ. 기점 이동 자동사 (1)

격틀	범주	구문 변화 유형			변화 동사 목록	불변화 동사 목록
NP이 NP에 V	순수	범주 변화		소멸	나다[1](〉나다, 出)	
		격틀 변화	추가	NP이(대상) NP에서(기점) V	나다[1](〉나다, 出)	
	자·타	범주 변화		소멸	버서나다[1](〉벗어나다), 븥다[1](〉붙다, 附), 비릇다(始), 여희다(〉여의다, 離)	디나다[1](〉지나다, 過)
		격틀 변화	축소	NP이(대상) V	벗다(〉벗다, 脫)	
			추가	NP이(대상) NP에서(기점) V	버서나다[1](〉벗어나다)	

ㄴ. 기점 이동 자동사 (2)

격틀	범주	구문 변화 유형		변화 동사 목록	불변화 동사 목록
NP이 NP로 V	자·타	범주 변화	자동사 소멸	비릇다(始)	

Ⅱ. 타동사

【표19】 단일 목적 타동사

격틀	범주	구문 변화 유형			변화 동사 목록	불변화 동사 목록
NP이 NP를 V	순수	범주 변화		타동사 소멸	더블다() 더불다, 將), 드리다() 데리다, 率)	※ 표 하단에 별도로 정리
		격틀 변화	확장	NP이(행위주) NP를(대상) NP를(결과) V	밍돌다() 만들다, 結)	
				NP이(행위주) NP를(대상) NP와(대상) V	버므리다() 버무리다, 攪)	
				NP이(행위주) NP를(대상) NP에(기준) V	질드리다() 길들이다, 調)	
				NP이(행위주) NP를(대상) NP에(장소) V	니기다[2]() 익히다, 習), 다히다[2]() 때다, 燒), 버므리다() 버무리다, 攪), 비븨다() 비비다, 鑽), 얽미다() 얽매다, 纏), 지다[2]() 지다, 負), 티다[2]() 치다, 帳), 티다[3]() 치다, 壂)	
				NP이(행위주) NP를(대상) NP에(수혜자) V	받다[1]() 받다, 受), 얻다() 얻다, 得), 트다[2]() 타다, 受), 품다() 품다, 懷)	
				NP이(행위주) NP를(대상) NP에(방향) V	드러내다() 드러내다, 露), 수기다() 숙이다, 低)	
				NP이(행위주) NP를(대상) NP에(피사역주) V	물이다() 물리다, 徵)	
				NP이(행위주) NP를(대상) NP로(도구) V	달호다() 다루다, 治), 믈드리다() 물들이다, 染), 버므리다() 버무리다, 攪), 젓다() 젓다, 攪)	
				NP이(행위주) NP를(대상) NP로(결	ㄱ라닙다() 갈아입다, 更), 믈리다() 물리다, 退), 밍	

				과) V	돌다() 만들다, 結), 짓다() 짓다, 作)	
				NP이(행위주) NP를(대상) NP로(방향) V	버리다[1]() 벌리다, 開)	
				NP이(행위주) NP를(대상) NP로(자격) V	맞다[3]() 맞다, 接), 얻다() 얻다, 得)	
				NP이(행위주) NP를(대상) NP에/로(방향) V	그스다() 끗다/끌다, 拖), 돌이다() 돌리다, 輪)	
				NP이(행위주) NP를(대상) S-고 V	나무라다() 나무라다, 貶), 놀이다() 놀리다, 弄), 믿다() 믿다, 信)	
			추가	NP이(대상) V	드리혀다() 들이켜다, 吸), 둥기다() 당기다, 牽), 슳다[2](屑)	
				NP이(경험주) NP에(대상) V	견듸다() 견디다, 忍)	
				NP이(행위주) NP에(장소) V	ᄐ다[3]() 타다, 乘)	
				NP이(행위주) NP에(수혜자) S-고 V	나무라다() 나무라다, 貶), 놀이다() 놀리다, 弄)	
자·타		범주변화		타동사 소멸	갓고로디다() 거꾸러지다, 倒), 걸이다() 걸리다, 滯), 기울다() 기울다, 傾), 뒤돌다() 뒤돌다, 背), 들이다[2]() 들리다, 聞), 미이다() 매이다, 縛), 숨다() 숨다, 隱), 빠디다() 빠지다, 溺), 양지ᄒ다() 양치하다, 漱), 일ᄒ다() 일하다, 事), 젓다() 젓다, 霑), 힘쓰다() 힘쓰다, 務)	간다(收), 갊다(藏), 갓가이ᄒ다() 가까이하다, 近), 거스리다() 거스르다, 逆), 거슬다() 거스르다, 逆), 건내뮈다(超), 걷다[2]() 걷다, 卷), 그르다[1]() 끄르다, 解), 그릇다(違), 그치다[1]() 그치다, 止), 긏다() 끊다, 絶), ᄀ리다[2]() 가리다, 障), ᄀ초ᄒ
		격틀변화	확장	NP이(행위주) NP를(대상) NP에(장소) V	갈다() 갈다, 耕), 비기다(欹), 쌓다() 쌓다, 積)	
				NP이(행위주) NP	베프다() 베풀다, 宣), 홑	

		구문 구조	동사 예	
		를(대상) NP에(수혜자) V	다() 흩다, 散)	다(備), 굴히다() 가리다, 擇), 굠즈기다() 깜짝이다, 瞬), 내왇다(出), 니르받다(起), 다ᄋ다() 다하다, 盡), 닫다() 닫다, 閉), 덜다() 덜다, 除), 돕다() 돕다, 助), 두르혀다(廻), 두위틀다() 뒤틀다, 反張), 드러치다(震動), 드위티다() 뒤티다, 飜), 드위혀다(反), 둘이다² () 달리다, 騎), 맞나다() 만나다, 遇), 버믈다(累), 벗다() 벗다, 脫), 븓들다() 붙들다, 扶), 블브티다() 불붙이다, 燒), 떨다¹ () 떨다, 拂), ᄯᅳ다() 끄다, 滅), 사괴다() 사귀다, 交), 쉬다³() 쉬다, 休), 슬다(消), 싯기다() 씻기다, 洗), 쑬다() 꿇다, 跪), 빠혀다(拔), 앓다() 앓다, 痛), 어긔다() 어기다, 乖), 어긔릋다(違), 얼의다(凝), 여희다() 여의다, 離), 열다() 열다, 開), 움즈기다() 움직이다, 動), 즈츼
		NP이(행위주) NP를(대상) NP로(방향) V	졌다() 꺾다, 折), 도른혀다(回)	
		NP이(행위주) NP를(대상) NP로(결과) V	굴다() 갈다, 替), 밧고다() 바꾸다, 易)	
		NP이(행위주) NP를(대상) NP와(공동) V	밧고다() 바꾸다, 易)	
		NP이(행위주) NP를(대상) NP로(자격) V	들다³() 들다, 擧), 셤기다() 셤기다, 事)	
		NP이(행위주) NP를(대상) NP로(도구) V	므르다³() 무르다, 退)	
		NP이(행위주) NP를(대상) NP에/로(방향) V	놀이다() 날리다, 飛), 밀다() 밀다, 推), 흩다() 흩다, 散)	
		NP이(행위주) NP를(대상) S-고 V	구짇다() 꾸짖다, 叱), 일콛다() 일컫다, 稱)	
	추가	NP이(행위주) NP에(지향점) V	다디른다() 대지르다, 撞)	
		NP이(행위주) NP에(대상) V	미이다() 매이다, 縛)	

				다(疵), 지혀다(倚), 헤혀다(披), 혜다[1]() 세다, 量), 헤아리다[1]() 헤아리다, 量)
형·타	범주변화	타동사 소멸	모딜다() 모질다, 暴)	고르다() 고르다, 均), 기웃ᄒ다() 기웃하다, 欹)
자·타·형	범주변화	타동사 소멸	굽다[2]() 굽다, 俯), 닉다() 익다, 慣), 좀좀ᄒ다() 잠잠하다, 默)	그르ᄒ다() 그릇하다, 錯), ᄀ장ᄒ다(極), 넘다() 넘다, 過), 디나다[2]() 지나다, 過), 헐다() 헐다, 隳)

※ 가도혀다(囚), 가시다[2](改), 가홀오다(倒), 간슈ᄒ다() 간수하다, 護), 간ᄉᄒ다() 건사하다, 護), 갔다() 깎다, 削), 갚다() 갚다, 償), 거느리다() 거느리다, 率), 거느리치다(濟), 거두들다(攝), 거두잡다(攬), 거르다() 거르다, 漉), 거리다(濟), 거리치다(濟), 건디다() 건지다, 濟), 겨다() 겪다, 受), 고티다() 고치다, 改), 괴다[1]() 괴다, 籠), 괴오다(支), 구경ᄒ다() 구경하다), 구르다() 구르다, 頓), 구숑ᄒ다(叱), 구치다(傷), 구티다() 굳히다, 堅), 구틔다(强), 구피다() 굽히다, 揉), 굴다[2]() 굴다, 噓), 굽다[3]() 굽다, 炙), 그리다[1]() 그리다, 畵), 그리다[2]() 그리다, 戀), 그싀다() 기이다, 隱), 그우리다() 굴리다, 倒), 그지ᄒ다(局), 그치티다(斷), 글히다() 끓이다, 炙), 긁다() 긁다, 搔), 기드리다() 기다리다, 待), 기들우다(待), 기르다() 기르다, 養), 기리다() 기리다, 讚), 긷다() 긷다, 汲), 길우다(養), 깁다() 깁다, 補), 깃거ᄒ다(歡), ᄀ다듬다() 가다듬다, 摩), ᄀ리다[1](剪), ᄀ리봇다(穢), ᄀ숨알다(掌), ᄀ초다[2]() 갖추다, 備), 곰다[1]() 감다, 合), 곰다[2]() 감다, 沐), 나모ᄒ다() 나무하다, 薪), 났다() 낚다, 釣), 낳다() 낳다, 生), 너흘다(齦), 녀미다() 여미다, 衽), 놀다[2]() 놀다, 鼓), 누기다() 눅이다, 寬), 누다() 누다, 通), 누리다() 누리다, 享), 니기다[1]() 익히다, 餐), 니르혀다(起), 닑다() 읽다, 讀), 닙다[1]() 입다, 穿), 닙다[2]() 입다, 承), 닞다() 잊다, 忘), 다듬다() 다듬다, 硏), 다리다() 다리다, 熨), 달히다() 달이다, 煎), 닦다() 닦다, 修), 더듬다() 더듬다, 搜), 데우다() 데우다, 燒), 데티다() 데치다, 煠), 도도다() 돋우다, 陞), 도라보다() 돌아보다, 顧), 돌오다() 돌보다, 顧), 되다[1]() 되다, 量), 두드리다() 두드리다, 款), 두르티다(揮), 딕희다() 지키다, 守), 딛다(燒), 딮다() 짚다, 杖), 닿다() 찧다, 舂), 둘이다(挽), 둣다(戀), 마시다() 마시다, 飮), 마조보다() 마주보다, 逢), 막ᄌᄅ다(拒), 말다() 말다, 已), 맛들다(樂), 맜다() 맡다, 任), 맡다() 맡다, 聞), 뭉기다() 뭉개다), 물다() 물다, 陷), 믈다() 물다, 御), 믜다[1](憎), 믜여ᄒ다() 미워하다, 嗔), 미좇다(追), ᄆ니다(撫), 몬지다() 만지다, 撫), 미다[2]() 매다, 鋤), 바히다() 베다, 斷), 받다[2]() 받다, 撞), 받다[3]() 받다, 從), 받다[4]() 받다, 攻), 밧기다() 벗기다, 脫), 밧다() 벗다, 脫), 밭다[2]() 뱉다, 唾), 벗기다() 벗기다, 剝), 볘다() 베다, 枕), 본받다() 본받다, 尊), 봇다() 볶다), 뵈다[1]() 뵈다, 謁), 뵈아다(催), 부븨다() 부비다, 挼), 불다() 불다, 吹), 불이다[2]() 불리다, 鍊), 뷔다[1](樵), 뷔우다() 비우다, 空), 붗다(鼓), 비스다(扮), 비웃다() 비웃다, 謗), 빗다[1]() 빗다, 梳), 빚다() 빚다, 醞), 빟다(雨), ᄇ수다

()바수다, 粉), 넓다() 밟다, 踏), 비다²() 배다, 孕), 비호다() 배우다, 學), 떨다²() 떨다, 拂), 떨티다() 떨치다, 拂), 뜯다() 뜯다, 摘), 삐다() 찌다, 蒸), 빤다() 따다, 摘), 쁠다() 쓸다, 掃), 빤다²() 싸다, 失), 빼다() 깨다, 破), 뿌다() 꾸다, 貸), 쁘리다(擁), 삐다() 까다, 剝), 믖다() 찢다, 撕), 짜다¹() 짜다, 作), 삐다() 째다, 裂), 쁘다¹() 타다, 彈), 쁘다²() 타다, 破), 사르잡다() 사로잡다, 虜), 삼가다() 삼가다, 愼), 새오다() 새우다, 妬), 서리다() 서리다, 蟠), 셜버ᄒ다() 설워하다, 戚), 솟고다() 솟구다, 湧), 쉬다²() 쉬다, 息), 스다¹() 쓰다, 書), 스치다(想), 슬우다(鎖), 슬희다(厭), 신다() 신다, 穿), 십다() 씹다, 哺), 싯다() 씻다, 洗), 술펴보다() 살펴보다, 省), 숢다() 삶다, 烹), 숪기다() 삼키다, 呑), 꺼리다() 꺼리다, 憚), 꾀다() 꾀다, 誘), 꾀ᄒ다() 꾀하다, 謀), 쏩다() 뽑다, 摘), 셜다¹() 빨다, 吸), 셜다²() 빨다, 浣), 쏘다¹() 쏘다, 蠱), 앗기다() 아끼다, 惜), 앗다() 앗다, 奪), 어르다(嫁), 업시너기다() 업신여기다, 蔑), 업시보다(輕), 업시ᄒ다() 없이하다, 無), 에다(避)8), 엿다(窺), 엿보다() 엿보다, 窺), 외오다() 외우다, 誦), 우의다() 우비다, 刮), 우희다(掬), 울월다() 우러르다, 仰), 위왇다(奉), 이긔다() 이기다, 克), 일다²() 일다, 淘), 일삼다() 일삼다, 事), 잎다(吟), 자바먹다() 잡아먹다, 食), 자치다() 잦히다, 止), 잡들다(提), 저히다(脅), 졉다() 졉다, 恕), 조리다() 줄이다, 略), 좇다() 좇다/쫓다, 隨), 주기다() 죽이다, 誅), 줏다() 줍다, 拾), 쥐다() 쥐다, 合), 즈르다() 지르다, 徑), 줏두드리다() 짓두드리다, 碎), 줏딯다() 짓찧다, 自), 지여ᄇ리다() 저버리다, 負), 집다() 집다, 撮), 차리다() 차리다, 省), 츠다²() 치다, 除), 치다() 치다, 養), 춧다²() 차다, 蹴), 춤다() 참다, 忍), 춫다() 찾다, 尋), 키다() 캐다, 采), 티다¹() 치다, 擊), 티다²() 치다, 帳), 티다³() 치다, 壐), 품다() 품다, 懷), 퓌우다() 피우다, 燒), 픠다²() 패다), 핥다() 핥다, 舐), 헤티다() 헤치다, 破), 호다() 호다, 縫), 후리다() 후리다, 劫), 혀다() 켜다, 引)

【표20】 동족 목적 타동사

격틀	범주	구문 변화 유형	변화 동사 목록	불변화 동사 목록
NP이 NP를 V	순수			수다() 꾸다, 夢), 씨오다() 깨우다, 醒), 울다() 울다, 泣, 웃다() 웃다, 笑), 츠다¹() 추다, 舞)
	자·타			걷다¹() 걷다, 步), 뭋다(終), 씨다9)() 깨다, 醒, 자다() 자다, 宿)

8) 「한글학회 사전」에는 '에다'를 자동사로만 처리했다. 그러나 '陶潛온 世俗올 에여 ᄃ니는 한아비니 반ᄃ기 能히 道理롤 아디 몯ᄒ니라 <杜詩 3:58b>'에서는 '에다'가 타동사로 실현되었으며 '에다'는 자·타동사의 용법을 모두 가지고 실현되었다.

9) 「한글학회 사전」에는 '씨다'를 자동사로만 처리했다. 그러나 15세기 국어 당시 '수믈 씨니'가 실현되므로 타동사의 '씨다'도 존재하는 것이다. 본고는 '씨다'를 자·타동사로 분류했다.

【표21】 이동 타동사

ㄱ. 장소 이동 타동사

격틀	범주	구문 변화 유형	변화 동사 목록	불변화 동사 목록
NP이 NP를 V	순수			도르다(回)
	자·타			돌다[2]()돌다, 廻), 횟돌다[2]()휘돌다, 旋)

ㄴ. 지향점 이동 타동사

격틀	범주	구문 변화 유형			변화 동사 목록	불변화 동사 목록
NP이 NP를 V	순수	격틀 변화	추가	NP이(행위주) NP에/로(지향점) V	츠자가다()찾아가다, 尋)	
	자·타	범주 변화		타동사 소멸	낫다[1](進), 들다[2]()들다, 入), 옮다()옮다, 轉)	가다[2]()가다, 去), 나아가다()나아가다, 進), 도라오다[2]()돌아오다, 還), 및다(及), 오르다()오르다, 上), 조차가다()쫓아가다, 隨, 조차오다()쫓아오다)
		격틀 변화	추가	NP이(대상) NP로(방향) V	옮다()옮다, 轉)	

ㄷ. 기점 이동 타동사

격틀	범주		구문 변화 유형	변화 동사 목록	불변화 동사 목록
NP이 NP를 V	자·타	범주 변화	타동사 소멸	나다[2]()나다, 出)	버서나다[2]()벗어나다)

ㄹ. 경로 이동 타동사

격틀	범주	구문 변화 유형			변화 동사 목록	불변화 동사 목록
NP이 NP를 V	순수	격틀 변화	추가	NP이(행위주) NP로(경로) V	너머가다() 넘어가다, 越)	
				NP이(대상) NP로(방향) V		
	자·타					걷나가다() 건너가다, 渡), 걷나다²() 건너다, 渡), 남다¹() 넘다, 逾), 디나가다²() 지나가다, 過), 디나오다() 지나오다, 過)
	자·타·형					넘다() 넘다, 過), 디나다²() 지나다, 過)

【표22】 위치 타동사

(1)

격틀	범주	구문 변화 유형			변화 동사 목록	불변화 동사 목록
NP이 NP를 NP에 V ⇐NP이 NP를 NP로 V	순수	격틀 변화	축소	NP이(행위주) NP를(대상) V	에우다() 에우다, 圍)	내다() 내다, 生), 드리우다() 드리우다, 垂), 올이다() 올리다, 登), 플다() 풀다, 解)
	자·타					옮기다() 옮기다, 移)

(2)

격틀	범주	구문 변화 유형			변화 동사 목록	불변화 동사 목록
NP이 NP를	순수	격틀 변화	축소	NP이(행위주) NP를(대상) V	디내다() 지내다, 經)	※ 표 하단에 별도로 정리

NP에 V			추 가	NP이(행위주) NP를(대상) NP로(방향) V	내좇다()내쫓다, 斥), 내티다()내치다, 斥), 더디다()던지다, 擲), 드려가다()데려가다, 領), 브르다[1]()부르다, 呼), 숨기다()숨기다, 隱), 흘리다()흘리다, 湍)	
				NP이(행위주) NP를(대상) NP로(자격) V	잡다()잡다, 守)	
				NP이(행위주) NP에(지향점) NP를(대상) V	가지다()가지다, 持)	
				NP이(행위주) NP와(공동) NP를(대상) V	가지다() 가지다, 持), 버리다[2]()벌이다, 設)	
	자· 타	격틀 변화	축 소	NP이(행위주) NP를(대상) V	거두다() 거두다, 收), 스믓다(通)	가도다(囚), 감다[1]()감다, 纏), 걸다[1]()걸다, 滯), 곳다()꽂다, 揷), ᄀᆞ르디르다()가로지르다, 駕), 넣다()넣다, 入), 닛다()잇다, 連), ᄂᆞ리오다()내리우다, 下), 다티다[2](觸), 더으다[1](益), 더ᄒᆞ다()더하다, 加), 덮다()덮다, 蓋), 두르다()두르다, 帀), 둪다(蓋), 드리다[2]()들이다, 入), 디나다[1]()지나다, 過), 디ᄅᆞ다[2]()지르다, 簪), 막다()막다, 障), 모도다(會), 무티다[2]()묻히다, 染), ᄆᆡ다[1]()매다, 縛), 박다()박다,
			추 가	NP이(행위주) NP를(대상) NP로(방향) V	기우리다() 기울이다, 傾), 다히다[1]()대다, 著), 흐르다()흐르다, 流)	
				NP이(행위주) NP를(대상) NP에/로(자격) V	뫼시다()모시다, 陪), 묻다[2]()묻다, 埋), 안치다()앉히다, 坐)	
				NP이(행위주) NP를(대상) NP에(수혜자) V	먹다()먹다, 食), 브티다[1]()붙이다, 附)	
				NP이(행위주) NP를(대상) NP와(공동) V	다히다[1]()대다, 著), 브티다[1]()붙이다, 附)	

				印), 붓다²(〉붓다, 灌), 비릇다(始), ㅂㄹ다(〉바르다, 搽), 뻬다(〉꿰다, 貫), 삐다²(〉끼다, 夾), 뾔다(〉죄다, 曝), 싣다(〉싣다, 載), 빠혀나다(拔), 쓰리다(〉뿌리다, 沃), ㅈㅁ다(浸), 처디다(〉처지다, 滴), 펴다(〉펴다, 展), 프다(〉파다, 掘)

※ ㄱ초다¹(藏), 너피다()넓히다, 弘), 놓다()놓다, 放), 누이다()누이다, 臥), 니르위다(致), 담다()담다, 托), 두다()두다, 置), 드듸다()디디다, 履), 드리티다(投), 디니다()지니다, 持), 드ㅁ다()담그다, 浸), 둘다¹()달다, 懸), 머굼다()머금다, 含), 머믈우다(留), 메다()메다, 駕), 메오다()메우다, 塡), 몰다()몰다, 驅), 뫼숩다(侍), 뫼호다(聚), 몰다¹()말다, 縛), 몰다²()말다, 卷), 밭다¹()밭다, 沛), 쯰우다()띄우다, 泛), 싸미다()싸매다, 繫), 쓰다¹()쓰다, 用), 쁘다¹()싸다, 包), 빼혀다(析), 쁘다³()타다, 合), 사기다¹()새기다, 刻), 숟다()쏟다, 放), 스다²()쓰다, 戴), 질다()깔다, 鋪), 씌다()띠다, 帶), 쎄혀내다(拔), 쑴다()뿜다, 噴), 쏘다²(箴), 쏘다³()쏘다, 射), 안다()안다, 抱), 안초다(壓), 업다()업다), 업티다()엎치다, 飜), 엎다()엎다, 伏), 엱다()얹다, 置), 엿다()엮다, 編), 엿다()얹다, 置), 이다()이다, 戴), 츠다³()차다, 佩), 치오다()채우다, 充)

(3)

격틀	범주	구문 변화 유형	변화 동사 목록	불변화 동사 목록
NP이 NP를 NP로 V	순수			몰다(>몰다, 驅)

(4)

격틀	범주	구문 변화 유형	변화 동사 목록	불변화 동사 목록
NP이 NP로	순수			느리다()늘이다, 側), 싸미다()싸

NP를 V				매다, 繫), 꾸미 다() 꾸미다, 粧), 치오다() 채우다, 充)
	자· 타			두르다() 두르다, 匝), 둪다(蓋), 막 다() 막다, 障), 뻬 다() 꿰다, 貫), 삐 다[2]() 끼다, 夾), 쬐다() 쬐다, 曝)

【표23】 사역 타동사

(1)

격틀	범주	구문 변화 유형			변화 동사 목록	불변화 동사 목록
NP이 NP를 V	순수	격틀 변화	확 장	NP이(사역주) NP를(피사역 주) NP를(대 상) V	시기다() 시키다, 命)	사르다(活), 쉬우 다(息)
				NP이(사역주) NP를(피사역 주) S-고 V		
			추 가	NP이(사역주) NP에(피사역 주) NP를(대 상) V		
				NP이(사역주) NP에(피사역 주) S-고 V		
				NP이(사역주) NP로(피사역 주) NP를(대 상) V		

(2)

격틀	범주	구문 변화 유형			변화 동사 목록	불변화 동사 목록
NP이 NP를 NP에/S V	순수	격틀 변화	축소	NP이(사역주) NP를(피사역주) V	브리다(〉부리다, 役)	

【표24】 심리 타동사

격틀	범주	구문 변화 유형	변화 동사 목록	불변화 동사 목록
NP이 NP를 V	순수			깃기다(悅), 깃다(喜), 슬흐야흐다(厭), 저리다(怖)
	자·타	범주 변화	타동사 소멸	놀라다(〉놀라다, 驚), 두리다(怖), 둣다(戀), 슳다¹(悲)	붓그리다(愧), 슬허흐다(悲), 시름흐다(愁), 스랑흐다¹(〉사랑하다, 愛), 졇다(畏)
	형·타	범주 변화	타동사 소멸	셟다(〉셟다), 슬흐다(〉싫다, 厭)	

【표25】 지각 타동사

격틀	범주	구문 변화 유형		변화 동사 목록	불변화 동사 목록
NP이 NP를 V	자·타	격틀 변화	추가	NP이(경험주) NP를(대상) NP로(결과) V	듣다(〉듣다, 聞), 보다(〉보다, 見)10)	

---

10) 15세기 국어의 '보다'는 지각의 출처가 되는 기점 논항이 'NP에'로 실현되기도 했다. '善男子돌하 내 디나건 諸佛씌 이런 詳瑞롤 보슨보니 〈月釋 11:41a〉'은 시각 경험의 출처가 되는 명사가 여격어 '諸佛씌'로 실현되었다. 이러한 '보다' 구문의 실현은 15세기 국어에서만 용례가 확인되며 나타나는 용례가 극히 드물어 '보다' 구문의 문형에서 고려하지 않았다.

【표26】 인식 타동사

격틀	범주	구문 변화 유형			변화 동사 목록	불변화 동사 목록
NP이 NP를 V	순수					뉘읏다(悔), 모ᄅ다() 모르다, 迷), 몰라보다() 몰라보다, 未曉), 씨ᄃ다() 깨닫다, 悟), 아라보다() 알아보다)
	자·타	격틀 변화	추가	NP이(경험주) NP를 (대상) NP로(결과) V	알다() 알다, 知)	

【표27】 사유 타동사

(1)

격틀	범주	구문 변화 유형			변화 동사 목록	불변화 동사 목록
NP이 NP를 AdV/ S V	순수	격틀 변화	확장	NP이(경험주) NP를 (대상) S-고 V		너기다() 여기다)[11]

(2)

격틀	범주	구문 변화 유형			변화 동사 목록	불변화 동사 목록
NP이 NP를 V ⇔NP 이 NP를 S V	순수	격틀 변화	축소	NP이(경험주) NP를 (대상) V	ᄉᆞ랑ᄒᆞ다^2() 사랑하다, 思)	
	자·타					혜다^2() 세다, 念), 혜아리다^2() 헤아리다, 虞)

---

11) 15세기 문헌에서 '너기다'가 'NP이 NP를 V'의 구문을 구성하는 예가 극히 드물어 이를 문형에서 고려하지 않았다.

【표28】 피해 타동사

격틀	범주	구문 변화 유형			변화 동사 목록	불변화 동사 목록
NP이 NP를 V	순수	격틀 변화	추가	NP이(행위주) NP를(대상) NP에(피해자) V	소기다() 속이다, 欺)	갓기다() 깎이다, 削), 놀래다() 놀래다, 驚), 더러빙다() 더럽히다, 辱), 말이다() 말리다, 禁), 물기다() 맑히다, 淸), 울이다() 울리다, 鳴), ᄒ야ᄇ리다(破)
	자·타					어즈리다() 어지르다, 亂)

【표29】 피동 타동사

격틀	범주	구문 변화 유형			변화 동사 목록	불변화 동사 목록
NP이 NP를 V	순수					쐬다() 쐬다, 熏)
	자·타	격틀 변화	확장	NP이(피동주) NP를(대상) NP에(행위주) V	블들이다() 붙들리다, 局), 자피다() 잡히다, 操)	데다() 데다, 爛), 맞다[2]() 맞다, 中), 헐이다() 헐리다, 傷)
				NP이(피동주) NP를(대상) NP로(결과) V	자피다() 잡히다, 操)	

【표30】 전환 타동사

격틀	범주	구문 변화 유형		변화 동사 목록	불변화 동사 목록
NP이 NP로	순수	범주 변화	타동사 소멸	삼다() 삼다)	
NP를 V	자·타	범주 변화	타동사 소멸	밧고다() 바꾸다, 易)	

【표31】 결과 타동사

ㄱ. 행위 결과 타동사 (1)

격틀	범주	구문 변화 유형			변화 동사 목록	불변화 동사 목록
NP이 NP를 NP에/로 V	순수	격틀 변화	축소	NP이(행위주) NP를(대상) NP에(결과) V	뎅굴다(制), 싸홀다() 썰다, 切)	나토다(現), 사다()사다, 買)

ㄱ. 행위 결과 타동사 (2)

격틀	범주	구문 변화 유형			변화 동사 목록	불변화 동사 목록
NP이 NP를 NP에 V	순수	격틀 변화	축소	NP이(행위주) NP를(대상) V	뻐리다() 부수뜨리다, 析)	마키다[2](配)
	자·타	격틀 변화	추가	NP이(행위주) NP를(대상) NP로(결과) V	는호다() 나누다, 分)	

ㄴ. 변화 결과 타동사

격틀	범주	구문 변화 유형	변화 동사 목록	불변화 동사 목록
NP이 NP를 V	자·타	범주 변화	타동사 소멸	우리다() 우리다, 殘)	및다[2]() 맺다, 結)

【표32】 도구 타동사

(1)

격틀	범주	구문 변화 유형			변화 동사 목록	불변화 동사 목록
NP이 NP를 NP에 V	순수	격틀 변화	추가	NP이(행위주) NP를(대상) NP로(도구) V	노기다() 녹이다, 化)	그스리다() 그슬리다), 달오다() 달구다, 燒)
	자·타					슬다(焚), 저지다(霑)

(2)

격틀	범주	구문 변화 유형			변화 동사 목록	불변화 동사 목록
NP이 NP로 NP를 V	순수	격틀변화	추가	NP이(행위주) NP를(대상) NP에(장소) V	뼈ᄅ다()찌르다, 刺)	ᄀᆞᄅ치다¹()가리키다, 指), ᄀᆞᄅ치다²()가르치다, 敎), 니다()이다, 茅), 다ᄉ리다()다스리다, 理), 달애다(誘), 디ᄅ다¹()지르다, 挓), 메우다()메우다, 駕), 멋고다()메꾸다, 塡), 사기다²()새기다, 譯), 수다()쑤다, 煮), ᄭᅩ다()꼬다, 索), 어울우다²()어우르다, 合)
				NP이(행위주) NP를(대상) NP에/로(결과) V	홍졍ᄒ다()홍졍하다, 商)	
				NP이(행위주) NP를(대상) NP와(대상) V	홍졍ᄒ다()홍졍하다, 商)	
	자·타	격틀변화	추가	NP이(행위주) NP를(대상) NP에(방향) V	비취다()비추다, 照)	믊다()묶다, 束), 및다¹()맺다, 結), 얽다()얽다, 維), 일우다()이루다, 成)
				NP이(행위주) NP로(방향) NP를(대상) V	딕다¹()찍다, 啄)	
				NP이(행위주) NP를(대상) NP로(자격) V	딕다¹()찍다, 啄)	

【표33】 수혜 타동사

(1)

격틀	범주	구문 변화 유형			변화 동사 목록	불변화 동사 목록
NP이 NP를 NP를/ 에 V ⇔NP 이	순수	격틀변화	축소	NP이(행위주) NP를(대상) NP를/에(수혜자) V	알외다()아뢰다, 諭), 주다()주다, 受)	
	자·타	격틀	축소	NP이(행위주) NP를(대상) NP	맛디다()맡기다, 任)	

NP로 NP를 V		변화	를/에(수혜자) V		

(2)

격틀	범주	구문 변화 유형			변화 동사 목록	불변화 동사 목록
NP이 NP를 NP를 V	순수	격틀 변화	추가	NP이(행위주) NP를 (대상) NP에(수혜자) V	머기다() 먹이다, 喂), 빌이다() 빌리다, 借)	

(3)

격틀	범주	구문 변화 유형			변화 동사 목록	불변화 동사 목록
NP이 NP를 NP에 V	순수	격틀 변화	확장	NP이(행위주) NP를(대상) NP에(수혜자) NP로(도구) V	브티다²() 부치다, 寄)	건내다() 건네다, 渡), 기티다() 끼치다, 遺, 바티다()바치다, 貢), 보내다() 보내다, 遺), 브라다() 바라다, 望), 브리다()버리다, 捨, 불기다() 밝히다, 明), 뿌다() 꾸다, 借), 사다() 사다, 買), 시므다/쉬다()심다, 植, 숣다(白), 유무ᄒ다(書), 좃다(禮, 폴다()팔다, 賣)
			축소	NP이(행위주) NP를(대상) V	플다() 풀다, 解)	
			추가	NP이(행위주) NP에(수혜자) S-고 V	니르다() 이르다, 言), 묻다³() 묻다, 問), 빌다() 빌다, 祝), 열줍다() 여쭙다, 奏)	
	자·타	격틀 변화	축소	NP이(행위주) NP를(대상) V	붓다²() 붓다, 灌), 일우다() 이루다, 成), 펴다() 펴다, 展)	는호다() 나누다, 分), 드리다³() 드리다, 獻), 받다⁵() 받다, 獻), 잃다() 잃다, 失)

(4)

격틀	범주	구문 변화 유형			변화 동사 목록	불변화 동사 목록
NP이 NP를 S V ⇐NP이 NP를 NP에 V	순수	격틀 변화	추가	NP이(행위주) NP에(수혜자) S-고 V	ㄱㄹ치다[2]() 가르치다, 敎)	

【표34】 비교 타동사

(1)

격틀	범주	구문 변화 유형			변화 동사 목록	불변화 동사 목록
NP이 NP를 NP를/에/로 V	자·타	격틀 변화	축소	NP이(행위주) NP를(대상) NP에(기준) V	견주다() 견주다, 比)	
			추가	NP이(행위주) NP를(대상) NP와(기준) V		

(2)

격틀	범주	구문 변화 유형			변화 동사 목록	불변화 동사 목록
NP이 NP를 NP에/로/와 V	순수	격틀 변화	축소	NP이(행위주) NP를(대상) V	가줄비다(比)	

(3)

격틀	범주	구문 변화 유형			변화 동사 목록	불변화 동사 목록
NP이 NP를 NP에/	자·타	격틀 변화	축소	NP이(행위주) NP를(대상) NP에(기준) V	마초다[1]() 맞추다, 驗)	

격틀	범주	구문 변화 유형		변화 동사 목록	불변화 동사 목록
로 V			추가	NP이(행위주) NP를(대상) NP와(기준) V	

(4)

격틀	범주	구문 변화 유형		변화 동사 목록	불변화 동사 목록
NP이 NP를 NP에 V	순수	격틀 변화	축소	NP이(행위주) NP를(대상) V	어울우다[1]() 어우르다, 合)	
	자·타·형				더으다[2](益)

【표35】 교호 타동사

(1)

격틀	범주	구문 변화 유형			변화 동사 목록	불변화 동사 목록
NP이 NP와 NP를 V ⇔NP이 NP를 NP와 V	자·타	격틀 변화	추가	NP이(행위주) NP를(대상) NP와(공동) V	마초다[2]() 맞추다, 合)	드토다() 다투다, 競), 모도다(會)

(2)

격틀	범주	구문 변화 유형	변화 동사 목록	불변화 동사 목록
NP이 NP와 NP를 V ⇔NP이 NP를 NP와 V	자·타			섯다() 섞다, 雜)

【표36】 명명 타동사

격틀	범주	구문 변화 유형			변화 동사 목록	불변화 동사 목록
NP이 NP를 S V ⇔NP이 NP를 NP로 V	순수	격틀 변화	확장	NP이 (행위주) NP를(대상) S-고 V	브르다[1]() 부르다, 呼)	
	자·타	격틀 변화	확장	NP이 (행위주) NP를(대상) S-고 V	일콘다() 일컫다, 稱)	

Ⅲ. 형용사

【표37】 성상 형용사

ㄱ. 단순 성상 형용사

격틀	범주	구문 변화 유형			변화 동사 목록	불변화 동사 목록
NP이 V	순수	격틀 변화	추가	NP이(대상) NP에(기준) V	낟ㅂ다() 나쁘다, 歉), 밧ㅂ다() 바쁘다, 忙), 앗갑다() 아깝다, 惜), 어렵다() 어렵다, 難), 이르다() 이르다, 早)	※ 표 하단에 별도로 정리
	자·형	격틀 변화	추가	NP이(대상) NP에(기준) V	쉽다() 쉽다, 易), 샌르다() 빠르다, 急), 훤ㅎ다() 훤하다, 曠)	가비얍다() 가볍다, 輕), 가ᅀ멸다/가ᅀ며다() 가멸다, 富), 거츨다() 거칠다, 荒), 검다() 검다, 玄), 게으르다() 게으르다, 怠), 괴외ㅎ다() 고요하다, 靜), 길다() 길다, 長), 깊다() 깊다, 深), ᄀᆞ늘다() 가늘다, 細), ᄀᆞᆺ없다() 가없다, 無邊), ᄀᆞᆽ다(具), 녙다() 옅다, 淺), 높다() 높다, 高), 늙다[12]() 늙다, 老), 늦다() 늦다, 晩), 눍다() 낡다, 故), 더럽다() 더럽다, 染), 덥다() 덥다, 暖), 므겁다() 무겁다, 重), 묽다() 맑다, 淸), 븕다() 붉다, 紅), 비브르다() 배부르다, 飽), 사오납다() 사납다, 劣), 서늘ㅎ다() 서늘하다, 寒), 싁싁ㅎ다() 씩씩하다, 爽), 어딜다() 어질다, 善), 어리다() 어리다, 愚), 어즈럽

					다() 어지럽다, 亂), 어즐ᄒ다() 어질하다, 昏), 여리다() 여리다, 弱), 오라다() 오래다, 舊), 외다 (非), 젹다() 적다, 小), 조ᄒ다(淨), 추다⁴() 차다, 寒), 크다(大), 퍼러ᄒ다() 퍼렇다, 靑), 편안ᄒ다() 편안하다, 寧), 프르다() 푸르다, 靑), 하다(多), 흰츨ᄒ다() 훤칠하다, 豁), 흐리다() 흐리다, 濁), 히다() 희다, 白)
형·타					고ᄅ다() 고르다, 均), 그르ᄒ다() 그릇하다, 錯), 기웃ᄒ다() 기웃하다, 欹), ᄀ장ᄒ다(劇), 모딜다() 모질다, 暴)
자·타·형	격틀변화	추가	NP이(대상) NP에(기준) V	닉다() 익다, 熟)	굽다¹() 굽다, 枉), 좀좀ᄒ다() 잠잠하다, 默), 헐다() 헐다, 弊)

※ 가난ᄒ다() 가난하다, 艱), 감다²() 검다, 玄), 감포ᄅ다() 검푸르다), 거머ᄒ다(거멓다, 黑), 걸다²() 걸다, 濃), 검븕다() 검붉다, 赤黑), 고디식다() 고지식하다, 實), 곧다() 곧다, 直), 골프다() 고프다, 飢), 곱다¹() 곱다, 曲), 곱다²() 곱다, 娟), 구리다() 구리다, 臭), 구블ᄒ다() 구붓하다, 穹), 굳ᄇᄅ다(緊), 굳세다() 굳세다, 硬), 굵다() 굵다), 그윽ᄒ다() 그윽하다, 密), 기름지다() 기름지다, 肥), ᄀᄅ다(橫), ᄀ만ᄒ다, ᄀ족ᄒ다(齊), ᄭᅩᆺᄭᅩᆺᄒ다() 깨끗하

---

12) 「표준」에서는 '늙다'의 동사적 쓰임에 대해서만 설명했다. 이와는 달리 「조선말 사전」에서는 '늙다'가 형용사적으로 쓰인다고 하면서 '늙은 당나귀'의 용례를 제시했으며 「금성」에서는 '늙다'가 '늙어보이다'처럼, 형용사적으로 쓰이는 수도 있다고 했다. '늙은 당나귀'에서 '늙다'는 상태의 변화를 서술하는 자동사로 실현된 것이 아니라 '오래되어 낡은'이라는 상태 자체를 나타낸다고 보아야 한다. 또한 형용사와 통합하는 '-어 보이다'의 구성이 '늙다'에 통합하는 것을 통해 본고에서는 '늙다'의 형용사적 쓰임을 인정하여 '늙다'가 현대국어에 형용사적 용법도 가지고 있다고 보았다.

다, 淸), ㅈㅂ다() 가쁘다, 倦), 날호다/날회다(徐), 남죽ᄒ다() 남짓하다, 餘), 너르다() 너르다, 寬), 넙다() 넓다, 廣), 녇다() 옅다, 淺), 노라ᄒ다() 노랗다, 黃), 노ᄅ다(黃), 놀다³() 놀다, 希), 누러ᄒ다() 누렇다, 黃), 누르다() 누르다, 黃), ᄂ즉ᄒ다() 나직하다, 低), 놀나다() 날래다, 利), 놀캅다(利), 당당ᄒ다() 당당하다, 應), 더듸다¹³)() 더디다, 遲), 덛덛ᄒ다(恒), 뎌르다(短), 되다²() 되다, 急), 두텁다() 두텁다, 厚), 둗겁다() 두껍다, 厚), ᄃᄉ다(溫), 둘다²() 달다, 眰), 무듸다() 무디다, 鈍), 므던ᄒ다() 무던하다, 不妨事), 므르다²() 무르다, 軟), 밋밋ᄒ다() 밋밋하다, 滑), 밉다() 맵다, 猛), 바ᄃ랍다() 바드럽다, 危), 바ᄅ다() 바르다, 正), 반독ᄒ다() 반득하다, 楷), 번득ᄒ다(顯), 번ᄒ다() 번하다, 明), 벌거ᄒ다() 벌겋다, 紅), 보ᄃ랍다() 보드랍다, 弱), 뵈다²(塡), 부드럽다() 부드럽다, 柔), 브르다²() 부르다, 飽), 비리다() 비리다, 腥), 빗다²(美), 빗다(斜), 비골프다() 배고프다, 飢), 쁘다²() 쓰다, 苦), 쁘다²() 짜다, 鹹), 쁜ᄒ다() 짠하다, 切), 새ᄅ외다(新), 세다() 세다, 壯), 쇽졀없다() 속절없다, 謾), 싀다() 시다, 酸), 쏘롣ᄒ다(尖), 아득ᄒ다() 아득하다, 昏), 아ᄅᆷ둡다() 아름답다, 美), 아ᄆ라ᄒ다() 아무렇다, 恬), 아ᄉ라ᄒ다() 아스라하다, 茫), 알프다() 아프다, 痛), 앛다(微), 어득ᄒ다() 어둑하다, 昏), 어엿브다(憐), 어위다(寬), 어위크다(廣大), 얼믜다(疎), 엷다() 엷다, 薄), 오올다(全), 올ᄒ다() 옳다, 是), 외ᄅ뵈다(孤), 외롭다() 외롭다, 孤), 우묵ᄒ다() 우묵하다, 窪), 우션ᄒ다(寬), 이슥ᄒ다() 이슥하다, 頃), 잇브다(勞), 재다() 재다, 竄), 쟉다() 작다, 小), 졈다() 젊다, 少), 조촐ᄒ다() 조촐하다, 蕭), 좁다() 좁다, 窄), 즐다() 질다, 厚), 좃다() 잦다, 頻), 천천ᄒ다() 천천하다/찬찬하다), 축축ᄒ다() 축축하다, 潤), 축축ᄒ다() 축축하다, 濕), 칩다() 춥다, 寒), 칙칙ᄒ다(捗), 파라ᄒ다() 파랗다, 綠), 하야ᄒ다() 하얗다, 白), 햑다(小), 횩다(小), 흔ᄒ다() 흔하다, 多)

ㄴ. 처소 성상 형용사

격틀	범주	구문 변화 유형		변화 동사 목록	불변화 동사 목록
NP이 NP에 V	순수	범주 변화	형용사 소멸	빛나다() 빛나다, 燁)	드믈다() 드물다, 希)
	자·형	격틀 변화	추가 NP이(장소) NP로(원인) V	ᄀ독ᄒ다() 가득하다, 滿)	

---

13) 한글학회 사전에서는 타동사의 '더듸다'를 설정하고 아래 용례를 들었다. '네 虔州ㅅ 사ᄅᆷ으로셔 開封戶籍에 드리면 님금 셤김을 求코져 ᄒ며셔 몬져 님금을 소김이니 可ᄒ냐 출하리 두어 히를 더딜 ᄯᆞᆫ이언뎡 可히 가디 몯홀 거시니라 <小學 6:45b>' 그런데, 이 용례에서 '-를'이 통합한 명사구는 시간 명사구이다. 시간 명사에 '-를'이 통합한 것은 논항으로 단정하기 힘들다. 더욱이 이 한 예를 가지고 타동사 '더듸다'를 설정하는 것은 무리가 있다고 판단된다.

【표38】 비교 형용사

ㄱ. 동등 비교 (1)

격틀	범주	구문 변화 유형		변화 동사 목록	불변화 동사 목록
NPpl이 서르 V ⇔NP이 NP이/ 에/로 V ⇔NP이 NP와 V ⇔NP와 NP왜 V	자·형	격틀 변화	축소 NP이(대상) V	ᄀᆞᆮᄒᆞ다() 같다, 如), 다ᄅᆞ다() 다르다, 異)	

ㄱ. 동등 비교 (2)

격틀	범주	구문 변화 유형		변화 동사 목록	불변화 동사 목록
NPpl이 서르 V ⇔NP이 NP에 V ⇔NP이 NP와 V ⇔NP와 NP왜 V	순수	격틀 변화	축소 NP이(대상) V	ᄀᆞ죽ᄒᆞ다(齊)	

ㄴ. 차등 비교

격틀	범주	구문 변화 유형	변화 동사 목록	불변화 동사 목록
NP이 NP에 V	자·타·형			더으다[2](益)

【표39】 평가 형용사

(1)

격틀	범주	구문 변화 유형			변화 동사 목록	불변화 동사 목록
NP이 NP이 V	순수					쓰다(値)

(2)

격틀	범주	구문 변화 유형			변화 동사 목록	불변화 동사 목록
NP이 NP에 V	순수	격틀 변화	축소	NP이(대상) V	그르다²(〉그르다, 乖), 늣갑다(低)	만ㅎ다(〉많다, 多), 사늘ㅎ다(〉사늘하다, 冷), 새롭다(〉새롭다, 新)
	자·형	격틀 변화	축소	NP이(대상) V	굳다(〉굳다, 堅)	갓갑다(〉가깝다, 親), 맛당ㅎ다(〉마땅하다, 宜), 붉다(〉밝다, 明), 소사나다(〉솟아나다, 聳), 어듭다(〉어둡다, 昧)
			추가	NP이(대상) NP와(기준) V	멀다(〉멀다, 遠)	
				NP이(경험주) NP(대상)와 V	됴ㅎ다/둏다(〉좋다, 好)	
	자·타·형	범주 변화	형용사 소멸		디나다²(〉지나다, 過)	

(3)

격틀	범주	구문 변화 유형			변화 동사 목록	불변화 동사 목록
NPpl이 서르 V ⇔ NP이 NP이/에 V	순수	격틀 변화	축소	NP이(대상) V	궃족ㅎ다(齊)	
	자·형	격틀 변화	축소	NP이(대상) V	멀다(〉멀다, 遠)	갓갑다(〉가깝다, 親)

⇔NP이 NP와 V ⇔NP와 NP왜 V					

【표40】 존재 형용사

ㄱ. 소재

격틀	범주	구문 변화 유형	변화 동사 목록	불변화 동사 목록
NP이 NP에 V	자·형			없다 (〉 없다, 無), 이시다 (〉 있다, 有)

ㄴ. 자격

격틀	범주	구문 변화 유형	변화 동사 목록	불변화 동사 목록
NP이 NP로 V	자·형			이시다 (〉 있다, 有)

【표41】 심리 형용사

(1)

격틀	범주	구문 변화 유형	변화 동사 목록	불변화 동사 목록
NP이 NP이 V	순수			그립다 (〉 그립다, 戀), 깃브다 (〉 기쁘다, 悅), 답답ᄒ다 (〉 답답하다, 鬱), 므의엽다 (〉 무섭다, 慘), 붓그럽다 (〉 부끄럽다, 愧), 슬프다 (〉

				슬프다, 哀), 저프다(怕), 즐겁다(> 즐겁다, 樂)
	형 · 타			섶다(> 섶다), 슬ᄒ다(> 싫다, 厭)

(2)

격틀	범주	구문 변화 유형	변화 동사 목록	불변화 동사 목록
NP이 S V	순수			저프다(怕)

국어 동사 구문구조의 통시적 연구

저자 ●●●

황 국 정

고려대학교 문과대학 국어국문학과 졸업
고려대학교 국어국문학과 대학원 석사 졸업
고려대학교 국어국문학과 대학원 박사 졸업

〈주요논문〉

「한자음의 교체 -'ㅅ'의 영향을 중심으로」
「석독구결의 동사 구문(1)」
「속격 조사의 교체 원리에 대한 재검토」
「조사 '-로'의 '대상성'에 관한 통시적 연구」

국어 동사 구문구조의 통시적 연구

초판인쇄 2009년 3월 20일
초판발행 2009년 3월 31일

저자 황국정

발행한곳 제이앤씨
책임편집 김진화
등록번호 제7-220호

우편주소 서울시 도봉구 창동 624-1 현대홈시티 102-1206
대표전화 (02) 992 / 3253
팩시밀리 (02) 991 / 1285
홈페이지 http://www.jncbook.co.kr
전자우편 jncbook@hanmail.net

ⓒ 황국정 2009 All rights reserved. Printed in KOREA

ISBN 978-89-5668-703-2 93810   **정가** 26,000원